外国剧作新选

主编◎宫宝荣

幻变

Metamorphosis

东欧当代戏剧选

•上册•

本册主编◎［保加利亚］卡莉娜·斯蒂芬诺娃

［波兰］斯瓦沃米尔·姆罗热克
［匈牙利］伊斯特凡·奥尔科尼
［捷克］奥尔德日赫·达涅克
［斯洛伐克］奥斯瓦尔德·扎拉德尼克
［保加利亚］斯坦尼斯拉夫·斯特拉蒂耶夫 著

蔡燕 宗玉 王丽丹 黄珊 译

上海戏剧学院外国研究中心/策划

中国戏剧出版社
CHINA THEATRE PRESS

图书在版编目（CIP）数据

幻变：东欧当代戏剧选 / 宫宝荣主编；蔡燕，宗玉，李佳颖译. — 北京：中国戏剧出版社，2019.10
（外国剧作新选）
ISBN 978-7-104-04822-0

Ⅰ. ①幻… Ⅱ. ①宫… ②蔡… ③宗… ④李… Ⅲ. ①剧本－作品集－东欧－现代 Ⅳ. ①I513.5

中国版本图书馆CIP数据核字(2019)第133532号

幻变——东欧当代戏剧选

分册主编：〔保加利亚〕卡莉娜·斯蒂芬诺娃（Kalina Stefanova）
责任编辑：肖　楠　齐　钰
责任印制：冯志强
校　　对：张爱华

出版发行：中国戏剧出版社
出 版 人：樊国宾
社　　址：北京市西城区天宁寺前街2号国家音乐产业基地L座
邮　　编：100055
网　　址：www.theatrebook.cn
电　　话：010－63381560（发行部）　010－63385980（总编室）
传　　真：010－63383910（发行部）

读者服务：010－63387810
邮购地址：北京市西城区天宁寺前街2号国家音乐产业基地L座

印　　刷：鑫海达（天津）印务有限公司
开　　本：787mm×1092mm　1 / 16
印　　张：42
字　　数：643 千字
版　　次：2019年10月　北京第1版第1次印刷
书　　号：ISBN 978-7-104-04822-0
定　　价：168.00 元（上、下册）

为世界戏剧之林培育坚实的根本

宫宝荣

日月如梭，此说不假。一晃，我们的外国戏剧研究中心已经成立将近10年，我们的“外国剧作新选”丛书亦已诞生5年有余。外国戏剧研究中心成立的宗旨之一，是系统翻译和出版当代外国优秀戏剧代表作，以“孕育一片世界戏剧之林”。迄今为止，丛书已经先后出版了《渴求》《迷失》《一种地狱》《戏剧的毒药》和《幽灵的困境》等英国、美国、瑞典、西班牙及拉丁美洲、非洲等国家和地区的当代戏剧代表作。虽然其中有的国内已经有过出版，但更多的是首次问世，例如后三本，分别填补了我国在这方面的空白，为国内戏剧界和学术界打开了一扇了解和研究当代世界各国戏剧的窗口。这个窗口虽然不是太大，但却是国内外同行交流不可或缺的所在。可以说，外国戏剧研究中心在“孕育世界戏剧之林”的道路上已经迈出了十分坚实的步伐。

也许有人会说，现在国际演出舞台已经进入了“后戏剧”时代，“剧场”已经取代了“戏剧”，剧本不仅不再是“一剧之本”，在一些人的创作中成为可有可无的鸡肋，在个别人那里甚至消失得无影踪。如此情形之下，我们岂不是在逆潮流而动、背时代而行？此说看似不错，其实不然。殊不知，“后戏剧”(post-drama) 也好，“剧场”（theatre）也好，本来既不与文本相互抵触，更不相互抵消。但如今在一些人的眼里，两者似乎成了水火不容的对立面，实在是一大误会。事实上，theatre 本来就是一个大概念，翻译成“戏剧”才是，而 drama 是个小概念，它只是指西方戏剧历史进程中某个阶段的戏剧样式而已。把它译成“剧场”的人士振振有词：因为 theatre 指的是“看的地方"，而 drama 则是指文学戏剧或剧本的概念。此话不假，但这是西文的问题。而在中文里，"戏剧"并不具有这种将"剧场"与"剧本"对立起来的涵义，相反地，是将所有相关元素都包含在其中。如果一定要强调"剧场"更突出演剧空间的话，那么试想一下，在这个词出现之前，当我们在说"戏剧"的时候，难道它不包括剧场吗？早在 20 世纪 80 年代，一些前辈已经提出了"大戏剧观"的概念，此时的"戏剧"不仅突破了文学，更突破了不同演出艺术的界限。再说，任何一部戏剧演出，任何一部剧本被搬上舞台的时候，不都是在剧场里进行，都要涉及时间、空间与舞美等"剧场"问题吗？不同的只是程度问题，而不是本质问题。

回到西方戏剧，广义而言，drama 只是指文艺复兴以来一种遵照传统定义创作的、以文学剧本为旨归的戏剧样式。狭义而言，它是指 18 世纪法国启蒙思想家和戏剧家狄德罗、博马舍等人鼓吹的资产阶级"正剧"。因此，一般而言，以 drama 作为"戏剧"代名词的国家往往是罗曼语系的国家，而像法国这样的拉丁语国家则历来都是以 theatre 来指称的。其实，从文艺复兴直到 19 世纪，各国在称呼剧本和演出时也不是笼而统之地叫 theatre，更多是以"悲剧"或"喜剧"命名，去看戏是具体地去"看一部悲剧"或"看一部喜剧"，甚至演员也是有"悲剧演员"或"喜剧演员"的行当之分的。在莫里哀死后，他的剧团便被命名为"法兰西喜剧院"而不是"法兰西剧院"，其中的道理是一样的。如今的法兰西喜剧院早不专演喜剧，但谁也不会去将这块金字招牌改成"法兰西剧院"。只不过，法国人去看戏时也不再说去看悲剧还是看喜剧，而只是说去看戏（Je vais au théâtre）。而就这一句，德国人的意思完全不同，这样也从一个侧面表明：即使是在西方，不同国家、不同语种和文化中的 theatre 的涵义也并完全一致。

确实，西方戏剧在进入 20 世纪以来，尤其是下半世纪之后，无论是观念上还是形式上都发生了根本性的转折。对当代西方的大致形式而言，国人通过观摩最近 10 年大量引进的国外原版演出，已经有了比较明确的认识。但就观念而言，情形远非如此，毕竟需要一定的积累。毋庸讳言的是，在目前阶段，不少人的认知还是比较混乱的，在 theatre 和 drama 的区别上尤其如此。

就笔者在担任《戏剧艺术》主编工作中的观察，在一些港台学者或实践家以及大陆个别译作的影响下，将“剧场”与“戏剧”对立起来、“文学剧本”与“剧场演出”对立起来的大有人在。为此，学术界还经常会产生一些争论。之所以会产生这些矛盾，除了上述客观原因之外，在一定程度上还有学术界自身的因素。我们或受限于自身的经验，或满足于人云亦云，因而难免会得出不太科学的结论。事实上，早在20世纪40年代，我们的前辈已将theatre和drama两个概念理解得十分透彻。也许有人会说在当代“剧场”还没有出现的时候，前人自然无法预料这门艺术的未来。然而，如果我们认真思考的话，就会发现无论如何，“剧场”都是不应该也不能够取代“戏剧”而成为当代这门演出艺术的新名词。

主张西方当代戏剧应该由“剧场”所取代的最为主要的理由，无非是认为“剧场”艺术已经不再以文本为中心，而是以表演、空间、舞美甚至导演艺术为中心，其中的主人不再是剧作家，而是导演。其实，这也是一种似是而非的论点，传统戏剧虽然是以文本为中心，但是如果文本没有被搬上舞台，这些剧本也只能算作是“案头剧”，而不能称之为真正意义上的“戏剧作品”。所谓“戏剧作品”，必定是被搬上舞台、由演员当着观众之面在剧场空间里演绎呈现。当代“剧场”演出作品无论如何变化，无论剧本在其中所起作用的多寡，导演无论多么霸道，都没有改变也不可能改变它是一门由演员在有限的时间与空间里与观众一起完成的本质。而这些本质特点，难道不正是“戏剧”艺术与生俱来的特点吗？“剧场”艺术所具有的特点、它所运用的元素，可以说是任何时代、任何国家或地区的“戏剧”艺术都具有的特点和元素。也正因为如此，将“剧场”看作是“后戏剧”或取而代之的一门艺术显然难以站得住脚。更为客观的是，“戏剧”作为一门演出艺术永远都处在变化状态之中，它在各个国家或地区、各个时期的内涵与外延从来不是整齐划一的。当代欧美戏剧的变化，其实只是其历史长河中的一个阶段而已，正如音乐、美术、电影等也始终处于不断变化与发展之中，但却少有人提出什么“后音乐”“后美术”或“后电影”等过于吸人眼球的概念一样。

写了上述这么一大段，似乎有点离题。其实不然，因为厘清这些概念与我们的丛书编纂工作息息相关。如果真的以为在“后戏剧”时代剧作家及其剧本可以退出的话，那么我们又何必如此劳心费力呢？然而，我们认为的“后戏剧”也好，“剧场”也好，其实它们只是“戏剧”的变异而已的时候，情形便完全不同。当“剧场”艺术仍然是“戏剧”艺术的时候，包括文学在内的某些元素的比重、地位会有变化，甚至一度消失，但是它们都依然存在，隐性的或显性的。而在当代欧美导演中，即使在同一国度，不同人对待剧本的态度也是大相径庭的。安•维泰兹表示自己并不囿于现成的剧本，小说、随笔、历史文献等任何形式的文本都可以成为其导演工作的起点，而帕•谢侯在贝—玛•科尔代斯眼里则是一个真心实意为剧作家服务的罕见优秀导演。笔者注意到，凡是戏剧文学传统深厚的国家或地区，其导演艺术就显得相对保守，而文学剧本传统不那么源远流长的国家或地区，其导演就显得随意洒脱，在创作中对别人的文本就敢于大刀阔斧，这种解构重构使得剧本面目全非。这些导演在重创了传统文本的同时，也大大打击了当代剧作家们的创作热情，进而伤害到了戏剧本身。也因此，在戏剧历史悠久的法国，即使“导演戏剧”之风甚嚣尘上的时候，剧作家们也勇于纷纷反抗。米•维纳威尔坚持认为“剧本不可溶化”，而科尔代斯则相信导演这门职业在半个世纪之后必然消失。

面对如此纷争的世界，作为戏剧学的学者，我们并不认同导演将要消失的极端观点，但却十分赞成“剧本不可溶化”的中肯主张。半个多世纪的西欧戏剧实践表明，戏剧的形式已经今非昔比，戏剧的概念已经脱胎换骨，但戏剧的基本元素依然稳定如初。虽然“后现代戏剧”的鼻祖阿尔托认为言词阻碍沟通、经典可以休矣，但其实他在自己的实践中并没有抛弃剧本与言词，只是一些后人片面理解之后才将剧本弃如敝履，或成为任意解构的对象。然而，几千年的西方戏剧历史告诉我们，真正能够经受住时间考验的其实依然只是剧本。没有剧本，我们就不可能了解古希腊戏剧是如何的辉煌；没有剧本，我们就不可能发现莎士比亚戏剧是何等的恢宏；没有剧本，我们就欣赏不到拉辛“戴着脚镣跳舞”的姿态是何等的优美；没有剧本，我们就品味不到易卜生的社会问题剧是何等的深刻；没有剧本，我们甚至无法把握现当代戏剧的蜕变；没有剧本，甚至所谓的“剧场”艺术也会成为无源之水、无根之木，有一半以上的作品完全不可能出现；没有剧本，戏剧将只是转瞬即逝的一次性“行为表演”而已……

正是基于以上信念，我们才如此孜孜不倦地翻译、编辑和出版这套丛书，以期以让国人能够有机会了解、认识和欣赏当代外国优秀戏剧，让大家能够发现当代世界戏剧并非像这些年见到的或以肢体表演为主、或以舞台画面为主、或以言词音响为主的种种景象。相反，作为戏剧艺术中不可溶化的元素，优秀剧本依然存在。不仅各国文学家、戏剧家依然坚持在剧本创作，而且无数导演也依然坚定地为剧作服务。我们也正是同样的信念，始终不渝地坚持孕育着这一片世界戏剧之林。终有一天，一株株幼苗将长成一棵棵参天大树，一片片森林将形成一道道美丽无比的风景线……

（作者为法国巴黎第三大学戏剧学博士、上海戏剧学院教授、外国戏剧研究中心主任）

前 言
微启一扇门

卡莉娜·斯蒂芬诺娃（Kalina Stefanova）
蔡燕 译

微启一扇门，这就是您——敬爱的读者手中的这套剧作选所担任的“角色”。但请注意，它仅仅只能“微启”，而无法满足更高的需求。这是因为，如果要将东欧丰富的戏剧传统全面地加以介绍，这套剧作无疑还要收录更多的作品，需要涵盖来自20多个东欧国家的剧目，或者至少是每个主要东欧地区的代表剧作，比如波罗的海地区、巴尔干半岛地区以及维谢格拉德集团成员国家等的戏剧作品。

而我们出版本套剧作选，是希望帮助读者对当代东欧戏剧形成一个整体性的概念，对其有所了解和感受？也就是说，向读者勾勒出东欧戏剧一个多层次的轮廓，以期在未来，通过更多的翻译工作，这幅速写能够完善为一幅更为细致而生动的画像。

“当代”在这里代表了距今60年左右的时间跨度。更具体地说，书中所选择的12部剧本是在1961年至2012年之间完成的。它们的诞生地凸显了这60年的复杂性。在此期间，东欧的地图发生了巨大的变化。因此，考虑到剧本创作的时间，本书所选的剧本来自4个存在已久的东欧国家（保加利亚、匈牙利、波兰和罗马尼亚）、2个“新”国家（克罗地亚和塞尔维亚）以及2个已经“不复存在”的国家（前南斯拉夫和捷克斯洛伐克），后者有意地通过2部作品——一部斯洛伐克剧作和一部捷克剧作来加以展现，从而对应现状。

您可能会注意到，所选作品中并没有任何波罗的海国家的剧作。这一方面是因为本书篇幅有限，另一方面在于选择剧目时，我只考虑那些影响力不仅仅局限于其诞生地的作品。另外，值得注意的是，虽然波罗的海地区的戏剧在过去的30年里经历了令人惊叹的繁荣发展，但究其原因首当其冲归功于该地区的杰出导演们。立陶宛导演艾姆塔斯·尼科鲁修斯（Eimuntas Nekrošius）、奥斯卡拉斯·科尔索诺瓦斯（Oskaras Koršunovas）和利玛斯·图米纳斯（Rimas Tuminas）以及拉脱维亚导演阿尔维斯·赫尔玛尼斯（Alvis Hermanis）一直在影响着世界戏剧的面貌，他们所执导的作品在全世界不断上演，前三位导演的作品都曾在中国演出。与此同时，在东欧的南角——巴尔干半岛上，情况恰恰相反：虽然那里也有伟大的导演，其中一些在国外也已经受到高度评价，但获得国际认可的剧作家数量则更多。波罗的海地区和巴尔干地区截然不同的现象为探索和研究其背后的艺术和社会文化因素提供了良好的基础。

本剧作选中的剧作家们组成了一个尤为星光熠熠、丰富多彩的艺术家群体，他们既是一流的作家又具有多样的个性。他们中的一些已经是现代经典作家：波兰作家斯拉沃米尔·姆罗热克（Sławomir Mrożek）、匈牙利作家伊斯特凡·奥尔科尼（István Örkény）、保加利亚作家斯坦尼斯拉夫·斯特拉提耶夫 (Stanislav Stratiev) 和塞尔维亚作家杜尚·科瓦切维奇 (Dušan Kovačević)——前三位作家已经过世。同时读者也可以在书中发现当今戏剧舞台上炙手可热的几个名字：保加利亚作家赫里斯托·博伊契夫 (Hristo Boytchev)，他的戏剧作品上演于世界各地的舞台；克罗地亚作家米洛·加弗南 (Miro Gavran)，他是唯一一位设有特别的戏剧节向其致敬的在世剧作家；以及波兰作家多罗塔·马斯洛夫斯卡 (Dorota Masłowska)，他被称为“一种文学现象”。大多数剧作家的创作不仅仅局限于戏剧剧本的写作。例如，科瓦切维奇和斯特拉蒂耶夫还撰写了一些大获成功的南斯拉夫和保加利亚电影的剧本。斯洛伐克作家奥斯瓦德·扎拉尼克 (Osvald Zahradník) 还创作电视剧和广播剧，姆罗热克还写作短篇小说。奥尔科尼的尝试领域更加广泛，他还创作短篇小说和长篇小说。捷克的奥尔德日赫·达涅克（Oldřich Daněk）也是如此，而且非常成功——他的剧评堪称文笔绝佳。还必须指出的是，一些剧作家并没有仅仅停留在写作这个领域。例如，杜尚·科瓦切维奇曾担任外交官，姆罗热克还是一名漫画家，达涅克作为电影导演参与了捷克电影新浪潮，年轻的罗马尼亚作家简尼娜·卡布纳瑞（Gianina Carbonariu）在导演领域也已经获得了很高的国际声誉，引领了新的舞台趋势，她一般都只导演自己的剧作……

我希望，本书所收录的这些多才多艺的优秀剧作家的剧本能够使您有机会一瞥东欧戏剧的主要趋势。比如说荒诞戏剧的流变，这首先让人想到的是“古典”荒诞主义，其尖锐的讽刺性和行走在荒芜边缘的感受——比如姆罗热克的两部独幕剧和他所有其他作品一样，或者在多萝塔·马斯洛夫斯卡剧作的一些细节中也可以捕捉到。另一点则截然不同：在斯坦尼斯拉夫·斯特拉蒂耶夫和赫里斯托·博伊契夫的戏剧中，以及某种程度上来说在加弗南和卡布纳瑞的戏剧中，都有着明显的巴尔干半岛特色和生命力。通常，荒诞的风格与喜剧类型的结构密不可分，正如本书中的一些喜剧作品或一些很难被定义为“喜剧”的剧作中某些非常有趣的场景。东欧戏剧中也有浪漫主义的情节，通常充满诗意气息或“披着”历史或神话的外衣，又或者从寓言中加以借鉴。正如本书收录的奥尔科尼有关三角恋的著名剧作，最初作者打算将其创作为一部小说，并改编成电影，最后这部作品的确登上了大银幕，并且还获得了奥斯卡最佳外语片奖的提名——这部剧作也带有一丝荒诞色彩。而塞尔维亚作家米莱娜·马尔科维奇（Milena Marković）的作品，则有着强烈的圣经主题和暗示。还有达涅克的堂吉诃德式戏剧。最后，我们还可以通过简尼娜·卡布纳瑞的“伪纪录片”戏剧——纪实戏剧和引录戏剧的扭曲镜像来了解后两者的发展趋势。

本书所体现的戏剧发展趋势在此我不再进一步探讨，因为剧作选的一个重要组成部分——每部剧作的前言将对此加以展开。这些前言由来自相应国家的著名戏剧评论家和戏剧研究学者撰写，他们将具体的作品置于剧作家的整个创作背景之中以及他所处的整个国家的戏剧大背景之下，试图进一步为读者开启通往东欧戏剧的大门。同时，我们也希望，您的探索将不局限于对剧本的阅读，还可以在未来将这些作品搬上舞台，让中国观众可以欣赏。

我想强调的是，在东欧，戏剧是一种具有重要意义的艺术形式，书面文字在舞台上有着与存在于纸上一样的生命力。本书中的有些剧作在国内外都不断地被排演，可以称得上是“明星剧本”。而另一些作品经过时间的筛选，最近在国外意外地取得了成功，证明了它们持续性的价值。比如斯洛伐克作家奥斯瓦尔德·扎拉德尼克关注于老年人命运的作品，与当今的热点主题紧密相关，使得作品的艺术生命得到了延长。简而言之，所有这些剧本都是为舞台而作，也都是能够被搬上当今舞台的。

在准备这部剧作选的同时，我也正在着手准备一套对应的作品——《中国古典和现代剧作选》，它将在我的祖国保加利亚出版，希望此书能够帮助保加利亚读者，了解丰富的中国戏剧传统。我相信其他东欧国家也会作类似的尝试。这一切都将使我们更好地了解和理解彼此——从戏剧领域，再扩大到整个文化领域。尽管今天这扇戏剧之门只是微微开启，未来它一定会通向更为广阔的天地。

作者简介：

卡莉娜·斯蒂芬诺娃博士，作家、戏剧评论家。保加利亚索非亚国家戏剧和电影艺术学院戏剧批评专业教授。曾任纽约大学富布赖特访问学者，并曾在中国上海戏剧学院、南非开普敦大学、日本明治大学等大学担任访问学者。2001 年起，担任欧洲文化和教育项目委员会评估专家。2001 年及 2006 年，曾担任国际演艺评论家协会（IATC）副主席。2016 年，被特聘为武汉大学艺术学院客座教授、武汉大学中国艺术批评基金会高级研究员。出版作品已被翻译成包括中文在内的 26 种语言。研究主要集中在戏剧评论、当代世界戏剧、东欧戏剧和美国戏剧。致力于东西方，尤其是中国和东欧艺术和文化之间的交流。

目　录

上　册

下 册

上　册

斯瓦沃米尔·姆罗热克和波兰荒诞戏剧

阿图尔·杜达
蔡燕 译

斯瓦沃米尔·姆罗热克（Sławomir Mrożek，1930—2013）无疑是波兰20世纪最重要的剧作家之一——与之齐名的还有维卡奇(Witkacy，真名为Stanisław Ignacy Witkiewicz)、维托尔德·贡布洛维奇（Witold Gombrowicz）和塔杜施·鲁热维奇（Tadeusz Różewicz）。正如扬·布翁斯基（Jan Błoński）所说："斯瓦沃米尔·姆罗热克如同许多作家，像是博莱斯瓦夫·普鲁斯（Bolesław Prus）或者安东·契科夫一样，都是先担任记者，之后转为幽默作家（漫画家），最后才成为短篇小说作家和剧作家的。他的早期作品相对平平。"[①] 姆罗热克曾在"二战"后斯大林统治时期的波兰担任记者，这是根据他的这段经历所作的严谨评价。

斯瓦沃米尔·姆罗热克在1930年出生于波兰南部的一个小村庄博尔茨钦（Borzęcin）。年轻时，他去了战时未被摧毁的克拉科夫，先是学习建筑，后来转为艺术，但是他并未从任何大学或者学院取得学位。1950年，他得到的第一份工作是记者，之后在克拉科夫为《波兰日报》工作。他的短篇讽刺小说和漫画使他闻名整个波兰，其文学作品和漫画被人频频引用，人们甚至用"姆罗热克式"和"连姆罗热克都编不出来的"这样的新说法描述波兰最不可

① Błoński Jan,《Wszystkie sztuki Sławomira Mrożka》, Cracow 1995.

思议和荒谬的事物。

在和克拉科夫和格达斯克的一些著名文学性歌舞厅合作之后，姆罗热克可能才有了要成为一名剧作家的想法。他的戏剧处女作于1958年在华沙话剧院上演。那是在约瑟夫・斯大林死后，所谓的“十月解冻”时期。他的第一部戏剧作品《警察》（*Policja*）在艺术上获得了巨大的成功。也因此，姆罗热克搬到了华沙，着手开始写作独幕剧，例如《在茫茫大海上》（《Na pełnym morzu》）、《查理》（《Karol》）、《火鸡》（《Indyk》）、《戏剧》（《Zabawa》）等，这使他成为波兰上演次数第二多的剧作家，仅次于亚历山大・弗雷德罗（Aleksander Fredro）。正如扬・考特（Jan Kott）在20世纪60年代所说，“维卡奇来得太早了，贡布罗维奇几乎准时，而姆罗热克则是第一个来得正是时候的。对于波兰和西欧两个时间来说，他都不早也不晚。”[①]姆罗热克的戏自然是由当时最好的波兰导演排演的：杰西・贾洛基（Jerzy Jarocki）、卡齐米尔兹・德杰梅克（Kazimierz Dejmek），而最重要的是欧文・阿克瑟（Erwin Axer）在著名的华沙当代剧院的创作。

其中一个绝佳的例子是《探戈》（《Tango》），这是一直以来最为著名的姆罗热克的作品，探讨了艺术与革命、社会骚乱和（不）可能的旧政权复辟的话题。事实上，这是一个关于艺术家 / 知识分子和野蛮人 / “草根阶级”之间的斗争的宏大故事。剧中的主角亚瑟试图重建家（家庭 / 艺术 / 文化 / 国家）中的秩序。他用行动强烈地反对他的父母斯托米尔和埃莉诺拉——他们天生是改革派艺术家。年老的斯托米尔仍然相信“实验”——他所属的先锋一代的最大价值。在尤金尼乌斯爷爷的支持下，亚瑟在他的家（家庭 / 艺术 / 文化 / 国家）里发动了一场政变。他认为通过与美丽的阿拉结婚，改变将成为可能。

婚姻是波兰现实生活中最有力的文化表演之一（一系列社会性的、异教徒的和天主教的做法），人们用它来改变自己的地位——从单身汉变成真正的男人（丈夫 / 公民），从少女变成真正的女人（妻子 / 公民）。[②]在《探

① Kott Jan, Rodzina Mrożka, in:《Pisma wybrane II. Teatr czytany》, Warsaw 1991.
② 更多信息请参见《Teatra polskie. Historie》, by Kosiński Dariusz,Warsaw 2010。

戈》之前，人们在 20 世纪最优秀的波兰剧作中可以找到许多令人印象深刻的例子，反映婚姻变革性的力量：最突出的作品是斯坦尼斯洛·怀斯皮亚斯基（Stanisław Wyspiański）的《婚宴》（《Wesele》，1901）和维托尔德·贡布洛维奇（Witold Gombrowicz）的《婚礼》（《Ślub》，1948）。

在姆罗热克的《探戈》一剧中，对变革满怀希冀的亚瑟最终殒命。阿拉承认她和属于"草根阶级"的埃德克有肉体关系，后者多年来一直是亚瑟父母的牌友，同时他又是亚瑟的母亲埃莉诺拉的情人。埃德克体现着一种纯粹的、野蛮的力量。当亚瑟试图攻击他时，埃德克击中了他的脖子并杀死了他。在令人印象深刻的舞蹈场景中，埃德克与尤金纽斯家族中最年长的成员一起跳起了探戈。当艺术家试图使用纯粹的力量时，产生了什么效果？这对于他的"家园"（家庭 / 艺术 / 文化 / 国家）来说，真正的益处又是什么？

《探戈》在当时南斯拉夫的首都贝尔格莱德举行了世界首演，同年，也就是 1964 年，该剧由埃文·阿克塞尔（Erwin Axer）导演，在华沙演出，四年内演出了 350 场。这是一个史诗般的成就！汤姆·斯托帕德（Tom Stoppard）也改编了这部作品，在英国皇家莎士比亚剧院进行了首演。

姆罗热克和他的第一任妻子曾定居在意大利，1968 年以后他们搬到了巴黎。他经常旅行，并对自己的生存境况愈加不满。对于一个沉默寡言而又愤世嫉俗的人来说，成为明星和名流实在是不堪重负。

1974 年，也就是《探戈》被创作十年之后，姆罗热克的又一部杰出戏剧作品《移民》在巴黎和克拉科夫进行了首演。罗杰·布林（Roger Blin）导演了其法语版本，安杰伊·瓦依达（Andrzej Wajda）导演了其波兰语版本（在克拉科夫老剧院演出）。《移民》（《Emigranci》）是一个叫 AA 的瘦弱颓废的知识分子以及一个叫 ×× 的壮实粗犷的工人之间的对话。这是姆罗热克对知识分子和乡巴佬刻板形象的全新演绎——此剧很快被翻译成 20 种语言。

1989 年，姆罗热克和他的新墨西哥妻子定居在了墨西哥。1996 年，他们回到了克拉科夫——留在了现代波兰，事实证明，这一个波兰的社会和思想问题与前一个波兰并无二致。姆罗热克依然不满意，他的上一部重要戏剧作品《克里米亚之爱》（《Miłość na Krymie》，1993）充满了对安东·契诃夫作品的暗指，展现了十月革命前后的俄罗斯。杰西·贾洛基（Jerzy Jarocki）——姆罗热克作品最有经验的导演之一——很喜欢这部作品，却无法将之搬上舞台，因为姆罗热克在剧本中有一系列关于该如何导演此剧的限制。贾洛基因而不得不放弃。另一位导演将它搬上了舞台，但并没有取得真正的成功。

这一时期，作为剧作家和哲学家的姆罗热克失去了与观众沟通的线索。寓意性和知识分子性反思的旧剧场突然死去，一种新的后戏剧剧场诞生了：舞台背景更加宏大，肢体的运用更加重要，更加性感狂热，也有着更多的震荡和混乱。这不仅仅发生在波兰，也发生在整个欧洲。姆罗热克这位老作家，一位独一无二的知识分子喜剧的作者，陷入了身体上和心理上的双重危机（在20世纪初他患上了中风和失语症）。姆罗热克试图回归，他开始写作治疗性自传《巴尔萨泽》(《Balthasar》)，同时还编辑自己的日记以及与名人朋友和作家们的信件，就像史坦尼斯劳·莱姆（Stanislaw Lem）一样。在生命的最后时期，他又离开了波兰，再一次去了法国，选择居住在尼斯，直至2013年去世。

姆罗热克究竟是怎样的一个人？我们可以在1975年他给朋友——杰出的文学学者扬·布翁斯基（Jan Błoński）的信中找到部分答案。“当然了，”姆罗热克写道，“几乎所有关于我的文章，无论何时出现在波兰的报纸上，都没有对我有过帮助，如今依然没有用。‘讽刺作家’？‘尤奈斯库—贝克特—维卡奇—贡布洛维奇’或者‘尤奈斯库贝克特维卡奇贡布洛维奇’？‘浪漫遗产’？‘波兰式’？‘思想冲突，而非人物冲突’？这是为了什么，对我来说什么都不是。你必须像写普通的人和事物一样来写我。关于历史、时代、时期、波兰，关于什么样的人，这个人是如何从历史中脱颖而出的，这个人是如何皱起眉头，如何在历史面前畏缩不前，如何逃避，如何攻击。他面前有什么样的想法，什么样的骗局，什么样的恐惧，什么样的希望？在什么情况下他不能做某事，但必须做某事，他试图伪装成什么样子，用什么样的方式？他设法做和不做什么，用什么样的方式？”①

---

① Krajewska Anna,《Dramati teatr absurduw Polsce》, Poznań 1996.

姆罗热克的戏剧（喜剧或悲喜剧，独幕剧或多幕剧）往往以一个普通的日常生活场景为出发点，随着故事的进行，这个场景会变成一个奇妙的、荒谬的或者没有出路的情境——一个陷阱、角色的死亡或者另一种方式的终局。正如马丁·海德格尔“在世存在”的现象学所阐释的：人的实体被抛进了这个世界，是一个走向死亡的存在。在这个本体论情境中，每个人通常所做的就是通过沉浸在日常生活中来忘记死亡——喧嚣和闲聊（海德格尔的“闲言”）。

我们从贝克特那里很清楚地了解了这一点，但与贝克特（和海德格尔）不同的是，姆罗热克并不是那么严肃的形而上学。在他的作品中，日常生活似乎非常简单和平淡，就像哥白尼之前的地球。作为一个漫画家和政治记者，姆罗热克总是有着完美的幽默感。成千上万的读者爱上了他的笑话、影射、反讽、不同色彩的反语、滑稽模仿、社会性讽刺和黑色幽默。姆罗热克的戏剧人物似乎只是“画像，木偶、活着的寓言……不能造成任何事件，根据所处的不同情景，他们往往不情愿地‘被抛’（这里再次是海德格尔！），他们展示了连他们自己都不理解的过程机制”[①]。

对此，两部独幕剧《在茫茫大海上》(《Na pełnym morzu》，1961）和《魔夜》(《Czarowna noc》，1962）中有一些很好的例子。《魔夜》中，两个职员在出差时相遇在一个小旅馆的房间里。他们都被“无知、懒惰、半知半解的酵母所完全烘焙……无论这种酵母来自何方——来自贫民窟或是沙龙、来自博尔茨钦（姆罗热克出生的村庄）或是伦敦、来自市集、编辑部或是大学”[②]他们都戴着彬彬有礼和受过良好教育的伪善面具。但在奇幻的夜晚，他们会展现出自己的真实面孔，为了一张更舒服的床铺或者为了唯一一个可以接近的神秘女人而互相争斗，这个神秘女人就是所谓的“第三人”（穿着没有肩带的裙子，丰乳肥臀的年轻女孩……她是中年男人的梦想）。这场斗争似乎是一场纯粹的闹剧，但是，当他们开始思考自己究竟是在谁的梦境里，谁是真实的，谁又是基本的、本体论的（不）存在之争的“赢家”时，这种纯粹的

① Błoński Jan,《Wszystkie sztuki Sławomira Mrożka》, Cracow 1995.
② Błoński Jan,《Wszystkie sztuki Sławomira Mrożka》, Cracow 1995.

闹剧就演变成了一种现象学的争论。有趣的是，这个普通的店员，一个可笑的小人物，却把神秘的女人当成上帝（还是戈多？）大声呼喊："救救我！让我成为——唯一的我，唯有这里，唯有现在！"当然了，《魔夜》也可以被解释为一个关于可有可无的人的故事——俄国文学擅长对这一主题的表达，其中最有名的则是契诃夫的作品。

《在茫茫大海上》是姆罗热克式寓言的典型：三个木筏上的海难幸存者，穿着优雅的黑色西服套装，讨论着先吃谁以避免饿死。这可以看成是姆罗热克人类学的一个生动例证：每个人的构成都同时有两个方面，一方面是一个理性的傀儡（刽子手、刽子手的帮凶和受害者的固有形象），他们在海上、在船上高谈阔论，表演荒谬的民主或暴政；另一方面是一个不惜一切代价要存活下来的动物。他们设下了一个陷阱和一个没有任何解决方案唯有将无辜者杀死的境况。对于海德格尔的现象学来说，这是一个空虚的世界，在这里，"大人想吃小人，剩下的是对沉默的反对，即：华丽的文辞。"[①] 更确切地说：这是对新手或/和愤世嫉俗的玩家的华丽文辞。这只是最弱小的人变成食人族的盘中餐之前的闲聊。"我吃故我在"。而且它仍然是一种思想，因为伪善（人类文明/文化的另一个名称），现在允许公开的声明，要求所有复杂的程序，即诡辩和纠缠的指示，来证明吞食弱小是正当和正确的。姆罗热克的伟大之处在于，他恶意地否定了表现无辜而英勇的受害者的浪漫主义传统（仍然存活在波兰）。在茫茫海上没有任何的英雄主义和正义。"在茫茫大海上"这里的意思是"在这个世界上，自出生的那天起你就被抛进了此中"。

最后，我可以坦诚地表示，我并不喜欢姆罗热克先生，因为他的悲观和厌世心理，因为他的作品中总是存在着这种关于世界的苦涩真理。在姆罗热克的戏剧中不存在友善的欢笑。文化对他来说是一种面具和服装，不安全，不能持久地保护人类免于沦为野兽。姆罗热克作品中的日常现实并非悲剧（就像莫里斯·梅特林克的作品一样）；而是悲喜剧：被恐惧、病态的怀疑

---

① Błoński Jan,《Wszystkie sztuki Sławomira Mrożka》, Cracow 1995.

和对于无法避免的灾难的等待所联结——然而，这场灾难并没有赋予戏剧人物的结局（例如死亡）任何意义。玛格尔扎塔·尼耶姆希斯卡（Małgorzata I. Niemczycka）所写的姆罗热克的传记中有一段重要的引文：

我们可以发明这种或那种东西，但有时我认为我们都是螺旋弹簧，已经扭转过去，却还没有扭转过来。不管我们怎么想，最后总会扭转过来的。我有一只玩具猫，你可以用一把小钥匙扭动它。当我扭转它的弹簧时，猫儿奔跑嬉戏。如果他问我一个关于意义的问题，我只会告诉他："哦，小猫，小猫。"[①]

作者简介：

阿图尔·杜达博士是波兰尼古拉·哥白尼大学戏剧和表演专业教授。出版著作涉及当代东欧戏剧以及表演理论。他也是戏剧评论家，为多本波兰戏剧类杂志撰写剧评。目前担任波兰戏剧研究协会（PTBT）修订委员会主席，也是戏剧研究协会（Gesellschaft für Theaterwissenschaft，简称 GTW）和世界戏剧研究联盟（FIRT / IFTR）的成员。

① Niemczycka Małgorzata I.,《Mrożek. Striptiz mizantropa》, Warsaw 2013.

在茫茫大海上

斯瓦沃米尔·姆罗热克
蔡燕　译

人物

肥胖的海难幸存者（以下简称胖）

中等身材的海难幸存者（以下简称中）

矮小的海难幸存者（以下简称小）

邮递员

仆人

此剧为一幕一景。舞台表现出茫茫大海上的一艘木筏。三位海难幸存者，穿着干净整齐的黑西装和白衬衫，打着一丝不苟的领带，上装的口袋上露出一截白手帕。他们各自坐在一把椅子上。木筏上还有一个大行李箱。

胖　我饿了。

中　好想吃点什么。

小　所有的储备品都吃完了吗？

胖　所有的储备品都吃完了，一丁点儿都没了。

小　我以为还会有一点儿豌豆小牛肉。

胖　什么也没了。

中　让我们吃点什么吧！

小　我也想吃点什么东西。

胖　什么东西？先生们，我们必须现实一点。更确切的应该是……

中　我不在乎是什么。

小　您说所有的储备品都吃完了。那么您心里想的是什么……

胖　我们必须吃的不是什么东西，而是什么人……

中　（往后，往右，往左看）我没看到……

小　我也没看到什么人，除了……（忽然不说话了，停顿）

胖　我们必须吃我们当中的一个人。

中　好的！那我们吃吧！

小　（过于急切地附和）是的，那我们吃吧！

胖　先生们，我们不能像小孩子一样。请允许我指出，我们三个并不能够一起欢呼“那我们吃吧”。在目前的情况下，我们中的一位必须说，“先生们，请你们好好享用我吧。”

中　谁呢？

小　谁呢？

胖　我要问的正是这个问题。（紧接着是一阵令人尴尬的沉默）我呼吁你们表现出团结友爱和彬彬有礼。

中　（忽然指着天空，好像发现了什么特别有趣的东西）哦！有一只海鸥在飞！一只海鸥！

小　我这样说可能有些不中听，但我得承认，我是一个非常自私的人。我从来都那么自私。甚至在我读小学的时候，我都会一个人把午饭全部吃完，从不与人分享。

胖　这很不好。这样很难办啊，我们就只好抽签决定了。

中　很好。

小　这是最好的办法。

胖　我们将会根据以下的方法来抽签。你们两位先生中的一位说一个数字。然后另一个人再说出另一个数字。最后我也会说出第三个数字。如果三个数字之和为奇数，那么我就抽到签。我会被吃掉。不过，如果三个数字之和为偶数，那么你们中的一位会被吃掉。

（停顿）

中 不……我反对赌博。

小 万一您作弊的话怎么办？

胖 这些先生不相信我，这样很难办啊。

中 我们最好找个别的方法。我们是文明人。抽签是黑暗无知时代的遗留物。

小 那是迷信的胡闹。

胖 很好。那我们可以组织一场选举。

中 这主意不坏。（对胖）您不反对和我结成选举联盟吧？那会使得选举简单化。

小 议会制已经过时了……

胖 但是没有别的方法了。如果您更赞同独裁，我很愿意掌权。

小 哦，不，要打倒专政。

胖 那么，就自由选举吧。

中 而且要无记名投票。

小 而且不能搞联盟。每一方必须单独投票。

胖 （站起身，打开行李箱，取出一个大礼帽）这是一个帽子。我们把写着名字的纸条都投到里面。

小 我没有笔。

中 我们很愿意借您一支。

胖 （从口袋里取出一支钢笔）这是笔！

中 （搓着手）投票吧！投票吧！

小 等一下。如果我们要像文明人那样组织这场投票，那我们就不能忽略投票前的竞选。不管是在文明世界的哪一个地方，投票之前都是要竞选的。

胖 如果您坚持的话……

中 好吧，那就进行吧，只不过要快一点！

胖 （从椅子上站起来，并将几把椅子移到木筏的中间）竞选现在开始，谁想第一个发言？

中　（对小）您怎么样？

小　我想慢点说。我从来就不是一个好的演说家。

胖　但这是您的建议。

中　确实如此，是您建议大家使用这些政治的把戏的，政治。所以您必须第一个说。

小　当然，既然你们这样希望……（他站到一把椅子上，就像站在演讲台上一样。另外两人聚到他的前面。胖从口袋里拿出一个两边带手柄的横幅，他把一个手柄递给中。他们把横幅举过头顶。上面写着：我们要食物）嗯……先生们！

中　（打断他）别忽悠我们！我们是老实人！

胖　我同意。打倒空谈，真相万岁！

小　我的朋友们，我们相聚于此……

中　（打断他）说重点！说重点！

胖　我们还有工作要忙！

小　我们相聚于此，探讨食物短缺此项棘手的问题。我的朋友们，你们把我当作一个候选人是错误的。我有妻子和孩子。我常常在日落的时候，坐在我家花园里，摇着孩子们荡秋千，我的妻子织着毛衣，直到夜幕渐渐降临。先生们！朋友们！你们能够想象出这样的情景吗，如此温馨宁静的画面？你们难道不会为此感动吗？

中　这不是理由。事关公共利益，感情不在讨论之列。您的孩子们可以自己荡秋千。

胖　还荡得更高呢。

中　是的，是的！还要更高！对于花园、旋转木马、秋千，没有你都会更好。不，孩子不能成为理由。

小　但是，朋友们！当我还是个男孩时，我对未来有如此多的雄心壮志。的确，我没有足够努力地工作，并没有实现我的梦想。但是为时未晚。我向你们保证，这些都还可以改变。我不会再忽视我的责任。的确，我有我的问题，我缺少自信、懒惰、消极，但是我会变好的，我发誓。我会磨炼我的意志、塑造我的品格、增长我的学识，最后达成所有我还尚未实现的成就。我会有出息的。

中 大声点！

小 我会有出息的！

胖 主观主义！

中 我们要食物！

胖 一起来：一、二、三……

胖和中 （同时）我们要食物！我们要食物！

小 （感情失控，几乎要哭出来）我劝你们不要这样……绝对不要这样……（从讲台上下来）

中 （把自己拿的横幅的一端递给他，自己爬上讲台）兄弟们！

（胖幸存者鼓掌喝彩。矮小的幸存者边抽泣，边无力地鼓掌）

中 我的学问不高，也不喜欢多说话。行动是我的座右铭。自打小时候起，我就对烹饪艺术有着强烈的兴趣。倒不是说对食物本身——哦不！我食量中等，老实说我不怎么喜欢吃。我需要的只是——我吃得非常少，几乎可以说是不吃，实际上。我在说什么？我什么都不吃。两年前，也许我还偶尔吃那么一丁点儿，两天或三天吃一次，而现在呢？什么都不吃！我已经彻底地和食物告别了。然而，准备食物已经成了我人生的乐趣。作为厨师，让我最激动的事情就是看着别人吃我精心准备的食物，享受其中。那是我唯一渴望的回报。请允许我补充一句，我是烹饪肉类的专家。我调的酱汁无与伦比。我要说的就是这些。

胖 太棒了！（他鼓掌。小面无表情，几乎没有任何反应。中走下讲台，胖走上他的位子）

中 万岁！

（他停下来。胖两手叉腰站着。片刻，他环顾四周，仿佛被很多人所围绕着）

胖 （忽然举手做了个纳粹的手势）饥饿的人们，我向你们致敬！

中 （激动地）万岁！啊，万岁！

胖　（做了一个命令式的手势让他安静下来）我的演讲会很短，用军人的方式。首先，我不想左右你们的想法。你们必须自己做决定。我是你们的仆人，你们的意志对我来说是神圣的。别人给我吃什么我就吃什么。其次，还有个板上钉钉的事实：我是没法消化的。我一直都皮包骨头，还装了两根金属的肋骨，一个肝被切掉了，一条腿还比另一条短一截。我也不确定我有没有蛔虫。我为什么要隐瞒这些呢？第三，我不想成为一个煽动者。我喜欢有话直说。如果我没有被选上的话，我会把一条腿和里脊肉都给另一个人。剩下的加上舌头对我来说就够了。要是有人还有别的想法，我要大声地说：我是不会把舌头交出来的！

中　太棒了，太棒了！我们的领导万岁！

胖　我说完了。我不喜欢空话、哲学家、软蛋！前进！

中　太棒了！再来一次！让我们欢呼：万岁！

胖　走下讲台。小和中卷起横幅。

胖　（对小）您满意了吗？

小　您太棒了！只不过……只不过……我不能吃里脊肉。那对我不好……如果这对您来说无所谓的话……

中　（全神贯注地站在胖面前）先生！祝贺您！您的演讲让我深深感动。关于舌头的问题，我完全站在您这一边。

胖　竞选结束了。现在我们投票吧。

胖　（将大礼帽放在木筏的中间。三人分别走到木筏的三个角落，背对背开始在纸上写字。胖和中瞥了几眼小。胖蹑手蹑脚地走到小边上，从他背后偷看过去。小及时发现了，用手遮住纸。然后他把笔还给胖）

小　非常感谢。

胖　小意思。有任何我可以帮到您的地方我都愿意效劳。

胖　（走到木筏的另一边。胖和中在写票。小一直背对着他们，凝视着大海。然后他们都转过身来，走到木筏的中间，把选票投入大礼帽中）

胖　现在我们要读票了。

中　好激动啊。投票让胃口也变好了。

小 您能否保持点分寸。

（胖把手伸入大礼帽中。然后他抬起头，静静地凝视着小。长长的停顿）

胖 怎么了？发生了什么？

中 结果是什么？

胖 先生们，这次投票无效。

中 为什么？我饿了。

小 您想要破坏我们自由、民主的选举吗？

胖 在大礼帽里面有四张选票。四张！

（和之前一样，胖怀疑地看着小。中也一样）

小 （无辜地）我说过议会民主制已经过时了。

中 现在是怎么一回事？

胖 这是一场典型的内阁危机。也许直接提名一个候选人会更简单一些？

小 谁来提名呢？

胖 我很愿意效劳。

小 果然！我早就猜到了！不！不可能。

中 这事情真是非常糟糕。民主不起作用。专政不被接受。我们总得想出办法吧。

胖 这样的时刻，唯一能够帮助我们的人是充满奉献精神和鼓舞力量的人，他会将他自己献给我们。当一般的行为方法失败的时候，通常情况下是志愿者来拯救局面的。（准备再作一场演说）我敬爱的同志们……

小 哦不！我不想听。

中 您得听！

胖 亲爱的朋友！我们知道像是对于奉献的热忱、对于责任的恪守和对于同志的友爱这样的品格是无法被掩饰的。打从我们相遇开始，我的朋友和我就注意到，您身上有一点如此与众不同。我指的，当然是，您内心的高尚，您对于服务公共事业始终不渝的坚持，您时刻准备着……对不对，我的朋友？

中 （急切地）我这辈子都没碰到过比您更好的人。

胖　我们很高兴，最终集体能够给予您一个机会，一个去展现您隐藏的、纯洁的热望的机会——您渴望以这样的形象被人们所铭记：谦虚、忠诚、热心、可亲、鲜嫩多汁……

小　不！我不想要！

中　什么？你不想当志愿者吗？

小　不想当。

胖　您要背叛集体吗？您要践踏同志们对您的信任吗？您不愿意？

小　不愿意。

中　这是可耻的！

胖　您彻底拒绝吗？

小　我彻底拒绝。我并不想成为伟人。

中　从今天起你不必跟我握手了。我本来以为你是个正直的人，是我们这艘木筏上的爱国者。而你却表现得像一个无赖。再见！

（他走到木筏边缘，背对着小）

胖　是的，我们对您非常失望。很显然名誉对您来说什么都不是。不过，也许您能建议一个别的方法？我们洗耳恭听。

小　（信心逐渐增加）办法？有了！从小我就梦想着普世的公正！别的我什么都不要，我只要公正！

胖　您叫我惊讶。

小　为什么？

胖　您怎么确信公正不会与您背道而驰呢——我是想说不会转而对您有利，支持您作为候选人呢？

小　这很简单。我从小生活就悲惨不幸，没有任何事情是顺利的。我的运气总是很背，所以……

胖　所以您认为普世的公正会补偿您活到现在缺乏的幸运？

小　是的。

胖　多么令人惊讶啊，那些抱怨缺乏普遍的、全人类的、无所不包的公正的人们往往只是心怀不满。您在寻求正义，难道不就是为了给那些失败的人寻找理由吗？

小 不，我不会反悔。我什么都能够同意，只要决定是公正的。

胖 您的意思是只要您不会被吃掉。

小 您现在是在含沙射影。我首先要求的是公正。

胖 让我们坐下来吧，先生们。这事情很难办，但是我们能够把它解决的。

中 我不想和他说话。

（他们都像开始一样坐下）

胖 （对中）我亲爱的朋友，您的母亲还健在吗？

中 （迟疑地）这怎么说呢……您呢……长官？

胖 （抬头望着天）很不幸地，我在出生不久就成了孤儿。我可怜的父母啊！

中 （急忙）这正是我要说的。坦白说，我根本就没有父母。

胖 （对小）您呢？

小 我母亲还在。此次此刻，她正在孤零零地哀悼我呢。我可怜的母亲！

胖 在我看来，从公正的角度来说，这件事情很简单了。伤害一个孤儿肯定会让您的良心过不去吧？就算是野蛮人也会认为变成孤儿是最大的不幸。哦，我亲爱的先生，如果我们两个孤儿中的一个被吃掉，那将是对最基本的正义的一记耳光。成为孤儿已经够惨了吧，难道还要再被吃掉吗？

小 （目瞪口呆）但是……

胖 不，我亲爱的先生。这是再明白不过了的。您有母亲，您在这个世上一向过得比我们更好，您不认为现在是偿还世上孤儿们“不公之债”的时候了吗——这些从来都没有得到过母亲的照顾、家庭的温暖、富足的生活的人们？特别是，如您自己所说，您母亲已经在哀悼您的死亡了。

小 （绝望地想要寻找理由反驳）但是，也许我的母亲也已经死了。最近她身体很虚弱，而我已经很久没回家了。

胖 您说话怎么像小孩子一样？这样的事情我们要怎么证明呢？从哪里得到哪怕是一点点根据呢？

中 是啊，证据呢？

小 我只是说我离家的时候她身体不好。最近大家都说在文明社会里面各种疾病……

胖 艺术化的幻想……纯粹是想象。很明显您母亲的身体很健康，愿上帝保佑她长命百岁。然而对于我们的父母来说……（对中）您还记得那些漫长的秋天的夜晚，我们光着脚丫，徘徊在街头，想要卖火柴给路人吗？

中 （用手捂着眼睛）求您了，别提这些了。有些事情还是忘记的好。

胖 还有您还记不记得那个远房的亲戚，那个吝啬的暴君，从我们这些衣不蔽体的孩子身上把最后一口肉夺走，只不过为了做成捕鼠器里的诱饵抓老鼠？

中 （叹息）过往的噩梦。

胖 （一言不发，在小面前摊开双手，仿佛在说，“您看，我们无能为力。”）

小 不好意思，我好像听到海上传来人说话的声音。（听）

胖 您在转换话题。当然了，人类的痛苦不会激起您内心的任何感受。啊，你们这些被宠大的自私自利的心肝宝贝……

（传来一个微弱的声音）

中 （指责的语气）他小时候有皮球玩！

胖 是的。有皮球和玩具熊。

（同样的声音，这一次更近了）

声音 救命！救命！

小 是真的！啊，这一次，我听得很清楚了！

声音 救命！

胖 不错，有人在向我们游过来。孤儿总是很倒霉。

中 （站起来，向外看向大海）也许有人带吃的过来了，长官。我现在看得更清楚些了，他只用一只手在游泳，另一只手拿着一个什么大的东西。

（胖和小也站起来，走到中所在的木筏的边上）

小 是的，是的，很有可能。一个去赶集的农民和他的猪一起掉到水里，这不是也有可能吗？然后他用一只手紧紧抓着他的猪，他唯一的财产。

胖 那里，我看到他了！

中 他穿着制服。但是穿制服的都在赌场里面。

声音　（很近了）救命！

（一个邮递员从海里爬上来，穿着一身制服还戴着帽子，脖子上挂着个皮包。中伸出手，把他拉到木筏上来）

邮递员　非常感谢。

胖　您有带什么吃的吗？

邮递员　完全没有。我自己也想吃点什么。早餐前我就被冲下水了。（注意到小）怎么是您啊！太不可思议了，多么神奇的巧合啊！

胖　（怀疑地）你们认识？

邮递员　可不是！我都给您送了十年的信了！真没想到会在海上找到您。不过太巧了，我有份电报给您。

小　我的电报？

邮递员　是的，我正拿着这份电报朝您海边的房子走去，一个浪打来把我冲走了。幸好我游泳游得不错。（翻他的包）在这里。

小　（走到一边拆开来看电报）先生们，不好意思。

胖　（怀疑地对着邮递员）这制服是真的吗？

邮递员　是真的，只不过湿了。您看，下过水之后……

小　好啊！

胖　怎么了？

小　（沉思中）先生们，我遭遇了一场悲剧。我的母亲死了。

中　得了吧！

小　所以请允许我指出，我现在和你们一样都是孤儿了，因此我们必须重新展开讨论，再一次考虑我们之中的谁要被吃掉这个问题。

胖　我抗议！这是个骗局。您和邮递员串通好了。

邮递员　（骄傲地）您是在侮辱一个尽忠职守的公务员吗？

胖　你给了他多少钱？我猜你们读书的时候就是好朋友吧？

小　您的指责是毫无根据的。您可以问邮递员我们是不是串通的。

胖　太好了，让我们来问问他。如果他说是的，如果他承认了，那么我们会无条件地把你吃了。如果他否认的话，那我们就吃邮递员。

邮递员　您说什么？要吃了我？我不过才刚刚到啊！

胖　这就是理由。您很完美——您还很新鲜。

中　长官，不如把他们俩都吃了！香煎邮递员怎么样？一个烤了吃，一个做冷盘？一部分还可以卤了吃，或者一个塞到另一个里面做馅儿。太美味了。

小　（期待地）也许邮递员不是孤儿？我们三个，在这儿，无家可归、远离人烟……我们应当问问他，对不对？

胖　（还在思考菜单）不。我更想要用另一个来酿酒。可是邮递员怎么能酿得出勃艮第红酒呢！

邮递员　（急切地点头）是的，是的，您说得对。我是个一流的邮递员，但酿酒的话可成不了什么好酒。

中　怎么了！您看不起货真价实的车夫餐酒①吗？

小　（对邮递员）如果您做出伪证，说我们是互相串通的话，我会向邮政总局举报您。

邮递员　不用担心！我已经工作三十年了，从来没有任何一个污点。

胖　我们在浪费时间。您有没有和这位先生串通？是或者不是？如果是，他母亲去世的消息是假的，我们会分给您一个腰子或者一部分臀部吃。不过，如果消息是真的，那么我们三个孤儿会把您这个邮递员给吃了。邮局是一个公共事业部门，因此它必须为大众服务。

小　求您了，不要毁坏您的名声。

邮递员　没什么好害怕的。这么多年以来，我一直都是一个诚实的邮递员，我不会被腰子收买的。

胖　我们还可以给您个膝盖骨，不过我警告您，再多可就不行了。

邮递员　不，先生。（指着自己制服的领子）您看到这两个交叉的喇叭了吗？这喇叭代表的荣誉我看得高于一切。再见吧，先生们。（他跳入水中）

小　不，不，别走啊。先告诉他们我是无辜的。等一等！（挥舞着电报）不

---

① 原文为 Vin du Postillon，指的是法国一种平价但畅销的餐酒，标签上是一个车夫的形象。

过现在，同志们，你们看到了，从公正的角度来说，我们的情况是一样的。我们都是孤儿。

胖 （无动于衷，对中）能麻烦您准备一下餐具吗？东西在我的行李箱里。

小 （后退）什么？孤儿吃孤儿？

胖 您忘记了还存在另一种公正。比方说，历史性公正。

小 这是什么意思？

中 （此时他已经打开了箱子）长官，我们需要漏勺吗？

胖 我们都没有父母这一事实并不等于我们就是平等的。我们还得考虑这个问题：我们的父母是谁呢？

小 我的老天，他们是……就是父母。

胖 哈哈！那么您父亲是干什么的呢？

中 蛋糕盒要不要？

小 我的父亲？他是个书记员。怎么了？

邮递员 （从海里探出头，靠在木筏的边缘上）很抱歉，我忘记拿回单了。尽说着吃人的事情，把我都搞晕了。

小 我要在哪里签字呢？

邮递员 这里。

（小签收回单）

邮递员 我得回去了。再见。

（他游走了）

胖 这么说来，您的父亲在律师事务所工作？正如我所想的一样。您知道我的父亲是干什么的吗？

小 不知道。

胖 他是个普通的、不识字的伐木工人。而我的这位朋友，压根儿就不知道自己父亲是谁。他的母亲在极度担忧、贫穷和悲惨的情况下怀上了他。是的，大人。您看，当您的父亲作为上层社会的服务人员，舒舒服服地坐在温暖、干净的办公室里，填着各种文书表格的时候，我的父亲正在为了造纸浆而把杉树砍倒，这样一来，您的父亲就有纸写债权扣押信，把它寄给我这个从来没有父亲的朋友的可怜母亲。你怎么就不感到害臊呢！

中　（一直在从行李箱里取出各种各样的厨房用具，把它们放到木筏上面。现在他取出了一个绞肉机，他摇了几下机器的手柄，进行测试）

小　（理解了胖强加在他身上的推论方法，并想在此情况下进行辩护）但是这一切和我没有任何关系啊！

胖　这就是裁定您要被吃掉的公正：我们称之为历史性公正。

（海上传来声音：大人！伯爵，伯爵大人！）

胖　搞什么鬼？

（木筏上露出一个老仆人的头，他两鬓花白）

仆人　太好了，大人，我终于找到您了。

胖　你在说什么啊？

仆人　（感动地流泪）您认不出我了吗，伯爵大人？我是老约翰啊，您认不出来了吗？您不记得我以前是怎么教您骑小马了吗，在您还是子爵的时候？

胖　滚开！

仆人　真是太好了，我的老眼里又重现了您的容颜，大人。城堡里的所有人都担心死了。当您乘坐的船沉没的消息传来，我没有办法控制我自己。我对自己说，大人在哪儿我就在哪儿。大人的命运就是我的命运。所以我跳入了大海，游到了这里，大人。我实在是太幸运了！

胖　约翰，你现在离开木筏，跳海沉没吧。

仆人　遵命，大人。我是多么幸运啊，实在太好了。（消失不见）

小　不，不，好人啊，别走啊！请您过来……他沉下去了。

胖　（就像什么都没发生过一样）就像我刚刚说的，历史性公正……

小　（变得很激动）我知道了！您以前住在城堡里，您还上过骑马课……

胖　我？骑马？我的父亲连一匹小马都买不起！大人，请您别把自己的童年回忆强加于我！

小　实在是太过分了！您的意思是我，是我骑过小马？

胖 当然了。您刚才自己说的。

小 这真是匪夷所思！我现在清清楚楚地宣布，我和小马没有任何的关系。

胖 我也没有。我的父亲都不知道“马”这个字怎么写。他是文盲。

中 （一直看着他们，他站在厨房用具的中间，手里拿着一个长柄炖锅）可怜的小马，没有人要它。（对小）你对动物没有任何的怜悯吗？不管怎么说，你应当感激它给你的童年带来了一段美好的时光。

小 可是那个仆人……

胖 什么仆人？（对着中）我的朋友，你看到什么仆人了吗？

中 我？哪里有？

胖 亲爱的先生，我想我没什么好跟您说的了。您已经产生幻觉了。

中 你是个疯子！

胖 对于一个不能对自己行为负责的人来说，您更应该服从有明确愿望的人。您应当被社会所淘汰，最好的方法是让社会把您给吃了。（对中）我的朋友，请你把餐具摆好吧。

中 我应该把小勺也拿出来吗？

胖 当然了。这是一顿正餐。

（中拿出小勺）

中 一把餐刀还是两把呢？

胖 两把餐刀。

中 把餐刀拿出来。

中 餐巾呢？

胖 当然要了。每样东西都不能马虎。我们是文明人。

（在他们交流的时候，小后退到了木筏的角落，拖了一把椅子过来，把自己藏在后面。中将一块干净的白色桌布铺在木筏的中间，熟练地摆放着两套餐具。胖不看小了，转而看着中，时不时指示他各种东西应该摆放在什么位置。桌布上的一切被讲究地摆放整齐了。小在椅子后面看着他们，满怀恐惧）

小 （害怕地）先生们……

胖　（不理他）把刀叉往右边移一点点。

小　我觉得我得告诉你们……我中毒了……

胖　水果盘放在中心位置……

小　我发誓这是真的。本来我不想讲的，但是我心里感到内疚，大人们……

胖　（拿起一把叉子，看着它）把这弄干净。

小　我不是退缩，我只是不想伤害你们。我自己也很喜欢美食，我也知道贪吃有时候对人是有害的。如果我没有中毒，我就不会说什么了。但是既然事实如此，那我有义务必须……

胖　让我们开始吧。

中　好的，长官。

（从行李箱里拿出一把大厨刀和一块磨刀石。这些道具必须是真的。他磨着刀，制造出一种真实的、刺耳的、有节奏的声音）

小　（继续往后退，直到木筏的边缘）我并不是说这是治不好的。不，只不过你们要等一下，我确定毒性会散去的。我躺上一两天，我的毒就解了。我就在这个角落里躺着，不会妨碍你们的。毒性失效以后，我就告诉你们。那时候我不会再说什么了。

中　（依然在有节奏地磨着刀。胖歪着头审视着桌布上的布置，想了想，走到行李箱那里，从里面拿出一个花瓶和一些花。他把花插进花瓶，再把花瓶放到桌布中央。然后他走几步到边上，斜眯着眼观察整个的效果。此刻他终于满意了）

小　（变得越来越不自信）好吧，也许两天，这有点太夸张了，最多一天。你们知道那句谚语吧，“今天要吃的东西不如留到明天吃”，哈哈哈！

中　（用手指试试刀的锋利度）

小　好吧，那几个小时就够了。一个小时也行……

胖　时间到了。

中　（朝小的方向迈出了一步）

小　（急忙）好吧，好吧！大人是对的。只不过我可以给你们一个建议吗？是为了你们好。

胖　什么方面的？

小　完全专业的建议，烹饪方面的建议。一针见血的建议。你们……你们不觉得我最好洗一下脚吗？

中　（用询问的眼神看着胖）

胖　这个我倒没想到。（对中）你觉得呢？

中　（犹豫地）我不知道……否则可能会硌牙……最好还是让他洗一下……

小　（急忙卷起裤脚）对，对，您说得对。卫生是健康饮食的基础。（抓他的腿）细菌用肉眼是不可见的，但是我可以感觉到他们的瘙痒。

胖　很好。个人卫生对谁都无害。恰恰相反，它可以确保人们健康长寿。等一下，我给您找条毛巾。

小　（坐在木筏边缘，把腿荡在海里。他边洗边泼水）

小　所以你们两位已经坚定不移地要把我……

胖　我觉得我们已经表达得非常清楚了。

小　您前面还提到了关于自我牺牲的一些事情……

胖　是的。我说过自我牺牲是一个高尚的想法。

小　（专注地听着）是吗？您再说说。

胖　好吧，我觉得我已经总结过了。自我牺牲，是乐意将自我奉献给……

小　是的，是的，这些都对。

胖　（站在他身边，拿着一条毛巾）您现在明白了吗？刚才您还不愿意相信我。

小　我之前显然还不够成熟、没有经验……但是现在我发现您说的有点道理了。

胖　（鼓励地）为时未晚。

小　我之前反对你们的观点，实在太丢脸了。

胖　但是您并不是完完全全地见利忘义，显然高尚的思想已经从您的心中萌芽。您不觉得左脚已经够了吗？

小　不，脚趾中间也必须洗干净。所以，话说回来，我必须告诉您，在我的内心深处，一个全新的、更好的人正在开始苏醒。额，顺便说一句，你们的心意是否已经无法改变了？

胖　（不耐烦地）我亲爱的先生啊！

小　不，不，当然你们已经决定了！所以我刚刚在说什么？啊哈，一个新的、更好的人。当然了，作为一个普通的个人牺牲被吃掉和作为一个全新的、更好的人被吃掉是很不一样的，后者是出于他自己的奉献……不过，先生们……你们真的已经完完全全地决定好了？

胖　（不耐烦）这位先生啊。

小　不！不！当然了！我刚刚说什么来着？啊，另一个全新的、更好的人。作为一个普通的暴力受害者被吃掉和作为一个全新的、更好的人出于自我奉献精神被吃掉，这完全是两码事。换句话说，是带着内心的满足，出于高尚的动机被吃掉的。不过你能否肯定这个决定已经不会更改了？

胖　用我的名誉保证。

小　哈，这很难！那么……我前面说了什么？哦，那么这会带给人满足感，一种自由的感觉，自由……

胖　您总算聪明了（对中）我的朋友，把肥皂递给我。

小　（两眼放光）求你们了，别把我当作廉价的玩意儿。没人喜欢那样。

胖　放心吧，我们没有这样想您。恰恰相反，您会进入到我们的胃里——我说的是我们的记忆里——作为一个英雄，一个无私奉献的典范而永远闪闪发光。我真的觉得左腿已经可以了。

小　（越来越兴奋）当然了，可以了。右腿也可以了。麻烦给我毛巾，我要从水里起来了。

胖　哦，不，我觉得右腿还可以……

小　随便您。

胖　我觉得洗一下会更好。

小　是的，我是第一个作出这样伟大决定的人。我是第一个站出来，为了别人牺牲自己的人……

中　（用挑剔的眼神看着小）我觉得您需要一点洗涤剂。

胖　不，肥皂也一样。我们可以再等一会儿。

小 等？让同志们饿着等我！绝对不行！（试图站起来，但是胖把他摁下了）

胖 再把右腿洗一下就好了。

小 我已经幡然醒悟，我的腿已经不重要了。它们即便是脏的也没有关系。

胖 （递给他毛巾）给您毛巾。这就准备好了。

小 （站起来，走到木筏的中间）先生们，我感谢你们！我终于成了一个真正的人。我找到了我一直缺少的理想。

胖 不客气。

小 我找到了我的尊严。最终的情况是什么样的？我们有三个人，而我是唯一一个将要拯救另外两个的人。如果可以的话，我想做一个短短的关于自由的演讲……

胖 长吗？

小 不长，就几句话。

胖 好吧，说吧。

小 （将一把椅子拖到木筏的边缘，人站上去，就像本剧开始的时候他们做竞选演讲一样）自由并没有什么意义。只有真正的自由才有意义。为什么？因为它是真正的，所以更好。那么要去哪里才能找到真正的自由呢？让我们进行逻辑的思考：如果说真正的自由和一般的自由不是一回事，那么哪里才能找到真正的自由呢？答案显而易见：只有在没有一般的自由的地方才有真正的自由。

中 长官，盐在哪儿？

胖 别插嘴！在这个时候……（非常小声地）在行李箱的最底下。

小 这就是为什么……

中 （走到行李箱那里，朝里看。然后他快步走到胖身边）

小 这就是为什么……

（他重复着这句话，就像一个卡住的留声机，不过不是一成不变地，而是用不同的方式来说，仿佛他在绝望地寻找他接下去要说什么……）

中 （情绪激动，低声，但是非常清楚地）长官，我找到了那罐豌豆小牛肉。

胖 嘘！立刻把它藏起来！

小　……所以，这就是为什么……

中　坦白说，我更想吃豌豆。您觉得呢，头儿？

胖　可是我不想吃。反正……

小　这就是为什么……

中　反正什么？

胖　（指着小）你没看到他有多开心吗？

幕落

魔　夜

斯瓦沃米尔·姆罗热克
黄珊　译

人物

同事先生

亲爱的同事先生

第三个人

大幕拉开时，舞台上一片漆黑，只远远地亮着一盏红灯。可以听见钥匙在锁孔中碰撞的声音和地板上的裂缝被踩过时发出的嘎吱声响。顶灯打开，光线均匀明亮。门口站着两个人：同事先生和亲爱的同事先生。

舞台被布置成某家中档旅馆的房间。房间的右墙上（从观众的角度），在台口旁首先是同事先生和亲爱的同事先生刚才进来的门，往后则是用来挂大衣和礼帽的衣帽架。

中部背景墙上，从右往左依次是一扇通往相邻房间的侧门和一只柜门关着的衣橱。衣橱上安有镜子。镜子旁是镶着相框的照片，宽大的白色边框中间是断臂维纳斯的形象。第一张床是金属质地，床头冲墙，垂直于观众席。隔开一段距离用相同方式摆放着另一张一模一样的床。两张床之间有一盏落地灯。床后的墙上挂了一幅巨大的油画，画着一束玫瑰。档次不高，但色彩还算明亮。

房间左墙深处有一扇高高小小的窗，挂着纱帘。厚重的窗帘拨到旁边。正是透过这扇窗可以看到红灯，表明附近就是铁路。

台口附近有一架屏风，后面是盥洗室。屏风与窗户同处一面墙边并更加靠近观众，但屏风不应遮住窗。

房间中央有一张桌子，上有台式电话一部和烛台一个。烛台上插着两根蜡烛；以及火柴。天花板上悬下一盏吊灯。

同事先生和亲爱的同事先生是两位中年男子。典型的中层小职员，因工作原因而来此出差，也就是“公干中”。同事先生并非亲爱的同事先生的直属上级，但相较他职位更高，职权更大。同时，由于这对先生正在旅行中，其服装也应作典型的“差旅打扮”：大衣和礼帽。行李不宜过多，最好是公文包而非行李箱。

亲爱的同事先生　同事先生，您睡哪张床？

同事先生　亲爱的同事先生，请您先来挑吧。

亲爱的同事先生　不不不，您先请！

同事先生　那怎么行！我在您后头。您要哪张？

亲爱的同事先生　我都可以。

同事先生　哪张对我都一样。

亲爱的同事先生　对我来讲也没什么不同。

同事先生　推来让去没必要。

亲爱的同事先生　在我看来也是如此。（两人相对而立，僵持了一会儿，都显得十分疲惫）

同事先生　（不耐烦的口吻）到底哪张？

亲爱的同事先生　不，唔……真要我说的话……

同事先生　如果您一定要这么客气的话，那么我就睡这第一张了？

亲爱的同事先生　您请您请，快快有请！

同事先生　您真是太客气了，亲爱的同事先生！多谢，多谢。

亲爱的同事先生　（把自己的公文包扔到靠窗的第二张床上）腿都没知觉了！

同事先生　睡觉，睡觉，睡觉！

亲爱的同事先生　（坐在床上脱鞋）总算能歇歇了！（同事先生夸张地坐到第一张床上，床体中的弹簧吱呀作响）

同事先生　倘使亲爱的同事先生觉得没什么差别的话……

亲爱的同事先生　（激动地）哪里话！

同事先生　……可否劳驾亲爱的同事先生跟我换个位置……

亲爱的同事先生　我？

同事先生　对。我更愿意靠着窗，这样空气比较清新……

亲爱的同事先生　（不安地）是吗？或者您也可以走过来，来感受……

同事先生　不不不！这不一样！工程师先生[①]，您这就没意思了！我只不过通常在家的时候都睡在窗边罢了。我喜欢靠着窗。（弹簧吱呀作响）

亲爱的同事先生　那换个位置？

同事先生　如果可以的话……

亲爱的同事先生　当然当然，当然可以（两人一同起身。亲爱的同事先生抓住自己床的围栏，把它拖到屋子中央）

同事先生　工程师先生，您这是在做什么！

亲爱的同事先生　尊敬的同事先生希望换个位置……

同事先生　是的，不错，可也用不着这么大费周章！不用麻烦了，工程师先生！

亲爱的同事先生　小事一桩！（将弹簧老旧的那张床推到窗边的空位上）人人都有自己的习惯嘛，我完全理解。有些人就是喜欢靠窗睡，这也很正常。好啦，大功告成！

同事先生　（酸涩地）这真是无与伦比，叫人受宠若惊。

亲爱的同事先生　（脱下大衣和礼帽，挂好。对着镜子松开衣领，取下领带，端详着断臂维纳斯，轻轻吹了声口哨。同事先生突然紧张地跳了过来）怎么了？

同事先生　亲爱的同事先生刚刚吹了声口哨。

---

① 此处及后文的“工程师先生”即为“亲爱的同事先生”。

亲爱的同事先生　是的，可那又怎样？

同事先生　我对口哨声过敏。

亲爱的同事先生　哦！

同事先生　我无法忍受别人在我面前吹口哨。我对口哨声过敏。从小就是，这是天生的。

亲爱的同事先生　不好意思，真是不好意思。我不知道这个。

同事先生　是很少见的情况。大约我的耳膜过分敏感了些。

亲爱的同事先生　我还是感到很抱歉。

同事先生　没关系的，没关系。

亲爱的同事先生　我吹口哨是因为看到了这个。您看到了吗？（*指着断臂维纳斯示意*）

同事先生　（*凑近照片*）古希腊的杰作。

亲爱的同事先生　兽性美人。

同事先生　在我看来这是件艺术品。

亲爱的同事先生　您还没结婚？

同事先生　我有妻子。

亲爱的同事先生　我也有，同事先生，我也有。您以为我没有吗？还守着叔叔一起过日子？不过出差的时候尽可以吹牛打屁。都是男人嘛。

同事先生　亲爱的同事先生，这不过是一张画片。

亲爱的同事先生　可当中蕴含着些什么东西。

同事先生　相片，甚至拍的不是天然的风景，而是张雕塑的照片，这雕塑还肯定是浇铸的。这照片也是复制的。这张复制品还一定是从另外的复制品上复制下来的。在重重复制之前才是真品，而真品就是块大理石，如此而已。亲爱的同事先生，如此而已。而大理石之前……

亲爱的同事先生　喏，是什么？

同事先生　是艺术的思维！

亲爱的同事先生　再之前呢？

同事先生　什么再之前？

亲爱的同事先生　这位艺术家想过什么？

同事先生　唔，总而言之，大概是……

亲爱的同事先生　看吧，同事先生！这就对了！我就说嘛，这当中是大有深意的。

同事先生　想象，亲爱的同事先生，是想象……

亲爱的同事先生　哈，现在该干什么。（脱下领带和西装外套，扔到一张椅子上）您要去洗漱吗？

同事先生　您先请。请工程师先生先去吧，我一会儿再去。

亲爱的同事先生　我快得很。（抓起公文包消失在屏风后面。片刻后从里面传来水龙头里的流水声和刷牙漱口的声音。屏风上挂出一条毛巾。同事先生戴着礼帽站在断臂维纳斯前面）我真好奇，是谁留下了这块肥皂？

同事先生　（茫然地）什么肥皂？

亲爱的同事先生　洗手池里头的。

同事先生　一定是之前住过这里的什么人留下的吧。

亲爱的同事先生　是他们没打扫，还是怎么？（水流声又响了起来）……倒还挺香。

同事先生　什么？

亲爱的同事先生　肥皂。（从屏风后面伸出了亲爱的同事先生的赤裸的手臂，举着一块肥皂）喏！

同事先生　（嗅了嗅）确实。

亲爱的同事先生　紫罗兰的香气。

同事先生　不是紫罗兰，是丁香。

亲爱的同事先生　我认为是紫罗兰。

同事先生　请您再仔细闻闻看。（拿着肥皂的手缩了回去。一阵响亮的吸鼻子声）

亲爱的同事先生　嗯——哈……没错了，我还是认为，这是紫罗兰。

同事先生 明摆着的，这就是丁香的味道。

亲爱的同事先生 我喜欢紫罗兰。

同事先生 快丢了吧您，这可不卫生。

亲爱的同事先生 （大声地清嗓子）您不喜欢紫罗兰？

同事先生 不喜欢。我更喜欢丁香。

亲爱的同事先生（从屏风后走出，换上了条纹睡衣，穿着袜子，拿着公文包，手臂上搭着换下来的衣服） 您不去换衣服吗？（随手把衣服扔到椅子上）

同事先生 哦，我这就去。（脱下大衣和礼帽，挂好。脱下西装外套，挂到另一张空椅子上。重新回到镜子跟前，对着镜子解开领带）亲爱的同事先生，您觉得这镜子照起来怎么样？

亲爱的同事先生 简直没法照！

同事先生 不实的映象！

亲爱的同事先生 也许是幻象？

同事先生 这里怎么会有幻象！您自己说，来，看着我。

亲爱的同事先生 遵命。

同事先生 您看到了吗？

亲爱的同事先生 是的。

同事先生 那么现在您再看看我在镜子里的模样。哦！哦！

亲爱的同事先生 嗯……

同事先生 它照起来怎么样？

亲爱的同事先生 不怎么样。

同事先生 什么叫不怎么样？

亲爱的同事先生 就是……对，有那么点儿……

同事先生 就那么点儿！您在旁边站着还看不清？请您现在就站到我的位置上来，（他拽着亲爱的同事先生的胳膊，带他来到自己的位置上）您自己看。现在看出什么了吗？

亲爱的同事先生 是啊，真是难以置信。

同事先生　照起来怎么样？

亲爱的同事先生　太糟糕了，这什么破镜子！

同事先生　您可算看到了。

（两个人忧伤地走开了，来到房间中央）

亲爱的同事先生　这真叫人没法儿接受！

同事先生　生活艰难至此，可人生还是要继续。（拿起自己的公文包系消失在屏风后，第二块毛巾搭在了第一条旁边。亲爱的同事先生坐在自己的床上，陷入遐想）

亲爱的同事先生　我的心肝呐，谁能想到……

同事先生　（盖过水流声）您说了什么吗？

亲爱的同事先生　呃，没……没什么。（屏风后的水声停止）

同事先生　我听错了。（从地板下面悄然响起了交响乐团的演奏，声音不大，旋律是狐步舞）哪儿来的音乐？

亲爱的同事先生　我们的下面是餐厅和舞池。（同事先生重新开始在屏风后面制造噪音）您喜欢音乐吗？（没有回答。看起来同事先生没听到这个问题。亲爱的同事先生通过这种方式证明了同事先生现在正忙着洗漱，于是他先拍了拍自己的枕头，发现枕头又薄又瘪，然后又悄悄检查了同事先生床上的枕头，比较了一下，接着迅速调换了两只枕头。他迅速跳到自己的床上，闭上眼睛。同事先生从屏风后面走了出来，穿着条纹睡衣，拿着公文包和西装）

同事先生　（精神十足地）现在就该早早做完祷告上床去啦！（亲爱的同事先生假装睡着了）希望这里没有蟑螂，今晚能做个美梦。什么？（卖弄地将西装叠好）亲爱的同事先生知道，明天还要早起吗？只有在家里才能睡上好觉啊。今天是什么日子来着？您跟蟑螂同床共枕也能睡得着吗？亲爱的同事先生，是吗？这人实在是累坏了。（打算跳上床，但转念一想，床是坏的。于是小心翼翼地爬上了床。当发现床成功地承受住了他的重量、什么也没有发生时，他深深吁了一口气，放下心来）上帝保佑。（顿了一下）得有人去关个灯。（直到这时方才发现，亲爱的同事先生一声不吭、一动不动。大声重复一遍）得有人去关个灯！（亲爱的同事先生发出欲盖弥彰的鼾声，同事先生从床上斜过身子来拽他的胳膊）亲爱的同事先生！

亲爱的同事先生 （伸懒腰，打哈欠）啊，是您啊……

同事先生 （脸上挂着理解性的、和煦的微笑）终于躺上床了，是吧？（亲爱的同事先生翻了个身，同事先生又拽住了他。亲爱的同事先生抬起头）终于可以好好睡了，是吧？

亲爱的同事先生 （想要再次倒回床上）啊哈……

同事先生 （匆匆补了一句）只是还需要关上灯。

亲爱的同事先生 上次就是我关的。

同事先生 哦？

亲爱的同事先生 昨晚，在上一家旅馆。

同事先生 啊，确实是，确实是……

亲爱的同事先生 所以嘛。

同事先生 亲爱的同事先生，别这么死板嘛。您离开关比较近不是？

亲爱的同事先生 只是看起来近罢了，透视的角度看起来近。

同事先生 亲爱的同事先生，让我们别这么斤斤计较嘛。我会起来的，实际上这真的没什么好说道的。

亲爱的同事先生 我是光着脚的。

同事先生 哦！您从没参过军吗？一,二,三，跳！就好了嘛。

亲爱的同事先生 （毫无兴趣地）跳，跳，跳……（起来，走到门边，边上有开关。远处的管弦乐队开始演奏伤感的探戈。亲爱的同事先生转身，好记住回床上的路，同时抬手准备关灯。突然注意到侧门）这里还有另一扇门。

同事先生 哪儿？

亲爱的同事先生 就在衣橱后面。

同事先生 显然，这里过去是公寓房。（亲爱的同事先生走到衣橱后面的门

处，尝试轻轻转动门把手）

亲爱的同事先生　锁上的。

同事先生　这很正常。（亲爱的同事先生将衣橱移开了一些，试图从锁眼里往外看）

亲爱的同事先生　什么都看不到，被纸糊上了。

同事先生　知道了。他们总是这么干的。（亲爱的同事先生走到自己放在椅子上的衣物旁，从西装外套里抽出一支铅笔）亲爱的同事先生，您要干什么？

亲爱的同事先生　我就看看，看看能干点什么。（返回锁着的门，将铅笔戳进钥匙孔，然后又凑近看）

同事先生　您能消停会儿吗！没用的！（亲爱的同事先生仍守在钥匙孔附近）请您关了灯然后上床睡觉！您已经是个成年人了！（顿了一会儿）……亲爱的同事先生，我懂，在学生时代我们都曾……可现在？现在您好歹也是一家之主啦……（亲爱的同事先生开始傻笑）……您怎么了？

亲爱的同事先生　（咯咯笑着拍大腿）是了！

同事先生　你看到什么了？（亲爱的同事先生傻笑着没有回答。同事先生起身走了过来）那边有什么？

亲爱的同事先生　简直是！

同事先生　告诉我！（亲爱的同事先生没理他）您过来！

亲爱的同事先生　这叫我怎么说！

同事先生　嘶……让我看看！（亲爱的同事先生挂着傻傻的笑容，给他让了位。同事先生弯腰凑近锁孔，又矜持地挺直身子）我替您感到羞愧。（亲爱的同事先生想要占据观测点，但同事先生迅速抢在他之前弯下了腰）

亲爱的同事先生　轮到我了！

同事先生　稍等片刻！

亲爱的同事先生　我先来！（相互推搡着，最后亲爱的同事先生率先凑近了

锁孔。管弦乐团结束了探戈的演奏）

同事先生 嗬？嗬？（亲爱的同事先生没有回答）看到什么了？别再吊我胃口了！（亲爱的同事先生不再偷看了，沉默着走开）发生了什么？（亲爱的同事先生没有回答）您倒是说说看，发生了什么？

亲爱的同事先生 那个男人他……他转过去了。

同事先生 什么？

亲爱的同事先生 那是个男人。

同事先生 不可能！您是怎么知道的！

亲爱的同事先生 什么怎么知道的，您当我还是个孩子呢？

同事先生 也差不多了……（亲爱的同事先生无言地躺到床上，两人都彼此错开了目光）恩……好吧。（顿住）多么温暖的夜晚啊，不是吗…我要说什么来着……啊哈！亲爱的同事先生，我认为，我们应该把窗户打开……像这样。好了，晚安。

亲爱的同事先生 （严肃地）晚安。（同事先生关上了灯）

（漆黑一片的舞台上只剩下窗外一个红色的光点。同事先生也躺上了床。长久的沉默中，两人都陷入沉睡，但应避免过高的鼾声。舞台逐渐变亮，就像人的眼睛已经逐渐习惯了黑暗一样。舞台的增亮应当模拟出这种光学效果。静谧中响起了火车驶过的声音。突然间，车轮的咔嗒声和火车头的汽笛声清晰得仿佛就出现在窗户底下。同事先生突然惊醒并坐了起来）

同事先生 这是什么？！这是什么？！是什么？！（汽笛声再次响起，但已出现在远处。过了片刻，车轮声渐渐减弱消失了。亲爱的同事先生睡得正香。同事先生试探地唤道）亲爱的同事先生？……（一片寂静）亲爱的同事先生？……（一片寂静。又等了一会儿，同事先生去拽了拽伙伴的胳膊）

亲爱的同事先生 （猛然惊醒）对！今天！就是今天！哦！绝对的，绝对的！

同事先生 （平静地）是我，亲爱的同事先生，是我！

亲爱的同事先生 （清醒过来）啊，是您啊……

同事先生 您梦到什么了吗？

亲爱的同事先生 唉，一些蠢事……

同事先生 很抱歉把您叫醒了，亲爱的同事先生。可是这边有铁路。

亲爱的同事先生 那又怎样？

同事先生 我不知道这个。不知您能否劳个驾？我想跟您换个位置。当然啦，如果您不介意的话。您知道的，我对哨声过敏。我的心脏啊……如果不给您造成麻烦的话，我想要离窗户远远的。毕竟您睡得这么香……

亲爱的同事先生 那么同事先生您可以关上窗子。

同事先生 那样我们会闷坏的。这么闷热的夜晚……

亲爱的同事先生 是啊，热得跟地狱似的！

同事先生 真的非常、非常抱歉，亲爱的同事先生。

亲爱的同事先生 （勉强维持着必须的礼貌）好的，没关系的。

同事先生 真的，我真的很不好意思。

亲爱的同事先生 别这么说。

同事先生 我实在是后悔啊。

亲爱的同事先生 这有什么的！都是小事！

同事先生 （回归正题）所以先生您答应了？

亲爱的同事先生 （维持着固有的礼貌，濒临发怒的边缘）当然了！我很乐意！我非常乐意！（打开落地灯并打算再次挪动床）

同事先生 （迅速坐到自己的床上）哦，不用了！别麻烦了！我们互换一下床单枕头就好。这就够了。

亲爱的同事先生 当然了！就照您说的好了！（通过粗暴地拽下床单发泄了一些愤怒，然后重新躺到调换之后的床上。窗下的床咯吱作响，这回是在亲爱的同事先生的重压之下。而亲爱的同事先生自己也发出痛苦的呻吟）

同事先生 您还好吗？

亲爱的同事先生 哦，还好！

同事先生 怎么了这是？

亲爱的同事先生　弹簧。

同事先生　我真是没法再感激您了，亲爱的同事先生。

亲爱的同事先生　乐意效劳。

同事先生　那我们睡吧，晚安。

亲爱的同事先生　晚安。

（同事先生关上了灯。如先前一样，舞台整个变黑，然后逐渐变亮。两位先生陷入沉睡。可以听到火车驶近的声音，接着是汽笛声，也如先前一样。两人同时惊醒了）

同事先生　您也听到了？

亲爱的同事先生　您这么诧异做什么？

同事先生　毕竟您不像我一样过敏。

亲爱的同事先生　但我就睡在窗户底下。

（火车随着汽笛声远去了，一切又归于宁静）

同事先生　哦，耶稣啊！

亲爱的同事先生　以主的名义！

同事先生　这铁路一定就在某个很近的地方，您觉得呢？

亲爱的同事先生　他们只管修路，从来不会思考。

同事先生　这可怎么办呢？

亲爱的同事先生　没法子了，必须得关上窗。

同事先生　会很闷的。

亲爱的同事先生　还是说你宁愿不睡了？

同事先生　哎……请您关上吧。

亲爱的同事先生　我？

同事先生　我刚才关过灯。

亲爱的同事先生　是这样没错。

同事先生　并且您在这个领域也比我强些。您可是位工程师呢，我只不过是个小会计。

亲爱的同事先生　好吧……无论如何。

同事先生 除此之外，您还离窗户比较近。（亲爱的同事先生站起来走向窗子。突然又跳了回去）怎么啦，您关上了吗已经？

亲爱的同事先生 嘶……

同事先生 怎么了？没磕着哪里吧？（亲爱的同事先生用手捂住了他的嘴，同事先生透过他的手掌含糊地说）您这又是做什么！

亲爱的同事先生 （低声）嘘！主啊，这里有其他人！（松开手）

同事先生 （低声）在哪儿？

亲爱的同事先生 （低声）那边，角落里！

同事先生 （低声）您一定是在开玩笑吧！

亲爱的同事先生 （低声）那您就自己去检查看看！

（停顿）

同事先生 （低声）麻烦您去拿一下电话吧。

亲爱的同事先生 （低声）做什么？

同事先生 （低声）给前台打电话。您去拿过来，我来打。

亲爱的同事先生 （低声）我去拿？

同事先生 （低声）您都已经站起来了。

亲爱的同事先生 （低声）我是要去关窗户的，现在该轮到您了。（停顿）

同事先生 （低声）可以开个灯吗？

亲爱的同事先生 （大声地）上帝保佑！（低声）如果他有武器的话，我们就完蛋了。（第三个人的轮廓出现了）他过来了！（亲爱的同事先生指着同事先生的床，他就在不远处）

第三个人 （年轻的女性嗓音）是你吗？

亲爱的同事先生 （低声）她是在对您讲话吧？

同事先生 （低声）怎么会？我以为是在对您说呢！

第三个人 为什么你不说话？

同事先生 （低声）您快跟这个魔鬼说点什么吧！

亲爱的同事先生 （低声）我能说什么？

同事先生 （低声）什么都行！

亲爱的同事先生 （像个训练有素的丛林猎手在狩猎时那样，发出一声唿哨）吁——！

第三个人 这又是什么把戏！你在哪？

亲爱的同事先生 这里！被子底下！

同事先生 （低声）蠢货！

亲爱的同事先生 （低声）那您就自己去跟她说！

第三个人 等等，让我来把灯打开。

同事先生 （慌忙地）不要！

亲爱的同事先生 不不，请不要开灯！

第三个人 可是我必须得看到你呀。

亲爱的同事先生 我可还没刮脸呢。

同事先生 就是！我也是！

第三个人 （轻笑着）顾忌什么！你可真像个孩子！

（第三个人点亮了灯和两支蜡烛。管弦乐团开始演奏一段缓慢而悠扬的旋律。第三个人是一位年轻的姑娘，身着露肩礼服裙，领口深开，腰部束紧，从臀部伸展开短短的裙撑，镶有蓬松闪亮的薄纱。中年男人心目中的完美情人。但制作单位应当尤其注意的是，无论是其举止或是装扮造型都不可流露粗俗之态。她脚踩细高跟鞋，但不管是现在还是之后都听不见脚步声。头发挽成发髻，露出一段脖颈。第三个人拿起烛台，走到同事先生和亲爱的同事先生所在的床边，举起烛台照亮了他们的样子——互相挨着坐在一起，半边身子盖在被子底下，浑身乱糟糟的，茫然地眨着眼，看起来愚蠢到无可救药）

亲爱的同事先生 （顺服地）晚上好，小姐。

同事先生 是啊是啊。

亲爱的同事先生 请您允许我做个自我介绍。

同事先生 （紧张得语无伦次）经过小姐您的允许……

亲爱的同事先生 （轻撞了下同事先生）您来介绍我吧。

同事先生 小姐您允许的话，这位是我的亲爱的同事先生……

（亲爱的同事先生鞠了个躬，而作为一个正坐在床上的人，这一举动势必

会尴尬地摔下床来）

亲爱的同事先生　很荣幸认识您。

同事先生　（低声）现在您来介绍我。

亲爱的同事先生　这位是我的同事先生。

（同事先生鞠了个躬）

同事先生　很高兴见到您……嗯……

第三个人　两个人？

同事先生　我们通常会一起……出差……

亲爱的同事先生　但实际上我们是独立的！

第三个人　（开玩笑地用手指着他们）你们可真是给了我一个惊喜！

亲爱的同事先生　（鼓起勇气指了指椅子）小姐，您请坐！

同事先生　您请！

第三个人　（回到房间中间）为什么你们都不同我说话？

（先生们发现，椅子上已经被他们的衣服给占满了。两人同时从床上跳起来，殷勤地从椅子上把自己的东西拿开，却不知道要把它们放到哪儿去，于是藏到了自己身后）

同事先生　您要来点茶吗？

亲爱的同事先生　（悄悄地）您也知道，这里并没有茶。

同事先生　不！不！如果您不想要的话，也没关系！

（第三个人这时坐到了桌边）

亲爱的同事先生　（倒退着挪到自己的床边，自以为神不知鬼不觉地将手上的衣服藏到被子底下）对我们来说，这也是个惊喜。

同事先生　（模仿他）单身汉的福利，呵呵。

第三个人　认识你真好！

同事先生　（不确定地指着自己）我？

第三个人　我四处寻找你。我找到了对的人吗？

同事先生　我曾身处岔道，至今后悔不已。没完没了地出差，旅行……职责所在，没有办法……

（停顿）

第三个人 （略带尴尬，用惯常聊天时的那种友善语气开口）又到了夏天啊……

同事先生 是啊，连夜里都热得出奇。（亲爱的同事先生冲他使了个眼色）……昨天我甚至还出了一身汗哩，愿主保佑！（朝亲爱的同事先生）怎么了？

亲爱的同事先生 （悄悄地）您过来一下。

同事先生 （不情愿地）等等！……小姐，您若是允许的话，我想去跟我的亲爱的同事说几句话。（走向亲爱的同事先生）

第三个人 （兀自叹息）夏天啊，夏天，夏天……（抬起手臂，从发间取下别住头发的发梳，散开头发）

同事先生 您有事？

亲爱的同事先生 她到底是谁？

同事先生 我也不知道。

亲爱的同事先生 真的？

同事先生 真的，之前我从来没有见过她。

亲爱的同事先生 那您是怎么知道她是在对您说话的呢？

同事先生 什么？不是对我吗？

亲爱的同事先生 可是您刚刚还在说，您根本不认识她呀？

同事先生 我确实不认识她！

亲爱的同事先生 所以说？

同事先生 但您同样也不认识她！

亲爱的同事先生 可您却这么殷勤！

同事先生 我可没有献殷勤，只不过维持着对话罢了。这是每个教养良好的人都应该做的。（管弦乐团演奏起一支年代感颇足的华尔兹）

亲爱的同事先生 同事先生，我……

同事先生 等等！

亲爱的同事先生 同事先生，您怎么了？

同事先生 亲爱的同事先生，您什么都没有感觉到吗？

亲爱的同事先生　哪儿？

同事先生　就在这，在房间里。丁香！

亲爱的同事先生　啊哈！

同事先生　丁香花的香味！

亲爱的同事先生　可是这不是丁香，是紫罗兰。

同事先生　丁香！再明显不过啦！

第三个人　（这时正站在镜子前，端详着，用梳子慢慢地梳理头发）你在那儿做什么？（同事先生和亲爱的同事先生各自不安地打量着自己）过来，到我这边来！（两位先生迟疑着靠近）你穿这身睡衣可真可爱。来给我看看。

同事先生　我？

亲爱的同事先生　我？

第三个人　转过去！（两位先生转了一圈）天啊，你可真英俊！

亲爱的同事先生　呃……也没有啦……

同事先生　唔，大概本来是的……

第三个人　我最喜欢你的眼睛，里面好像有光芒闪烁，好像有什么在吸引着我……

亲爱的同事先生　呃，不……大概偶尔会吧……

同事先生　（矜持地）这是人格魅力的体现。

第三个人　当我看着你的时候，我整个人都为你融化，变得不再是我自己。我的眼成为你的眼，我的唇奔向你的唇，它们都不再属于我自己！我说的还不够多吗？来吧！（伸出双手，搂住两位先生的脖子）

亲爱的同事先生　您让开！

同事先生　是您该让让！您没看见，我正与这位小姐亲密交流吗？

亲爱的同事先生　同事先生！我必须提醒您，您可是有妇之夫了！

同事先生　对啊！（试图从她的怀抱中挣脱）对不起，请放开我。

第三个人　我想念你啊，你能明白吗？

同事先生　（停止挣扎）看见了吗，亲爱的同事先生？这可叫我能怎么办呢？

亲爱的同事先生　可这位小姐并不是在对您说话！

同事先生　那又是对谁？

亲爱的同事先生　您又来了？

同事先生　我可什么都没做！

亲爱的同事先生　嗬！您还记得吗？您可不是一个人在这儿！

同事先生　您也不是！

第三个人　你开始让我觉得无趣了。（不再搂着他们，走到一旁，脱下鞋子）

亲爱的同事先生　这背后一定隐藏着些什么……

同事先生　她是不是把我们当成了别的什么人了？

亲爱的同事先生　这也能搞错？不可能的。您不了解生活，同事先生。

同事先生　那么，亲爱的同事先生您的看法是？

亲爱的同事先生　我开始觉得……

同事先生　什么！您快说！

亲爱的同事先生　不急、不急…马上我们就能证明了。您想试试吗？

同事先生　（热情地）好！（低落下来）但不管怎样请您记住，我可是反对过的。

（亲爱的同事先生走近第三个人，抓住她的胳膊抬高，然后后撤一步。第三个人感到有点奇怪，但仍然微笑着，也没有缩回手。亲爱的同事先生对她的另一只手做了同样的处理。第三个人没有移动，摆出一个不自然的姿势，宛如一尊塑像）

亲爱的同事先生　现在一切都清楚了。

同事先生　她睡着了吗？

亲爱的同事先生　不，她没有睡着。

同事先生　那又是什么？

亲爱的同事先生　她根本就不存在。

同事先生　亲爱的同事先生，我恐怕无法理解您的幽默。我毕竟还是您的上司！

亲爱的同事先生　这不是玩笑。她不存在，因为她在梦中。这有什么好奇怪的呢？现在估计都是凌晨一点钟了。

同事先生　我不相信！

亲爱的同事先生　同事先生，您难道从来都没有做过梦吗？

同事先生　当然有过。可……梦到这种事？

亲爱的同事先生　同事先生，干吗这幅表情？难道我不知道这是怎么回事吗？

同事先生　我能够相信您吗，亲爱的同事先生？

亲爱的同事先生　您可以无条件相信我。毕竟您也抓着我的把柄。我也梦到了她。

同事先生　啊，这就对了！（露出笑脸。拍了拍亲爱的同事先生的背，坐到椅子上）但我们挺幸运的，对吧？（第三个人放下了手，也笑了起来）她笑了！

亲爱的同事先生　那又怎样？笑吧，笑吧。您不知道吗？在梦中一切皆有可能。

第三个人　你可真逗！

同事先生　您听到了？

亲爱的同事先生　这没有意义。在梦里一切都是无意义的。

同事先生　既然您这样说，那么对您来讲大概就是无意义的了。可我是个正经人，备受社会信任。

亲爱的同事先生　（忿忿）那么同事先生您到底梦见了什么？

同事先生　这是我的事。

（停顿。亲爱的同事先生狐疑地打量着他）

亲爱的同事先生　啊哈，我开始懂了。

同事先生　（不安地）您，您又懂什么了？

（第三个人在房间里漫步，目光扫过墙和画，尤其留意屋中的家具陈设）

亲爱的同事先生　没有，没什么。

同事先生　（愈发不安）亲爱的同事先生，请您一定说说看！

亲爱的同事先生　（对自己）说说看？为什么不呢？

同事先生　就是！别犹豫了！到底是什么？

亲爱的同事先生 您听好了，这很简单！因为我梦到了您！

同事先生 我？！也许恰恰相反吧。我看是您梦到了我！

亲爱的同事先生 可这不是明摆着的吗？我并没有立刻陷入梦境！所以是我梦见了您！不只是她！您，这个房间，这个夜晚，这里的一切！都是我梦见的，是我！（狂热地在房间里来回走动）

同事先生 不对！这是个双人间，因此我也有同等的权力，我和您一样，梦见了这里的一切！

亲爱的同事先生 （并不把注意力放在他身上）我早就该发现的！我早就开始怀疑您了！

同事先生 醒醒吧！您难道不记得，是我一直处在主导地位，而不是您梦见了我！

亲爱的同事先生 您做梦！

同事先生 我才没有做梦！不，我的意思是正相反。是我在做梦，不是您梦见了我，恰恰是我梦见了您！

亲爱的同事先生 那么为什么您这么在意？为什么您承认，对您来说这里的一切都是没有意义的？为什么我一点都不担心？如果是您在做梦，而不是我，那么您就根本不会去考虑，她到底是在对您笑，还是在对我笑，还是跟其他随便什么人笑。这梦是谁做的，谁就不该会问出这样的问题。您觉得呢？

同事先生 那么您，亲爱的同事先生，就一点都不担心吗？

亲爱的同事先生 一点也不。

同事先生 我不相信您。

亲爱的同事先生 要我证明给您看吗？

同事先生 请。

（第三个人把玩着被子下露出来的一截衣服）

亲爱的同事先生 好吧……现在，既然我已经知道是我梦见了您，就让我来告诉您，我是怎么看您的。您以为，我不知道您为什么想要换床，是吗？您就是想要看我摔下床摔成个跛子，是吧？我一坐上去就知道您在想什么了！把我要得团团转！还有晚上叫醒我那次。我难道是被雇来给您跑腿的吗？又是关灯，又是关窗，一会儿往这儿跑，一会儿往那跑！我的大领导呵！既然话都说到这份儿上了，我再说说对您工作的看法吧！不过在那之前，我必须诚实地对您的长相作出评价！毫无疑问……

同事先生 请等一下……

亲爱的同事先生 （突然被打断了思绪）怎么？

同事先生 亲爱的同事先生，我只有一个问题：您真的完全确定，是您梦见了我吗？

亲爱的同事先生 啊……您为什么这么问？

同事先生 因为如果是的话，那么当然，请您继续，别被我打扰。但为了以防万一，我还是要问一句：您真的确定吗？

（停顿）

亲爱的同事先生 我刚才有说了什么吗？

同事先生 如果我没"梦"错的话，您似乎是说了些什么。非常令人恐慌的一些东西。

亲爱的同事先生 其实我什么都没说！

同事先生 啊，如果是这样的话，那也没什么。

第三个人 （打开从一件西装口袋中掉下来的钱包）这可真不像你。

亲爱的同事先生 您看！

第三个人 你有可爱的圆耳朵……

同事先生 那个钱包是谁的？

亲爱的同事先生 要么是我的，要么是您的。

同事先生 恩……事实上是谁的都一样（两位先生开始在舞台上打转）我只是想要警告一下，如果这是您的梦的话，那么您就必须对此负责……

第三个人 （咯咯笑着）哟！这个有点意思！

（同事先生突然一步跳了过去，想要抢回她手中的钱包。第三个人张开双臂，同事先生猝不及防地扑了上去。两个人一起倒在了进门第一张床上。第三个人抱着同事先生，挑衅地咯咯笑着。同事先生挣开了她，同时挣扎着想要去拿钱包。管弦乐团开始演奏充满激情的摇滚乐）

同事先生 请还给我！

第三个人 我的小可爱！

同事先生 我警告你！

第三个人 小猫咪！

同事先生 我会把你告上法庭！我可不会受你勒索！

第三个人 小蟑螂！

同事先生 我有妻子！还有孩子，他们都站在我身后！

第三个人 安静，我的花朵，我的丁香！

（同事先生成功将钱包从第三个人手里抢了过来。亲爱的同事先生在他们身边窜来窜去，就像是摔跤场上的裁判员）

同事先生 您快来帮帮我！您没看到这条美女蛇正缠着我不放吗？！（亲爱的同事先生伸了一只手给他）

亲爱的同事先生 嘿呀！嚯！（把同事先生从床上拉了下来）

同事先生 家庭，家庭高于一切。真心感谢您，我亲爱的同事先生。

亲爱的同事先生 不客气，这是为了您的孩子们。（同事先生打开钱包，丢到地板上，重新跑回第三个人那去）这又是怎么了？

同事先生 这根本不是我的钱包，只能是您的！（抓住第三个人）

亲爱的同事先生 啊！是吗？！（抓住同事先生的腿，将他从床上拽下来）

同事先生 您放开我！现在不需要你了！

亲爱的同事先生 您以为我是召之即来挥之即去的呢？啊？！

同事先生 滚开！您不知道您自己根本不存在吗？！这是梦！所有这些都是梦！

亲爱的同事先生 滚开！

同事先生 是我的梦！我的！我的！你以为你在哪，小东西？你叫什么？你就是我，你这个小蠢蛋！

（第三个人挣脱开了同事先生，坐到桌边的椅子上，双腿交叠。她沉思着，然后在沉思中从桌上拿起火柴摆弄起来，把火柴头放到蜡烛的火焰中去。管弦乐队不再演奏摇滚乐。掌声响起，远远地传来阵阵叫好的呼声，音乐会结束了）

亲爱的同事先生　蠢蛋！您应该感到羞耻，同事先生，蠢蛋！在您这个年纪，长着这么大一张肚皮！

同事先生　您要干什么？

亲爱的同事先生　我还要问您呢！

同事先生　您到底是谁？

亲爱的同事先生　什么是谁不是谁的？

同事先生　在梦中我可并没有什么同事先生。请您打开天窗说亮话吧！

亲爱的同事先生　同事先生！

同事先生　够了！您还在这？请立刻给我消失在我的梦中！

亲爱的同事先生　同事先生，让我们理性点吧。

同事先生　不要再闲聊了，给我消失！

亲爱的同事先生　（出离愤怒地）您认为，是您梦见了我，是吧？！

同事先生　怎么，难道不是吗？

亲爱的同事先生　并不！

同事先生　那我们就走着瞧好了。哦不，先生！我再也不会梦见您了！

亲爱的同事先生　太好了。拜托请您再不要梦见我了，同事先生。

同事先生　我会梦见您？我？！

亲爱的同事先生　什么？ 您该梦见我？您？！

同事先生　好吧，我这就醒过来，如您所愿。

亲爱的同事先生　（不太肯定地）我才不会害怕您。

同事先生　当我请您停下的时候，您不愿停止做梦；可当我醒来的时候，我就会停止梦见您了。 我只要醒过来就可以消灭您！（闭上眼握紧拳头）

亲爱的同事先生　（受惊地）好一条大瞌睡虫！

同事先生 走着瞧吧，马上您就要消失了！（非常紧张。睁开眼）您怎么还在这？

亲爱的同事先生 （踌躇满志地）显然！您以为会怎样？（同事先生闭上眼，再度乏力。然后睁眼）

同事先生 （对自己）还是在这。

亲爱的同事先生 那么，同事先生，您现在又要怎么说？

同事先生 我知道了！您就是个祸根！

亲爱的同事先生 您就别再自欺欺人了吧！

第三个人 （将头发盘成一个结）天啊，他是多么的无聊啊……

同事先生和亲爱的同事先生 （异口同声）谁？

（第三个人耸耸肩。两位先生都朝她走近了一些。）

亲爱的同事先生 我有个主意。我们问问她，到底是我们中的谁梦到了她。

同事先生 （兴致勃勃地）好主意！（低落下来）但如果她说是您的话，还请您记住，我是不同意的。

亲爱的同事先生 （朝前一步）尊敬的小姐！……（挥手，后退）不对，这样没用。

同事先生 为什么？您不是已经开了个好头吗？

亲爱的同事先生 如果我梦到了她以及您的话，那么我对她来说并不存在，而她也同样一无所知。这样的话，就只有您作为另一个梦中人，对她来说是存在的了。只有您可以使她意识到，她自己也是个梦中人。反过来说：如果是您梦见了她和我，那么那个时候对她来说就只有我是存在的。因此无论她回答是您在做梦还是我在做梦，她的回答都不足以帮助我们解释任何问题。

同事先生 这又是为什么？如果她回答您在做梦的话，那就说明实际上做梦的是我；反过来也一样。

亲爱的同事先生 但那只是表象！我们又怎么能够确定，两个梦中人对彼此来说直接相互存在，而不是以做梦人为媒介呢？

同事先生 关于这个，您没有梦到我，因为我看得到您。

亲爱的同事先生　我也看得见您。

同事先生　真是美妙的经历。那么现在我们要怎么走出这个梦呢？

亲爱的同事先生　还有另一种可能。也就是说，我们互相梦到了对方。

同事先生　我梦到了您，您也……梦到了我？

亲爱的同事先生　就是这样，同时同地，梦到了对方。

同事先生　那这个女人又是……？

亲爱的同事先生　不幸的是，她是我们两个人所做的同一个梦。

同事先生　倒霉透了！那么多人都各自做着梦！只有我们……

亲爱的同事先生　只是，如果我们假设，我们同时梦到了对方的话，那么……

同事先生　怎么在家我就从来不做这些乱七八糟的梦？

亲爱的同事先生　……那么……啊，对了！这还不是全部！

同事先生　什么？这还不够？

亲爱的同事先生　同事先生，您是否已经意识到，尽管您梦见了我，且我梦见了您，但我们两人都是在浑不知情的情况下被卷入梦中的？

同事先生　亲爱的同事先生，您又怎么了？这些是什么意思？亲爱的同事先生？

亲爱的同事先生　（*愈发兴奋*）毕竟我们并不知道，像这样梦的结合有多少方式。这么跟您说吧：让我们假设，比如说是我在做梦，硕士先生[①]。也就是说我梦见了您。所以您就是我梦到的样子，您像我梦见的那样睡着了。而我梦见的这位硕士先生，又接着可以在睡梦中做个梦梦见我。这样一来我就不再是自己，而是我梦见的同事先生您。这个我又接着梦见了硕士先生等等。这一切都在潜意识里发生，延伸到外界，并且同时与您一道进行。

同事先生　这有什么不对劲儿的？

亲爱的同事先生　怎么会没有？您自己说说，一个被别人梦出来的人真的有

---

① 即“同事先生”。

可能存在吗？更别提这个别人还是他自己先前梦到的，并且他自己同时也在别人的梦里。

同事先生 所以亲爱的同事先生想要通过这个说明……世上根本就没有我们这两个人？

亲爱的同事先生 （精疲力竭地瘫坐）很有可能。

同事先生 我们……也不存在？

亲爱的同事先生 准确来说，仍然有我们这两个人，只是我们并不真实存在。

同事先生 我的老天！那现在该怎么办？

亲爱的同事先生 我不知道。

同事先生 亲爱的同事先生，您不知道？您用您科学家的思维解释了这么一大通，然后现在您不知道？

亲爱的同事先生 同事先生，请您不要激动！

同事先生 我不该激动！我这个人都没有了，我还不该激动！

亲爱的同事先生 同事先生您还在，只是并不实际存在罢了！

同事先生 都一样！我都不存在了还怎么算活着！

亲爱的同事先生 对此我也无能为力。

同事先生 可是我有合法身份！我有身份证！我可以给您看！我是合法存在的！您不知道我是谁！（手插进口袋拼命翻找自己的证件，却忘了自己现在穿的是睡衣）身份证！

亲爱的同事先生 证件并不重要！您梦到我的时候也梦到了我的证件（指自己），而我也梦到了您的……

同事先生 所以我们并不是我们自己？

亲爱的同事先生 不是。

同事先生 那么我们又是谁？

亲爱的同事先生 我说过了，我不知道。

同事先生 （举起拳头）让我去见见我自己好了！我会叫他好看的！（泪流满面）我到底是谁，亲爱的同事先生，是谁？

亲爱的同事先生 我不知道，不知道！

同事先生 可我必须得是个什么人啊！（高呼着，在舞台上奔跑）我是谁？我是谁？

亲爱的同事先生 安静！

同事先生 怎么安静，为什么安静？您，同事先生，您就知道您是谁吗？

亲爱的同事先生 （终于显露出一丝崩溃的迹象）不，但我会知道的。

同事先生 怎么知道？亲爱的同事先生，您要怎么知道，从谁那里知道？

亲爱的同事先生 （站了起来，语气中带有威胁的意味）这跟您又有什么关系？

同事先生 （声音、表情和姿态都不太自然起来）我只是问问……出于好奇……

亲爱的同事先生 （尖叫起来）我必须存在，必须！

同事先生 （惊慌地抓住他的肩膀）亲爱的同事先生，您冷静一点。您就是您，这就够了。听好了，就算今天没有您，说不定明天就有了。毕竟我们是一起出来出差的，还记得吗，亲爱的同事先生？您的硕士学位也忘了？独立办公室，加薪升职……是吧？工程师先生，您怎么样啦？

亲爱的同事先生 （跪倒在第三个人面前）请原谅我！我为自己辩护得太久了！但我一直在等你！现在我只因你而存在，因你而苟活！周遭是万物，是永恒，是无所不在，而我呢？我究竟在哪——我必须问个明白！

同事先生 您快停下吧，我求求您了。

亲爱的同事先生 你是本源，你是虚无，请你——拯救我吧！

同事先生 您快停下吧，亲爱的同事先生。就算是为了我也好，请您不要抛下我一个人！

亲爱的同事先生 帮帮我！只有我，就在这里，就是现在！（抓住第三个人的手）你发誓！

第三个人 请放开我！

亲爱的同事先生 拯救我！

第三个人 （始终仔细聆听着亲爱的同事先生的长篇大论，但同时用心地扫视着四周。她不让他抓住她的手，站了起来，穿上鞋子。现在她只用一个词来回答他，带着点惊异的语调，并不是因为亲爱的同事先生的诉求，而是因为他的措辞）拯救？

亲爱的同事先生 （喜出望外，可怜地举起双手）……求你别让我再是什么走调的洋琴或是生锈的刀剑，而是成为我自己！

同事先生 他疯了！

（第三个人从桌上拿起烛台。）

亲爱的同事先生 你去哪儿？！（第三个人吹熄了烛火。舞台陷入完全的黑暗）别走！站住！（奔跑、推搡的声音）我不放！（声音模糊）啊，我抓住你了！……你是我的！我的！

（驶近的火车轰鸣声逐渐压过了这些声音，接着响起了尖锐刺耳的汽笛声。然后火车逐渐远去，汽笛声又起，但声音减弱，最后归于安静。落地灯亮了起来。在房间进门的第一张床上躺着亲爱的同事先生，他紧紧抱着同事先生，而同事先生刚才成功地够到了落地灯的开关。烛台还像先前一样放在桌子上）

亲爱的同事先生 啊，是您啊……

同事先生 唔，是的……

亲爱的同事先生 （挪动到他自己的床上，弹簧呻吟着）我感到非常抱歉。

同事先生 您大概需要些什么？

亲爱的同事先生 不用了，不用了……我真的，非常非常抱歉……

同事先生 没关系，没关系。您知道吗？

亲爱的同事先生 您请说，我洗耳恭听。

同事先生 如果明天我们不能找到单人间的话，我会宁愿睡在车站里。

亲爱的同事先生 是啊，再次感到抱歉，同事先生……

同事先生 我已经说了，没关系（停顿，两位先生都仰躺在床上，盯着天花板）亲爱的同事先生？

亲爱的同事先生 您请说？

同事先生 ……您睡着了吗？

亲爱的同事先生 还没有。

同事先生 能否不吝赐教：您刚才梦到什么没有？（停顿）

亲爱的同事先生 没有。（停顿）您呢？（停顿）

同事先生 我也没有。

亲爱的同事先生 （长舒一口气）那么晚安！

同事先生 （松了口气）晚安！（关灯）

幕落

伊斯特凡·奥尔科尼或怪诞镜头中的最幸福营房

加布里埃拉·舒勒
蔡燕　译

伊斯特凡·奥尔科尼（István Örkény，1912—1979）被认为是匈牙利最重要的作家之一。他的艺术家之路与该地区和国家的历史密切相关，许多人认为他的个人经历直接影响了他作品的怪诞基调。

奥尔科尼出生于一个中产阶级家庭，他的父亲拥有许多药店（奥尔科尼本人后来获得药学和化学学位）。他的文学生涯开始于 1934 年，当时他的第一篇短篇小说发表在他与朋友共同创办的一份报纸上。1937 年，他与《美丽世界》（*Beautiful World*）的圈子产生接触，这是一本有关文学和社会科学的期刊。奥尔科尼在此发表的短篇小说是由著名诗人阿提拉·约瑟夫（Attila József）本人编辑的。

奥尔科尼的第一本著作是他的短篇小说集，出版于 1941 年。次年，作为一名犹太人，他在顿河（匈牙利军队在那里与苏联红军作战）被强迫劳动，之后在苏联坐了几年牢。1946 年，他回到布达佩斯，加入了匈牙利共产党，并从 1949 年起在不同的剧院担任编剧。

在匈牙利，第二次世界大战后不久就出现了所谓的拉科西①时代——随之而来的是审判秀、个人崇拜和强制工业化。苏联对匈牙利的政治和经济事

① 指的是时任匈牙利共产党书记马加什·拉科西 (Mátyás Rákosi)。

务产生了重大影响。作为一名作家，奥尔科尼发表了一些为党服务的文章；他这样做并非出于机会主义，而是因为他全心全意地相信共产主义的目标。他写了一部生产小说（一种社会主义现实主义文学类型，描绘工厂和农业生产的理想化图景），对强迫工业化及其对日常生活的影响进行了基调高昂的采访，甚至还参与撰写了一个庆祝马加什·拉科西 60 周岁的选集。斯大林于 1953 年去世，对其的个人崇拜也随之结束。同年 11 月，奥尔科尼发表了一篇文章，题为“在写作时”（“*While Writing*”），对自己以前的作家行为进行了深刻批评。

在 1956 年的匈牙利革命中，匈牙利人对苏联式的政治和文化体系进行了抵制。奥尔科尼是匈牙利作家协会的成员，该协会集中了一批知识分子，他们通过参与辩论并积极影响时政的方式，在引领革命方面发挥了重要的作用。作为这个早早夭折的革命的代表人物，他在报复时期的发展并不乐观。尽管他对革命期间自己的行为进行了谦虚的自我批评，但直到 1962 年，他才能够重新发表作品，即便在那时，他也依然接受着严厉的批评。但随后他的许多同事被捕、被囚禁并被禁止写作，他也面临着更加糟糕的情况。为了生计，奥尔科尼在联合医学和营养工厂担任工程师，同时继续在日常工作之外进行写作。

1962 年，匈牙利的社会政治气氛开始变得缓和。从第二年开始，奥尔科尼作为一名作家的职业生涯开始蓬勃发展。对于政党来说，与当时领头的知识分子保持良好关系显得非常重要；许多作家也同样寻求与那些掌握权力的人妥协，以便有更多的自由来发挥他们的创造力。当奥尔科尼于 1979 年去世时，他既是匈牙利国内的著名作家，也凭借他的“一分钟故事”和剧本创作享誉全球。

他的第一部剧本《沃罗涅日》（《Voronezh》）写于二战他被囚禁时。讲述了匈牙利第二军在顿河的沃罗涅日战役中的故事，奥尔科尼本人就是这场战役的幸存者。（在顿河，匈牙利军队在对战气势更强、装备更精良的苏联军队时遭受重创）。该剧本于 1948 年出版，随后被制作为电视剧。1957 年，他的另一个剧本《黑鸽子》（*Dark Pigeon*）先是作为电影剧本而写成，但在被拒之后（由于他被迫噤声），该剧本被重写为小说，接着是话剧剧本。这个故事讲述的是一位在宗教团体解散后必须开始新的生活的修女。该剧于 1970 年在匈牙利国家大剧院演出（在他后面写作的《托特家》和《猫戏》取得成功之后），但却遭遇惨败，奥尔科尼承认作品存在不足。

奥尔科尼作为剧作家的声誉始于《托特家》（*The Tót Family*，1967）。这最初是一部电影剧本，由于又一次被拒，奥尔科尼把它改写成了一部小说。1967 年，塔利亚剧院（Thália Theatre）的主要负责人卡洛里·卡兹米尔（Károly Kazimir）希望奥尔科尼将其戏剧化。虽然表演并没有取得真正的成功，但评论家们一致给了其肯定。而且，在现实主义统领匈牙利几十年之后，它的出现标志了新戏剧语言的开始。故事发生在第二次世界大战期间，讲述了一家人接待他们在前线作战的儿子的长官。他们希望自己的热情好客能够帮助儿子在战争中存活下来。尽管这位少校疯疯癫癫，但家人们无法拒绝他日益奇怪的要求。在第一幕的末尾，观众了解到，托特家的儿子实际上已经去世，但这个消息被邮递员（村里一个操纵信息的白痴）隐瞒了。这使得家人们的努力在戏剧的第二部分显得尤为荒诞。少校说服托特先生接受他的每一个荒谬的想法，并一步一步篡夺他在家庭和村庄中的地位。在全剧结束时，托特先生在幕后杀死了少校，表达了普通人对于强者的反抗。该剧可以被看作是一部探讨极权主义制度的非人性以及个体对其反抗的幽默剧，同时也避免直接提及卡达尔[①]政权。由于其精彩的对白和主题的重要含义，该剧很快就取得了国际性的成功。

奥尔科尼在《猫戏》（*Catsplay*，1971）的前言中，用如下文字总结了主要情节：这是一个永恒的故事；一场三角恋，但主角是老人，充斥着假牙和其他代表他们年龄的道具。这给普通的场景带来了荒谬和怪诞的气息。奥尔科尼首先将这个故事写成了电影小说，在被拒之后，他将其改编成了一部书信体小说，于 1965 年在一本文学期刊上发表，并于 1966 年被收录在一本书中出版（他被噤声 10 年之后的首部作品）。

---

① 指卡达尔·亚诺什 (János Kádár，1912—1989)，匈牙利政治家。

1969 年，拉斯洛・居尔科（László Gyurkó）根据这部小说写了一部清唱剧，但由于居尔科选定的扮演主角的女演员没有档期，原定的表演最终被取消了。

当已经在索尔诺克成功导演了《托特家》的年轻导演加博尔・塞克利（Gábor Székely）向奥尔科尼发出新剧邀请时，他本来的回应是一部清唱剧，但塞克利希望他能将自己的一部小说改编成剧本。奥尔科尼得到了加博尔・塞克利本人、奥尔科尼的妻子以及他的终身合作伙伴苏萨・让多尼（Zsuzsa Radnóti）的支持，后者给出了许多建议。戏剧版本略微进行了压缩（一些场景被省略），而叙述者的语言则由角色来讲述；否则台词几乎与小说中的句子一模一样。该剧于 1971 年 1 月首演，由于突然的节目调整，在同一演出季，它也在布达佩斯著名的害虫剧院（Pesti Színház）首次亮相（再次由赛克利执导）。这是一部令人难忘的作品，由玛利亚・索里约克（Mária Sulyok）饰演奥尔班太太，在这个国家的戏剧史上获得了当之无愧的地位。

小说和剧本都混合了两种形式：有当下正在发生的场景，也有奥尔班太太和她的姐姐吉萨之间的信件和电话。在戏剧文本中，这两种形式偶尔混合在同一个场景中，例如，强调奥尔班太太和她的女儿女婿之间隔阂的家庭午餐。这种不通过人物之间的互动来讲述故事的叙述方法在当时非常不正统，以至于奥尔科尼在作品首演前不久仍然怀疑它是否可以称得上是一部戏剧作品。在舞台调度方面，作者指示扮演奥尔班太太的女演员用内心独白的方式来说出台词，而不是写信或打电话的形式。同样的，舞美是固定的，场景与场景之间没有任何改变。

该剧的另一个独特之处是曾经（现在依然）为年长的女演员和男演员提供了饰演主角的机会。近年来，有许多文章和采访涉及了西方戏剧经典中固有的年龄歧视和性别歧视的问题。年轻女性可以饰演很多角色，但对于 40 岁及以上的女演员来说，可能性却非常有限。

故事开始于奥尔班太太的老朋友宝拉的出现。奥尔班太太和宝拉住在匈牙利布达佩斯，她们已经退休；奥尔班太太的姐姐吉萨瘫痪在轮椅上多年，和她富裕的家庭住在西德。两姐妹代表了两种不同的人格和生活方式。在奥尔科尼的作品中，两种截然不同的世界之间的紧张关系是一个普遍的主题。宝拉对奥尔班太太有很大的影响力，通过建议她染发或穿不同颜色的衣服让她感觉自己更年轻。有一次，她引诱了奥尔班太太的终生情人——歌剧演唱家维克多·维韦利，导致奥尔班太太试图用安眠药（被她的女婿用一些无害的药物取而代之）自杀。醒来之后，她发现自己在德国的姐姐来了。姐姐要奥尔班太太随她一起，回到她们度过童年的小村庄。奥尔班太太拒绝了，她和邻居慕希一起，给姐姐表演了她们经常玩的互相学猫叫的游戏，这让一向端庄的姐姐哈哈大笑还失禁了。

在这两姐妹中，奥尔班太太占据了主导：姐妹俩的对话大多围绕她生活中的事件。虽然吉萨坦率地表达了她的意见并试图控制她的妹妹，但奥尔班太太却并没有接受。她们之间显然存在社会差距：吉萨的儿子收入很高，而奥尔班太太则过着社会主义国家养老金领取者的俭朴生活。尽管如此，吉萨的生活往往是单调乏味的，而奥尔班太太的想法则更具冒险性，她充分体验了生活中的乐趣和痛苦（吉萨甚至在给她侄女的一封信中承认了这一点）。这是奥尔科尼所处时代人们广泛持有的观点：匈牙利是东欧"最幸福的营房"。

故事由一张照片串起来，姐妹两人在信件和电话中却对其内容有很多分歧和争执。这提醒我们，记忆往往并不可靠，而且我们缺乏对其持久的确定性。同样，姐妹们的性格也是不平衡的——她们戴着面具，互相扮演角色。甚至奥尔班太太和维韦利的关系也不是直接的，而是通过每周的烹饪和晚餐这样的仪式来代替他们过去的身体之爱。奥尔班太太一度告诉她的妹妹，她通过电话与维韦利交谈比面对面更加开心。我们或许可以理解为奥尔班太太的生活并不像乍看起来那么好。

除了在匈牙利取得成功之外，该剧还在华沙、布拉格、巴黎、柏林、伦敦和美国明尼阿波利斯广受好评。1974年，马克·卡洛里（Makk Károly）还拍摄了一部改编自该小说的电影。

奥尔科尼接下去的一部作品《沉默的死者》（*The Silence of the Dead*，1973）是一部关于二战期间匈牙利第二军在顿河的命运的纪录片，其真实情况在奥尔科尼所处的时代并不为人所知。他在历史学家伊斯特凡·内麦斯库提（István Nemeskürty）当时刚出版的一本相关主题的书中搜寻到了一些纪实文本——他过去的写作也通常在类似的文本中寻找素材，并加入他自己和战友们的个人记忆。出于政治原因，他不得不对一些文字进行修改，甚至作品的排练过程也受到政治权力代表的监督。如今，奥尔科尼在戏剧中的视角被认为是有缺陷的和带有偏见的。在他所处的时代，共产主义历史学家把第二军的失败归咎于军事领导人的疏忽和士兵的不良装备。奥尔科尼遵循了这种解释，因为这接近于他的个人经历，而且他并不掌握我们现在所知的有关这一事件的史实材料。该剧于 1973 年在喜剧剧院（Vígszínház）首演。由于其纪录戏剧的形式（有很长的没有动作和角色之间互动的口述部分），该剧并没有取得真正的成功。

《血缘》（*Blood Relatives*，1974）和《找钥匙的人》（*Keysearcher*，1975）也有类似的关注点。在前一部剧中，所有角色都有相同的姓氏——布什（Bush），他们都是铁路员工。铁路的世界可以被解释为决定角色生活和选择的系统，他们在游戏过程中对这个系统进行不同的解释。整个故事可以被看作是社会主义和民族认同的寓言，但其对白并不像奥尔科尼获得成功的作品那样幽默，有些场景的幽默感比较廉价。1974 年，该剧在害虫剧院演出，反响一般；后来奥尔科尼制作了该剧的第二个版本，于 1977 年在国家大剧院首演。《找钥匙的人》是为匈牙利索尔诺克州茨涅蒂剧院（Szigngeti Theatre）所创作的。是关于一个家庭（以及其他一些人物）的故事，他们被锁在一个住宅楼的黑暗公寓里。这个家庭的负责人弗里斯是一名飞行员，由于他的不断失误而被禁止飞行。在长时间的禁飞之后，他终于获得了再次飞行的可能性。通过旁白，我们发现他第一次复飞的降落几乎是灾难性的。即便如此，一个神秘的角色——流浪者，却以幽默和怪诞的方式说服了其他人，将其重新评估为一个巨大的成功。这可以被解释为隐喻了当时政治体制的错误乐观。

奥尔科尼生前最后一部被搬上舞台的戏剧作品经历了一些坎坷才得以演出。《流血事件中的皮斯蒂》（*Pisti in the Bloodshed*，1969/1979）的第一版是奥尔科尼于 1969 年为喜剧剧院所写。由于其主题和所持观点，奥尔科尼被迫不断修改，直到 1979 年作品才得以首演（这导致该剧有两个版本）。奥尔科尼参加了排练，但由于健康原因，首演当晚他就住院了。剧本的情节是一系列短幕剧的剪辑（其中一些是他的“一分钟故事”的戏剧化），用了讽刺和怪诞的语调，表现了20世纪的匈牙利历史。主角皮斯蒂在剧中有两个身份，但最终成了一个人。匈牙利在二战中对犹太人的迫害、拉克西时代的事件以及1956年革命，该剧打破了对这些主题的沉默。除了《托特家》和《猫戏》，这是奥尔科尼所有作品中最受欢迎和最为著名的戏剧作品。

奥尔科尼的最后一部剧本《电影剧本》(*Film-Script*) 写作于1979年。他在临终前的病榻上还在写作这部作品，并根据阿策尔·捷尔吉（György Aczél）的要求进行修改（阿策尔是卡达尔时期匈牙利文化生活的全权监督者）。该剧于1982年在喜剧剧院演出。它使用三个不同的时间框架（1944年，1949年和1956年）和布达佩斯的首都马戏团作为行动的地点——所有这些都是让人深入了解审判秀的方法。故事的主角亚当·巴拉巴斯（Ádám Barabás）[①] 被主人（主角的老朋友，一位魔术师）说服，接受了叛徒的角色。正如彼得·P. 穆勒（Péter P.Müller）所写：“……这部戏强调了卡达尔在1956年后的报复与1949年开始的审判秀采用了完全相同的程序机制（即革命的烈士以同样的方式成了审判秀的受害者）。此外，在其1956年的描述中，它表达了对当时人们所持普遍观点的不同态度，根据这种观点，这是一场反革命。”[②] 由于官方对这些事件进行了压制，奥尔科尼无法展现匈牙利共产党领导人在幕后制作“电影剧本”的过程。他只能通过魔术师（大师）在剧中进行意念转移戏法的形象来描绘出审判秀的匿名性和非个人化机制。

奥尔科尼在匈牙利戏剧和文学经典领域都占据着永恒的地位。他的作品中上演次数最多的是《托特家》《猫戏》和《流血事件中的皮斯蒂》(但后者不如前两部受欢迎)。然而，在最近十年中，戏剧和戏剧史专家们的主要关注点在于他分析匈牙利历史事件的作品。

① 雅诺斯·卡达尔（János Kádár）、伊姆雷·纳吉（Imre Nagy）和其他人的历史人物的汇编。

② Péter P. Müller:《Variations on the Theme of Revolution in the Work of István Örkény, Hungarian Quaterly》, 53 (207), p. 47, 2014.

作者简介：

加布里埃拉·舒勒博士是匈牙利科学院戏剧电影学委员会成员，她撰写了关于匈牙利当代戏剧、新先锋戏剧、视觉研究和表演艺术研究方面的数篇论文。她的著作《叛逆者——后/女性主义戏剧及表演中的关注转向》（2006）讨论了女性处理戏剧表演时的独特方式。2000年至2016年间她担任戏剧史课程讲师，自2016年起，她在匈牙利艺术池艺术研究中心担任研究员和档案员。

猫　戏

伊斯特凡·奥尔科尼

蔡燕　译

《猫戏》这部作品围绕着一对分别多年的姐妹的故事展开。她们已经记不太清过去。她们各自用不同的方法重组着自己的青春岁月。

此剧在演出时要如同一句话一般完整。不能有放慢速度、暂停或者场景的改变，这是因为从一开始作品就只是女主角与自己、与姐姐以及与整个世界之间不安和紧张的争论。演出的速度要与此相适应；演出布景也是如此：每一幕的舞台布景在演出开始之前就已经都放置在舞台上了。奥尔班女士的房间（两边各有一张放着电话机的小桌子，中间是一个沙发，后面有一个凌乱的抽屉柜，散放着三把椅子）是全剧唯一的场景。右边的桌子是她女儿饭厅的桌子，而左边的桌子是咖啡馆里的桌子。

和这部分舞台布景分隔开的，是一个固定的区域，一个升高的隔间，瘫痪的姐姐吉萨坐在轮椅上，旁边就是放着电话机的小桌子。

这样的安排使得演出的连续性不会受到干扰，而女主角可以自由地从一个场景进入另一个场景，不必停止她内心的独白。

角色表

贝拉·奥尔班女士（本名艾尔希或艾尔希可） 65 岁，一个灵活、焦虑、富有同情心的女性，穿着破旧的衣服，可以看得出上了年纪但是仍然掩盖不了她年轻时候的美貌。

吉萨（奥尔班女士的姐姐） 极其优雅、安详、诗人般的气质，令人担忧的接近 70 岁的女性。

宝拉（奥尔班女士的朋友） 62 岁，但是看上去比实际年龄要年轻，想尽办法不显露出自己的年龄，狡猾但并不非常聪明，做作、意志坚定。

慕希（奥尔班女士的邻居） 一个羞涩、朴素、受欺压的接近 60 岁的女性，盲目忠诚于她争强好胜的邻居。

伊洛娜（奥尔班女士的女儿） 年轻、有野心、冷漠，视工作至上的匈牙利职业女性，轻微歇斯底里。

尤史卡（伊洛娜的丈夫） 冷漠、忙于工作、健忘的外科医生，内心很温柔。

维克多·维韦利（奥尔班女士的老男朋友） 68 岁，过于肥胖、好色、滑稽的歌剧演唱家。

阿德莱德·维韦利女士（维克多·维韦利的母亲） 90 岁，尊贵高傲的瓦格纳歌剧女歌唱家。

雅诺斯（水仙咖啡馆服务员） 有着无可挑剔的礼仪规范、举手投足都很优雅的老派服务员，和顾客们像朋友般相处。

时间：20 世纪 60 年代中期。

地点：奥尔班女士在匈牙利布达佩斯萨塔卡大街 127 号的寓所；吉萨在德意志联邦共和国加尔米施—帕滕基兴的寓所。

第一幕

背景的屏幕上显现出一张褪色的老照片。

奥尔班女士 （走进来，语气平静地说）这张照片是在 1918 年或是 1919 年拍摄的，是在提萨河边的雷塔，离我们小时候住的乡下房子不远。

斜坡上有两个女孩，正在朝河边跑去。是我们，我的姐姐和我，我们是梅尔瓦村之花，我们是斯卡拉家的姑娘，第一次穿上礼服裙参加舞会。我们从坡上跑向河边，一边欢笑一边挥舞着手，风吹动着我们的头发……可惜的是照片过度曝光，现在已经褪色，看不清楚我们的脸了……（奥尔班女士的姐姐从舞台的一个角落慢慢出现。她是一个坐在轮椅上、带着警惕神色的女人。她的旁边有一张小桌子，放着几本书）

吉萨 这些德国人多么准时啊！尽管慕尼黑离这里大约有100公里远，在8点整，庄园的所有门都打开了，我们所有的客人都像排着队开车进来。8点30分，女仆——不是我的护士——打开了通往饭厅的门，把我推到桌子的头上，好让我可以看到整个席位。（宴会不大，所以并不需要座位表）我让我的医生劳施宁教授坐在我的右边。

他开始询问我的身体状况。我告诉他，我不再抱怨那些我无法改变的事情了。这么说很好地结束了这个话题。我们继续聊其他的。劳施宁教授说起俄罗斯……说起捷克……但是我现在累了，我累了的时候我的记性就不太靠得住。护士去拿安眠药了。明天早上我再继续说吧。

奥尔班女士 （一位不知疲倦的老妇人。尽管她穿了一条新裙子，头发也是最近刚染的，她仍然给人一种邋遢的感觉）我的上帝啊！真是可怕的一天！那么多的烦心事都挤在一起，我都快要撑不住了！至少我是不行了。我爆发了。你知道的，乳品店的莫尔卡太太已经惹恼我很长时间了。（写字）

……想象一下那个画面，吉萨，我左手抱着邻居家的猫，右手拿着四分之一品脱的牛奶。我的一个脚上穿着拖鞋，另一个脚上是一只系带的鞋，头上戴着一顶帽子，它属于一个我完全不认识的陌生人。我太生气了，开始对那个讨厌的女人喊叫。你知道我的，吉萨，我发疯的时候可不会省口水。接着，莫尔卡太太也开始吼，然后排在我后面的女人也开始吼，就在这一切糟糕的事儿发生的时候，临街的门打开了，那个漂亮的女人走了进来。那么的优雅——自然的金色的头发——带着微微发亮的迷人光泽，那么自然，不可能是染发剂弄出来的。她身上穿着一条漂亮的连衣裙。

应该是英国货。也许不是，不过肯定不是布达佩斯制造的。不管怎么样，她就站在那里，什么话也不说，就看着我们。就看着。乳品店变得非常安静。她盯着我看了好久，然后说：如果我没认错的话，你是贝拉·奥尔班女士吧。我惊讶得说不出话来（你看，我都没把她认出来）我一句话都说不出来。但是那个莫尔卡女人能说。她开始敲打柜台，大喊大叫，宝拉轻蔑地看了她一眼，冷静地说："你到底想要干什么，太太？"亲爱的吉萨，这招儿有用。莫尔卡整个呆掉了。宝拉和我一起大步走出店门，留下莫尔卡的下巴都要碰到她的膝盖了。真是太爽了！我连牛奶钱都没付。然后宝拉陪我走回家。她问候了你。我说你的情况没什么变化，只不过现在加尔米施-帕滕基兴最好的医生在给你治疗。她看上去很关心你，并且让我一定要问候你。她还评论了我的帽子——我搞错了戴在头上的那顶——她觉得帽子很可爱，让我显得更年轻。我没法跟她说这是属于一个陌生人的。我只能说我是在市区随便拿的。分别的时候，我们约好下周二在水仙咖啡馆再聚。然后从那个周二开始，我们每天都聚。亲爱的吉萨，整个事儿都很奇怪。不是说她每次说得有多么深刻——并不是那样，而是我觉得每次聊天，我都感觉和她很亲近。我觉得她对我有和你对我一样的效果，我亲爱的吉萨。我总算找到了一个真正关心我，愿意倾听我的人，真正地倾听。她会有很多的问题，她想要了解关于我的每件事情，我说的每件事情她都感兴趣。自从你搬走之后，这是我第一次感觉自己对某个人很重要，神奇的是，我现在觉得我在变得对我自己很重要。我没时间说下去了，我必须得去水仙咖啡馆了。我明天还会再写给你的。吻你，你亲爱的妹妹艾尔希。（奥尔班女士移动到咖啡馆的区域，坐在她朋友的旁边）

宝拉 （迷人的，看上去比实际年龄要小，充满活力）你那时候有个男朋友。

奥尔班女士 哦，不不不，那不可能。

宝拉 我确定我没搞错。

奥尔班太太 我丈夫是我这辈子唯一的男人。

宝拉 可就是他告诉我有这回事的啊。

奥尔班太太 他这么说？什么时候？

宝拉 还记得我们一起在防空洞里度过的那个圣诞前夜吗？我们有一个温暖的角落。看门人把他的唱机也带了下来。

奥尔班太太 哦，是的，我记得。

宝拉 我们都围坐着听音乐，然后你的丈夫说，“你听到了吗，是你的男朋友在唱。”

奥尔班太太 你确定吗？我可怜的贝拉不懂嫉妒是什么。

宝拉 他一边说一边笑。

奥尔班太太 那他一定是在开玩笑。

宝拉 但是你没笑。你脸红了。

奥尔班太太 天哪！你这是什么记性啊！

宝拉 这个追求者后来怎么样啦？他还围在你身边吗？

奥尔班太太 啊，是的。

宝拉 你们见面吗？

奥尔班太太 偶尔。

宝拉 多久见一次？

奥尔班太太 他每周四的晚上到我家里吃晚饭。

宝拉 哦，那可真棒。

奥尔班太太 真棒！你真应该见见他。

宝拉 为什么？他长什么样子？

奥尔班太太 像一头海象。他很肥很胖。

宝拉 他叫什么名字？

奥尔班太太 你应该瞧瞧他的行为举止。其实我对于礼节不是那么讲究，不过当他有时候得寸进尺的时候……简直让我想吐。

宝拉 啊，那很迷人。

奥尔班太太 迷人！要是你亲眼见到的话。

宝拉 他叫什么名字？

奥尔班太太 而且他还有一个令人恶心的习惯，总是一边嘴里吃着东西一边说话。但是，你能怎么办呢，他的嘴里总是有东西。我指的是他总是在吃。

宝拉 你太夸张了吧。

奥尔班太太 一点都没有。上个周四，他把我煮汤的整只鸡都吃完了，还吃了两磅的猪排，最后还不忘加上一码半的薄酥卷饼。

宝拉 天啊！

奥尔班太太 当他对着一道菜狼吞虎咽的时候，我还必须放上下一道菜，这样他就可以事先知道自己接下来要吃什么。

宝拉 这人多有意思啊！你不想告诉我他的名字吗？

奥尔班太太 我没告诉过你吗？

宝拉 没，还没。（宝拉招手示意服务员）

服务员 您想要什么，女士？

宝拉 我们想要喝点什么。雅诺斯，给我们两杯白兰地-亚历山大。

奥尔班太太 哦，不，谢谢，我不用。我从不喝酒。

宝拉 就这一次，为了我，艾尔希。（看着服务员，点头；服务员退下）

奥尔班太太 我前面在说什么？我们说到哪里了？

宝拉 你不愿意告诉我他的名字。

奥尔班太太 我不觉得你认识他。

宝拉 你要是不想说的话就算了。

奥尔班太太 他的名字是维韦利。

宝拉 维克多·维韦利吗？

奥尔班太太 是的。

宝拉 你怎么会认为我不认识他呢？

奥尔班太太 我记得你对歌剧不怎么感兴趣。

宝拉　但是，我亲爱的，每个人都知道维克多・维韦利。他世界闻名。

奥尔班太太　他曾经是。现在，他是一个工人合唱团的团长。棉纺厂的那一个。

宝拉　我猜他的退休金很少。

奥尔班太太　他不是为了钱才做这个的。

宝拉　多有爱心啊。他还在观众面前唱歌吗?

奥尔班太太　只在综艺音乐会。而且他只能唱一两首歌。

宝拉　为什么呢?

奥尔班太太　因为他的肺。他有肺气肿。

宝拉　实在太妙了!

奥尔班太太　这有什么妙的?

宝拉　因为他还继续唱歌啊。

奥尔班太太　他的嗓子不如从前了。

宝拉　实在太棒了!

奥尔班太太　我不明白你的意思。

宝拉　他必须要有勇气——站上那些极其土气的舞台，他的肺因为可怕的疾病而喘息，但是他仍然继续唱歌，一直唱到无法呼吸为止。

奥尔班太太　我从没这么想过。

宝拉　我应该要见见他。

奥尔班太太　你会非常失望的。

宝拉　为什么?

奥尔班太太　你只是在想象。相信我。我看到的是他真实的样子——吵闹、懒散、粗鲁、臃肿得就像……

宝拉　多么奇怪啊。

奥尔班太太　哪里奇怪了?

宝拉　说起你的丈夫你尽是好话，但对这一位你却一丁点儿都看不起。

奥尔班太太　这有什么奇怪的?

宝拉　我觉得你更爱他。

奥尔班太太 哪一个?

宝拉 这个维克多。

奥尔班太太 维克多!别逗我了。(她笑了,尽情大笑)哪天你亲眼见到维克多,你会把这个想法抛在脑后的。

宝拉 那就介绍我们认识啊。

奥尔班太太 (笑)你就想这个啊。为什么呢,当他吻你手的时候你会昏倒的。

宝拉 为什么?

奥尔班太太 他会朝着你流口水,就像一条大丹犬(她们一起大笑。奥尔班太太站起身,走向沙发,一边走一边对吉萨说话。下一幕实际上是一段长长的电话交谈。但这两个女人在继续对话的时候并没有触碰电话机)

吉萨 喂,喂,能听到我说话吗?

奥尔班太太 是的,我能听到。

吉萨 现在,让我们说正题吧。乳品店的那个女人到底对你说了什么?

奥尔班太太 她说她不卖给我四分之一品脱的牛奶。

吉萨 你为什么不多买一些呢?

奥尔班太太 因为猫只需要这点儿啊。

吉萨 然后,你就因为这个生气了?

奥尔班太太 哦不,一开始我很冷静,非常有礼貌。我只是问她如果这是条规定的话,那它贴在哪儿呢?

吉萨 她怎么说?

奥尔班太太 她说这是常识,不需要张贴出来。

吉萨 然后呢?

奥尔班太太 我说:“所有的规定都必须贴出来。”

吉萨 她怎么说?

奥尔班太太 “乳品店在周日开,只是为了给婴儿和小孩子们提供牛奶,是不可以喂猫的。”听她这么一说,我的火气就上来了。

吉萨 可那是她的工作。

奥尔班太太　然后我说——还是非常礼貌地，“但是，亲爱的，写着这种说法的告示牌挂在哪儿呢？”然后她说这也是常识，不需要牌子。于是我说，既然他们会放一个写着“不要碰糕点”这样的牌子，那么他们也应该放一个牌子写着“我们周日不喂猫”。

吉萨　她怎么回答？

奥尔班太太　不可能什么都挂一个牌子。

吉萨　然后你怎么说？

奥尔班太太　我说那是可能的。

吉萨　然后她说……

奥尔班太太　她说那是不可能的。

吉萨　然后，当然了，你说……

奥尔班太太和吉萨　那是可能的。

吉萨　你对着她大喊大叫了吗？

奥尔班太太　还没有。

吉萨　所以她开始喊叫了。

奥尔班太太　不，当她命令我离开商店的时候我开始叫了。我问她有什么理由让我走。她说不可以把宠物带进商店。于是，我说，“好吧，哪块牌子上这么写的？”

吉萨　然后她怎么说？

奥尔班太太　就在你头上。

吉萨　有吗？

奥尔班太太　有的，该死的。

吉萨　那她是对的。

奥尔班太太　就是这个让我火大了。

吉萨　接着，我猜，你开始一贯的长篇演说了。

奥尔班太太　你说的没错。我开始把我这几个月来的所有烦心事通通发泄出来。

吉萨　我希望你并不粗鲁。

奥尔班太太　你知道我是什么样的，我发疯的时候自己都没办法控制我自己。
吉萨　你骂她了吗?
奥尔班太太　有啊，我叫她双面猪油屁股。
吉萨　什么意思?
奥尔班太太　就是一种说法。
吉萨　听上去挺粗野的。
奥尔班太太　你听到过我说粗野的话吗?
吉萨　我经常提醒你不要说。
奥尔班太太　有时候挺有效的。
吉萨　你的好朋友宝拉是不是就在这个时候进来了?
奥尔班太太　你为什么这么挖苦人?
吉萨　我没有挖苦你啊。
奥尔班太太　我从你的话里听出来了。
吉萨　这是你的想象，亲爱的。
奥尔班太太　我开始觉得你并不喜欢我的朋友宝拉。
吉萨　可是你错了。我不喜欢的是你穿得乱糟糟的在街上到处走。
奥尔班太太　但是我没有时间。猫跑出去了。
吉萨　谁的猫?
奥尔班太太　我的房客绍博家的。它从我邻居的公寓里跑出去了。
吉萨　你衣衫不整地在你邻居的公寓里面做什么?
奥尔班太太　我们聊了多久了?几分钟了?
吉萨　不用担心这个。
奥尔班太太　不，真的。
吉萨　没关系。你的邻居病了吗?
奥尔班太太　不，她其实人都不在。
吉萨　那么你在那里做什么?
奥尔班太太　我亲爱的吉萨，这真的不重要。
吉萨　我想要知道。

奥尔班太太 你必须知道每件小事情吗？

吉萨 我担心你。

奥尔班太太 你没有理由担心啊。我会告诉你每件事情，我亲爱的吉萨，你只要放松听着就行。我有一个邻居。她是个可爱的小家伙。每个人都叫她慕希。我们在一起玩一个小游戏。每当她下班回家，她就对着我像猫一样喵喵叫，让我知道她回家了。

吉萨 她喵喵叫？

奥尔班太太 是的。我知道这很傻，但是她学得实在太像了，有时候奥丁和我在一起的时候……

吉萨 奥丁？

奥尔班太太 教授的猫。有时候奥丁会回应她，要是它不在，我就喵喵叫回应她……慕希有一个小副业——做帽子。她白天都在办公室，她就把公寓的钥匙给我。那天早上，我正在穿衣服，她的一个客户打电话来问她的帽子做好了没有。于是我去隔壁确认。猫在我的怀里。我发现了帽子——慕希已经做好了。但是，我觉得我要戴一下看看是什么样子。于是我把猫放下来。就一眨眼的工夫，它就像风一样冲出门跑下了楼梯。

吉萨 你在后面追着它。

奥尔班太太 当然。

吉萨 就像你以前一样。

奥尔班太太 我跑了三条街才把它逮住。

吉萨 你怎么能做出这样的事情？

奥尔班太太 你没做过一样的事情吗？

吉萨 世界上没有一只猫会让我衣衫不整地跑上街。

奥尔班太太 但是猫不是我的，是教授的。如果我让他的宝贝猫咪跑了，你能想象他会说什么吗？他们本来就够嫉妒我的了。我跟你写信说过那个小动物有多么黏我。

吉萨 你从没写信说过这样的事情。

奥尔班太太　我没有吗？

吉萨　你说过教授和他的妻子是非常礼貌文雅的人。你从来没有写信说过任何关于他们嫉妒你的事情。

奥尔班太太　我不认为你会对这个感兴趣。

吉萨　可是，我感兴趣。为什么他们这么嫉妒你呢？

奥尔班太太　对他们来说，他们的猫将感情转移到了我的身上。

吉萨　那么你是怎么做到的呢？

奥尔班太太　我经常给它喂一点点牛奶。

吉萨　就这样？

奥尔班太太　呃……有时候给点肉末。

吉萨　这有什么奇怪的？我的意思是你能怪他们吗？

奥尔班太太　他们只是大惊小怪而已。

吉萨　那么我也只是大惊小怪吗？

奥尔班太太　是的，我亲爱的吉萨，但是这和猫没有任何关系。

吉萨　你是什么意思？

奥尔班太太　从我们开始聊天开始，我就感觉你有什么烦恼。

吉萨　你是什么意思？

奥尔班太太　我说的是宝拉。

吉萨　别傻了。我很开心你找到了一个新朋友。

奥尔班太太　我知道，但是这里面有什么让你不安。

吉萨　不，没什么。只不过我觉得你的信里面有一段话有一些言过其实了。

奥尔班太太　哪一段？

吉萨　你说你的好朋友宝拉有着和我过去对你一样的影响。

奥尔班太太　吉萨，你让我太惊讶了。

吉萨　为什么？

奥尔班太太　因为我想表达的是一种最高的赞赏。她的气质那么文雅，那么精致。这让我想到了你。

吉萨　可是你的这个宝拉穿着桃红色的毛线衫，染着头发。这也让你想到我吗？

奥尔班太太 这个的话，你对外貌的确更注重，亲爱的。

吉萨 我得做好我儿子家的女主人。并且相信我，即便我最贵的那条巴黎裙子也符合我的年龄。至于我的头发——可不是金色的，而是灰色的。

奥尔班太太 那是你运气好，头发可以均匀地变成灰色。有些人染头发也不是罪过啊。

吉萨 你是在为她说话吗？

奥尔班太太 我不必这么做。成千上万染着头发的人在街上走呢。

吉萨 你再说一遍。

奥尔班太太 再说一遍什么？

吉萨 就你刚刚说的。

奥尔班太太 我说成千上万染着头发的人在街上走呢。

吉萨 我就知道！

奥尔班太太 你知道什么？

吉萨 你也染成金发了吧？

奥尔班太太 我要疯了！

吉萨 你是还是不是？

奥尔班太太 你太让我惊讶了，吉萨。你怎么会这么想？

吉萨 你能够用我们父亲的回忆（上帝保佑他安息）发誓你没染成金发吗？

奥尔班太太 哦，你怎么可以这样，吉萨。别把我们亲爱的爸爸的回忆和这样的小事情搞在一起。

吉萨 那么你就是染成金发了。

奥尔班太太 我没染成金发。

吉萨 或许你亲爱的宝拉推荐了你另一个颜色？

奥尔班太太 你怎么能够用这样的语气说起这个在战争饥荒时救了我和我可怜丈夫的人？

吉萨 饥荒？我以前从来没听说过这个。

奥尔班太太 我的朋友，伊斯特凡·克洛兹太太，那个你如此轻蔑讲起的宝拉——我们在一个很小的、拥挤的避难所里一起度过了战争时期最糟糕的日子。我可怜的贝拉忘了带上足够的食物。如果不是因为宝拉，我们就饿死在那里了。

吉萨　我在谈的是你。

奥尔班太太　可是你在侮辱宝拉。

吉萨　我只是在担心你。

奥尔班太太　那么，别担心我了。

吉萨　五分钟之后你就会为这场争吵感到后悔的。

奥尔班太太　我这辈子从来没和谁吵过架。

吉萨　艾尔希，艾尔希，你喜欢大吵一架。

奥尔班太太　让我们结束这场对话吧，亲爱的。

吉萨　好的，好主意。

奥尔班太太　向米盖尔问好。

吉萨　我会对他说的。

奥尔班太太　还有海尔德盖德和孩子们。

吉萨　好的，我会记得的。

奥尔班太太　拥抱你，吻你，亲爱的吉萨。

吉萨　你照顾好自己就行了。

奥尔班太太　好的，好的。不用担心！

吉萨　睡个好觉。

奥尔班太太　你也是。（她继续坐着，发着呆，好像自己和自己继续着争论。然后她忽然说）求你了！让我静静吧。

（她耸耸肩，继续发呆。听到了一下温柔的猫叫。慕希出现了。她的头发是灰色的，看不出年龄。她的手里拿着一顶好看的帽子，上面有一根长长的羽毛。她又喵了一声，就像在乞求准许她进来。奥尔班太太看了看她，但是没有给予允许的指示。慕希有点担心地又喵了一声。没有回应。然后她敲门）

奥尔班太太　（仍旧在那通电话的影响中）进来。

慕希　（羞怯地走进来）亲爱的艾尔希，我打扰到你了吗？

奥尔班太太 没有。

慕希 你确定？

奥尔班太太 是的，我确定。

慕希 我明天会再过来。我看得出来我打扰到你了。

奥尔班太太 我要告诉你多少次？你没有打扰到我。你要干吗？

慕希 （指着帽子）马图斯太太的帽子。我已经修改过两次了，但是她还是觉得太休闲了。

奥尔班太太 （发怒）太休闲了！她怎么敢怎么说！下次她打电话过来，让我来处理她。你不应该对这些老婊子这么言听计从！她可不敢这么对待我。

慕希 （被吓到了）你想试戴一下吗？

奥尔班太太 为什么？

慕希 也许她是对的呢。

奥尔班太太 我不用试就知道谁是对的。看，你只要这么对她说："太太，有人让我来告诉您，帽子并不休闲。如果您有任何的抱怨，请联系贝拉·奥尔班太太。"

慕希 哦，谢谢。非常感谢。

奥尔班太太 不用谢。现在如果你不介意的话，我想要一个人待一会儿。

慕希 （困惑）好的，我走了。（安静地踮着脚走出去，在外面待了一分钟，然后看上去非常担心的样子）

奥尔班太太 （感觉到了慕希的担心，笑了一下，然后温柔地喵叫）

慕希 （放心了，微笑，开心地喵叫回应她，然后把帽子戴在头上，出去了）

奥尔班太太 我亲爱的吉萨，昨天在电话里跟你发脾气，我感到非常糟糕。对我来说，你是这个世界上最亲的人。只不过我无法忍受你对我那么趾高气扬。我知道你是出于好意，但是有时候真是把我逼急了。让我们像你说的那样切入正题吧。是的，你说得对，我染了头发。是棕色的。宝拉把我带到她的理发师那边，她找到了适合我的颜色——一个温暖但是低调的栗色。灰色头发不是我的风格，至少目前还不是。做完头发，宝拉给了我一个礼物，一条她自己的裙子。然后她坚持要我扔掉旧了的系带鞋。哦，我的吉萨，你难以相信我的变化有多大。你简直会认不出我来。我看上去真的变时尚了。想象一下，这么多年没有在意自己外貌的我。比起宝拉漂白的金色头发，更重要的是她让我重获新生了。

吉萨 房子里很安静。米盖尔和他的妻子在巴登巴登。每个下午，我的孙子孙女会被带过来。他们的家庭教师和我的护士也陪着我们。我没法一个人带他们。你还记得爸爸的睡前故事吗？他们总是很紧张那些故事会吓到孩子。海德盖德曾经对我说，我的故事里面有太多的巫婆、妖精和鬼怪。我告诉她几千年来孩子们都是听着这些故事长大的。“这样的教育方法成功吗？”她问。我该怎么回答呢？也许他们是对的。不管怎么样，我不再讲故事了。顺便问一句，你为什么不接受我给你的礼物或者衣服，反倒毫不犹豫地收下宝拉的裙子呢？我觉得这一切都很奇怪。哦，艾尔希……桃红色对你的年纪来说并不是什么问题，只要，当然了，不是太亮的话……（奥尔班太太生气地跳起来，匆忙地去找伊洛娜。她的女儿和女婿在吃午饭。对于母亲的到访，他们不情愿地点点头。他们甚至都没有注意到她在生气。奥尔班太太站在桌子前面展示她的新裙子）

奥尔班太太 现在，看。这就是那条你们的姨妈无比关心的裙子。求你了，伊洛娜，就看一眼。你来评评理。

伊洛娜 （不关心地）我们在吃烤猪，妈妈。你喜欢的。

奥尔班太太 我不饿，谢谢。

尤史卡 （心不在焉地）妈妈，你一定要吃一下。

奥尔班太太 （再次生气）我不明白她为什么那么担心我。灰色的布料，可以是深灰或者浅灰。可是桃红色就是桃红色，这个颜色没有深浅之分。（突然跳起来，走向她的女儿）这个怎么样？告诉我。你觉得这个桃红色太亮了吗？

伊洛娜 （抬头看）裙子——la costume. C'est une costume pêche[①]（闭上眼睛，开始记法语）肉要冷了，妈妈。快吃吧。Aimez-vous la couleur, Madame? Oui, je l'adore.[②]

奥尔班太太 （失望地走向尤史卡）看这里，尤史卡……这条裙子太亮了吗？

尤史卡 是的，妈妈。我觉得它太亮了。

奥尔班太太 是这样吗？你难道看到过更暗的桃红色裙子吗？

尤史卡 我不知道，妈妈。我从没见过桃红色的裙子。

奥尔班太太 你从没见过，这是什么意思？在你面前就有一条。这就是一条桃红色的裙子。

尤史卡 好吧，那么我见过一条了。

奥尔班太太 所以你认为这对我来说太年轻了吗？

尤史卡 我没这么说过。请您坐下，妈妈。我们正在吃烤猪。

伊洛娜 （继续记）烤猪，烤猪……（查字典）Porc roti. Viande de porc roti[③]。

（奥尔班太太看着她的女儿，然后慢慢地从桌边站起来，移动到舞台前方。伊洛娜和尤史卡继续在后面吃午餐）

伊洛娜 （继续背诵）C'est votre plat préféré, professeur. C'est du porc roti. Aimerez-vous une tranche, professeur?[④]

奥尔班太太 （难过地听着她女儿说话，然后向吉萨吐露心声）你住在一个梦一般的世界里，我亲爱的吉萨。你住在一个漂亮的房子里，每一样东西都过滤好了给你——甚至是你呼吸的空气。为了给你做理疗，他们用直升机送你到慕尼黑。你的信写得很漂亮，但是在过去的16年里，你不记得我为了要补一个牙必须得经历什么。那意味着在一个拥挤的等待室里坐上半天，大家都在为了下一个轮到谁而吵架。这让人恼火。

---

① 此处为法语，意为："服装。这是桃红色的服装"。
② 此处为法语，意为："您喜欢这个颜色吗，女士？是的，我很喜欢"。
③ 此处为法语，意为："烤猪、烤猪肉"。
④ 此处为法语，意为："这是您喜欢的菜，教授。这是烤猪。您想要来一片吗，教授？"

但是你对这些了解多少呢？很少人像你这样，我亲爱的吉萨，很少有像米盖尔那样的儿子。在他的房子里，你不仅仅是一个家庭成员更是一个被尊敬的人——她的母亲。你对他很重要。他把你安排在桌子的头上，使你成为他社交生活的中心。但是我是怎么生活的呢？我拥有什么呢？周六在我女儿家的晚饭。尤史卡研究医学杂志，伊洛娜为了另一个语言考试在死记硬背，这样她可以得到升职。如果他们有一个孩子，那这样还有意义。我还可以对他们有点用。而现在，他们真的什么都不需要我。他们都在工作。他们什么都有。我的位置在哪里呢？

伊洛娜 （抬起头，注意到她目前的心不在焉）妈妈，你可以坐下来吃点吗？（奥尔班太太走向桌子。伊洛娜注意到她的鞋子。）你的脚上是什么？你的黑鞋子呢？

奥尔班太太 （对她突然的兴趣感到很开心）你注意到啦。这是我的新鞋子。要谢谢宝拉。当然了，吉萨还是认为这里面有猫腻。可是那又怎样？她怀疑所有从宝拉那里来的东西。吉萨说我的脚会再肿起来的。

伊洛娜 谁是宝拉？

奥尔班太太 我的女朋友。

尤史卡 为什么她的脚肿了？

伊洛娜 不是她的。是妈妈的。（翻她的字典）

奥尔班太太 请你们听我说几句。那些系带鞋曾经让我的脚肿。但是吉萨不愿意相信低帮鞋有相反的作用。现在我的脚一点儿也不肿了，完完全全不肿了。

伊洛娜 （从字典里抬起头）Les pieds gonflée[①].

尤史卡 好吧，如果吉萨姨妈有脚部问题，我们可以给她寄点弹力袜。

伊洛娜 （机械地）你没明白吗？是妈妈的脚肿了。

奥尔班太太 （情绪越来越激动）我的脚没有肿。你们都聋了吗？你们是怎么

---

① 此处为法语，意为“脚肿”。

回事？我告诉过你们100次了，自从我穿上正常的鞋子，我的脚就不肿了。宝拉是正确的。

尤史卡 谁是宝拉？

奥尔班太太 （大叫）宝拉就是宝拉。鞋子就是鞋子。（她愤怒地站了起来，拉起裙子，展示她的腿）我们在说我的脚。我不肿了的脚！（她跳到伊洛娜跟前，将拉起的腿给她看）你自己瞧瞧。这是你妈妈的脚。把你带到这个世界上来的妈妈。来啊，摸一下我的脚。摸一下！哪怕有一丁点浮肿，我都会承认我是错的，然后再戴上那些个可怕的矫正器。来啊，摸一下！

伊洛娜 （惊慌地，她不知道为什么她的母亲要大喊大叫）妈妈，求你了！我相信你。你的脚不肿！随便你怎么说。你瞧，我周三有法语考试，我不知道我行不行。

尤史卡 （温和地）妈妈，请您冷静下来。脚肿是很容易治疗的。

奥尔班太太 但是我的脚不肿。我的脚不会肿。我还以为我是在跟正常人说话呢。（背对着桌子，走向前方）还不如对着墙说！（再次对着吉萨，继续她之前打断的信）但是，亲爱的吉萨，自从我又碰到宝拉之后，这些都不再困扰我了。如果我和伊洛娜发生了争吵，我马上就会忘记。早上我开心地醒过来——像个小孩子。我已经记不太清过去的早晨有多么悲惨了。这是宝拉为我所做的——也是让你发疯的事情。

吉萨 你错误地以为我是加尔米施社会的中心。我是个老太婆，亲爱的，一个理智地接受自己的年纪的老太婆。我发现了一个重要的现实——正是因为这份接受，年轻人才原谅我们搞乱了他们的生活。年龄、孤独，甚至是瘫痪，这些我都可以忍受，同时保持我的自尊。但是，相信我，艾尔希，最难以忍受的是年老了却不能够接受青春已经逝去的现实。这才是困扰你和宝拉的问题。我并不是对你生气，亲爱的，只是非常担心。

奥尔班太太 我很抱歉，只不过我没有办法接受你的说教。你在害怕什么呢？我很开心，就够了。昨天当我从水仙咖啡馆回到家，我打开了收音机，这是我很长时间以来的第一次。电台里面在播放歌剧《唐·卡洛斯》。我已经很久没有听音乐了。我把歌剧从头到尾都听完了。我打电话给宝拉，让她也打开收音机。我可以感受到音乐流遍了我的全身，我意识到宝拉也正在聆听和感受，这种感觉很棒。自从宝拉（你叫她“我的好朋友”）开始问我那些问题，你无法想象有多少过去的记忆又回到了我的脑海中。几天前，我忽然记起了一张多年前我俩的照片。我一直在找它，但是没找到。也许在你那边。照片是在雷塔拍的，那是一个夏天的清晨，在一场舞会之后。我们穿着我们的第一套礼服裙。就在那个夏天，我可怜的贝拉走进了我的生活——还有维克多。我没法从他们之间作选择。不管怎么样，维克多因为考试不得不待在镇上，他搭乘早上的火车过来。前一晚我一直都在贝拉的怀里跳舞。他还穿着军服，所以那一定是在停战之前。维克多在黎明时分到达。他决定开船过河到达舞会的场地。我们看到了提萨河中间的船。我开始跑下斜坡，笑着、挥舞着手，朝着他叫着“维克多！维克多！我们在这里，维克多！”有时候，我感觉自己正在像那时候一样奔跑。

吉萨 我在放纪念品的象牙盒子里面寻找那张照片，但是没找到。可能是在你那边，可能已经丢了。不过你搞错了。这张照片是在雷塔拍的，这是对的。但不是在早上。那是在舞会之前的下午。战争还在进行，我们在等待爸爸，他被再次叫上前线，不得不去梅尔瓦总部报到。最后，我们瞥见了那个沿着河边行进着、扬起尘土的老四轮马车。爸爸在里面，向我们招着手。他还是穿着便服。那时候，我们知道他将不得不离开我们。于是我们开始朝他跑去，叫喊着：“爸爸！爸爸！爸爸！”

奥尔班太太 生活是如此奇妙，我亲爱的吉萨。最重要的，它是一个谜。我给维克多写了一封信，取消了我们每周四都会在一起吃的晚餐。我对于听他打嗝，把食物溅到桌布上、他的衣服上、地毯上，还到处弹烟灰只觉得反胃和厌倦。一想到宝拉要见到这个怪物，我就觉得浑身起鸡皮疙瘩。宝拉和我定下来周四晚上一起去看电影，之后在我那边喝杯咖啡。于是我坐下来给维克多写了一个字条。我用我的肿脚作借口。

我告诉他我非常抱歉，但是因为种种原因，我们周四的晚餐不得不改期了。我真是松了一口气！他那百岁老母亲现在可以照顾他了。你还记得她吗？那个著名的瓦格纳歌剧女高音歌唱家阿德莱德·维尔利女士——不过，看完电影我一个人回去了。当我打开门，我看到有个人在我公寓旁台阶的最上面。是维克多。

（维克多是个肥胖的退休歌剧歌唱家。除去他令人讨厌的习惯，他还是挺迷人的）

奥尔班太太 （惊讶地几乎说不出话来）你究竟在这里做什么？

维克多 今天不是周四吗？

奥尔班太太 你没收到我的信吗？

维克多 我在这里等了有超过 20 分钟了……信？什么信？

奥尔班太太 哦，没关系。那不重要。

维克多 重要的！如果你……

奥尔班太太 忘了吧。你为什么这么看着我？

维克多 你穿的裙子。我简直就认不出你来了。还有你的头发！你对你的头发做了什么？

奥尔班太太 我的头发？这是我的头发，就是这样。

维克多 但是这很不一样。你大变样了。

奥尔班太太 大变样！别傻了。

维克多 我是说真的。你再也不应该把头发变成灰色。现在看上去很不错。

奥尔班太太 （尴尬地调情）哦，别傻了。让我们进去吧。没必要站在外面。

维克多 （含情脉脉地）无所谓我们站在哪里，我亲爱的。你的头发……你的裙子……每一样都非常棒！

奥尔班太太 唯一的问题是我没有吃的了。

维克多 你现在怎么能谈论吃的呢。我一点都不想去考虑这个。

奥尔班太太 我可以快点炒几个鸡蛋。我还有一点香肠。

维克多 我不会吃的，一口都不会。我只想要站在这里看着你。

奥尔班太太 现在别这样了，维克多。你让我觉得很尴尬。

维克多 但这就是我想要做的！

奥尔班太太 （脸红）哦，维克多，我已经过了那个年纪啦！（她冲下楼梯，快乐地颤抖着）吉萨，我亲爱的吉萨，我不是很明白这一切，也许我永远也不会。我们进了屋。我们坐下来。然后我们聊天。但不是关于红烩牛肉、辣椒鸡或者焦糖巧克力蛋糕。一句话都没提吃的。他变了个人。不是我过去认识的维克多，而是宝拉过去想象中的维克多。而过去嘲笑宝拉的我，一边摊着鸡蛋一边简直要哭出来。（我实际上是强迫他吃下去的，他只吃了 6 个）但是我没吃，我只是忍住泪水，想着我以前是怎么样诋毁我可怜的爱人……他没有肺气肿，那只是他的对手们捏造的故事。他很健康——壮得跟头牛一样。他不会再参加郊区的综艺音乐会了。不久以后，他将重新回到歌剧院——国立歌剧院、米兰斯卡拉歌剧院、纽约大都会歌剧院。过了半夜他都还没走。我们已经说了三次再见了，但是他依然站在门厅里面。（维克多和奥尔班太太尴尬地站在一起）

维克多 这一次我真的要走了。

奥尔班太太 晚安，维克多，亲爱的。

维克多 我对你感激不尽。

奥尔班太太 为了什么呢？几个炒蛋？

维克多 你知道我指的不是这个。为了我们的对话。为了这个难忘的夜晚。

奥尔班太太 我应该谢谢你。

维克多 我把我的帽子放哪里了？

奥尔班太太 你的帽子？在你的头上啊。

维克多 （大笑，局促不安）哈哈……你在干什么？

奥尔班太太 （笨拙地在墙上摸索）我在找灯的开关。

维克多 求你了！不要打开灯。

奥尔班太太 为什么？

维克多 不需要。我要走了，我的爱人。

奥尔班太太 我是怎么了。我在这个房子里面已经住了 27 年了，突然我忘记了灯的开关在哪里。

维克多 没有灯更好。

奥尔班太太 为什么？

维克多 因为这样的话我就看不到自己了。

奥尔班太太 你没法看到自己，你背对着镜子。

维克多 啊！我这样啊。

奥尔班太太 你没理由这么觉得，你知道……你为什么拉着我的手？

维克多 这样你就不会开灯了。

奥尔班太太 求你了，让我走。

维克多 不，我不会让你走的。

奥尔班太太 我保证我不会开灯。

维克多 那不是我拉着你的手的唯一理由。

奥尔班太太 你要拉着我的手多久啊？

维克多 就一会儿，亲爱的。让我们就在这里待一会儿。（就在这时候慕希进来了，打开了灯。灯发出刺眼的强光，照在维克多和奥尔班太太身上。他们像犯罪一般地收回手。慕希的目光停留在一个人身上再转移到另一个人）

奥尔班太太 （尴尬地笑）发生了什么？你怎么进来了？

慕希 （非常困惑）我回家……很抱歉。

奥尔班太太 （非常局促不安）你为什么道歉呢？哦，天啊！我在想什么？你们两个人不认识对方对吧？

维克多 （尴尬地笑）我还没有这个荣幸。

奥尔班太太 这是慕希。我跟你提起过她。慕希，这是……（咯咯笑，依然尴尬）维克多·维韦利。

慕希 （因为崇拜而睁大双眼）真的啊！艺术大师啊！

维克多 （他完全神思恍惚——他捏了一下慕希的鼻子，然后笑道）"小慕希……"现在我必须祝你们度过一个无比美好的夜晚。（出去）

慕希 （陶醉地看着他）晚安，大师……他捏了我的鼻子！

奥尔班太太 （害羞地）晚安。

慕希 晚安，艾尔希。（她如同在梦中一般走出去，不时地回头看）

奥尔班太太 然后你知道接下去发生了什么吗，我亲爱的吉萨。他一回到家就给我打电话。从那时候起，我们几乎每个晚上都聊天。有时候一聊就是好几个小时。这些对话里面有一种神秘的、抽象的东西。有时候我感觉我是在跟老维克多聊天。那是一个夏天的晚上。我们坐在花园里，在过去爸爸和医生下棋的橡树旁边的长凳上。（她打电话给维克多。这一次她使用了真正的电话机）喂，是的，是我。不，没什么特别的事情。我只是想听到你的声音。你在做什么呢？……哦，别傻了。比起想我你肯定有更应该做的事情。（开心地微笑。维克多在聊第一次亲吻她的事情）但是你搞错了。去开帆船是你的主意，我知道。什么？……后来发生了什么？在船上？你！为什么？你这个老骗子！能够和一个斯卡拉家的姑娘一起出去，这让你紧张地都不敢看我，更不用说……（变得严肃）你记得吗？（语气柔和下来，扭捏地抗议）我们别说那个了吧。我当然记得，但是我们别说那个了。你听到我说什么了吗？（开心地大笑）你想让我挂你电话吗？如果你继续的话我会的……好多了。（转换话题）你还干了些什么？……一个惊喜！（好奇地）哦，告诉我。求你了，求你了，求你告诉我！（开心地）真的啊！太棒了。什么时候？这个星期三还是下个星期三？……我当然会去的。哦，还有维克多，我想要求你帮个忙。这一次我需要两张票，不是一张。不，不，不是慕希。我不想告诉你。那会是我的惊喜……我知道我们将会做什么。明天五点在水仙咖啡馆见……带上票子……晚安，亲爱的维克多。做个好梦。

（奥尔班太太走进水仙咖啡馆，她在门口停下来，吃惊地拍手大笑，因为维克多和宝拉已经坐在一起了。他们也因为猜到了奥尔班太太会惊讶而大笑。接下来的对话在一个轻浮欢乐的氛围中进行）

奥尔班太太 （惊讶得几乎说不出话来）好吧！太夸张了！但是你们以前不……到底是怎么回事啊？

维克多 完完全全的巧合。

宝拉 就是这样。

维克多 （站起来，加了一把椅子，亲吻了奥尔班太太的手，让她坐下来）你能想象吗？我实在是等不及，早到了半个小时。（大笑）

宝拉 我也是。我以前总是迟到的。

维克多 我找不到空桌子。

奥尔班太太 你们互相认识吗？

维克多 （开怀大笑）完全不……我就走过来，问她能不能够跟她拼桌一小会儿。

宝拉 然后我说："当然，欢迎您坐下来——至少您可以待到我朋友到来。"

奥尔班太太 然后你介绍了你自己。

维克多 不。我就像一只填馅鸡一样坐在这里。

宝拉 填馅鸡！（她扑哧一下大笑）

奥尔班太太 （也大笑）然后呢？（对宝拉）然后你认出了维克多。

宝拉 我！完全没有。我一句话都没说过。我也坐在这里，就像只填馅鸡！（他们都开怀大笑）然后我开始注意到他在用眼角看我。

维克多 我那时候在猜她喝的是什么。那看上去像白兰地亚历山大。

奥尔班太太 当然了。我告诉过你，我们一直喝这个的。

维克多 这让我有点怀疑。于是我也给自己叫了一份。

宝拉 然后我开始怀疑，于是我让雅诺斯再给我拿了一杯白兰地亚历山大过来。

奥尔班太太 （开心地大笑）然后你就知道了。

维克多 我们还是不确定。我碰碰运气地问，"不好意思，太太，我们是不是在等同一个人啊？"

宝拉 "我在等贝拉·奥尔班太太。"

维克多 "我也是在等贝拉·奥尔班太太。"

奥尔班太太 （开心地）太神奇了！然后你们互相介绍自己了。

维克多 我们还没来得及呢。我们刚开始聊，你就进来了，亲爱的。

宝拉 确切地说，我们其实还不认识对方。

奥尔班太太 那么我很荣幸为你们效劳。宝拉，亲爱的，请允许我给你介绍我的老朋友，维克多·维韦利。

维克多 （大笑，站起来，亲吻宝拉的手）女士！

奥尔班太太 然后，维克多，这是我最亲爱的朋友，伊斯特凡·克罗兹。

维克多 这就是宝拉吗？

奥尔班太太 是的，就是宝拉。

宝拉 是的，我是宝拉。（三个人都开怀大笑，然后开心地看着对方）

吉萨 我只有时间写个短信。我在床上。不必担心。我只是累了。早上我和米盖尔和海尔德盖德去了墓地，看刚刚完工的家族地下墓室。最近很流行修建家族地下墓室。陵墓是那么大，米盖尔可以抱着我下去。墓室里面现在可以放5副棺材，但是以后也有地方放孙辈和曾孙辈的。

奥尔班太太 我已经决定承认你总是对的，我亲爱的吉萨，然后作为我们重归于好的纪念，我会让你把那条阿姆斯特丹买的黑色蕾丝礼服裙寄给我——那条你跟我提到过的裙子。不过除非它是短袖的，而且领子要足够低，这样可以让穿着更有趣。你得用特别航空寄过来。下周三，维克多将在一场重要的音乐会上演唱。这是他复出的开始。宝拉和我会一起去听。你会希望我表现出最棒的样子，对吗？

吉萨 我不给你寄阿姆斯特丹蕾丝连衣裙，我寄的是一条高领黑色丝绸晚礼服。你知道我不会舍不得给你蕾丝连衣裙的，但是我觉得那件的胸口太低了。在同一个包裹里面，你还会找到两套春天穿的套装裙，三件毛衣还有四件开衫。颜色都是比较低调的——正是你需要的东西。

奥尔班太太 我收到你的包裹了。非常感谢。东西太漂亮了！我把它们都给了慕希。

（在水仙咖啡馆里很兴奋的样子）

宝拉 你认识他很久了吗？

奥尔班太太 从17岁开始。

宝拉 告诉我所有事儿。你是在哪里遇见他的？

奥尔班太太 在大学。他是工程专业的研究生。我在音乐学院声乐专业上一年级。

宝拉 真有趣。

奥尔班太太 什么有趣?

宝拉 有趣在他成了一个演唱家。而你结了婚——但不是跟他。怎么会这样呢?

奥尔班太太 都是因为我的母亲。她坚持贝拉才是我的真命天子。我依然还记得她说的话:"嫁给一个想成为药剂师的药剂师,而不是一个想成为演唱家的工程师。"

宝拉 我从没想过你竟然是任由母亲摆布的人。

奥尔班太太 我的确不是。我更喜欢贝拉。

宝拉 为什么呢?

奥尔班太太 我记不太清了。我觉得我有点害怕维克多。

宝拉 你害怕他什么呢?

奥尔班太太 都过去好久了。现在还有什么关系呢?

宝拉 说嘛,艾尔希,告诉我!

奥尔班太太 额,他真的很野。非常性感。有时候他会变得非常狂暴。

宝拉 你是什么意思?

奥尔班太太 他只是对我的……我的胸部疯狂。

宝拉 你的胸部?它们这么特别吗?

奥尔班太太 它们很漂亮。

宝拉 那时候流行大胸。

奥尔班太太 我的胸看上去很大。我的腰又很细。

宝拉 你戴上了胸罩,当然了。

奥尔班太太 没有戴很久。维克多注意到了,大发雷霆。他朝我尖叫:"它们是我的!你的胸是我的!你怎么敢用那个可怕的玩意儿把它们在我面前藏起来!"

宝拉　天啊！

奥尔班太太　他告诉我，如果我再戴的话，他会当场把我脱光。

宝拉　不会吧！

奥尔班太太　就是的！如果我的胸部摇晃了那么一点儿，他的脸就会变得通红，然后一个手就会从我的衬衣下面摸索上来。和他一起下楼简直就是不可能的。有一次他在音乐学院里面扑在了我的身上。

宝拉　在音乐学院……

奥尔班太太　就在主楼梯上。

宝拉　旁边有人吗？

奥尔班太太　还好没有。

宝拉　他到底干了什么？

奥尔班太太　我想起来了——没什么特别的。

宝拉　你不好意思对我说。

奥尔班太太　不是的。他只不过用脸蹭了蹭我的胸部。

宝拉　他竟然这么做！

奥尔班太太　然后他摇了摇头，然后自言自语地哼着。

宝拉　他哼着什么？

奥尔班太太　没什么，就是哼哼。

宝拉　然后你让他这么做了。

奥尔班太太　我没办法阻止他。

宝拉　那么你结婚以后你们怎么样了？分手了？

奥尔班太太　和维克多分手是不可能的——他不会听的。过去他常常会来我家吃晚饭。我可怜的贝拉喜欢他。

宝拉　然后他从来没有过任何怀疑？

奥尔班太太　我不知道。他尊敬维克多并且爱我，从来没说过一句话。

宝拉　那么你呢？

奥尔班太太　我爱我的丈夫。

宝拉 也爱维克多。

奥尔班太太 不，我不爱维克多。

宝拉 哪怕在你结婚之前也不爱吗？

奥尔班太太 从来不！

宝拉 但是你从来没办法对他说不。

奥尔班太太 你首先得被问了才能说不。但是他从来不会问。他只是脸红，伸出手然后就跑了！就像条八爪鱼一样缠着我。（她们大笑，随即灯光熄灭）

吉萨 我在床上了，所以只有时间简短写几句。不用担心，我只是累了。我和米盖尔一起去了家族墓室。那边刚刚完工。现在有四个墓穴放棺材，但是到时候也会有空间放孙辈们的。艾尔希，我不害怕死亡，但是过了一会儿我开始发抖。米盖尔肯定注意到了。他问我："妈妈，我们要不还是出去吧。"我用一句雨果的话回答他："唉，我已经见过多少年轻的姑娘死去啊"。

奥尔班太太 维克多的音乐会在明天。他非常紧张。我也是，但是宝拉已经完全失控了。她不懂音乐，也不想自己出丑，于是她用一大堆问题向我狂轰滥炸。我多么希望能够借你的脑子用用啊。比方说，她问我为什么《纽伦堡的名歌手》是我最喜欢的歌剧。我说因为对我来说这就像一座安宁的岛屿。就像所有的音乐——没有实体、缥缈虚幻。我发现用文字来描述音乐是非常困难的，但是这是我说的：'安宁的岛屿'，'没有实体、缥缈虚幻'。我知道的就是当我听它的时候，我所有的伤痛都消失了。我还没有失去我的青春。我不害怕死亡……明天是个大日子。为我祈祷吧，吉萨。

吉萨 家人们都出去度假了，就我一个人。下午我被带去梅赛德斯附近乡下的城堡。护士推着我沿着一条长长的、弯曲的路到达湖边。你总是四处奔波，艾尔希，你不知道花一个小时的时间在湖岸边，看看天鹅有多么平静、多么美好。有一只天鹅都已经认识我了。我带了一个羊角面包，把它撕成小块，喂给它——但是非常慢，这样可以持续一个小时。真是难以形容这些优雅的生物。“天鹅，天鹅，谁听得懂你的歌[①]” 在那个时候，唯一让我烦恼的事情是关于你还有我寄出的那一包裹衣服。你到底为什么把它们送掉呢？——那条裙子很适合音乐会啊。我一直都很担心你。小心啊，艾尔希，可别让自己变成傻瓜啊。

（在舞台三个不同的区域，我们看到三个角色正在为音乐会做准备。各自热火朝天地忙活着。维克多穿着无尾晚礼服，坐在床边上练声，一个小电风扇提供着一丝丝凉风。宝拉差不多准备妥当了，正在给妆容做最后的修饰。奥尔班太太还穿着衬裙，手里拿着一个衣架，上面挂着一条绿色的裙子。她将裙子放在身前，看着镜子里面的自己。这三个人的附近都有一部电话机）

慕希 （在门口喵了一声。奥尔班太太回叫了一声，慕希走进来。）哦，多可爱的裙子啊！这也是从慕尼黑寄过来的吗？

奥尔班太太 不，我是从萨博太太的衣橱里面拿的。萨博太太也许是一个优秀的核物理学家，但是她对于衣服的品位实在是很糟糕。这条绿裙子让我看上去太苍白了，你不觉得吗？不是我的颜色！……蓝色或者勃艮第红的什么……才是我需要的！

慕希 艾尔希，你会被抓住的！……艾尔希，电话！（指着电话。维克多唱了一个音阶。宝拉兴奋地拨着奥尔班太太的电话号码）

奥尔班太太 （拿着两条连衣裙跑进来——一条是绿松石色的，一条是勃艮第红的。拿起电话）

喂，是你吗，宝拉？

宝拉 （紧张地）是的。你差不多准备好了吗，亲爱的？

奥尔班太太 差不多了。还剩最后一点点。

宝拉 你敢打赌你今天一定看上去非常美。

奥尔班太太 我就不说什么了，你待会儿可以看个够。10 分钟后我们在车站见。（挂上电话。她匆匆忙忙地将裙子展示给慕希看）看这些破衣服，这个女人就是没品位。这条勃艮第红的本来还行——但是款式太老

---

① 译注：原文为德语 Schwäne,schwäne, wer kennt eure Lieder。

气了。（生气地将它扔到角落，再拿起另一条连衣裙）那么，再看看这条。我一直都很适合绿松石色（快速地穿上裙子）你觉得呢？

慕希 雅致。极其雅致。

奥尔班太太 嗯。是的，这个发现还不错。我觉得你是对的。（说话的同时她拨通宝拉的电话）宝拉，我都准备好了。只剩下我的头发要再弄一下……你是不是和我一样激动？

宝拉 亲爱的，我简直要控制不住自己了。

奥尔班太太 我也是！我的膝盖在颤抖。

宝拉 你肯定不会相信——我的也是！

奥尔班太太 我现在得跑起来了，亲爱的。我只想让你知道……这是我这辈子最开心的一天。（她砰地挂上电话）

宝拉 （对着挂上的电话大叫）我也是！我也是！

奥尔班太太 （展示裙子给慕希看）你觉得怎么样？

慕希 你看上去太棒了。他们的眼睛肯定都会离不开你的。（从帽子上面摘下一些薄纸）这是我特别为你制作的，亲爱的艾尔希，代表我对于今晚的庆祝之情。

奥尔班太太 （迅速地带上帽子，瞥了镜子里的自己一眼，她很满意。然后她跑向电话机，向慕希飞吻）你真是个天使！

（宝拉还在慌乱地准备着，她停下来拨通了维克多的号码。奥尔班太太同时也在打给他，她先接通了）

奥尔班太太 维克多，你知道吗？

维克多 什么，我亲爱的？

奥尔班太太 今晚你会看到我戴着一顶帽子！

维克多 真的吗？那一定很棒。

奥尔班太太 （意识到）哦，我的上帝！我的头在哪儿？这不是我打电话的原因。我实在搞不清楚……维克多，我只想让你知道叶子在动。

维克多 （穿上外套）在动？为什么？

奥尔班太太 因为有风，维克多。别忘记带上你的围巾。我得跑起来了。（与

此同时，宝拉继续拨号，电话终于响了，维克多拿起电话，以为是奥尔班太太又打过来）

维克多 是的，我亲爱的。你又忘记告诉我什么了？（奥尔班太太在疯狂地打给宝拉）

宝拉 我是克洛兹女士，也就是宝拉。我打给你就想跟你说，祝你好运。

维克多 你真周到。谢谢。

宝拉 但愿你没有我这么紧张。

维克多 我当然紧张了。这将是我第一次唱歌给你听。

宝拉 你真会说话……但是我知道你的心属于另一个人。

维克多 我期待今晚见到容光焕发的你。

宝拉 我会尽力的。你知道音乐对我来说意味着一切。现在先说再见吧。

维克多 吻你的手，亲爱的克洛兹女士。

奥尔班太太 （还在拨号，对宝拉生气）还在忙！现在这个时候她会在和谁打电话啊？

宝拉 （她的电话最后终于响了，她拿起电话）你好。

奥尔班太太 （紧张地）终于打通了！我都打了好几遍了。你到底在和谁讲话啊？……听着，我们已经错过了巴士。你能帮我们叫辆出租车吗？

宝拉 当然了，马上。我要让车先去接你吗？

奥尔班太太 是的，然后我再过来接你，最后再把维克多也接上。现在赶快吧！

（宝拉开始打电话叫出租车）

奥尔班太太（打给维克多）

维克多 （这次小心了）是谁啊？

奥尔班太太 你以为是谁啊？圣母吗？我打过来是要叫你快一点，否则我们会迟到的。宝拉现在正在叫出租车。我们会在 20 分钟之后到你房子前面接你。不，什么都别说了。我现在超级忙。再见。（挂上电话，电话马上又响了）

宝拉 没有出租车！我们现在怎么办啊？你得想想办法。

奥尔班太太 （自信地）5分钟之后下楼。（拿起电话然后很快地拨号）这里是萨塔卡大街127号贝拉奥尔班太太家。我需要一辆出租车……你说没有是什么意思。这里出了事故……不，不，我没法详细展开——我没有时间……哦，是的，非常、非常严重。小姐……谢谢。非常感谢。（自豪地放下电话）好了。你看，车总是叫得到的。

（直到这个时候，三个人总算都穿戴好了。他们同时站了起来，朝前走了几步。他们停下来。一动不动。传来出租车的喇叭声）

慕希 （打量着奥尔班太太，目眩神迷的样子）音乐会！想想啊！一场真正的音乐会！我的上帝，他们是多么幸运啊！（冲出去）

（三个人一动不动地站着，头抬得高高的。三束光分别打在每个人身上。过了一会儿，传来观众的欢呼声。三个人接受着欢呼，都没有鞠躬，仿佛这是他们应得的。欢呼声渐渐消失。灯光亮起，三个人再次开始走动。他们回到了家。疲惫但是快乐。他们开始脱衣服。奥尔班太太脱下绿松石色的连衣裙，上面有一个很丑的红酒渍。她皱眉。先是用湿手绢然后是用湿毛巾擦拭，但是污渍去不掉。她耸耸肩，出去把裙子还给邻居。当她回来的时候，她还是戴着帽子。她看着镜子里面戴着帽子穿着衬裙的自己。她忘记了污渍。她的脸焕发出光彩。她看了一下手表，然后打给维克多）

维克多 （电话响起的时候他走过去）喂。

奥尔班太太 我吵醒你了吗？

维克多 我刚刚回到家。

奥尔班太太 这么晚？

维克多 我把你的朋友送回家了。

奥尔班太太 出租车一定花了你一大笔钱。

维克多 如果我有一大笔钱，那都会是你的，亲爱的。

奥尔班太太 啊，你的嘴可真甜！现在轮到我来拍你马屁了。

维克多 我唱得太糟糕了。

奥尔班太太 你唱得太棒了。我听的时候，感觉自己回到了以前在歌剧院的时光。

维克多　我的嗓子不如以前了。

奥尔班太太　你说得太对了。它已经完全不一样了。

维克多　你是什么意思?

奥尔班太太　很温暖、很自然。有一种我以前从没听到过的亲和力。我被完全征服了。

维克多　在我的安可之后并没有人喝彩。

奥尔班太太　你怎么能这么说。他们都站起来欢呼了。

维克多　没有很久。10年前在艾尔伯特音乐厅，他们不得不关了灯来让观众们停下来……

奥尔班太太　宝拉为你疯狂……

维克多　我对宝拉没兴趣。

奥尔班太太　你不喜欢她吗?她今晚看上去那么美。

维克多　我没有注意。我一直都在盯着你看。

奥尔班太太　别拍马屁了，你这个老色鬼!

维克多　还有你穿的那条裙子!

奥尔班太太　是从慕尼黑来的。吉萨寄给我的。你为什么不喜欢宝拉呢?

维克多　你那个低领可真是迷人!

奥尔班太太　现在别说废话了，回答我的问题。

维克多　我不想破坏你的幻觉。当然了这不完全是她的错。她被一场不幸的婚姻给毁了。

奥尔班太太　你是什么意思?

维克多　她的丈夫是一个音乐评论家。

奥尔班太太　一个音乐评论家!他是一个牙医。

维克多　你怎么知道的?

奥尔班太太　我认识他。

维克多　你肯定搞错了。他先是在一个音乐出版社工作，然后变成了评论家——主要是在加拿大。你可以想象他一定是个怎么样的傻瓜。

奥尔班太太　我不明白我为什么会搞错。我亲眼看到了他的牙医椅子。

维克多 在哪里?

奥尔班太太 在防空洞。克洛兹医生把它搬到了那里。他宁愿死也不愿意让椅子有任何损坏。等一下——它还在那里呢。

维克多 哪里?

奥尔班太太 在宝拉家。她将她丈夫以前的办公室转租给了一个女牙医。我亲眼看到的。

维克多 归根结底，这跟他丈夫做什么没有关系。

奥尔班太太 你是什么意思呢?

维克多 如果她不是从她的丈夫那里得来的疯狂念头，那么就是从别人那里得来的。

奥尔班太太 什么念头?

维克多 其实不是什么念头——更像是引用。

奥尔班太太 她说了什么?

维克多 我不太清楚了——当我听到那样的话时，我心里冒火。

奥尔班太太 但是我想知道。

维克多 她给我上了一堂关于瓦格纳的课。你知道她是怎么说《纽伦堡的名歌手》的吗?——“一座安宁的岛屿”。

奥尔班太太 多么有趣啊。

维克多 哦，是的，然后她继续跟我讲音乐的精髓。“它是没有实体、缥缈虚幻的!”

奥尔班太太 她是这么说的?

维克多 当然。

奥尔班太太 对吗?

维克多 当然了，对于那些对音乐一无所知的人来说。就像对于不能飞的人来说，空气是虚无缥缈的，而对于一只鸟来说，它就是实体。

奥尔班太太 她什么时候说了这些?

维克多 今天晚上。

奥尔班太太 确切的时间是什么时候?不是在咖啡馆也不是在回家的路上……

维克多 在去她家的出租车上。

奥尔班太太 从这里过去只不过 1 分钟。

维克多 我们坐在出租车里面。

奥尔班太太 多久呢?

维克多 有一会儿。司机不停地用下流的眼神打量我们。

奥尔班太太 我不明白。她一直跟我说她对音乐一无所知。

维克多 她是不懂。

奥尔班太太 她甚至没有一点想法。

维克多 她一定是留了一手故意说给我听的。

奥尔班太太 她是想要勾引你吗?

维克多 没人能够勾引我。

奥尔班太太 但是她试图这么做了吗?

维克多 对于我，这是浪费时间。

奥尔班太太 晚安。

维克多 你为什么这么急?

奥尔班太太 我困了。

维克多 但是我还有很多话要跟你说。

奥尔班太太 我知道你要说什么。

维克多 什么?

奥尔班太太 说你甚至都没办法看别的女人。

维克多 不，完全不一样的事情。

奥尔班太太 明天再说吧。

维克多 但是，艾尔希……

奥尔班太太 老天啊。我眼睛都睁不开了。

维克多 晚安，我唯一的爱。（奥尔班太太马上打电话给了宝拉，她穿着一件优雅的睡袍出现，拿起了电话机）

奥尔班太太 你睡了吗?

宝拉 不，我在黑暗里面躺着，盯着天花板，想要做一个决定……

奥尔班太太　做什么决定?

宝拉　我是不是应该对你说。

奥尔班太太　是关于维克多吗?

宝拉　你是否介意我一五一十地告诉你我心里的想法?

奥尔班太太　你不喜欢他。

宝拉　当然了，我没法评判他的歌唱水平，但是作为一个人，他是个怪物。

奥尔班太太　但是你本来就知道。我告诉过你他有多粗野。

宝拉　不是粗野这个词。

奥尔班太太　他做了什么?

宝拉　我一想起来就起鸡皮疙瘩!

奥尔班太太　他做了什么?

宝拉　这像是发生在好几年前……他……他开始摸。

奥尔班太太　什么时候?

宝拉　在出租车里面。

奥尔班太太　他摸了什么?

宝拉　你那时候说他是一条章鱼……他摸了……什么都摸了。

奥尔班太太　可怜的人啊!你是怎么做的?

宝拉　什么都没有。我什么都没法做。我只是开始发抖，想要挤到角落里面去。出租车司机不停地回头看。

奥尔班太太　你提到什么关于《纽伦堡的名歌手》的事情了吗?

宝拉　什么都没有。

奥尔班太太　因为如果有人跟他说教音乐，他会变得很暴力。

宝拉　你认为我想让他变得暴力吗?

奥尔班太太　冷静下来，亲爱的宝拉。

宝拉　我感觉自己被一群狗撕咬过了。

奥尔班太太　去睡觉吧。

宝拉　我害怕他会冲进来。我不敢闭上眼睛。

奥尔班太太　吃几粒安眠药吧。

宝拉 我们别再提到他了。

奥尔班太太 我保证。

宝拉 连名字都不要提。

奥尔班太太 我不会提。

宝拉 我都吓傻了，连我的假牙都取不出来了。

奥尔班太太 那就别取出来了。

宝拉 但是这样的话我就没法睡了。

奥尔班太太 吃药也不行？

宝拉 也许吧。

奥尔班太太 我亲爱的吉萨，今天晚上是维克多的音乐会……我亲爱的吉萨，今天晚上我听到……（呜咽）我亲爱的吉萨……（将自己的头埋到手里，灯光随之减灭）

第一幕结束

第二幕

奥尔班太太和伊洛娜在舞台上。她们正在争吵。

伊洛娜 你发誓吗？

奥尔班太太 手按圣经发誓。

伊洛娜 你发誓裙子是从吉萨阿姨那里得来的吗？

奥尔班太太 （举手发誓）一条高领丝绸连衣裙，帮帮我吧，上帝！

伊洛娜 那么我就是个骗子咯。

奥尔班太太 我怎么都不会这么说我的亲骨肉的。只是，你，我亲爱的，你说的不是事实。

伊洛娜 你快让我发疯了，妈妈！你把所有事情都颠来倒去的！

奥尔班太太 我不知道你在说什么。我当然知道我穿了什么去的音乐会。

伊洛娜 哦，真的吗？那么仔细听着，妈妈。昨天是国际核物理学家大会的最后一天。闭幕晚会在盖勒特宾馆举行。坐在头排的，首先，是一个加拿大生物学家，旁边是他的妻子，然后是一个牛津大学的系主任，旁边是他的妻子，然后是一个瑞典微生物学家，旁边是他的妻子，然后在我的右边，是绍博教授，旁边是——一把空椅子。绍博太太去哪儿了呢？她也是一个物理学家——她还在大会上发表了一篇论文。所有的外国人都问起她。为什么绍博太太不能够参加晚会呢？由于我是科学院的四语翻译，我翻译了绍博教授的诙谐回答，我才知道了真相。他说他和他的妻子——我怕你不知道是谁，妈妈——她住在一个非常好的公寓里，位于布达山最好地段之一。在那里他们有一个女房东，有时候会给他们做饭。现在这个可爱的房子有了个问题。比如说，上面提到的那位迷人的女房东成功地拐走了他们的猫，这样她就可以回到他们家中发挥某些身体功能……

奥尔班太太 他们真可恶，绍博这家子。你知不知道他们把我宝贝的奥迪娜送走了。把它给了陌生人——而他们知道我有多么爱它！

伊洛娜 昨天，还是这个迷人的女房东，怀着高度的集体所有制观念，闯入了他们的房间，洗劫了他们的柜子，借用了绍博太太的松石绿晚礼服，还在前面浇上了红葡萄酒，然后一句话也没说，小心地把它放回了原处。所以，这就是为什么女教授不得不放弃参加国际核物理学家大会的闭幕晚宴。这也是为什么，我，科学院的官方四语翻译不得不将整个故事原原本本地翻译出来，并且不能将我的愤怒和羞辱显露出一丝一毫。我只是想知道，妈妈，如果你处在我的位置，你会怎么做呢？

奥尔班太太 我会怎么做？我会说，“女士们，先生们，请等一下，我有一样东西要给大家看”（*她迈着快速坚定的步子走下台，然后又胜利般地回来了，带着吉萨给的黑色真丝连衣裙*）给你！让世界上任何一个核物理学家检验吧。没有任何一个污渍。没有任何一个斑点。（*她把衣架上的裙子像旗子一样晃来晃去*）我每次去音乐会都穿这条连衣裙。

伊洛娜 是这样吗？（*冲出去*）等一下，妈妈，我有样东西要给你看。（*带着*

教授的松石绿裙子回来，挥舞着它，好让大污渍被看到）看！这是一个污渍不是吗？这才是你穿过的裙子，妈妈！绍博太太本人就是目击证人。

奥尔班太太 好吧，如果这是个目击证人的问题，亲爱的，我也有一个。（她喵喵叫着招呼慕希）至于红酒，我已经20年没碰过一滴了。我一喝就会出皮症。

（慕希踮起脚尖走进来。奥尔班太太和伊洛娜突然同时把两条连衣裙举起来）

奥尔班太太 （用哄骗的语气）啊，你来得正好，慕希，我的女儿伊洛娜正好经过，她很好奇想知道我是穿了哪一条裙子去参加维克多·维韦利的音乐会的，是这条还是那条。（慕希看到裙子很害怕，不敢回答）没什么好害怕的。来，只要指出来就行了。

慕希 （用颤抖的手指着黑裙子）这条！（冲出去，画着十字架，抬头看着天）

伊洛娜 （带着嘲讽）你总是要争一个对，妈妈，不是吗？那么，你继续吧，开心就好。祝你和那个你把他称为男朋友的柏油桶在一起好运吧！但是，如果你再像这次一样给我惹麻烦，我发誓我会打电话给吉萨阿姨，把整个故事都告诉她。（她把裙子扔在地上，跑出去了）

奥尔班太太 （尖叫）去啊！去打电话给她啊！你这个挑拨离间的！

吉萨 这里很安静！没有什么新闻，日子平淡地过去。我不知道你怎样了。以前我至少知道你怎么样了，但是现在……你的沉默让我揪心。我以前从来都没感觉到我瘫痪成了这样一个累赘。我想要起来，从这个椅子上出去，飞出这个家。我想要再见到你。请你小心，我亲爱的，要非常、非常小心。（慕希在舞台上的时候，我们看到奥尔班太太来来回回地走着）

慕希 （走下楼）太太，请原谅我冒昧地写信给您。吉萨这个名字让我心中涌起无限敬意，所以我迟疑了很久，才终于鼓起勇气提笔写信给您。我的名字是米哈利·阿勒玛希。我是个无足轻重的人。我只不过是在一个圣诞夜被厌倦了我的丈夫踢出家门的可怜老女人。我住在您的妹妹艾尔希家的旁边。我们之间只隔了一道任何声音都听得见的薄薄的墙。

您是否知道我的丈夫（我听说他被铁路公司开除了），我的丈夫把我赶出家门的时候连一件衣服都没给我。艾尔希帮了我。我永远都不会忘记她对我有多好。您知道我们可以说是住在一起的，艾尔希和我。我可以听到地板的吱吱声、钢笔的哒哒声和水流的哗哗声。从这些声音里面，我一般能够知道她在做什么。大概 4、5 天前，艾尔希开始在她的房间里面走动——每 10 到 15 分钟，上上下下地走。有时候好像她想到了什么会停下了，然后继续走。当然了，我没法告诉您她究竟在想什么，但是我知道她的感受。我那个魔鬼一样的丈夫！每次他抓住我的胳膊；他抓住我的右手，在门框上压扁。然后他猛地把门撞向我的手指，能多用力就有多用力。他撞得我的手指有 7 个地方都骨折了。如果我现在长时间写信或者打字，我的手指就会失去知觉，我的整个胳膊都会麻掉。因为这，我被允许在一个特别的瑞士会计机器上面工作，因为只需要轻轻触碰就行了。今天早上，艾尔希走了很多步，然后她要我和她一起出去。我们通常都会一起为她周四的晚餐采购食物——客人是那位世界有名的歌唱家。他曾经捏过我的鼻子。是一个很了不起的人。我不知道您是否听说过这些，艾尔希是我们街区肉贩的噩梦——但是这些我不详细展开了，我知道您是多么优雅精致的人。我只是想让您知道，今天下午，您的妹妹艾尔希看也没看就买了好几块鸡肉！人家给她看了半打我见过最肥的猪排，她二话没说就买下来了。我对她说：“你不觉得这些太肥了吗，艾尔希？”她耸耸肩，“就算吃这个也已经对他够好的了。”她就是这么说的！

奥尔班太太 （对着电话说）我想要寄一封电报……是的，当然了……脚肿了，停不下来。晚餐取消。签名，艾尔希。

慕希 但是我想说艾尔希的脚并没有肿。她取消晚餐一定有什么别的理由。这会不会也是她整天在房间里走来走去的原因呢？请您原谅我，夫人，我写得手累了。过几天我再继续吧。（一动不动地停留在舞台上）

奥尔班太太 （对着电话说）是贝拉·奥尔班太太。大概半小时之前，我给维克多·维韦利发了一封电报，到布达佩斯巴尔扎克街 20 号，我想要取消……您是什么意思？——哦，太糟糕了。您能想什么办法联系到他吗？我能够打给谁阻止这份电报吗？（*再拨号*）是贝拉·奥尔班太太。大约半小时之前，我给维克多·维韦利发了一封电报，是到布达佩斯巴尔扎克街 20 号的，麻烦您我想要取消……我不明白……但是操作员让我打给您……什么？是的，完全有必要……我不管花多少钱……那么，您太没用了，先生，我要向您的上级举报……这还差不多。谢谢。（*再拨号*）是贝拉奥尔班太太。大约半小时之前，我给维克多·维韦利发了一封电报，到布达佩斯巴尔扎克街 20 号……我想要取消，这已经是我打的第五个电话了……现在听我说！那个人不可以收到那份电报。这是性命攸关的事情。请您帮帮我。这会带来一场可怕的悲剧。电报的内容，我当然记得："脚肿了。停不了。晚饭取消。"……什么！您说什么？不，这不是个玩笑。我是非常认真的。同志，我的性命就在您的手上。如果这个……您会的！哦，太棒了。我就知道匈牙利的电信服务是全世界最棒的。谢谢您，谢谢您……如果我能为您做什么，请您一定告诉我。我姓奥尔班，贝拉·奥尔班太太。住在萨塔卡大街。谢谢。

慕希 亲爱的太太。请您一定要勇敢。我曾经有过很多心理问题。我的丈夫，他还在铁路公司工作的时候，用轧票机砸伤了一个同事，把他的耳朵弄出了好几个洞。现在他在乡下一个医院接受治疗。也许那里宁静的氛围可以改造他。我不想让您担心，但是我觉得我们亲爱的艾尔希的精神快要崩溃了。我祈祷是我搞错了。昨天，我没有办法写完这封信，因为我必须帮助艾尔希准备周四的晚餐。我们做了蛋奶酥。在 7 点半的时候，她像以前一样开始换衣服。在 8 点整，我热了鸡汤，掏出肝脏——大师他喜欢吃鸡肝……（*电话响了*）

奥尔班太太 （*听电话*）维克多？是你吗？……已经八点了，而你还没有走！你到底在想什么？……维克多，我准备了美味的蛋奶酥等着你。10 分钟以后它就会变得像牛排一样平。什么？……棉纺厂怎么了？……

哦，我知道了……那么你那棉纺厂的合唱队更加重要。好吧，多谢了。

慕希 于是一切天翻地覆。艾尔希眼睛里面冒着火，把房间弄得一团糟。然后，她停下来，一句话都不说，只是收拾起砂锅，举在头上在房间里面大步走来走去。然后她走出去，走进大厅，踢开了浴室的门，把整个蛋奶酥都倒进了马桶里面。然后一拉手柄，蛋奶酥在水里转了几圈不见了，她弯下腰，对着马桶大叫："去死吧，你这个老家伙。去死吧，去死吧"……直到蛋奶酥全都不见了，她跑回去拿剩下的饭菜。上帝知道我不是一个好斗的人，但是我救下了鸡汤。直到这个时候她才意识到我也在。

奥尔班太太 你在看什么？别站在那里——走！滚出去！给我滚出去！滚到属于你的大街上去。撒开腿去找你第一个看到的男人，你这个丑八怪老太婆！

慕希 是的，太太。"撒开腿去找你第一个看到的男人，你这个丑八怪老太婆！"这就是她说的话。她怎么会说出这种话来。并且是对我说。我住在这里一年半了，从来都没有过男访客。太太，我祈求您帮我救救这个可怜的女人吧。她救了我的命。我无论如何都要帮助她。（溜下舞台）

奥尔班太太 吉萨，你太厉害了。关于宝拉你是完全正确的。我那时候怎么就看不出来。那场音乐会让我睁开了眼。她是个迷惑人的骗子。她对我说了几个月的谎话。现在她开始骗维克多。告诉他，她的丈夫是个音乐评论家。哈！你还记得克洛兹医生和他那把有名的椅子吗？如果他是个音乐评论家，那么我就是秀兰·邓波儿了。说起宝拉对我撒的谎。哦不，她从来都没有勾引过维克多。是他在骚扰她。你能够想象吗？他无缘无故就扑到她身上。好吧，我们都知道她的魅力有多么大了。新的环球小姐宝拉——有着胆结石和心脏病还戴着松松垮垮的假牙。我简直就想尖叫。不过别担心，吉萨，我能够控制我自己的。我依然每天和她坐在水仙咖啡馆里，从五点到七点。我微笑。我夸她的

裙子，和她聊音乐。她绝不会发现我在嫉妒。（在水仙花咖啡馆，奥尔班太太一个人坐着，等待着）

奥尔班太太 再来一杯咖啡，谢谢，雅诺斯。

雅诺斯 要不要用一杯好喝的茶来代替呢。今天所有人都点咖啡，咖啡有什么特别的呢？您喝下它，喝完了，如此而已。但是茶，那可是一场真正的仪式……能够真正帮助消磨时间。

奥尔班太太 （焦虑地看着手表，然后转向服务生）您的表上是几点，雅诺斯？

雅诺斯 六点半。您一定很有耐心，太太。

奥尔班太太 我的女朋友迟到了，我能怎么办呢。她总是有各种好理由。

雅诺斯 是的，她有。

奥尔班太太 您什么意思？

雅诺斯 没什么。只不过……每当我的常客不怎么来了的时候我总是很上心的。您还记得那个以前在咖啡机旁边工作的金发小姑娘吗？月头上她调去了布达那边。有一天她回来拿制服，她告诉我，她看到宝拉太太总是——和一个男人在一起。

奥尔班太太 和一个男人！

雅诺斯 是的，宝拉太太好像每天都和这个男人去她那儿。他们坐在一个角落的雅座里，像小年轻一样卿卿我我。

奥尔班太太 （沮丧地）我不敢相信。

雅诺斯 我也不敢相信。我的意思是，她这个年纪的女人……我觉得挺恶心的，您说呢？

奥尔班太太 是的，您是对的！很恶心！（离开咖啡馆的区域）现在，我亲爱的吉萨，我来讲讲发生了什么。我火速赶到宝拉家。女牙医开了门。她不太友好——她一直都这样。她问我是不是要见宝拉。我说不是——我牙疼，必须得看牙医——这当然是谎话，但是结果很有用。接着她变得很热情。然后我就坐在了克洛兹牙医的椅子上。牙医的办公室和宝拉的客厅现在只隔着一道门帘。在女医生给我戴上小围嘴的时候，我听到帘子那边传来声响。像猪咕噜咕噜叫的声音。一定是维克多。我开始移动，但是我的直觉告诉我，这还不是恰当的时间。我不得不让牙医钻一下牙齿。倒不是很糟糕，但是钻牙的声音太大了，我没法听到帘子那边的声音了。我不断地朝门那边斜过身去，但是牙医不断地把我往回拉，这样她好继续工作。我不知道，吉萨，也许人有第六感，能够告诉我们什么时候是对的时机，又或者可能是我没法再忍了。不管怎么样，最后我把牙医推到了一边（我恐怕有一点用力太猛了），一把拉下帘子，大步走进了旁边的房间。他们就在那儿！在一起！我的时机正正好。我站在他们面前，气得发抖。但是，相信我，吉萨，我不想使用暴力——但是我看到了鸡肝！我看到了维克多，他瞪大着双眼，狼吞虎咽地吃着。而宝拉开心地戴着可笑的围裙，正在盛汤。

不——那是我曾经崇拜的宝拉，是我的朋友宝拉，是我分享心底最深的秘密的宝拉，而她正在用这些秘密来毁灭我。

当我看到食物的摆放方式和我之前向她描述的一模一样时，我疯了。我拿起装面的盘子，把东西一股脑儿都浇到了她的头上。这个效果非常具有戏剧性——她发出了长长的尖叫声，脚踩在了一坨湿面条上面一步一滑地跑出去。那是我最后一次体会到有她陪伴所带来的欢乐。你知道我的，吉萨，当我出了一小口气的时候，我就平静下来了。在接下来的时间里，我的举止很恰当——即便是你都会为我感到自豪的。另外，我处于明显的优势。维克多没法站起来。他有一个习惯，吃东西的时候会把鞋子脱掉。他好像把鞋子脱得太远了，又不好意思被人看到只穿着袜子。所以他到处摸索，想要用脚找到鞋子，但是找不到。这个时候我说——非常平静庄重地说："我很抱歉，克洛兹太太没法和我们在一起了。至于你，先生，我们的关系到此为止了。"我真希望你当时能看到他的样子，吉萨，他慌慌张张、气喘吁吁地对我说，是我误会了整个情况，求我听他解释。"我为你感到抱歉，"我告诉他，"但是，我再也不想看你一眼。"然后他说，他没有我就活不下去。听上去很动听，当然了，不过我不会软下来的。我记得我很小心地把帘子叠好，充满歉意地把它还给了牙医。然后我走了——抬头挺胸地走了。（她走近镜子，看着自己。她脱下鞋子，揉搓她的脚，舒了一口气，穿上拖鞋。吉萨出现了）

吉萨 你很难过。

奥尔班太太 不是的。

吉萨 那为什么你每5分钟就改变一次想法呢？

奥尔班太太 我没有。

吉萨 有时候你听起来像是要神经崩溃了。

奥尔班太太 你从哪儿听来的？你安排了间谍吗？

吉萨 你信里面的混乱说明了很多问题，我亲爱的。

奥尔班太太 这就是我的方式，吉萨。我没有厌烦你的好脾气。我现在只不过头很晕，就像20岁的时候一样疼。

吉萨 好吧，你已经过了20岁了，艾尔希。你有很多时间冷静下来。现在请你告诉我真相。你还爱着那个怪物吗？

奥尔班太太 你怎么能这么说？

吉萨 说什么？

奥尔班太太 这么说一个世界闻名的艺术家。

吉萨 请你回答我的问题。爱还是不爱。

奥尔班太太 不爱。

吉萨 我很难相信你。

奥尔班太太 你知道我从不说谎。

吉萨 我也从来没有那么确信过。

奥尔班太太 你听到过我说谎吗？

吉萨 哦，真的，艾尔希……

奥尔班太太 我郑重地向你发誓，我不爱维克多·维韦利了。事实上，我受不了他了。我看他不顺眼。关于他的每件事情都让我想吐。他是一头贪婪、懒惰、令人反感的野兽。

吉萨 过去，当我把他叫作怪物的时候，你总会愤愤不平。

奥尔班太太 怪物和野兽是很不一样的。

吉萨 有什么区别？

奥尔班太太 有很大的不同。一个怪……

吉萨 哦，我们别争了。现在——既然你已经被你最好的朋友背叛了，既然你说你和维克多已经完完全全结束了，你为什么不照我说的那么做呢？

奥尔班太太 我在这里有那么多的关系呢。

吉萨 什么关系？

奥尔班太太 各种关系。

吉萨 不是维克多，不是宝拉。那是慕希还是你的女儿？这些都不是很紧密的关系，在我看来。

奥尔班太太 好吧，对我来说足够紧密了。

吉萨 你就是没法让他走，对吗？艾尔希，如果你留下来，除了更悲伤之外，你还能得到什么呢？

奥尔班太太 我不知道你在说什么。上周四，在这张桌上，维克多和我一起像往常一样用了晚餐。我们很愉快。

吉萨 真的吗，你们吃了什么？

奥尔班太太 所有他喜欢的菜，外加一个非常美味的蛋奶酥。

吉萨 然后他都吃光了。

奥尔班太太 我本来想给绍博他们留一点的，但是他一点儿都没剩。

吉萨 艾尔希。

奥尔班太太 你要怎么样？

吉萨 我坚持我的意见。

奥尔班太太 去年我没有拿到签证。

吉萨 米盖尔现在正在和政府做生意——匈牙利政府。你可以在三天内拿到证件。

奥尔班太太 我走不开。

吉萨　我们可以一起住在这里。

奥尔班太太　我知道。

吉萨　你会拥有一切。

奥尔班太太　我知道。

吉萨　给我一个好的理由，一个简单的解释，告诉我为什么你不愿意来德国。

奥尔班太太　我想要烂在这里！

吉萨　我们互相不理解。

奥尔班太太　是不太理解。

吉萨　我们现在应该怎么办？

奥尔班太太　我不知道。

吉萨　愿上帝与你同在。

奥尔班太太　也与你同在。（向前凝视，然后突然爆发，将心声全盘托出）你现在有兴趣了解现实吗，我的吉萨——好吧，我还有更多话要说。我想让你知道的是，那张照片里面来见我们的是维克多。我等的是维克多。维克多让我感到快乐。那个晚上我们在一起了。然后我们一直都在一起——在雷塔，在布达佩斯，在我结婚之前也在我结婚之后——直到我那可怜的贝拉被裹着从手术室里出来的那一刻。可怜的亲爱的贝拉。我看着他慢慢恢复意识。他的眼光寻找着，直到看到我，他笑了。我情不自禁地流下了眼泪。然后从那一刻开始，我再也不让维克多碰我。但是我还是爱着他，我没办法在失去他的情况下继续活下去。这就是为什么有了周四的晚餐。这些晚餐代替了我们床上的爱。维克多像头猪一样把自己塞满。他疯狂地、绝望地吃着——但是他吃的是我做的东西。即便是买菜也是种快乐——碰碰菜、捏捏肉，都是他会狼吞虎咽的。这些听起来都很疯狂，我知道，但是我曾经对他的爱是疯狂的。我甚至还爱过他的大肚子。我爱过他的名字——不只是维克多这个名字，而是所有让我想到他的东西——丘吉尔的胜利标志、贝多芬的第五交响曲、胜利女神雕像……我是怎么把那样的激情掩饰起来的呢，我不知道。我只知道我曾经那样——但是现在不会了。

吉萨 有时候你会吓到我。我们是两个彼此没有任何秘密的姐妹吗？你还对我隐藏了些什么？我最好别自找麻烦。但也许你是对的。也许这是释放自己的最好方式。如果这样能够让你舒服一点，如果这样能够让你感觉好一点，那么这就值得。也许这是为了把他从你生活中永远驱逐出去必须要做的事情。

奥尔班太太 你说得太对了，我的吉萨。都结束了。我终于和维克多·维韦利结束了。这是你最后一次听到我说出他的名字。明天我就会忘记他。去睡吧，亲爱的。晚安。（贪婪地拿起电话）是你吗，埃迪，亲爱的？我找维克多……他不在？我不明白。他这个时候一般都在家的……很好。我稍后再打过来。（怒气冲冲地摔下电话机）她在撒谎。这个老婊子想把他藏起来。她害怕我再跟他说话……好吧，我要再跟他说话。（再拨电话）喂，维韦利太太吗？我是安妮·佛多。我是棉纺厂的少女合唱队的。请问我能跟大师说话吗？……不在家？（挂上电话，继续自言自语）不在家！我要证明给她看。（打给慕希）慕希！慕希！你过来。（暂停）也许她听出了我的声音。

（慕希走进来，没有察觉到任何情况，她友好地喵了一声）

奥尔班太太 现在没时间干这个。（把电话给她）别害怕。你要做的就是问，“我可以跟维克多·维韦利大师说话吗”，接下去就交给我吧。

慕希 哦，我的上帝！我甚至不知道该怎么称呼大师。

奥尔班太太 闭嘴！要跟他说话的是我。（再次把电话给她）给。

慕希 （害怕）喂……我可以……可以……和维克多·维韦利大师通话吗？……是的……是的……是的……我会告诉她的。（挂断电话）

奥尔班太太 你在做什么？你为什么把电话挂了？

慕希 因为大师不在家，大师的妈妈让你别再假装别人给她打电话了，因为她总能听出来的。（奥尔班太太一下子陷落在椅子中。慕希悄悄溜走了）

奥尔班太太 我知道她在撒谎，这个老家伙。维克多有肺气肿，这个点从来都不外出。我绝对确定他在家。你知道我有多讨厌撒谎的，吉萨。这让我很生气。我决定亲自去巴尔扎克街。他们住在二楼，但是窗子很低，足够踮着脚尖从街的另一边看到客厅里面。我这么做了，我很确定他会穿着内裤躺在沙发上，用一个小电风扇乘着凉。我已经很久没见过他不穿衣服的样子了。他看起来从来没这么胖过。我觉得所有人都会讨厌这头粉红色的肉山，但是对我来说他就像希腊神话中的神。突然我的整个身体开始疼痛。我没法忍住不让泪水流下来。我在街上等了一个多小时，期待维克多会走到窗口，然后我就可以向他挥手。但是他一动不动。幸运的是，不远处有一个电话亭。我拨了电话号码，但是当我看到他妈妈走向电话机时，我就把电话给挂了。但是，你知道我的，吉萨，我是个很倔的人。我在那个亭子里面等了很久。最后，阿德莱德太太起身走向了浴室。我等了一会儿，然后我再一次拨通了电话号码。你能相信吗？她飞一样从厕所里面冲了出来。我把电话挂了。然后我做最后的尝试——挥手、吹口哨，任何能引起维克多注意的事情——但是都没有用。又过了半个小时，灯灭了——先是他的卧室，然后是他妈妈的。我仍然没法将自己拽走。我依然盯着维克多睡的那个黑暗的房间看。最后，一个警察经过的时候，我走了。我搭上了最后一班公交车回家。我走进我的房间，环顾四周。我想我的感觉跟米盖尔带你去看家庭墓室时候是一样的。可是我是活生生地被锁在这里。这里有一部电话机——但是我没有人可以打电话。楼下是大街——但是我没有地方可以去。我躺在我的床上，做着白日梦。我想象着用不同的方法杀死宝拉。最让我满意的方法是一个灯泡在她手里爆炸，最后剩下了一大摊的鲜血。（沉默了一会儿之后，奥尔班太太突然一跃而起，飞快地梳好头发、化好妆，设法穿上鞋子，但是费了好大劲，她也没办法把她肿胀的脚塞进鞋子里面。她生气地放弃了，穿上了拖鞋。在舞台的另一侧，阿德莱德·维韦利太太出现了）

阿德莱德 你在那里干什么？我希望你晚上不要在房子附近鬼鬼祟祟的，你听见了吗？你在搞什么啊？

奥尔班太太 我要和维克多聊聊，阿迪卡。

阿德莱德 和他聊聊！为什么？你已经和他分手了。

奥尔班太太 我们之间有点误会。

阿德莱德 没这回事，亲爱的。你知道那晚的面条展示会之后发生了什么吗？我们不得不给医生打电话。维克多被打了好几针。现在他终于稳定下来了，我不会让你再烦他的。

奥尔班太太 我不会烦他的，阿迪卡。

阿德莱德 我只想知道一个事情。你想要从维克多那里得到什么呢？

奥尔班太太 我爱他。

阿德莱德 别犯傻了。

奥尔班太太 别这样跟我说话，阿迪卡。

阿德莱德 你多少岁了，亲爱的？

奥尔班太太 马上 62 了。

阿德莱德 你要 62 岁了！胡扯！你不会再回到 62 岁了，亲爱的。就好像我不知道你什么时候出生的一样。你脚上是什么，是拖鞋吗？

奥尔班太太 是的。

阿德莱德 你都穿不进鞋子了，还要来这里骚扰我的儿子……每天都要演一出新戏，更复杂、更混乱——你就好这一口，是不是？

奥尔班太太 我只想要他给我 10 分钟，阿迪卡。

阿德莱德 如果你真的爱维克多的话，你就不会挡他的路。

奥尔班太太 5 分钟。

阿德莱德 你正在试图毁灭他的幸福吗？别装作你不知道的样子。

奥尔班太太 知道什么？

阿德莱德 他们没告诉你吗？

奥尔班太太 谁？

阿德莱德 那对年轻夫妇。

奥尔班太太 关于他们什么？

阿德莱德 他们要结婚了。

奥尔班太太 （目瞪口呆——有一秒钟没法张嘴说话）哦，是的，我知道。

阿德莱德　对于维克多来说是聪明的一步。这让我感到很开心。你的朋友和你恰恰相反。是那么冷静的一个人。她是如此稳重（奥尔班太太走向她）求你了！

奥尔班太太　别想要阻止我。

阿德莱德　阻止你干什么？

奥尔班太太　再和维克多谈谈。

阿德莱德　但是他不在家。

奥尔班太太　我听得到他在喘气。

阿德莱德　不管你听到了什么，都不是维克多。

奥尔班太太　我可以看一下吗？

阿德莱德　他们去买电热毯了。

奥尔班太太　我可以进他的卧室吗？

阿德莱德　为什么呢？你不相信我吗？

奥尔班太太　我只是想看看他的卧室。

阿德莱德　（漫不经心地指着房间）去吧，亲爱的。

奥尔班太太　（看着她，没有动）我相信你。再见。（准备走了，疲惫地）

阿德莱德　你不舒服吗？

奥尔班太太　我很好。

阿德莱德　你的关节炎发作了，是不是？

奥尔班太太　我没什么。

阿德莱德　你骗不了我，亲爱的。让我给你一片药吧。

奥尔班太太　我不需要。我从来不吃任何药。我身上没有任何问题。（走开，她的自言自语都是说给吉萨听的）天堂，不。不可能。维克多是一个老傻瓜，宝拉连被送到地狱去都不配。我不会因为这两个什么都不是的人失眠的。而且他们对我来说早就什么都不是了。别傻了，吉萨，亲爱的。（继续走向伊洛娜的家。伊洛娜上场，困倦的样子，匆匆忙忙地披了一件家居服在肩上，好像刚刚被门铃吵醒的样子）你已经睡了吗？现在还早呢。

伊洛娜　我必须早睡早起。

奥尔班太太　我不想打扰你。我刚好经过，想到我应该来一下，让尤世卡给我一粒安眠药。

伊洛娜　（惊讶）一粒安眠药。是给你自己的吗？

奥尔班太太　我睡不着。只要给我一点东西，我就会走。

伊洛娜　尤世卡不在，所有的药都锁在他的抽屉里了。

奥尔班太太　那么我等等吧。

伊洛娜　没用的。他被叫去做一个紧急手术了。护士长说要一个晚上。

奥尔班太太　好吧，那么，晚安。（转身要走）

伊洛娜　（看着她的母亲，觉得有点古怪。奥尔班太太走了三步，伊洛娜叫住她）妈妈！请你回来好吗！

奥尔班太太　你要干吗？

伊洛娜　（盯着她）你怎么了，妈妈？

奥尔班太太　没什么。

伊洛娜　但是你看上去……

奥尔班太太　我看上去一直都这样。

伊洛娜　你的眼圈是怎么回事情？

奥尔班太太　让我一个人待着！上一次我来这里的时候，你不停地对我大喊大叫，说我画了眼妆。

伊洛娜　因为你画了眼妆很恐怖，妈妈。

奥尔班太太　你自己也可以化一点。

伊洛娜　我没时间化成那样。而且我也不需要。

奥尔班太太　一颗卷心菜都会觉得自己是美的……

伊洛娜　你不觉得自己像一个小丑吗？

奥尔班太太　对你来说，所有过了 60 岁的人都应该看上去像活死人一样。

伊洛娜　妈妈，你不是过了 60 岁，而是都过了 65 岁了。

奥尔班太太　你怎么能够那么残忍？有一天，你会为你说过的话感到后悔的，那时候就太晚了。

伊洛娜　我不会后悔阻止你把自己弄成一个傻瓜的。

奥尔班太太　我们俩谁才是傻瓜？

伊洛娜　我们俩是谁爱上了维克多·维韦利，妈妈？是你还是我？

奥尔班太太　不是你。那是肯定的。一坨耳屎是不会恋爱的。

伊洛娜　求你了，妈妈。我求求你了，丢掉那个冒牌货吧。他糟蹋你的青春还不够吗？你还打算让他糟蹋你的老年吗？妈妈，你都没法穿上鞋子了！

奥尔班太太　这辈子他都对我很好。

伊洛娜　很好！他除了对你撒谎以外什么都没做。每个人都知道，除了你。

奥尔班太太　如果他撒了谎，那么他这么做是免得我麻烦。一些不重要的事情，仅此而已。这些都没什么。对我来说，他的灵魂是忠诚的，一点都没变。

伊洛娜　如果是从一个20岁的姑娘那里听到这些，我能够接受，但是听一位老太太这么说，实在是让我恶心！

奥尔班太太　好吧，听到我的女儿这样和自己的妈妈说话才叫我恶心。

伊洛娜　妈妈，我真的不想掺和进去。但是我能做什么呢？我要别人帮我，但是他们拒绝了。

奥尔班太太　你求助谁了？

伊洛娜　不重要。不管怎样，问题没有解决。

奥尔班太太　我想知道。

伊洛娜　是你本来应该听她话的人……

奥尔班太太　你在吉萨那边告我的密！

伊洛娜　我只不过告诉了她真相。

奥尔班太太　你一直都是个鬼鬼祟祟的孩子。她怎么说的？

伊洛娜　她一贯的妙语如珠。

奥尔班太太　给我看！

伊洛娜　我没有了。

奥尔班太太　你不敢给我看。

伊洛娜 我把它撕了，这样尤世卡就看不到了。如果我有的话，我为什么不把它给你看呢？

奥尔班太太 也许因为吉萨也不太爱你。

伊洛娜 那么我的母亲爱谁呢？她除了那个又肥又老的傻瓜谁也不爱。

奥尔班太太 谁也不爱。连小时候的你也不爱。

伊洛娜 得了吧，你都不肯给我喂奶！

奥尔班太太 是你爸爸不许我喂的。他为我的胸疯狂。

伊洛娜 你他妈根本就不在乎爸爸！我们在车祸之后都找不到你。

奥尔班太太 他们把他裹着带出手术室的时候我在那里。

伊洛娜 刚刚从你亲爱的维克多的床上下来。

奥尔班太太 他看了我一眼，可怜的人啊，然后就走了。

伊洛娜 妈妈，为什么你没有勇气去面对自己真正的记忆呢？

奥尔班太太 如果我可以从头再来，我还是会做一样的事情。

伊洛娜 你还会这样活一次？

奥尔班太太 就像事情头一次发生一样！这样很美。（*伊洛娜的房间暗下来*）

吉萨 亲爱的伊洛娜。你对我说，你母亲只听我的话。我不知道这是不是真的。我甚至不知道我是否想要她听我的。我不认为你理解我们之间的关系。我一直把你妈妈看得比我高。不管我的周围有多少财富，多少保护，我总是仰视她，哪怕她似乎处在水深火热中的时候。在我的这一生里面，当我面对两种可能性的时候，我总是会选择更加安全的那一种，但是艾尔希不一样，她有冒险的勇气。我的丈夫是一个非常有钱的人，然而他这一辈子都害怕会失去这一切。我看到我的儿子米盖尔继承了他的烦忧。你的母亲从来不害怕任何事情。她总是满足自己的欲望——不管要付出多少代价。我不怎么了解维克多·维韦利。她总是把他在我面前隐藏起来。他也许是一个讨厌的家伙，你设法让你母亲远离他的做法是很正确的。整个事件让我满是忧虑，但是与此同时，也让我充满嫉妒。我的两条腿都不能动，我是个在生命尽头的半死的人，我这辈子也是半死不活的。在一切之后，我应该要怎么样对我的妹妹说——说她应该和那个老家伙分手，说她应该像我一样，规避风险，过半死不活的生活？不！相反的，我要给你一些建议，我的孩子。试着从你母亲的生活中学习，从另一种命运中获得感悟。令我羞愧的是，我从未犯过任何错误。我的生活是一场长长的冬眠，因为我害怕寒冷。（奥尔班太太很快在钢琴凳上睡着了。尤世卡穿着一件白色制服，带着一瓶药出现了）

尤世卡　妈妈！这是怎么回事？你睡着了吗？

奥尔班太太　我想是的。

尤世卡　你可以在那张椅子上面睡着，却说你需要安眠药。

奥尔班太太　哦，我可以入睡——只不过我当中会醒。求你了，给我点什么吧，我的孩子，然后我就走。（尤世卡给她安眠药）这些药效果好吧？

尤世卡　是的，妈妈，我知道今晚用不着它们。（用两根手指摩擦她的前额）

奥尔班太太　（站起来）谢谢你，尤世卡。

尤世卡　你见过有人站着睡着吗？

奥尔班太太　你工作很辛苦吧，是不是？

尤世卡　是的，我现在可以得到一点同情了。

奥尔班太太　可怜的孩子。你看上去多累啊。你一定要好好休息一下。

尤世卡　吻你。（他机械式地亲吻了奥尔班太太的前额）

奥尔班太太　好吧，我要说晚安了。（一切都像她和伊洛娜在一起的时候一样发生。奥尔班太太转身离开，尤世卡看着她，有点怪怪的。奥尔班太太走了三步，尤世卡叫住她）

尤世卡　妈妈，你能不能回来这里一下？

奥尔班太太　（转身回来）你要干吗？

尤世卡　（盯着她）有什么不对吗，妈妈？

奥尔班太太　不，没什么。

尤世卡　你看上去有点苍白。

奥尔班太太　我感觉很好。

尤世卡　那么你为什么睡不着呢？

奥尔班太太 就是不行，就是这样。

尤世卡 但是我看到你就像根木头一样杵着睡得……

奥尔班太太 我能睡着只不过我当中……

尤世卡 会醒，是的，你告诉过我了。（怀疑地）你没有什么烦心事吧，妈妈？

奥尔班太太 当然没有。

尤世卡 一切都好吗？

奥尔班太太 都好啊。

尤世卡 （更加怀疑）你发誓？

奥尔班太太 我发誓。

尤世卡 好吧。等一下。（走出去。拿着另一瓶药回来）把那瓶还给我。

奥尔班太太 可是为什么呢？

尤世卡 我想要你吃这个。这个效果更好。（他们交换）

奥尔班太太 非常感谢。晚安，儿子。

尤世卡 晚安，妈妈。（下场）

奥尔班太太 （回家；她走到电话机那里，快速地拨号，她的声音平静而庄严）喂！我是奥尔班太太。是的。贝拉·奥尔班女士。很抱歉打扰您，医生。是的，我知道宝拉出去了。我想要给她留个消息。您能否告诉她不管发生什么，她都不必责怪自己。告诉她，她是那么无足轻重的人，她不可能给我的生活带来任何影响。对于另一个人来说也是。宝拉知道是谁。您也可以告诉她另一个人对我来说什么都不是，完完全全什么都不是。一直如此。还要麻烦您告诉她，我说这些事情的时候，语调是多么平静、客观。还有向她问好。我祝愿她，祝愿他们非常幸运、非常幸福，非常健康——特别是非常健康，打我心底里。（精疲力竭，陷在沙发上，注视了一会儿前方，检查她的病脚）他妈的！看看它们都肿成什么样子了！（拿出尤世卡给她的药，找了一杯水，然后把药一片接一片地放到水里面。等到所有的药品都溶解，然后用中指搅拌了一下。凝视着牛奶一样的液体，叹息了一声，举起杯子）来吧，甜心！该死的！（一口气喝完，做了个鬼脸）啊！屎一样恶心！（从沙发上面起来，拿了一张报纸，把它铺在脚下，她抬起腿，报纸滑到地板上。她不得不站起来，重新放好报纸，再躺下。突然她坐起来，环顾周围）等等！我是不是忘了什么。（意识到现在已经没用了，耸耸肩，又躺下，把双手交叉放在胸前，等待着。很长一段时间过去了。突然她又坐起来，不耐烦地看着周围）这该死的是怎么回事？什么都没发生！（回到原位，交叉手臂，等待着。过了一会儿，电话响了。她愤怒地看着电话，起身越过桌子，愤怒地拿起电话）喂？喂？……太太，很抱歉您在一个很不合适的时间打电话过来……就一分钟，太太！我的朋友把帽子给您改成了两顶，适用不同的场合。您同意了对不对？好的，您付了钱把帽子带回了家。您现在还是觉得帽子太休闲了，但这已经和我们没有任何关系了！……太太，您在利用我朋友的善良，但是我不准您这么做。也许她会傻乎乎地再给您改帽子，但是我要告诉您一件事情，太太，当您来这里的时候，跟您做生意的只有一个人——那就是贝拉·奥尔班女士。（挂掉电话）昏了头的婊子。（再次躺下，然后坐起来）终于！变得好冷啊。（躺下，交叉双手，睡着了）

（舞台变暗，只有一个灯聚焦在奥尔班太太上，她慢慢地坐起来，揉了揉眼睛，慢慢站起来，向前迈步。她温柔地，半梦半醒地诉说着她在梦里看到的自己的死亡和葬礼）

我要给你们讲讲我那可爱的葬礼。随着我慢慢变老，我的脸变得满是皱纹。我嘴角和前额的皱纹让我看起来总是像在皱眉。但是当我死的时候，它们就像魔法一样全都不见了。我听到我的女儿伊洛娜说，“可怜的妈妈，她看上去不超过 60 岁。”“哦，比 60 岁小多了”这是邮递员的老婆说的。还有莫尔卡太太——你们还记得她吗——乳品店的那位，她说：“看她的额头，就像大理石一样光滑。”莫尔卡太太是怎么来的？管他呢！我的房间里面全是人。我没想到有这么多朋友来悼念我。他们哭泣、抽泣，他们绞着手，想要跟我说话，但是当然了，已经太晚了。人群一队队走向墓地。领头的是吉萨，当然了。米盖尔用飞机把她载回了家。他在灵车后面推着轮椅。人群变得安静。棺材被放进了墓穴里面。突然一阵骚动——有人在喊叫，有人在推挤，把一个人从人群当中挤到了墓穴的边缘。是维克多。就算在我的葬礼上，他的举止都还是不恰当。他不停地喊叫着，“艾尔希，亲爱的！不要离开我。回来我的身边。回来我的身边，我的最爱！”他甚至想要跳进墓穴里面，但是人群把他拉了回来。他的大嗓门响彻整个墓地，声音穿过大门一直到汽车站那里。（放声大哭，躺倒在沙发上，呜咽了一会儿，睡着了）

（突然，白天的灯光蔓延在整个舞台上。奥尔班太太睡着，她旁边是吉萨，坐在轮椅上面）

奥尔班太太 （终于生气地睁开眼睛）发生了什么？我连死都不得安宁吗？（看到吉萨）吉萨！我亲爱的吉萨！是你！（她弯腰朝向吉萨，她探出身子让她亲吻。但是奥尔班太太打了个哈欠——然后想起了她的梦）你知道什么？我梦见你在这里。在我的梦里，米盖尔把你用飞机带了回来。（开始哭泣，一会儿开心，一会儿绝望，然后厌恶地哼哼，愤慨地大叫）你能够想象吗？那个愚蠢的傻瓜！他不觉得羞耻吗？

吉萨 把我的手帕拿去。

奥尔班太太 （耸肩，停止哭泣，狂怒）想想吧，吉萨。我是从他母亲那里发现的这个事儿。这个老婊子！

吉萨 发现了什么？

奥尔班太太 他们一起去买电热毯——他们要结婚了！

吉萨 （同情地将她的脸埋在手上）哦，可怜的孩子。我为你感到心痛。

奥尔班太太 （喜欢她最后一句话，深深地叹了口气，想找一条手帕，没找到，她对着一个尼龙袜擤鼻涕，然后振作起来）你会看到的。他会爬着回来找我的。

吉萨 如果他真得回来你会怎么做？

奥尔班太太 当然是把他踢出去。

吉萨 （怀疑地摇摇头）我想是拉罗什富科说过的，“年纪越大，越疯狂也越睿智”。你明不明白，艾尔希？

奥尔班太太 不明白，不过也无所谓。

吉萨 我回家是为了让你安慰我，但是你看上去像是更需要我的安慰。

奥尔班太太 （如梦初醒）很抱歉，吉萨。我在想什么？我唯一的姐姐回家了，我16年没见的唯一的姐姐，我却在这里滔滔不绝地抱怨我的问题……你怎么样，亲爱的，你到底是怎么过来的？

吉萨 乘飞机。然后从机场搭了一辆出租车过来的。

奥尔班太太 你知道我刚才做了什么？我想要杀了我自己。

吉萨 什么！

奥尔班太太 没关系了，吉萨。我好像没做过什么对的事情。（亲吻吉萨）你累吗？要不要点咖啡？你要不要喝点柠檬水？炒鸡蛋？你要不要洗个澡？你需要上厕所吗？

吉萨 我什么都不要。我只想要说一个美丽的词。

奥尔班太太 一个美丽的词？是什么？

吉萨 雷塔。

奥尔班太太 什么雷塔。

吉萨 （微笑）雷塔。美丽的、难忘的雷塔。我们必须要回到那里去生活。

奥尔班太太 谁必须？

吉萨 你和我，艾尔希。

奥尔班太太 我们为什么要去乡下，亲爱的吉萨？

吉萨 雷塔不是乡下。雷塔就是雷塔。

奥尔班太太 它有什么意义呢？

吉萨 它对我们两个都有好处，艾尔希，尤其是你。

奥尔班太太 为什么？你认为我需要疗养，对不对？真的，吉萨，那太远了。

吉萨 求你了，艾尔希，回到重点。

奥尔班太太 这正是我在做的。

吉萨 你不喜欢我的雷塔计划，是不是？

奥尔班太太 任何你想要做的事儿我都可以答应，吉萨。我已经受够了这个糟糕的城市——我要跟着你到世界的尽头。但是，你的计划是不可能的。

吉萨 为什么？

奥尔班太太 因为没有人住在那里了。那个地方已经被废弃了。

吉萨 那就更好了。我们不会被打扰。

奥尔班太太 但是，吉萨，我们的老宅不适合居住了。墙壁上已经长满青苔，屋顶都坍塌了。

吉萨 不要紧的，甜心。我们想怎么重建都可以。

奥尔班太太 用什么呢？

吉萨 我有很多钱，米盖尔也会帮忙的。（奥尔班太太无法辩解，凝视着前方，当吉萨想要拿起她的手时，她突然推开了。吉萨耐心地说）米盖尔也不理解。我的意思是，为什么我渴望去雷塔。对他来说雷塔是什么呢？不过是一个村庄的名字。但是你和我，艾尔希，我们是斯卡拉家的姑娘。我们在那里度过了我们生命的早晨。而现在是晚上了，到了回去的时候了。你说你已经厌倦了这个城市，好吧，我也厌倦了加尔米施·帕滕基兴。那里会很宁静。你不觉得这是个好主意吗？

（奥尔班太太飞快地走向慕希的房间，发出邀请的喵喵叫）

吉萨 这是什么？

奥尔班太太 没什么。

吉萨 你是什么意思，没什么？

奥尔班太太 没什么特别的。我不过是喵喵叫而已。

吉萨 但是为什么呢？

奥尔班太太 慕希回家了。我们总是会向对方喵喵叫。

吉萨 （不明白）我知道了。

奥尔班太太 如果你不介意的话，我把她叫过来。

吉萨 不能等等吗，艾尔希？

奥尔班太太 慕希非常敏感，吉萨。

吉萨 不管怎么样，随便你吧。（奥尔班太太用拳头砰砰地撞在墙上）

慕希 （马上出现了，含泪盯着吉萨）哦，天啊！艾尔希的亲姐姐！终于见到您本人了。我一眼就认出您了，夫人。我实在太高兴了，太荣幸了……

奥尔班太太 这是慕希。你知道的，她能够完美地模仿教授家的猫。

慕希 （窘迫地）哦，不……我真得不能……

奥尔班太太 来吧，给我们喵喵叫一下。

慕希 哦，我不行。真的，艾尔希，我们玩的时候是一回事，但是当我碰到这样一位非凡的人物……

奥尔班太太 别害羞了，我让你做呢。

慕希 求你了，艾尔希，现在不要。我明天做吧。

奥尔班太太 吉萨没法等到明天。我们想要听到喵喵叫，就是现在。

慕希 好吧，但是别看着我。（转过身，像歌手在唱咏叹调前一样集中精神，清了清嗓子，然后喵喵叫）

奥尔班太太 你觉得怎么样，吉萨？

吉萨 （尴尬地笑）真的很不错。

慕希 您知道吗，太太，艾尔希比我叫得更好。（奥尔班太太不假思索地开始对着吉萨喵喵叫）

吉萨 （大笑）为什么，艾尔希，我从来不知道你可以叫得那么动听。

奥尔班太太 慕希，去你的位置上！（奥尔班太太和慕希面对面站在桌子两边。他们先是弯腰，并不叫，而是互相搓了搓鼻子，然后她们紧靠着桌子的边缘行走，偶尔互相碰鼻子喵喵叫）

奥尔班太太 （慕希下场。奥尔班太太藏到沙发后面，然后说）两只猫见不到对方的时候会更有趣。（慕希喵喵叫。奥尔班太太从沙发后面叫她。然后慕希用鼻子把门推进去，兴奋地叫着，四肢下地行走，奥尔班太太回应她）

（她从沙发后面爬出来，生气地喵喵叫，跳到慕希身上，然后她们开始打架。她们在地毯上狠狠打了一架；最后奥尔班太太把慕希逼到了桌子底下，用鼻子戳她，直到慕希尖叫，因为她怕痒。奥尔班太太从桌子底下发出叫声）

（吉萨笑得说不出话来。她把轮椅移动到一个更好的位置来观看她们的表演）

（慕希想要从桌子底下逃脱，但是奥尔班太太不允许。吉萨在旁边大笑。慕希狡猾地候着奥尔班太太，把她撞倒，爬到她的身上。然后奥尔班太太挠慕希的痒）

慕希 哦，不要！求你了！不要挠痒痒。我会死的！（她害怕地尖叫，然后蛙跳着跑出了房间。奥尔班太太追着她但是没有离开舞台。她大笑着、气喘吁吁地爬到了吉萨身边，但是她没有力气了，躺倒在地板上）

吉萨（咯咯笑着看着奥尔班太太，然后变得严肃） 艾尔希。

奥尔班太太 怎么了，吉萨？

吉萨 （弯下腰，低声说）恐怕我尿湿了。

奥尔班太太（想要站起来但是做不到） 哦，可怜的吉萨！但是我前面问了两次你是不是要去……

吉萨 那时候我不需要。只不过我从来没笑得那么厉害过。

奥尔班太太 等一下，吉萨。让我喘口气。（奥尔班太太坐在地板上喘气。照片出现在屏幕上。奥尔班太太还在地板上，用客观的语调说着）这张快照拍摄于 1918 年或是 1919 年的雷塔，在提萨河的岸边，不远处就是我们童年居住的乡村房子。但是那时候究竟是黎明还是傍晚，我们已经记不清了。我们唯一确定的事情是，这是一张我和姐姐的照片，我们是梅尔瓦村之花，斯卡拉家的姑娘们第一次穿上礼服裙，欢笑着，挥着手，风吹动我们的头发。但是我们要去见的是谁呢，或者是什么让我们如此兴高采烈呢，那将会是一个永远的谜。

幕落

道具

三部电话机，两盘罩着的菜肴，电热灶台，水壶，三个盘子，2 套咖啡杯和杯托，6 个喝亚历山大白兰地的玻璃杯，侍者的托盘，装衣服的大购物袋，装着信的盒子，三个慕希做的古怪的帽子，银器，一张放大的照片（褪色的）展现两个奔跑的女性形象（出现在戏的开头和结尾），一个收音机，一个医药箱和两个药瓶。

服装

奥尔班太太：破旧的棉布连衣裙，系带靴子，拖鞋；桃红色的略做剪裁的连衣裙和棕色中跟鞋；一条低胸、双门襟（一片门襟在腹部的位置有一个大的红酒污渍）松石绿晚礼服，相配的滑稽的羽毛帽，晚装包；放在衣架上的剪裁优雅的黑色高领晚礼服；一条酒红色老式晚礼服，一条绿色的小礼服（从绍博太太那里借的）；用破了的米色手提包。

吉萨：优雅、老式的白色蕾丝衬衫，灰色的长裙，相配的、剪裁合身的外套和礼帽。

宝拉：套装裙，相配的饰品；"音乐会上"穿的花哨的晚礼服；最后一通电话中穿的长款睡袍。

慕希：非常简单的海军蓝或灰色的棉布连衣裙，在被取消的晚餐一场中戴上围裙。

其他的角色穿着 20 世纪 60 年代的简单服装；维克多·维韦利在"音乐会上"、音乐会之前和之后打电话的时候穿着无尾礼服。尤世卡在医院时穿着白色医生袍。

舞台设计

1. 吉萨的隔间：桌子、椅子（升高的）。
2. 慕希的公寓：幕布、门、薄墙、钩子、沙发、椅子、桌子。
3. 电热灶台、抽屉柜、零散的碟子和瓷器。
4. 看不见的出口。
5. 桌子、椅子。

奥尔德日赫·达涅克："我们总是选择错误的一边"

阿莱什·梅雷努斯·伊特卡·绍特科夫斯卡
宗玉　译

1971 年的《两个骑着马，一个骑着驴》（*Two on Horseback, One on a Donkey*），是在 1968 年 8 月华沙条约组织部队进入当时的捷克斯洛伐克社会主义共和国后，在捷克剧院上演的最重要的戏剧作品。那是一个被称作"正常化"的时期。这部戏成为达涅克最成功的作品之一，演出的数量也证明了这一点。到目前为止，仅在捷克剧院，这部戏就上演了 15 次。它被翻译成多种语言（保加利亚语、德语、匈牙利语、波兰语、瑞典语等），并于 1986 年被改编成电影。该剧的故事发生在公元 15 世纪，以个人应对其行为负起道德责任作为背景。这也是达涅克戏剧中的一个通用主题。当时的观众认为这个主题非常贴近生活。达涅克同期的许多剧作家逐渐被禁止在公共场合露面，他们的戏剧被从剧院的驻场剧目甚至公共图书馆中删除，其目的是要把他们的名字从国家的文化记忆中抹去。回想起来，《两个骑着马，一个骑着驴》可谓是一次引人注目的戏剧壮举。它在当时官方认可的艺术框架内对"历史的公平性"投以怀疑的眼光，并在个人与权威之间的关系中提出了一个本质的道德困境。

广播，电视，电影

在他的有生之年，奥尔德日赫·达涅克（Oldřich Daněk, 1927—2000）掌握了几种叙事形式。他在文学三部曲中展示了他讲故事的天赋，这三部曲松散地以捷克历史为背景创作，包括1967年的《国王从战场上逃亡》(*The King Runs from the Battlefield*)、1971年的《没有头盔的国王》(*A King without a Helmet*)、1972年的《奥洛穆茨的谋杀》(*Murder at Olomouc*)。小说的背景设定在霍什米索王朝统治末期，这位捷克公爵统治波希米亚至1306年，以及第一个卢森堡人登上捷克王位的时期（卢森堡的约翰，绰号"外国国王"）。达涅克也是一位成功的广播、电视和电影编剧。他的名字出现在十多部广播剧上，如1967年的《炮火下的对话》(*Dialogue under Gunfire*)、1969年的《螺旋式对话》(*Dialogue in a Spiral*)、1993年的《纪念哈姆雷特》(*Remembering Hamlet*)。他写过几部故事影片的剧本，如1958年的《狮子在这儿》(*Here are Lions*)、1960年的《三吨尘土》(*Three Tons of Dust*)、1963年的《美妙旅程》(*Beautiful Ride*)。他还创作了许多电视剧剧本，其中最著名的是1974年与扬·奥切纳舍克（Jan Otčenášek）合写的《曾经有一座房子》(*Once There Was a House*)，是20世纪70年代最受欢迎的电视连续剧之一。

从20世纪50年代中期到1973年，达涅克是个自由作家，他直接受雇于捷克巴兰多夫电影制片厂，在那里他不仅创作剧本，还担任剧本编辑和导演。他在20世纪60年代早期的作品，尤其是关于胡斯运动战斗的电影《美妙旅程》(*Beautiful Ride*)，使他跻身于世界知名的捷克斯洛伐克电影新浪潮的名人之列，其他还有米洛斯·福尔曼（Miloš Forman）、耶日·闵采尔（Jiři Menzel）、扬·卡达尔（Ján Kadár）、爱尔玛·科洛斯（Elmar Klos）和薇拉·齐蒂洛娃（Věra Chytilová）等。尽管他的电影创作涵盖了许多种类，从现代故事到喜剧，如1967年的模仿007电影的《特工W4C的终结》(*End of the Agent W4C*)，但他的关注领域主要是古代和中世纪的历史故事。在20世纪50年代末和60年代初的国际电影中，英格玛·贝格曼（Ingmar Bergmann）和罗伯特·布列松（Robert Bresson）的电影把中世纪描绘成一个灵性勃发的时期，可以用自然主义的形式来描绘严苛的现实，同时，角色也会参与存在主义的对话。在捷克电影中，奥尔德日赫·达涅克（Oldřich Daněk）和弗朗齐歇克·弗拉奇尔（František Vláčil）以及奥塔卡尔·瓦夫拉（Otakar Vávra）共同创作的《巫师的铁锤》(*Witch Hammer*)正是反映了这一历史电影概念，就这个普适性的主题进行了跨越时代的诠释，而不仅是对过去历史事件的描述。

涉及政治的当代戏剧

在达涅克的艺术领域中最重要的是戏剧。他一共写了40多部戏剧作品，甚至还亲自导演了几部。20世纪40年代末，他在布拉格表演艺术学院戏剧研究系学习表演和导演，并将学到的戏剧实践知识运用于戏剧作品中。他也作为第一个上演自己创作的戏剧的毕业生被载入了学院的历史，那是1950年的《晚间排队》（*Evening Queue*）。这部戏展示了达涅克戏剧作品的第一阶段，以强烈的社会责任感为特征，以个人对整个社会福祉的责任为主题。他在赫拉德茨克拉洛韦等小镇（1950—1953）以及后来在利贝雷茨的沙尔达剧院（1953—1956）工作，在这个阶段，他的戏剧作品继续沿着这一方向发展。

1954年，他创作了以医学实验室为背景的《斯蒂尔福德的发现》（*Steelford's Discovery*）。该剧以"个人责任感"为核心主题，讲述了一个两难的道德困境。故事围绕着一位医生展开，他发现了一种治疗鼠疫的方法，为此他与美国特勤局对抗，即使牺牲妻子的生命也不妥协。两年后，他写了一部名为《四十八》（*Forty-Eight*）的戏剧纪录片，从一个乡村造纸厂的工人们的角度，突出呈现了战后共产党接管捷克斯洛伐克政府的关键事件。自20世纪50年代后期，达涅克的其他剧作也同样地涉及政治主题，如1955年的《离开的艺术》（*The Art of Leaving*）和1959年的《注视你的眼睛》（*A Look into Your Eyes*）。他以此为主题创作的戏剧在1962年的喜剧《你喜欢疯子吗》（*Do You Like Lunatics*）达到顶峰。在剧中，他侧重于建设性叙述中常见的情节，主要集中在社会主义劳动生产率和配额的问题上。这逐渐演变成为对人物个人生活的深入的心理探究。

然而，达涅克在国际上取得的第一次成功是来自1961年的纯喜剧《骗婚者的婚礼》（*The Wedding of the Marriage Swindler*）。在这部戏中，社会责任感占据了次要地位，它是一部纯粹的情景喜剧，添加了一些对当时社会习俗的讽刺性评论。从20世纪60年代开始，达涅克就专注于喜剧类型。1964年他继续创作《婚礼三部曲》（*Wedding Trilogy*）的《欺骗婚礼》（*Wedding with*

Deception），1966 年又上演了第三部《欺骗婚姻》（*Marriage of the Cheat*）。他还专注于历史剧和改编剧。

历史剧和改编剧

据达涅克所说，他对历史的热爱是被他的高中老师斯考皮先生唤醒的。“……我们只上了斯考皮先生一年的课，仅仅一年。但正是他让我的一生都沉浸在历史中，使得我主要阅读的书籍都关注于人类的过去”[①]。达涅克在赫拉德茨克拉洛韦的剧院工作期间，写了他的第一部历史剧，背景是公元 15 世纪初的胡斯战争时期。1953 年的《奥雷布的圣杯》（*A Chalice over Oreb*）是一部以赫拉德茨克拉洛韦的胡斯运动为基础的戏剧，它没有引起多少关注。在这一阶段，达涅克还是个新手作家——这只是他创作的第二部舞台剧。他仍在努力将历史事实塑造成一种艺术形式，文本中充斥着过多的次要的细节，这些细节削弱了戏剧的历史方向。在他后来的作品中，如 1969 年的《我将返回布拉格》（*I Will Return to Prague*）、1973 年的《叫做布拉格的星》（*A star Called Prague*）、1979 年的《马希费尔德之战》（*Battle of Marchfeld*）、1980 年《沃伦斯坦女公爵的军队》（*The Duchess of Wallenstein's Troops*）、1987 年的《你是扬》（*You Are Jan*）等，达涅克彻底改变了他对历史准确性的偏好，并开始在现代语境中使用历史主题。在这些文本中，历史仅仅是一个背景，正如马克思主义哲学家捷尔吉・卢卡奇（György Lukács）所说：“纯粹是一个个人的、私密的、主观的故事的框架。”[②]

达涅克在他的故事中以各种方式使用历史背景。对他来说，历史基本上是一个提供主题的无限仓库、思想的源泉和人类角色的画廊。当故事情节取决于一个重要的、真实的历史人物的命运时，例如，在他的 1995 年的电视连续剧《皇后们的短剧》（*Short Plays Concerning Queens*）或戏剧《沃伦斯坦女公爵的军队》中，他主要关注日常生活中几乎微不足道的方面。通过使用他们

---

① 阿莱纳・什捷尔博娃（Alena Štěrbová）：《奥尔德日赫・达涅克夸张的比喻》（《Dramatická podobenství Oldřicha Daňka》），奥洛摩茨，帕拉科奥罗莫大学出版社，2004 年，第 16 页。

② 捷尔吉・卢卡奇：《历史小说》（《Historický román》），布拉迪斯拉发，塔特出版社，1976 年，第 203 页。

个人生活中的片段，通过剥离他们被记载在课本中的荣耀，他揭示了他们的痛苦、欲望和琐碎的争吵。通过这种方式，他揭示了他们是普通的、平凡的人，他们正在经历着戏剧观众熟悉的情感。矛盾的是，历史又成了个人主题永恒存在的确认，例如人与权力的关系、自由与缺乏自由、道德与爱的问题。与实际历史人物有关的一个重要方面是假定读者对背景有所了解。当戏剧中的一个重大事件发生，并产生了真正的历史影响时，需要假定观众知道导致这些事件发生的环境和事件，以及产生的后果。这类戏剧还有讽刺和矛盾的方面，它们向观众展示了在今天被认为无关紧要的事情上曾经浪费了多少生命。另一方面，很明显，可能是微小的动机和行为导致了历史悲剧的开始。比如说，在1984年的戏剧和电视剧《不像她看起来那么丑陋》（*Not as Ugly as She Appeared to be*）中，当作者写下胡斯运动的将军普罗科普·霍利（Prokop Holy）和一名妓女之间的引人深思的对话时，他依赖于观众在学生时代学到的知识，即胡斯军队遭受了残酷的失败，普罗科普·霍利在战场上死去。

达涅克还经常写一些著名故事的改编版本。他以普罗米修斯的神话为基础，创作了1959年的戏剧《一杯克里特葡萄酒》（*A Glass of Cretan Wine*）。在1986年的电视剧《科林斯来的女人》（*The Woman from Corinth*）中，他创造了导致欧里庇得斯（Euripides）的《美狄亚》（*Medea*）诞生的事件。在1965年的存在主义戏剧《四十个刺客和一个无辜者》（*Forty Assassins and an Innocent*）中，主角是王家卫队的成员，他们受到了希律王的命令，要杀死伯利恒所有的新生儿。在1993年的广播剧《怀念哈姆雷特》（*Remembering Hamlet*）中，莎士比亚的故事是通过克劳狄斯的视角讲述的，克劳狄斯没有死，而是被囚禁在挪威的福丁布拉斯国王的城堡里。这些改编剧更为有力，因为作者是针对当代的观众创作的。把一个熟悉的故事以另一个角度来讲述，这在只允许一个官方批准的事件版本的极权统治下尤为重要。因此，改编剧是最适合达涅克的类型之一，可以表达他的中心主题，即真相的不可知和世界的神秘莫测。

达涅克作品中的主要主题之一是关于被历史牵引并被抛入漩涡的人。他通过"自下而上"地讲述历史事件来表现这一点，主人公往往是无名和渺小的英雄，比如雇佣兵和妓女。在那些关于创造历史的著名人物的故事中，达涅克这个彻底的怀疑论者，运用悖论和戏剧讽刺来证明，实际上影响历史是不可能的——结果往往与预期相反。因此，在上面提到的莎士比亚戏剧的改编剧中，克劳狄斯竭尽所能地拯救他的国家、他心爱的妻子和侄子，但他的每一个行动却都使他更接近灾难。1976 年的《休息后开战》（*War Will Break Out After the Interval*）显然受到克劳斯·曼恩（Klaus Mann）的《梅菲斯特》（*Mephisto*）的影响，达涅克对演员本德尔的个人历史投下了怀疑的眼光。本德尔强烈的演出欲望是他所有行动的基础，为此他甚至愿意与纳粹合作。

历史在达涅克的戏剧中也起着夸张的作用。作者展现了捷克斯洛伐克观众在“正常化”过程中所面临的大多数问题，主要是道德困境，需要决定在危急情况下采取何种行动，这些问题与生活在近或远的过去的人们一样。然而，正是这些原始的中世纪或战争场景，才使得状况处于存在和不存在的边缘。这正是《两个骑着马，一个骑着驴》的中心主题。

历史寓言

《两个骑着马，一个骑着驴》是一部历史寓言，讲述了对角色的道德考验，其本质基本上保持不变。根据达涅克的说法，人类注定要经历历史的变化，却不会发生重大变化。在每一个历史时期，人们都必须接受自己“投入世界”，他们必须不断地选择他们应该走的路。在生活的道路上，他们会遇到各种事件，使得这些选择受到测试和考验。通过这种方式，他们形成了自己的个性，在存在主义术语中，他们通过个人行为“创造自己”。这一概念在其他戏剧作品中也很明显，例如《叫做布拉格的星》《沃伦斯坦女公爵的军队》《马希费尔德之战》。在这里，历史背景只是一个相当不明确的投影屏幕，作者在屏幕上呈现的故事具有普适性的人类主题：爱、恨、背叛和复仇。

《两个骑着马，一个骑着驴》这部戏剧是这种投影式历史小说的完美范例。这一点被文学史学家布拉霍什拉夫·多考皮尔（Blahoslav Dokoupil）明确界定，主要是关于捷克文学中的历史小说。他写道：“与任何其他形式的历史小说相比，历史时期、主题和历史事实的选择，尤其是主要冲突的选择，都受到作者与当时问题之间关系的影响。历史在这里是作家呈现给自己时代的一面镜子，是突出当前道德和意识形态问题的投影屏；历史社会经济和政治因素通常不在作者的视野之内。在这类文学中，人的行为最主要的动机是个人的道德冲动，而不是实际的历史事件。”[①] 很难想象对达涅克戏剧的普遍特征还能有更为恰当的描述。

这部戏的情节曲折。主角是三名雇佣兵，分别叫邦尼、洪克和森特。他们正从阿奎塔尼亚前往匈牙利，打算在那里与穆斯林劫匪作战，这些劫匪在本剧中被称为伊斯兰人。他们一路穿过波希米亚，并停留在一家旅店。他们渐渐地陷入了当地的权力集团的复杂纠葛中。这些坏人起初利用这三个雇佣兵来达到自己的目的，然后又要把他们作为替罪羊来掩盖他们多年来在那里犯下的罪行。

达涅克以反幻觉主义的方式呈现了他的戏剧，充满了历史事实、张力和悖论，这受到了布莱希特的史诗剧场概念的直接启发。戏剧现实表现为人们创造的内容，目的是质疑观众自己的价值观，并使他们重新思考自己在道德问题上的行为。达涅克关于舞台呈现的注释充满了温和的讽刺，揭示了他相当丰富的导演经验。在一段附加的文字中，他同时概述了两种舞台的可能设计，一种适合小型舞台，另一种适合大型剧院。他的注释不仅仅是技术指导。和其他戏剧中一样，达涅克以清晰的文学风格来写这些内容，使它们有时看起来更像经典叙述者的故事讲述，充满了深思熟虑和丰富多彩的描写，这在小说中更为常见。他写道：“虽然我写‘落幕’是因为我更喜欢那种安静的室内音乐一样的版本，但我也可以想象导演安排鼓声突然响起，舞台上涌进一大群穿着阿拉伯长袍的‘骑手’。木杆上举着马头，也有几个骆驼头。”[②]

反幻觉主义的风格是达涅克大部分戏剧作品的特点。尽管这是一种非同寻常的风格，但达涅克有时也会在他的电视剧作品中使用它：摄影棚后台的照片，稀疏的装饰，没有外部装饰，叙述者直接向观众讲话并将他们带到故事中，或者演员拍摄完成后坐在化妆间里，讨论他们的角色。所有这些元素都是为了加强故事的人为性，把观众从他们所看到的历史片段中拉出来，从

① 布拉霍什拉夫·多考皮尔：《1945—1965 年的捷克历史小说》(《Český Historický Román 1945-1965》)，布拉格，捷克作家出版社，1987 年，第 30 页。

② 奥尔德日赫·达涅克：《两个骑着马，一个骑着驴》，布拉格，迪利亚出版社，1971 年，第 45 页。

而敦促他们专注于故事中永恒的主题。

在《两个骑着马，一个骑着驴》中，达涅克并没有像他在其他戏剧中那样列举年表，比如《骗婚者的婚礼》《休息后开战》《沃伦斯坦女公爵的军队》，而是使用线性时间线来讲述故事，直到最后才透露一些事实，以增加观众的紧张情绪。对于达涅克来说，观众必须全神贯注于故事和关键人物。鉴于这是一部情节驱动的剧本，对主人公们的描述非常粗略，只有几个基本特征。故事的核心是三个流浪的雇佣兵，他们已经一起经历了许多次危险的情况。即使他们完全明白彼此的缺点，还是通过无私的友谊团结在一起。这将他们与周围充满贪婪和恶意的世界划分开来。他们绝不是穿着闪亮铠甲的勇敢骑士，但他们的幽默、天生的智慧和面对任何逆境的能力使他们超越了其他人。这三个人并非感情强烈或是心思细腻，而是每个人都被赋予了有代表性的性格。这对作者的主要意图至关重要：讲述一个在任何时间段都能存在的有普遍性的人的故事，观众可以将自己的世界观投射到其中。

相对较弱的性格特征也支撑着本剧的象征元素，这显然与圣经文本有关。例如，根据基督教的教义，三个雇佣兵中的每一个都代表着一种特定的罪孽：邦尼放纵自己的情欲，总是寻找机会去勾引邻人的妻子，从而违背了十诫；而洪克的罪孽是他对酒的嗜好；森特是一个赌徒，在赌局中，他可能会由于一时冲动输掉所有的一切。他们每个人都以自己的方式诠释圣经的一条基本戒律，从下面的交流中可以看出。森特：……听我说，邦尼——在某种意义上我也算是个牧师，我是第三十次告诉你，“不可贪邻居的妻子”是十诫中最重要的一条。邦尼：十诫也不是都对的。十诫中也写了“不可杀人”——你也是一名士兵，你应该很清楚这就是胡说八道。森特：那是不一样的。它的意思是你不可为了杀人而杀人，这是删节版本。邦尼：就是这样。我想你们牧师已经把这十诫都扭曲了。我认为上帝真正说的是：“不可杀人，除非是在公平的战斗中。”他还说：“不可贪邻居的妻子，除非她长得漂亮。”但那些肥胖的教士们都懒得全部记住，所以他们只是拿出了删节的版本。[①] 他们的驴名

① 奥尔德日赫·达涅克：《两个骑着马，一个骑着驴》，布拉格，迪利亚出版社，1971 年，第 16 页。

叫摩西，也暗指圣经，因为基督第一次进入耶路撒冷就是骑着一头驴。这就是三人组间接前往的地方，也是被行宣福礼的列日的主教来自的地方，在剧中的某个场景中森特假冒了他。此外，这部戏发生在圣诞节，也就是说，全世界的基督徒都一起在纪念基督。这部戏中的各种基督教思想并不完全具有宗教性质，而是代表了文化上可识别的符号，剧作家用这些符号来确定他的剧作与当前时代的相关性。

作者还将这些符号性的人物作为道德界限争论的参与者。在他另一部戏剧的后记中，海伦娜·希马奇科娃（Helena Šimáčková）写道："奥尔德日赫·达涅克不断地以令人印象深刻的毅力重复探讨一组特定的问题。一般来说，这些问题可以被概括为一个人与社会的关系及其道德责任感。"[①] 这也体现在悲喜剧《两个骑着马，一个骑着驴》中。然而，在这部戏中，达涅克主要关注的是由世界和真实的神秘造成的人类行为的矛盾。几乎不可能确定他人的真正动机，也不可能一眼就看穿复杂的人际关系网，尤其是在特定时刻当人们试图隐藏自己真正动机的时候。老人"狗腿"的骰子做了手脚，老板娘佩希塔最终是一个惯于欺骗的情人，而老板并没有拯救孤儿贝兹卡，而是把她当作女仆和性侵对象。治安官是一个不守法的执法者，他不仅隐瞒了所有的犯罪行为，还是他们的合作伙伴。在最终我们看到他展现了真实的自我，是一个嗜血的刽子手。面对这一点，三个主人公唯一能做的就是在每一个新情况出现时做出应对，并找到解决的办法。

总是选择错误的一边

现在我们来谈谈这部戏最基本的主题之一，那就是值得商榷的雇佣兵的道德问题。雇佣兵"总是选择错误的一边"，是因为他们永远无法预测自己行动的结果。他们有一个简单的信念，即人分为作恶者和受害者，保护后者不受前者的伤害是他们的责任。尽管过去有过很多不愉快的经历，但他们从来

---

① 奥尔德日赫·达涅克：《人——不断创造自己》(《Člověk – toe ustavičné Tvoření sebe Sama》)，选自《奥尔德日赫·达涅克：四十个刺客和一个无辜者》，布拉格，奥比斯出版社，1966 年，第 77 页。

没有想到，也可能面对的两边都是作恶者，像两只争夺猎物的秃鹫。

这部戏传达的信息实际上是乐观的。尽管他们的行为导致了幻灭，但并没有拒绝承认基本价值观，也没有重新评估他们的信念，即使一个人不能在正确的那边作战，也有不支持邪恶的可能。这是人类自由的基础，尽管人类是易犯错误和有罪的生物，但还是怀抱着希望，总有一天他们会看到光明，甚至有可能纠正他们的错误。一个人决不能放弃为了人类的荣誉和尊严而战。尽管达涅克对能够对我们周围的世界施加积极影响的可能性持怀疑态度，但他从未失去对人类的信任。他试图达到非相对主义的理解，并发现赤裸裸的真相。他并没有嘲笑他的主人公们徒劳无功的努力，相反，他同情他们，带着苦笑支持他们不切实际的尝试。他同样原谅了他们的弱点和失败。

按照中世纪文本中关于人类行为道德的传统模式，达涅克的雇佣兵们一直在经受考验，以了解他们在极端情况下的行为。面对致命的危险，他们不得不一次又一次地决定什么才是真正重要的。他们的生命和正直尚未确定：我可以偷别人偷来的东西吗？以正当的理由辜负别人的款待是可以接受的吗？我能把上帝的十诫曲解多远？能不能就拿上报酬，闭上眼睛不看事实自己离开？还是说每个人都有责任站出来反对不公正？我要照顾自己还是要对别人负责？能够多少次忽视自己的良心？到何时我才会不再被骗和软弱，成为一个无耻的恶棍？

奥尔德日赫·达涅克创作的“深思熟虑的”戏剧作品，从多个不同的角度审视了这种困境。他的文字基本变成了一场辩论赛。他对语言和对话的运用在很大程度上受到了戏剧这方面的影响，即使一些戏剧与这样的辩论并不相关。他的台词轻快、简练，节奏清晰，充满了矛盾和温和的讽刺。他的作品之所以杰出，是因为他诙谐优雅、又常常出人意料的对话，以及各种聪明、机智的人物。这些人物兼具逻辑思维和抽象思维的能力，他们通过充满理性论据的巧妙对话，捍卫自己的思想观点和价值观。

道德考验的时代

《两个骑着马，一个骑着驴》这部戏剧作品诞生在一个动荡的时期，包括艺术界在内的社会各个阶层都在经历政治清洗。新的政权逐渐施加压力，对其对手发起攻击。1968 年后的政权由新任共产党总书记古斯塔夫・胡萨克（Gustav Husák）领导，他后来成为捷克斯洛伐克社会主义共和国长期执政的总统。胡萨克开始有计划地控制艺术自由。许多重要的剧作家，如瓦茨拉夫・哈维尔（Václav Havel）、伊凡・克里玛（Ivan Klíma）、弗朗奇歇克・帕夫利切克（František Pavliček）、约瑟夫・托波尔（Josef Topol）等，都不允许在文化机构工作，他们的戏剧作品也不允许出版或演出。许多作家被迫移居国外，如帕维尔・科胡特（Pavel Kohout）在维也纳流亡了十多年。

"正常化"时期的新的文化政策也逐渐影响了艺术，甚至在创作层面上。捷克剧院开始上演明显政治化的戏剧，宣传新政权的合法性，这导致全国观众数量明显下降。社会批判的戏剧只能通过地下出版物发行，有时在民主西方国家上演。那些不想公开与政府合作，但仍希望出版自己的作品并在舞台上演出的作者，不得不把自己局限于写一些没有任何冲突的社会情况的肤浅作品。那些处于这个所谓的"灰色地带"中的人往往会创作一些处理日常生活中简单问题的戏剧，或者从遥远的历史中选择一个更安全的主题。

因此，这部《两个骑着马，一个骑着驴》成为 1968 年 8 月后相对而言较为广泛的戏剧作品的一部分。它通过象征性的比喻和既非可悲也非英雄的姿态与当时的情况相联系。它的核心提出了一个问题，这是个现在更能强烈地感受到的问题——面对极权制度的力量，人们的良心、过失、责任和懦弱。

这部戏于 1971 年 12 月在兹德涅克・内耶德利现实剧院首次演出，受到好评。例如，当时的一位知名的马克思主义批评家伊日・哈耶克（Jiří Hájek）将达涅克的作品描述为一部"异想天开、忧郁的哲学喜剧"，"在漫长的等待之后，又一部原创剧出现在我们的舞台上"[①]。这部戏随后在整个 20 世纪 70 年代和 80 年代定期出现在捷克剧院的驻演剧目中。在 1989 年的"天鹅绒革命"和平推翻当局统治后，所有的限制解除，这部戏又上演了三次。

1986 年，伊日・塞昆斯（Jiří Sequence）将这部戏改编成了电影，主要角

---

① 伊日・哈耶克：《捷克戏剧再次兴起？》（《České Drama Opět na Obzoru?》），《形成》（《Tvorba》），1972 年，第 13 期，第 15 页（29. 3.）。

色由当时著名的捷克演员扮演，这进一步提高了达涅克戏剧的知名度。这部戏也曾经在几家外国剧院上演，主要在东欧社会主义国家——保加利亚、东德、波兰和罗马尼亚，也在西德、奥地利和瑞典上演。

总结

毋庸置疑，《两个骑着马，一个骑着驴》是奥尔德日赫·达涅克最成功的戏剧作品之一。它并不像他在20世纪70年代下半叶和80年代初的其他作品那样成熟，如《休息后开战》《沃伦斯坦女公爵的军队》和1981年的《N市手术新闻》(*The Surgery of N. City*)。在那个时期达涅克已经熟练掌握了对话和文字游戏。然而，达涅克通过《两个骑着马，一个骑着驴》证明了，即使受到新建立的政治体系的抑制，他的作品仍然保持着高质量。相反，在一个由于政治压力而无法提及当前社会问题的年代，他对历史类比和比喻的运用充分展示了他的创作才能。正是这种才能使他得以说服当时的亲政权评论家，《两个骑着马，一个骑着驴》实际上只是一部写得很好的喜剧，观众们“看得很高兴，不用费心寻找不存在的东西，或者是出处于某种病态的幻想才会放进去的内容”①。

作者简介：

阿莱什·梅雷努斯，博士，捷克科学院捷克文学研究所捷克现代戏剧研究小组组长。他也是布尔诺叙事界的成员，词典项目的主编，包括《现代捷克戏剧(1896—1989年)》(*Modern Czech Play (1896-1989)*)、《文本与表演之间(作品词典)》(*Between Text and Performance (A Dictionary of Works)*)。他出版了许多关于捷克戏剧理论和历史的研究，如《侨民》(*The Expatriates*)《在布拉特尼的戏剧中探寻国家之魂》(*Searching the Soul of the Nation in Blatný's Play*)《优秀戏剧改编为电影，〈与恶魔作战〉》(*Excellent Theater as*

① 伊日·哈耶克:《捷克戏剧再次兴起？》,《形成》, 1972年，第13期，第15页(29.3.)。

a Nice Film or Archeology of Hrátky s čertem）《好兵帅克的戏剧之旅，每个时代都有其需要》（*The Theatrical Journey of The Good Soldier Švejk, or Each Era Wants its Own*）等。他的作品主要关注 20 世纪的捷克文学和戏剧。

两个骑着马，一个骑着驴

奥尔德日赫·达涅克
宗玉　译

角色

邦尼（意为：兔子）

洪克（意为：壮汉）

森特（意为：圣人）

欣格尔：村里的治安官

名叫“狗腿”的乡下老头

酒馆“斯维格里”的老板

佩希塔：老板的妻子

贝兹卡：旅馆的女仆

马托哈：普兰伯克的领主

赫瓦尔：德斯拉夫的领主

贝丝：马托哈的女儿

国王的总督

盲人吹笛手，卷毛头，飞毛腿

村民，赫瓦尔的保镖

马托哈的手下

第一幕

在舞台允许的范围内，三个人物应该出现在最后面的某个地方，慢慢地接近灯光照亮的舞台。或者是应该从观众席出场？当然，这个简短的介绍性场景有很多其他的可能性。在此场景中，回荡着三个响亮的声音：

骑上你漂亮的骏马，小伙子，
手里拿上你的宝剑，
举起你漂亮的盾牌，小伙子，
我们要出发去国外。

因为你是绅士风度的士兵，
因为你是个勇敢的雇佣兵，
你是他们中间最棒的一个，
那些曾经为黄金而战的人。

尽管你的敌人很强大，小伙子，
他们的铠甲闪闪发光，
我们会送他们进坟墓，小伙子，
今晚我们将盛宴狂欢。

三个人物中一个是大个子的男人，叫作洪克。另一个是叫作邦尼的小个子男人，留着很有派头的长胡子。这两个人各用绳子拽着一匹带轮子的简陋的马，仅仅用几块木头做成。第三个人物拽着一头同样的方式做成的驴。当然也有其他的方式来表现两匹马和一头驴，但是作者认为，最富有表现力的舞台造型才是最好的。比方说，如果导演可以指挥一个更大的舞台，他可以召集一个编舞朋友和一个舞蹈团，而且最重要的是还要有一个管弦乐队，那么前两个雇佣兵可能会拿着上面有木制马头的木杆，类似的木杆可能在本剧稍后的用芭蕾来表现一队士兵的场景中使用。这些木杆必须有某种形式的腿，使“马”能够站住。如果选择使用木杆的话，洪克和邦尼就像对待普通的木杆一样，一个把木杆扛在肩上，另一个把木杆拿在手里。在后面的第三个人物是森特，他穿着修道士的服装，腰带上插着一把剑。他的木杆有点问题，这妨碍了他的前进。又或者，他的木制驴子的轮子不知怎么回事就是转不动。他用手抓住驴，赶上了其他两人。舞台上的场景描绘的是一片深秋的美丽森林，这时这首歌响起：

来让他尝尝你宝剑的厉害，小伙子，
凭胆量和力量猛烈地攻击，
但是当心着你漂亮的盾牌，小伙子——
明天我们还要再出发打仗。

因为你是绅士风度的士兵，
因为你是个勇敢的雇佣兵，
你是他们中间最棒的一个，
那些曾经为黄金而战的人。

城市的高墙将会倒塌，小伙子，
我们会继续狂欢，
漂亮的女人应有尽有，小伙子，
你总会心满意足。

但是你要谨慎小心，小伙子，
总有一天这些都会过去——
你会拿着盾牌徘徊，小伙子，

直到你咽下最后一口气。

因为你是绅士风度的士兵，
因为你是个勇敢的雇佣兵，
你是他们中间最棒的一个，
那些曾经为黄金而战的人。

说不定会是一辆枪车，小伙子——
可能是一个普通的坟墓。
因为那是我们的道路，小伙子，
勇敢的绅士风度的士兵。

森特 先生们，关于这首歌我有点不明白。什么意思，“枪车”？当然，我知道什么是枪。花了半天的时间装上子弹，对准敌人，能把你们两个都炸成碎片，让我们最后都会失业。但什么是枪车？

邦尼 别管这个了。集中注意力让你的蠢驴前进吧。

森特 哦，是啊，你坐在一匹壮马上，走起来自然轻轻松松。哦，是的。但是为什么要指责我？你试着跟摩西沟通一下好了。（他指着他的驴子）

洪克 其实，我经常在想你们两个到底是谁在骑谁。

森特 你是什么意思？

洪克 嗯，是你骑摩西，还是摩西骑你。

森特 啊哈！所以这就是你的意思。（对驴子说）好好看看，摩西，看到了吗？这就是小丑的样子。

邦尼 走吧。如果你没法让你的驴子前进，等我们到达匈牙利的时候所有的伊斯兰人都已经被杀完了。

森特 伊斯兰人总会有的，他们繁殖得跟兔子一样快。只有摩西是聪明的，它知道我们应该去佛兰德斯的。

邦尼 你可别再说这个了！你想去的地方总是跟我们要去的地方不一样！

森特　但问题是，我总是对的。你知道我总是对的，甚至你自己也承认了。但是，当我说“我们去佛兰德斯”的时候，哦，不。是谁说我们不应该接受贝拉公爵的雇用，因为那个坏蛋总是被打败？谁说的？

邦尼　是你说的，我们继续走吧。

森特　他是个坏蛋，而且他被打败了。是谁告诉你奥格斯堡主教的事的？

邦尼　是你，我也说了叫你走吧，所以求你劝劝你的驴子吧。

他们开始离开。

森特　别担心我的驴子会害怕那些伊斯兰人。你完全可以确信。我的驴子从来没有因为任何事情而害怕过，甚至在贝拉公爵的那场糟糕的战斗中也没有。（开始唱歌）

城市的高墙将会倒塌，小伙子，
我们会继续狂欢，
漂亮的女人应有尽有，小伙子，
你总会心满意足。

离场。他们的歌声渐行渐远。到这段，也许树木的枝叶渐渐退下，露出一个乡村酒馆——“斯维格里”。如果能在一个开放的舞台上改变场景和场景，并成为整个戏剧表演的一部分，作者会很欣赏。我们就在这家酒馆的前面，这是一个粗陋的十五世纪的捷克路边酒馆。村里的人们懒洋洋地四处闲逛着，门槛上站着一个圆滚滚的人，他是村里的治安官。仍然能够听到歌声，随着它向远处退去时逐渐变低。此时，酒馆和它前面的人群呈现出一幅宁静和平的景象。突然，女仆贝兹卡拎着两个空木桶走了进来。

贝兹卡　他们来了！他们来了！

那喊声使音乐安静下来。随后音乐再起，这一次随着雇佣兵们的到来而变得更加响亮。

治安官　（朝酒馆大喊）嘿，老板！

老板　（出现在窗口）他们来了！

治安官　他们来了。把我的皮带藏起来——让他们看到都是和平诚实的人们住在这里。（他脱掉皮带，把它递进窗户里。然后他向村民们大喊）你们到底在看什么？总不能让这些阿拉伯人第一眼看到的都是些乡巴佬吧！

村民们慢慢地站起来。如果导演更喜欢“编舞”的概念，那么他们应该突然之间按照音乐的节奏，变成一个紧凑的队形，一起移动；然后，同样突然地，他们再次分散成为一小群一小群的人，以各种方式从舞台上消失。当然，与此同时，对话还在继续。

治安官 给马托哈领主送个信儿！

老板 好的，先生。

“斯维格里”（意为诈骗）并不是被随机选为这个酒馆的名字，因为这确实就是它的本质。此外，译者喜欢这个词。也许这不是一个“具有时代特征”的词，但这整部剧本中使用的语言也没有时代特征。这个剧本的时间还不确定，不过从里面提到火器和伊斯兰人来看，很可能是十四世纪晚期，也就是波希米亚国王温切斯拉斯四世的统治时期。

老头 （从门口跑出来一个机灵的小个子男人）他们已经到这里了吗？是阿拉伯商人出现了吗？商人们来了？

治安官 （对那个显然听力不好的老头大喊道）他们要来了！

老头 我能留着这把刀子吗？这把刀子——我能留着它吗？

治安官 行。谁都能一眼看出来，你拿着它也做不了什么。

老头 什么？

治安官 算了吧。（对贝兹卡说）有多少马车？

贝兹卡 没有马车。

治安官 你是什么意思——没有马车？

贝兹卡 有三个人，没有马车。两个骑着马，一个骑着驴。

治安官 他们穿着阿拉伯服装吗？他们看起来像阿拉伯人吗？

贝兹卡 不，更像是……

治安官 像什么？

贝兹卡 像强盗。

治安官 （对着酒馆大喊）老板！

老板　（出现在窗口）什么事？

治安官　把皮带还给我。不是他们。不用派人给领主送信儿了！

老板　好的，先生。

老头　怎么了？怎么了？发生什么事了吗？

治安官　没事儿。（对贝兹卡说）他们是要往这里来吗？

贝兹卡　是的。

治安官　你为什么发抖？

贝兹卡　我不知道……我总是害怕。

治安官　害怕什么？酒馆里至少有七个身强力壮的汉子。

贝兹卡　我总觉得是十字帮。

治安官　十字帮早就没了。一个强盗可不会存在十五年。到那个时候，他要么已经偷到足够的东西退休了，要么就被吊死在什么地方了。

老头　再也没有人在尸体上刻十字记号了！这些日子已经没再刻十字了。真是可耻，我觉得——至少有了十字记号，你马上就知道是十字帮干的。称职的强盗会留下一个标记，让人们能有这个荣幸知道他们是在与谁打交道。

治安官　你到底是怎么知道我们在说什么的？

老头　我能看见贝兹卡。每当我们遇到什么事，她总是会害怕十字帮，总是的。

治安官　而你就什么都不怕。

老头　我？什么都不怕。

贝兹卡　他们来了。

随着车轮吱吱作响的声音，两个骑着马、一个骑着驴的走上了舞台。或者他们也可以拿着木杆来代表马和驴。现在音乐结束。村里的治安官走近那三个人。

治安官　等一下！在你们下来之前——你们从哪里来，要到哪里去，你们是谁？

邦尼　（对洪克说）你听到什么了吗？

洪克　有人在问什么吗？

森特　在地上的某个地方有个人。

治安官　先生们似乎来自一个爱开玩笑的地方。注意听着，我是本地的治安官，我要告诉你们，我想看到的是公共秩序和安全。

邦尼　你觉得我们看起来很危险吗？

治安官　像移动的军械库一样危险。在过去的几年里，这里已经有几个商队被打劫了。你们知道这些事吗？

森特　无可否认，你可以一眼就看出一个聪明人。他不想拐弯抹角——他更喜欢直截了当地问问题。所以这是一个直接的答案。我们当然是强盗，你在我们身上看到的一切都是从这附近的商人那里偷来的。

治安官　啊哈！

他向老头挥挥手，老头消失在酒馆里。

治安官　这几位先生太显赫了，不愿意回答一位国王任命的普通治安官的问题。你是不是位置太高了，嗯？

邦尼　这是一个属于国王的村庄？

治安官　当然是的。我们将会得到市场的特许经营权，所以我们这里很快就会成为一个小镇。因此，我不想听见有人说这里是坏蛋的避难所。

邦尼　（*回身从肩膀上看过去*）还有别人和我们一起到了吗？（*对森特说*）这位先生提到了坏蛋，你听见了吗？

森特　（*对治安官说*）不如用一杯蜂蜜酒来招待我们好吗？你可说不准——我们也许能在王室为你说句话呢，关于市场的特许经营权的事。

治安官　我了解了。总之，我们对彼此都有了很好的了解。

与此同时，我们的村民们一个接一个地从酒馆里走出来，不引人注意地在这些访客周围站好自己的位置。导演和他的编舞朋友肯定不会遗漏这个风格化的动作元素。但是，如果他们能够将这些效果简化，让村民们立即回到他们的乡巴佬式的样子，会创造出一个令人惊讶的效果，这是作者乐于见到的。但是，即使导演决定支持另一种表现方法，也必须要有一个老头拔出一把长长的刀子，满怀喜爱地试着刀锋的情节。

邦尼　我觉得我们还会对彼此有更好的了解。晚饭前的一次小小的争吵会让人胃口大开，而且会让一个人在进入他应得的睡眠时获得更满足的感觉。对有些人来说，这会是个非常长的睡眠。

三名雇佣兵正在戒备。他们不引人注目地，没有多余的动作，把缰绳套在他们的“坐骑”上。或者他们也可以只是把木杆放在地上，彼此靠得更近。

治安官　那就行了！你们从哪里来，要到哪里去？

邦尼　从这里来！到那里去！

他指着自己的后面和前面。那群村民们的队伍靠紧了一些。

佩希塔　（老板的妻子，一个年轻而端庄的美人，她站在门口已经有一段时间了，现在走了出来）这已经够了，治安官先生。这是一家酒馆，随时为能够付账的人提供喝的。

治安官　即使是用偷来的钱？

佩希塔　谁偷了什么是你的问题。但如果你想让每一个新来的人都要有主教签发的品格证明，说他上个周日行了坚信礼，我们还不如现在就关门呢。在我看来，他们就像普通的诚实的绅士风度的士兵。

治安官　只是现在每个坏蛋看起来都像个绅士风度的士兵。

邦尼　还有一些诚实的治安官看起来像个坏蛋。但是这个世界就是这样，我美丽的女士。我们真的是普通的诚实的绅士风度的士兵。

森特　比普通的更诚实，诚实得多。

佩希塔　我能问问你们从哪里来，要去哪里吗？

邦尼　（对治安官说）如果你刚才是这样问的话，我们就会给你一个体面的回答。尽管我得承认，回答一位美丽的女士要比回答一个猪鼻子更令人愉快。

治安官走上前，但是佩希塔做了个手势阻止了他。

森特　上帝啊，又来了……

邦尼　怎么了？

森特　我什么也没说。

老头　猪鼻子是怎么回事？

治安官　（低声地说）有人在谈论你，你懂的。

老头　（胜利地说）那完全是另一回事。

治安官　先生们，你们还没回答呢。

佩希塔　请原谅这种接待方式，但我们地区的道路不安全。我们有理由害怕陌生人。

邦尼　美丽的女士，没有什么东西是你需要害怕的。当然，除非你的美丽本身不是一个陷阱。走吧，亲爱的女士，请抬起你那像孔雀尾巴一样的睫毛……

森特　全能的上帝啊！

邦尼　……我们想要的只有你的盛情款待。

森特　他想说的是，我们来自阿奎塔尼亚，我们在那里曾为贝拉公爵服务。

治安官　你有证明吗？

洪克　当我们最后一次见到公爵时，他太过匆忙，结果没能给我们任何推荐信。

森特　他撤退得太快了，甚至忘了付钱给我们！

佩希塔　（用甜美的声音说）当然，这并不意味着你没有酒钱，对吧？

邦尼　虽然我们不能像大主教那样挥霍钱财，但我们并非完全没有资金。

森特　（被这个复杂的句子弄得心烦意乱）我们有足够的能力维持开销。他真的是要让我发疯了。

邦尼　（毫不在意）我们的钱足够让我们一直到匈牙利。那就是我们要去的地方，去跟伊斯兰人打仗。我们本打算在圣诞节前到达斯洛伐克的特伦钦附近，但恐怕到不了了。

佩希塔　去跟伊斯兰人打仗。上帝一定会高兴的。

邦尼　他们说那里正在进行一场正义的战争，除了对付伊斯兰人以外，就没有正义的战争了。但是，带着吊坠的耳环才更适合你美丽的耳朵，而不是听一个雇佣兵说关于战争的话。所以我请求你欢迎我们，在你父亲的？兄弟的？或者是丈夫的？——房子里面。

森特　你听到了吗？

洪克 什么?

森特 我们又听到那个带着吊坠的耳环的说法了。

佩希塔 我丈夫会很荣幸地去厨房里看看，熊掌是不是特别的脆。(对一个村民说)去照料他们的马。而你们，先生们，欢迎你们。请原谅治安官——他只是在履行职责。

洪克 而且他做得很糟糕，因为这里的人会害怕，害怕三个骑马的人。

治安官 (安抚地说)但是哪个地方不挤满强盗?他们无处不在。而这里——国王遥不可及，只有这个白痴是我唯一的助手。

洪克 在我看来，你好像有一整群助手。

治安官 只是在这个时候。商人们本应该来的。问题的关键是商队不能开始绕开这条路线。如果这条道路让他们敬而远之，这将会是一个奇怪的王室村庄。

邦尼 (拍着他的"马")来吧，多宾。

仆人 (卷毛头或者飞毛腿)这头驴也牵去马厩?

森特 (生气地说)不!我会带上我的驴子朋友，陪我一起睡草垫。真是有意思了——马夫好像总是认为驴子可以吃空气过活，可以把天空当屋顶。你们这些无知的人，我们的主耶稣，可不是骑着一匹长痂的骏马进入耶路撒冷的，而是骑在我这匹驴子摩西的一个祖先身上。但你当然不会知道这个。我想你离圣经最近的地方是在亲戚的葬礼上，即使在那时，他们也让你离得远远的，免得臭味进入教堂。如果你愿意的话，给驴子喂点燕麦——我会去那里看看摩西是否满意。

洪克 你在胡说些什么?

森特 我已经看到了。我们又要倒霉了。

老头 他们是好人吗?

没人回答。舞台正在清空，村民们重新进入了酒馆，佩希塔走开了，后面紧跟着邦尼。

老头 我说——他们是好人吗?是不是?

贝兹卡 他们很好。(她仍然坐在井边的矮墙上，两腿悬空荡着，带着两个

木桶）

老头　（对洪克和森特说）先生们，来一场小小的骰子游戏怎么样？怎么样，嗯？一个骰子盒和一个实诚的骰子……

森特　退到我后边去吧，撒旦！

老头　不玩骰子？什么都不？

森特　我在告诉你——退到我后边去吧，还是说我必须用拉丁语说？

老头　这世界是怎么了呀？怎么了呀？——雇佣兵居然不玩骰子！

贝兹卡　（对靠在井上的洪克说）这口井已经干了。我马上去拿些水来，这是我在这儿的工作。你说你们是从哪里来的？

洪克　来自阿奎塔尼亚。

贝兹卡　多可爱啊！

洪克　什么可爱？

贝兹卡　阿奎塔尼亚。

洪克　它有什么可爱的？炎热，到处是灰尘——还有贝拉公爵。

贝兹卡　这个词很可爱。阿奎塔尼亚。你听不出来吗？

洪克　（耸耸肩，微微地笑着）这个词，也许吧。

贝兹卡　我去拿点水来。（她走了）

森特　（好像是要背出来）请抬起你那像孔雀尾巴一样的睫毛。他们这里喜欢词语。即使是这个乡下姑娘，当她听到一个漂亮的词时，也会极其殷勤。（他做了个鬼脸）阿奎塔尼亚——啊。我倒想知道如果她在那儿的话会说些什么。

洪克　（他是三个人中年龄最大、最严肃的。现在他有点悲伤地笑了笑）也许在别的地方有一个不同的阿奎塔尼亚，某个其他的阿奎塔尼亚。

森特　（继续滔滔不绝）请抬起你那像孔雀尾巴一样的睫毛。请抬起你那像孔雀尾巴一样的睫毛……

洪克　这些对你有什么用？

森特　我会干涉的。我就是再也受不了看着这些了。毕竟，在某种意义上我是……在某种程度上，我的意思是……如果你用正确的方式来看……

我是个神职人员。

洪克 你要怎么干涉?

森特 我要用他自己的方式打败他。一旦我看到一个漂亮的姑娘，我马上就开始，像孔雀尾巴一样的睫毛，带着吊坠的耳环。我已经都背出来了，我只要绕着他转圈就行了。你说什么了吗?

洪克 我什么也没说。

森特 我的身材比他好。你也别告诉我说我不能像他那样给她们使眼色，就像蛇对着兔子那样。但是说话才是最重要的。无论如何，如果我——一个受过牧师训练的人，还不能随口说出像孔雀尾巴这样的话，还有他那些胡扯，就真有意思了。哦，他来了。你刚才去哪里了?

邦尼 （从酒馆走出来）去看看马儿们有没有被好好照料。

森特 它们被照料得非常好，是不是?（他做手势，描绘了一个女人的身材）被照料得非常好?

邦尼 （肯定地说）还不到一半。

森特 喂，听我说，邦尼，我已经受够了。

邦尼 受够了什么?

森特 （非常愤怒地说）受够了什么?！他问受够了什么?在亚琛他们不是追得我赤身裸体地在田野里逃跑！不是我！在埃斯林根他们不是把我关进监狱里。不是你们两个必须要把我救出来！我甚至没有提到在阿维尼翁的修道院里的那个女孩。出于羞愧，我没有提到她。

邦尼 总之别再提阿维尼翁了。

森特 我没有提到阿维尼翁。我也控制着自己不提其他人，纯粹是运气好，她们才没有给我们带来麻烦。你还有脸来问我受够了什么！

邦尼 但是你看到她了吗?你有没有仔细地看看她?

森特 现在，听着，别想用这种事来哄骗我。我只是想说，如果你再把自己搞进这种困境，就不要指望我会帮你。

邦尼 （对洪克说）能指望你吗?

洪克 指望我，是的。（他微笑着指向森特）也能指望他。

森特　上帝必因我的罪惩罚我。(*他坐在井旁的矮墙上，生闷气。*)

邦尼　好吧，森特，你说的埃斯林根的事是对的。但在亚琛……让我告诉你……在亚琛……即使他们是在田野里追着我……

森特　赤身裸体，别忘了。

邦尼　我当时系着皮带的。有一天我还想回亚琛。

森特　我不会的。如果我遇到任何来自那个地方的人，我会把头藏在肩膀之间，免得他认出我。听我说，邦尼——在某种意义上我……我也算是个牧师，是不是？我是第三十次告诉你，"不可贪邻居的妻子"是十诫中最重要的一条。

邦尼　注意，十诫可不是那么简单的。"不可杀人"这条又怎么说？你也是一名士兵，你应该很清楚这就是想来一炮。

森特　那是……那是不一样的。它的意思是"你不可白白杀人"，但我们使用的是删节版本。

邦尼　就是这样。我想你们牧师已经把这十诫都扭曲了。我认为上帝真正说的是："不可杀人，除非是在公平的战斗中。"他还说："不可贪邻居的妻子，除非她长得漂亮。"但那些肥胖的教士们都懒得全部记住，所以他们只是拿出了删节的版本。

森特　嗯，我们还是应该去佛兰德斯的。

邦尼　佛兰德斯和十诫有什么关系？

森特　那里的女人没这么好看。

邦尼　正因为这个我们才没有去那里。

森特　好吧，就像你说的。(*他用一种报复的口气说着。他站起身准备走进酒馆。在门口，他转过身来使出他的王牌*)我要去玩骰子。

邦尼　哈？教士的报复！

洪克　等一下！把钱给我！

森特　什么钱？谁是这里的财务主管？

洪克　是你，只要你不开始赌博。把我们那份给我们，今晚我还想喝一杯呢。

森特　啊哈！为了喝酒——就是这样。你一到喝酒的时候就舍得用掉你的格罗特了。好吧——随你的便。但是我要用我自己的钱去赌，赢来的钱一分都不会给你。（他提起了他的长袍，露出一块打了结的手帕，里面装着钱。他解开了它）哦，你知道怎么挥霍钱。但是要说到怎么让你的钱翻倍时，哦，不！（他仔细地数着几个钱币放在他们张开的手掌里，把自己的那份咬在牙齿之间）

洪克 你哪一次能让这些东西翻倍了？

森特 在卡林西亚那次呢？哈？！

邦尼 等一下……（他假装在心里思考）卡林西亚，卡林西亚——那是属于哪个教皇？

森特 哦，见鬼去吧，你们两个。本来我也不想玩骰子！只是他在做他喜欢的事……（他玩着手上的几枚格罗特叮当作响，钱已经分完了）让我告诉你，做你们的财务主管容易得很，根本不用为了这个在神学院学习，知道吗。

贝兹卡 （拎着两个桶走进来）水来了。

洪克 水是个好东西。但现在得来点喝的了。

贝兹卡 酒？

洪克 一大壶。

贝兹卡 我去拿。

森特在庄严地划了个十字后，走进酒馆。

邦尼 等一下，你的女主人叫什么名字？

贝兹卡 你是说老板的妻子？

邦尼 还有谁？

贝兹卡 她的名字叫佩希塔。佩希塔夫人。

邦尼 佩希塔夫人。听起来不错。

洪克 （对贝兹卡说）去拿酒。

贝兹卡 你不进去吗？里面比较暖和。

洪克 不了，我不喜欢周围有墙。

贝兹卡 那你住在哪里？

洪克 哦，这里和那里。（他环顾四周）哪里都行。

佩希塔 （走进来）贝兹卡——厨房里没有水了。

贝兹卡 我来了！（她拎着一个桶消失在酒馆里）

洪克解下了皮带。他拍拍灰尘，小心地在贝兹卡留下的桶里洗匕首的柄。

邦尼 （转向佩希塔）我的祈祷有了回应。

佩希塔 你在祈祷？

邦尼 全心全意，向所有雇佣兵的守护圣徒。守护圣徒完全清醒着，没有在云上打盹。他听到了，你就来了。

佩希塔 我没有来。我是去叫贝兹卡。

邦尼 但现在你在这里了。至少我能知道你的名字吗？等等——让我猜猜。贝拉。不，那还不够。布兰卡，或者甚至是……佩希塔？我敢打赌你的名字叫佩希塔。佩希塔最适合你。

佩希塔 有人告诉你了。

邦尼 当然，是我的心。

佩希塔 我想你的心有点爱幻想。

邦尼 但这是一颗从未有人看透过的心。美丽的佩希塔夫人——我会用那个名字来叫你，即使它不是你的名字——

贝兹卡 （从酒馆里拿着一壶酒匆匆走进来）这是酒。

佩希塔 不要那样到处乱跑，你会把它弄洒的。

洪克 把它放在井边。（他已经把武器擦干了，现在正小心地用水冲洗眼睛。）

邦尼 美丽的佩希塔夫人，在那棵大山毛榉树的那边，我发现了一些你不知道的东西——尽管你已经在这里住了很长时间。

佩希塔 在山毛榉树那边？（她非常了解邦尼在想什么）你能发现什么东西？我要去厨房看看他们是否有事找我。（她回到酒馆去）

邦尼 （对洪克说）有那么多的地方——你就非得在这里闲逛吗？

洪克 这里离喝的更近一点。

贝兹卡 （对邦尼说）先生……你怎么知道那只獾的事？

邦尼 什么獾？

贝兹卡 在山毛榉树那边有个窝的那只。我以为只有我知道它，而你才刚到这里……

邦尼 是的，当然……在山毛榉树那边。你懂的，我知道那只獾在那儿，因为我要给他捎个口信。从他哥哥那里，离这里只有骑马一天的路程。他说“当你到了那家有一个漂亮的打水姑娘的酒馆”……这个点子不错，那只獾。是的，我想我得去那里看看獾。（他往山毛榉树走去）

洪克从壶里直接喝了一大口酒。

贝兹卡 （盯着邦尼的背影看）我很傻，是不是？

洪克没有回答。他只是坐着，偶尔从壶里喝一口酒，百无聊赖地盯着眼前的东西。喝酒使他有点麻木。

贝兹卡 （有点伤心起来）你说……他为什么要对我撒谎？

洪克 只是练练手。就是这样。

贝兹卡 但他为什么要对我说瞎话呢？（突然她笑了起来，她的情绪变化很快）你喝得太快了。

洪克 我是喝得太慢了。谁在里面演奏？

从酒馆里传来管乐器的声音——长笛或是铁皮哨子。或者也可以不仅仅是一件管乐器，而是几件乐器。

贝兹卡 一个盲人。他在这里等着商人们来。（她朝邦尼离开的方向看了看）明天你们要骑马走了……我想和你们一起去。

洪克 是的。也许你很傻，是不是？

贝兹卡 阿奎塔尼亚。

洪克 你会嫁人的，然后你就会忘记了。

贝兹卡 （突然大笑起来）谁会愿意娶我？这附近的每个人都知道，老板每晚都来我这里。

洪克 这只猪。

贝兹卡 哦，不，他是个好人。我的父亲被杀时，他把我带到了他的家里。是强盗，在蓝色峡谷，十字帮。他们现在已经不在了。

洪克 有其他人取代了他们。

佩希塔离开了酒馆，她环顾四周。她在洪克背后，但他不必回头就知道她在那里。

洪克　（打了个手势）他去了那边，去了大山毛榉树那里。

佩希塔　谁?

洪克没有回答。

佩希塔　这是个美好的夜晚。我想，商人们今天不会来了……

洪克　也许他们被伏击了。

佩奇塔　别再吓我们了！（对贝兹卡说）你在这里做什么？水已经够了吗?

洪克　（阴沉地说）足够了。但是酒有点少。

贝兹卡　我去拿一些来。

洪克　稍等一下。

壶里还剩下几滴酒。

佩希塔　真是个美好的夜晚。早上会有霜冻的。好吧，我还是去看看，看看那些阿拉伯人到底来不来。

她向山毛榉树走去，贝兹卡静静地注视着她的背影。一根低音管发出奇怪的尖啸声。

贝兹卡　他们会吵醒他的。

洪克　谁?

贝兹卡　獾。每年这个时候獾都在睡觉，是不是？冬天来的时候睡觉，然后在春天醒来，这不是很好吗?

洪克　是的，会的，是不是?

贝兹卡　而他们会把它吵醒。

村里的治安官走了进来。

治安官　贝兹卡！佩希塔夫人去哪儿了?

洪克　那边。（他没有指向山毛榉树，而是相反的方向）

治安官　我明白了。（朝那个方向看）她穿着皮毛，是不是？那件海狸皮毛，是吗?

贝兹卡　是的。

治安官 是的，是的。（对洪克说）那个长着胡须的家伙呢？留着像钓鱼竿一样的小胡子的那个？

洪克 （直到现在他才转过身来面对他。他默不作声地看着他，然后又转过身去）他也朝那边走了。（他又指向相反的方向，好像在指挥交通一样）

治安官 （吐了口唾沫）当然。（转向酒馆的方向）还有那个傻子，不看好他的妻子……你以为女人会怎样？（他离开了，以一种不引人注意的方式向洪克指示的方向走去）

贝兹卡 我也想成为一个男人。

洪克 为什么？

贝兹卡 如果我是个男人，我会做个强盗。真是有意思。他们杀了我爸爸，我却想成为……（她陷入沉默，低下头，然后用低沉但坚定的声音补充道）我想要在大路上骑马，抢劫，谋杀，到处放火。我是个坏女人，是不是？

这一次，也是第一次，洪克把头转向了坐在井边的矮墙上的贝兹卡。他慢慢地伸出颤抖的手，抚摸着贝兹卡的头发。

贝兹卡 怎么了？

洪克 没什么。

有一段时间笛子的声音变得更响了，因为酒馆的门被打开了。是森特。他没有系腰带，而且他的长袍松开着。

森特 又在酗酒？

洪克 还没有开始呢。

森特坐在矮墙上，贝兹卡已经为他让出了地方。洪克慢慢地转向他。

森特 你瞪着我干什么？

洪克 （拎起了森特的长袍的下摆——与此同时，森特试图藏起他的腿）你的靴子也没了？

森特 （意识到试图掩饰自己的倒霉是无济于事的，就露出了他肮脏的光腿）靴子也没了。

洪克 如果现在至少是春天就好了……

森特　（从愧疚转变为攻击性的语调）又不是我想玩骰子的。

洪克把手伸进了自己的短上衣，打开了一块装钱的破布。他给了森特一枚钱币。

森特　这不够。

洪克　我不会再给你了。邦尼会再给你一个钱币，但他正忙着呢。

森特　但即使这样也不够。我把那头驴输掉了。

洪克　（吹了个口哨）一个手无寸铁的雇佣兵，没有靴子，甚至没有驴。哦，你肯定会被人雇用的。你可以被雇来做个听忏悔的牧师。

森特　（非常沮丧地说）我们本来应该去佛兰德斯的。

贝兹卡　你刚才是在跟狗腿玩吗？

森特　和那个老头一起。

贝兹卡　对，那就是狗腿。（她用一种意味深长的眼光从一个人看到另一个）

森特　那又怎么样？

贝兹卡　（沉默了一会儿，然后耸耸肩）我什么也没说。

洪克　（心领神会地说）啊。你用什么骰子玩的？

森特　向老板借的。他们看起来很诚实。

贝兹卡　我去拿点水。（她意味深长地说。一切都很清楚了）

洪克　是的，去拿点水。那是最好的。（他站起来准备好他的装备）

贝兹卡拎着水桶离开了。

森特　我确实有一点想法……（他的脸突然亮了起来）我们要叫上邦尼吗？

洪克　我们必须要叫。（他把手指放进嘴里吹了一声奇怪的口哨，听起来像猫头鹰）

森特　（还是对邦尼感到不满）我更愿意在没有他的情况下解决整件事。

洪克　（抱歉地说）他们人很多。

邦尼　（跑了进来，他的手握着匕首）发生什么事了？

洪克默默地指着森特。邦尼平静了下来。

邦尼　这是可以预料到的。你就是为了这个召唤我？你很清楚我在……（他朝着山毛榉树做了个手势）

洪克　他把他的那头驴输掉了。

邦尼吹了个口哨。

森特　当然是骰子做了手脚。

邦尼　（他伤心地看了一眼山毛榉树那边，然后系紧皮带）那么我们要去吗？

森特　是的。

他们冲向酒馆。他们是专业人士，他们的动作突然变得准确、有目的和协调一致。洪克和森特以墙为掩护，轻轻地打开入口两边的窗户，邦尼在门口等着他们。佩希塔从山毛榉树那边走过来。

佩希塔　有什么事吗？

邦尼　我们只是……我们手头有点活，马上就回来。

他们进了酒馆。佩希塔掩藏起她的愤怒，她坐在井边的矮墙上，显然在想着山毛榉树下的美好时光，因为她开始轻轻地唱歌，脸颊对着月光。

佩希塔　（开玩笑地说）獾，獾。

笛声仍然从酒馆里传来。过了一会儿，门被砰的一声推开，可以看见老板正坐在一把大扶手椅里。

老板　哦，你在这儿呢。太好了。坐在这儿别动。

佩希塔　为什么？

老板　为什么，为什么？！你就坐下，不要问问题。我不会让他们弄坏我最好的家具。他们不会从你的屁股底下把它抢走吧，我希望。

佩希塔　又来了？

老板　那三个人去玩骰子了，跟狗腿玩。他们三个一起，真是肮脏的工作。（他咆哮着，在舞台上来回奔跑）卷毛头！飞毛腿！当然，再自然不过了——只要牌局上打起架来，仆人们就都消失了。

笛声加快了节奏。治安官在他徒劳的探索之后回来了，老板向他猛扑过去。

老板　治安官也是！你到底去哪儿了？你应该在里面的。那三个人想跟老狗腿玩骰子。

治安官　这么美好的一个晚上——为什么要在酒馆里浪费时间呢？我说得对

吗，佩希塔夫人？

老板　去你的美好的晚上吧！天冷得要命！防止打架是你的责任！作为治安官……

治安官　（挥动他的手）里面的人已经够多的了。别忘了，作为王室治安官，我也有责任确保人们不玩骰子。

老板　你之前就应该管管这件事了。狗腿是你的助手，不是我的。

治安官　但是骰子是你的。长久以来，我都怀疑你从赢的钱里拿了好处。如果你不去弄骰子，好好照看你的妻子就好了。

老板　妻子可以照看好自己，但酒馆可不能。

佩希塔　呼！说的什么话啊？

老板　你闭嘴，坐着别动。已经开始了。（对治安官说）你要进去对付他们吗？

治安官　就像我说的，他们人已经够多了……

老板　卷毛头！飞毛腿！晚饭的时候你总能见到他们。但只要有鼻尖那么一大点的事的时候，他们就像被大地吞掉了似的不见了。一点忙也帮不上，我就自己进去吧。（对佩希塔说）你坐着别动！

酒馆里的喧闹声越来越大，甚至好像要动摇这里的大地。但是盲人吹笛手继续吹着，现在是一种狂野的舞曲。老板划了个十字。最后，他鼓起足够的勇气，沉重地走进酒馆。

治安官　你怎么会穿着海狸皮毛？

佩希塔　（嘲弄地说）阿拉伯人要来了，是不是？无论如何，天气很冷——还是说是变得越来越热？

她这么说是因为老板又出来了，正好及时为一个一头撞出门外的村民让路。其他人被从窗户扔了出来。现在我们知道为什么刚才洪克和森特打开了窗户。这里是一个机会，编舞可以设计一个更像室内音乐的版本。不一会儿就有多达七个人被赶出了酒馆。然后邦尼从窗口跳了出来，立刻背对着墙做出了警戒的姿态。洪克出现在门口，抓着老狗腿的腰带拖着他。

老头　（尖叫着）我都会还给你的！我说过我都会还给你的！

洪克毫不留情地把他甩在酒馆前面。他的后面跟着森特，手里拿着自己的靴子。森特立即坐下来穿上靴子。

森特 我找到靴子了。你最好把剩下的也吐出来。

邦尼 （懒洋洋地把头转向一个想从后面抓住他的村民）我能看见你。如果你以为我看不见你，那你就错了……

突然，他的手里出现了一把匕首——没人知道它是怎么出现的。乐手不再吹奏了。突然一片寂静。

邦尼 先生们对冰冷的钢铁的碰撞感兴趣吗？都可以。（对洪克说）有没有听到志愿者的声音？

洪克 我没有——但也许是我的听力不好。

邦尼 （对从酒馆里出来的盲人吹笛手说）你刚才演奏得很好。我欠你一分钱。

盲人用笛子吹了个口哨感谢他。

森特 （已经穿上靴子了。他向仍四仰八叉地躺在地上的老头说）把我的那些格罗特还给我。

老头 什么？你说什么？

森特 这个人肯定是耳朵不好。把那些格罗特还给我。

老头 本来就只有一个。只有一个。

森特 那就把它还给我吧。

老头在他的夹克里翻了很久，最后找出一个格罗特的钱币。

老板 这是一家和平而诚实的酒馆。我们不能容忍在这里打架。

邦尼 我可以问问你在哪里看到在打架吗？（对治安官说）作为一个王室治安官，你这里可没有多少法律和秩序。哦，是的——国王遥不可及，只有这个白痴是你唯一的助手。

治安官 这里的每个人都知道狗腿在玩骰子时会作弊。我们是想知道，也许，你赌博输的东西里是不是会有强盗最近从商人那里抢来的东西。

邦尼 我懂了。那你发现了吗？

治安官 （抱歉地笑）嗯，你懂的……你说的阿基塔尼亚，谁知道这样一个地方是否存在？

贝兹卡 （她拎着一个桶静静地走进来。现在她脱口而出）存在的！

治安官 没有人问你。

森特 （靠近仍然坐在扶手椅上的佩希塔）你，哦，漂亮的女士，请抬起你那像孔雀尾巴一样的睫毛。（大家都很安静。他胜利地看着邦尼。邦尼大笑起来。）

洪克 这家酒馆里还剩下什么吗？我渴了。

老板 仁慈的上帝啊——水房里有人吗？飞毛腿！卷毛头！

大家都放松了下来。村民们慢慢地走回酒馆，留给了我们的朋友们一个很大的空间。

邦尼 （对佩希塔说）王冠才配得上你。你身后应该有两个男仆搬着这把椅子到任何你要去的地方。

佩希塔 你说得太过了，好先生。我只是一个酒馆老板的妻子。

老板在幕后大喊："飞毛腿！卷毛头！"

治安官 马托哈领主！

在舞台脚光的附近，出现了一个高个子男人。他大约50岁，有一头铁灰色的头发。他倚在舞台的侧翼，显然是精疲力竭。

佩希塔 马托哈领主！发生什么事了？

马托哈 德斯拉夫偷走了我女儿。

治安官 什么？

马托哈跪了下来。我们现在可以看到他的头上有血，但他像公牛一样咆哮着。

马托哈 我告诉你，德斯拉夫和他的人在蓝色峡谷袭击了我们，绑架了我的女儿！而你——不要只是站在那里张大嘴巴。做点什么！你是治安官！

佩希塔已经赶到他身边，正帮着他站起来。

治安官 但我能怎么办？毕竟，我不能包围德斯拉夫城堡，是不是？

佩希塔 首先，我们必须得照看一下你的伤口。来吧，先生，我来给你包扎。

（她带着马托哈走向酒馆）能不能来帮我一把！

剩下的几个人走了出来，把马托哈带进了酒馆。

佩希塔　卷毛头！飞毛腿！

马托哈　（对治安官说）你为什么还没坐上马鞍？！

治安官　（片刻之后，意识到他伤害了这个老人）马托哈领主，先生——他们早就回到了德斯拉夫城堡了。

马托哈　（他明白治安官是对的，他的内心似乎有什么在崩溃）你还敢称自己为王室司法的守护者！（现在他安静地允许人把自己带走）

老头　为什么要坐上马鞍？马鞍上有什么？商人们要来了。他们要来了，是不是？

治安官　（他不理睬那个老头。他极其反感，似乎很害怕）我们又要有些乐子和游戏了。但是，如果这里不能够一切都风平浪静，我们是拿不到市场的特许经营权的。

邦尼　说实话，这个故事可不是我的那杯茶。

森特　因为你不能胡扯孔雀尾巴和其他东西？

洪克　我认为偷别人的孩子是人类能做出的最可恶的贪婪行为。我们有什么喝的吗？

贝兹卡　我去拿点什么来。

森特　别去。他会喝得大醉然后造桥。

洪克　造桥有什么不对的吗？

邦尼　既然你已经把靴子拿回来了，你也精力充沛了。（对贝兹卡说）这些德斯拉夫的家伙是谁？

贝兹卡　哦，这是长期的宿仇。德斯拉夫的领主和普兰伯克的领主。可能再没人知道这一切是怎么开始的。

治安官　（哀叹道）而且看起来一切都已经风平浪静了。他们甚至好几年都没杀过彼此的仆人了。我最好去那儿——尽管我不应该在他面前太多地露面。

离场。贝兹卡和治安官进入酒馆。

邦尼 你是不是觉得这听起来很熟悉？

森特 什么？

邦尼 德斯拉夫的人。偷孩子的人。

森特 现在可不。如果要提到报酬可能会有所不同。就目前而言，如果一个男人想要来个小赌，就只有驴作为赌注。我得说做你们的财务主管是容易得很。我们能期待的最早的预付款是在特伦钦，在斯洛伐克那里。不会更早了。

邦尼 好吧，森特，你真的是赶着我们到处走。去佛兰德斯，然后去特伦钦……

森特 但是因为谁呢？！你认为我就不喜欢把剑插在地上，抬起双腿什么都不做吗？

邦尼 但是你能怎么谋生呢？除了如何把冰冷的钢铁刺进别人的肚子，你还知道什么？

森特 你总能找到某个工作的。你可以偷别人的女儿，比方说……

洪克 想象一下……在一个小镇上当法警……

森特 （也在白日梦）住在一个有教堂和神职人员的小镇上……

洪克 ……你所要做的就是每隔一晚处理几个酒鬼……

森特 只是在一两个月后，他的喉咙会被一群戴了绿帽子的割断。（他当然指的是邦尼）

洪克 谁知道呢？也许他会结婚，某个雇佣兵会追求他的妻子。

邦尼 （大笑）哈！我会喜欢那个的！上帝保佑，我会喜欢那个的！

贝兹卡 （走进来）这是酒。

洪克 那我们就喝吧。

贝兹卡 （对洪克说）他们说你造桥是什么意思？

洪克 没什么。我只是造桥，连接两个河岸。（他双手相连）

森特 喝了这些新酒，到早晨他可能会在多瑙河上造起两座桥。

洪克 （微笑着说）两片土地相连，桥墩跨越河流。

盲人从酒馆里出来了。邦尼走近他。

邦尼　听着，你能为一个漂亮女人演奏点什么吗？为了让她有浪漫的心情，明白吗？你知道什么是漂亮女人吗？你一辈子都没见过这样的人——还是说你见过？

盲人把他的乐器放在嘴唇边，奏出一段悠扬而柔和的旋律。

邦尼　（他很起劲）他知道！他知道一个漂亮女人长什么样！

森特　看看他！邦尼——我敢打赌你从来就没有退学过。你是因为缠着系主任的妻子而被开除的。

邦尼　（对吹笛手说）来吧——我带你去你要演奏这个的地方。不是现在，在适当的时机到来时……

他们走向山毛榉树。

贝兹卡　（对洪克说）你要怎么造这些桥？

洪克　在我的心里。

贝兹卡　（大笑）在你心里？可能吗？

森特　（表情严肃地说）他不是砖瓦匠，你懂的，他是个建筑师。

洪克　闭嘴。

森特　那好吧。我一个字都不说了。要做你们两个的心灵导师可是一项伟业，即使是大天使米迦勒也做不到。你们中的一个喜欢女人，另一个喜欢喝酒。

马托哈　（从酒馆里出来，手里拿着一块沾满鲜血的脏布）嘿，你们三个——我想和你们谈谈。

洪克慢慢地站起来，和森特交换了一下眼神，然后拍拍衣服上的灰尘。他们站在一起。

洪克　什么事，先生？

马托哈　我听说你们是打架的好手。我想雇你们。

森特　（对着幕后的某个地方大喊）邦尼！

马托哈　（对跟着他的治安官和老头说）你们两个给我消失，让我单独和他们在一起。

贝兹卡已经拎起了她的水桶。治安官和老头退回酒馆里去了。

马托哈　你输掉的所有东西都可以拿回来。这里的每个人都知道那个老狗腿作弊。

森特　谢谢你，先生，但我们已经自己动手了。

邦尼走进来。

森特　嗨，邦尼——这位先生想雇我们。

邦尼站在另外两人的前面，他们之间显然有着分工的体系。

邦尼　雇？为什么？

马托哈　你什么意思——为什么？

邦尼　你为了什么想雇用我们？

马托哈　我要你们把我的女儿带回我在普兰伯克的城堡。德斯拉夫的赫瓦尔偷走了她，据我所知，他现在在他的城堡里。把她带回普兰伯克，不管用什么方式。

邦尼　活着的？

马托哈　（抬起头，受了惊吓。即使是这样一个可怕的问题，他还是用坚定的声音回答）不管用什么方式。（之后他觉得最好还是坐下来，也许他的伤口在抽痛）她十七岁。你很清楚当恶棍抓住一个十七岁的女孩时会发生什么。带她回普兰伯克。或者至少，搬她回来。

邦尼　这个普兰伯克是什么？

马托哈　我的城堡。我是普兰伯克的马托哈，如果他们之前没有告诉你的话。

邦尼　（依次看着另外两人，他们耸耸肩）我们接受这项工作。这个人会协商细节。

森特　（走上前）多少钱？

马托哈　（上下打量着他们）这里没人认识你们。你们可以假扮成旅行者去德斯拉夫。

森特　交给我们吧，先生。多少钱？

马托哈　随便你要多少。

森特　（吞吞吐吐地，舔着拇指，假装在做初步估计）每个人三十个格罗特，一共是四个二十加上十个。

邦尼和洪克彼此看看，显然这是一个高得离谱的价格。

马托哈 你们可一点儿都不便宜。

森特 哦，但我们值得这个价。哦，我差点忘了——我们想再要一匹马。

邦尼和洪克反感地退后一步。

马托哈 （停顿了一会儿）你们想要的一切都会有的，甚至比你们所要求的还要多，如果你们能够成功的话。

森特 工作完成后再支付全部款项。我们没有必要签合同。你有着一张诚实的脸，而且反正我们也没有印章。如果你有什么关于这桩生意如何执行的建议，邦尼会负责处理的。

马托哈 如果我有什么好主意的话，我就不会雇用你们了。但是这里谁也不认识你们，也许你们可以进入德斯拉夫。他们可能不会把过路人赶走吧。

洪克 我不喜欢。

邦尼 你不喜欢什么？

洪克 以客人的身份进去然后……

森特 我们要从他身上榨取什么吗？我们只会拿走他拿走的东西。

洪克 （耸耸肩）我可不是心灵导师。

邦尼 我们会自己解决这些问题。你不必在马托哈领主面前谈论这个。

马托哈 你们是我唯一的希望，尽管是很不幸的希望。只有上帝知道这有多不幸。他们可能会在德斯拉夫把你们拒之门外。他们知道，现在我会千方百计地把我的女儿救回来。他们会把自己锁在城堡里……即使他们让你们进去，他们也不会让你们看到贝丝，是不是？

邦尼 如果我们抓住他会怎样？如果我们把德斯拉夫的领主带回到你的普兰伯克会怎样？当然，不是要代替你的女儿。但是他们会放了她的，如果知道他们的主人……

马托哈 那可能有用。但他有四十个人，不带着他们，他一步也不会动。

森特 （提出一个建议）我们可能会这么做——就像在布鲁日时一样。

邦尼 不，那不好。

森特 或者……就像在波代诺内附近的堡垒里那样？

邦尼 他会去打猎吗？那个赫瓦尔？

马托哈 他现在不会去的。你不明白吗，你们一定要找回贝丝，或者至少是那个人，就是今天，就是今晚……否则……

森特 刚才可没有提到这个。再加三十个格罗特。

马托哈 （大喊）你会拿到钱的！但是看在上帝的分上，做点什么吧！

邦尼 做点什么却不知道到底做什么——那可不好。如果他们在德斯拉夫会放人进去的话，他们在晚上也会放他进去的。在晚上更应该放进去，我们只是在黑暗中迷了路。那里离这儿远吗？

马托哈 骑马一个小时。（灰心丧气地说）不过——所有这些都完全是废话。他们在晚上是不会放你们进去的，这块地方不安全。

邦尼 如果是一个更高贵的客人会怎样？他们一定会把他带进去的，原因正是因为大路上不安全，会让人毛骨悚然。

森特 你要去哪里找这样一个更高贵的客人？

邦尼 这个嘛——列日的主教如何？

一段长长的停顿。

森特 （坚决地说）我不会做主教的！

邦尼 从前在布拉格，哦，那是很久以前了，有一位圣维特大教堂的咏礼司铎，他去耶路撒冷朝圣。在返回的路上，他遇到了洛迪的主教，还是托迪的主教？不管怎样，他带着他去了布拉格，在那里，这位好主教任命了许多个牧师。后来有一天，这位主教不见了。他们以为是有人绑架了他，所以他们派了一些人到托迪那里去看看他会不会有可能到家了。结果真想不到，主教是在那里，健健康康的。只是他从来没有去过布拉格，也没有去过耶路撒冷。那位圣维特大教堂的司铎，那个带回假主教的人，他的名字是“蠢驴牧师”。也许就是因为这个原因，人们一直到今天还在讲着这个故事。

又是一段停顿。

森特 即使那个司铎的名字是圣灵，我也不会做主教！

马托哈站起来，一声不响，疲倦地朝酒馆走去。

邦尼　嘿，等一下，你要去哪里？

马托哈　我真不知道为什么我会以为你们能帮助我。

森特　合同是有效的。

马托哈　你们没有意识到这些人绑架了我的孩子。你们只是在讲有趣的故事。

卷毛头　（走进来）他们来了！他们来了！

马托哈　（异常迅速地做出反应）谁？商人们吗？

卷毛头　是德斯拉夫的人。德斯拉夫的赫瓦尔和一整队人。

马托哈　无耻的猪……把那把匕首给我！（转向森特）

森特　（后退）小心点。也许我会用得着它。

邦尼　别插手，先生。都交给我们吧。

与此同时，酒馆里又有一阵小骚动。治安官、老头和酒馆里的其他人从门口涌了出来。可以听到许多匹马的马蹄声。

马托哈　谁来给我一把匕首！

治安官　马托哈领主，先生，你一定是疯了。那个人带着他所有的人马都来这里了。

马托哈　你是王室治安官，我要求你立刻逮捕他。

治安官　（无助地耸耸肩）马托哈领主——先生……

马托哈　你们这些老鼠！胆小的老鼠，你们一群人都是！（他走到舞台中央，然后坚定地站起来面对迎面而来的马匹。）

老头　（低声抱怨）他说我们是什么？他说我们是什么？

没有人回答他。

赫瓦尔　（仍在幕后）都坐在马上不要下来。这里没有阿拉伯人！

邦尼做了个手势，示意他的小团体靠边站。马托哈站在舞台中央，酒馆里的人大都站在靠近墙壁的地方。只有治安官带点犹豫地走近马托哈，看上去他完全不喜欢自己的职务。德斯拉夫的赫瓦尔走进来。他还是个年轻人，比我们之前看到的任何人都穿得更体面。他身后是四个大个子的保镖。但也许导演可以用木杆、马、头等来表现“全部四十个人”，赫瓦尔的保镖也可以用芭蕾风格来呈现。作者只是要求用严肃的态度来处理这些元素，至少目前如此。我们的编舞朋友以后会有机会的。当然，在“更宏大的版本”中可以有行进的马匹，而在比较简单的版本中，更可能是用一个音乐主题，或者至少是一个合理的隐喻来指代。作者为了那些经常打断行动的括号，以及他对舞台导演变量的干预而表示歉意，他现在谦虚地回到了四名保镖的简单版本。赫瓦尔看起来很高兴，加上他背后的四个人正在密切注视着其他人的每一个动作，他看起来也相当傲慢。

赫瓦尔 在哪里都没有商人，看起来。（转向治安官，显然忽视了马托哈）还是说他们又被袭击了？我需要那些阿拉伯商人。我想买一件礼物，为一个漂亮的女孩买一条绣花围巾。

马托哈 我跟你说，逮捕他。

赫瓦尔 （对马托哈说）我替他回答你。国王遥不可及，只有这个白痴是他唯一的助手。

马托哈 以国王的名义……

赫瓦尔 以国王的名义？有人敲了你的头还是怎么的？还是说，是在蓝色峡谷里的人？

马托哈 （几乎无法控制自己）她在哪里？你把她拖到哪儿去了？

赫瓦尔 谁？

马托哈 贝丝在哪里？

赫瓦尔 在德斯拉夫城堡等我。我告诉过你，我需要一份礼物。要知道，我真想不出来，你这难看的嘴脸怎么会有这么漂亮的女儿。

马托哈想要扑向他，但四个德斯拉夫的手下立刻制止了他。

赫瓦尔 等一下！（把他的保镖推开，站在马托哈面前）我自己来处理。那么，你刚才在说什么？来吧，普兰伯克的马托哈——你刚才在说什么？

马托哈朝赫瓦尔的脸唾了一口，但赫瓦尔受过战斗的训练，及时退到一边。

有一段停顿。保镖们在等待他们主人的命令。

赫瓦尔 你真幸运。你真的太幸运了。

马托哈冲向前攻击赫瓦尔。保镖们动了，但赫瓦尔大喊。

赫瓦尔　我告诉过你们我会自己处理的！（他抓住马托哈的上臂）

两人都是面红耳赤，用尽全力。洪克走向他的新主人，向他的朋友们投去一个疑问的眼神。邦尼摇了摇头，示意他回来。洪克耸耸肩，退了回来。与此同时，赫瓦尔制服了马托哈，迫使他跪下。保镖们很满意，退到了赫瓦尔背后。马托哈跪在地上，赫瓦尔站在他上方。

赫瓦尔　就是这样了。你还要别的吗？都可以。

马托哈　（他慢慢地站起来，蹒跚地向酒馆走去。治安官很快就跟上去扶着他）我会找到你的。我会把你找出来，德斯拉夫的赫瓦尔，即使你藏在地底的最深处。总有一天我会在你没带着手下的时候找到你的……

赫瓦尔　我知道你想说什么……

马托哈　如果贝丝出了什么事……

赫瓦尔　我可以向她转达你的问候和祝福吗？

马托哈没有回答。他只是怒目而视，无能为力是最难受的。

佩希塔　来吧，先生。来吧，忘了他吧。

马托哈让人把自己带到酒馆里。大家都放松了下来，只有德斯拉夫的赫瓦尔看起来仍然怒气冲冲的。

治安官　（最终下定了决心）这毕竟不是件好事，德斯拉夫领主。绑架孩子一点也不好。

赫瓦尔　（对他露出讥笑）唉，但它是好事。你会很惊讶的，治安官。这一点也不会令人不快。（他突然咆哮起来）你们都在发什么呆？滚开——这里没什么好看的。

这些人消失在酒馆里和酒馆后面，尽量不马上逃走，至少保持住他们的尊严。

治安官　（也试图保持他的尊严）是的。嗯，你在发什么呆？

赫瓦尔　还有你——如果商人们来了，你就给我捎个信儿。派一个骑马的人去德斯拉夫城堡。

舞台现在几乎空了。只有洪克、邦尼和森特留了下来。治安官也去了酒馆里。赫瓦尔对着三个朋友大发雷霆。

赫瓦尔　你们呢？你们是例外吗，是不是啊？

邦尼走上前。保镖们明白这三个不是村里的人，他们站好了自己的位置，显然明白自己的工作职责。

邦尼　我们想请求您的帮助，先生。寻求帮助，找个休息的地方。

赫瓦尔　你是谁？我以前从没见过你。

邦尼　我是列日的圣戈迪瓦大教堂的司铎。我知道我看起来不像。因此，请允许我作一个简短的解释。

赫瓦尔　你看上去真的不像教会的显要人物。你最好有个好说法。

邦尼　我在陪同我的主教前往耶路撒冷。我们已经上路一年半了。所以不要诧异于我看起来像个游侠骑士，而不像个神职人员。

赫瓦尔　我觉得，你看起来更像个雇佣兵。

邦尼　简单的装束是我们去耶路撒冷朝圣的一个条件。忏悔需要谦逊。

赫瓦尔　我必须得承认，我一点也没听懂。你的这个主教在哪里？我用得上一位主教。我在德斯拉夫城堡会需要一位主教。

邦尼　（指着森特，介绍他）列日的主教。不要被他的方济会的袍子所误导，我会解释一切的。

森特无可奈何地走上前，试图表现出他认为的主教可能的行事方式。

邦尼　我们仁慈的主教被魔鬼引诱进了罪恶的陷阱。这是十诫之一，之前他没有意识到这是如此神圣。我指的是那条关于邻居的妻子的。列日城的民众有些愤怒，这自然不符合我们神圣教会的利益。

赫瓦尔　你说话的确不像个雇佣兵。

邦尼　决定核心性质的可不是外皮，先生。有一天，民众甚至追赶着主教穿过田野，那种状态……好吧，没有穿得太多……

森特划了个十字。

邦尼　……他不喜欢听人提起这件事。但如果我要阐明一切，我就不能保持沉默……

森特又画了个十字，咕哝着说了些什么，也许可以当成是祈祷。

邦尼　……因此，大主教阁下决定，我的主人只有到我们救世主的墓前谦卑地朝圣，才能赎清他的罪过，他得穿着简单的方济会的服装，由一个仆人（指着洪克）和我自己来陪同。我代表教堂的全体教士，监督这一忏悔行为的正确执行，并且在路上，在有必要时，防止尊敬的主教再次被欲望和罪恶诱入陷阱。我必须说，事实证明我的任务的确不是一件容易的事……

森特　（他再也忍受不下去了）我告诉过你让德斯拉夫的领主给予我们款待。我没有让你来描述我的罪过。

邦尼　我必须——阁下，我只是必须解释一下为什么我们看起来像现在这样。

森特　我现在告诉你闭嘴。（他意识到他的话不是一个主教该说的话，就用他的十字架给邦尼祝福，来弥补这一点）德斯拉夫领主，的确——我之前想在我们的旅程中一直像一个普通的方济会修士，但在这个地方有一股盗窃的味道，似乎渗入了人的血液。最后，现在我想起来了，我们已经在返回的路上了。上帝在他的恩典中一定已经忘记了我的罪，也许在托迪也被忘记了。也许我们也可以在不用与爬虫为伴的情况下过夜，可以作为上流人士的客人。如果您愿意款待我，我教区必将表达感激之情。

赫瓦尔　你是个奇怪的主教。

森特　（非常谦逊地说）我是一个忏悔的主教。我们的人数是很少的。

赫瓦尔　好吧，好吧。我可以用得上一个主教，即使是一个罪过都埋到了他的脖子的。但你必须马上出发。

森特　方济会的誓约使得我们随时都准备好。（转身对洪克说）牵我的马来，别再拖拖拉拉地，骑上你的驴。

邦尼　（责备地说）阁下！哪怕只接受一次款待，也可能会违反赎罪的条件。但是关于驴……（向赫瓦尔解释说）主教发誓说要骑着一头小驴进入耶路撒冷的大门。现在，这头驴已长成一头名副其实的蠢驴了。

森特　好吧——就按你自己的方式来吧。我们把酒馆的账结了就走。

赫瓦尔　我们会等你们的。

他和他的四个保镖离开了。

洪克　（对着酒馆大喊）老板！（他等着赫瓦尔离开，然后转向他的朋友们）上路吗？

森特　就像在布鲁日时一样，我告诉过你！

邦尼　（对森特强调地说）你是列日的主教，不是托迪的！布拉格的那个是来自托迪！而且不管怎样，这不是从耶路撒冷到托迪的路！

森特　（他朝着赫瓦尔离开的方向看去，用手轻描淡写地做手势）反正他也不聪明。

老板进来了，后面跟着佩希塔，过了一会儿治安官也跟了进来。在舞台的另一边，有一个人走了进来。是贝兹卡，拎着她的两个水桶。

邦尼　（对酒馆老板说）我们明天回来结账。如果我们不能回来，哦美丽的女士，请为我们的灵魂祈祷。

老板　那时候谁来付账？马的饲料……

森特　普兰伯克的马托哈领主会付钱的。我们出发吧。（对邦尼说）我不会忘记关于我赤身裸体跑过田野的那一点。

洪克　我也不会忘记你的驴子戏法。

佩希塔　先生！

邦尼　我？

佩希塔　对。

她走上前来，但与其他人保持着距离。邦尼走向她。

佩希塔　你会回来吗？

邦尼　我会回来的。

佩希塔　带我一起去，但别回来了。我想离开这里。

邦尼　（经过一段时间的思考）多么美妙的想法！我一回来，我们就在早上谈谈这件事。但是现在……（他鞠了个躬，走向他的朋友们）这些人的马厩在哪里？

森特 是你去过那儿——不是我。你说你去看马匹被照料得怎么样了。

离场。

治安官 （对老板说）你注意到了那个吗？你怎么说？

老板 当然我注意到了。我很高兴，是的。当像这样的顾客要明天回来付账时，我总是喜出望外。但当他们的皮带上插满了刀子之类的东西时，我还能说什么呢？

一段时间的安静。贝兹卡拎着她的水桶穿过舞台，把它们放在井边。在酒馆后面的某个地方，吹笛手演奏着他的情歌。

治安官 （对佩希塔说）那到底是怎么回事？别以为我没注意到你对着那个小胡子抛媚眼。

佩希塔 这跟你有什么关系？

治安官 （对这句话大吃一惊）这的确跟我有关系，是不是？

佩希塔 她不回答，而是用她披在肩上的皮毛裹紧了自己。

治安官气呼呼地离开了。可以听见笛子的声音……然后他的曲调被木制马匹和驴子的小轮子发出的刺耳声响打断了，也或者这两匹马和一头驴的头出现在墙头上的某个地方。我们的三个伙伴正在用口哨吹着他们的士兵之歌。

贝兹卡 （好像在自言自语）他们要走了……

赫瓦尔 （在幕后大声发号施令）部队，前进！

我们听到——也许只是音乐——赫瓦尔的那队人离开时的马蹄声。木头的声音和／或雇佣兵们的口哨声淹没在噪音中。马蹄声渐渐远去，剩下的只有笛子的安静的曲调。

佩希塔 天要下雪了。雪会把一切都覆盖起来。

贝兹卡 也许根本就没有阿奎塔尼亚。

佩希塔 什么？

她问得心不在焉，也没有想得到回答。没有回答。佩希塔走回酒馆，但在路上停了下来。

佩希塔 我说，在那棵山毛榉树的那边有只獾和它的窝，必须用烟熏掉。你听见了吗？

贝兹卡 （低下头）是的。

落幕

虽然我写“落幕”是因为我更喜欢那种安静的室内音乐一样的版本，但我也可以想象导演安排鼓声突然响起，舞台上涌进一大群穿着阿拉伯长袍的“骑手”。木杆上举着马头，也有几个骆驼头。阿拉伯商人已经到了。至于《绅士风度的士兵之歌》，我希望它的主题是可变的，可以变成一首情歌，以后再变成王室的号角齐鸣。简而言之，音乐最好是由“一个单体”组成的。《绅士风度的士兵之歌》采用东方的主题，整个舞台都在运动，直到舞者突然停止动作形成指定的队形。大家都在唱。

来自东方的阿拉伯，
负载重物定期前来，
到达了西方的城郭，
你，亲爱的朋友，来买。

舞台上再次充满了生机。酒馆的屋顶上一块茅草屋顶被抬了起来，老头朝外面看着，大喊道“阿拉伯万岁”。也许整个酒馆的人都在跳舞。也许有个足够疯狂的导演，能想到在脚光附近出现一个小个子男人，拿着上面有獾头的木杆，用绝望的喊声给故事的第一部分作个结尾：“请安静！獾有权利在冬天睡觉！”然后，剩下的就是落幕了。

第二幕

在马托哈的普兰伯克城堡的塔楼内的一个房间，坚硬而冰冷。被叫作“狗腿”的老头走了进来，后面跟着邦尼、森特和洪克，他们的肩上扛着用帆布包裹的看不出形状的一捆东西。

对这出戏的第二部分作这样的介绍当然就足够了。如果导演选择了阿拉伯人跳舞的版本，甚至是獾的版本，第二部分应该从森林的场景开始——我们别忘了森林可以起到幕布的作用——配着音乐，德斯拉夫的赫瓦尔的四十名骑兵出现，跟那群阿拉伯人不同，他们保持着队形，“骑马”上了舞台，他们的马头在时间上相互配合。（也许木杆上可以挂上小横幅或三角旗，这样它们就可以代表长矛和马匹的双重目的）也许他们会停下来一会儿，大声唱出他们的副歌：

林间空地上的公鹿和母鹿，
只能徒劳无功在地上奔跑，
我们主人和夫人跟着追逐，
我们正是他们忠实的猎犬。

舞蹈和马的行进都加速了。我们的三个伙伴，加上德斯拉夫的赫瓦尔，已经从人群中分离了出来，只是微微屈膝代表他们的速度（无论如何，选择一个非常简单的形式）。这些骑手正在离开舞台。森特说：“我告诉过你的——就像在布鲁日时一样。”他们三个人把赫瓦尔裹起来，扛在肩上。他们通过一块侧面的布景离开舞台，这样他们就可以在马和驴离开舞台之后进入房间——在音乐伴奏下，一块背景的幕布缓慢上升，露出了房间。

老头 这里，把他放在这里。他不会做什么吗？他不会做什么吗？

洪克 （粗暴地扔下包裹）做？他要做什么？唷！他搬起来还有点累。（他坐在一张粗糙的桌子旁边的椅子上）

邦尼 你变老了，以前你一次可以对付这三个。

洪克 我是老了。圣诞节又来了，这个时候我们本来已经到特伦钦了。

森特 我们应该去佛兰德斯的。

邦尼 你是怎么了？

森特 没什么。

老头 什么？你刚才说什么？

邦尼 没什么。（指着森特）他什么也没说。

老头 啊哈！我懂了！

洪克 （对老头大吼）你在这儿干什么，啊？

老头 守卫。我在守卫这个城堡。城堡——这就是我要守卫的。如果你们来了，我应该要等着你们。

邦尼 马托哈领主在哪里？

老头 他会回来的，你们要在这儿等他。

邦尼 我们会等的，他还欠我们报酬。

洪克 在晚上的这个时候，他去了哪里？

邦尼 我们的运气一向这么烂，所以他很可能去做点自己的事了。他们会抓住他，把他送到德斯拉夫城堡。

洪克 这就是我们的生活，是不是？我们的工作做得很好，而那个本该付钱的人却被抓了，或者是完了。

森特 我们不要听你讲恐怖故事。你脑子里在想什么？

老头 那是什么？

邦尼 没什么。去做些守卫的工作，看看有没有人来。所有的德斯拉夫人都会追捕我们的。

森特 他们没有发现我们的踪迹，我敢打赌。一切都和在布鲁日时一模一样。除此之外，还在下雪。

邦尼 但是他们不需要找到任何踪迹。他们绑架了孩子，我们绑架了他们的老板，所以他们可能会想到绑架我们的老板也是个好主意——而且他们可能知道到哪里去找他。（对老头大喊）你在这儿干什么？去守着！德斯拉夫人可能正在准备围攻。

老头 我在去，我在去。反正马托哈领主一会儿就到。

洪克 你怎么知道的？

老头 什么？

邦尼 （挥挥手）哦，看在上帝的分上，滚吧。

老头走了。

森特 （看着包裹）不晓得为什么似乎不动了。你不是有点下手太重了吧，是不是？

洪克 （觉得受到了伤害）别胡扯了——我对这种事有感觉。

森特 没有人会愿意为了尸体付我们钱的，我还要得到马呢。（其他人正在解开包裹的结）小心点——那是我的腰带。腰带，那是。

被包裹起来的物体当然是德斯拉夫的赫瓦尔。到目前为止还没有生命迹象。

洪克 他会好好地醒过来的。

森特 （拍打赫瓦尔的脸，到目前为止没有任何效果）嗯，我得说，他还没有死得像个门钉。

洪克 他身上不会有伤痕的，连个肿包都没有。哦，不是很大的包。这儿有食物吗？

邦尼 如果没什么吃的，最好小睡一会儿。（对森特说）你愿意担任守卫吗？

森特 哼！

邦尼 你怎么了？

森特 我怎么了？

邦尼 今晚你没怎么说话，是不是？平时你会喋喋不休地说，如果没有你，我们永远也抓不到他。

森特 这是事实，很明显的事实。

邦尼 要是平时，关于这个你都能布一大篇道了。来吧，告诉我们一些你所想的明显的事实。

森特 （过了一会儿）我放摩西走了。

邦尼 你什么？！

洪克也转过来盯着森特。

森特 我放驴子走了。那又怎么样！我会拿到匹马，是不是？

邦尼 （坐了下来，有那么一会儿说不出话）昨天晚上是谁说我们终于有一只驮畜了？昨天晚上是谁在估计着我们能从伊斯兰人那里得到的战利品，以及摩西能背多少？

森特　好吧，我放它走了，祝它好运。不管怎样，摩西不是那种用来背着你臭烘烘的行李的驴。在米兰附近，我背上挨了一箭，是它把我背出了战场。你们会把它变成一个可怜的驮畜的。

邦尼　（尽管不愿意，他还是被感动了。他带着感情说）森特，在我这辈子里从来没有见过这样一个十足的傻瓜……

洪克　外面在下雪，它怎么能找到食物？它不习惯保护自己。

森特　哦，驴子总是能应付过去的。尤其是摩西。不过，我还是给了他一句警告——我对着它那长长的耳朵低声说："当心狼。"然后我在它的屁股上拍了一巴掌。那让它吃了一惊，真的……至少，我觉得它吃了一惊。

邦尼　如果你没有得到那匹马，你也会大吃一惊。

森特　怎么会？！

邦尼　你还没有得到马呢，是不是？

森特　但是我有这个好家伙。（他指着仰卧的赫瓦尔）那个马托哈看起来是个不错的家伙。

赫瓦尔显示出一些生命迹象。

森特　我看他要醒过来了。

三个雇佣兵聚集在赫瓦尔周围，他坐了起来，麻木地摇着头。

赫瓦尔　我在哪里？

邦尼　在普兰伯克，普兰伯克的城堡，孩子被绑架走的地方。

赫瓦尔　（他意识到自己的手被绑住了。有那么一会儿，他好像什么都记不起来）他们也抓住你了，主教？

森特　是的。我的教区永远不会原谅他们——即使我只是一个被任命的主教。

赫瓦尔　（跪起来放松自己）他们是怎么做到的？我的人呢？

森特　在正确的地点，在正确的时间，用剑柄轻轻地敲一下脑袋……

赫瓦尔　贝丝在哪里？他们也抓了贝丝吗？

森特　如果他们还没有，那么他们很快就会了。这提醒了我，邦尼……嘿，邦尼，你在听我说话吗？

邦尼　你听到有人来了吗？

森特　那个老头在守着，对不对？……正如我刚才说的，邦尼，这提醒了我——有一个姑娘跟这一切有关，一个十七岁的姑娘。当我们看到她时，你要是敢给她使眼色，跟她说一点孔雀尾巴的……

老头　（冲进房间）他来了。马托哈领主来了！（他看到了赫瓦尔）啊哈——那个恶棍起来了！（之后一想，他突然吓了一跳）绑起来了，是吗？

森特　（安慰地）别紧张！

老头　什么？

邦尼　去把门打开！

老头匆匆忙忙地走了出去。赫瓦尔上下打量着这三个人，邦尼、森特和洪克只是咧嘴一笑。

森特　你不应该相信主教。主教和主教是不一样的，要知道——比如说奥格斯堡的主教。哦，我可以给你讲一两个故事。

赫瓦尔　（平静地，好像在对他自己说）你这只猪！

邦尼　我们可不会和当地贵族的女儿私奔。

我们刚刚听到一扇沉重的门或吊桥打开的声音，接着是许多马蹄的踏地声。也许我们甚至能看到马托哈领主带着一群在跳舞的骑手来到这里——这次是我们在酒馆里见过的村民，只是现在看起来不那么温顺了。我想借此机会说，无论导演和舞美设计师选择了怎样的方案，塔楼的房间——也就是故事的这个部分展开的地方——都应该尽可能靠近观众。如果把它放在舞台的最深处，也许只会对编舞有益。不管怎样，让我们回到“简单”的版本。

洪克　（在窗边）他带着他所有的人一起来了。

森特　（越过洪克的肩膀看着）他们是一群不错的汉子。我奇怪的是他从哪儿找来他们的？

邦尼　他不相信我们能干好这项工作，所以他又雇了一批人。

森特　我告诉过他我们值得这个价。但是哦不！把一大笔钱浪费在他们身上，这就是他所做的。

赫瓦尔　如果你把我从这儿弄出去，我就给你十个塔兰特的银币。

没有人回答。

赫瓦尔　你们听见了吗？（赫瓦尔知道每一秒都很宝贵，他的处境危急）你们一辈子也没见过这么多钱！

森特　将来也不会见到。

赫瓦尔　我应该少说一点的，十个塔兰特多得让你们难以置信了。但是我有！你可以在德斯拉夫城堡得到这么多的银币——就今天！对你们来说是一样的！你们会为付钱更多的人服务，所以好吧，我会付更多的钱！

洪克　（轻轻地，带着尊严，几乎带着轻蔑地说）先生，我们是绅士风度的士兵。而绅士风度的士兵们不会受雇于双方。

森特　也不是说就没有人会这么做……

赫瓦尔　你知道你们搅和到什么事里了吗？

马托哈　（在外面的某处引起了骚动）不！真的？！不可能！（他冲进来，呆呆地望着双手被绑着的赫瓦尔）这是不可能的！

森特　对我们和圣灵来说，没有什么是不可能的。我发现你不信任我们。那可非常不好，是的——不信任列日的主教。

马托哈没有给雇佣兵们一点注意力，只是继续盯着赫瓦尔看。门口站着一群不怀好意的手下。马托哈说话的声音很低。

马托哈　跪下。

赫瓦尔没有反应。

马托哈　我说跪下！

赫瓦尔真的跪下了。

马托哈　贝丝在哪里？

赫瓦尔　离开你很安全。

马托哈　（他踢那个跪在地上的人，然后对手下说）把他绑到那根柱子上，脱掉他的衬衫！给我根鞭子！

手下们扑向赫瓦尔。他们拉起他的手，把他高高地绑在一根支撑天花板的柱子上。他们从他背上扯下束腰外衣。马托哈仍然没有理会雇佣兵们。

马托哈 就是这样。现在不要挤在这里，你们所有人。必须有人去塔楼上去守望，信号马上就要来了。不管怎么说，德斯拉夫的人一定会插手的。

森特 什么信号？

马托哈 这跟你们没关系。鞭子在哪里？

其中一个人真的给了他一根。马托哈转向赫瓦尔。

马托哈 我告诉过你——总有一天我会在你没带着手下的时候找到你的……

赫瓦尔 但是带着你自己的手下。

马托哈 没错，他们也干得很好。你还想说什么？

森特 我想说点什么。别打他。

马托哈 什么？

森特 打一个被绑起来的人——这不好。

马托哈 我们只是要聊聊天。

邦尼 这一句，那一句的，在你知道你说了什么之前，你已经把他干掉了。没有人会愿意为了尸体付钱的。

马托哈 这跟你有什么关系？

洪克 是我们把他带到这里的。

邦尼 你想让你女儿回来，是不是？

马托哈 你为他感到难过吗？

这三个朋友觉得很尴尬。马托哈后面聚集了一群手下，其中一些人我们以前在酒馆里见过。但现在他们看起来不像村民，他们大多数都穿着铠甲，或带着武器。赫瓦尔垂头丧气地靠在他的柱子上。马托哈看着他，然后转向雇佣兵们。

马托哈 你们对我们要解决的宿怨知道些什么？你们看到过谷仓被烧毁，只留给我们饥饿和仇恨来过冬吗？

赫瓦尔 在这一切发生之前，德斯拉夫的干草垛都被放了火。

马托哈 你闭嘴！（他又一次转向了三个朋友）你知道在死人的坟上起誓是

什么滋味吗？那个死人可不是唯一一个。

赫瓦尔 德斯拉夫也在挖坟墓。

马托哈 （忽视他）你对仇恨的产生知道些什么？

森特挠着头。总的来说，他们三个都必须承认，他们几乎一无所知。由森特来解决这个状况。

森特 好吧，好吧。我们只是想说他已经被敲过一次头。不管怎样——结一下我们的账怎么样。你已经得到个人了，所以你不需要……

马托哈 （遗憾地说了一个事实）他们确实为他感到难过。

森特 我们不喜欢看这样的东西。如果你想知道原因的话，我就得给你看看我自己的背。我不喜欢看到鞭子。

邦尼 所以把款付清——我们就走了。

马托哈 好吧——如你们所愿。（他朝角落里的一个木箱走去）你们要去哪里，今天是圣诞节……

洪克 这条路走下去也是圣诞节……

马托哈 如果他们抓住你们怎么办？毫无疑问，德斯拉夫的人肯定在大张旗鼓地抓你们呢。

森特 如果这些商人真的走这条路的话，也许我们能加入他们。

马托哈 这一切都与人无关。是关于贝丝。

一个声音在外面响起："他们来了！"马托哈冲向窗户，向院子里大喊。

马托哈 信号呢？

一个声音从外面传来："骑手们到了大门口！"

老头 （冲进房间）看起来像是德斯拉夫的手下。德斯拉夫的手下，看上去就是的。在这场雪里，看起来人好像更多了。

马托哈 （对雇佣兵们说）现在你们都出不去了。（指向赫瓦尔）把这个人扔到地窖里。

他的手下把赫瓦尔拖走了。

森特 稍等一下。合同中没有提到围攻，那要另加二十个格罗特。

马托哈 （停在门口）你会得到它们的。但现在，是你们自己的命处于危险之中。除了他们的主人，他们也在找你们。我是不会为你们自己的命付钱的。

他不等回答就离开了。

森特 有原则，是的。他有原则。

邦尼 他也是对的。

洪克 我们要到城墙上去吗？

邦尼 时间足够。他们将开始谈判。

森特 我不喜欢。我们带着马和钱出去吧。

邦尼 你不喜欢什么？

森特 很多事情。那一队人，带着铠甲和鞭子的家伙们。领主晚上去哪儿了？他在等什么信号？

片刻的沉默。

邦尼 谁知道呢？

森特 我就更不用说了。他本来想付清账的，当我们告诉他，我们可以受雇于商人们时，他立刻改变了主意。

洪克 你忍不住会想，到底是谁在这些地方伏击商人。

邦尼 谁知道呢？

森特 （*提出一个强有力的论点*）我们总是让自己受雇于错误的一边。

其他人闷闷不乐地沉思。然后邦尼做出了决定。

邦尼 他们偷走了他的女儿。不管是谁干的，也不管为什么，这都是混蛋的行为。

马托哈 （*在幕后的某个地方。也许，如果舞台足够大的话，他甚至会出现在高一点的护墙或天桥上*）你们的主人在这里。是的，他真是太好了，很荣幸他能过来拜访我。我们只为一个骑手开门。如果再有人想通过，那么你们的主人的背上就会插上一把刀。一个骑手负责谈判——而且要快点！

森特 我们带着马和钱出去吧，不然我们又会搅和到什么讨厌的事里了。

邦尼 只是我不想落入德斯拉夫的家伙手中。毕竟，如果有人偷走了我的主人，我可是要跟他好好算账的。

森特 我们可以想个法子脱出来，就像在都灵附近的那个村庄那次。

马托哈 （已经更接近了）马上关上他身后的门，你们尽量不要露面。狗腿会把他带到这里来。

传来大门的响声和铁链的叮当声。马托哈走进房间。

马托哈 你们还在这里？

森特 你觉得，我们应该去哪里？要知道，我们还没有拿到报酬。

马托哈望向窗外，他焦躁不安。我们听到一匹马的马蹄声。大门显然又关上了。如果我们已经看到了一队骑手，那么我们一定会看到一个骑手的到来。只是在这种情况下，我们必须少用风格化的元素。马托哈转向三个朋友。

马托哈 你们在看什么？你们没有什么工作要做吗？你们可以去装上马鞍——德斯拉夫的人马上就要走了。

森特 我们在等钱。

马托哈 你们见鬼去吧。

他走近木箱，在束腰外衣里到处找钥匙，就在脖子内侧。这把锁很坚固。但此时，门后有一些声响，显然是通过楼梯传来的。

老头 （在幕后说）这边请……这条路。

有一个声音在说“我知道这里的路”，马托哈忘了打开木箱。他看着门，脸上带着紧张的表情。一个苗条的身影走进来，老头跟在后面。

马托哈 原来是你。我想过你会来。

这个人取下了头巾，露出一头长长的金发。

贝丝 是的，是我。放赫瓦尔走吧。

马托哈 （低声说）你这个婊子！

贝丝 放他走吧。我已经在这儿了，如果你愿意的话，你可以像吃早餐一样把我吞下去。但是放赫瓦尔走吧！

马托哈 你跟你妈一样，这是事实。我以为我能让你像个人。

贝丝 我已经来了，你还想要什么？

马托哈 这就是我想要的！

他对着贝丝打了一拳，贝丝跪在地上。邦尼走上前，但洪克拉住了他。

老头 （在门口大笑）呵呵呵！现在的女人们会做她们喜欢做的事。只要她们愿意，她们就是这么做的。

马托哈 你闭嘴。

贝丝 （显然决心忍受任何对待，心中只有一个想法）放赫瓦尔离开。如果你放他走，我向你保证，我连个鼻尖都不会离开普兰伯克。我保证。你要什么我都答应你，只要你放了德斯拉夫的赫瓦尔！

马托哈 首先，我们要看看怎么让我们摆脱你的那队人马。来吧，让我们送他们回家吧。圣诞节的时候每个人都应该在家。（他拽住贝丝的头发）好吧，来吧。然后我们可以看看你的赫瓦尔。（他带着贝丝走出房间，粗暴地对待她。当他离开时，他对雇佣兵们说）非常抱歉，我只有这么点时间给你们……

他和贝丝离开了，老头跟着他们。这三个朋友独自在房间里。他们沉默了一会儿，只是清了清喉咙，尴尬地用鼻子吸气。邦尼漫无目的地在房间里走来走去。

森特 （愤怒地模仿邦尼）他们偷走了他的女儿。这都是混蛋的行为。

邦尼 （模仿森特）……我得说做你们的财务主管容易得很……

马托哈在幕后。如果他要露面，那就再出现在护墙或天桥上一次。贝丝应该和他在一起，头发被拽住。

马托哈 转过身去，马上离开，否则我会让德斯拉夫的赫瓦尔像一面该死的旗帜一样挂在窗外！他和我女儿相处得很愉快，现在我有权力随心所欲地对待他。明天你们会得回他的。（对贝丝说）好吧——你不想说点什么吗？

贝丝 回家去！按照他说的去做！赫瓦尔会回来的！

楼下的三个朋友闷闷不乐地听着马蹄向远处退去的声音。

森特 （惊讶于事件的变化）真是不可思议！每次都是同样的老故事！贝拉公爵！奥格斯堡的主教！埃斯林根的那个治安官！每当我们遇到一个真正的恶棍，我们就会发现自己被他雇用了！

洪克 （闷闷不乐地说）到处都是恶棍，一堆堆的……

森特正准备发表点评论，邦尼给了他一个威胁的眼神。

邦尼 请行行好，不要说我们应该去佛兰德斯！

也许这正是森特想要说的，现在他只是耸耸肩。邦尼已经振作起来了，他坚定地拉着他的皮带，但同样的决心并没有在他的话里表达。

邦尼 毕竟——我们已经完成了工作，这位年轻小姐到家了……

森特 （他对情况也不十分确定）她的父亲是在行使他的权利，对不对？十诫……

洪克 哦，别说了。

森特点点头，停了下来。

邦尼 要不是因为他会对这个德斯拉夫做的事。

森特 （他不愿意同意）愤怒的被侮辱了的父亲……在他们带着他女儿私奔之后……嘿，那个酒馆老板的妻子从哪里弄到海狸皮毛披肩的？

邦尼 佩希塔夫人跟这一切有什么关系？

森特 佩希塔夫人没有，但海狸有关系。当你开始表演孔雀尾巴的伎俩的时候，她披在肩上的是海狸皮毛。她从哪里弄到海狸的……

邦尼 这里有大堆的海狸……

森特 （轻蔑地说）哦，是啊。你抓到过海狸吗？也许是酒馆老板来加工毛皮，我想是治安官那个白痴干的缝纫！我是在告诉你，那件皮毛是赃物，洪克对这附近的抢劫案的想法是正确的。

邦尼 你只是在猜测。

森特 我碰巧看到的是皮毛，而不是像你一样，看它的下面。这就是我们之间的区别。

洪克 （来解决争论）我们什么也证明不了。我们受雇于普兰伯克的马托哈。

森特 （停顿了一会儿，很高兴他找到了出路）但他还没付账呢。

他们都承认这是完全正确的。他们又坐了下来，而且，从表面上看，他们正在努力思考。

洪克 （没有从自己的思考中得到灵感）强盗不关我们的事。让治安官和国王自己去为这类事情操心吧。

邦尼　而且，一个真正的绅士风度的士兵不会叛变。被雇用了，就要服务。

森特　这是真的。

洪克　（用阴沉的语气说）他不会像换手套一样换主人。

森特　这也是真的。

这点真实没带给他们什么，他们都垂头丧气地坐着。突然，森特发了脾气，坐了起来。

森特　我们应该去佛兰德斯的！

洪克　哼！

邦尼　哼！

森特　现在你同意了！现在！

洪克　（站起来）好吧。来吧，我们去好好揍他一顿。否则他会痛打他的那个女孩——更别说德斯拉夫的领主了。

另外两个人也站起来，松了一口气。气氛轻松起来。

邦尼　但是为了什么呢？

洪克　你是什么意思——为了什么？

邦尼　我们为了什么要打他？一个真正的绅士风度的士兵不会叛变。而且，如果你想想这件事的话，他还什么也没做。

森特　（他有了个主意）我们就报酬问题和他商量一下。他会少给我们钱，我们马上就会知道他是个恶棍。

邦尼　如果他全额付清呢？

森特　（得意扬扬地说）哦，算了吧！有没有人付清过我们最后一分钱？

邦尼　是的，我们走吧。

森特　稍等一下，我得去拿匹马。我放摩西走了。

邦尼　真是做了件非常聪明的事！你会扔掉你的匕首吗，在你有希望得到一把新的的时候？

森特　但我扔掉的不是匕首，是不是？我是放走了一头驴子！看——一切都归结为这个：这个男人的女儿回来了，这正是他想要的，所以他应该放德斯拉夫的赫瓦尔走。我们是把他带到这里的人，所以我们应该再把他带出去。我们会给个一匹马的折扣，表示一下友好，所以他就不能说……听着，为什么我们要少要点？

马托哈走进房间。三个朋友转过头来，警觉而紧张，好像在准备打架。

马托哈　怎么了？啊！——你们在等着报酬。（他走到木箱前，打开了锁）你们一点儿都不便宜，但你们值这个价。一共是四个二十加上十个格罗特，对不对？给你。

这三个人交换不信任的目光。他们从来没有经历过这样的事，他们也不喜欢。

森特　（挽救这个状况）还有马，当然。

马托哈　哦，他们会在马厩里给你一匹。顺便问一下，你们不想继续为我服务吗？我付的钱比大多数公爵都多。

外面有声响。又一次听到大门被打开了，铁链发出刺耳的响声。马托哈从一扇狭小的窗户里向外喊话。

马托哈　发生什么事了？

老头　治安官来了。治安官，来了，他。到了，他已经。（然后，在冲进房间后，他又离开了。）

马托哈　那一队马匹准备好了吗？

现在，也许，我们可以看到治安官“骑马”进来。马托哈转向三个雇佣兵。

马托哈　我现在很忙，但是如果你们想……

森特　（把钱袋放在他的长袍下）等一下。这些银币是为了你的女儿。但我们把他们俩都带到了这里。德斯拉夫的赫瓦尔是我们的财产。

马托哈　（有点轻蔑地朝他们微笑）我明白了，原来是这样。好吧。（他回到木箱那里拿出另一个钱袋）这应该够付德斯拉夫的钱了。

森特　（很遗憾地看着钱袋）嗯，我们不想要这个。

邦尼　你想要你的女儿，而且你得到了她。但德斯拉夫属于我们。

马托哈　你们是想要赎金吗？你们拿不到更多的了，即使是为了德斯拉夫！

邦尼　我们什么都不想要。我们只想让那个人回去。

马托哈很惊讶，他注视着他们。

治安官　（进入房间）他们来了。路上的那个傻瓜的柴火可能湿了，因为他没有发出任何信号。在一个小时内，他们应该会到蓝色峡谷。这些人跟我们一起吗？

马托哈　也许吧。人马准备好了吗？

治安官　我去看看。（他离开了）

马托哈　我现在没有时间跟你们说。但是如果你们想继续做高薪的工作，可以在这里等我。（他系紧了佩剑用的皮带。）

邦尼　蓝色峡谷是怎么回事？

森特　别介意，没关系。我们在这儿等他回来。

马托哈　如果你认为在我不在的时候你们可以带着德斯拉夫逃走，那你们就错了。因为我要带他一起去。

森特　哦，我明白了。在这种情况下，当然不好。

洪克　在哪里？

马托哈　什么哪里？

洪克　你要带德斯拉夫去哪里？

邦尼　那蓝色峡谷是怎么回事？

洪克在门边占了一个位置，邦尼坚定地站在马托哈面前。森特的计划是非常显而易见，他走向窗户。马托哈看着他们，意识到谈判并不容易。

马托哈　这不是有点可笑吗，对你们来说？我只要大喊……

洪克　你试试看。

邦尼　蓝色峡谷是怎么回事？

马托哈　（一点也不害怕）你们还没有明白吗？如果你们够勇敢，就和我们一起去。如果你们不想去，就我而言，你们就拿着报酬滚吧。

他看着面前那些悲伤而沉默的脸。到目前为止，他一直很平静，但突然间，他开始用一种习惯于发号施令的声音吼叫起来。

马托哈　我是你们的主人！我雇了你们，我也付了你们钱！我才是决定你们要干什么的人！

邦尼　（对森特说）还给他！

森特　（他把手伸进袍子里，拿出装满格罗特的钱袋。他低声自言自语）我们应该去佛兰德斯的。

马托哈　哦，原来如此！真是高尚的人，哈？三个公正的人。可生活就对你们公正吗？！

邦尼　告诉他们交出德斯拉夫。

森特　还有一匹马。

邦尼　还有一匹马。

老头冲进房间。雇佣兵们以闪电般的速度作出反应，但他们的动作很精简，老头没有发现任何异常。

老头　马已备好马鞍。他们说如果新来的人要加入，他们得立刻准备好……

洪克　（拿着一把匕首对着老头的肚子）别紧张，狗腿。我们已经准备好了。

老头　那是什么？

洪克　没什么。你靠墙站着。

森特　（大吼）靠着墙！

老头　（靠墙站着）发生什么事了？你们是在玩骰子吗？

邦尼　（对马托哈说）你的女儿已经回家了。我们应该得到一匹马。你放过商人们，我们就放过你。到目前为止发生的一切都与我们无关。

马托哈　你们这些狗！狗！你们算什么！妓女，谁都可以雇吗？！

邦尼　（以一种非常尖锐的声音说）哦，不，不是任何人！

森特　当然不是！

马托哈　所以现在你们是被商人雇用了。伊斯兰人，为伊斯兰人服务，是吗？

森特　没有人雇我们——而且，阿拉伯人不是伊斯兰人。

马托哈　那么他们是什么呢，嗯？你们为什么要去匈牙利，在这里就可以找到伊斯兰人！你们是想打，还是不想打？你们不是基督徒吗？还是说对你们来说什么人都无所谓？

森特 阿拉伯人和伊斯兰人，这简直是天差地远的不同——你可别告诉我说不是这样的。

马托哈 听着，你……我要跟这些商人算账。十五年前，我的妻子跟着一个商队跑了。我的女儿也跟她一样，就是同样的婊子！那些商人欠我一笔债——我要确保他们全部付清。我不是小偷，明白吗？我只是在正当地报复！

邦尼 我对她一点也不惊讶。

马托哈 对谁？

邦尼 对你的妻子，她跑了。是我也受不了和你一起生活。

马托哈突然扑向邦尼。雇佣兵们非常熟练，以专家的效率阻止了他。然后邦尼拿着刀子，看守着老头。

邦尼 腰带！

森特一边盯着老头，一边把他袍子腰间系的粗绳子扔给了其他人。洪克和邦尼以非常迅速的动作把马托哈绑在中间的柱子上。

老头 我们不是伊斯兰人！我是治安官的助手！

邦尼 （拿着匕首对着马托哈的喉咙）他们在哪里？我们已经把钱还你了——现在把德斯拉夫，还有你女儿交给我们。我们不会把她留在这里跟你在一起。我们把他们两个带到这个地方来，然后我们再把他们带出去。他们在哪里？

马托哈 来呀，捅我，你以为这样我就会告诉你吗。

邦尼 （对洪克说）去看一下。

洪克点点头，向城堡深处走去，从德斯拉夫被拖出去的那扇门走了出去。

邦尼 拿把斧头。

洪克 我喜欢轻装旅行。

邦尼 也许他锁了一两扇门。你总不能用匕首破门吧。

洪克 即使没有匕首我也能做到。（他离开了）

治安官 （在幕后说）喂，发生了什么事？在那里跟女人找乐子吗？

老头 （微弱地尖声说）别进来！

森特向他猛扑过去。老头用双手捂住耳朵，以为会死。

治安官　*（走进来）*发生了什么事？这样我们会错过他们的！

邦尼　你会这样错过他们的。把你的皮带解下来。

治安官把皮带和刀扔到地上，邦尼把它们踢开。

邦尼　站在那边。

他把治安官放在老头旁边。治安官目瞪口呆地说不出话来。

森特　我们的人数在增加呢。

马托哈　到我们结束的时候还会有更多的人。你以为院子里的那十个人会忘记我们吗？你觉得你们能怎么出去？

邦尼　这用不着你操心。

治安官　这是怎么回事？我们得去蓝色峡谷。

邦尼　不是我们。

马托哈　你们是钱多得对这个都不感兴趣了？蓝色峡谷会是我们最后一票。国王的总督开始注意这条路线了。他会发现一个被洗劫了的伊斯兰人的商队，旁边是德斯拉夫，心脏上插着一把伊斯兰人的匕首。他们会找到罪魁祸首的。国王的士兵们将把德斯拉夫城堡夷为平地。治安官将得到更多的助手，以防止再次发生公路抢劫，而这里将会是一个和平的地区。你们满世界到处跑来跑去的不厌倦吗？在一个平静的地区做治安官地助手，你们觉得怎么样？

邦尼　我只是想知道，谁会把那把阿拉伯匕首刺进德斯拉夫的心脏。

马托哈　不是你们！你们是雇佣兵，但你们有点太心慈手软了。

邦尼　而你有点太像肮脏的猪了。

马托哈　所以一切都解决了。

邦尼　什么？

马托哈　你们只要离开这里，就行了。

森特　他是个聪明的家伙，对不对？他被我的腰带绑着，还这么能说。治安官——别斜着眼睛看窗外了，这有个好家伙，你得承认这个白痴是你唯一的助手。

洪克 （从另一扇门走进来，怀里抱着贝丝。他把她放在地上）你能站起来吗？

贝丝 （之前绑住她的绳子被切断了，挂在她的两只手腕上）没关系。

洪克 我马上去带另一个人。（他离开了）

邦尼 （瞥了一眼马托哈）我看见你把那个女孩弄得一团糟。

贝丝 这里没有鞭子吗？

马托哈 你这个婊子。现在你的父亲被这些老鼠绑住了，你还想把他背上的皮剥下来。

贝丝 我需要一根鞭子。

森特 这里总有人在找鞭子。

邦尼 （对贝丝说）别这样。他毕竟是你的父亲。

贝丝 （她的眼睛仍然盯着马托哈）谁知道呢？我有一次听到一位牧师说过，父亲永远不能确定。

马托哈 那是你妈做得出来的事。

贝丝 我相信，你知道的。我希望她曾经和庄园里的每个农奴都睡过，这样她就不会给你生一个孩子出来了！

马托哈 （他撕扯着他的束缚，转向治安官和老头）你们是两个老奶奶吗，还是其他的什么？嘿！在院子里的人！

邦尼 （冲向他）闭嘴！

洪克和德斯拉夫的赫瓦尔走了进来。贝丝大叫一声，扑到了他的怀里。

赫瓦尔 （安慰地说）我在这里。（他打量着她）是他这么对待你的？

贝丝 （点头）杀了他。他是蓝色峡谷的强盗！他是十字帮！

马托哈 婊子——就跟我说的一样。

赫瓦尔 谁能借我把匕首？

邦尼 小心点。要知道，我们也不允许他们打你。

赫瓦尔 谁能借我把匕首？

没有人想要回应他的要求，因此赫瓦尔冲向躺在地上的治安官的武器。他抓起了一把短剑。

邦尼 等一下！我们可不想总是得把你们俩拉开！我告诉过你要小心点，站在原地。

赫瓦尔 （他停了下来）我不会伤害他，这是一个骑士的承诺。（的确，他只是走到马托哈面前，朝他脸上唾了一口）就这样了，我们的账算是清了。今晚我要和你的女儿结婚。我甚至找到了一个主教。我要娶她，她将是我的妻子——而你，我很遗憾地说，将是我的岳父。

森特 不能把这些都安排在以后吗？现在我们必须考虑其他的事情，比如离开这个地方。

赫瓦尔 （他身上有一种指挥官的气质，习惯于发号施令）稍等一下，我马上处理你们的事。（他走到马托哈后面，割断了绑着他的绳子）

森特 嘿！那是我的绳子。一根腰带，那是。

马托哈不知所措地看着他被解开的双手。雇佣兵们保持中立。在马托哈这边只有三个人，手无寸铁。

马托哈 （紧张地后退远离赫瓦尔）你打算怎么做？

赫瓦尔 我提议你和解。德斯拉夫领主和普兰伯克领主之间的和平。

马托哈 与你？（即使在这种情况下，他也觉得很荒谬）

赫瓦尔 你别无选择。国王的总督马上就要来了——这就是十字帮的终结。

马托哈 但你才是十字帮！他本来应该在阿拉伯商队旁边找到你的！如果不是这三个人……

赫瓦尔 只是现在我要做你女儿的丈夫。因此，在总督到来之前，我们必须取得和平，然后抓到并吊死几个看起来像强盗的人。三个就够了。（他慢慢地转向雇佣兵们）如果把他们好好吊死的话，看上去也很难让人否认他们是强盗！

森特 啊，真没想到！

赫瓦尔 （对老板和治安官大喊）别再畏畏缩缩的，离墙远点！

老头和治安官加入了赫瓦尔和马托哈，他们加上贝丝一共有五个人，当然只有赫瓦尔有武器。三个雇佣兵一点也不慌张，他们只是彼此靠近了一点。

森特 嗯，我们似乎又站错了队，不知怎么的。

邦尼 （对赫瓦尔说）既然一切是这样的，我觉得我们还是应该把你留在那个洞里的。

赫瓦尔 但你们没有。（对治安官说）逮捕他们。

治安官 作为王室的治安官……

森特 治安官？马粪还更像一点。站着别动！

赫瓦尔 从窗户里往外喊，贝丝！大声告诉你父亲的那帮打手，他们一下子就变成了诚实的村民了。

邦尼 （对贝丝说）别靠近那扇窗户！你认为我们中有多少人能活着离开？

马托哈 去吧，姑娘。（抓住一把椅子）这做个武器也不错。

邦尼 好吧，你赢了。我们想要一条无人阻拦的通道离开，不会有人流血。

森特 还有一匹马！

邦尼 一条无人阻拦的通道和一匹马。

赫瓦尔 问题是——我们需要三个强盗。是的——在十五年的公路抢劫之后，这是一个相当糟糕的表演，但它比什么都没有好。让三个人在绞刑架上跳舞，给国王的总督看。从窗户里往外喊，贝丝，他们不会伤害你的。

邦尼 普兰伯克的伊丽莎白，你想要一场婚礼，是吗？如果有人在打架的话，那我会非常肯定，死的是新郎。现在，先生们，我想给你们讲个故事。一个关于绅士风度的士兵的小故事。

森特 你不觉得你现在已经说得够多的了吗，邦尼？

马托哈 让他讲故事吧，我们有足够的时间。

邦尼 马托哈领主推测得没错，外面的人可能会进来问为什么我们还不出发去蓝色峡谷。要不是山上那个拿着受潮的柴火的白痴，你早就出发了。你也不会想到这个绝妙的主意，德斯拉夫的人和普兰伯克的人能够以这么低的代价和平相处。对于像我们三个这样不知名的角色，把他们高高地吊起来。这是解决所有问题的办法。哦，是的，这些地区会非常平静的……

森特 邦尼，你真的有点太爱说话了……

邦尼　语言越多越好，哦圣人啊。在这种情况下，每一个字都是一种祝福，因为它填满了时间，而我们有足够的时间，正如领主马托哈所说的。当然，他肯定不想对每件事都加以评论。比如说，这几年来他的听力一定不太灵敏了。另一方面，年轻的德斯拉夫阁下无疑拥有优秀的耳朵——尽管他很有可能认为，我现在听到的号角声是一大群天使在庆祝两个大家庭的和解，以及即将到来的婚礼盛宴。然而，实际上，响亮的号角声不是来自一群天使，而是一队普通的雇佣兵——这次是为王室效力。所以贝丝最好从窗户里喊出来——打开大门！国王来了！

森特　（出神地听着接近中的号角声）国王？上帝保佑，国王！就这一次，我们的运气一定得变好了！

黑暗。舞台上到处都是响亮的号角声和低沉的鼓声，如凯旋般逐渐变强。

当然，不是一定要用暗场来表示这个转折点。也许塔楼房间的墙壁可以升起，舞台四面八方挤满了王室的雇佣兵。马头和带有狮子头标志的三角旗在四处旋转，偶尔以精确的队形移动。王室的雇佣兵暂时挡住了舞台的场景，然后他们开始形成两个双排的队伍，两条“大道”。沿着一条“大道”走来了我们故事中的主人公们，而沿着另一条走来的是国王的总督。马托哈、赫瓦尔、治安官、洪克、邦尼和森特跪下。总督拔出剑大喊：“以国王的名义！”但是他又被音乐打断了，旗帜和马头在舞台上四处旋转；舞者们挡住了演员们，塔楼的房间的墙壁又回到了原来的位置上——然后一切突然都安静下来，舞台上几乎空无一人。也许舞台上突然被泛光照亮。可以看到三个雇佣兵被绑在柱子上，森特一个人，邦尼和洪克绑在一起。他们由老头狗腿看守着。

老头　呵呵，呵呵呵，驴子是我的。我玩骰子赢了那头驴，国王的总督大人也不会不给我那头驴。哦，不，他不会的。你说什么？傻瓜，你就是这样，担心的事情太多了。如果你是个聋子，就没有什么可担心的了。像我们这样的人必须懂得要聋。呵呵。哎，你为什么不说点什么？

洪克　（过了一会儿）你懂的，归根结底——我们还是应该去佛兰德斯的。

森特　啊哈！——但是我不懂……也许这两者都不重要，佛兰德斯还是匈牙利。

老头 那是什么?

森特 你坐在你那个角落里，待着别动！不然我就从绞刑架上吐你唾沫，唾沫会在你身上烧个洞出来。难道你不知道绞刑架上的唾沫是个可怕的东西吗?

老头 （这使他害怕起来）哈哈，呵呵，我以前从来没听说过。

森特 因为你聋了，别人告诉你时不够大声。

老头 （爬到一边）嗯，我从来没听说过。吊死的人吐的唾沫。这些人也能做到。他们什么都能做到。

森特 邦尼！

邦尼 是的——什么?

森特 哦，没什么。

邦尼 （他点点头，回答了一个没说出来的问题）嗯，我想我们没法逃走了。

森特 你动动脑子——我为什么要花力气问呢?

洪克 在波希米亚也是，在所有的地方。我之前从没想过。我们从没在这里战斗过。

邦尼 波希米亚，匈牙利——有什么关系?

森特 我忍不住一直想着那个蠢驴。

洪克 驴子没事，头上有树，脚下有草。

森特 不，不是驴子。我是说那个混蛋，布拉格的司铎。也许他只是一个声名狼藉的可怜的傻瓜，他去耶路撒冷只是为了讨好别人。也许他认为如果他把主教也带回来，就能提高自己的声誉。后来，当主教消失的时候，他们把这一切都怪在他身上——当他们发现主教根本不是个主教的时候，他更加深陷其中。也许那个蠢驴一点也不傻。也许……他只是……一个可怜的傻瓜。

邦尼 那又怎么样?

森特 没什么……

老头 （他一直沉溺于自怜之中。突然间，由于某种心血来潮的爆发，他对他们很生气）所以你们要从绞刑架上向我吐唾沫，啊？对我？！你们知道我是谁吗？！

邦尼　治安官唯一的助手。

老头　我是十字帮——明白吗？我站在那棵树后面，等着那个磨坊工人，正是我在他的额头上刻了个十字伤痕！我是第一个！当然，然后他们都赶上了潮流，给他们干掉的每一个人都刻上十字伤痕。对他们来说，我只是个白痴，治安官的助手。只是个白痴。但我才是第一个开始这件事的人。十字伤痕是我的主意。是的，是我的主意——你们敢从绞刑架上向我吐唾沫吗？嗯？

森特　是的，但我宁愿我们换一下。

老头　我只是想让你知道你们在和谁打交道！我可不仅仅是一个普通的"嘿，你"。我是个人物，就是我！

邦尼　去躺一下吧！

老头　从绞刑架上向我吐唾沫，他们会的！为什么只是向着我？为什么不向着治安官？（他又爬到一边去了）

洪克　他说得对。为什么只是向他。

老头　所有这些都是因为你不想让我得到那头驴。我听到你们在说着驴子和蠢驴。你们以为我聋了，嗯？哈哈！啊哈！

治安官　（走进来，后面是总督和佩希塔夫人）所以你们是第一次到这个地区来——你们说的。你们以前从来没来过这里，对十字帮一无所知？你们的话要比普兰伯克和德斯拉夫的领主的更有分量？好吧，佩希塔夫人，是哪一个卖海狸皮毛给你的？

佩希塔　（指着邦尼）这个。

治安官　我一开始就觉得是这个人。愿为您效劳，我的总督大人。

总督，一个又大又胖、走路带喘的男人，什么都没有说过，除了"以国王的名义"以外——当他说的时候带着热情和军人的气质。现在他只是点了点头。

治安官　当然，大人也不必屈尊问什么问题，看一眼你们三个人就足够了。

任何人都能看出来你们是什么样的恶棍，但是国王的正义甚至对你们这样的无赖也会给一个机会。关于这件皮毛，你有什么要说的吗？

邦尼 没什么。

治安官 是说得不多。事实上，是非常少——是不是，总督大人，先生？

总督点点头。

森特 他只是想补充一句，这位女士可以走上前，抬起她像孔雀尾巴一样的睫毛。

总督 什么？

佩希塔 现在我明白了发生了什么，我想我开始记起皮毛是从哪里来的。它来自一个很久以前的商队——至少十年前了，在他们开始在尸体上刻十字伤痕之前。

森特 （愤怒地说）所有这些都是胡说八道！十年前我们在意大利，为一个叫吉多里西奥的骑士服务，在都灵附近……

邦尼 住嘴！

森特 但我受不了听这个！

治安官 当然。不用说，我们马上派一个信使去都灵。你们不会碰巧去过君士坦丁堡吧，是不是？

洪克 不，没去过君士坦丁堡。

治安官 啊！——所以你也有舌头，会说话！

洪克 是的——暂时。

治安官 说得好，我的好人。好吧，长话短说，今天是基督的生日，国王的总督大人不想在你们身上浪费他宝贵的时间。要么你们告诉我们同伙是谁，我们就用剑实实在在地砍掉你们的头；要么你们就挂着脖子吊死。你们作选择吧，要快一点。

森特 至少知道有选择是件好事。

治安官 这是正确的程序吗，大人？

总督 以国王的名义，就是这样。（他离开了）

治安官 （对佩希塔说）还以为他们能想出一些借口。但他们甚至没法找点借口为自己辩护。

森特 他们会不会叫你马粪呢？

治安官 不，他们叫我刽子手。王室治安官，名叫欣格尔，也被称为刽子手。别忘了，你们要快点作出决定。（对佩希塔嘲笑地说）你不想跟那胡子说再见吗？看起来很像一对鹿角，你不觉得吗？

佩希塔 我想的。

治安官有点生气，但他耸耸肩离开了。佩希塔转向邦尼。

佩希塔 你应该带我一起走的。你应该接受我的建议的。

邦尼一言不发。

佩希塔 我为你难过，真的。

邦尼 我可以接受为我流的一滴眼泪，至少小小的一滴，在绳索套紧我们的脖子之前。

佩希塔 失去你真可惜。你为什么不加入强盗的行列？

邦尼 这本应该是更明智的做法。

佩希塔 你本可以是猎人，而不是他的猎物。雇佣兵不能犯傻，而你们就是这样。

邦尼 滚开！

佩希塔 你说什么？

邦尼 我叫你滚开。好啊，打我啊。你在等什么？

佩希塔 打快死的人是不对的。对女人来说，打任何人都是不对的。

她正要走，老头紧跟着她。

老头 佩希塔夫人。驴子，属于我。我在掷骰子时赢了它。也许骰子是不太实诚，但是他们——强盗！他们就是！如果你愿意向总督为我说句话的话，关于那头驴。

佩希塔 哦，拿袜子堵住你的嘴！

老头 袜子？什么袜子！

他们离开了，只留下被绑着的几人。

邦尼 你们两个中有人能解开这些绳索吗？

没有人回答。

邦尼 我也不能。

森特 他们把我们绑得真好，那头猪。——想点同伙出来怎么样？我不喜欢被吊死，一把剑了结会更干净。

洪克 根据你想出来的，他们会去追捕一些可怜的蠢货，然后把他们吊死，绝对的。

森特 一把剑了结会更干净。砍了之后，他们会埋葬我们。但在绞刑架上，他们只会让你挂在那里。（邦尼在冷笑，他对邦尼大喊）你在笑什么？如果有一件事我想知道的话，那就是你在这里找到什么好笑的。

邦尼 我刚想起来。如果总督真的要派一个信使去都灵的话，我们的好骑士吉多里西奥会完全否认我们的存在。他从来没有付我们钱——记得吗？

洪克 （他情不自禁地笑了笑，有点奇怪而扭曲）总督也可能派一个信使去列日，以确保你不会是个主教。

森特 我真搞不懂了。还笑得挺高兴的，你们两个！你们最好还是忏悔自己的罪过吧。

邦尼 骑着蠢驴去耶路撒冷，在蠢驴上忏悔！

森特 给他戴上手铐——他会脱出来的。

邦尼和洪克被绑着的那根柱子随着他们的笑声抖动。当然，没有人能给任何人戴上手铐……他们的笑声渐渐消失。从外面传来低沉的撞击声。

洪克 他们在搭绞刑架吗？

森特 绞刑架？你以为你是贵族，还是什么？对我们来说，用一根从窗户里伸出来的横梁就行了。

邦尼 森特！

森特 嗯，什么事？

邦尼 你知道如何赦罪吗？

森特 我知道吗？我当然知道！我赦免你的……

邦尼 等一下。我杀过一个人……

森特 那又怎么样？我杀过很多人……

邦尼 我的意思是白白地、不公正地。我上的那所大学，有一个姑娘……

森特 就这些吗？

邦尼 不是全部，不过是主要部分。

森特 好的。那你呢，洪克？有什么要忏悔的吗？

洪克 不——我想我没什么要忏悔的。

森特 好吧，无论如何我还是把你加进来，以防万一。我赦免你的罪过，因圣父圣子及……下一句是什么？

邦尼 圣灵之名。

森特 哦，是的。圣灵之名。我应该给予你祝福，但是……你的手和我的一样肿吗？

邦尼 是的。嘿，有人来了。

他们都听了一会儿。

森特 我想先走，我不想要看着你们俩吊死。我已经看够了你们俩那难看的脸，够我一辈子记住了。你们能让我先走吗？

邦尼 不是他们。

门后有响声。老头进来了，还带着愤怒的贝兹卡。

老头 如果我告诉你说我在看守他们，那么我就是在看守他们！总督亲自告诉我要看守他们！

贝兹卡 我告诉你他们杀了我父亲。我有权利拿刀子割断他们的喉咙！

老头 总督本人，总督……

贝兹卡 （抓着老头胸口的外衣摇晃他）你知道对一个女孩来说失去父亲的滋味吗？在她没有母亲，只有七岁的时候？你知道多年来拎着水桶打水，像个稻草垫子一样为每个来酒馆想跟女孩玩玩的人服务的滋味吗？这一切都是因为有人用一把匕首捅死了一个会照顾你和爱你的父亲？回答我！你知道吗？！

老头 你为什么对我大喊大叫？我又不是聋子！把你的手从我身上拿开。我是王室的看守。

贝兹卡　给我一把匕首！他们在我父亲身上刻了一个十字，好像他是一块木头。现在我有权利在他们的身上刻个十字。把那把刀给我，我告诉你！（她从他的皮带上拔出一把匕首）

老头　不要伤害他们！只是一个小小的十字可能还行。不能更多了！

贝兹卡不理他。她站在那里，手里拿着刀，盯着三个男人。

老头　（开始享受这种状况）只是在他们的额头上刻一个小小的十字。

洪克　不是我们干的，贝兹卡！

贝兹卡　如果不是你们，是谁干的？是把我死去的父亲背回家，把他放在门口，告诉我强盗杀了他的治安官？！是那个把我带到他的家里，给我吃的，还叫我"可怜的小孤儿"的老板？他对我有多好啊——我的上帝，多好啊！或者是普兰伯克的马托哈领主，那个之前在城里的法庭上当法官的高贵的领主？难道他们是十字帮吗？！（她已经绕着洪克和邦尼被绑着的那根柱子走了一圈。现在她又一次面对着老头。她甚至没有注意到那把匕首已经从她手上滑落了。）或者是你，狗腿？十五年前是不是你在磨坊工人的尸体上刻了个十字？年轻十五岁——你那时仍然还有那力量！

老头　你为什么对我大喊大叫？你疯了吗？

贝兹卡　（跪下来）我和他们住在一起！（她双手抱着头，痛哭流涕）我和他们住在一起！

老头站在她上方，不知道该怎么办。洪克和邦尼已经把自己从柱子上解放出来了。在老头的背后，邦尼正在走近森特，想把他也放出来。洪克已经在老头的身后了。

老头　（告诉洪克说）她脑袋出了问题……脑袋有问题……

直到现在他才意识到发生了什么，恐惧万分的他唯一能发出的声音就是尖细的呜咽声。

洪克　好吧——起来再去靠着墙！

森特已经在门口了。

他们的分工精确而默契。

邦尼　现在让总督进来这里。如果可能的话，独自一人。

森特　（指着贝兹卡）她会做到的！

贝兹卡　（对着观众大喊）水！佩希塔夫人，水！（她语无伦次）水够吗？！今天那位一只眼睛的客人会来看你，你在你的房间里准备好迎接他了！

洪克　（对着老头点点头，对邦尼说）照顾他。

邦尼“照顾”着老头，洪克走向贝兹卡，把她从地上扶起来。

洪克　现在没有时间了。你必须让总督到这里来。

贝兹卡　我和他们住在一起……

洪克　（用平静和蔼的语气说）现在没有时间了，贝兹卡。来吧，否则你会发现是你自己在你父亲的背上捅了一刀。我们现在需要的是国王的总督。

贝兹卡　他不会相信你们的。

洪克　我们不需要他相信。只要他足够热爱自己的生命，这就够了。

邦尼　有一次，班贝格的一位绅士把我们从他的城堡里好好地领出来，在我们在他背上顶着一把刀的时候。真是个心地善良的人，真的。你能去叫他吗？

贝兹卡点点头，准备要离开。

洪克　但是擤擤鼻涕，你不能看起来像是哭过了。

贝兹卡　（抽鼻子）我没有哭。

森特　就像在班贝格一样？

邦尼和洪克点头，但森特提出了异议。

森特　但是我们没有马。

邦尼　至少我们还活着。

洪克从椅子上弄下来一条椅腿。他们站好了自己的位置，从容不迫，深思熟虑。

洪克　谁有匕首？

森特　我。

贝兹卡　（在幕后说）我的总督大人！（她的声音清脆，像铃铛一般）我的总督大人！

森特　（幸福地笑着）世界上有正义，终究……

黑暗中，国王的士兵的响亮的号角声和隆隆的鼓声……逐渐远去。当灯光再起时，我们发现自己置身于森林之中。但是舞台并不一定要完全暗场。也许只有一阵警告似的鼓声，总督出现在门口，用一句“以国王的名义——救命！”来总结这个场景。然后，随着雷鸣般的号角声和鼓声，我们的三个主角以闪电般的速度把总督挟持到了舞台的脚光前，舞台上立刻挤满了国王的雇佣兵。他们逐渐组成了一条有序的通道，在他们低垂的三角旗帜和军旗之间，洪克、森特和邦尼，带着总督一起，一步步走向后台，国王的士兵们在他们身后密集排列，就像大海一样。然后灯光变化，城堡变成了森林。国王的士兵们逐渐消失……三个疲惫的绅士风度的士兵，在贝兹卡的陪同下，走了进来。

森特　（继续说）步兵的雇佣兵。谁会雇用我们？——这就是我想知道的。如果有打仗的话，一天一个格罗特。那可不是个生计，甚至连死计都算不上。

邦尼　你没事的，你总是可以在玩骰子时赢一些东西。（他仰望天空）来一点雪也不坏。

贝兹卡　雪会让路更难走的。

邦尼　但他们就没有线索可以追踪了。

贝兹卡　也许他们根本不会追踪我们。

洪克　我们就算他们要追踪我们吧，然后至少我们不会犯任何错误。

森特　嘘！你能听到什么吗？

经验丰富的战士们很警觉。远处可以听到驴叫声。这甚至可以用音乐的形式呈现，轻柔的音乐一直伴随着我们到达场景的尽头。

森特　摩西！是摩西，我确定！（他跑进黑暗中）摩西！摩西金斯！摩西沃西！

邦尼　（对贝兹卡说）累了吗？

贝兹卡　不——我不累。

邦尼　（他和她坐在一起）他那头驴将是天赐的礼物。今天是基督的生日。

洪克 （沉思）一个孩子出生了……一个非常美好的圣诞节，是不是？我们没有被吊死……

邦尼 （点头）如果也开始下雪的话……

洪克 （几乎温柔地说）一个孩子出生了……伯利恒上空升起一颗星星。伯利恒到底在哪里？

邦尼 （耸耸肩）那是个我们从来没去过的地方。

森特 （在后台，拉着驴子）我抓住它了！我告诉你，这只聪明的动物一直在等我们。先生们，我们不再是可怜的步兵了，我们又是骑兵了。哦，是的，这一切我都料到了。事实上，我放它走是为了万一你们的马出问题。结果真出了问题。它知道的。它知道，它一直在等着。

邦尼 哦，你们都闻得到彼此的气味，行了吧。（半开玩笑，半认真地说）我们是不是还是应该听你的，去佛兰德斯？

森特 现在对我来说都一样。匈牙利更近些。

如果有一个出人意料的导演，允许一只獾出现在第一部分的结尾，那现在他可以允许森特大喊："你说什么，摩西？说点什么，摩西！"然后让驴子的下巴动着，而森特则代表它像驴叫似的喊道："你们的马在哪里，那两匹马呢？——马已经付诸东流了，但我们还是继续前进！"

邦尼 那我们出发吧！没错。让贝兹卡骑着驴。

森特 你想让摩西背我们两个？摩西，你这辈子从来没有背过这么重的东西吧！——等等。

邦尼 等什么？！你为这头驴难过吗？

森特 （严肃地说。他不喜欢他即将要说的话）但是听我说——我们不能带贝兹卡一起走，对吗？

贝兹卡 为什么不能？

三个人都沉默了。

贝兹卡 （继续说）那我要去哪里？

哈尼尼 （过了一会儿，对森特说）她要去哪里？

森特 （大发脾气）这是不是真像你说的话？！——她要去哪里，真是的！

（他又变得悲伤起来）我们不能让她成为一名淑女风度的士兵，对吗？

贝兹卡 但我想和你们一起去。

邦尼和洪克知道这一次森特是对的。

森特 （这个人通常很自夸，现在则很严肃，说得很慢，没有怨恨——只是陈述事实）你不知道这意味着什么——雇佣兵的营地，是糟糕的地方中最糟糕的。早晚我们中的一个会完蛋……而且，我们总是站在错误的一边……

贝兹卡 （声音很低地说）但我要去哪里？

洪克 也许会有所不同。也许我们会打败伊斯兰人，征服耶路撒冷，解放上帝的坟墓……

邦尼 （微笑）……然后狮心王理查将在红地毯上迎接我们。他会给我们一座城堡，我们会被封为爵士……

贝兹卡 我们要去阿奎塔尼亚……

洪克 然后这里的老森特会成为一个主教，我们会把你嫁给萨伏依的国王……

森特 （被他们的热情所影响）……洪克将建造他的石桥……

邦尼 ……横跨迪朗斯河、韦尔东河和罗纳河……

森特 ……我们总是能拿到全额的报酬……（过了一会儿，用低沉却满足的声音说）我的上帝啊，你们真是一群傻子！那么——我们走吧，好吗？摩西——我们出发了！

他开始唱《绅士风度的士兵之歌》。与上次的内容形成对比的是，他的歌声充满了生机。其他人吵吵闹闹地加入，踩着节拍前进。开始下雪了。

但是你要谨慎小心，小伙子，
总有一天这些都会过去——
你会拿着盾牌徘徊，小伙子，
直到你咽下最后一口气。

因为你是绅士风度的士兵，

因为你是个勇敢的雇佣兵，
你是他们中间最棒的一个，
那些曾经为黄金而战的人。

说不定会是一辆枪车，小伙子——
可能是一个普通的坟墓。
因为那是我们的道路，小伙子，
勇敢的绅士风度的士兵。

天在下雪，他们前进着，驴子跟在最后面。他们再次吼出副歌时，灯光慢慢熄灭。

剧终

奥斯瓦尔德·扎拉德尼克或多年之后的独奏曲

玛蒂娜·乌玛诺娃（Martina Ulmanová）
蔡燕　译

1972年5月21日的布拉迪斯拉发，人们充满兴奋地期待着奥斯瓦尔德·扎拉德尼克（Osvald Zahradník，1932—2017）的《自鸣钟独奏曲》在斯洛伐克国家剧院的首演。本地作家的戏剧作品通常不会在这个重要剧院进行世界首演。根据不成文的规定，一部新剧必须先在其他剧院演出，在观众那边得到了积极的反馈之后，才能登上斯洛伐克国家剧院的舞台。另外的不寻常之处在于，这是一位相对年轻的作家的作品。而最为特别的，这是他的首部剧作。在《自鸣钟独奏曲》首演时，奥斯瓦尔德·扎拉德尼克在电视剧和广播剧的编剧领域已经颇有名气。在此次首演之后，剧院又演出了10部他的戏剧作品（最后一部的演出时间是1997年）。今天，即使我们将之称为经典的"昙花一现"（他的剧作《孔雀奏鸣曲》和《外科医生莫雷西尼的错误》也取得了一些成功），我们依然不得不承认，哪怕是在扎拉德尼克去世10年之后，他的首部剧作也的确称得上是他最精彩的一部作品。

斯洛伐克国家剧院的这次冒险尝试取得了成功——这部新剧的首演得到了评论家们的广泛认可，同时，观众们的反响也很好。成功的一个重要因素是演员阵容——这是当地话剧团的一段传奇。由同样的演员阵容所演绎的该剧电视版如今仍然是一部颇受欢迎且经常播放的作品（根据斯洛伐克电视台档案室）。可以说，这一切并不是巧合。奥列格·杰弗雷莫夫（Oleg

Jefremov）于 1973 年在莫斯科艺术剧院导演了此剧，也取得了成功，背后很可能也有类似的原因。由俄罗斯著名戏剧演员参演的电视版也成了俄罗斯电视制作的经典作品。

然而，即便是顶尖的演员想要成为明星，也离不开一个好的剧本。让我们再进一步了解一下扎拉德尼克作品的质量（和局限）。

《自鸣钟独奏曲》的斯洛伐克语标题“*Sólo pre bicie (hodiny)*”是一个双关语，它以巧妙的方式指向进行独奏的两个主要角色组。当我们删除括号中的单词时，剩下的是“sólo pre bicie”，其中“bicie”一词表示摇滚和节奏音乐团体所使用的打击乐。如果我们保留这个词并且将括号去掉，我们就会得到“Sólo pre bicie hodiny”，这意味着“老爷钟的独奏”（译注：老爷钟，英文 grandfather clock 指的是有摆的落地大座钟），而老爷钟则代表了祖父母们聚会的客厅。所以这部剧一方面是年轻人转变为成年人时的独奏，从另一方面来说，又是那些生活渐渐落幕的人们的独奏。

第一组人物的结构和特征并不复杂：由一对 20 多岁的情侣：帕维尔和达莎所组成。剧中并未交代他们是否仍在学习或是已经工作。另一组人物则更加多样化。由四个退休的老人组成的。他们之间的关系似乎是朋友，经常去其中一个人的公寓里聚会聊天，享受彼此的陪伴。但与此同时，他们的沟通是在一个非常礼貌的层面上进行的。这个小团体有着严格的等级，其中最高的位置（以抽象的方式）是由其中唯一的女性——孔季女士所占据，她是一个富裕而重要的酒店经营家族的后裔。

此外，公寓的拥有者阿贝尔先生，他一辈子的工作是酒店电梯员。赫梅利克先生也对豪华酒店的内情相当熟悉。向富有的客人鞠躬和服务已经成为这位前酒店门童性格中不可分割的一部分。所以他甚至鞠躬接受了孔季女士支付给他搬运沉重行李箱的小费，并不觉得自尊心受到了任何伤害。赖涅尔先生，曾经的制表师，似乎有点游离于群体之外。他一生致力于自己心爱的工作，也很乐意别人再让他修理钟表。然而，谁也不在意这位精密仪器爱好者的非凡智慧和经验。

从形式上来说，扎拉德尼克这部不太长的剧作有着古希腊悲剧的元素。

它遵循三一律的原则：故事发生在一个客厅里面，时间跨度是几个小时，故事的中心只有一个活动，几乎没有其他任何分支地直接导向一个意外的结局。但这并不是一个“古希腊”的悲剧。它更像是一个带有悲剧结局的轶事。我们在这里所追随的，并不是一个英雄面对无情的命运毫无作用的反抗，如同众所周知的情况，在旧的罪行和新的不法行为的交织中，并不存在明显的胜利者和明显的受害者。尽管在这里我们可以找到其中的一些相似之处：扎拉德尼克的处理方式是，将他们从以前的高度拉到一个普通当代人的日常生活中；除此之外，就是“机器神”①的运用。“机器神”不是通过机关平台进入舞台，而是通过电话机以及孔季女士的儿子的声音（小心，捣乱分子！）。孔季女士的儿子的声音之所以出现，是为了祝她生日快乐，但这并没有给她带来快乐，反而让她心脏病发作（因为只有她自己知道一切是她虚构出来的）。与《俄瑞斯忒亚》一样，在扎拉德尼克的剧中，所有的角色都同时是施暴者和受害者。然而，这并不是永无止境、相互纠缠的乱伦和谋杀，而只是一种惩罚性的相互误解，通过自欺和自大或者牺牲他人的利益来成就个人幸福的自私行为来伤害他人。然后，与古希腊悲剧类似的是，这里存在一个城邦——一个人物的生活进行的社会——但这里并不是通过庄严的歌队形式评判各个人物的行为；它更加狡猾，它的方式是制造情境来限制角色控制自己生活和作出积极改变的可能性。

以上内容对于那些不了解20世纪斯洛伐克社会细节的人来说，尤其还需要更为详细的解释。在20世纪70年代，在《自鸣钟独奏曲》被创作之时，斯洛伐克是捷克斯洛伐克社会主义共和国的一部分，并处于苏联的控制之下。从1948年到1989年的天鹅绒革命，斯洛伐克统治逐渐出现社会层面的变化：经济衰退，大规模移民以及国界的严密封锁。文化精英——所谓的中产阶级和由企业家和知识分子所组成的上层阶级——失去了财产和社会地位。对政

① 译注：拉丁语词组 Deus ex machina（英译：God from the machine）翻译自希腊语 ἀπό μηχανῆς θεός，意思是机关跑出的神。在古希腊戏剧，当剧情陷入胶着，困境难以解决时，突然出现拥有强大力量的神将难题解决，令故事得以收拾。利用起重机或起升机的机关，将扮演神的下等演员载送至舞台上。这种表演手法是人为的，制造出意料之外的剧情大逆转。

权的批评者在社会上受到了系统性的迫害，甚至被监禁。到20世纪60年代，社会环境变得逐渐宽松之后（被称为“布拉格之春”），苏联军队入侵捷克斯洛伐克，并重新制定了严厉惩罚国家不允许的意见和活动的命令。

奥斯瓦尔德·扎拉德尼克绝对不属于叛乱分子，也没有对政权进行过抗议。他在国家的文化和政治生活中担任过许多重要职务。他曾在文化部工作，也是斯洛伐克国家剧院的领导之一（但在《自鸣钟独奏曲》首演时并不是）。因此，在“布拉格之春”后的那个时期，我们不必在他的戏剧作品中搜寻任何有计划的反对国家政权的信息。然而，他的才华，他对于艺术作品真实性的感觉不允许他在意识形态上卑躬屈膝，通过有色眼镜看到被扭曲的现实。因此，这些痛苦的时期也潜入了他的故事中，留下了痕迹。而在缺乏必要的历史知识的情况下，这些看起来似乎是不合逻辑的瑕疵。

我们以孔季女士为例。如今读此剧本的读者可能会想，她的亲密朋友们在从未见过她儿子的情况下，如何能够始终相信他住在瑞士呢？原因很简单：对于同时代的观众来说，他们都很清楚出生在斯洛伐克而现在生活在资本主义瑞士的儿子是移民国外了，而这也意味着“非法移民”的罪名。在20世纪70年代，对于这些叛国者来说，合法地回乡探亲几乎是不可能的（在20世纪80年代，情况就不是那么严格了）。而且，即使是最亲近的亲戚——孩子和父母——几十年彼此都无法相见也属于正常情况。同样的，剧中无人提及这位老太太社会地位的下降，但同时代的观众很容易猜到，一个大型酒店帝国的继承人在社会转变的背景之下，只能够苦涩地回忆她家族曾经的辉煌。

这些事实都极大地影响了当时的观众对于某个人物的理解。而在对这些不甚了解的情况下，呈现在我们面前的是一个古怪、有点滑稽、喜欢发号施令的老太太，她生活在幻想中，而这种幻想正在将她杀死。然而，1972年的“知情”观众则会认为这些人物是以非常复杂的方式登上舞台的——作为社会环境的受害者，他们很自然地拥有不堪忍受的权利。在观众眼中，在她死去以及她悲伤的人生秘密被揭露之后，个人悲剧转变为了另一种悲剧。

另一个需要稍微澄清，并且对今天的读者——尤其是外国读者加以注解的地方是扎拉德尼克戏剧中年轻夫妇的生活情况。自1989年以来，斯洛伐克正发展成为一个现代自由主义国家，如果我们想称之为“资本主义”社会，那么其经济形势肯定还不够理想。但是，当一个人成年时，安排其个人住宿（可能只是出租）的方法如今一定要比剧本写作之时来得广泛得多。在那个时期，房地产交易市场是不存在的，新建的公寓远远无法满足社会的需求。更重要的是，大多数公寓都归国家所有，并不是根据人们的需要或个人情况，而是根据这些人对社会的作用（士兵和警察有优势）或根据他们的“正当”出身（例如来自工人阶级）或经常接触正确的“掌握钥匙的人”（这个词出自米兰·昆德拉，意思是“有权力的人”）。来进行分配的。如今六十岁以上的人过去大都经历过和父母合挤一室的时光，不是住几个星期或几个月，而是好几年。这对于长辈和新婚夫妇之间的关系往往会造成灾难性的影响。

帕维尔和达莎就处于这种令人尴尬的境地中。正如达莎所说，她的家“和中国的家庭一样”几世同堂。帕维尔在孤儿院长大。他现在和老祖父住在一起，这个没有财产的退休电梯员是他唯一的亲人。他的职业在当时的社会中并不受尊重。因此，也难怪帕维尔和他女朋友一样，对拥有自己的住房不抱什么希望。

于是这对年轻夫妇试图说服帕维尔的爷爷放弃他的小公寓搬去养老院住，在我们对此感到恼火之前，我们至少要对这个背景有一点了解。和我们今天一样，1972 年的观众们也会同情一位被年轻夫妇视为累赘的老人。但他们不会对年轻夫妇的困局视而不见，也不会像今天的观众这样彻底地蔑视他们。如今的斯洛伐克年轻人只要树立目标，努力工作，就能获得自己的住所，而那时候却绝非如此。

通过这种历史和社会学的解读，我试图表明，当观众所处的社会发生变化时，可能会出现对故事人物和细节的感知有巨大差别的情况，对于角色或其行为的直接评估也可能变得不那么清楚。但是即使我们对其社会背景一无所知，故事的核心是一些仍在发挥作用的东西。在这个故事中，是一种纯粹的，几乎称得上是很脆弱的老年人的理想主义——这是一种无法通过奋发图强的精神学习、购买或者获得的东西。

奥斯瓦尔德·扎拉德尼克在接受报纸采访时，被问及是什么促使他开始写作此剧，他的回答是他从自己公寓的阳台上看到的景象。这是一个养老院花园的景象，老爷爷们和老奶奶们在那里散步。他观察了这个特殊的被遗弃的社会，他们悄悄地谈话、拥抱，他们似乎想要保护彼此免于迷失。我们在坎坷的一生中学会的对于奇怪行为的相互尊重和理解也同样适用于阿贝尔先生公寓的小型茶话会。孔季和达莎取笑他们，并将他们视为奇怪的人或者老土古板的人（对于孔季女士），这并不重要。因为他们还没有明白他们可以从中学到什么，但也许他们正要开始明白：

帕维尔（思考）：也许赖涅尔并不是那么傻……（过了一会儿）但是他为什么不用正常的方式到钟楼上面去呢？

阿贝尔：因为他老了。好几年前他就申请对钟进行整修。但人们对他说，你太老了。当他再一次提出申请的时候，他们又找到一个理由说楼梯烂掉了不能用，会有掉下去的危险。

帕维尔（思考）：你怎么认为？他最后能做到吗？

阿贝尔：我向上帝祈祷他可以。

帕维尔（担心）：如果不行呢？

阿贝尔（极度平静）：那么他会自杀。

帕维尔：那不是很可怕吗？

阿贝尔：不，那很美。

作者简介：

玛蒂娜·乌玛诺娃任职于斯洛伐克布拉迪斯拉发戏剧学会。她是一名文化记者，也在戏剧节担任戏剧顾问并编辑戏剧出版物。她先后在捷克布拉格大学学习新闻学，在斯洛伐克布拉迪斯拉发表演艺术学院学习编剧。作为在斯洛伐克工作的捷克人，她可以用捷克语和斯洛伐克语两种语言进行写作。

自鸣钟独奏曲

（三幕话剧）

奥斯瓦尔德·扎拉德尼克
尤·艾亨瓦尔德　译（俄文版）
王丽丹　译

剧中人：

弗兰季舍克·阿贝尔——退休的电梯工

帕维尔·叶先斯基——阿贝尔孙子

达莎·维索茨卡娅——帕维尔女朋友

赖涅尔

孔季女士——弗兰季舍克·阿贝尔的托老所的朋友

赫梅利克

检查员米奇——托老所的老人

出租车司机

医生

1号卫生员

2号卫生员

第一幕

一所老房子的客厅。两个楼梯——“正门”的宽楼梯和“家人自用”的窄楼梯——都通向走廊，走廊通向前厅。舞台布景可以设定为：房间位于半地下室。内部陈设像我们的祖父母那代人布置的餐厅一样。尽管个别陈设物品给人富足之印象，但整体表明贫困。特别体现这一点的是扶手椅和沙发的包面装饰。一个相对较新的时尚灯具上，罩着明显自制的灯罩。厨柜上放着一个俗气的中国大花瓶，里面插着几只羽毛制作的、蒙满灰尘的深红及深绿的玫瑰花。花瓶旁边是一部近二十年的老电话机。很可能是从插图杂志上剪下来的两张彩色复制画与这一陈设形成奇怪而难看的对比。其中一张画上是汤姆·琼斯[1]有力地挥舞着麦克，另一张是碧姬·芭铎[2]身穿比基尼泳衣随便摆着姿势。破旧的沙发上躺着帕维尔，索然无味地翻看着大开本的彩色杂志。阿贝尔急急忙忙擦着灰尘。他身穿一条过节穿的裤子，白色衬衫，西装背心，西装上衣搭在椅背上。阿贝尔扔下抹布，把闹表藏到柜子里，然后把摆钟也藏进去，最后，他费劲儿地要把一挂落地大钟塞进柜子。在搬动大钟时，他碰到了帕维尔伸出来的双腿，由于他一只跛脚不吃劲，被绊倒了。

帕维尔　（目不转睛地看着杂志）再有一次这样的疏散，我就会失去双手，双脚。

阿贝尔　（气喘吁吁地，正费劲儿地把钟塞进柜子）那你帮帮忙啊，趁着手脚还在。

帕维尔　（不情愿地起身）来吧。

共同使劲把落地大钟塞进柜子里。

帕维尔　真想知道，如果这架棺材音响再高出两厘米，你怎么办呢。

阿贝尔　比这更麻烦的事都对付了！

帕维尔　（讥讽地）当然啦！比如说，在前线。

阿贝尔　在前线也是。这里也有各种各样的事儿。（走近窗前，向街道张望）你好像准备去达莎那儿？

帕维尔　你就当我不存在。再也不敢打扰了。总之，当你的动物园列队行进时，我的眼睛好像看不清东西：有笑声，也有眼泪。（鞋带没系好，

---

① 汤姆·琼斯（1940—　），英国歌手。——译注
② 碧姬·芭铎（1934—　），法国影星。——译注

就穿着鞋子走近衣柜，小心地从里面取出运动服）好！小心和注意！不然穿上的不是运动服，而是挂钟，戴上的不是领带——而是带链的钟锤。（背对柜子，用鞋跟灵巧地一磕，砰的一声关上柜门）

阿贝尔 你的“脸盘儿”如此喜气洋洋，至于这种小事别人是发现不了的。

帕维尔 （仔细地照自己的脸）你对我的“脸盘儿”有什么反对意见吗？

阿贝尔 完全不反对你的“脸盘儿”。换一个人有这张脸早就高升了。

帕维尔 （讽刺地）比如像你。瞧你飞升到哪里了！到八楼又回来了！按按钮，打开门，点头，鞠躬——这就是升迁！“感恩道谢！”“不胜感谢！”你可以保留自己的升迁！

阿贝尔 （深受侮辱，努力克制自己，然后低声吼道）滚出去！

帕维尔 有什么不对吗？

阿贝尔 （愤怒地）滚出去，不然会很糟糕的！

帕维尔 （挑衅性地）本来就糟糕透了。还在我出生时，就糟透了。我向谁求过这样的生活吗？怎么，是我雇人制造火车失事，让自己失去父母？收容所，孤儿院……而如今……如今这个博物馆又落到我头上！（绝望地环顾四周）有什么可说的，幸福——就是做退休电梯工的孙子！

阿贝尔 （突然快速地抓起小花瓶，扔向帕维尔）滚！

帕维尔捡拾碎片。

（疲惫地坐下来）是的，我小学没毕业……不过六年级我考的全是五分。（一瘸一拐地走向厨柜，从小木头盒里取出学校的成绩单，递到跪在那里继续收拾碎片的帕维尔眼前）那！你自己检查一下！

帕维尔 （息事宁人地）好了，好了，我知道。

阿贝尔 你什么时候学习成绩全是五分了，你说，什么时候？

帕维尔 （不情愿地）从来没有过！

阿贝尔 而我自己勉强凑合着活。唉，如果我那时有个爷爷，无论什么样的，哪怕是退休的电梯工……可是我没有任何亲人。明白吗？没任何人！

帕维尔　好了，得了，爷爷，你别生气了。对不起。要不，给你倒点儿伐力多？

阿贝尔　厨房里有。

帕维尔朝厨房走去。

（把学校的成绩单叠起来，藏到橱柜里。自言自语）你说得对。我鞠过躬。我鞠了多少躬，一些客人我甚至记不清长相，只是根据皮鞋认出他们，看皮鞋甚至比看脸还好用，你还忘了跟我提起皮箱呢。我一生搬过多少皮箱啊，够装一货运列车的。如今怎么样！小手提箱！而以前，常常是，女士和她的皮箱——就是一整个集装箱，非常可怕。没有像现在这样轻装上路的。有时，立着那么一个大箱子，让人吃惊，怎么搞定它你都不知道。拎着它——胳膊都快累断了。而心里却乐开了花：它越沉，小费越多……我特别高兴能得到这些小费！我用它们给一个脏小子买玩具和糖果，都给他寄到孤儿院。

停顿。帕维尔带着药和一杯水返回。

帕维尔　拿着，爷爷。我去小卖部买茶吧？

阿贝尔没回答。

你们今天要茶做什么用？什么节目？

阿贝尔　不知道。

帕维尔　我什么时候会等到邀请吗？

阿贝尔　走着瞧吧。

前厅响起门铃声。出现了孔季女士——一位着装古怪的老太太。头上戴着一顶帽子，对于她这个年龄的女人来说，帽子的款式似乎过于大胆。她的脖子上围着一圈雅致却脱了毛的类似貂皮一样的东西。引人注目的是这东西精心仿制的一张张小脸：张着嘴，龇着牙，玻璃眼睛闪着光。女士手里拿着一把合上的长柄太阳伞。

孔季　中午好！

紧随其后走进来赫梅利克——一位手里拎着一个大箱子的老头儿。放下箱子，擦一把额头。

赫梅利克　中午好！

阿贝尔　你们好！欢迎。请进。

赫梅利克以询问的眼光看着孔季。孔季用伞指着厨柜。

赫梅利克　马上！（把箱子放到厨柜旁边）

孔季　不要放到那里。往右一点儿，别挡路。（对阿贝尔说）我有些迟到了。没能及早脱身。给儿子打电话，在邮局耽误了。简直糟糕透了！必须等好半天，才能联系上！

帕维尔一边系鞋带，一边好奇地打量着孔季。

阿贝尔　（客气地）听到什么新消息了吗？女士的儿子最近怎么样？

孔季　我打电话的时候，他刚好在做手术。等了整整一小时。

阿贝尔　（同情地）可能花了您很多钱吧：长途通话。

孔季　（明显的慌乱）是的……当然……（看着赫梅利克，仿佛期待他的帮助）这个……当然……

赫梅利克　（打圆场）孔季女士没有占线等电话。手术过后她又打了一遍。

孔季　（感激地看了一眼赫梅利克）是的！（重新找到了立足点）这些通话很贵。不过都是我儿子付费。就凭我目前的收入，我当然无法允许自己这样做。

阿贝尔　（帮助孔季）当然！我们酒店的客户也是，常用这种方式打电话。有时我还亲自为他们预订这些通话。现在，好像这种通话叫作“被叫用户付费”。是这样吧？（看着孔季）

帕维尔　“被叫用户付费”，是这样的。（问孔季）您儿子在哪儿？

孔季　（自豪地）我儿子在瑞士。我儿子是奥布韦格谢尔教授的助手，当然，如果这名字对你有什么意义的话。

帕维尔　（装傻，想借机嘲弄）没有什么意义，就一普通名字呗。

孔季　（没发现帕维尔的嘲弄）他是做眼科手术的。

帕维尔　（仍那副语调）您说，他叫什么来着？

孔季　（缓慢，清晰地）奥布韦格谢尔。

帕维尔　不是，这个我知道，我是问您儿子姓什么。

孔季 噢，这样啊！那当然是孔季。

帕维尔 他也有名字吧？

孔季 （犹豫了片刻）他叫古别尔特·罗胡斯·孔季。

帕维尔 （讽刺地）噢，这样啊！（停顿一下）不，这个人我不知道。

孔季 （开始怀疑帕维尔，试图找到摆脱困境的方法）我好像无缘与这位年轻人（透过长柄眼镜仔细打量帕维尔）相识。（问阿贝尔）看来，这是您的……

阿贝尔 （生气地，警告性地看着帕维尔）这是我孙子帕维尔。

孔季把手递给帕维尔，高高地举着，明显是为了让他亲吻。

帕维尔 （抓起递过来的手，夸张亲热地摇晃着，像运动员一样，几乎让手臂脱臼）很高兴，很高兴。

孔季 （试图让帕维尔接受她建议的行为方式，解下自己的"皮毛"，面带微笑地递给帕维尔）劳驾，请帮女士一个忙！

帕维尔 （接着胡闹，装出一副害怕的样子，还没碰到貂皮，就发抖）它们不咬人？

孔季 （怀疑地）哪里会！

帕维尔果断地抓起貂皮领子，离开，在背后将龇牙的一张张小脸贴近自己的脸，自己也气势汹汹地龇牙。

（对阿贝尔说）多可爱的男孩儿！

阿贝尔 （抱歉的语调）有些不懂礼貌……如今的年轻人，您自己知道……（尽量绕过孔季，在其背后向帕维尔做手势，让他快走）

孔季 （很讲究地摘手套，不过，顺应形势，不再试图让帕维尔服从自己的行为方式，而是以坚决的手势把手套递给赫梅利克）有什么办法呢，一切都在变化——人也在变，时代也在变。

帕维尔 （装作没有看到阿贝尔的手势，走近孔季）女士……

赫梅利克 （殷勤地）孔季……

帕维尔 （装出一副老实的样子）孔季女士，可以问您一下吗？

阿贝尔在孔季背后威胁他。

孔季 （赫梅利克殷勤地搬过来一把椅子，坐下）问吧，亲爱的。

帕维尔 孔季女士，您这箱子里装的是什么？

尴尬的沉默。

孔季 （羞愧，失去自信）这问题有些奇怪。您为什么对此感兴趣呢，亲爱的？

帕维尔 （一副天真的样子）我只是想，或许，您要搬到我们这里来住？

孔季 噢，不，您别担心……这个箱子我走到哪儿拎到哪儿。

帕维尔 我好像觉得，是他拎着。（指着赫梅利克）

赫梅利克 （准备鞠躬）赫梅利克。邮递员。说实话，是退休的邮递员。

孔季 （不好意思地）箱子是赫梅利克先生拎着。但它是属于我的。

帕维尔 （戏弄）赫梅利克先生？

孔季 （惊慌失措地）不，箱子。

帕维尔 那您怎么不自己拎着？

孔季 您说什么呢！它太沉了，我拎不动！

帕维尔 （原来的语气）是的，您说得对……而对他来说就不沉？……

赫梅利克 （打圆场）哪里，哪里！我有这个习惯——总是带着什么东西。我一辈子都把一些东西从一处带往另一处。有时候遇到的是印着接吻鸽子的明信片，有时候碰上比这个小箱子还沉的邮包。

孔季 （重获自信）赫梅利克先生简直就习惯做这个。您明白吗？就像小提琴手习惯于自己的小提琴。就别提我付的好价钱了！（示范性地打开钱包，取出纸钞，递给赫梅利克）

赫梅利克 （鞠躬）感激不尽，仁慈的女士！

帕维尔 （对赫梅利克带有明显的好感）您为什么站着？请坐！

赫梅利克迟疑地看着孔季。孔季点头表示同意。

赫梅利克 （谦虚地坐到椅子边上）谢谢！

阿贝尔 （对帕维尔意味深长地说）你不觉得，你严重迟到吗？

帕维尔 你们今天到底是什么节目？第三世界的长寿问题？还是甲酸对地球轴心氧化的影响？

阿贝尔　你一定会迟到的。

帕维尔　（匆忙走到藏着钟表的衣柜前，打开柜门，向柜子里看）我迟到了。这是事实。（取自己的运动服）再见！（经过孔季身旁，礼貌地鞠躬）再见！（离开）

他走后，大家都感到轻松。

阿贝尔　（急忙扣上背心，对孔季说）对不起，完全忘了……（快速扣上纽扣）

孔季　不能打开窗户吗？这里有点儿闷热。

赫梅利克马上跑过去打开窗户。

阿贝尔　您说的完全正确。

孔季　（挥动着蕾丝手绢）哪怕呼吸一点儿新鲜空气！

达莎走进来。

达莎　您好！帕维尔在家吗？

阿贝尔　中午好，达什卡！他刚走。

达莎　对不起。（离开）

孔季　多可爱的女孩儿！

阿贝尔　我的帕维尔的最新女友。我去煮茶。（去厨房，马上回来）看来，帕维尔来过客人。一点儿茶叶也没剩。我去买茶。

孔季　（看着赫梅利克）别担心。

赫梅利克　（跳起来）中国的？格鲁吉亚的？俄罗斯的？

阿贝尔　（对孔季说）仁慈的女士想喝什么茶？

孔季　我比较喜欢锡兰茶，不过已经有三年哪里也买不到了。

阿贝尔　那就买格鲁吉亚茶吧。（递钱给赫梅利克）

孔季　（以女王的姿势递给赫梅利克一张纸币）再来一瓶托凯葡萄酒。

赫梅利克　（走过来）一会儿见！

孔季　（命令的语气）只是要快一些！

赫梅利克　听您的吩咐。（匆忙离开）

孔季　噢，锡兰茶！没有比锡兰茶更好的茶叶啦！真正的锡兰茶在我们的酒店里向来可以搞到。您可以光顾世界任何地方的“五洲”。非洲，南极，冬天和夏天，白天和黑夜您都会喝上真正的锡兰茶……而如今呢？周围全是为外国游客开的酒店。而从前的那个锡兰茶去哪儿了呢？哪里也找不到它了。到处都是欺骗。我们的爷爷本来还从“玛依尔”公司批发过锡兰茶呢。您认为还有多少人记得“玛依尔”公司吗？

阿贝尔 （陷入回忆）他们还开过分公司，在塔下面还有一个小卖店……那里的一切都散发着香气！……桂皮，调料丁香，香草，杏仁……还有那么大一台咖啡烘烤机……那里总是散发着新鲜的刚刚烤好的巴西咖啡的香气……我至今仍记得这个。我还是孩子时，常常跑去为校长先生买火腿。每天九点半，150克巴黎火腿……而柜台……厚厚的研磨好的玻璃镶在抛光的窗框里，像眼泪一样透明，货架上——是白色漆皮的标签，每个标签上用哥特字体写着说明……橱窗里站着褐色巧克力肤色的黑人女子……几乎什么也没穿，只穿一件芦苇短裙，戴着草帽，她的胸部尖尖的小小的……可以几个小时地站在那样的橱窗前！橄榄，大枣，无花果……

孔季 （像被催眠了似的，继续）葡萄干……花生……橘子……（突然开始低声哭起来）

阿贝尔 （不安地）发生了什么事？

孔季 没有，没什么。（停顿）橘子现在也有卖，而青春却已经不在了……

前厅响起门铃声。阿贝尔离开，和赫梅利克一起返回。

赫梅利克 茶马上就来。（在衣袋里摸索，还阿贝尔剩钱。意义重大地）今天的茶甚至还加柠檬！

阿贝尔 （还给赫梅利克零钱）谢谢！这个给您。

赫梅利克把剩钱还给孔季，孔季同样付给他小费。

（目送赫梅利克精神抖擞地去厨房沏茶）看起来仍是个棒小伙子。至今步态还像跳舞者一样。（坐下）

孔季 习惯了。一辈子跑跑颠颠，如今仍无法停下来。他在我们那儿也无法静坐片刻。当他完全无事可做时，便去锅炉房，帮锅炉工做事。或者去厨房。向来忙忙活活，总是不得闲。他连死的时间都没有。

前厅响起门铃声。阿贝尔起身。

赫梅利克 （跑进来）坐下，别动，我来开门。（走出去）

前厅传来喧闹声，说话声。传来赫梅利克的声音："请冷静，只需冷静！"赫梅利克返回房间。其身后闯入赖涅尔，手里拎着一个磨破的旧式手提包，是以前医生提的那种。他被检查员米奇——一个戴着战前时期警察帽的老头儿推搡着。

赖涅尔 （生气地）我抗议！我可不是无赖！凭什么抓我推我！

孔季 天啊，赖涅尔先生，发生什么事了？

米奇 （对赖涅尔说）您冷静一下，您能否终止这出喜剧？

阿贝尔 到底出什么事了？

赖涅尔 对待诚实的人像对待万恶的敌人一样！

米奇 他爬上城墙，自己甚至连证件都没有！（环顾在场的人）你们认识这位公民吗？

孔季 当然，这是赖涅尔先生！

米奇 停！不要再多说一句话！（对阿贝尔说）您也认识这位公民？

阿贝尔 当然认识，这是……

米奇 停！不要再多说一句话！我问您：您认识这位公民吗？

阿贝尔 这是……

米奇 我没问您，这是哪位先生。我问您，您是否认识这位先生。这是程序。首先，您应该回答我，您是否认识这位先生。然后您再说出他的名字。您认识这位先生吗？

阿贝尔 当然认识。不过您想让我们证明这位是赖……

米奇 停！指认身份是按照特殊规则进行的。你们分别单独走到我身边，轻声地，对着我的耳朵，悄悄地说出需要指认的公民的名字。你们说的话——将是证人的证词。提供虚假的证词会受到法律的制裁。因此你们注意了！

赖涅尔 （愤怒地）荒谬！也算是福尔摩斯！

米奇　住嘴！（对其余的人说）公民们，请你们按顺序来。

赫梅利克　如果允许，检查员先生……

米奇　会轮到您的。

赫梅利克　如果允许，厨房里茶壶……

米奇　不允许。也会轮到它的。首先我需要结束指认。

赖涅尔　（仿佛被锥子扎了一般）指认！怎么，我对您来说——是从多瑙河里打捞上来的无名溺水者？

米奇　在履行公务时不允许妨碍政府的正当行为。我会罚款的！

赖涅尔　（挑衅性地）您只会罚款！您自己甚至连证件都没有……

孔季　（愤怒地打断）够了，够了，亲爱的！男人在任何情况下都应该保持镇静。

赖涅尔　反正他甚至连证件都没有……

米奇　（不屈不挠地）公民，我最后一次警告。我们不要妨碍社会秩序。我会罚款的。请作证。（对赫梅利克说）您好像有急事？您认出这位公民了？（用手指着赖涅尔）

赫梅利克　当然认出。我和他早就认识。我们住在同一个托老所里。他是赖涅尔先生。

米奇　停！（把耳朵几乎贴到赫梅利克的嘴边）名字和姓，全称。

赫梅利克轻声地说。

正确。您可以坐下了。

赫梅利克　我最好去厨房……

米奇　可以去厨房。

赫梅利克走出去。

（按照警方的警戒要求，随手关紧房门。对阿贝尔说）现在轮到您了。

阿贝尔低声说。

正确。请坐！

阿贝尔　（对孔季说）您看，多会骗取信任！

赖涅尔　可笑和耻辱！

孔季　（对阿贝尔说）骗多少次了！

米奇　（故意不理会意见）现在轮到您了，女士。

孔季　（傲慢地）能否劳驾您走到我近前？

米奇　我在履行职责。只能劳驾您。

孔季　（用同样的语调）烦请您吧！我上了年纪，腿脚有病。我不仅对我的公民职责相当清楚，还有我的权利。我知道，我该做什么和不该做什么。既然您作为官方人士，需要我的证词，而我根本不需要这些证词，那么，您，检查员先生，应关注我的个人状况，包括我的健康状况。或许您可能认为，如果您到医院审讯我，我便因此得直接从病床上跳起来？这里不是医院，不过我是坐在这里，而不是躺在这里。

米奇　（被搞糊涂了，像被催眠了一样，慢慢地走近孔季）唉，您何必这样呢！

孔季享受取得的胜利，透过长柄眼镜仔细审视检查员，不慌不忙地，只是过了一段时间才向他低语些什么。

一切正常。（往本子里记着什么。对赖涅尔说）可以走了。

赫梅利克走进来。

赫梅利克　瞧，茶来了！（用托盘端来了茶壶和不带茶杯的杯架。倒“茶”。大家装作心满意足地喝想象的茶。）

孔季　我们尊敬的朋友赖涅尔先生犯了什么错？

米奇　胡闹呗。没带任何文件与身份证就爬城墙。

赖涅尔　还不清楚我们谁在胡闹呢。

米奇　又在违法？（对其他的人说）如果摔伤了呢？

阿贝尔　（打圆场）检查员先生，您不想和我们一起喝杯茶吗？

米奇　我在履行职责。

孔季　因为茶甚至连啤酒都算不上，履行职责时允许喝它。请坐下，亲爱的！

米奇　（完全被搞糊涂了，坐下）那，既然您认为……

孔季　（勉强忍住笑）赫梅利克先生，检查员先生想摘下自己的“头帽”。如果我没错的话，您脑袋上的东西叫这个？

米奇 （急忙摘下制帽）正是。（把帽子递给赫梅利克）

赖涅尔猛然推开自己的杯架，抗议性地离开桌子。

孔季 您怎么了，赖涅尔先生？

赖涅尔 我不和警察坐一张桌子！更何况是前任警察。饱了。

孔季 您说什么呢！这位先生——是我们的客人。警察——他也在我们的养老院里。

赖涅尔 正确。是客人。不过是你们的，不是我的！（全神贯注地翻找自己的手提包，从中取出闹表和钟表匠工具）

阿贝尔 对不起，检查员先生。赖涅尔先生非常生气。

孔季 到时候他会向您道歉的……当他稍微消消气时。

赖涅尔 我永远不会消气！（开始拆闹表）

阿贝尔 他做了什么，我们的赖涅尔先生？

米奇 我已经告诉你们了：他爬墙，当着大家的面，在最高峰时间。

孔季 您大概在开玩笑？

米奇 毫无玩笑之意。爬上我们市塔楼的墙上。我冒着生命危险，把他从那里拽下来。他从一个台阶爬上另一个台阶，而且爬得已经相当高了。

阿贝尔 （迟疑地）噢……这确实是……有些奇怪。

米奇 奇怪？！这是前所未有的、闻所未闻的！一个老人，却像猴子一样爬墙！

赖涅尔 这话怎么说的！

米奇 （不屈不挠地）难道不是这样！

赖涅尔 为什么立刻就像猴子了？为什么，比如说，不像演员？

米奇 难道您是演员？

赖涅尔 怎么，您认为我是猴子？

孔季 不，赖涅尔先生——是钟表匠和首饰匠。

米奇 你瞧！首饰匠为什么要在最高峰时间攀爬塔楼的墙呢？就算您是演员，您也应该有特别许可。

赖涅尔 如果我是演员的话，我就该有许可。这事我不争论。不过……

阿贝尔 （努力岔开该话题）请大家喝茶，不想再添点儿糖了？

米奇 谢谢！

停顿。

孔季 （努力开始中性话题）您早就在警察局上班了？

米奇 我在市环境卫生与市容秩序局上班。

赖涅尔 （翻来覆去倒腾闹表，仿佛顺嘴说出）难怪我们整个城市又脏又臭。

赫梅利克 （倒着想象的茶水，递给赖涅尔）请喝，我已经放进两小块儿糖。

赖涅尔机械地从口袋里掏出钱，给赫梅利克小费。

不胜感谢！

米奇 谢谢款待。（站起身）我该走了。

孔季 我们感到很高兴！赫梅利克先生！检察员先生要走了！

赫梅利克 （做好准备递上制帽）请！

检查员完全糊涂了，也把手伸进口袋，递给赫梅利克小费。

（惊奇地）谢谢。

米奇 再见！（离开）

停顿。赫梅利克去厨房并端来了真正的茶，给大家倒茶。

阿贝尔 （对赖涅尔说）您现在不和我们一起喝茶？

赖涅尔装作没听见，继续工作。

孔季 您怎么了，这是为什么，亲爱的？希望您没有生我们的气。

阿贝尔 到我们这里来。

孔季 您何必这样呢？难道您想让女士邀请您第二次吗？

赖涅尔不情愿地、像个倔强的孩子，站起身来。赫梅利克殷勤地想帮他。

赖涅尔 请别碰我的表！您只可以碰茶！

赫梅利克 请别担心！（麻利地重新放好茶）

赖涅尔 （全神贯注地收拾自己的工具，并把所有的东西放到正在喝茶的桌子上）特别许可！哼，真想得出！

赫梅利克给赖涅尔倒茶。停顿。

（重新埋头修理闹表。）你们以为我疯了？不是这样吗？

孔季 瞧您说的，怎么会呢！

赖涅尔 我知道，你们想什么……有时我自己也这样想。（用习惯的动作将眼镜推到额头上，戴上修表放大镜）我不走运，我总是认为……有时甚至很痛苦……不过不是这里（用手指敲打头顶），如人们所料的那样，而是这里。（指着心脏）比如，这个警察……（略做沉思之后）他穿过整个城市把我带到这里。竭尽全力，只是为了让我不再爬塔楼。但是在所有这段时间里却从未问过我，为什么我爬到那里。那种人总是感觉一切都清清楚楚。对于他们来说，我是个老疯子——就完了。让所有人愤怒的疯老头儿。

赫梅利克 为什么您不给他解释原因呢？

赖涅尔 （讽刺地）他会把塔楼的自鸣钟直接放到我的脚边吗？是这样吗？（沉默片刻）难道他会对某个古怪的老头儿感兴趣吗？我能指望他什么呢，如果甚至连您都已经把所有的钟表藏起来几年了，不让我看见。您替它们担心。

阿贝尔 （不自信地自卫）我只是不想让这些钟表分散了您对我们这些伙伴儿的注意力。

赖涅尔 如果您当年再忍几个月，我就真的能成功地做到这一点了。

阿贝尔 但您没有做成过。您虽坐在我们中间，心思却不和我们在一起。

赖涅尔 不，成功过！有一次在表店我达到了自己的目的：将六个小时的运转调校到丝毫不差，达到十分之一秒的精准度。为此花了近四年的时间。不过最终我达到了！

孔季 我永远也搞不懂，您为何对此事如此关心。没发现这有何意义。有什么区别呢，早一秒，晚一秒……

赖涅尔 这有什么难懂的呢？所有的事情都有原则。有一个皇帝，他叫什么来着……好像叫马克西米利安……他为达到这一目标花了很长时间，最后精神失常了。明白吗？他问自己：如何能管理好成千上万人的活动，如果他无力协调好二十多块最普通的钟表的时间？他就在这里被难住了。我告诉你们，所有的事情都有原则。

孔季 而如果世上所有的钟表彼此合拍地滴答作响，分秒不差，您认为，人们会因此变得更好？

赖涅尔 真的不知道，更好或更坏，不过会因此发生些变化的。

孔季 （沉思）奇怪的想法……

赖涅尔 现在有些人的表走得慢，有些人的表走得快，还有些完全停了……

阿贝尔 （打断）您是说，皇帝在这件事上疯了？

赖涅尔 是的。至少历史学家是这样证明的。

阿贝尔 （认真地）不过我们却不想让您疯了！

赖涅尔 别担心。他只不过是皇帝，而我是钟表匠。（突然打开藏着钟表的衣柜，对阿贝尔说）瞧您都做了什么！问题不在于您藏起钟表不让我看见。问题在于，我和您喝了整整一罐的茶，而您却至今不理解我。行为像个孩子。要知道您本来是个可以成为宇航员的人！

孔季 赖涅尔先生，清醒一下吧！我们商定好了，您却泄露了秘密。还算是秘密工作者！

赫梅利克 钟表匠——一分钟都等不得！

停顿。

（打圆场，仿佛什么也没发生似的）这里说的是哪个宇航员？

赖涅尔 哪个？（指着阿贝尔）就是这个！在四十六年间，阿贝尔先生每天上到四楼，甚至是八楼。每一次上下大约四分钟。我费劲儿计算了一下。扣除四十六年间的所有周日——一年 52 个周日，节日和两周的休假。得出一个惊人的高度。阿贝尔先生，在这些年里您走完了从地球到月球的路程。

孔季 （透过长柄眼镜好奇地看着阿贝尔）不，这不可能。

赖涅尔 但是这已经发生了。而里程数实际上还要多。当其他人登上这个高度时，全世界人都惊奇地敛气屏息。如果说出他们的名字，在这里或在中部非洲——到处都知道这些可爱的青年，他们在短短的时间内飞到了月球。毫不奇怪，在四十六年诚实的工作中，我们的阿贝尔先生飞的甚至还要高。

阿贝尔 （激动地）我，就是说，完全可以被认为是宇航员！（为抑制激动的情绪，开始踱步。他跛着脚走路，这与其“星空”梦想形成悲凉的悖论式的对比）如果向一个小高度增加另一个小高度，而且每天多次这样做，那么会达到登月的高度。或者几乎达到登月的高度。结果是，可以登得很高……（陷入这一幻想中）我自己怎么从来没想到这一点呢！

孔季 （对赫梅利克说，而赫梅利克此时正天真地、钦佩地时而看着阿贝尔，时而看着赖涅尔）该上托凯葡萄酒了吧？

赫梅利克 （回过神来）当然，当然！（离开，再一次像被施了魔法般看了一眼阿贝尔）

孔季 我请客！

阿贝尔 （仍惊奇于自己突如其来的命运，礼貌地，仿佛顺嘴说出）是的，当然。您太客气了。

赫梅利克 （带一瓶打开的酒走进来，从橱柜里取出酒杯）马上就好。

阿贝尔 （激动地）不用这些！（一瘸一拐地走近橱柜，取出带有金色图案的红色玻璃杯，这些酒杯对于阿贝尔家来说太过漂亮和珍贵）我们今天用红宝石色的杯子喝酒。

赫梅利克 （打开橱柜的抽屉，取出薄薄的亚麻布餐巾，麻利地将其叠好，像服务员那样搭到胳膊上，从右手边走到客人近前，用优雅习惯的动作向杯中倒酒）请！

赖涅尔将放大镜放到一边，认真缓慢地戴上眼镜。

孔季 （庄严地站起身来。将酒杯举到眼镜的高度）为我们亲爱的宇航员干杯！

阿贝尔勉强抑制住激动。双手明显地颤抖着。

赖涅尔 为我们的辉煌时刻！

赫梅利克 （激动地）为苍白的月球！

阿贝尔 为牺牲在电梯里的一生！

第二幕

还是阿贝尔家的那个房间。帕维尔和达莎走进来。帕维尔走向衣柜，打开柜门。

帕维尔 你看！

达莎 这是什么？

帕维尔 精彩节目 1。老头儿昨晚请客了。

达莎 他们怎么了，精神不很正常？

帕维尔 有点儿不正常！（打开橱柜门，拉出桌子的抽屉，取出阿贝尔藏起来的所有钟表）

达莎笑。

怎么样？爷爷藏起钟表，不让一个钟表匠——赖涅尔先生看见。还有那个丑八怪！爷爷简直是崇拜他，他是一个特别棒的专家！

达莎 那阿贝尔先生为什么还藏起钟表？

帕维尔 而赖涅尔先生有这样一个不良的习惯：他喜欢夸夸其谈。有时会大发脾气，把偶尔落在手边的所有东西都扔到地板上。

达莎 真是个古怪的人！

帕维尔 还没完呢！常来一位老太太——孔季女士——如果我撒谎，我立刻就死！她自己身体挺得笔直，头上戴着一顶达达尼昂[①]戴的那种帽子，身后跟着一位仆人。

达莎 仆人？活见鬼！

帕维尔 跟你说——是仆人！退休邮递员赫梅利克先生提着老太太的手提箱。箱子有半吨重，怪人气喘吁吁，却拎着。

达莎 扶住我，不然我笑趴下了。

帕维尔 精彩节目 2！（从衣柜里摘下一架老式留声机）

---

① 达达尼昂，大仲马小说《三个火枪手》中的男主人公。——译注。

达莎　哦！真正的“爵士乐音箱”，立体音响，“2000”型号。

帕维尔　你猜，这位老爷爷还能唱吗？

达莎　如果它能唱，那我就是有轨电车！

帕维尔　打赌？

达莎　来吧。（伸出一只手）我喜欢打只赢不输的赌！

帕维尔　赌一个吻。

达莎　两个吻。

帕维尔　同意。（摇动留声机，使劲全身力气摇手柄，仿佛在启动拖拉机，擦去脸上的汗）哎呀！得休息一下……

达莎　（笑）想喝可乐吗？新鲜的可乐！

帕维尔　一口滋补饮料会拯救我。

达莎　（走向橱柜，从中取出一瓶可乐，自己喝，然后递给帕维尔）对于帕夫卢申卡[①]来说是百事可乐，对于老爷爷来说是酒精中毒。干！

帕维尔　（喝）等一下！（向留声机跑去，用瓶子往喇叭里倒可乐）干，老爷爷！（用脚打开隐藏的收音机）

传来很大的音乐声。

达莎　（看见藏着的收音机，笑）明白了。骗人。这个收音机是谁的？

帕维尔　此刻是我的——我修好了它。

达莎　哎，如果你修好的一切都成为你的就好了！听起来太棒了！邻居都会发疯的！

帕维尔　而我们无所谓！（朝达莎走去，吻她）

达莎　再来一个！

帕维尔又吻了一次。

扶住我，不然我就倒下了！（倒到帕维尔的怀里）

帕维尔　精彩节目3。（重吻达莎）

达莎　不要把钟放回原地吗？缺了它感到不舒服。

---

① 帕夫卢申卡，是帕维尔的爱称——译注。

帕维尔和达莎把钟搬回原处。

这钟真沉！

帕维尔　我们自己买晶体管的。

达莎　不知道。没见过。

帕维尔　我知道。电池像硬币那么大，却能走一年。

达莎　（很高兴地开始游戏）我们还买什么呢？

帕维尔　什么都买！

达莎　彩电。

帕维尔　12台。根据一年的月份。

达莎　每个房间一台。

帕维尔　其余的放在自己的脑袋上。

达莎　12个房间和一个小厅。36乘36平。

帕维尔　106乘106平。达莎女士从早到晚擦地板！

达莎　我们在地板上面铺上地毯！

帕维尔　自动式地毯。

达莎　吸尘器！

帕维尔　计算机控制的吸尘器！

达莎　各个季节都开空调！

帕维尔　让你的所有这些控制论都滚到地下室，见鬼去吧！

达莎　在哪里存放葡萄酒呢？

帕维尔　在水管里。

达莎　那水呢？

帕维尔　在游泳池里。

达莎　而游泳池呢？

帕维尔　在花园里。

达莎　而花园里呢？

帕维尔　有金鱼和棕榈树上驯服的黑猩猩。

达莎　你自己是黑猩猩。一万只颜色各异的蜂鸟！

帕维尔　猫禁止入内。

达莎　为什么猫禁止入内？！

帕维尔　为了不让猫捕食蜂鸟！

达莎　而孩子呢？！

帕维尔　正确。小不点儿，卷曲的头发，长着像桃子一样的小屁股。

达莎　几个？

帕维尔　很多。老大将是奥林匹克脑袋跳[1]冠军。他会给我们带来金牌。

达莎　还有礼物。

帕维尔　我们让老二成为太空舰队经理。

达莎　家庭成员买票打五折。圣诞节之前我们飞去购买紧俏商品。

帕维尔　我们在火星上买带天线的狗。

达莎　狗要天线有什么用？

帕维尔　只是让你的狗带天线。

达莎　好可爱。

帕维尔　我们把老三训练成驯兽员！

达莎　（惊呆了）马戏演员？！绝不！

帕维尔　我们家应该哪怕有一个从事艺术的人也好！为了提高社会地位。

达莎　那最好是罗马教皇。

帕维尔　罗马教皇？绝不！你不会有合法的孙子！

达莎　一个冠军的孙子就够了。女孩儿呢？……

帕维尔　两个。女孩儿麻烦事儿太多。五个孩子——就此打住。

达莎　太好了。（停顿。然后吓了一跳）哦，天哪！

帕维尔　怎么了？

达莎　要知道这一切得花很多钱！

帕维尔　那又怎么了？

达莎　我们到哪里搞到它们？

---

① 此处为玩笑语言。——译注。

帕维尔 （食指闪电般指向达莎，做出开枪的姿势）抢劫银行！

达莎 （坚决地）不！不想做被电椅电死的强盗的遗孀。（仿佛预感到那种未来）还有五个孤儿等着养活！

帕维尔 （失望地）可惜。不得不靠诚实的劳动来挣钱。

达莎 （不同意）靠诚实的劳动到死也不会挣到那么多钱！

帕维尔 这是为什么呀？我要做发明家和革新家。我会同时管理52个车床，况且不是两个班，而是四个班连续工作！

达莎 我们哪里会有那么多孩子啊，如果你整天上班？

帕维尔 （模仿讲演人的语调）人口增长问题我们将在周六周日解决。

达莎 （失望地）只能这样？

帕维尔 不然你决定，亲爱的：要么金钱，要么人口增长。

达莎 我也可以在工厂上班。

帕维尔 （英勇地）不合适！

达莎 那我就去卖假发。假发——这是未来的商机！

帕维尔 （用命令的语气）核物理——这才是商机。你将成为原子科学家——就行了。周五你把没有分裂的原子用钱包带回来，我周六周日帮忙分裂它们。这样你可以获得巨额奖金。

达莎 我们说好了，周六周日要解决……

帕维尔 （打断她）晚十点之前我们分裂原子，然后……

达莎 （附和他）你将看电视上的“体育新闻”。

帕维尔 那么我们让原子裂变成七个。不要忘记我们的家庭生活水平。

达莎 裂变成五个。

帕维尔 同意。

达莎 只是要在结婚之后。

帕维尔 订婚后怎么样？

达莎 我已经说了。结婚之后。（停顿。与此前没有明显的联系）你会做摇篮吗？

帕维尔 用金属材料甚至两天就能做好。

达莎 我不是求你做集装箱，而是摇篮。摇篮应该散发着松脂的香味。我们把它放在哪里呢？（环顾）放在这个墙角。白天可以晒到太阳，晚上洒满月光。

帕维尔 不过暂时我们没有自己的地方……放在你们家里？

达莎 你知道我们那里多少人？像中国人一样多，还得加上我。（环顾房间）或许在这里？好长时间没有刷油漆了吧？

帕维尔 七年左右。

达莎 （沉思）墙纸早就很时髦，也不是特别贵。（用鞋尖儿掀开地毯）

帕维尔 那爷爷住哪儿？

达莎 你们的地面完全坏掉了。地板很贵，又买不到。

帕维尔 我们不能三个人住在一个房间里。

达莎 当然不能。地板革便宜，清洗也方便。不过不漂亮。像医院一样。

帕维尔 地板很难清洗。

达莎 没关系，地板我能对付得了，只是得能买到它。为什么阿贝尔先生不能搬到厨房里住呢？

帕维尔 你要知道，他腿脚不好。

达莎 你想出什么主意了？

帕维尔 毫无头绪。

达莎 为什么你爷爷不能搬到托老所呢？

帕维尔 养老院？你疯了！跟他说这事，我可开不了口。

阿贝尔出现。

达莎 你当玩笑说呗。

帕维尔没说话。

就这样，不经意地……

帕维尔没说话。

你怎么不说话啊？（神经质地，移动家具）我不坚持。我什么也没说。你想怎么办就怎么办。你愿意——就让他留下来，让他住在这个破烂仓库里！

阿贝尔静悄悄地走到自己的位置上。

（不好意思）您好，阿贝尔先生。

帕维尔　你已经回来了！

阿贝尔　（安静地）如你所见。怎么，你们在重新摆放家具？

帕维尔　（不自信地）我们不过是……讨论，我们这个……如果我们结婚了……明白吗？

阿贝尔　如果你们结婚，你说？

帕维尔　（不自信地）是。

阿贝尔　好主意。那你们准备住在哪儿呢？

帕维尔　你自己听见了。大概，在这里。

阿贝尔　不过，据我所知，达什卡不喜欢这里。

达莎　（很不自在）我们想……最初我们想，刚开始……暂时……直到我们领到合住的住房……

阿贝尔　多久才能等到合住的住房？

达莎　六七年。

阿贝尔　首付多少钱？

达莎　看是什么样的住房了。有三千的，有一万的。

阿贝尔　你们付的是哪一种？

达莎　还哪个都没有付呢。

阿贝尔　那还说只是暂时……那我怎么办？

帕维尔　我们还没有想过这件事呢。

阿贝尔　明白了。你们忙得脚打后脑勺儿。

达莎　（天真无邪地）问题就在这儿。

帕维尔　（打圆场）我认为，该考虑一下了。

阿贝尔坐到圈椅里，拿起报纸。

（无助地）你建议怎么办呢？

阿贝尔　这种情况下很难建议。

达莎　（急忙地）但您对此有自己的看法吧？

阿贝尔 当然。

帕维尔 什么看法呢?

阿贝尔 比如说，你们还很年轻。

达莎 那怎么，我们先变老，然后再结婚?

阿贝尔 万万不能。不然你们再等等看，千万别改主意了……

帕维尔 我们不改主意。

达莎 我们彼此相爱。

阿贝尔 很高兴听到这一点。爱情——这已经很多了。你们还有什么呢?

达莎 什么也没有。但会有的。一切——华美的房子、汽车、电视、狗……

阿贝尔 所以呀，说实话，一切都正常。

帕维尔 不是……

阿贝尔 不是吗?为什么?

帕维尔 因为这一切我们只是将会有。而现在我们甚至无法租房子住。

达莎 所以我们想……

帕维尔 爷爷，我们能不能一开始住在这里?

阿贝尔 三个人住在一个房间里?

达莎 （慌忙地）我不知道，这大概不好……此外……

帕维尔 （满怀希望地）如果你在厨房里住一段时间呢?

阿贝尔 我也想帮你们，不过这种方法不合适。那里是石板，我这残腿……再说了，那里一向很冷……

帕维尔 不过厨房很小，你是知道的。而我们怎么说也是两个人……

达莎 我们还不得不穿过您的房间。

阿贝尔 如果我住在厨房，那不得不穿过你们房间的是我。

达莎 （天真无邪地）不过您是老人，很早就躺下睡了。

阿贝尔 您说得对，达什卡，我是老人……但那里是石板……

达莎 （环视）或者，把这个房间间隔起来?

帕维尔 （断然地）不行，达莎!我想过这个。房间太小。

达莎 这个解决方案，在这个家里……是唯一的解决方案。不过一切都取决

于你。（看着帕维尔）

阿贝尔 我听着，你们说。

帕维尔 （不自信地）我们想……或许，你把整个住房让给我们？

阿贝尔 整个？那我住哪里呢？

达莎 （帮助帕维尔）我们想，或许，您搬出去住，对您来说会更好……

阿贝尔 如果这对你们有帮助的话。那你们为我想出了什么主意呢？

达莎 交换。等价的方法。甚至比等价还好：集中供暖、不用操心煤的问题、不用往外倒灰渣、暖和干净……您的朋友就在身边。您一周有七个星期五。

阿贝尔 谢谢。（情绪激动，快速地走近橱柜，从抽屉里取出两个存折）看见了吗？我连续多年从自己微薄的退休金里存了点钱在这里……最少时——每个月每个存折存五十克朗。一个存折是存给自己下葬的钱。另一个——是存给你们结婚的礼物。我一直盼望着活到这一天。不想空手去参加你们的婚礼。每个存折上——有4680，总共是9360。（递存折给帕维尔）拿着。你们可以把两个都拿走。我想，哪怕像个人样把我给安葬了，不过大概不可能就把我扔到篱笆下面。投股买合住的住房吧。或者你们想怎么就怎么办吧。它们是你们的了。

达莎 （沉着地）别担心，阿贝尔先生，我们会想办法解决的。

阿贝尔 我明白，达什卡……我明白……（他无力地放下了拿着存折的双手。六神无主地环顾四周）你们既不需要我的同情，也不需要我的钱，也不需要我的破烂……

帕维尔 （慌了神）爷爷，等等……

阿贝尔 我知道……对于你们来说，这一切都是老旧的破烂。只是这个破烂不总是那么老旧。我整整几年存下的几个钱，是想哪怕能买点儿什么也好……我是多么高兴啊，全身心的高兴，当我做成了这件事！而在此之前，我去看橱窗……欣赏，看……别人买东西，而我只能看……（毫无目的地，不自信地走了几步）我生活的一部分就是这样的破烂。但这是我的生活。

帕维尔　（息事宁人地）要知道我们就是……

阿贝尔　（几乎投降了）你们只有六十年后才能理解这一点，如果你们还能理解的话……

达莎　我担心，我们理解不了。我们会变成另一个样子。世界也会变的。（强忍住眼泪）住房危机不会永远存在！会有足够的房子给大家……华美的住房，阳光明媚的住房……其中到处都是镜子……镶瓷砖的浴室里鲜花盛开……自动流水线的厨房……洗衣机……还有什么？空调，绿色的花园，儿童游乐场……（突然跑开了）

帕维尔　（追她）达莎！达莎！站住，达莎！

阿贝尔全神贯注地，长时间地擦眼镜。他也随时要哭出来。

帕维尔回来，砰的一声关上门。

帕维尔　多谢你。

阿贝尔没有说话。

（挑衅性地）我知道，你为什么这样做。

阿贝尔　你什么也不知道。

帕维尔　我知道。知道得很清楚。你不喜欢我们。

阿贝尔　（惊奇地）谁？

帕维尔　达莎，我，所有的人！

阿贝尔　别胡说八道！我为什么要不喜欢你们呢？

帕维尔　因为如果你让我们住进来，你的星期五就结束了。你就无处与孔季女士会面（刻薄地，仍是以前的挑衅性语调），她父亲创建了“五洲”酒店公司。

阿贝尔　不是父亲，是爷爷。

帕维尔　（勉强控制住自己）你自己都不相信，她是这些酒店的孙女儿还是女儿。你比我更清楚，“五洲”名称并非源自“孔季”这一姓氏，而是源自“大陆”一词。大陆——是世界的一部分。你的孔季女士！！赖涅尔先生也不能来这里（嘲笑地）。古怪的牛皮大王，百科全书式博学之人。伟大的哲学家与演说家。不可救药的疯子，在高峰时间爬上城墙，只是为了吸引路人的注意。

阿贝尔　万一另有目的呢？

帕维尔　什么目的，如果不是秘密的话？

阿贝尔　你什么时候也没想过爬到某个高处？从那里哪怕是回望过去。

帕维尔　从来没有。我不需要向往美好的过去，当一切都比今天更美好，更漂亮和纯洁！

阿贝尔　因为憧憬未来更简单。（打着拒绝的手势）充满阳光的住房，厨房里有自动机器人，已经不需要站在灶台边……

帕维尔　（幻想着）所有这一切将来都会有的，会有的！

阿贝尔　或许，会有的。我只是想问，什么时候？

帕维尔　不知道，但是会有的。

阿贝尔　（沉思状）我可怜你。

帕维尔　（愤怒地）而赖涅尔不可怜吗？

阿贝尔　不。我佩服他。

帕维尔　这就是本质所在！你们彼此给对方讲童话故事，搅浑了自己的头脑，以至于自己相信了这些童话。然后再彼此佩服。

阿贝尔　可能你是对的。不过你还是什么都没懂。

帕维尔　当然了。我自打出生起就头脑迟钝。

阿贝尔　这有时甚至让我不安。

帕维尔　恐怕，你对赖涅尔先生不会感到不安。

阿贝尔　猜对了。

帕维尔　如果不是秘密，为什么呢？

阿贝尔　充满了爱的话语，和一床羽毛被子下的两双赤脚——对于男人来说有些少。而且把老人赶到托老所，扔掉他的破烂——特别简单。

帕维尔　（讽刺地）最好是爬到塔楼上且夸夸其谈。

阿贝尔　你哪儿也爬不上去，只会夸夸其谈。你应该尝试一下才对！试试爬到这座塔上——我就会佩服你。岂止是塔，什么都可以，只要试试！

帕维尔 （带有一种自我优越感）如果赖涅尔先生爬到这座塔上，对人们会有什么益处呢？他会怎么样，会从那里大叫？“朋友们，朋友们，赖涅尔先生问候你们”？

阿贝尔 他们将会有钟。

帕维尔 （没明白）钟？

阿贝尔 在塔上。

帕维尔 但是那里已经有钟了。

阿贝尔 只是这挂钟已经有八年了一直指向10点26分。而当赖涅尔登上这座塔，登到钟的位置时，它的时间就会转动起来。父亲们会照着它教孩子认表，什么时候是一刻钟，什么时候是半小时。每隔十五分钟它会敲响，让整个城市对时。它再也不会沉默了。它会恢复声音。你听见了，它会恢复声音！

停顿。

帕维尔 不过为什么赖涅尔先生不能沿着塔内的楼梯，正常登上这挂钟呢？

阿贝尔 因为他老了。几年前他建议修钟。人们告诉他说，他老了。而当他再一次提议自己修钟时，人们又告诉他说，楼梯烂掉了，不能攀爬了，不然它会倒塌。

帕维尔 （沉思状）你认为，他会成功吗？

阿贝尔 我祈求上帝让他成功。

帕维尔 （话中充满怀疑）如果不成功呢？

阿贝尔 那他就会死掉。

帕维尔 难道这不可怕？

阿贝尔 不。这很美好。

第三幕

阿贝尔家的房间。钟表依然没有放在自己的位置上。显然，它们又被藏起来了——阿贝尔等赖涅尔来做客，跟他一起来的还有赫梅利克和孔季。房间里此时没人。看得见打碎的手表——单独放的表壳，单独放的机芯。赫梅利克走进来。环视，发现打碎的手表。帕维尔手拎着一个大盒子走进来。

帕维尔　您好，赫梅利克先生。

赫梅利克　你好，帕维尔。爷爷还没回来？

帕维尔　他去取报纸了。

赫梅利克　（仔细查看打碎的手表，机械地）噢，取报纸了。

帕维尔　知道吗，我的手表打碎了。

赫梅利克　而我以为，赖涅尔先生来了。

帕维尔　表慢了，我想搞明白……

赫梅利克　那现在怎么办呢？

帕维尔　我试试修理一下。

赫梅利克　哎……

帕维尔　不坐一会儿？（把打碎的手表放进盒子里）

赫梅利克　我是顺路进来待一会儿。

帕维尔　对不起。（拎着盒子离开）

赖涅尔身着节日服装，拎着购物袋和精心包装的包裹走进来。

赖涅尔　大家中午好！

赫梅利克　中午好！（殷勤地从赖涅尔那里接过包裹）

赖涅尔　小心！

赫梅利克　（帮助赖涅尔脱下大衣）请允许我猜猜看？

赖涅尔　（情绪高涨）不许超过三次。

赫梅利克　手表。

帕维尔走进来。

赖涅尔　您是怎么猜到的？（递给赫梅利克小费）

赫梅利克　谢谢。今天不要。

赖涅尔　为什么今天不要？

赫梅利克　今天——不要。

帕维尔饶有兴趣地观察他们。

赖涅尔　（看见帕维尔）家里主人呢？

帕维尔 说是去取报纸了，可一个小时了还没回来。

赫梅利克 没关系，没关系，阿贝尔先生不会丢的。

帕维尔 我可以看一眼这块手表吗？

赖涅尔 有一个条件，不能打碎了。

帕维尔 明白了。

赖涅尔 （缓慢小心地打开包裹。露出一块儿装饰精美、镶有孔雀石柱的手表）嗯，你们觉得如何？

帕维尔 一流的！

赫梅利克 （赞叹地）送来修理的？

赖涅尔 说什么呢！表走得无可挑剔。如今这样的机芯打着灯笼也难找……也就在日内瓦的钟表博物馆里能找到吧。

帕维尔 它能值多少钱？

赖涅尔 难说。这里问题不在于钱。

赫梅利克 是您的？

赖涅尔 （自豪地说）我的。

帕维尔 它怎么落到您手里了呢？

赖涅尔 遗传。我爷爷的父亲就是钟表匠了！……

帕维尔 原来，是他在清理沙漏中的沙子①！

赖涅尔 （很看重这个玩笑）几乎是这样的。（给表上弦，拨动表针，表开始悦耳地嗒嗒走起来）经理想买下它。

赫梅利克 我们的？

赖涅尔 是他。

赫梅利克 给多少钱？

赖涅尔 我没问。这块表不卖。

帕维尔 可惜。换了我就卖了！……如果给价很好！

赖涅尔 不——不，有些东西是不能卖的。

---

① 此处为善意的玩笑。——译注。

帕维尔 给一万也不卖它?

赖涅尔 估计也没人给那么多，哪怕是收藏家……不过反正也不卖……不卖。

帕维尔 我知道一位先生，他有一条狗。这条狗值十多万。

赫梅利克 （上了圈套）十多万?找到愿意出这个价的人了吗?

帕维尔 没有，不过另一位先生提议换两只猫，每只五万元。好家伙!（离开）

赖涅尔 （作出应有的评价）这个不错……

赫梅利克 顺便说一句，我今天碰到帕维尔在修手表。我马上，赖涅尔先生。（离开）

赖涅尔 奇怪……（小心地把手表放到橱柜上）

帕维尔又走进来。

帕维尔 赖涅尔先生，您怎么认为，塔楼上的那挂钟还不是不可救药吧?

赖涅尔 （惊奇地，谨慎地说）为什么不可救药?

帕维尔 瞧，既然它停了那么久!

赖涅尔 （满怀爱意地看着他带来的那块表，微笑着）任何钟表都可以修好……我爷爷修好了国王的自鸣钟。丹麦准备庆祝什么周年……您能想象在一个停摆的自鸣钟下举行纪念节日吗? 31个钟表匠——都是丹麦最优秀的钟表匠!——拿它一点儿办法也没有!在克里斯蒂安国王本人的恳请下，爷爷去了。有时国王也得求人。

帕维尔 付费高吗?

赖涅尔 得到一袋子黄金、勋章和宫廷钟表匠的头衔。

帕维尔 （感兴趣地）这像是童话。

停顿。

赖涅尔 （朝窗前走去，把窗帘推向一边，朝窗外看，然后仿佛是在作对比，仔细地看手表）像是童话……

赫梅利克走进来。

赫梅利克 赖涅尔先生，我刚才走在街上……塔楼旁边花店的姑娘在找您。

赖涅尔 塔楼旁边的姑娘！您是怎么看这件事呢？我马上……约会，赫梅利克先生！约会。（离开）

赫梅利克 我想问一下，我可不可以在厨房里留下两支石竹花……

帕维尔 当然了！它们在哪儿？

赫梅利克 在门后。我想让石竹花成为意外的惊喜。（去前厅，然后捧着一大束石竹花返回来）孔季女士明天过生日。

帕维尔 您称这为“两支石竹花”？这是一大笔财产！

赫梅利克 （谦虚地）每支六克朗。

帕维尔 您怎么，中了彩票，赫梅利克先生？

赫梅利克 这是用小费买的。我攒了很多年。一个赫勒[1]都没有花。就在前天我还不知道拿它们怎么办呢……

帕维尔 （接过花，有些慌张）我把它们放进水里。（离开）

赫梅利克走向电话，仔细查看它。帕维尔返回。

赫梅利克先生，请允许问一下……

赫梅利克 请说，帕维尔。

帕维尔 您之前常来我们这里，但是今天您是第一次不拎手提箱来。

赫梅利克 习惯，知道吗？

帕维尔 （打断他）可能……不过……您这个年龄您还愉快地拎着箱子……

赫梅利克 不过，我，说实话，甚至无法想象不拎箱子的星期五。它离不开我的星期五。

帕维尔 请问，赫梅利克先生，这有时不会让您觉得委屈吧？

赫梅利克 （吃惊地）不会。为什么这该让我觉得委屈呢？说实话，我甚至从没想过这事。星期五一到，四点，我就去女子部。敲开孔季女士的房门，拎起箱子就走。箱子总是放在门边。不知道您明白了我的意思没有……但是如果没有这个箱子，星期五对我来说已经不是星期五了。而且归根结底，这个箱子根本就不沉。很大，但

---

① 赫勒，斯洛伐克货币单位。——译注。

不沉。

帕维尔 里面装着什么呢？

赫梅利克 不知道。

帕维尔 不知道？！

赫梅利克 不知道。

帕维尔 而您不感到奇怪吗？

赫梅利克 奇怪什么？

帕维尔 就是多年来每逢星期五您都要拎着这个箱子，却不知道里面装着什么。

赫梅利克 我早些年曾经想过。我自己已经不知道是什么时候了……这一切在不知不觉中开始的……甚至不知道怎么开始的。可能，是我自己提议帮忙……也可能，这个箱子是她自己拎着，而我似乎觉得，她不该这样做。晚些时候，看来，是她让我这样做，再晚些时候，我开始自己提它，已经不用告诉了……我不知道，该怎么向您……

停顿。

帕维尔 我给水里放了两片阿司匹林。这对刚剪的花有好处。

赫梅利克 多谢您……（*朝电话走去*）这部电话好用吗？

帕维尔 好用。说真的，它还记得爷爷在酒店工作的那些年，不过好用。

赫梅利克 总之我是没听见它什么时候响过。

帕维尔 没人给我们打电话。

赫梅利克 （*犹豫着*）我需要……我想求您一件事，帕维尔……（*下定决心*）孔季女士已经几次暗示我，说她有那么一种感觉……简而言之，她在我们公寓开始感觉不好。她觉得，我们怀疑她儿子的存在。似乎，我们不相信她。这令她极其苦恼。

帕维尔 我能帮上什么忙呢？

赫梅利克 知道吗，我想，既然她过生日……我想让她重新感到像以前一样与我们在一起……我想做一件让她愉快的事。

帕维尔 我不知道，我该怎么帮忙？

赫梅利克 小事……很小的事。一个无恶意的谎言，让年迈的女士恢复自信。（审视着帕维尔）我想求您。您能否打个电话，就是说往你们家这里打电话。七点左右。

帕维尔 能打，那又怎么样？

赫梅利克 您能否以儿子的名义祝她生日快乐？

帕维尔 说什么呢？我哪会知道他呢？

赫梅利克 就直接像她儿子那样打电话。

帕维尔 他有个奇怪的名字。我甚至都没记住。

赫梅利克 这个名字——是古别尔特。古别尔特·罗胡斯·孔季。

帕维尔 （明显感到开心）罗胡斯……戈罗胡斯。我可能会忍不住笑起来。

赫梅利克 （坚决地）只说古别尔特就够了。（期待地）您能做这件事吧？

帕维尔 我想我能。（重复）古别尔特。古别尔特……古别尔特……（离开）

门铃声。赖涅尔捧着一束玫瑰花走进来。

赖涅尔 你们觉得怎么样？！

赫梅利克 太美了！（闻花香）玫瑰就是玫瑰，世上什么也无法与它的香气相媲美……孔季女士会高兴的……这是那个卖花姑娘送的？

赖涅尔 是我送的。（隆重地从口袋里掏出一个小信封，从中取出一张名片）最后一张。（读）“古斯塔夫·赖涅尔，首饰匠和钟表匠，法院陪审员”。这是多久以前的事了！（把名片插进玫瑰里）这一张硬纸板还记得一些事呢……

赫梅利克 我们把它们放到桌子上？这里有花瓶。（整理玫瑰花）赖涅尔先生，谁第一个想出送花的主意呢？

赖涅尔 某个不切实际的人。

赫梅利克 我还要出去一会儿。（看着赖涅尔。隆重地，自言自语）嗯，就是说，说好了！

赖涅尔 （不明白怎么回事）说好了什么？

赫梅利克 （微笑着）怎么——什么？！说好了！（离开）

赖涅尔走近窗户，从背心口袋里掏出一块表链漂亮的手表，将窗帘推向一边，向窗外看，然后仿佛在作对比，认真地看自己的手表。

门铃声。阿贝尔手拎购物袋走进来。

阿贝尔　赖涅尔先生，欢迎……今天您来得早些。

赖涅尔　而且没有警察护送。“检查员”今天在我们家里值班。为了保险起见，我藏起了他的“头帽”。

阿贝尔　对不起，我有些耽搁了……试图找到真正的锡兰茶。跑遍了整个城市……

赖涅尔　白费劲儿。

阿贝尔　遗憾啊。不然孔季女士会高兴的……我想，会比见到这个更高兴。

（从购物袋里取出一瓶香槟酒）

帕维尔穿着新西服走进房间。

帕维尔　（意味深长地）瞧我们这日子过的……瞧我们这日子过的……

阿贝尔　（从口袋里取出贵重的礼物香烟；对赖涅尔说）而这个给您……制造香气的……在体面的群体里必须有香烟的味道。

赖涅尔　（接过香烟，预先感受）噢，真香，“科罗纳斯”！谢谢。我尽一切努力让这里充满健康的男人的气氛。

帕维尔　（对阿贝尔说）你还需要我吗？

阿贝尔　我不需要你。

帕维尔　那我走了。（离开）再见……

赖涅尔　再见。

停顿。

阿贝尔　（朝柜橱走去。对赖涅尔说）您能帮我一下吗？

赖涅尔　很高兴。

阿贝尔　（取出酒杯，茶杯）在下面那里，有小碟子……

赖涅尔　（帮忙）完全是另一回事。不像我们食堂里的塑料餐具。

阿贝尔　地狱里每年也要过一次节的。

阿贝尔和赖涅尔摆桌子。

赖涅尔　我们那里不是地狱，不过却从来没有过节的感觉。

阿贝尔　一年一次也没有？

赖涅尔　没有。

阿贝尔　我以为，哪怕是圣诞节……

赖涅尔　甚至是圣诞节……（停顿）食物够吃……还有葡萄酒喝。不过一切都不是那么回事……明亮，温暖，而且还摆上枞树，甚至还点上电蜡烛。这个很难说清。那里缺了点什么……还给我们送礼物，甚至是很好的，漂亮地包在玻璃纸中的礼物……您曾在部队中服役过，在军营中过过圣诞节吗？

阿贝尔　没有……一次是在医院里，而下一个圣诞节已经在家里了。

赖涅尔　或许，如果您回忆起，医院里的圣诞节……尽管这也不是那么回事。当时人还年轻。我们围着桌子坐，一大群不相识的人……彼此只知道名字……我们肩并肩地坐着，每个人却很孤独。我们的一个星期五我都不会去换三个那样的圣诞节……

阿贝尔　我以为，年轻人对您……哪怕过圣诞节……

赖涅尔　（否认地）那些人？！说什么呢！我最后一次看见他们是在六月……三年前……（沉思状）那时我几乎把一切都给了他们。您能想象吧？真正的“沙夫豪森”，双表壳，带有镶饰……特别漂亮的一块表……年轻人来看我，我很高兴，尽管不常来。该死的，一切都过去了，一切都结束了！最后一次我送给他们的是“杜卡特”，特蕾西亚古金币。我幸运地把它保留了四十多年。这就是我能给他们的一切。可以给更多，只不过已经没什么可给了……最后，可以期盼他什么呢！逃离了表业……（带着苦涩和蔑视）采购员！（失望地）采购员！……遗憾啊，没有锡兰茶。

停顿。

阿贝尔　赫梅利克先生在哪里耽搁了。

赖涅尔　孔季女士满多大岁数？

阿贝尔　毫无概念。我以为您知道呢。

赖涅尔 赫梅利克更有可能知道。

停顿。

阿贝尔 不喝一小杯?

赖涅尔 谢谢，等等其他人吧。

阿贝尔 （发现橱柜上的手表）请允许问一下——这是什么?

赖涅尔 手表!……（用一块布盖上手表）

阿贝尔 哦……（停顿。朝衣柜走去）您能帮我个忙吗?（打开衣柜）帕维尔又把它们藏起来了。挂钟哪里去了?（从各处把钟表取出来，放回原处）

赖涅尔 （帮忙）我忘了告诉帕维尔……

阿贝尔 （息事宁人地）没什么……没什么……

阿贝尔和赖涅尔费劲儿地从衣柜里搬出大钟，把它放回原处。电话铃响。

（朝电话走去）弗兰季舍克·阿贝尔。请讲。（停顿）喂，喂!（停顿）有人开玩笑。（放下话筒）

孔季女士和出租司机沿着正门楼梯走上来。司机拎着手提箱。门铃声。

我们家今天像林荫道上一样热闹。（去开门）

走进来节日穿戴的孔季女士和出租车司机。这时节日气氛的桌子已经摆好。

赖涅尔 （鞠躬）很高兴。

孔季 晚上好，赖涅尔先生!（对司机说）谢谢。（指着箱子）可以把它放到这里。

出租车司机 行。（放下箱子）女士还有什么事?

孔季 谢谢您。可以走了。

出租车司机 再见。（离开）

阿贝尔 （从前厅进来）出什么事了?

孔季 什么?

阿贝尔 您没带赫梅利克先生?

孔季 哦，是这样的!我自己也不明白，这是怎么一回事，不过他派出租车来接我。可惜，您没看见，我们那里所有的人都瞪大了眼睛！米奇检查员简直呆掉了，甚至给我们敬了个礼。赫梅利克先生太周到了。（仔细查看摆好的桌子）你们这里举行什么活动啊？你们在等谁吗？

赖涅尔 等过。

孔季 请允许打听一下，等谁？

阿贝尔 您马上就会知道。请入座。

孔季 （坐到自己惯常的位子上）谢谢。

阿贝尔 今天不坐这里。您的位置在这里。（让孔季坐到上座）

孔季 （故作惊讶）不明白！

赖涅尔 您就听阿贝尔先生的安排吧。

孔季 （重新坐回来）您总要给我解释一下呀！我好奇死了！

阿贝尔 稍忍片刻。（向赖涅尔做个手势）

两个人走近孔季。

赖涅尔 尊敬而可爱的孔季女士……

阿贝尔 可爱而尊敬的孔季女士……

前厅响起了门铃声。

阿贝尔 请允许我……

赖涅尔 让您……

孔季 该去开门。

赖涅尔 （语无伦次，用以前的语调）我们该去开门……

阿贝尔急急忙忙打开酒瓶。赫梅利克走进来，一身过节打扮。他发生了某些变化。这已经不是以前的赫梅利克。他迈着矫健的步伐走近桌子，把一个大篮子直接放到孔季面前的桌子上。

赫梅利克 瞧。

孔季 （不住地惊讶）看在上帝的面上，赫梅利克先生！

赫梅利克 放心，亲爱的女士，一切正常。（快速地走向厨房，带一束石竹花返回）

三个人隆重地站成一排，走近孔季。

我们亲爱的孔季女士，请允许我们衷心地祝贺您生日快乐……

阿贝尔　（鹦鹉学舌般）……快乐。

赫梅利克　在这一极其重要的时刻，我们能够伴您左右，对我们来说是莫大的荣幸和快乐。

赖涅尔　（轻声地）是的，极其重要的时刻。

赫梅利克　请接收我们的小礼物。（意外彬彬有礼地递上一束花，吻女士的手）

赖涅尔　（吻女士的手）是的，绝对特殊的日子。我生命中的一个“辉煌的”日子！

赫梅利克与此同时利索地打开香槟酒。

阿贝尔　我赞同……主要的是——祝身体健康和幸福！

孔季　谢谢。衷心地感谢你们。（哭泣）这一切令我如此吃惊……你们太好啦。

赫梅利克　酒杯已满，何必如此多的废话？我提议第一杯为我们亲爱的过生日者的健康干杯！祝您健康！干杯！

阿贝尔和赖涅尔（一起）　干杯！

赫梅利克　万岁！

阿贝尔和赖涅尔　（附和）万岁！万岁！万岁！干杯！

赫梅利克　干！

大家一起喝酒，坐下来。

孔季　我本来不能喝酒的，我高血压。

赫梅利克　您忘记这个绣球花吧！

孔季　（笑着）高血压？您真是个乐天派，赫梅利克先生！

赫梅利克　是的，勇敢派！当然，我是勇敢派。勇敢——是我的天性。（给所有的人倒酒）那么，为您孙女儿的健康干杯！

孔季　孙女儿？

赫梅利克　哦，这个绣球花，确切些说——高血压。

孔季　我确实不能喝。

赖涅尔　一杯好酒——是一剂良药。

孔季　嗯，好吧，再来一杯。您负责啊！

赖涅尔　随时准备负责。

孔季　（毅然地喝下了酒，看得出，她曾经喜欢喝酒）好！

阿贝尔　赖涅尔先生，您的手表！（拿起表，递给孔季）赖涅尔先生送给过生日者的。

孔季　多漂亮的礼物！再倒上！

赫梅利克倒酒。

多亏您，正是因为您，我们才能举起这酒杯！为我们宇航员的健康干杯！

赖涅尔　宇航员——万岁！

大家喝酒。

阿贝尔　（深受感动）朋友们，谢谢你们。（指着火腿）请大家享用。

孔季　（很熟悉地）布拉格牌，招牌火腿。我已有好多年没见过它了。

赫梅利克　布拉格特快运来的，专门为您。

孔季　您总是在开玩笑，赫梅利克先生。

赫梅利克　我可以发誓！

孔季　虚假的誓言——是一种罪过。

赫梅利克　为了您我们准备犯错！

赖涅尔　我已经不记得了，我最后一次犯错是什么时候。

孔季　您记性不好，赖涅尔先生。

赖涅尔　我记性不好？

孔季　上一周是谁被警察带到这里来的？

赖涅尔　不是警察，而是检查员。我们的检查员。

孔季　您何时见过警察抓捕圣人的？

赖涅尔　只是误会。不过，我们的检查员天不怕地不怕。

阿贝尔　你们怎么什么也不吃啊？

赫梅利克　我已经饱得像去过复活节的男人一样。我们确实忘了喝酒。（新打开一瓶酒，往酒杯里倒酒）

孔季 我头晕了。我真的不能再喝了。

阿贝尔 怎么能这样呢？我们要为赖涅尔的清白干一杯。

赖涅尔 这一杯好！（喝酒）

孔季 （劝自己）我不能喝了。我一滴也不能再喝了。不然我不敢替自己担保。（从椅子上站起来，像被催眠了似的）

赫梅利克 喝吧。而我们什么也不会告诉您的高血压。像男人一样。

孔季 （站着喝酒，无助地环顾四周）哎，我会把一切都献给吉卜赛音乐！

阿贝尔 （快速站起来，从衣柜里取出留声机）这对我们来说再简单不过了。

赫梅利克高兴地帮忙。阿贝尔摇动留声机。

赖涅尔 有留声机。马上就会有音乐。

阿贝尔 （从柜子里取出唱片，选出一张，放上去）喂，音乐，不要让我失望！

传来激昂的恰尔达什舞曲的前一部分慢速的节拍。

孔季 （打着拍子。她的动作变得像吉卜赛人一样富于表现力）赌场！（陶醉其中）军官们！红酒流成河……（把自己的貂皮扔到椅背上）

赫梅利克 （迅速拿起酒杯，像军人一样迈着整齐的步伐走近孔季并行礼）请允许自我介绍：中尉赫梅利克。（将酒杯递给孔季）

孔季 （一口喝干）很高兴，中尉先生。（动作自然地将酒杯甩到肩后，开始和赫梅利克跳舞）

阿贝尔 （赞叹地看着跳舞者，拧着留声机）好！

赖涅尔 （从椅子上站起来，拿起酒杯，走近跳舞者。对赫梅利克说）请允许？

赫梅利克 当然，上尉先生！（停止跳舞）

赖涅尔 （行军礼）上尉赖涅尔。（递酒杯）

孔季 （跟随舞步的节奏喝一杯酒）很高兴，上尉先生。（扔掉酒杯，接着跳舞）

阿贝尔和赫梅利克打着拍子。恰尔达什舞曲加快速度。孔季和赖涅尔跳出疯狂的舞步。电话铃响。赫梅利克继续打拍子。

阿贝尔 （走近电话）是的……我听不清您说话……孔季女士？（吃惊地）

是的，她在这里……（停顿）是的，等一下……（叫孔季）有人打电话找您。

孔季 （醉心于跳舞）我不在家！

阿贝尔 （惊慌地）据说，非常紧急……

孔季 现在不可能有什么紧急的事儿！（对赖涅尔说）对不对，上尉先生？

阿贝尔 （无助地）孔季先生打来的电话！

孔季 这是不可能的！

赫梅利克 （打圆场）那还能是谁呢？

孔季 （不相信地拿起话筒）请讲。（紧张的停顿）谁？（短暂的停顿之后）古别尔特？古别尔特！（抓住胸口）我的儿子！（话筒从她的手里掉落）

孔季慢慢地倒向地板。

赫梅利克第一个从震惊中清醒过来，跑向孔季，小心地抬起她的脑袋。

阿贝尔 该做些什么？

赫梅利克 药！

赖涅尔 救护车！

赫梅利克 给我们那里打电话！

阿贝尔 对对，救护车……（拿起电话簿）

赫梅利克 她一向服用那种小药片……

赖涅尔 包，快点儿！

赫梅利克在包里翻找。

有吗？

赫梅利克 （慌慌张张地）没有……

赖涅尔 找到“救护车”了吗？

阿贝尔 （翻着电话簿）马上，马上……

赫梅利克 万一药片在手提箱里呢？

赖涅尔 胡说！谁会在手提箱里装药片？

赫梅利克 但该做些什么啊！不能袖手旁观，看着她死去！（坚决地打开手提箱）

阿贝尔　（无助地）找不到电话号码……

赖涅尔　在第一页。匪警与火警那一页。

赫梅利克　（看着打开的箱子）什么也没有……

赖涅尔　空的?

赫梅利克　只有这个。（取出一包书信，头纱花环）

阿贝尔　（急忙拨号）“救护车”？……喂！请给我接“救护车”！噢，是“救护车”吗？……请快点儿，孔季女士快要死了。（停顿）是的，在我家里……不过请……

赖涅尔　（对阿贝尔说）让我来？（拿过话筒）“救护车”？紧急呼叫，弗兰季舍克·阿贝尔，老城。苏克尼茨卡亚大街，76号……是的……（放下听筒）

赫梅利克　应该给我们那里打电话，应该给我们那里打电话！（拨号）值班员吗？……请给我接经理！……什么——“什么问题”？我跟您说，连线经理。孔季女士生命垂危！（慌忙放下话筒）

阿贝尔　（看一眼躺在地上的孔季）应该把她，或许……（指着沙发）

赖涅尔　帮帮我。

把孔季安置在沙发上。赫梅利克像梦游者一般什么也听不见，走向箱子，拿出里面的婚纱。这件婚纱也在箱子里。

赫梅利克　要知道她刚刚还在跳舞……

赖涅尔　（找脉搏）活着……（对表数脉搏）湿毛巾，快点儿！

阿贝尔　好的——好的，马上……

赫梅利克　要知道她刚刚还在跳舞……（手里拿着婚纱走来走去）

赖涅尔　（对赫梅利克说）请拿点儿水来！

赫梅利克　（鹦鹉学舌般）“请拿点儿水来！”……（去取水）

阿贝尔　这件婚纱根本……（粗略地看一下）像是谁也没穿过……

赫梅利克　（给孔季敷上湿毛巾）要知道她刚刚还在跳舞……这不可能……

赖涅尔　（诊脉）他们怎么那么久?

阿贝尔　我去迎一下，免得他们找。（离开）

赫梅利克 活着吗？

赖涅尔 好像还活着。

阿贝尔 （返回来）没人。

赫梅利克 （无助地拿起婚纱）这个电话……

赖涅尔 （仔细看着婚纱）奇怪……真的谁也没穿过它。

阿贝尔 我以为……她穿着它结婚的……

赫梅利克 （拿走了婚纱）看来是准备……孔季女士没有出嫁。

阿贝尔 上帝啊，他们怎么没影了！……每一秒钟都可能晚……

赫梅利克 要知道她刚刚还在跳舞……

米奇跑进房间里。他没带“头帽”，着装不整、气喘吁吁。

米奇 停！安静！叫“救护车”了吗？叫了……用水了吗？用了。吃药了吗？吃了。为什么这么混乱？我说——混乱！赫梅利克先生！马上停止，别把孔季女士的婚纱搞脏了！女人一生珍爱它。而您呢？您看：下摆上有拇指的指纹。您怎么，想让这个证据对您不利？然后会搞清楚的！我说——会搞清楚的！停！阿贝尔先生！将您的手从话筒上拿开！现在我明白了，为什么我怎么也打不通你们的电话，您是个坐不住的老人！而您呢，赖涅尔先生？您怎么不说话了，像是从多瑙河里打捞上来的溺水者！别再前后来回走了。您又不是钟摆！我说的是钟摆。瞧你们的星期五闹到什么地步！你们看，孔季女士多么安静，要知道，她比我们还难受。

赫梅利克 检查员先生，我请求您，我要求您立刻闭嘴，哪怕是出于对孔季女士的尊重！

米奇 停！您怎么说的？女士叫什么名字？

赫梅利克 （惊呆了）孔季女士。

米奇 停！我希望您明白，开始识别。身份识别是按照特殊规则进行的。你们将分别单独走到我身边，轻声地，对着我的耳朵，悄悄地说出需要指认的公民的名字，你们说的话——将是证人的证词。提供虚假的证词会受到法律的制裁。应该指认的人的名字……孔季女士……（哭泣）

停顿。阿贝尔、赖涅尔、赫梅利克吃惊地看着他。

阿贝尔　（对赫梅利克说）他哭了。

赫梅利克　看在上帝的面上，冷静，米奇。

阿贝尔　（从桌子上拿起酒杯，递给米奇）水。

赖涅尔　一切都会好的。

停顿。

米奇　（渐渐恢复常态，打起精神）现在几点了？（停顿）曾几何时敲出多么纯正的钟声……不——不，这不可能……让我们假设最糟糕的结局。你们想象一下，明天孔季女士已经不和我们在一起了……而我们呢？我们的星期五呢？

医生和两名卫生员快速走进房间。

医生　晚上好！哦，她在这儿。（大概检查了一下）把她抬到担架上。

卫生员走近沙发。

赫梅利克　（仿佛希望保护孔季免受不小心的对待）我来帮忙……

卫生员　不用。我们对此事有经验。（和另一个卫生员把孔季安放到担架上）

阿贝尔　（担心地）活着吗？

医生　活着……这是您……

阿贝尔　不，不是我妻子，不……孔季女士来做客。

医生　她身上有证明了吗？

赫梅利克　有的，在包里。（拿起包和卫生员一起离开）

赖涅尔、阿贝尔和米奇也随着医生离开。所有的人都沿着正门楼梯往下走。与此同时，在自家人的楼梯上出现了帕维尔和达莎，还在楼梯上排练。

帕维尔　我一定会搞错……（整理花束）

达莎　算了吧你……这根本就很简单。先是祝贺所有的人，走到她近前，开始……

帕维尔　怎么这个……哦，第一句话？

达莎　最尊敬的孔季女士。

帕维尔　啊！想起来了。走。（快步走在前面。进门，惊奇地环顾空无一人的房间，摆好的桌子，叫达莎，轻声地说）你过来！

达莎 （进来）谁也不在？

帕维尔 莫名其妙……孔季女士到底是为什么扔下话筒呢？

达莎 （去厨房，后返回）一整天绞尽脑汁想着如何与老人们和好。来了——他们却已经不在了。

帕维尔 我替爷爷担心，我们最近吵嘴了。

达莎 而我们那么精心地准备了一番。（摘下椅背上孔季女士的貂皮，披到自己的肩上，坐到椅子上）还什么都没有失去。我们的一切都在前面！

帕维尔 是的……是的……我们的一切都在前面……或许他们去透风了。（拿起花，转向达莎）最尊敬的孔季女士！请允许我谦恭地加入全体的祝贺……（问达莎，低声地）接下来怎么说？……

达莎 在这一隆重而幸福的……

帕维尔 正确。在这一隆重而幸福的时刻，祝愿您想得到的一切都能实现……

达莎 （很讲究的姿势递出手，让他亲吻）谢谢，亲爱的！您太客气了！

帕维尔彬彬有礼地递上花，亲吻伸过来的手。

（转向想象的群体）真的是特别特别可爱的年轻人！（发现头纱花环）天哪！这是什么？

帕维尔 （吃惊地）花环？

达莎 （同样的语调）婚礼的？

帕维尔 （不加思考地把花环戴到达莎的头上，拉起她的手，庄严地领着她在房间里走；突然站住，用庄严的声音）我问您，新郎先生，娶身边这位达莎·维索茨卡娅为妻，您是否心甘情愿，深思熟虑？（停顿之后）是的！我问您，达莎·维索茨卡娅，嫁给身边这位帕维尔·叶先斯基，您是否心甘情愿，深思熟虑？

达莎 是的！

帕维尔俯身朝向达莎，掀起头纱，拥抱达莎并亲吻她，缓慢且温柔地把她放到刚刚抬走孔季的沙发上，坐到她身边，取下花环和头纱。从敞开的窗户传来古老的塔楼上自鸣钟缓慢的敲击声。

帕维尔　听见了吗？

达莎　什么？

帕维尔专注地倾听着城楼上古老自鸣钟悠扬的钟声。

剧终

斯坦尼斯拉夫·斯特拉蒂耶夫与荒诞戏剧、保加利亚（与巴尔干地区）风格

卡莉娜·斯蒂芬诺娃
宗玉　译

荒诞从一开始就伴随着斯特拉蒂耶夫与戏剧的关系。他出生于1941年，于20世纪70年代初在一家颇受欢迎的讽刺周报当记者，已经出版了两本短篇小说集，丝毫没有写剧本的意图。然而，他写的一些有趣的场景和小品，以及他的一些专栏花絮已经作为评论类节目登上了讽刺剧院的舞台——这是当时在保加利亚首都索非亚最受欢迎的剧院——并在全国的城镇和村庄巡回演出。

斯特拉蒂耶夫和剧院院长内乔·波波夫（Neycho Popov）成了朋友，所以他不好拒绝波波夫坚持要他写剧本的要求。不过，他从来没有认真对待过这件事，而是离开住处前往索非亚旁边的维托沙山郊外的平房里，写一部电影剧本。波波夫时不时给他打电话，想知道剧本的写作进展如何，但一直只得到一个同样的"好"的答案，却没有看到任何具体的成果，他开始怀疑起来，并前往斯特拉蒂耶夫所在的平房。

斯特拉蒂耶夫描述这些访问的方式很好地表明了他的夸张喜剧的天赋，以及他将现实情况延伸到荒诞领域的技巧，探索所有真实生活的细节。"……每当我听到汽车引擎的声音，看到内乔的雷诺车接近时——他写道——我会立刻离开平房，躲在树林里。内乔会四处闲逛、喝咖啡、等待着，不停地敲

门。而这时,我会躺在树林里,看着他,想知道他什么时候会厌倦等待,然后回到索非亚。”①

接下来发生的事情,斯特拉蒂耶夫也用同样的方式表述:“我决定写几页,然后想出点常见的借口——作家的瓶颈、想象力的疲劳、艺术的失败等——所有这些熟悉的东西。但是,在这种情况下,我坐下来,我写作,等待着我作为作家的瓶颈,等啊等啊,但它从来没有出现过……因此,在等待我的瓶颈、我的艺术危机、我的想象力的枯竭和我的创造力的消耗时,书页不断堆积,然后,在我想到另一个借口摆脱这种尴尬情况之前,剧本完成了。我写完了。”②

保加利亚最成功的戏剧之一——《罗马浴池》(*The Roman Bath*)就是这样诞生的。一位最受欢迎的保加利亚剧作家登上了舞台:完全出乎意料地,甚至是勉强地,没有任何野心和训练,而且——非常适合他将要赋予其丰富性的喜剧类型——几乎像个玩笑。

《罗马浴池》于1974年首映,并在讽刺剧院的驻场剧目中保留了十多年,在此期间,仅在这一家剧院就有30多万观众观看了这部戏剧。1984年,这部作品获得索非亚奖,随后代表保加利亚参加了当时最重要的国际活动,即当年在法国南锡举行的国际戏剧节。这部戏也在保加利亚的许多其他剧院上演。它被翻译成了13种语言,并在近20个国家上演。

自然而然地,紧接着在1976年,又上演了另一出戏剧《皮夹克》(*The Suede Jacket*),它给斯特拉蒂耶夫带来了评论界的高度赞誉——这是他首部作品问世时没有得到的赞誉。

这部戏也是在讽刺剧院上演的,当时他已经在那里当了一年多的戏剧顾问。他在《罗马浴池》成功演出后不久就接受了加入剧院的邀请,结果这几乎成了他的终生职位:1975年至1983年,1989年至1999年。斯特拉蒂耶夫在中间的六年里也没有离开剧院,他只是换了一个职位:1983年至1986年,

① www.stranislavstratiev.org.
② 同上。

他担任剧院的负责人和艺术总监；1986 年至 1989 年，他只担任剧院的艺术总监，一直到 2000 年他过早去世的前一年。斯特拉蒂耶夫深刻地思考着自己的生活，把讽刺剧院写成了自己的第二个家："我在那里迈出了第一步，在那里成长。它所给予我的那么多，我想我永远也无法充分地回报它。"

所有这些并不意味着他放弃了其他热爱的事业。他继续从事电影业，撰写了几部主要电影的剧本，包括迄今为止最成功的保加利亚喜剧电影《无名乐队》（*The No-Name Band*，1982 年）的剧本，这部戏剧最近在 2017 年又被改编成舞台音乐剧，这已经是新千年来的第二次。他也继续写散文。他的戏剧（共 16 部）和散文总共被翻译成了 30 多种语言。

是什么让斯特拉蒂耶夫如此受欢迎，不仅在保加利亚，而且在国外也是如此？

一些评论家试图通过比较来解释这一点，将他与那些荒诞或边缘戏剧的各个方面相关的剧作家们进行比较，比如幻象和怪诞。

《斯拉夫和东欧艺术杂志》（*Slavic and East European Arts*）的爱德华·J. 切尔文斯基（Edward J.Czerwinski）谈到《罗马浴池》时说："这是斯特拉蒂耶夫第一次踏足果戈理和莫罗泽克的世界。像这两位讽刺作家一样，斯特拉蒂耶夫从一个假设开始：'如果在当代保加利亚人的家中发现了一件古代遗物——一个罗马浴池——会怎么样？会有什么后果？'当然，结果必须要有幽默感，而不是斯威夫特式的凶猛尖锐或莫罗泽克式的懒散的政治立场，而是巧妙地从社会政治切入，在社会中个人是受害者……一些作家戏剧化了平庸的生活（契诃夫、米勒、查耶夫斯基）；一些作家美化了它（高尔基）；还有一些作家，比如斯特拉蒂耶夫，试图打破覆盖着正在崩解的社会支柱的保鲜纸。"①

另一个对斯特拉蒂耶夫的比较研究是由《国际戏剧研究》（*Theatre Research International*）的尼科尔·维古鲁克斯-弗雷（Nicole Vigouroux-Frey）提出的："他喜欢矛盾的状况，揭穿最复杂或最荒诞的结构中的补偿特

① 爱德华·J. 切尔文斯基：《斯拉夫和东欧艺术杂志》，1987 年夏，第 1 期，第 5 册。

征，反之亦然，精确指出在最微不足道的情况下隐藏的荒诞……在斯特拉蒂耶夫早期的戏剧中，主人公通常是一个陷入贝克特式荒诞处境的年轻人。起初看似简单明了的事情发展成了一场怪诞的噩梦。这个主人公的纯真、脆弱、感性的真实性崩坏成为荒诞。社会的笑声成了一种致命的武器，因为天真的主人公必须顺从，失去了个人原本的观念，最终在成为一个非人、一个纯粹的对象中得到了解脱。”①

其他评论家并没有积累更多的参考资料和比较，而是试图解释斯特拉蒂耶夫作为一个剧作家在不同类型的作品以及在喜剧和滑稽的边界上的自由跨界所产生的影响。“斯特拉蒂耶夫和其他剧作家的区别，”伊琳娜·卡努舍娃（Irina Kanusheva）在《保加利亚当代戏剧》（*Contemporary Bulgarian Theatre*）中写道，“在于他不怕‘彻底’利用荒诞、怪诞、夸张、小品和笑话的技巧，以及各种各样的乐趣来吸引观众。”②

这些都是深刻的分析，深入挖掘了斯特拉蒂耶夫作品的本质。然而，对我来说，还有更重要的一点，那就是他能够一直打动观众并与观众达成全面融洽关系的能力的关键所在。这又与荒诞有关——只与它的一个特殊“品牌”有关：“保加利亚制造”。或者更大的范围：源自巴尔干半岛。

在我们与现实戏剧的关系中，这类荒诞一直是我们保加利亚人的终身伴侣。因此，我们对它产生了一种与之相应的特殊的、典型的保加利亚人（也可能是巴尔干人）的感知，这与保加利亚这个国家和这个地区以外的人的感知有很大区别，当然也与通常与荒诞戏剧有关的感知不同。

初一看，这种对待荒诞的态度是非常矛盾的。就好像我们害怕其他的一切，而不是荒诞本身。也许是因为它一直存在于我们的日常生活中，已经变成了现实的“自然”成分，某种特定的东西——我们认为它仅仅是第 n 个“不可能但仍然是事实”的东西。然而，这也是一种我们知道必须用智力战

---

① 尼科尔·维古鲁克斯-弗雷：《国际戏剧研究》，2000 年夏，第 2 期，第 25 册。

② 伊琳娜·卡努舍娃：《斯坦尼斯拉夫·斯特拉蒂耶夫，戏剧如何产生一位剧作家》（*Stanislav Stratiev, or How the Theatre Has Produced a Playwright*），第 8 册，第 2 部分，《保加利亚当代戏剧》，《当代戏剧评论》（*Contemporary Theatre Review*），第 1—4 页，劳特利奇出版社 1998 年版。

胜，从而克服的东西！——这非常重要！当我们这样做的时候，我们为再次证明我们能够战胜荒诞（即不可能的事）而感到特别的骄傲，尽管由于其不合逻辑的性质，它在默认情况下是无法战胜的。因此，与日常生活中的荒诞进行不断的斗争，是一个同样永无止境地证明我们自己的聪明的过程。

换言之：荒诞是我们最终可以战胜的，尽管这需要我们付出巨大的精力，但在结束的时候，我们不仅克服了它，我们也可以说超越了它，所以我们才能鄙视它、取笑它。这就是为什么荒诞很容易被转移到滑稽的领域——无论是在生活中还是在舞台上——在那里我们可以从中脱离出来，对它大笑。

这种对待荒诞的态度中有一些至关重要的内容——在巴尔干半岛（不仅仅是保加利亚）的方式中是至关重要的——它在“在死亡之车里我们仍然活着！”这句话中得以完美地体现，选自戈兰·布雷戈维奇（Goran Bregovic）在电影《亚利桑那梦》（*Arizona Dream*，1993 年）中的插曲，由埃米尔·科斯图里卡（Emiv Kosturica）导演（布雷戈维奇和科斯图里卡都来自巴尔干半岛）。简而言之：对我们来说，荒诞并不是一场政变，它只是看起来像是这样——因为我们总能找到一条出路。

并非偶然：我们对待荒诞的出发点与荒诞主义者的出发点有很大的差异。他们的荒诞诞生于第二次世界大战之后，当时欧洲大部分地区陷入了毁灭和创伤，那是如此深刻、可怕和无法理解的不人道，以至于动摇了人们以善良作为驱动力的信仰。与此不同的是，我们对待荒诞的态度是生存的“后代”，而不是毁灭和沮丧，这往往需要坚强的性格、适应性和韧性。因此，它是一种特殊的恢复力和热情的表达。

斯特拉蒂耶夫自然而然地与我们，他的第一批和主要观众，分享了这种态度。而且，我相信，正是出于同一种心态，将这转嫁到了舞台上——当然，是以他独特的、才华横溢的方式——这就是他成功的原因。

按照这一思路，值得注意的是，一直到《罗马浴池》的 50 页——保加利亚语原版中的第 33 页，主人公才惊呼“……这真是难以置信！”而到那时为止已经在他眼前发生了许多难以置信的“事情”。然后，在 17 页之后，直到最后，他与他的爱人——从这许多荒诞事件中获得的爱人——一起，他们“走下舞台台阶，走向观众，鞠躬。”这是最后一句话。也就是说，他从荒诞中退后，加入了我们所有人，他拒绝成为荒诞的受害者；相反，他开始以一种典型的保加利亚的方式嘲笑它。

有时，当读到莫言的小说，尤其是他的翻译成保加利亚语的著名作品《生死疲劳》时，我认为这正是中国和保加利亚的读者和戏剧观众可能会遇到的荒诞和欢笑的领域。因为，在我看来，我们对荒诞的事物有一种共同的内在态度，那就是，不管经历多少挫折，我们都可以最终战胜它，我们不太可能一劳永逸地消灭它，因为我们知道我们做不到这一点，而是宁愿通过智力战胜它然后嘲笑它。将荒诞与使人们失去笑声分离开，是削弱荒诞的最好方式，也是让我们增强自信的最好方式——也就是说，一石二鸟，只有最聪明的人才能做到！

然而，随着时间的推移，斯特拉蒂耶夫的戏剧变得越来越黑暗，其中的幽默几乎消失或变成黑色幽默。正如卡努舍娃所指出的，他们甚至“更接近悲剧”[①]，这在1992年的戏剧《另一边》（*On the Other Side*）中尤其明显，它在1993年英国广播公司比赛中进入了决赛名单。

它的故事背景也是荒诞的，但却完全是另一种类型。老人在到了某一个特定年龄之后，会被扔出窗外，真正地扔出窗外而非比喻，或者在最好的情况下，被留在窗外的窗台上——尽他们所能地在那里生活。下面是一群路人（或闲人），他们打赌某个老人是否反抗，以及他或她能在窗台上待多久。然后，他们与正在坠落或已经坠落的那些人合影，对坠落前从附近的窗户征收税款的税务机关代表的工作进行评论，或者争论是否应该改进“扔出去公共服务”的工作，使亲属不必完全承担这一负担。同时，警方要确保街上没有人受伤……

20多年以后，2015年，保加利亚杰出导演亚历山大·莫福夫（Alexander

① 伊琳娜·卡努舍娃：《斯坦尼斯拉夫·斯特拉蒂耶夫，戏剧如何产生一位剧作家》，《保加利亚当代戏剧》，《当代戏剧评论》，1998年，第8册，第2部分，第1—4页。劳特利奇出版社。编者：卡丽娜·斯特凡诺娃。

Morfov）在国家剧院上演了他构思的《边缘》（*On the Edge*），以史无前例的、剧院与人民一体化的行动，展示了一个更加荒诞的现实。绝望会迫使人们离开这个国家，甚至更糟的是，离开生活。这让我不禁想到斯特拉蒂耶夫和他的《另一边》，想到伟大艺术的最佳典范是如此具有预言性。因为，在他的后期戏剧中，斯特拉蒂耶夫看到了我们现实生活中荒诞事物新获得的细微差别，并成为一种压倒性的荒谬。我们再也无法以智力战胜它，因此再也不能脱离它和鄙视它。也就是说，在传统的保加利亚（或巴尔干？）方式中难以处理的荒诞的事物，很难成为全心全意欢笑的主题——无论是在生活中还是在舞台上。

罗马浴池

斯坦尼斯拉夫·斯特拉蒂耶夫
宗玉　译

角色

伊万·安东诺夫

副教授，火山学研究者

玛莎，他的未婚妻

格奥尔基耶夫，救生员

采科夫，古董、肖像和钱币的地下出口商

迪亚曼迪耶夫，不法的房地产商

盖切夫，地方组织的活动家

伊万诺夫，聋哑人

制片人

电视主持人

工人（有台词的）

工人（没台词的）

出租车呼叫站（柱子）

委员会成员

委员会成员

委员会成员

第一幕

街角有一根出租车呼叫站的柱子。伊万·安东诺夫正在怒气冲冲地按着呼叫按钮。显然他已经按了很长时间，却毫无结果。柱子旁边有一个手提箱和一个袋子，一对脚蹼从袋子里露了出来。伊万·安东诺夫要出发去海边，而且已经大大迟于预定的时间了，这可能导致的后果简直是场灾难。

伊万·安东诺夫　喂！喂！有没有人会给我派辆出租车来？……你只要说上一个字……喂……（他像打电话一样向话筒吹气）

柱子一片寂静，没有生命的迹象。

喂！……我刚才足足喊了半个小时的"喂"，就没有人回答。一切都不对劲……一切都在被白白地浪费掉，都是因为这根柱子……（踢了它一脚。没有结果——只是弄痛了自己的脚。他更加生气，开始一边踢柱子一边咒骂）你这个愚蠢肮脏的烂油漆罐头！你这个混蛋，你！

柱子（突然说话）嘿，你！别再对别人的母亲出言不逊了！你以为你在哪儿？

伊万·安东诺夫　喂！终于说话了！请派辆出租车来！快，越快越好！

柱子　你以为我们会吗！你咒骂我们，还想要我们派给你一辆出租车！

伊万·安东诺夫　求你了！我一直喊了半个小时的"喂"，没有人理我。

柱子　我们听得很清楚，我们又不聋。

伊万·安东诺夫　我受够了……

柱子　你受够了！如果有人踢你，你会高兴吗？

伊万·安东诺夫　朋友，求你们了！派辆出租车来！我会迟到的，我会误了我的飞机……

柱子　我们不是你的朋友。当你学会了规矩，我们会派辆出租车来。

伊万·安东诺夫（无可奈何地开始抚摸柱子）我道歉，我不是故意要冒犯你，我的心情不好……

柱子 每个人的心情都不好，但不是每个人都要坐出租车。

伊万·安东诺夫拥抱柱子，将脸颊贴在柱子光滑的表面上。

伊万·安东诺夫 原谅我！是我的错。我已经迟到了，请派一辆出租车来。我必须得赶上今天的最后一班飞机。我保证再也不这么做了。

柱子 承诺就像馅饼皮，就是要被打破的。

伊万·安东诺夫（*看了看自己的手表，扑到柱子上，一只手抱着它，抚摸它，另一只手用手帕擦拭玻璃屏幕*）兄弟，拜托！派辆出租车来，兄弟！

柱子 我们不是你的兄弟。野蛮人没有兄弟！

伊万·安东诺夫（*把手掌合在一起，做祈祷状*）我恳求你！我的券会被浪费掉的！我的海边度假券！

柱子 随便！

伊万·安东诺夫 我已经为它奋斗了三年了。他们总是在一月才给我一张券，而那个地方没有中央供暖系统……现在老板病了，他们把他的券给了我。我恳求你，他随时都可能康复。（*柱子很安静，没有声音*）迟到的人就进不去了，我的券会被浪费掉。你听见了吗？嘿，我会吻它。（*他亲吻柱子*）我向你保证，我们会是朋友的。让我们忘记过去吧。（*拥抱柱子，抚摸它，轻轻地擦拭显示屏的灰尘*）

此时，地方组织的活动家盖切夫来到这里。

盖切夫 这个地方到处都是性欲狂。看看他们，已经开始跟柱子干上了，女人对他们已经不够了……要是在另一个区就好了，但这是在我们区……我们会输掉比赛的。（*坚定地迈步向前*）

伊万·安东诺夫 我会从海边寄一张贺卡来。来吧，过去的就让它过去吧，让我们像人类一样和好吧。（*再次拥抱柱子*）

盖切夫（*用做作的声音说*）对不起！……

伊万·安东诺夫（*看见活动家*）嗯？什么事？

盖切夫 你为什么不去下一个柱子呢？那里有很多空出租车。

伊万·安东诺夫（*马上就开始向那里走去*）哦是的，当然，我这就去……

盖切夫 你的手提箱呢？你忘记拿了。

伊万·安东诺夫 （回来）哦，是的。谢谢，非常感谢。（抓起手提箱开始跑）真的非常感谢你。

盖切夫 一点都不用客气。祝你旅途愉快。祝你一切顺利！（等到安东诺夫离开后）让他去亲吻隔壁区的柱子吧！（离场）

第一场

伊万·安东诺夫家的起居室。房间里有一个装满书的大书橱，墙上挂着几幅画。我们可以看到后面有个旧柜子，现在侧面对着我们，上面放着许多不同牌子的威士忌酒瓶，都是空的。柜子的上面是一个挂钟的盒子，那个钟就在这些家具里的某个地方。起居室中央有一张桌子，低矮、宽敞、方便。还有一张大书桌，深褐色，是一件又旧又厚重的家具，上面放满了书、某种草图、设计、纸张、各种颜色的钢笔和铅笔。书桌上放着电话，还有一个柳条做的阅读灯。书桌上方挂着一把吉他。两把舒适的皮扶手椅上盖着格子图案的毯子。一个长沙发，上面盖着亮红色的簇绒毛毯。这个家里的一切都代表着舒适和平静。

不再如此了。

当我们再次看到它时，起居室里的一切都被翻了个底朝天，一切都挪动、散落、粉碎了。书被扔在地板上，地毯被卷了起来，长沙发被竖起来放在墙边，电话就在家具中的某个地方，毯子和椅子被堆成一堆。但是起居室里发生的最大的变化是在中间出现了一个罗马浴池。那是一个粉红色大理石做的水池，里面镶嵌着马赛克，沿边还有洗澡的女人的雕像。地板上有三四个地方被挖了洞。在水池里，一个穿着休闲服的男人正四处爬着在观察什么东西。洞的上面架了木板，这样人们可以走过去，后面有脚手架，露出粉刷过的木板。

电视采访马上就要播放了，到处都是电线，摄影机都聚焦在罗马浴池上，聚光灯亮着，四周放着各种设备；制片人穿着皮夹克，正在下最后的命令。

制片人 安静！我不想听见任何声音。我们只有一分钟时间了，叫工人过来。

组织者引着工人们进来——他们被电线绊倒了，尴尬到浑身僵硬，一个穿着西装和新的白衬衫，另一个只穿着白衬衫和裤子。他们木然地跟着组织者。

制片人 这是怎么回事，两个人都穿白色吗？他的衬衫脏了。这可是彩色电视。快，再找一件衬衫……或者最好就不用那个家伙了。快点，我们没时间了！

穿着白衬衫的工人开始困惑地向后退，但是主持人抓住他的衣领把他带了回来。

主持人 我们不能把他去掉，他是发言人。

制片人 什么？另一个人不是聋哑人吧，是不是？

主持人 不是，但我们已经跟这个人排练好了。谁知道另一个人会怎么做。这个人已经要说不出话来了。

制片人 没有时间了！要开始播出了！给他一件夹克！快！

大家惊慌失措地寻找夹克，却发现他们都穿着白衬衫。就在这时，门开了，安东诺夫晒得黑黝黝的度假回来了，他走进自己的起居室，手里拿着一个手提箱和一个袋子，里面有一对脚蹼露了出来。他穿着一件蓝色的衬衫。伊万·安东诺夫停在门口，好像被钉在了那儿，几乎不敢相信自己的眼睛。

制片人 要开始播出了！（他疯狂地四处张望，然后发现了伊万·安东诺夫）拿他的衬衫，那是彩色的。快点。（指着伊万·安东诺夫）

几个人冲向茫然中的伊万·安东诺夫，脱下他的衬衫，套在工人身上。伊万光着上半身站在门口。

制作人 注意！我们开播了！

摄像机上的红灯亮了起来，它们都朝向罗马浴池。里面有两个工人、穿着休闲服的男子和主持人，坐在四把椅子上。

主持人 我很高兴能第一个告诉大家，我们的考古学家的重要发现，它证明了曾经在我们土地上繁荣的伟大的物质和文化文明：我们发现了第一个保存完整的庞比利亚努斯王朝的罗马浴池！……做出这个发现的人们正和我们一起在罗马浴池里，我们请他们来告诉我们这个独一无二的发现的重要性以及它是如何被发现的。你请。（向着穿着伊万·安东诺夫的衬衫的工人说）

工人看着他，吓了一跳，什么也说不出。主持人对他微笑，把麦克风靠近他的嘴边。

工人　特雷科·格奥尔基耶夫·德尔格罗夫，地址：沙皇鲍里斯街 73 号。（停了下来。）

主持人　还有呢？

工人　我有两个孩子，女孩……

主持人　告诉我们浴池的事，好吗？

工人　（看着他的同伴以求鼓励，然后开始说）嗯，你看，我们要修理这个人的地板。我们哪知道会搞得这么一团糟？他去度假了，可怜的家伙，去海边了，把钥匙留给了我们……

主持人　请告诉我们浴池的情况。

工人　哦，是的，关于浴池。我们把旧木板掀起来，因为它们腐烂了，然后，挖得更深一点，来做个地基，这样木板就不会再腐烂了，然后……

主持人　然后？

工人　……一些马赛克露出来了……嗯，一种粉红色的。然后基罗（向另一个工人点头，他鞠躬回应）说："这里，让我们再挖深一点……我们可能会找到一两枚金币，也说不定呢……"然后……

主持人　然后？

工人　所以我们又继续挖了。但是我们没有发现金币，但是……然后，基罗，他的女婿，（向穿着西装的男人点头，那是副教授）嗯，现在还不是他的女婿，但是将来会是的，他发现了……嗯，我们一直挖……基罗告诉了他的女儿，然后……

主持人　然后呢？……

工人　在我们把这些埋起来之前……他们发现了。

主持人　谢谢。阿纳尼耶夫副教授，请你从专家的角度，给我们讲讲情况好吗？

副教授 首先，我必须请我们的观众原谅我的情绪激动，这很容易理解，因为这是我第一次有这样大规模的发现，当我谈到它的时候，我很难控制自己的兴奋。我将允许自己称之为独一无二的发现，无论它听起来多么的不谦虚。毫无疑问，它是独一无二的，因为世界上再没有其他地方有这样一个从庞比利亚努斯和盖乌斯·卢修斯时代一直完整保存下来的浴池，它是世界上独一无二的浴池。一个罗马浴池，一个四米乘三米的水池，上面装饰着那个时代典型的女性形象、太阳和庞比利亚努斯的座右铭——“永远，直到最后！”这一切的制作技巧非同凡响，这位不知名的雕塑家的惊人天赋是显而易见的；毫无疑问，他属于马库斯·安东尼乌斯·屋大维的流派，这个著名的流派创造了许多其他的奇迹。在我看来，这个发现与卡赞利克城的色雷斯古墓同样重要，甚至还要高出几倍。迄今为止，大多数学者都认为，这一时期的浴池都已经被野蛮人无可挽回地摧毁，让人类永远失去了它们。在罗马、加利福尼亚和大英博物馆保存着类似的浴池的碎片、马赛克的局部，人们只能假定它们应该属于卢修斯和庞比利亚努斯时期。但到目前为止，我们还没有确凿的科学数据。然而，在我们面前，完整的、原封不动的，只要你把它装满水就可以洗澡，这就是一个罗马浴池。毫无疑问，在厨房或者是厕所里继续挖掘，将会带来新的惊喜，新的欢乐，我们将……

伊万·安东诺夫一听到还要在厨房和厕所里挖掘，就按捺不住，光着上半身跳进了浴池，落在了副教授身上。

伊万·安东诺夫 不！不要碰厨房。至少把厨房留给我！……

发生了一场扭打，摄像机立刻从浴池方向移开，男人们冲进来把伊万·安东诺夫拖走，安东诺夫和他们打了起来。

制片人 演播室！演播室！播放音乐！图像用天鹅湖！

落幕

第二场

伊万·安东诺夫站在他那乱糟糟的、被挖掘过的起居室里，思考着，双手抱着头。粉红色的浴池在他面前。天渐渐黑了。伊万独自一人，其余的人都走了。

伊万·安东诺夫　（在凌乱的房间里走来走去，捡起并收拾他四散的物品）真是倒霉！世界上其他地方都找不到这种东西，他们只好到我的起居室里找！我现在要像罗马皇帝一样生活。（拖出弹簧床垫，扔下它，凝视着浴池。）那些女人像还不错……显然，庞比利亚努斯可不仅仅是汤姆、迪克或哈利。（四处走动）这些年来，我一直去本地的浴池，但就在我眼皮底下……

突然，灯亮了，一束明亮的光驱走了昏暗。副教授走进起居室。

副教授　（严厉地）你是谁？你在这里干什么？

伊万·安东诺夫　我碰巧住在这里。这是我自己的家。你在这里干什么？

副教授　（感到恼怒，皱起眉头）哦，是的，我完全忘记了。你是伊万·安东诺夫，对吗？

伊万·安东诺夫　是的，我是。你不会说你是伊万·安东诺夫吧，会吗？

副教授　我的名字叫阿纳尼耶夫。阿纳尼耶夫，副教授。

伊万·安东诺夫　副教授是你的教名吗？

副教授　不，那是我的头衔，不是我的教名。

伊万·安东诺夫　我有个朋友管他的狗叫副教授。为了报复那些每次他参加金属技术考试时都给他不及格的副教授或其他人。它是最聪明的动物。

副教授　（不带讽刺意味地）副教授？

伊万·安东诺夫　不，狗。所以我的朋友根本没有报复成。他是侮辱了那只狗，而不是侮辱了副教授。

副教授　应该是那只狗去参加考试，而不是你的朋友去。这样他一次就能通过，从而了结了这件事。你呢，你没有狗吗？

伊万·安东诺夫 你有机会参加考试吗？我可以给你找一条狗。但是我们以后再谈狗的事。跟我说说浴池的事。你打算什么时候搬走？明天？

副教授 （起初没有听懂）什么浴池？

伊万·安东诺夫 就是这个，罗马浴池，独一无二的。

副教授 我该把它搬到哪里去？

伊万·安东诺夫 你是什么意思？哪里？去博物馆，或者是某个地铁站，每个人都能看到的地方。还是说你打算要建一条特别的地铁穿过我的家？

副教授 你听我说，要移动这样的发现通常是最困难的事情。更重要的是，这是一件冒险的事。基本上是这样，在研究的早期阶段，比如像这里这样的情况，我认为这几乎是不可能的。我们不可能冒这样的风险。

伊万·安东诺夫 你不能冒什么风险？

副教授 搬走浴池。我们还没有研究焊接材料的成分和持久度、马赛克的结构、大理石的化学参数，我们不知道它对于温度的变化、腐蚀会如何反应……

伊万·安东诺夫 所以你不知道，嗯？

副教授 不知道。我们还没有研究过你房间的气候和温度条件，也许它们很特殊，不可复制；也许空气中有某种特定的细菌可以保证凝聚力，比如“保加利亚芽孢杆菌”，你知道的，对吗？就是用来做酸奶的那种。

伊万·安东诺夫 是的，是的，然后呢？

副教授 也许，当我们把它搬出来时，它会变成碎片、变成灰尘。它已经有几百年的历史了。

伊万·安东诺夫 你为什么不把它搬到你的起居室里去呢？也许那里也有细菌呢？

副教授 （傲慢地微笑）对不起，但是这不是一个严肃的建议，你这样说就不科学了。

伊万·安东诺夫若有所思地走在他被挖掘过的房间里。

伊万·安东诺夫 那么你不会马上搬走它吗？

副教授 也许我们根本就不会搬走它。

伊万·安东诺夫 那我可以加满水吗？

副教授 （*惊骇地*）加水？为什么？

伊万·安东诺夫 我要在里面洗个澡。既然我的起居室中间有个浴池，那我除此之外还能做什么呢？

副教授 但这是犯罪行为。我们还不知道……

伊万·安东诺夫 好吧，我要在里面洗澡也是犯罪。我能在里面放张床吗？

副教授 什么？一张床？

伊万·安东诺夫 一张宽敞的单人床。

副教授 那是不可能的。

伊万·安东诺夫 为什么？你认为放不下？

副教授 你一点都不明白这个浴池的价值。

伊万·安东诺夫 （*走来走去*） 它能放下一张书桌吗？

副教授 你怎么不说电热炉呢？你可以在上面烤汉堡包或者烧酸菜……一个人有这些还不够吗？！

伊万·安东诺夫 很好，我都同意。那我要在哪里生活呢？

副教授 你这是什么意思，你要在哪里生活？我不明白。

伊万·安东诺夫 我要在哪里睡觉？我要在哪里工作？我要哪里喝茶？我要在哪里弹吉……对不起，我的吉他哪里去了？

副教授 在书橱后面。

伊万·安东诺夫茫然地看了他一眼，走向书橱。从后面，他只拖出来吉他的键盘。

副教授 这可跟我没关系。

伊万·安东诺夫 这跟你没关系……我的孩子们要出生在哪里？

副教授 先是你，现在是孩子们。我不知道他们。每个人都要照顾自己的孩子。你才是应该要为你的孩子们考虑的人。尽管我应该告诉你——你不会通过思考得到任何东西，你需要行动。至少一开始，如果要让他们出生的话。至于其他的，安东诺夫，科学需要牺牲。没有牺牲，就没有进步。

伊万·安东诺夫 然后作出牺牲——你是一个研究工作者，为什么要我来作出牺牲？我与科学没有关系。那是你的生活，为什么去要求其他人作出牺牲？

副教授没有说话，傲慢地微笑着。

伊万·安东诺夫 最重要的是，你要在厨房和厕所里挖洞。你希望我怎么做，非物质化？

副教授 安东诺夫，你把自己的个人利益置于公共利益之上，那是利己主义。如果我们冒着风险搬走浴池，公众的损失会比你的要大得多。你会找到其他的住房，有这么多的建筑在修建——我们的国家就是一个大建筑工地。科学不能允许冒险去搬动这个独一无二的发现。

伊万·安东诺夫 所以不能冒险？

副教授 不能。

伊万·安东诺 那么我来。

副教授 你？怎么做？

伊万·安东诺夫 我会把它扔到大街上，就这么做。（*跳进浴池*）用鹤嘴锄、锤子、锄头，还有钻头。就这么做。这不会是第一次发生在保加利亚，是不是？

副教授 你是个野蛮人。

伊万·安东诺夫 好，我是个野蛮人。而且，我是个在我自己的家里的野蛮人。我不喜欢客人太晚了还不走。我很早就上床睡觉，就跟鸟儿们一样。门在你的左边。

伊万走向厨房。副教授忍着怒气点燃了一支烟。伊万回来了。

伊万·安东诺夫 你还在这里？

副教授 如果我对你的话理解正确的话，那就是一个暗示。

伊万·安东诺夫 是的，我是在给你暗示。我暗示你早就该离开我的家了。你没有一丁点儿的权利就进入了它，你挖掘了它，你弄坏了家具，你把一切都翻了个底朝天。在此之后，你还敢称我为野蛮人。出去！

副教授 但是现在这不仅仅是你的家。

伊万·安东诺夫 还有谁呢？也许是你的？

教授 它属于公众。像这样的房子有几十万，但是庞比利亚努斯时期的浴池只有这一个。

伊万·安东诺夫 出去，把你的浴池一起带走。

副教授 这样你就可以摧毁罗马浴池了。就在今晚，让我们面对一个既成事实。

伊万·安东诺夫 为什么要等到今晚？我一会儿就开始，半个小时就可以搞定了。之后，我会邮寄给你，每天一点点。你要多大尺寸的——大点的还是小点的？尺寸可以按照客户的意愿来定。

副教授 然后我会送你香烟。

伊万·安东诺夫 在哪里？

副教授 在监狱里。香烟会按照客户的意愿供应。如果我允许你毁灭这个可能是庞比利亚努斯统治时期的最后一个浴池，人类不会原谅我的。想一想，安东诺夫，人类会失去这个浴池。想想人类。

伊万·安东诺夫 那么你是在考虑人类，是吗？那谁在考虑个人？人类是由谁组成的？我厌倦了对人类慷慨的关怀，却没有人关心个人。这样比较容易，不是吗？人类是一个相当抽象的概念，它总是另一个人，但从来不是那个在你面前有需要的人。我是什么，嗯？我在哪里？人类，所有的四十亿，在一边，在另一边，是伊万·安东诺夫。他不是人类，因为在他的起居室里发现了一个罗马浴池。

副教授 那是诡辩。

伊万·安东诺夫 那是门，你离开的那扇门。（指着门口）

就在这时，门开了，副教授的未婚妻玛莎走了进来。

玛莎 晚上好！

伊万·安东诺夫 晚上好，晚上好。

玛莎 （对副教授说）你说过我们会独处的。

伊万·安东诺夫 哦，哦，哦！

玛莎 那个人在这里干什么？他是你的朋友吗？

伊万·安东诺夫 儿时的朋友。从童年最早期开始。他最好的朋友。我的名字是伊万·安东诺夫。

副教授 他的名字确实是伊万·安东诺夫，但他不是我的朋友。

玛莎 那他到了这个时候还在这里干什么？他是来服务的吗？

伊万·安东诺夫 你动动脑子！我住在这里。

玛莎 你是什么意思，你住在这里？

伊万·安东诺夫 以最普通的方式——我在这里睡觉，我吃小胡瓜加酸奶；我工作；有时我站在餐具柜上从那里跳上床。但我不经常这样做，因为弹簧的原因，这对弹簧不好。

玛莎 我以为这栋房子已经被征用了。你告诉我说……

副教授 （不耐烦地）是的，是的，我已经采取了所有的步骤，但是……他们太慢了，到处都是官僚……

玛莎 你还告诉我住在这里的人收到了……

伊万·安东诺夫 他收到了什么？

副教授 玛莎，现在不是进行这种讨论的时候，我以后会向你解释一切。

伊万·安东诺夫 不，不，不！他收到了什么？这里到底发生了什么事？一个男人去海边度假了三个星期，然后……（挥着手）你说的是什么征用？这个问题他们必须要征求我的同意，不是吗？

玛莎 这个罗马浴池开始让我心烦了。自从你发现了它，一切都变得乱七八糟的……

伊万·安东诺夫 （插话进来，用手指着那一片凌乱）是的，是的，没错，乱七八糟的……

玛莎 你连续几个星期不在家，你在这个水池里过夜；你变了，你变得很不一样；有时我根本就不认识你了。这里的这些女人像对你来说简直比其他任何东西都更珍贵。

副教授 玛莎！

伊万·安东诺夫　（讽刺地）我是碍你的事了吗？

玛莎　你怀疑每一个人，你害怕每一个人，你有奇怪的想法。

副教授　玛莎，现在可不是正确的时间和地点来讨论我的想法。

伊万·安东诺夫　主要是时间。除了飞行，时间还走得很快，而且我已经很荣幸地通知你的……我完全不知道他和你有什么关系……我很早就上床睡觉，跟鸟儿们一样早。这是我的老式习惯。而且我喜欢一个人睡觉。很有趣，是不是？在陌生人面前脱掉衣服会让我感到很不舒服。

副教授　别再胡说八道了！你以为你在哪里？！！！

伊万·安东诺夫　（茫然地）我以为我在哪里？

副教授　你可以去散个步，这是一个美好的夜晚。

伊万·安东诺夫　我不想去散步，我想睡觉。你去散个步。

副教授　你可以在厨房里睡觉。

伊万·安东诺夫　在炊具上？

副教授　你可以搬个扶手椅过去。

伊万·安东诺夫　为什么我要在厨房里的扶手椅里睡觉呢？在我有一个专门派这个用处的起居室的时候？

玛莎　（生气地）你答应过我们会独自待着。我们上次单独在一起已经是很久以前了。你告诉我说今晚我们会独自待着。做点什么吧。

副教授　你为什么不出去散散步，安东诺夫？这是一个多么可爱的夜晚，清新凉爽……

玛莎　（意识到这种丢人的状况）我们去别的地方吧。

副教授　如果我离开这个地方，他会把浴池毁了的。

伊万·安东诺夫　我一定会的。

玛莎　你怎么能做这样的事？这是一座独一无二的纪念碑。

伊万·安东诺夫　你为什么毁了我的房间？它也是独一无二的。我只有一个房间。

玛莎　但是罗马浴池……

伊万·安东诺夫　我并不反对罗马浴池，我很高兴它在我的房间里而不是在其他地方被发现。我很自豪这独一无二的浴池存在于我们的城镇，而不是在其他的地方。但是把它搬走吧。把它放在博物馆里，放到你家。我没有地方住了。如果再给我一栋房子，虽然这里是我父亲的房子，它安静、温馨、舒适，但我愿意以科学的名义牺牲它。但是在我有自己的房子的时候要我出去散散步，即使它已经被弄得乱七八糟的——不。现在我走了，但只是去厕所，所以别太高兴了。（出去）

玛莎 他是对的。你为什么不给他另一栋房子呢？

副教授 谁给他一栋房子？现在找个冠状动脉比房子容易得多。

玛莎 但是你的研究所不能给他一栋吗？

副教授 我们的研究所只处理一千年以上的东西。它不分配房屋。

玛莎 可是你为什么不把东西搬到别的地方去呢？搬到博物馆或者你的研究所？

副教授 你知道你在说什么吗？我最不想做的事情，就是搬走它。下一步，他们会像狮子一样把它包围起来，什么都不会留下给我。一位副教授将写一篇论文，另一位副教授将就此进行交流，第三位副教授将参加在罗马举行的会议……不，不，如果我搬走它，这个发现就不再是我的了，任何人都可以利用它。不，在任何情况下都不可能。

玛莎 但是这个人也不能住在街上啊。

副教授 你知道这个浴池对我来说是什么吗？这是一生只有一次的机会——如果你错过了，一切都结束了。

玛莎 别忘了浴池是……

副教授 浴池是论文、学位、教授职称、学术出版物，罗马、日内瓦、伦敦、马德里的会议，两三个学院的成员资格，荣誉，光荣，金钱！……哦，天哪，我要榨取浴池的价值！但我必须行动，我必须立即行动，不能耽搁。那个伊万·安东诺夫挡住了我的路。他该死的到底是从哪里来的？

玛莎 我觉得是你做得太过分了。毕竟，房子是他的，我们才是刚刚来的，而不是他。

副教授　（没有理睬她）不能耽搁，不能耽搁，在别人超过我之前……

玛莎轻轻地把手放在他的嘴巴上，然后把另一只手放在他的肩膀上。她看着他的眼睛。

玛莎　（平静而友好地）你怎么了？你好像看不见了。你能看见我吗？除了浴池，你什么也看不见吗？

副教授　（想着别的事情，没有听懂）我能看见你，我能看见你。

玛莎　（亲密地）看这边，看着我。你能看见我吗？

副教授　（没有听懂潜台词）我已经告诉过你了——我能看见你。我的视力非常好。

玛莎把手从他的肩膀上移开，离他远了一点。她逐渐变得严肃起来。

玛莎　现在呢？

副教授　（生气地）玛莎！

玛莎　（跳进罗马浴池里）现在呢？

副教授　我可以清楚地看见你，我的视力非常好。（从他的语调中可以清楚地听出，他并没有意识到此刻的重要性，实际上他什么也没明白）

玛莎　（好像在自言自语）他什么也看不见。（走向他）你什么也看不见。从什么时候开始的？为什么？

副教授　（恼怒地）别再说看不见的事情了。这是个笑话吗？

玛莎　是的，一个笑话。

就在这时，伊万·安东诺夫穿着睡衣走进来，开始整理床铺。

伊万·安东诺夫　好，我要上床睡觉了。晚安。

玛莎　但是他要在这里睡觉吗？

副教授　（比之前更恼怒了）你看到这状况了……

玛莎　（苦涩地）一整个月来就一直是这个状况。你从来没有时间陪我，你不给我打电话。自从你发现了这个罗马浴池，你就再也没有想到过我——就好像我不存在似的。

伊万·安东诺夫　对不起，你们的谈话让我无法入睡。亮着灯也是。

玛莎　每个人都只想到自己。

伊万·安东诺夫 这是我的一个小习惯——我得关着灯睡觉。

玛莎 你总是想着这个浴池，更确切地说，不是想着浴池，而是想着它会带给你的机会。

副教授 玛莎，我觉得你太夸张了。你兴奋过头了。

伊万·安东诺夫 我才是那个兴奋过头的人。灯光直接射到我的眼睛里。

副教授 让我们把这个俗气的灯关掉。（*关掉它*）玛莎，让我们冷静地谈谈。在黑暗中我们可以更好地交谈。

玛莎 我不想谈。他什么都听得见。

伊万·安东诺夫 非常正确。

玛莎 我们出去吧，我们去别的地方吧。

伊万·安东诺夫 我的听力非常敏锐，几乎像动物的一样——我能听到半公里外的东西。

副教授 玛莎，我觉得，你没有充分意识到这个时刻的重要性。

玛莎 你只想到你自己。

副教授 我想到的是我们两个。

玛莎 只有你自己。明天你会把我扔到坟墓或破罐子里。

伊万·安东诺夫 你可以百分之一百地肯定。

副教授 你，嘿，闭嘴——没有人征求你的意见。

伊万·安东诺夫 从来没有人问过我什么。他们在挖了我的房间时也没有问过我。

玛莎 不，不能再这样下去，太过分了，这已经不是第一次了。你总是很匆忙，总有一些更重要的事情……我不是木乃伊，我不能只和古董一起生活……

副教授 玛莎，你要像一个现代人一样理性思考。

玛莎 你是说像你一样的理性思考，是不是？

伊万·安东诺夫 没有什么可以理性思考的——思想会扼杀行动。

玛莎 （*看着伊万·安东诺夫*）我们出去吧，至少在今晚。他不会毁了浴池的。你不会的，是吗？

伊万·安东诺夫（指着副教授） 听听他要说什么。

副教授 他会的。

玛莎 他不会的。他会向我们用名誉担保，对不对？

副教授 别傻了——现在谁还相信用名誉担保的话？

玛莎 那么选择吧——要么是浴池，要么是我。

副教授 你没有权力把事情弄成这样，你知道……

玛莎 我知道。我知道这浴池对你来说意味着什么。我不是让你完全放弃它，我只是想让你今晚和我一起走。毕竟，我也是重要的，是不是？

副教授 今晚我不可能走。

玛莎 那么——一切顺利。（走出去）

伊万·安东诺夫 漂亮的女孩。我愿意和她一起走，让浴池见鬼去吧。

副教授 你唠叨得够久了！（点燃香烟，恼怒中）

伊万·安东诺夫 性生活是新陈代谢的基础。

副教授 闭上你的嘴！

伊万·安东诺夫 是报纸上写的。

副教授 该死的傻瓜！！！！

伊万·安东诺夫 我们还不知道谁是傻瓜呢。我要赶快追上那个女孩，然后送她回家。（在不知所措的副教授能说出话之前，跑了出去）

副教授坐在放在罗马浴池里的折叠床上，焦躁不安地抽着烟。时钟的滴答声像锤子一样尖锐而沉重地刺穿他的意识。时间在流逝，滴答滴答！……副教授把灯熄灭，在黑暗中吸烟。伊万·安东诺夫走了进来，踮着脚尖穿过被挖掘过的起居室。他朝厨房走去。

副教授（点亮罗马浴池里的床头灯）你要去哪里？

伊万·安东诺夫 哦，你还在这儿干吗？坐在浴池里。

副教授（怀疑地）你要去哪里？

伊万·安东诺夫 我饿了。在这些事情之后，男人总会觉得饿。我就吃一口。（打开冰箱取出一片意大利香肠）

副教授 什么事情之后？

伊万·安东诺夫 你真是个孩子——总是在问问题。有些事情可是儿童不宜的。

副教授 你必须告诉我。

伊万·安东诺夫 我为什么必须告诉你？你又不是听我忏悔的神父，对不对？还是说你是本地的典狱长？

副教授 你根本没有追上她。（充满希望地说）

伊万·安东诺夫 那跟你有什么关系？你选择了浴池。

副教授 我要砸烂你的脸。别挡着我的路！安东诺夫，我把那些挡我路的人都碾碎了。

伊万·安东诺夫 那你的教名可能不是教授，而是压路机·阿纳尼耶夫。

副教授 我会碾碎你的，安东诺夫！！！！

伊万·安东诺夫 你都让我毛骨悚然了。你晚上要碾吗？因为我得去睡觉了。（躺下来，把毯子拉上来）

副教授 你跟玛莎做了什么？

伊万·安东诺夫 （讽刺地）我们谈论艺术。

副教授 告诉我……

伊万·安东诺夫 （打断他）明天早上，我会用图表和彩色粉笔向你解释。现在我要睡觉了——不要再用你的青春期问题来烦我。

副教授把灯熄灭了。舞台变暗。

伊万·安东诺夫的起居室，仍是刚才的状态——被挖掘过，家具散落四周，在房间中间——副教授正睡在浴池里的折叠床上。洞上已经放置了木板，让人可以走过去。伊万·安东诺夫也睡着了。

采科夫上场，一个中年男人，衣着时尚；从外表看来他是一个经验丰富的人，曾在许多行业从业和做生意。他环顾四周，仔细看了看罗马浴池和两个熟睡的人，犹豫了一下。

采科夫 早上好！（安静，男人们睡着）

采科夫 早上好！（这次声音更响亮）

伊万·安东诺夫和副教授继续睡着，没人听见他说话。

采科夫（几乎在喊） 早上好！

伊万·安东诺夫 （吓了一跳，从床上抬起身）嗯？怎么了？

采科夫 （笑嘻嘻地）我说："早上好！"

伊万·安东诺夫 你就是为了这个吵醒我的吗？为了对我说"早上好"？！

采科夫 不是。

伊万·安东诺夫 我还以为你是拿了报酬去跟工薪阶层们到处说"早上好"呢，要给普通人更多关心。

采科夫 （像鉴赏家一样审视浴池）打扰一下——这就是那个独一无二的罗马浴池，对不对？

伊万·安东诺夫 是的。你不会正好也是个副教授吧？因为已经有一个睡在这里了。

采科夫 很不幸，我无法达到如此高的学术水平。我只有中学毕业证书。

伊万·安东诺夫 既然这样，我就有信心多了。我能问问是什么风把你吹来的吗？你的中学证书可不能为你出现在这里提供充分的理由。

采科夫 我来见伊万·安东诺夫，这栋房子的主人。我能和他说句话吗？

伊万·安东诺夫 如果你要找的是伊万·安东诺夫，那就还是我。尽管，随着事情的发展，我觉得随时都可能有变化。所以就充分利用你的机会吧。

采科夫 请原谅，但是你们这儿有两个人……当然，你明白……你能用什么方式什么文件来证明你是吗？

伊万·安东诺夫 你想要我的出生证明吗？

采科夫 噢，拜托，你的身份证就够了。我向你保证，这是为了我们共同的利益。

伊万·安东诺夫 这算什么事啊。但是因为你的中学证书，我会拿给你看的……（出示身份证）

采科夫 真的非常感谢。（给他看自己的身份证）采科夫，艺术评论家。别介意，这是我的工作。我必须检查所有的东西。那个睡着的人是你的朋友吗？

伊万·安东诺夫 不，他是个副教授，至少他是这么说的。如果你向他要身份证来看，那也不是件坏事。

采科夫 他不是你的亲戚，对不对？

伊万·安东诺夫 绝对不是。他睡在这里是因为这个罗马浴池。他守着它，怕我会把它弄坏。是他发现了它，或者更确切地说，他是在浴池被发现之后第一个来到这儿的。

采科夫踮起脚尖走向熟睡的男人，轻轻地拉动毯子，看看他的脸。他从浴池里爬上来，回到伊万·安东诺夫跟前。

采科夫 那是阿纳尼耶夫。

伊万·安东诺夫 阿纳尼耶夫，副教授

采科夫 我希望我们的谈话保密。你觉得呢，他真的睡着了吗？

伊万·安东诺夫 谁知道呢？他可能只是闭上了眼睛。

采科夫 无论如何，我们都会轻声说话。不要离他太近。如果他碰巧醒过来，告诉他我是你从卢科维特来的表哥。

伊万·安东诺夫 如果我把卢科维特和另一个城镇搞混了，会有什么区别吗？

采科夫 我不会介意的。

伊万·安东诺夫 太棒了。

采科夫 听我说，你看起来是个聪明人……

伊万·安东诺夫 外表有时是会骗人的。

采科夫 不，你是个聪明人，所以你没有机会。你现在一团糟。你自己看看——你的家被毁了，你的家具被毁了，在你唯一的房间中央是一个罗马浴池。

伊万·安东诺夫 还有女人像！

采科夫 有女人像也没什么区别，它们甚至使情况变得更糟。而盖乌斯·卢修斯和庞比利亚努斯时期的罗马浴池是迄今为止世界上唯一保存完好的。它是独一无二的，在这方面你不应该有任何幻想。

伊万·安东诺夫 我没有。

采科夫 那太好了。这个浴池才刚刚开始引起人们的注意。像波亚纳教堂和卡赞利克的古墓一样，来自世界各地的学者会像苍蝇围着蜂蜜一样嗡嗡地飞来飞去；它属于马库斯·安东尼乌斯·屋大维的流派，这可不是开玩笑的事。

伊万·安东诺夫 我说，你真的只是中学毕业吗？

采科夫 七门课是中等成绩，一门优秀，三门补考！我是靠行贿才通过的，你知道那时生活就是那样。但这不是重点，重点是，这个罗马浴池将被宣布为特别重要的文物，联合国教科文组织也会介入此事，那时你就完了。

伊万·安东诺夫 你是这样想的吗？

采科夫 我敢肯定。我了解联合国教科文组织，他们做事从不半途而废。我从一开始就告诉你，你一点机会也没有。他们会在厨房里开始挖掘，他们会挖开你的储藏室，甚至会挖开你的厕所。

伊万·安东诺夫 不，不能挖开厕所。你真的认为他们会这么做吗？还要挖开厕所？

采科夫 我在联合国教科文组织工作了许多年，从头到脚都清清楚楚。我也了解我们的人。他们会挖开你的厕所，你就得跑去公共厕所了。你知道现在的公共厕所都是个什么样子。

伊万·安东诺夫 是的……好可怕。

采科夫 没有卫生纸。它们脏兮兮的，几乎总是满的。我得告诉你，这是个悲剧，就是悲剧。

伊万·安东诺夫 （点头）悲剧。我觉得他好像在动。

采科夫 所以在卢科维特……（向副教授瞥了一眼）他翻了个身。他真的睡着了吗？

伊万·安东诺夫 鬼才知道。他那儿什么都可能发生。

采科夫 （仔细观察后）我认为他睡着了。最可怕的是它们不正常运作。

伊万·安东诺夫 什么？

采科夫 公共厕所。它们总是被检查。他们要检查什么？要么就是公共厕所的休息日。想想看，你跑过去，被强烈的冲动所驱使，它却关着门。不，那真是太可怕了！

伊万·安东诺夫 我得说，你描述了一幅可怕的场景。我浑身都在发抖。

采科夫 发抖还不算什么，你会被踢出来的。

伊万·安东诺夫 （没有听懂）什么？

采科夫 （指着）就像一块破布。

伊万·安东诺夫 你认为他们会做到那个地步吗？

采科夫 我能想象出来。我可以对你仔细地描述出来，包括最小的细节。

伊万·安东诺夫 好吧，他们会给我另一栋房子的，他们会赔偿我的。

采科夫 （大笑）安东诺夫，你是个聪明人，但你根本不明白住房的问题。你甚至受不了“贿赂”这个词，你讨厌谄媚奉承，你不会为了世上的任何事跪下来亲吻你老板的手。告诉我，你会跪下来亲吻那个能够让你得到房子的官员的手吗？

伊万·安东诺夫 好吧，我为什么要亲吻他的手呢？

采科夫 如果你有一个烤肉摊，或者是一个经济上宽裕的人，情况就不同了，我就不用为你担心了。你可以去你的夏日住所，生活在新鲜空气中。但你是个知识分子，你甚至连第二个家都没有。承认吧，你没有第二个家。

伊万·安东诺夫 我没有。

采科夫 你看，你输了。事实上，这就是我来这里的原因。告诉我，你有没有觉得他的一只耳朵比另一只大，好像他竖起耳朵在听似的。

伊万·安东诺夫（看过去）哪只耳朵？

采科夫 朝着你这边的那只。

伊万·安东诺夫 但是我看不到另外一只，所以我无法比较它们的大小。

采科夫 好吧，不管了。所以，简而言之，这就是真相：你的房子会被征用，而你会被扔在街上。

伊万·安东诺夫 我不相信。如果最坏的情况发生，他们会再给我一栋房子。

采科夫 最好的情况是，他们会承诺给你一栋。他们已经对成千上万的人作出了承诺，但是说到要给出一栋……住房问题，安东诺夫，对某些人来说是根本没有答案的！

伊万·安东诺夫　但是我……

采科夫　是的，我知道。你会抗争，你会抱怨，你会写投诉信，你会从一间办公室跑到另一间办公室。而与此同时，你会住在一间公寓里，没有房租补贴。那将使你成为奴隶——一个房间加上厨房就要 120 列弗。如果有电梯的话，当然，会经常出故障，你就要付 140 列弗。

伊万·安东诺夫　为什么？

采科夫　这就是法律。当你悬挂在深渊之上时，他们还会让你为恐惧付税。你也得为刺激的体验付税——即使电视是你的。为砖块和混凝土付一点儿，为电梯付一点儿……在卢科维特，一切都还好。我们的姑妈让我带给你她的爱，想知道你什么时候会过来，她想见你……

在他们身后，副教授动了一下，采科夫警惕的眼睛注意到了他。他对伊万·安东诺夫意味深长地眨了眨眼，向他做了个秘密的手势，但是伊万没懂。

伊万·安东诺夫　哪个姑妈？谁的姑妈？

采科夫　嗯，表弟，我得走了……

伊万看着他，非常困惑，然后转过身，看到了副教授，明白了发生的事。

采科夫　嗯，过来送我出去吧，因为我在这街上可找不到路。

两个人走了出去。他们站在街上，停在出租车呼叫站的柱子边。采科夫靠在了上面。

采科夫　我不要你的任何东西。我准备给你点东西。

伊万·安东诺夫　你准备给我什么？

采科夫　安东诺夫，你是个聪明人。你没有机会的，这个罗马浴池会毁了你。他们会拿走你的房子，那是百分之一百确定的。你只有一条出路——把你的损失转化为利润。

伊万·安东诺夫　什么出路？

采科夫　你要信任我。如今西方的聪明人，聪明人也往往是有钱人，他们把数百万元投资在艺术品上。画、肖像、古董花瓶……它们的价格从来没有下跌，相反，是上涨了。一件艺术品不需要食物和水，也不需要加入工会——它静静地待在一个角落里，价格在上涨。到目前为止，价格一直在上涨，安东诺夫，它已经非常高了。如今一个男人需要什么？钱。幸福也许不在于金钱，但没有金钱肯定没有幸福。

伊万·安东诺夫 那又怎么样？你要跟我谈谈人生的意义吗？

采科夫 正是关于人生的意义。住在这个被挖掘过，而且还会被进一步挖掘的地方，有什么意义？你为什么不住在科摩湖畔呢？你是个聪明人，对不对？

伊万·安东诺夫 你觉得对我来说，住在科摩湖畔就够了，是吗？

采科夫 对别人来说不是这样，但对你来说已经足够了。非常够了。我说，安东诺夫，你会住在科摩湖畔自己的别墅里，或者在瑞士有一个充实的银行账户。瑞士也有湖泊，而且，它们不会比科摩湖差。

伊万·安东诺夫 你为什么一直在说科摩湖？这不是潘查雷沃湖，是不是？我要怎么去科摩湖？

采科夫 （*环顾四周*）通过运输罗马浴池。

伊万·安东诺夫 什么？运输它？太棒了！去哪里？

采科夫 去国外。去意大利。到了那里，其他人会接手，很可能是美国人，他们是目前最富有的。别担心，我们会找到盖乌斯·卢修斯和庞比利亚努斯时期的唯一的罗马浴池的买主。而且，还附带着这些女人像。我们会让他们也为这些女人像付钱，可以从他们身上扒两层皮。他们有的是钱。

伊万·安东诺夫 但是我们要怎么运输呢？它在我的起居室里，对不对？

采科夫 正是要感谢它在你的起居室里这个事实。一旦它到了博物馆，那就结束了，它会像国家宝藏一样被看守起来。这就是为什么我们必须在他们有时间考虑这件事之前迅速采取行动。他们行动起来非常缓慢，信件，请求，回复你的参考，回复我们的参考……在此期间，我们就干完了。别担心，安东诺夫，多年来我一直在处理这样的事情。可以说我已经把保加利亚一半的新石器时代的古墓都出口了。

如果把我运出国境的所有的色雷斯的古墓，还有古董的仪式用品都集中在一个地方，你肯定不会相信它们会是多大的一个墓！从罗德比山找到的那座罗马别墅，如果在我到达那里之前他们没有炸掉它的话，我早就把它出口了，但是我到的时候已经什么都没有剩下了。

伊万·安东诺夫　所以你经营……

采科夫　是的，我经营艺术品——肖像、稀有书籍、圣像、来自色雷斯和罗马时代的护身符……所有我拿到的东西。但跟罗马浴池比这些算不了什么，安东诺夫，只不过跟花生米一样。这个浴池才是大生意，我们至少可以卖个一百万，我们不会让他们出得比这个数少的。然后，科摩湖。

柱子　（出乎意料地说话了）科摩湖已经说得够多了，继续。

采科夫　（吓了一跳，环顾四周）你说什么了吗？我觉得刚才好像有人说话……

伊万·安东诺夫　但是，采科夫，如果那样的话，罗马浴池将不得不被摧毁，并且被拆成碎片。

采科夫　我们会把它切成碎片，安东诺夫，我们像切蛋糕一样把它切了。

伊万·安东诺夫　如果我们这么做的时候，它化为尘土了呢？

采科夫　不会的，我是用国际科学方面的最新技术来操作的，而且我读了期刊！人们已经把整座庙宇都切割了，你还以为我们对付不了一个浴池！我们要把它切开来运出国。

柱子　如果他们抓住你了呢？

采科夫　（僵住了，他站在那里，仔细地环顾四周）那个声音又出现了。安东诺夫，你没有改变自己的音色，对吧？

伊万·安东诺夫　不，我没有注意到这样的事情。

采科夫　有人在问“如果他们抓住你了呢？”

伊万·安东诺夫　我在想着别的事情。

采科夫　不是一个想法，而是一个声音。

伊万·安东诺夫　我说，采科夫，罗马浴池毕竟是国家财产。

采科夫 它为什么是国家财产？难道是国家造出了它吗？

伊万·安东诺夫 但是有法律。

采科夫 我知道，他们是根据什么法律挖掘了你的起居室？

伊万·安东诺夫 那是偶然发生的。

采科夫 根本就没有什么偶然。除了人们是因为偶然才结婚。

伊万·安东诺夫沉默下来，沉思中。采科夫焦虑地看着他。

采科夫 别来这一套——你良心不安了。你应该是个聪明人，是不是？对一个浴池有这么多顾虑。谁来为你考虑？有多少古墓和罗马居住地被推土机弄得七零八落？有多少墓地被炸毁，多少美丽的古建筑被推倒——而现在对着一个罗马浴池却大惊小怪的。为什么？这对它有好处！至少我们为人类保存了它。它不会被摧毁，它会被放进博物馆里，或是被私人收藏。我们是拯救了一件艺术品。想想艺术吧，安东诺夫！这最终是一个崇高的事业，而且报酬也很高，这使得拯救它这件事显得更为崇高。我们每人都能拿到五十万美元！

柱子 对不起，我没有听清准确的数字——你是说五百吗？美元？

采科夫 这是件好事！甚至连柱子也开始说话了。

伊万·安东诺夫 哦，这些柱子已经说了很长时间了。

采科夫 让我们离开这里，或者……

柱子 百分之二十！给我百分之二十！如果可能的话，我要瑞士法郎！美元的波动太大了。

采可夫 鱼还在海里呢，刚开始，你就跟我谈分成。嘿，安东诺夫，你得学学。这只是一个柱子，但它找对位置可比你快。

伊万·安东诺夫 机器已经完全取代了人类。

采科夫 （*焦急地环顾四周*）安东诺夫，想想吧，不要马上拒绝。这是你唯一的机会。

柱子 我们乘出租车离开。

采科夫 嗯，我要走了，我会再来的。你可别接受任何其他的提议，你会被骗的。你得快一点儿想——我们没有时间去浪费。（*采科夫向左跑去*）

柱子 嘿，你要去哪里，嗯？

采科夫 你以为我会告诉你吗……（离开）

伊万·安东诺夫又回到了自己被挖掘过的起居室。副教授正在用电动剃须刀刮胡子，收音机开着。

伊万·安东诺夫 在你离开之前，别忘了给我留下两列弗五十斯托丁卡，这是在我这里的过夜费。因为这个罗马浴池我多要了百分之十，这就像现场演奏音乐要收费一样。

副教授 我根本没想过要离开。我在这里的工作才刚刚开始。

伊万·安东诺夫 如果我把你扔出去呢？

副教授 你做不到。我是个柔道专家。

伊万·安东诺夫 （大喊）但是你凭什么留在我家里呢？宪法可是保护我的家的！

副教授 如果你愿意的话，看，这是在储藏室和厕所开始挖掘的命令。

伊万·安东诺夫 （阅读）它上面也有官方印章……但这是私人住宅……这怎么可能呢？

副教授 这是一个遗址。你可能已经注意到了，我负责挖掘工作。

伊万·安东诺夫 但是我会投诉的。

副教授 当然。你需要两个月的时间来通过适当的渠道，安排与科学理事会的会议，该理事会将设立一个委员会来研究这个案件。委员会将研究一个月，还要再花另外两个月来作出决定……

伊万·安东诺夫 为什么要两个月？

副教授 他们是学者，不可能在一两天内完成这个任务，他们都是忙碌的人，今天在这里，明天在柏林的会议上，后天在意大利开研讨会。在那之后，如果这个决定对你有利，我将对这个决定提出异议，我将提交60页的科学论据。首先，委员会将审议它，然后科学理事会将不得不再次开会……

伊万·安东诺夫 （生气地打断了他的话）那你是不是碰巧也知道预谋杀人罪的判决啊？比如说凶手自首的话？

副教授 我不建议你这么做。我很健康，我的血型是最普遍的。谋杀未遂只能拖延事态的发展。

伊万·安东诺夫 你还有没有良心了？

副教授 我拥有大学的学位。

伊万·安东诺夫 （大喊）那就至少给我一栋新房子！

副教授 我们只处理历史超过一千年的事。

伊万·安东诺夫 那谁来处理一个仅仅是想过正常生活的中年人的事呢？谁来处理人类的事？

副教授 （耸耸肩）我不知道。那不是我的领域。问问索非亚信息台吧。

就在这时，救生员走进了起居室，是个比较年轻的人。

救生员 对不起，水池在这儿吗？

伊万·安东诺夫 就在那边。

副教授 你指的是哪个水池？（严厉地）

救生员 他们在电视上提到的那个水池。我被任命为新开的游泳池的救生员。

副教授 任命为什么？

救生员 救生员。所有的游泳池、海滩和水库都必须有一个救生员。我们保护游泳者。

副教授 保护游泳者？

救生员 游泳者是我们最宝贵的资本。这是我们救生服务守则中写明的内容。（出去一会儿）

副教授 没有人会在这个水池里洗澡，也没有人会在里面游泳。

救生员 （拿着遮阳伞和它的包装，还有一张折叠的帆布凳子进来）怎么样？

伊万·安东诺夫 但是你看不见这里淹不死人吗？

救生员 在水盆里都有人淹死。（把包装扔到地板上，坐在凳子上）

副教授 一定是有什么地方弄错了。这不是一个游泳池，而是一个罗马浴池，一个有着百年历史的文化纪念碑……

救生员 我的任命书就在我的口袋里。（拍了拍它）

副教授 但是，无论如何，它是不会装水的。这里是要开展研究工作。

救生员 那不关我的事。我的工作是要拯救生命。

副教授 这里绝对不需要一个救生员。

救生员 但也许会需要的。

副教授 我们等着瞧！

救生员 现在游泳的夏天已经到了高峰期，在号召培训成千上万的新游泳运动员的时候，你想关闭一个游泳池吗？在我们的游泳如此糟糕的时候？

伊万·安东诺夫 （惊恐地）你想在这里训练游泳运动员，是吗？！！

副教授 在这个特殊的情况下，问题是……

救生员 （打断他）没有什么特殊情况，这是原则问题。一旦他们意识到这是一个要关掉游泳池的问题，他们甚至不会听你说的。不管是罗马的还是匈牙利的，关于游泳池，我们的情况非常糟糕。

副教授 我们等着瞧。

救生员 作为朋友，我告诉你，你在浪费时间。我们计划要在奥运会上获得十枚游泳金牌，也作出了严肃的承诺。

副教授 我们不是朋友，我也不在乎奥运会。如果你往水池里倒上哪怕一滴水，我就把你告上法庭。没有人能救你。我叫阿纳尼耶夫，副教授阿纳尼耶夫，你可别忘了。（简短记录，然后出去）

救生员 （对伊万·安东诺夫说）你也是副教授吗？

伊万·安东诺夫 不，我是伊万·安东诺夫。

救生员 你跟游泳池有什么关系吗？

伊万·安东诺夫 不，我不幸出生在这栋房子里。这就是我住的地方。

救生员 （走来走去地寻找地方放东西）哦，为什么？这房子不错。我喜欢它。

伊万·安东诺夫 我们品味一致，我也喜欢它。但是他们已经把它挖开了一点。

救生员 （安慰他）他们到处挖掘——如果他们不在街上挖掘，他们就在房子里挖掘。没什么好担心的。

伊万·安东诺夫 也没什么可担心的了。

救生员 是的，就在这儿，应该可以吧。你能抽出一点时间给我吗？

这两个人出去了。过了一秒钟，伊万·安东诺夫的声音传来，显然他在反对什么："不，不，不要，请别这样！"稍后，他们两人抬进来一座铁制的救生观察台，就是黑海沿岸所有海滩上都可以看到的那种观察台，它有一根旗杆。两个人站在浴池前面。

伊万·安东诺夫　但为什么要一座观察台？

救生员　我们把它放在哪里好？（一边思考着一边四处张望）观察台在清单上。没有观察台可不行，它给你更好的视野。也许这里可以……

伊万·安东诺夫　嘿，你是真的要……

救生员　不，这里没有窗户，我们把它放在窗户对面吧。（他们把它抬到另一个地方，对着窗户）

救生员　就在这里。

伊万·安东诺夫　不，不，那是我放床的地方！你听见我说的了吗？

救生员　（尽管伊万·安东诺夫提出抗议，还是把它放在适当的位置）太棒了。

伊万·安东诺夫　我说，我并不反对游泳这项运动，但是我不想让你在我的起居室里训练成千上万的新游泳运动员。

救生员　为什么？

伊万·安东诺夫　好吧，我怎么说呢，有时候我要睡觉……有时候我觉得我想独处……我要工作……我会妨碍这些游泳运动员的。

救生员　不用担心。运动员必须有良好的心态，让他们去习惯吧。

伊万·安东诺夫　我更担心我自己的心态。

救生员已经爬上了罗马浴池上搭建的脚手架。

他张开双臂，好像准备跳水似的，好像站在观察台上一样。

救生员　你应该锻炼身体！

伊万·安东诺夫　不，不！那个人要跳水！……（冲进罗马浴池）我必须马上行动。不然的话，明天，在这个罗马浴池里，我会找到美国第六舰队！

落幕

第二幕

伊万·安东诺夫的起居室。还是原来的状态：脚手架环绕罗马浴池，地板被挖起来，地板上到处都是洞，脚手架的管子上铺着刷成白色的板，浴池上搭着一块板。副教授正在挖掘其中的一个洞，继续发掘工作。在房间的中间，浴池后面是救生员的观察台，桅杆上有一面白旗。在它的下部，有一块黑板，上面用粉笔画了六条线。观察台上有一把伞——一把彩色沙滩伞。在观察台的脚下，有一个绕着尼龙绳的滑轮，房间各处散落着缠着网的运动球、红色救生圈和救生浮标。救生员穿着黄色的浴衣坐在观察台上，用望远镜看着。他下面有一台收音机。

救生员　伊万诺夫家正在煮洋葱炖菜……你喜欢洋葱炖菜吗，阿纳尼耶夫教授？

副教授没有答话，继续挖掘。

救生员　五楼的学生又有客人了，她在拉窗帘。这些人学些什么啊，阿纳尼耶夫教授？

副教授继续默不作声地挖掘。

救生员　（继续用望远镜观察着）德莱娃刚刚打碎了一个盘子。（在黑板上又画了一条白线）这礼拜的第七个了……这个女人也太笨了……四楼没什么特别的，有个老太太在嚼苹果……你喜欢苹果吗，阿纳尼耶夫教授？

副教授继续挖着，不回答也不关注他。

救生员　（放下望远镜，看着副教授）你小看了救生员，阿纳尼耶夫教授。他们也是人类。

副教授默不作声地继续他的工作。

救生员　我要救你吗，嗯？阿纳尼耶夫教授？你想要我救吗？

副教授一言不发地继续挖掘。

救生员 你是个古怪的人，阿纳尼耶夫教授。你不想和我说话吗？为什么不呢？

副教授背对着救生员，继续挖着。

救生员 （看了他一段时间）你像个哈姆雷特一样在挖掘！

副教授 （停下来，擦着额头上的汗）胡说八道什么！

救生员 为什么是胡说八道？我看过这部电影，跟这里一样。但是有一个骷髅。

副教授 而这里有个救生员，在一个没有水的游泳池边，只有十平方米。

救生员 工资表上有个救生员。

副教授 你在消耗人民的钱。

救生员 我们是在消耗，但至少我们拯救生命，而你只是挖掘。

副教授 如果你是个诚实的救生员，你会去一个正常的游泳池，至少是个有水的。你会说这是个错误，一个误会。

救生员 我被任命的就是这个地方。你想让我走，让我自愿放弃吗？辞职？

副教授 这是一个真正的救生员会做的事。

救生员 辞职是资产阶级的想法。在这个国家没有人辞职。你听说过有人辞职吗？你没有，你也不会。为什么我应该是第一个？

他的问题仍然没有得到回答，因为就在那时，一位老人迪亚曼迪耶夫进来了。他迈着缓慢而有节奏的步伐，漫不经心地朝起居室望去，一点也不理睬默默注视着他的副教授和救生员。他走近罗马浴池，在水池上方弯下腰。

救生员 （吹哨子）不要在游泳池边弯腰！

迪亚曼迪耶夫退了回来，然后试图走下台阶进入罗马浴池。

副教授 （严厉地）对不起，你想要什么？

迪亚曼迪耶夫 那你又是谁？

副教授 在我看来，你应该先说出自己的名字。

迪亚曼迪耶夫 你是伊万·安东诺夫吗？

副教授 我的名字叫阿纳尼耶夫。阿纳尼耶夫，副教授，负责这里的挖掘工作。外来人员禁止进入挖掘现场。

迪亚曼迪耶夫 这个浴池真的是罗马式的吗?

副教授 你来这里只是为了问我这个问题吗?

迪亚曼迪耶夫 我在找伊万·安东诺夫，这栋房子的主人。

副教授 关于什么事情?

迪亚曼迪耶夫 我自己的。

副教授 那你为什么要问罗马浴池呢?

迪亚曼迪耶夫 为什么我不该问?

救生员 安东诺夫来了。

伊万·安东诺夫走进来，看上去很疲倦。

救生员 （*对伊万·安东诺夫说*）这个家伙在找你。

伊万·安东诺夫 （*对迪亚曼迪耶夫说*）你好！海豚在哪里?

迪亚曼迪耶夫 什么海豚?（*盯着浴池和洞看*）

伊万·安东诺夫 （*对救生员说*）他是马戏团派来的吗?（*对迪亚曼迪耶夫说*）你不是马戏团派来的吗?

迪亚曼迪耶夫 不。

伊万·安东诺夫 谢天谢地。有个训练海豚的家伙一直在找我，他想租游泳池。要说让我高兴的，那就是海豚了。

迪亚曼迪耶夫 我是迪亚曼迪耶夫，我想和你谈谈。

伊万·安东诺夫 很好。

迪亚曼迪耶夫 秘密的谈话。

伊万·安东诺夫 秘密的，如你所愿。(*他们向左移动*)

采科夫 （*出人意料地从地板上的洞里探出头来*）安东诺夫，不要接受！（*突然回到他的洞中*）

两人环顾四周，安东诺夫很惊讶，继续向左边走。迪亚曼迪耶夫正要讲话时，副教授从另一个洞里跳了出来。伊万·安东诺夫思考着他们应该去哪里，他建议迪亚曼迪耶夫爬上脚手架，从管子对面的支架，走到罗马浴池的另一边。

伊万·安东诺夫 走这边！……（*走在前面，迪亚曼迪耶夫跟着他。两人停*

在中间，那里似乎没有人）

迪亚曼迪耶夫 我是个房地产经纪人，你可能听说过我。迪亚曼迪耶夫，我买下和销售了半个索非亚。

伊万·安东诺夫 那还剩下半个，我明白了。

迪亚曼迪耶夫 那一半我也有计划。我是个批发商。四个房间及以上的豪华公寓，有壁炉、地暖、喷泉、大理石和健身室。

伊万·安东诺夫 运动使人保持健康。

迪亚曼迪耶夫 跟我一起……（停下来，因为他看到伊万在向他做手势——在下方，副教授又从一个洞里冒出来了。）

伊万·安东诺夫叹了口气，环顾四周，挥手邀请迪亚曼迪耶夫穿过木板，爬上铺在地面两米高的脚手架管子上的床。

伊万·安东诺夫 这边走！……请！……

迪亚曼迪耶夫 那里？（开始出发，他们走过木板，他坐在床上。）谢谢。对我来说没有偶然的客户。我收取百分之十五的佣金，而客户会得到他想要的东西。通过我，你可以得到其他地方得不到的公寓。

我们看到副教授从床底下的一个长方形的洞里钻出来，听着。伊万·安东诺夫看见了他，摇摇头。迪亚曼迪耶夫随着他的目光看去，看到了副教授。他皱起眉头，然后指了指路——沿着床，然后是梯子，然后是外面，在那里他们可以安静地交谈。他们就这么做了。

迪亚曼迪耶夫（走下梯子） 生意是一天比一天难做了。

他们朝门走去，但是救生员出现了，把一个用绳子拴着的球扔进了罗马浴池。两个人返回去，坐在书桌旁边的两把椅子上。

迪亚曼迪耶夫 安东诺夫。

伊万·安东诺夫 我在听。

迪亚曼迪耶夫 现在有个客户，他想要一些非常特别的东西。他出价很高，但他想要的也很多。他准备付一大笔钱。

伊万·安东诺夫 他想要什么？

迪亚曼迪耶夫 你的房子。他听说了浴池的事。

伊万·安东诺夫 我的房子？你的意思是——这里的战场？

迪亚曼迪耶夫 是的。

伊万·安东诺夫 他很热爱被挖掘过的房子吗？

迪亚曼迪耶夫 不。他能买下我们两个。他从事建材行业，家财万贯，我甚至不好意思告诉你他有多少钱。

伊万·安东诺夫 如果这么不好意思，就别告诉我了。

迪亚曼迪耶夫 他的妻子想要一套带有罗马浴池的房子，她听说这是世界上独一无二的。

伊万·安东诺夫 啊哈！但我得让你失望了——这栋房子是买不到的。我的意思是——加上浴池。

迪亚曼迪耶夫 没有什么是买不到的。多少钱？这就是问题的关键。

伊万·安东诺夫 问题是这个浴池是世界上独一无二的，是具有全球性意义的文化艺术品。研究所已经开始挖掘，现在他们正在挖掘厕所。

迪亚曼迪耶夫 没有问题，我们会起诉研究所。从法律的角度来看，这是完全可能的——这是一所私人住宅，有些事情还不怎么清楚。我们将雇佣三名律师。你可以把这件事交给我。

伊万·安东诺夫 此外，还有一个体育协会的救生员。

迪亚曼迪耶夫 我们也会起诉他们。有三名律师。

伊万·安东诺夫 我觉得，这个罗马浴池属于国家。正如副教授所说的，也属于人类。

达马迪耶夫 我们将起诉国家，如果有必要，我们也会起诉人类。

伊万·安东诺夫 有三名律师。

迪亚曼迪耶夫 有三名律师。我从没有输过任何一个案子。你只要提供给我你同意这桩买卖的书面同意函，剩下的就是我的事了。

从外面传来救生员的哨子声，以及他的喊声：“当心！你看不见浮标吗？”过了一会儿，他进来了，手里拿着三个浮标和一封信。

救生员 *（对伊万·安东诺夫说）*我们收到了一封信。

伊万读了那封信。救生员把浮标放在浴池周围和脚手架上。迪亚曼迪耶

夫谨慎地退到一边。

伊万·安东诺夫　这不可能。

救生员　是从市议会来的。

伊万·安东诺夫　不，这不可能。我花了一个小时以最详细的方式向他们解释情况。逐字逐句地说，慢慢地说，清楚地说——在我的房子里发现了一个罗马浴池；我没有地方住；他们应该立刻介入，把这个浴池从我的房子里搬走……而这就是他们给我的信：“安东诺夫同志。关于你方要求在住宅内开罗马浴池一事，兹通知你方，根据《限制公民私人行动令》第3节第57项，你方的要求已被拒绝。此致敬礼……”

迪亚曼迪耶夫　签名，公章……

伊万·安东诺夫　签名，公章……

救生员　你应该提出书面申请的。

伊万·安东诺夫　我也留下了书面申请。这怎么可能……

迪亚曼迪耶夫　自力更生比去市议会好！

伊万·安东诺夫　不，这真是难以置信！我花了一个小时向他们解释！

迪亚曼迪耶夫　你会得到很多钱的。一大笔钱，不是此致敬礼。

采科夫　（从一个洞里跳出来）安东诺夫，不要低估了瑞士法郎！（再次跳下去。）

救生员　（跳起来）我觉得它就像只海豚！

伊万·安东诺夫　（心不在焉地）什么海豚？在哪里？

救生员　在那边。他还说了些什么？

伊万·安东诺夫　那真是胡说八道了，海豚不说话。我要神经不正常了……

迪亚曼迪耶夫　你现在能给我一份委托书吗？……还是说我明天过来？

伊万·安东诺夫　明天，明天。顺便问一下，你在说什么委托书？

迪亚曼迪耶夫　委托我替你卖掉你的房子。

采科夫　（这次从另一个洞里冒出来）安东诺夫，别忘了科摩湖！……（藏起来）

迪亚曼迪耶夫　我认识那个声音！

伊万·安东诺夫 是吗？

救生员 那是一只海豚！（兴奋地喊道）一只真正的海豚！

迪亚曼迪耶夫 不，我认识那个声音！安东诺夫，什么时候？

伊万·安东诺夫 什么什么时候？哦，是的！不是现在，不是现在，我现在没法思考这件事，你也看到了这里是多么混乱。

迪亚曼迪耶夫 别犹豫！价格每天都在下降，而且会越来越受到国家的监管。最糟糕的是——情况正在改变。

副教授从门口进来，手里拿着鹤嘴锄，怀疑地看着迪亚曼迪耶夫，迪亚曼迪耶夫不明所以，匆匆离去。

迪亚曼迪耶夫 好吧，我会回来的。明天。（低声说出最后的话，然后出去）

副教授 安东诺夫，在我看来，你是被可疑人物造访了。

伊万·安东诺夫 （指着他）还带着鹤嘴锄！

副教授 我想警告你，如果你以为你可以动了我的罗马浴池却不受惩罚，那你就大错特错了。国家处理过许多庸俗分子，他们除了自己的利益什么都不在乎……国家也会处理你的。

伊万·安东诺夫 那你在考虑谁的利益？你认为自己是学术的牺牲品，不是吗？献身于为人类服务的生活！没有好处，没有企图——你是一只无私的蜜蜂！

副教授 今天的人类要行动，安东诺夫！

伊万·安东诺夫 不管是什么行动？

副教授 结果会证明过程的正当性。总会有人会为此证明的，只要能获得成果。我知道你这种人——你坐在那里，等待别人注意到你的灵魂，感受它的无限丰富，它蕴藏的无数珍宝，它的稀有品质。你怀着爱心，你坐在那里等待着……然后你很惊讶，因为你被忽视了，因为女人喜欢其他人。

伊万·安东诺夫 为什么被忽视？我不会这么说。

副教授 你应该锻炼身体，安东诺夫！……

伊万·安东诺夫 对你来说，理想的人只需要汽油，对不对？可以碾压和移动。

副教授 你对自己的评价很高，安东诺夫。

伊万·安东诺夫 不是说我自己——是说人类。我只是把人看得比浴池更重要。

副教授 那很好，继续做个人吧。我要去挖掘厕所了。（出发）你如何评价厕所的重要性——更高还是更低？

伊万·安东诺夫 这取决于要去那里挖掘的人。在这种情况下——更高。在挖掘过程中要小心马桶，否则我会告你！有三名律师！今天来的那个男人就会这么做的，对不对？如果有人打碎了他的马桶。

伊万疲倦地倒在放置在离地面两米高的脚手架上的床上。救生员坐在他的观察台上，漠然地凝视着他。

伊万·安东诺夫 我到底是为什么要在这个季节去海边？他们过去给我的都是一月份的券，那多好啊——那时候很冷，根本没有人。最重要的是什么都没发生，最糟糕的也仅仅是肺炎。现在我八月份去了那里，看看发生了什么。我的房子里挤满了副教授、浮标。最糟糕的是没有办法能拯救我。

救生员升起观察台上的红旗，在黑板上写下12度，然后平静地再次坐下。

救生员 （跳起来）我能救你吗？

伊万·安东诺夫 救我这件事你还没有厌倦吗？救一下副教授来换换口味吧。

救生员 （兴奋地）他不会接受的。你知道，他是个受过教育的人……（轻蔑地说）

伊万·安东诺夫 我也受过教育。

救生员 不！你不一样！你喜欢人！我必须得救人，那是我的工作。否则，我们会得到什么？一个游泳池，一个救生员，没有人要救。我也一定得积极一点，不然我会被解雇的。

伊万·安东诺夫 我现在觉得不想被救。

救生员 为什么不呢？这是个好时机——观察台上挂着红旗。

伊万·安东诺夫　（恼怒地）不，这次不行！

救生员　水冷得像冰一样，正好适合抽筋。

伊万·安东诺夫　我不喜欢在冷水中溺水，会得感冒的。

救生员　你是个好人，你总能理解我。来吧，让我来救你，好不好？就五分钟！请做吧！来吧。我恳求你！

伊万·安东诺夫　（生气地）好吧，来吧，救救我。这次我要在哪里溺水？

救生员　在那边，在悬崖后面。（迅速甩掉浴衣）

伊万·安东诺夫　但是这次不要人工呼吸！上次你差点弄断我的胳膊！

救生员　好的。

伊万·安东诺夫　我要跳吗？

救生员　是的，跳吧。

伊万·安东诺夫　来了。（走下浴池，坐在地板上）

救生员　就算胳膊断了，只要活着就好，这就是我的想法。

伊万·安东诺夫　你就不能不大惊小怪的吗？

救生员　这是我的工作。我必须这样做，不然我会忘记的。我一直坐在这里，已经浑身僵硬了。

伊万·安东诺夫　我要大声喊吗？

救生员　是的。

伊万·安东诺夫　（大喊）救命！救——命！

救生员站在观察台上，抓起望远镜看着，但没有看向伊万·安东诺夫所在的地方。

伊万·安东诺夫　救——命！

副教授从厨房里跑进来，手里拿着鹤嘴锄。

副教授　发生什么事了？

伊万·安东诺夫　（在他经过时解释这件事）我快要淹死了。救——命！

副教授　两个大白痴！（走开）

救生员　我看见你了！我来了！坚持住！我在向你游过去了！……我来了！

他从观察台上跳下来，拿着救生圈，扔向伊万·安东诺夫。然后他自己投进浴池，模仿着游泳的动作，躺在横跨在浴池上方的木板上，摆动着双腿。然后他抓住伊万·安东诺夫，把他拖出来，走上浴池的台阶。

伊万·安东诺夫 现在你轻一点，你会弄伤我的背。

救生员 每一分钟都很重要。我在为你的生命而战。（他积极地给他做人工呼吸。伊万从下面大喊。）

伊万·安东诺夫 够了！……够了！……哎哟！停下来，好吗？够了！你听见了吗？

救生员 好了。（让他站起来。伊万头晕眼花，踉踉跄跄）再过一分钟，你就沉下去了。

伊万·安东诺夫 水很冷，我抽筋了。

救生员一边发抖一边来回跑着，给自己裹上浴袍，又把另一件披在伊万·安东诺夫身上。伊万把它脱下来。

救生员 （走到抽屉那里，拿出一本专门的登记册）请签字。在这里。对了。谢谢。

伊万·安东诺夫 （签名）为什么我们每次都要做这些？

救生员 有规定。你知道，如果在水上救生服务中没有任何规定和制度……另外，这对会计也很重要。（注意到门口有个人）看，门口有人。

当他们忙于人工呼吸时，一个男人走进房间，现在正静静地站在门口。

伊万·安东诺夫 他不是那个带海豚的人吧，是不是？

救生员 闭嘴。他是个大人物。

伊万·安东诺夫 等一下！他可能是从我递交申请的市议会来的。他们说会派人去调查。现在来了，我们得救了。进来，进来，好，终于来了，进来。很高兴见到你，我是伊万·安东诺夫。那里，你看看事情都变成什么样了——洞，坑，水池，一句话，一个战场。我出去度假了，当我回家时——在我的起居室里发现了一个罗马浴池，是庞比利亚努斯皇帝统治时期的，还有那些女人像。在那儿，那边就是女人像。（指着它们）我离开时让工人们去换地板，他们挖开了一点，然后发现了罗马浴池在那里。这是世界上唯一的一个，独一无二的艺术纪念碑。

有关它的论文正在撰写中，联合国教科文组织把它纳入了保护。我们还有一个救生员。（*指向救生员，救生员清了清嗓子*）那真是太好了，但是我没有地方住了。这就是最后的结果。我家到处都是副教授、救生员和浮标，他们还可能在这里训练游泳运动员……我的厕所正在被挖掘，他们现在还盯着我的厨房，他们打坏了我的家具，所有这些都是以科学的名义做的。科学需要牺牲——而伊万·安东诺夫要作出牺牲。他们想在奥运会上获得十枚金牌，这却要伊万·安东诺夫付出代价。

那个人仔细地听着伊万·安东诺夫的话，每一个字，拿出笔记本，然后写了什么。

伊万·安东诺夫 没错，我不是一个罗马浴池，但我就没有权利生活吗？不需要居住面积？不需要关注？

那个人默默地点点头，同意伊万·安东诺夫的话。

伊万·安东诺夫 你能想象会发生什么吗？现在他们正在厕所里挖掘。如果他们在那里发现什么东西，我的房子就会变成一个博物馆。他们会把一切都用红绳子围起来，他们会放上用外语写的告示……那我要去哪里？外国人不会想看见我，我对他们也不感兴趣。

救生员 就是这样，他们才不要看旧东西。

伊万·安东诺夫 对。我受到了四面八方的压力。一个家伙在挖掘，另一个拯救生命，第三个跟我说着科摩湖的事……那些挖掘的人不提供房子，他们只管挖。那些分配房子的人和挖掘的人毫无关系。他们都说他们与我无关。事情就是这样。如果你也不采取行动，我就去该死的科摩湖畔安顿下来。我对这整件事情都烦透了。你同意我的意见对吧，毕竟，我不能去广场的树下面躺着。我已经写了申请，我也去见过官员，我已经解释过这一切，但关于我的这个案子却什么行动也没有。请采取措施。

伊万·安东诺夫停止说话，看着那个人，那个人也看着伊万·安东诺夫，以确定他已经说完了。发现他已经不再说话了，就拿出一个笔记本，在笔记

本上写下一些东西，把它递给伊万·安东诺夫，伊万拿着它读了起来。他茫然地看着那个人，然后他看着救生员，非常吃惊。

救生员 他们要给你一栋新房子吗？

伊万·安东诺夫 *（再次看着那个人，大声朗读）*“我生来就是一个聋哑人。如果你愿意，请帮帮我，给我两个列弗。先谢谢你！”

救生员 *（惊奇地注视着那个人）*什么？！

伊万·安东诺夫 *（对聋哑人说）*为什么你一开始不这么说，伙计？

救生员 他怎么可能？他是个聋哑人，是不是？

伊万·安东诺夫 他为什么不一开始就给我看一下这张纸条，而不是让我白费口舌？

救生员 嗯，他看到你开始对他说些什么，决定让你把想说的话说完，以免冒犯你。他在等你给他两个列弗，是吗？

伊万·安东诺夫 你可能是对的。但我没有钞票，只有零钱。*（对聋哑人说）*对不起，你愿意接受硬币吗？

聋哑人递给他一张纸。

救生员 他说什么？

伊万·安东诺夫 *（朗读）*他愿意。

落幕

伊万·安东诺夫的房间还是同样的状态，只是救生观察台已经被抬起来放置在原来的床的位置上，在浴池旁边的脚手架管子上。床被放在了观察台的下面。救生员坐在观察台上，在遮阳伞下吹着哨子。

救生员 回来！回来！那里不行，你在浮标的范围外面！那是一个无人看守的区域。*（看着门口还没有进来的人）*

盖切夫，地方组织的活动家，在救生员的指挥下走进来，不知所措。

救生员 你要去哪里？那是最脏的地方，无人看守的区域，那儿，那儿有地下岩石……向左拐！……看着我，看着我！安排我在这里是干什么的？看着我！直走，停！（活动家就在一个洞的前面）你看！一直看着我，看着我，继续走，走，走……从那里跳下去。你在岩石上，岩石，对了……现在，向右走两步，再走两步，一直看着我！……

在这些命令的指挥下，盖切夫掉进了地板上的一个长方形的洞里，然后消失了。这就是救生员一直在等待的，他甩下浴袍，戴上潜水器和面具，往洞里冲去。

救生员　那边的！我告诉过你了！……现在坚持住！我来了！我正向你游去！（他也跳到洞里去）

与此同时，盖切夫从另一个洞里冒出来，非常惊讶地听着救生员的喊叫。

救生员　我来了！我看见你了！……轻轻地！……

盖切夫　你在哪里看到我的？

救生员从洞中出现，深吸一口气，又沉下去。盖切夫走过去，弯腰看向他掉下去过的另一个洞。救生员从里面钻出来，他们的头猛地撞在一起。

盖切夫　噢，我脑震荡了！（抱紧他的头）

救生员　当然会，因为你不听我的话。现在坚持住。（把他绊倒，盖切夫倒在地上。救生员扑在盖切夫身上，开始给他做人工呼吸）

盖切夫　哦……哦！……但是你……我的手臂……哦，救命啊，哦！……

救生员　你不能说话。

盖切夫　哦……我的背……为什么？

救生员　首先，你必须冷静下来。发生这样的事情之后，人们常常会被吓到。（积极地继续进行人工呼吸，根据规定来）

盖切夫　天啊！……

救生员　（让他躺在地板上，处于半是窒息半是被碾压的状态）你得救了。（然后跑到观察台边，跳着抖掉耳朵里的水，把自己裹在浴袍里）

盖切夫　（慢慢地恢复了神智，全身疼痛）这是罗马浴池吗？

救生员　没错。

盖切夫　它应该是世界上唯一的一个，是不是？

救生员 他们是这么说的。

盖切夫 你是我们组织的成员吗?

救生员 什么组织?

盖切夫 我们的地方组织。我是所有事件的活动家，但我没见过你。

救生员 我是个救生员，属于这个水池的。

盖切夫 是这样吗?你是做什么工作的?

救生员 我救人。此外，我们还要在这里训练成千上万的年轻游泳运动员，这是现在的号召。群众体育是我们取得好成绩的基础。

盖切夫 还有群众组织，不要忘了群众组织。

救生员 (取出登记册)现在在这里签名。

盖切夫 这是什么?

救生员 一份文件，证明我救了你。

盖切夫 需要付费吗?

救生员 不，在我们国家，救生是免费的。

盖切夫 那我就签。(签字)所以这是我们地方组织的游泳池。(进入浴池，用虔诚的眼光审视它。)它真美。你说，这是世界上唯一的一个?

救生员 再没有跟它一样的了。

盖切夫 那么，其他地方组织都没有这样的浴池吗?

救生员 没有。

盖切夫 你肯定吗?

救生员 这是副教授说的。

盖切夫 所以我们肯定会赢得比赛。现在我们真的会赢。让他们收集瓶子去吧——我们发现了世界上独一无二的罗马浴池。还有什么地方组织可以夸耀这样的成功?

救生员 没有。

盖切夫 没有。不是第四十三个，也不是第一百零七个……也不是……(看着女人像)但是这里的裸体像……它们不太……

救生员 那是那个时代。他们过去是裸体洗澡。

盖切夫　是的，是的，时代，这就是我要告诉委员会的——时代不同。这是时代的错。还有游泳运动员，我们的地方组织将在这里训练成千上万的新游泳运动员。这就是现在的号召！

救生员　啊？你们的地方组织要怎么训练他们？

盖切夫　嗯，你刚才是说过成千上万的新游泳运动员要在这里训练。谁来训练他们并不重要，现在重要的是我们要赢得比赛。让委员会知道我们没有落后，我们正在响应号召。是的，成千上万的新游泳运动员在以前的游泳池里……庞……庞……那个名字是什么来着？

救生员　庞比利亚努斯。从“庞”开始，叫“庞比利—亚努斯”。

盖切夫　是的，从“庞”开始。这是个象征，我要这么告诉委员会。现在我们绝对会赢得比赛。然后我们会得到奖品。你知道奖品是什么吗？

救生员　我怎么会知道？

盖切夫　去德意志民主共和国旅行。

救生员　不错啊。

盖切夫　那里的搅拌器的价格要便宜两倍。

救生员　那么，你怎么带它们通过海关呢？

盖切夫　活动家不交税，我们做的是公共工作。这就是我对这件事的看法。

救生员　嗯，当你落入德国海关人员之手时，我会再问你一次……

盖切夫　这是不对的。你应该对群众组织更有信心。群众组织……

他没有说完这句话，因为伊万·安东诺夫和副教授的未婚妻玛莎正好走了进来。这位活动家仔细地打量着玛莎。

玛莎　你好！

盖切夫　（注视着她，几乎要舔嘴唇）你好！你好！

伊万·安东诺夫　（讽刺地）对不起，这个地方有点乱。

玛莎　它不乱，它是被犁过的地。

伊万·安东诺夫　副教授的风格。

玛莎　（责备地）我们已经解决了这个问题，不是吗？

伊万·安东诺夫　原谅我。（对救生员说）那是谁？

救生员 我刚刚救了他。他来自地方组织。

伊万·安东诺夫 很高兴见到你。

盖切夫 那女人呢？她也属于我们的地方组织吗？

伊万·安东诺夫 不，她属于另一个地方组织。

盖切夫 真遗憾。人们会想和她一起工作，一眼就能看出来。（*热切地看着玛莎*）嗯，我得走了。你很忙。（*看看玛莎，停下来，看看浴池，然后又看看玛莎，然后看看伊万·安东诺夫*）再见。

伊万·安东诺夫 再见。（*对救生员说*）你的朋友？

救生员 我好不容易把他从旋涡里救出来。他刚才说到了某个比赛。

伊万·安东诺夫 啊哈！他没有提出什么要求吗？

救生员 没有。

伊万·安东诺夫 真奇怪。这真让我心慌——他到这里来，却什么要求也没提。

玛莎 （*低声说*）台上那个人是谁？

伊万·安东诺夫 救生员，这个水池的救生员，被体育协会任命的。

玛莎 他要救谁？

伊万·安东诺夫 我。他已经救了我差不多五十次了。

玛莎 但你是认真的吗？

伊万·安东诺夫 他的任命是有规定的，但他再也找不到其他受害者了。

玛莎 仁慈的上帝啊——一个救生员！

伊万·安东诺夫 他不是坏人。

玛莎 我要去找一找那本书。（*从家具之间走向散落的书*）

救生员 安东诺夫！

伊万·安东诺夫 我马上就来。让我找一下书橱的钥匙。（*朝衣柜走去*）

救生员 能给我一点时间吗？

伊万·安东诺夫 什么事？

救生员 你必须给我一块金表。如果你愿意的话，一块怀表。

伊万·安东诺夫 （*认为这是一个笑话*）为什么？今天是你的生日吗？

救生员 （严肃而坚定地）你必须给我一块，我救了你的命。

伊万·安东诺夫 你在开玩笑吗？什么时候？

救生员 很多次。我这么告诉我的队长们——你非常感激，给了我一块金表。现在他们非常想看看。

伊万·安东诺夫 听着，我听够了笑话，我很忙。

玛莎 （从家具之间喊道）这里真是一团糟，我什么也找不到。

伊万·安东诺夫 就在那里，我来了……（出发）

救生员 （抓住他的胳膊）你签了文件的。（挥动登记册）

伊万·安东诺夫 （震惊地）但我那样做是为了你，为了你的快乐，不是吗？

救生员 很快乐——拯救溺水的人。

伊万·安东诺夫 我去找你的老板……

救生员 这是不是你的签名？（展示登记册）是的。它是在官方文件上吗？是的。你知道伪造公文的处罚吗？是坐牢。你用这个签名误导了国家，还不止一次，你伪造了数据。

伊万·安东诺夫 但这只是一场游戏。

救生员 一场很好的游戏，它足够把你送进监狱。

伊万·安东诺夫 但是我没有一块金表。

救生员 是的，你有——在你的口袋里。

伊万·安东诺夫 但那是我父亲的表！

救生员 如果你要这样的话，你可以进监狱。

伊万·安东诺夫 我倒觉得那样最好——不管怎样我都没有地方住。

救生员 “她”会说什么？

伊万·安东诺夫 “她”？

救生员 （指着玛莎）副教授的未婚妻。当你在监狱里时，副教授会再次把她拖走——他不会让杂草在他的脚下生长。

伊万·安东诺夫 是的，这倒是真的。

救生员 女人对“名誉”很敏感，而你非常喜欢她。为了玛莎。

救生员伸出手来。伊万·安东诺夫站在那里，陷入沉思，十分震惊。毕竟，玛莎是他唯一珍爱的。他拿出他的金表，默默地把它递给救生员，救生员把它放在耳边。

救生员 它在走。（走开，把浴衣的帽子盖在头上。）

伊万·安东诺夫被发生的事情弄得震惊而崩溃，低着头沿着罗马浴池的边缘慢慢地开始走。他又看了看救生员。救生员出去了。伊万·安东诺夫心事重重地继续往前走，已经走到了玛莎所在的房间的尽头，她把书扔向他，几乎打中了他。他熟练地抓住了书。玛莎扔了第二本书，第三本，第四本……

玛莎 （高兴地）是这本吗？……这本？……这本？……

伊万·安东诺夫 不，不是，不是那个，也不是那个。嘿，等一下，你会把我撞倒的！（他也笑了）

伊万·安东诺夫手里已经有十几本书了，是玛莎扔给他的。玛莎自己又从书堆里拿走了十几本，走向伊万·安东诺夫，把它们放在他的怀里，然后……拥抱他。两人接吻。伊万的手上满是书。就在这时，副教授出现在厨房门口。他非常生气和惊讶。

副教授 玛莎！

两人分开，不知所措，然后伊万·安东诺夫把书扔在地板上，再次拥抱玛莎。

副教授 玛莎！就在我眼前！……

伊万·安东诺夫 那么，就别看！

副教授 别那样对我说话。我下次再对付你。我已经警告过你不要挡我的路。

伊万·安东诺夫 我记得。你说过你会碾碎我的。从那时起，我就觉得你作为蒸汽压路机的能力在国民经济中没有得到充分发挥。

玛莎 你想要什么？

副教授 你怎么能……就在我眼前……跟那个……

玛莎 你希望我们怎么回答你——书面还是口头？

副教授 玛莎！！！！……

伊万·安东诺夫 我要去找那本书。（走开）

就在副教授进来的时候，也许提前了一秒钟，救生员又回到了房间，裹着浴衣，头上戴着帽子，他爬上了观察台，开始用望远镜观察情况。在副教授进来的时候，救生员正在观察两人之间的情景。伊万·安东诺夫在家具中间趴下，寻找他和玛莎来找的那本书。

玛莎 你还有别的问题吗？还有其他什么你感兴趣的吗？还有什么你不能理解的吗？

副教授 （*呆滞地*）我以为你爱我，至少有一点。

玛莎 是吗？

副教授 你在这里，在我心里……

玛莎 浴池才在你的心里。

副教授 是你！

玛莎 没有容得下我们两个人的地方了。

副教授 （*经过一段时间的思考*）你想让我把一切都放弃吗？！！！

玛莎 （*看着他*）是的。

副教授 放弃浴池，我的论文，一切？！！！

玛莎 是的。这样我就相信你。

伊万·安东诺夫已经转过身来，正紧张地看着他们。这一时刻是决定性的。副教授疯狂地思考和计算着，都在几秒钟之内。

副教授 但是这是明智之举吗？

玛莎 当然不是。为了一个女人而放弃一切——你只能在电影中看到。

副教授 玛莎，你理智点……这个浴池不仅是我未来的关键，也是你的……这篇关于罗马浴池的论文会给你带来的幸福，比一个普通人能给你的多得多，这么一个正在家具之间爬来爬去的人。我为什么要放弃浴池？难道我们就不能像现代人一样把事情分开看吗？

玛莎 不要放弃，去挖掘吧。我来这里不是为了毁掉你的事业，我是和伊万·安东诺夫一起来的。

副教授 和伊万·安东诺夫一起！只要听听他的名字的发音——伊万·安东诺夫。（*轻蔑地说*）一个把自己蜷缩在庸俗的外壳里的人，他只知道一件事——把我的房子给我，把我的房子给我。他不考虑艺术、科学、任何崇高的非物质的东西——他只是想要自己的房子，他想要生活——谦卑地生活，这就是确切的说法。

伊万·安东诺夫 已经告诉你去挖掘了，不是吗？

副教授 而你会和他一起谦卑地生活。

玛莎 你不用为我操心。你考虑这些已经太晚了。

副教授 你认为他能给你任何东西吗？呵，他会争论、犹豫和决定——但他永远不会做任何事。永远。你甚至不会有地方住。他永远也拿不回这栋房子，那是不可能的，我会彻彻底底地把它挖个底朝天……他甚至也没有钱，我敢肯定……

玛莎 他没有。

伊万·安东诺夫 我没有。

副教授 你一定会毁了的，玛莎。与作为副教授的妻子相比，你不会有任何社会地位。

与此同时，伊万·安东诺夫找到了他们要找的书。

伊万·安东诺夫 在这儿。我找到了。

玛莎 *（跑向他）*太棒了！*（吻他）*

副教授 所以你们一直都在见面——一直……

两人没有理睬他，他们翻开书页，讨论它……就在这时，一直待在那儿戴着帽子、拿着望远镜在看他们的救生员大声说道。

采科夫 *（原来是他，穿着跟救生员同样颜色的浴衣）*安东诺夫！安东诺夫！

玛莎 嗯？那是谁？

采科夫 *（掀开帽子，露出面容）*你能给我一点时间吗？*（从观察台上跳下来，走向伊万·安东诺夫和玛莎）*

伊万·安东诺夫 不，我不能。我很忙。

采科夫 安东诺夫，你会错过你一生中最大的机会。

伊万·安东诺夫 那么从现在开始，再没有什么需要我担心的了。

采科夫 是五十万啊，伙计，清醒点吧。你想要多少女人就会有多少……还有汽车，还有一切…… 不要因为一个女人而放弃……

伊万·安东诺夫 我们不讨论这件事了。（沿着罗马浴池开始走）

采科夫 （跳进浴池，抓住安东诺夫的裤腿）安东诺夫！

伊万·安东诺夫 你明明看见我很忙，为什么还要打扰我？

采科夫 （环顾四周） 因为没有时间了。现在正是时候，如果你现在不下定决心——一切都会破灭的。我的人下星期要搬到商业中心去了，那就没有把它运出国的方法了。

伊万·安东诺夫 （继续往前走，离开采科夫）你不让一个男人亲吻他的未婚妻。（采科夫扭动着穿过一个洞，从伊万·安东诺夫和玛莎前面的那个洞里出来）

副教授 你会为这个未婚妻付出极大代价的。

采科夫 （从洞里露出上半身）我们带她一起去，就别再耽搁了。

玛莎 但是这个人是谁？

采科夫 安东诺夫，时间就是金钱。

救生员 （正好进来，看见洞里的采科夫）他溺水了吗？（采科夫躲起来）他正在沉下去！……（扑向那个洞）我到嘴的面包还想跑！（在他经过副教授时说）

他冲着采科夫追过去。两个人开始追逐，先出现在一个洞，然后在另一个洞。

副教授 所以你要拐走别人的未婚妻了，是不是？

伊万·安东诺夫 我们可以——我们要这么做。

玛莎 别跟他吵架，我们已经达成共识了，对不对？（对副教授说）别忘了厕所在等着你呢——去挖掘吧。

副教授 你是一个低贱的女人……

伊万·安东诺夫 （开始脱掉他的夹克）我们还没有解决这个问题吗？

副教授也解开他的夹克，但随后他意识到这一切是多么的无意义，就继续往前走。伊万·安东诺夫和玛莎出发了，但是房地产经纪人迪亚曼迪耶夫出人意料地从旁边的洞里跳了出来。

迪亚曼迪耶夫　下午好！我来拿我的委托书。

伊万·安东诺夫　什么委托书？啊哈，是的，这房子的。

迪亚曼迪耶夫　客户在催了，他提高了金额。我不想在这些人面前说这个，但这是个天文数字。这个年轻女人是谁？

伊万·安东诺夫　我的未婚妻。

迪亚曼迪耶夫　（旁白）一个可爱的女人。所以我可以在她面前说话。

伊万·安东诺夫　就像你在我面前一样。

在这句话结束时，采科夫从附近的一个洞中出现并倾听着。一直追着他的救生员吹响了哨子，采科夫跑开了，躲在另一个洞里。救生员跟在他后面跳进去，也消失了。

迪亚曼迪耶夫　那些家伙在躲什么？

伊万·安东诺夫　天真的孩子。他们在玩捉迷藏。

迪亚曼迪耶夫　我找到律师了。人精，他们每个人都是人精。我们必须制定一个小计划——你得收养我的委托人。

伊万·安东诺夫　我要收养谁？

迪亚曼迪耶夫　我的委托人。

伊万·安东诺夫　为什么？他多大了？

迪亚曼迪耶夫　他 59 岁，但这并不重要。

玛莎　那会是我所谓的儿子。

伊万·安东诺夫　但是我以为能收养的年龄上限是……

达马迪耶夫　这取决于我。我甚至安排过收养 80 岁的老人。

伊万·安东诺夫　哦，不。

迪亚曼迪耶夫　不要为此感到困扰，这只是一个小小的法律伎俩，最无罪的那种。否则，我们不能把房子卖给他。这些是表格，你必须填好，然后我们才能开始这桩生意。

伊万·安东诺夫　哦，不，这完全不行！

他和玛莎一起开始走。迪亚曼迪耶夫跟随着他们，从他的公文包里拿出授权书。采科夫和救生员仍然在追逐对方，在他们前后飞奔而过。房间里完

全一片混乱。伊万·安东诺夫不知道该往哪里转弯，跟着玛莎一起走，他们在四处乱转……救生员快追上采科夫了，后者在往观察台的台阶上爬。这时，盖切夫的声音响起。

盖切夫 进来，直接进来。这边走……

盖切夫是地方组织的活动家，在三名身着新西装、拿着公文包的男子的陪同下走进房间。他们是委员会成员。

盖切夫 这边走，请。现在要小心，有洞。

委员会环顾四周，站在罗马浴池前。

盖切夫 这是我们地方组织最大的成功。（就在这时，副教授从厨房里走进来，惊讶地停下了脚步）由于我们成员的系统工作和全面参与，我们发现了庞比利亚努斯皇帝统治时期留下来的唯一的罗马浴池。一位罗马皇帝。这个独一无二的纪念碑甚至上过电视。它只能在我们地方组织的领土上找到，其他地方都没有，在任何其他地方组织的领土上都找不到。在这里，在这个独一无二的地方，我们将举行各种会议，我们将与杰出的劳动人士交谈。在这里，每周一次，人民法院将举行会议。我们也可以放一张桌子打小型台球。在这个游泳池里，我们将训练成千上万名年轻的游泳运动员——这就是现在的号召。在奥运会上游泳运动员将赢得十枚金牌——在我们上次的会议上，我们决定其中八枚应该由我们的地方组织获得。

伊万和玛莎站在罗马浴池旁，他们后面是副教授。在他们对面是迪亚曼迪耶夫，手里拿着公文包。救生员站在台阶上。采科夫正站在观察台顶上，脸色阴沉，直视前方。

盖切夫 这是伊万·安东诺夫，他就住在罗马浴池旁边。是我们的一个好成员，一个定期缴纳会费的人，一个在任何场合都帮助管理人员的人。（委员会审视着伊万·安东诺夫，跟他们刚才审视罗马浴池一样）是我们的纤维素产业里回收废纸的第一个冠军。

盖切夫 （继续讲玛莎）他的妻子最近调到我们的地方组织工作。

盖切夫 （介绍副教授）罗马浴池的水管工！荣誉工作者！……（副教授气得

坐了下来)

盖切夫 (介绍迪亚曼迪耶夫)他的助手，有报酬的。

盖切夫 (介绍救生员)这是一个有公益精神的人，负责我们地区的群众体育活动。他训练着成千上万的年轻游泳运动员——下一代就在他手中。

盖切夫 (介绍采科夫)地方组织的生命和灵魂！他在组织内尽职尽责，准备口号和宣传海报，还有其他装饰品。(采科夫不好意思地咧嘴笑)

盖切夫带领着委员会成员们离开。他们离开后的片刻，众人寂静无声。然后突然爆发，他们都朝向伊万·安东诺夫。

副教授 在罗马浴池里放小型台球！安东诺夫，你要为此负责！

采科夫 为什么是人民法院？什么人民法院？法院在这里做什么？安东诺夫，你答应过的！

安东诺夫在他们的喊声中退到罗马浴池里。

伊万·安东诺夫 我什么都没有答应过。

迪亚曼迪耶夫 什么见鬼的会议？他在说什么回收？有什么法律依据？我在问有什么法律依据？！！

伊万·安东诺夫 我不知道。

救生员 他说的是什么年轻一代？！！太愚蠢了。一千名年轻的游泳运动员。这里一滴水都没有！

采科夫 我已经花了钱了。我遭受了精神上的伤害。要么我们走，要么……让我们走吧！

迪亚曼迪耶夫 (跟着伊万·安东诺夫进入浴池)谁都不许走。客户正在等着呢，三名律师在等着。他是父亲——他必须收养他。

采科夫 我还遭受了精神上的伤害，我被叫作地方组织的生命和灵魂，我不会就此罢休！

副教授 这纯粹是野蛮行为！！！这个回收废纸的人必须在他应该在的位置！

他们都围着浴池里的伊万·安东诺夫，俯身在他上方，大喊着。

迪亚曼迪耶夫　给我授权书！孩子在等着！

副教授　是我发现的罗马浴池！

救生员　我的任命书在我的口袋里！！！（拍着他的口袋）

采科夫　他们要把我的人搬到商业中心去！现在不做就永远没机会了。

迪亚曼迪耶夫　他是个父亲！他必须收养！

救生员　你为什么看不起救生员？

副教授　让他把我的未婚妻还给我。

采科夫　让我们运出国吧！

伊万看着他们，然后喊道："够了！"他抓住罗马浴池里的鹤嘴锄，挥舞在头顶。他们都沉默了。起居室一片安静，然后响起喊声。

所有人一起　不——

采科夫　想想文化！

副教授　人类！

救生员　体育！

戴安迪耶夫　你的儿子！

盖切夫　（刚走进起居室）地方组织！

聋哑人　（跟着盖切夫一起进来）聋哑人！

伊万再次看着他们，看着玛莎，把鹤嘴锄举过头顶。然后所有人跳进浴池，用身体遮挡它。伊万把鹤嘴锄举过头顶站在那里。过了片刻，他放下鹤嘴锄，用讽刺的手势把它递给了副教授，走上台阶，把钟从墙上拿下来。他拿着钟返回，穿过放置在浴池上的木板。除了玛莎以外，其他人都在里面。玛莎在上面。安东诺夫对着迪亚曼迪耶夫微笑，用手打手势说："我要签名，是吗？"然后继续向前，模仿一个游泳者，但是动作很轻，只是暗示，重复着盖切夫的手势，把他的胳膊伸给玛莎，他们两个人一起开始走。他们出去了，把其他人都留在浴池里。他们走过舞台。突然，柱子说话了。

柱子　安东诺夫！安东诺夫！

伊万·安东诺夫　慢点，玛莎。什么事？

柱子　为什么要走路？你看看有多少空着的出租车！

伊万·安东诺夫　是吗？但是我们已经很接近了。

柱子　接近哪里？

伊万·安东诺夫　（看着观众）接近人们。

柱子　在哪里，在哪里？

伊万·安东诺夫　跟这里的人们在一起。

他和玛莎走下舞台台阶，走向观众，鞠躬。

剧终

外国剧作新选

主编◎宫宝荣

幻变

Metamorphosis

东欧当代戏剧选·下册·

本册主编◎［保加利亚］卡莉娜·斯蒂芬诺娃

［塞尔维亚］杜尚·科瓦切维奇
［保加利亚］赫里斯托·博伊契夫
［塞尔维亚］米莱娜·马尔科维奇
［波兰］多萝塔·马斯沃夫斯卡
［克罗地亚］米洛·加弗南
［罗马尼亚］简尼娜·卡布纳瑞
著

李佳颖 桂菡 王星月 曹雨奇
译

上海戏剧学院外国研究中心/策划

中国戏剧出版社
CHINA THEATRE PRESS

目　录

上　册

下 册

下　册

杜尚·科瓦切维奇或当生者和死者聚集在一起

克塞妮娅·拉杜洛维奇
李佳颖　译

1973年，当时仍为贝尔格莱德大学（戏剧艺术学院）戏剧专业学生的杜尚·科瓦切维奇（Dušan Kovačević）（1948），第一次以黑色喜剧《马拉松选手正在绕场庆祝胜利》（*Marathoners Are Running the Victory Lap*）[①]登上了塞尔维亚的戏剧舞台。自此，科瓦切维奇便在塞尔维亚当代戏剧界占据了顶尖位置。评论家们几乎一致认为他最重要的戏剧文本创作于20世纪70年代至20世纪末。他本人也认同这些剧作对他获得著名戏剧家地位至关重要。同时，杜尚·科瓦切维奇还是塞尔维亚（前南斯拉夫）几部最成功电影的编剧，例如：《谁在那边唱歌？》（*Who's Singing Over There?*），《马拉松选手正在绕场庆祝胜利》（*Marathoners Are Running the Victory Lap*，由同名戏剧作品改编）。除了诸多奖项之外，作者在当代塞尔维亚戏剧界的突出地位还可经由下事实加以证明：他是唯一一个以只创作舞台剧和电影剧本的剧作家身份而入选塞尔维亚科学与艺术学院(SANU)的院士[②]这一国家机构依照全世界聚集了最重要的科学家和艺术家的类似机构模式建立而成。然而，就科瓦切维奇而言，相较于纯粹象征性的艺术成就指标，他的作品所引起的反响甚至更引人瞩目：

---

① 该剧的首演在当时作为南斯拉夫首都的贝尔格莱德的著名剧院Atelje 212，塞尔维亚当时为南斯拉夫联邦的六个共和国之一。

② 其他入选的作家成员均在最初写作过散文与诗歌。

他的戏剧同时吸引了那群最广泛的，在剧场中主要寻求娱乐和欢笑的观众，以及另一部分具有更高智力趣味、关心社会的群体。

虽然他的戏剧文本部分地植根于塞尔维亚传统喜剧（主要是心理喜剧①），但仍需将它们置于更广阔的语境中加以研究。科瓦切维奇并非只运用真实的手法，他同时也依靠一些当代欧洲的戏剧经验。在他戏剧生涯的早期，人们注意到他的戏剧并未采用20世纪欧洲前卫戏剧的形式，但却表现了其精神，即：人类对于世界的荒诞感受、悲喜剧的基调、黑色幽默且怪诞扭曲的人物或情景，以及邪恶战胜善良的荒凉的生活景象。②尽管如此，在这种洞察力之外，科瓦切维奇同时展现了他对地方色彩、民族心态的基本认知。他“对这种心态加以剖析，即使是在他将其美化之时”。③这种传统与现代、个人与集体、地方与普遍的融合、加之他众多机智的戏剧手段以及独特的语言运用，正是让他大受欢迎的原因。

在早期喜剧④中创作了一连串奇怪扭曲的人物之后，作者开始对传统戏剧形式表现出越来越明显的偏好。《灵聚地》（*The Gathering Place*，1981）⑤的文本就是一个这种意义上的转折点。有趣的是，在创作了《灵聚地》之后，科瓦切维奇作品中的其他方面也发生了变化：在社会主义社会中为某个具体问题而争论的知识分子，以及在普通社会中开明的个体的角色开始成为焦点（《幽闭恐怖喜剧，专业的……》，*The Claustrophobic Comedy, The Professional…*）。在撰写《灵聚地》的同一个十年里，科瓦切维奇还写了《巴尔干间谍》（*The Balkan Spy*，1983），许多评论家认为这是他最好的作品。故事的主人公是一个患有强迫症、偏执的前安全部门下级退休职员，他把一切

---

① 科瓦切维奇经常被视为塞尔维亚喜剧大师布拉尼斯拉夫·努希奇（Branislav Nušić，1864 – 1938）的继承者。努希奇的喜剧作品是建立在对塞尔维亚中产阶级的心理与异常的刻画之上的。

② 参见 Vladimir Stamenkovič, The Foreword to *The Selected plays* of Dušan Kovačević, Serbian Dramatists in 25 books, Belgrade 1987。

③ 参见 Dalibor Foretić, *The New Drama*, Sterijino Pozorje Festival and Publishing Center Rijeka, Novi Sad and Rijeka 1989。

④ 除《马拉松者》（一部关于一个从事殡葬服务的家族中六代男性成员的喜剧）外，最受欢迎的是《拉多万三世》（*Radovan III*），该剧通过大量由乡村迁居城镇的故事讽刺了“二战”后社会主义社会中人们的心态和关系。

⑤ 1981年在萨格勒布（南斯拉夫克罗地亚）首演，1982年在贝尔格莱德上演。

都看作是对国家的威胁。患有强迫症是杜尚·科瓦切维奇戏剧中许多人物的主要特征。除了强迫症以外，他们也可能经常表现得歇斯底里。《灵聚地》的主角，冷静的巴甫洛维奇教授是后一规则的罕见例外。

死者与生者相遇的主题植根于自阿里斯多芬的《蛙》以来的喜剧传统。在塞尔维亚戏剧中，这一主题也经常出现，但《灵聚地》是最为人所熟知和最具代表性的一部。“痴迷”考古学的帕夫洛维奇教授心脏骤停，临床上已经死亡，然而在“死去”时，他见到了已经离世的熟人、邻居和他的妻子。在死者的世界里，教授了解到了他们活着时所经历的一切（他们最亲近的、仍然活着的人们所做的不义之事以及对他们的背叛）。然而，将人物简单分为正面和负面并不是科瓦切维奇戏剧的一个典型特征，因此死者不一定是美德的典范。他们互相偷窃，像活着时一样争论不休。史蒂文·萨夫斯基·凯瑟偷拿他儿子的建筑材料，为的是能像二战时那样建造掩体和路障。吉卜赛手风琴手迷迭香反过来偷了他的材料，以实现他的梦想——拥有一个生前没有住过的带有室内浴室的公寓；卡蒂奇医生偷走手风琴手的材料来建造自己的医疗中心；扬科·萨夫斯基·凯瑟又去医生那里偷……[①] 怪诞和黑色幽默的元素是作者戏剧手法的显著特征，例如，英年早逝的党派革命家史蒂文·萨夫斯基·凯瑟在死者的世界中比他的儿子扬科年轻三十岁。

在临床死亡的阶段过后，教授带着任务在活人的世界里复苏了。他的任务是给活人带来他们已故家人和朋友的信息。这些信息令人十分不悦，以至于当教授后来真的去世时，活着的人一致同意不和他们小镇上的任何人说起所有这些奇怪的事件。因此，教授的临床死亡和他从死者世界带来的信息永远是一个小圈子里的人们的秘密。而在这个许多人都相互认识小城镇上，人们如往常一样继续着生活。

在《灵聚地》中，科瓦切维奇融合了他戏剧化过程中的两种基本旨趣。一方面，是他处理地方元素的天赋，他擅长描绘塞尔维亚特有的心态和风俗特征。例如，将死者和他生前所看重的物品一起埋葬，如他的手风琴、烟草

① 此处克塞妮娅·拉杜洛维奇描述的人名和剧情与原剧有些许出入。——译者注。

或者一瓶烈酒；通过婚礼庆典这种心态得以更进一步体现：庆典要持续好几天，人们对在那里演奏的乐手提不可思议的、怪诞要求——向后坐、“挂在树枝上，还要弹乐器。”另一方面的旨趣是对宇宙的渴望，对永恒的生死主题的向往。这两个世界是相互映照的，主要的戏剧模式相当于反转镜像原理。死者保持着他们生前所具有的品性，而活着的人也不会随时间而改变——他们可能会改变他们生活中的一些环境，但不会改变他们自己的本性。科瓦切维奇是一位人类学悲观主义作家，他写结局悲惨的喜剧。除了他对于人性所作的心理学或人类学洞察，他的喜剧模式因其具有讽刺性和社会潜能而具有特殊的重要性，在这一点上，《灵聚地》也不例外。

为了对这部剧的社会层面有更多的了解，我们应该牢记剧本创作时的社会语境。在作为剧作家的头二十年里，科瓦切维奇生活在社会主义的南斯拉夫，这个国家有许多的特殊性和矛盾。“二战”后，伴随着社会相对的（或多或少受限制的）内部自由化，南斯拉夫逐渐“向世界开放”。在这样的气氛之下，早在20世纪60年代，就出现了一种戏剧文本的语料库，其中“模仿”神话成为他们的重要主题，但是方式却是通过这些神话来谈论当代的社会问题。就这样，战后的南斯拉夫，尤其是塞尔维亚戏剧，在一个一党制的社会中，就个人与集体、自由与真理之间的关系展开了辩论。这间接地为新作者的出现准备了适当的环境。这些作者直接处理当代话题——杜尚·科瓦切维在其中独树一帜。虽然《灵聚地》绝非一部严格意义上的政治戏剧，但它代表了作者的一些基本关注点，以及当时社会主义南斯拉夫/塞尔维亚社会的一些特定方面。

这一点是显而易见的。例如，面包师马尔科的死亡——由于他的面包房被夺走而造成的结果——是南斯拉夫经济主导模式的见证。“二战”后，私营小企业的老板和许多工匠眼睁睁地看着他们的商店被夺走，变成了国有财产。许多人仍然记得战前那段时间，小型私营商店是生产质量以及公民在商业上普遍团结的代名词。即使在战后，少数私营面包房也生产出比大型国有工厂质量更好的面包。“我要去私营面包房买面包”这是社会主义社会日常生活中的典型句子。在面包师马尔科看来，从他手中夺走了面包房，不仅是夺走了他的经济保障和赖以养家糊口的生意，而且是，具有象征性的、更大的

“打击”。他的面包房是他身份的基石——这是他的生活。

巴甫洛维奇教授也是“团结的旧时代”的代表，这位考古学家不知疲倦地进行发掘，期望为了公共利益而遗赠财产。卡蒂医生也是如此。科瓦切维奇戏剧中的这些人物与战后新时代迎来的主导精神“相反”。在新的时代，社会场景被“革命热情”所占据，它并不总是在意既有的价值观、细微的差别、细节、奉献、知识甚至基本的逻辑（在他的一些黑色喜剧中，科瓦切维奇以荒谬的精神描绘了社会主义社会的一些经济项目和其他项目，这自然是对一个复杂且矛盾的两面性社会的其中一面进行荒诞的夸张，而社会的另一面则建立在一定的经济成就与成功之上。）

更为重要的是，科瓦切维奇洞察到了塞尔维亚社会中至今尚未克服的社会矛盾。这种“二元社区模式”已经存在于多个层面，它的主要成因是混乱、极端的历史事件，尤其是那些发生在20世纪的事件。他举例说明，与“二战”党派家庭的成员和后代相对，也有家庭成员“在另一边”。政治，作为人类生活的命运和自然规律，引发了情节上的新曲折。面包师马尔科丢了面包房，遭遇了失败（实际上是他的死亡），而在死者的世界里，他的失败具有突发性的力量：他得知他的儿子娶了官员的女儿，而正是这位官员的政府夺走了他的小店（而且似乎象征性地又死了一回）。与此同时，一个新时代人的革命热情被刻画到了老凯瑟这一人物身上。即使在死者的世界里，他仍然在轰炸地堡和路障。然而，他甚至在死后也没有得到安息，而是被双重的“背叛”：他的党内同志，以他的名字命名一条小而偏僻的街道；还有他的儿子，过的生活放荡不羁。需要补充的是，科瓦切维奇的许多戏剧都存在代际关系的主题。在其中一些剧本中，年轻一代是一个解放的因素，他们以清醒的眼光看待现实，通常被偏执的父母的角色所击败。这些父母角色往往黑暗，或者是有道德问题。[①] 尽管《灵聚地》中没有直接呈现这种家庭模式，[②] 但很显然，作者同情的是通达、机智且非传统的小凯瑟。他那些富有趣味的长篇独白也

---

① 参见：Ksenija Radulović, *The Anticipation of social enthropy in plays by Dušan Kovačević or "Who are you, Neven?"* ,*KOD 21* (Magazine for Art and Culture), no. 1, Šabac Theatre 2015, pp. 49-59。

② 这种家庭模式几乎在科瓦切维奇的所有重要作品里都有呈现。

是杜尚·科瓦切维奇戏剧中的常见惯例。在这些独白中，关于地方心态特征的清晰评论同时穿插着对社会和政治现实的独到见解。

以清晰和非常规的戏剧性手段，将地方性与普遍性相交织，是科瓦切维奇作品的主要特征。在对《灵聚地》死者人物的设计中，他戏剧性手法的真实性和非凡性显而易见的。正如评论家费利克斯·皮奇所指出的，他们不仅仅是天空中的漫步者。他们死了，仅仅是因为只有死了，他们才能告诉活着的人，那些当他们在世时，不能说的一切。但即使死了，他们也是真实的。这种不寻常的两个世界的相遇包含了典型的科瓦切维奇悖论：他的喜剧是奇异的、荒谬的、令人难以置信的，但同时又是现实主义的。最后，正如上述评论家所说，只有在科瓦切维奇的戏剧中，一个人才能做到人人都希望自己至少能有一次经验的事：死后，能够"窥探"活人的世界，以此知晓当一个人不再在那里时，会发生什么。

作者简介：

克塞妮娅·拉杜洛维奇，博士，贝尔格莱德艺术大学戏剧艺术系助理教授，教授戏剧与剧场史。曾任塞尔维亚戏剧艺术博物馆馆长和《剧院》（*Teatron*）杂志主编（2001—2012）。2010—2012 年，任塞尔维亚领先的国家戏剧节斯特里基诺·波佐杰艺术节（Sterijino Pozorje Festival）艺术总监。2009 年，任斯洛伐克布拉迪斯拉发的新戏剧节（New Drama Festival）塞尔维亚焦点项目的策展人。2007 年，任"表演案例"——BITEF/ 贝尔格莱德国际戏剧节的剧目遴选人。定期为塞尔维亚和国际期刊撰写文章和评论。

灵聚地

杜尚·科瓦切维奇
丹尼斯·巴内特　马丁·迪米特洛夫　译（英文版）
李佳颖　译

屋里的人物

米哈伊洛·帕夫洛维奇　一名退休教授。为人安静且令人愉悦，即将临终。他一直致力于建立一座地区博物馆。

泰特卡·安吉丽娜　一辈子都住在教授家，抚养大了他的一双儿女：伊万和索菲娅。

伊万·帕夫洛维奇　教授的儿子。一直以来都给家里惹麻烦。

勒普·佩卡库　教授的隔壁邻居。面包师马尔科的遗孀。

思迈恩·萨夫斯基　一直做理发师，擅长起肥皂沫和说废话。自从战前他给教授刮了第一次胡子开始，就成了对方的朋友。他是已故的史蒂文·萨夫斯基的弟弟。

伊莲娜·卡蒂奇·波波维奇　医生。一名有活力、有良知的女性。已故市医院院长、著名的卡蒂奇医生的女儿。

佩塔尔　曾为教师。离开学术界后成为“自由”考古学家。

马老弟　手风琴手。过去常和已故的“迷迭香”一起在婚礼上演奏。

灵聚地的人物

已故的米莉察·帕夫洛维奇　教授的妻子。风华正茂之时去世，如今仍是当年的容颜。

已故的斯蒂文·萨夫斯基 曾是一名战士。心灵强大，思维敏捷。已故的扬科·萨夫斯基的父亲，后者在父亲在世时，尽和他对着干。

已故的扬科·萨夫斯基 他在酒馆的一张桌子旁度过了一生。他离开过酒馆三次，两次是为了看天气，第三次是他死时。一个彻底的失败者。

已故的马尔科·佩卡库 面包师。因为“人民”在“私营企业”施行之前拿走了他的面包房而哀伤致死。他一直对在他身后还活在世间的妻子愤愤不平。

已故的卡蒂奇医生 在世时是一位受人尊敬的著名医生。他的声誉并未因其离世而减弱。

已故的斯雷奇科“迷迭香” 生前死后都是手风琴手。因在婚礼上演出精彩而得绰号“迷迭香”。他是一位忧郁、心思单纯的男人。

第一幕

第一场 米哈伊洛·帕夫洛维奇教授之死

在罗马帝国的“遥远省份”耐心研究、艰苦工作二十年之久，帕夫洛维奇教授用他挖掘出的宝贵文物装满了他的房子。事实上，经年累月，这所房子已经成了一座真正的考古博物馆。在曾经放书的起居室书架上，放着从多布拉瓦山坡上近百个坟墓中挖掘出的骨灰瓮。在瓮的下方，依据价值大小、完整程度和重要性，陈列着古代征服者们的各种工具、武器和日常生活物品。一个单独的玻璃盒存放着公元二世纪或是三世纪的银饰与精巧饰品。这些古老的物件，使这所房子带上了大多数博物馆所特有的寂静与清冷的气息。

窗户敞开着，挂着白色织布窗帘，窗外传来手风琴的低吟声。伴随着音乐，我们可以听到人们欢庆的声音。门铃响了，泰特卡·安吉丽娜从隔壁房间应声而出。她是位个头小小、敬畏上帝的女人，身穿黑色，已是七十好几的岁数。她走到电话机旁，拿起听筒，正要说话，门铃又响了。意识到了自己的错误，泰特卡尴尬地摆了摆手，向大门走去。到访的是佩塔尔，一位瘦骨嶙峋的中年男人，穿着尺寸过大的衣服，怀里抱着一个用亚麻布包裹的物件。他在客厅里踱着步，心烦意乱的样子。泰特卡请他坐下。

佩塔尔 不，不用，谢谢。教授怎么样？

泰特卡 不好，很糟糕。

佩塔尔 你叫医生了吗？

泰特卡 她早上来过。

佩塔尔 那她怎么说？

泰特卡 她说教授应该去医院，但是他不想去。

佩塔尔 上帝啊，为什么不去？他必须去医院，肯定得去。我会和他说……（佩塔尔把亚麻布包裹往桌上一搁，朝隔壁房间走去。泰特卡在门口拦住他）

泰特卡 请别进去。医生说谁都不能打扰他。她答应一点左右会再来看看。你刚才按门铃，我还以为是她来了。（泰特卡走到窗边，拉开窗帘，向外张望着。可以听到手风琴声和含糊不清的歌声。佩塔尔看了看墙上的时钟）

佩塔尔 都快两点了。我知道那些人的承诺是怎么回事。你有医生的电话吗？（泰特卡从口袋里掏出一张纸片，交给佩塔尔。他气愤地拨起了电话）喂！是市医院吗？让……等一下……泰特卡……医生叫什么名字？

泰特卡 卡蒂奇·波波维奇医生……伊莲娜……老卡蒂奇医生的女儿。

佩塔尔 喂？……伊莲娜·卡蒂奇·波波维奇医生。告诉她情况紧急……什么？她不在？她去哪儿啦？

泰特卡 她可能正在来的路上。

佩塔尔 有没有急诊医生？拜托……我不问你还能问谁？先生，你知道吗？和人打电话时你可以更礼貌些。真是丢人。我给你打电话可不是来

闹着玩的。（佩塔尔砰地挂上电话，又气又恼，却又无能为力。他回到桌子前。门铃响了。泰特卡跑去开门）

泰特卡　应该是她……（佩塔尔仔细地将绑在他包裹外面结实的麻绳解开）

进来的不是医生，而是思迈恩“紧急来访”。他在战争之前就是名理发师，右腿残疾，且由于职业的缘故常年驼背。他抱着理发师专用的黑挎包。说话小心防备。

思迈恩　我刚从祖尼奇先生那儿听说。他怎么样？

佩塔尔　不怎么好。

思迈恩　是心脏的问题吗？星期天给他刮胡子时，他和我说他心脏病犯得厉害。他说他一直晚上喘不过气来，没法朝左边睡……他为什么不去医院？

佩塔尔　他连医院两个字都不想听到。

思迈恩　这倒也是。我和我徒弟说：“哪天我要是不行了，就让我立刻挂掉。”我可不想在医院里白白遭罪。这个镇上以前有过一个医生，去世的弗拉多·卡蒂奇——伊莲娜医生的父亲。再也找不到像他那样的医生了，现在的都是一群庸医。想想吧，他们在医院弄了个合唱团。他们到了晚上就聚在一起唱歌。我亲眼瞧见过。我不停地画十字，手都麻了。医生在唱，护士在唱，保安在唱，清洁员也在唱。巨大的礼堂回荡着他们的歌声，而病人们就在楼上哀号。

佩塔尔　医生唱歌有什么不对？他们也是人。唱歌总好过哀号。教授应该去医院。

思迈恩　年轻人，我不知道你是谁，也不知道你是干什么的。我在我店里从没见过你。

佩塔尔　你以后也不会见着的。

思迈恩　但是我凭着我的水蛭罐告诉你，我救过这个镇上还有旁边村子里的很多人。尽管我是个瘸子，我还是丢下刮了一半胡子的客人，跑来尽可能地帮点忙。我会先放血，再打上止血绷带。就让那些医生们冲着我大吼好了。去世的卡蒂奇医生本人就说过我赚了他们的养老金。唯一有效的治疗只有外科手术，其他的方法如果奏效，也只是命不该绝。

泰特卡 请坐下吧。

思迈恩 谢谢。要知道，年轻人……

泰特卡 佩塔尔是教授的助手。

佩塔尔 我是他的学生，泰特卡·安吉丽娜。离做助手还差得远呢。

思迈恩 就像我和你说的，我已经给教授刮了50年胡子了。我了解这个人。

门铃响了，打断了爱唠叨的理发师。泰特卡去开门。理发师对着佩塔尔小声私语。

思迈恩 看吧？我又赶在了医生前头。

勒普·佩卡库开开心心地进了屋。她50岁光景，一身参加婚礼的着装。婚礼就在隔壁她家的院子里举行，她为此而穿了两件套的蓝色正装和蕾丝衬衫，衣服上别着一支迷迭香，头发也是新做的。佩塔尔满是责备地迎上去。

佩塔尔 你去哪儿啦？

勒普 对不起，你说什么？

泰特卡 佩塔尔，这是我们的邻居佩卡库夫人。

佩塔尔 抱歉，我以为你是医生。

勒普 我要是就好了。你都要扑上来了。我们都已经见过至少三次面了。（思迈恩站起身，热情地伸出双手）

思迈恩 恭喜，佩卡库夫人，恭喜。为你的儿子和儿媳妇送上我最诚挚的祝福。

勒普 谢谢你。那么教授在哪儿呢？他打算说话不算数了吗？他答应了要来的。

泰特卡 他病了，病得很重。（勒普走到教授房间的门口，朝里张望了一会儿）

勒普 我说我要来找教授，他们都鼓起掌来，他们那么高兴。婚礼上一半的人都是他以前的学生。他是什么病？

思迈恩 心脏病。

佩塔尔 你怎么知道是心脏病？

思迈恩 我知道。

佩塔尔 是你的水蛭告诉你的吗？请别在这个屋子里摆弄你的巫术。教授很疲惫，也很虚弱。他累了。一整个春天他都和工人们在一起挖掘。他淋了雨，着了凉，却没有休息。

泰特卡 我和他说了……

佩塔尔 我们都和他说了，他不听……

（勒普走到窗边，朝着她的院子大喊）

勒普 喂，安静些！安静！教授病了！别闹了！（她走回桌边）今天我脱掉了那件为我的马尔科而穿的丧服。今天早上，十九年来第一次……我想起了教授的妻子，我们的米莉察……她和马尔科是怎么过世的……前后才隔了两个月。我穿上这身衣服，马尔科在我们的结婚照里盯着我……他皱着眉头……胡子都歪了。

（勒普从口袋里掏出一块白手帕擦眼睛。出乎意料的，她的情绪突然转变了）

但是我又能怎么办呢？这难道不对吗？我又不能自杀。我有三个健康聪明的孩子。对他来说，我想，那就是命吧。他们一夺走了他的面包房，他就含恨走了。我一直对他说："马尔科，不要面包房了！让它见鬼去吧！看看你都成什么样了。被你自己的炉火烤得就像一片结了块的干面包。别人吃什么我们也就吃什么！"这都没用。他一个劲地担忧，让自己不好过。有一天他说："我今晚要死了"，他就这样死了。医生们都惊呆了。他们解剖验尸，但什么也没找着。他健健康康地就死了。

思迈恩 他们现在卖的面包，你早上买来，晚上就能用来盖房子了。他们也不再做那种大长棍了，黄灿灿又可口，就像金币的颜色。

勒普 今天最可笑的事是我的儿子娶了那个人的女儿。他当年走进店里说："马尔科，从今往后，这些都属于人民了。你可以留下做面包师，但你不再是老板了。"我能怎么做？两个孩子相互喜欢。过去的都过去了。有个朋友对我说："瞧见没，个体面包房又营业了。小店铺又开张了。要是马尔科活久点就好啦！"我想如果马尔科知道这个人成了我们的亲家，他立马会变成吸血鬼。

这是我第一天没穿黑色。难怪你没认出我。今天早上我在走廊上的镜子里打量自己……我笑了起来。我看起来像一只鹦鹉。（隔壁院子充斥着手风琴声和婚礼音乐。一声枪响。勒普走到窗口生气地大喊）谁开的枪？嘿！萨瓦！谁开的枪？（有一个声音在向她解释）让他住手！否则我现在就把这个派对停了。现在可不是1943年！如果我再听到一下枪响，庆祝就结束！（她走向大门）医生来了。我要去派对把枪给缴了。

佩塔尔 对，去吧！

勒普 如果教授感觉好些，带他来一下。我专门为他烤了一个七层蛋糕。

这个豪气的女人还没来得及说完话，佩塔尔就把她推出了门。在等勒普离开后，泰特卡将伊莲娜·卡蒂奇·波波维奇，一位中年医生领了进来。她是一个严肃的女人，总是在沉思。伊莲娜穿着一套正式的灰色西装，背着一个黑包，和思迈恩带来的包很像。医生一言不发就进入病人的房间。佩塔尔成功地“送走了邻居”，挥舞着双手回来了。他走到窗前，关上窗户。

佩塔尔 她肯定是喝了一点。

思迈恩 嘿，她今天不喝还要等到什么时候？她养大了三个孩子，多亏了她，他们都读到了大学。当他们在贝尔格莱德读书时，她就干些织补活。勒普·佩卡库创造了一个女人的奇迹。

伊莲娜从教授房间出来。泰特卡紧随其后。伊莲娜冲着电话喊了一串数字。

伊莲娜 喂，让帕皮奇医生接电话……对，对……喂，我的朋友……我们这儿要一辆救护车，卡拉乔治街20号，马上……是的……对……谢谢。

伊莲娜把她的包放到桌上，又返回到教授的房间。思迈恩起身，笨拙地将佩塔尔的亚麻布包裹撞到了地上，发出了咚的一声。佩塔尔紧张地跑过来，推开思迈恩，捡起包裹，打开。

思迈恩 我不是故意的……请……原谅我。（佩塔尔从灰色的亚麻布里拿出了一尊罗马士兵的铜像，一英尺半高，没有头和右手臂。思迈恩害怕了）是我打破的吗？

佩塔尔 不是，发现它时就这样。

思迈恩 抱歉，但是，谁会折断一座雕像的头和手臂呢？

佩塔尔像抱着个孩子般的抱着雕像，决心一直不松手。泰特卡走出教授的房间，一脸心碎的神情。

泰特卡 教授不认得我了……他只念叨米莉察。

佩塔尔 如果我可以给他看这个，他一见到就会好的。这是我们今天早上挖出来的。

伊莲娜出现了，疲惫地走到桌子旁，坐下。

伊莲娜 你通知教授的孩子们了吗？

泰特卡 是的，是的……我已经告诉了住在贝尔格莱德的伊万，但是索尼娅和她的家人在西班牙度假。我不知道怎么能通知到她。她给我们寄了张明信片，但是我们没有地址。（她从书架上拿来明信片，递给了医生）

思迈恩 也许可以通过大使馆联系。

佩塔尔 你觉得已经到那么严重的地步了吗？我们需要召集全家人？

伊莲娜 是的，是时候了。

医生拿起了自以为是她的包，打了开来，迷惑不解地从里面取出了一罐水蛭。思迈恩抱歉地笑了笑，递给了她另一个包。

思迈恩 那是我的包……这个是你的。

伊莲娜 这怎么可能？你还在用这些东西给人"治病"吗？你是来给教授帮忙的吗？

伊莲娜嫌弃地将水蛭罐放回思迈恩的包里。她从自己的包里拿出一盒香烟和打火机。

思迈恩 我刚要给他刮胡子。

伊莲娜 那你还不快点刮？

思迈恩 嘿，就像你们医生总是准时一样，我很少会迟到。

伊莲娜 （点了一支烟）先生，你以为我是为什么会迟到呢？

思迈恩 我不知道。

伊莲娜 那么你最好明智点别开口。我一早上接了14个电话，其中一半是急诊。这可不是给人刮刮胡子或者剪剪头发。我工作的环境险象环生。

思迈恩 你干吗要生气？

伊莲娜 因为你太粗鲁了！我无法忍受这些恶心的恶作剧。我老老实实、兢兢业业地干着我的工作，尽我所能，夜以继日。把你那些聪明的侮辱留给你店里的客人吧。

伊莲娜去打开窗子，向外看。手风琴声和歌声都降到了“适当”的音量。思迈恩试图对着佩塔尔和泰特卡为自己辩解。

思迈恩 医生没必要生气。很久以前，战争还没爆发，我第一次给教授刮胡子。那天柳比沙，一个很有钱的人，来到我店里……但你们都不记得他了。

泰特卡 不，我记得。

思迈恩 愿他安息。一个英俊又强壮的聪明人。他的儿子米哈伊洛刚完成了历史和地理的专业学习。这位父亲带着他的儿子第一次刮胡子。他带来了一瓶法国干邑，请我们所有人喝。他开玩笑还哈哈大笑。然后他带我们去吃午饭。真是一个很富有的人。但柳比沙，可以说，是人民中的一员。他唯一不喜欢的是左撇子的理发师。他怕我会割到他。从那时起，除了两次例外，我每天都给教授刮胡子……除去他在集中营的那几年。

伊莲娜转过身，如同一位检察官，一直在等待她的对手作出错误的陈述。

伊莲娜 你一直很忙，即使在那个时候。

思迈恩脸色发白。他从椅子上站起来，气愤地颤抖着。

思迈恩 你是要和你母亲一样指控我吗？

伊莲娜 我不知道她指控你什么？

思迈恩 指控我在战争中还给人刮胡子。

伊莲娜 你难道没有吗？

思迈恩 我有。

伊莲娜 那是些什么人？你给什么人刮胡子？

思迈恩 不管是谁，碰巧进到我店里的人。

伊莲娜 你可真会说话。直截了当地说，你给德国人刮胡子吗？

思迈恩 是的，也给他们刮。

伊莲娜 然后，当教授从集中营回来，你也用同一把刀片给你的朋友刮胡子吗？

思迈恩 什么同一把刀片？

伊莲娜 那把你擦伤德国军官的刀片。

思迈恩 你以为我不给他们刮胡子，他们就不刮胡子啦？德国人爱干净，你是知道的。

伊莲娜 你这个可恶的家伙。你说什么干净？

泰特卡 拜托……

佩塔尔 你怎么能吵成这样？或许他是头脑简单又行为粗鲁，但你还是该尊重这所房子。

伊莲娜 抱歉。

思迈恩 （朝向佩塔尔）有关我头脑简单的事，咱俩过会儿再聊。（向伊莲娜）至于你，女士，你可以把你犹太人的怨气撒到别人身上。如果你足够勇敢，你可以在这个镇子上找到比我更好的例子。向你母亲转告这个建议。我所做的只不过是为了生存而不得不做的事。如果我做过更多的什么事，当权者在战争一结束就会把我的店给关了。

伊莲娜 对不起，但是你哥哥在战后做了些什么？①

思迈恩 我哥哥？

伊莲娜 对，你哥哥，大名鼎鼎的萨夫斯基。

一个拎着手提箱的高个中年男子突然到来，打断了这一轮新的争执。泰特卡走到他跟前，哭了起来，紧紧地拥抱他。新来的人吻了吻老妇人，看了

---

① 此处伊莲娜指的是由于思迈恩拒绝帮助，史蒂文负伤，且战后枪伤并未恢复。（英译者注）

看其他人，向他父亲的房间走去。

伊万 爸爸怎么样?

伊琳娜 非常糟糕。不幸的是，我们似乎无能为力。我已经叫了救护车。我们会把他送去医院。在他神志清醒时，不愿意离开这房子。

伊万和伊琳娜走进了教授的房间。思迈恩在窗边来回踱步，大口呼吸，但他无法平静。

思迈恩 她攻击起我来就好像我是个战争罪犯。一个心灵脆弱的人会被她的侮辱夺去性命。(对着佩塔尔)还有你，你也让我很难过。我和你要再聊聊我是谁，是干什么的！你应该感到羞愧！你可能为教授工作，但你没有从他那里学到任何东西。他们打断了我的腿，我的脊梁骨……

伊莲娜走进房间。她站在桌边，平静地说。

伊莲娜 教授去世了。

泰特卡冲进教授的房间，仿佛这样可以阻止或驱赶死亡。思迈恩画起了十字。佩塔尔站起身来要和医生说话，结果却倚着椅背，慢慢地瘫倒在地。雕像滚落到椅子下面。佩塔尔以一种奇怪的扭曲的姿势躺着。伊莲娜拿起她的包，跪在这个无意识的男人旁边，试图使他苏醒。伊万走进房间，显得若有所思。当看到地板上的佩塔尔，他吃了一惊。

伊万 出什么事啦?

伊莲娜 他昏过去了。帮我把他扶到椅子上。

伊莲娜让开，思迈恩和伊万将佩塔尔扶上了宽大的皮扶手椅。泰特卡拿一块手帕遮着脸，心碎欲绝，走了进来，坐在桌子的头上。佩塔尔虽还没睁眼，但能活动了。

伊万 他是谁?

泰特卡 佩塔尔，一名教师，来自离多布拉瓦不远的加沃。这几年，他一直在帮米哈伊洛……哦，上帝……可怜可怜我吧！……哦……

当她说出死者的名字时，老妇人哭了起来。比起他父亲的去世，伊万似乎对佩塔尔的虚弱更为惊讶。他不明白是什么使得这个瘦弱的人昏倒了。

伊万 他有什么病吗？

伊莲娜 不，没有，他没病……我很抱歉，伊万。

思迈恩 请接受我深切的慰问……他就像是我的兄弟……（思迈恩握着伊万的手，默默而庄重地表示慰问。伊莲娜走到电话机前。当她打电话时，思迈恩走向教授的房间）全镇最好的人离开了我们。最善良、最诚实、最聪明的人。我们现在孤零零了。

伊莲娜 喂……对……你们派救护车来了吗？……是的……教授去世了。

伊万从橱柜里拿出几个玻璃杯和一瓶白兰地。他倒了第一杯递给佩塔尔。佩塔尔正在搓自己的脸，好像在自我清洁。

伊万 给，这个对你有好处。你怎么会昏倒的？你不舒服吗？

佩塔尔接过酒杯麻木地看着伊万，好像他没听见或是没理解他的问话。伊万将玻璃酒杯放在桌上，然后往里面倒上白兰地。思迈恩在医生周围踱步，等着她结束对话。医生一挂上听筒，他就不耐烦地问道：

思迈恩 你觉得，像我这样的瘸子能够打架、逃跑、袭击外加背负武器吗？你的家人被送去了集中营，所以你就对那些在战争中活下来的人怒气冲冲。

伊莲娜 不是所有人都去了集中营。你在这里也是在集中营里。我还是很生你的气[①]。请让我们别再谈这些了。一个字也别说了。

思迈恩 我时常觉得自己是个坏人，我相信这正是一个诚实的人的特点。事实上，我这一生并没有过得更好、更明智。这一点比起你的批评来更让我痛苦。

思迈恩气鼓鼓地从包里拿出剃刀，开始用皮带磨刀。他在绷紧的皮革上来回摩擦着刀片，同时斜瞥着医生。伊万举起了酒杯。

伊万 为了我父亲米哈伊洛的灵魂……按照以往的习俗。（伊莲娜、思迈恩和佩塔尔干了杯。泰特卡点起一支蜡烛。佩塔尔已经完全恢复，他趴在桌子底下，握着他昏过去时从他手里掉落的雕像。伊万看着这个怪人，

---

① 伊莲娜指的是德军的占领。在剧本原文中伊莲娜并未说“我还是很生你的气。”英译者为帮助美国观众理解她的意思而特别加上这一句。——译者注。

再一次惊呆了。他小心翼翼地走到思迈恩身边，小声地问他）这个人正常吗？

思迈恩 我想不正常。我听说了他的各种传闻。

伊万 （朝向佩塔尔）这个雕像是金的吗？

佩塔尔 它可比金的还要值钱。

伊莲娜 真是遗憾，这样的好东西公众见识不到。我听说他收集很有意思的文物。

佩塔尔 它们都在楼上阁楼的箱子里。很快公众就能见到了。教授已经把这座房子给了镇上建造博物馆。就像别的镇上都有的那样。

泰塔卡 伊万，我的儿子，我们该怎么告诉你姐姐呢？她……

（伊万没理泰塔卡。他吃惊地看着佩塔尔）

伊万 什么博物馆？

佩塔尔 漂亮，宽敞，每一面墙都有玻璃展柜。来，看看这个图纸。这是你父亲画的。这些辅助墙只分隔房间不承重，到时会被拆了。这样我们就可以有一个空间足够大的展厅。（指着图纸）看懂了吗？这个……在这里。（初步预算？启动资金需要五千八百万旧第纳尔币）[①] 这将是一个名副其实的教授纪念馆，同样也属于你已故的母亲，因为她是在多布拉瓦挖掘时病倒的。这不仅仅是我们镇的历史，而是所有几个世纪以来居住在这里的人们的历史。近二千年来，这个地区很容易遭受外族入侵。罗马人、匈奴人、斯拉夫人……

伊万 过来一下。我要问些事。

佩塔尔 什么？

伊万 这座房子怎么就“留给镇上”了？它怎么能作为博物馆开放？给我解释得具体些。

佩塔尔 别担心，一切都安排好了。你一秒钟也不会耽误。教授去了市政厅和那里的人说了。

---

① 英译者建议可删除此句。这一句与剧情关系不大，同时此金额很难换算成等值美元。

伊万 他去了？他说了什么？

佩塔尔 嗯，上帝知道他们有多感激！他们会确保一切都是他想要的。镇长提议在房子的正面放置一个纪念牌匾——“纪念米莉察和米哈伊洛·帕夫洛维奇”。

伊万 很好。

伊莲娜 的确是。

伊万 我父亲的遗产。

佩塔尔 你说什么？

伊万 你会做馆长吗？

佩塔尔 要过一阵。等到国家遗迹保护局接管了这座博物馆和文物以后。

伊万 很棒。国家遗迹保护局财务上怎么承担？

佩塔尔 不幸的是，十年来，他们承诺要给予支持，但他们一直都有其他更重要的遗址发现。①

伊莲娜 这个镇上是该有一座博物馆了，即便需要筹措一些资金。

伊万 这是当然。那么你打算把你的房子给镇上建一座健康中心或者诊所吗？

伊莲娜盯着他，对他的问题很吃惊。

伊莲娜 你这是什么意思？

伊万 筹措到一些资金，你就可以拆掉隔墙。你可以在客厅腾出一个候诊室，然后将卧室变成办公室。你可以在墙上钉上木板，在地上铺上地毯。

伊莲娜 你知道我和我的丈夫、母亲，还有两个孩子都住在那所房子里吗？

伊万 当然知道。那你也知道我和我的妻子还有两个孩子在贝尔格莱德“纵情享受”，住在一个“奢华”的三居室公寓里吧？

伊莲娜 我不知道。

伊万 那你呢？（*朝向佩塔尔*）你知道吗？

佩塔尔 不知道。不过我没觉得有什么问题……

---

① 原文中佩塔尔列举了一系列不同的考古遗址。这似乎并非重要细节，无需美国演员和观众们劳神记忆这些塞尔维亚-克罗地亚语地名，因此我将它们删除了。（英译者注）

伊万 泰特卡，我们经常聊起这事。

泰塔卡 我的孩子，你是常和我说起那间小小的“三居室”。不过让我们晚点再聊它吧，伊万。现在不是时候。

伊万 那你为什么还允许父亲开始这些博物馆的计划？为什么你不让他征求一下我的意见，至少问问我是怎么想的？

泰塔卡 我什么时候干涉过他的事？我只知道两个月前他和你妹妹说起过。

伊万 索尼娅来过？

泰塔卡 没有，在电话里说的。

伊万 他就不能给我打个电话……索尼娅怎么说？

泰塔卡 就我看来，她同意了。她写了封信给你父亲……

伊万 请把全部的东西都搬走。这个房间里的东西，阁楼和地下室的箱子，还有院子里的石头。

佩塔尔 把它们搬走？把它们搬哪儿去？

伊万 你没有地方？那么就把它们带回那个罗马墓地再给埋了！你们把我的房子变成了一个停尸间！你把骨头、骨灰、长矛和斧子都搬到了这里。我都不敢四处走动。我早上就会去找镇长，让他把牌匾挂在他的房子上。他有两层楼，他可以挑挂在哪一层。让他也拿走所有这些东西！当有别人替你付账时，要做一个人道主义者和大善人总是很容易。

佩塔尔 荷兰生物研究所的专家说九月底会赶过来帮忙。你父亲计划在他们到来之前开放博物馆。

伊万 欢迎他们吧，不过就带他们去看原来的墓地。没有人可以随便来这里了。这个小镇。如果他们想要一个博物馆，就让他们造一个。或者他们可以买下这所房子。他们很可能比我有钱。帕夫洛维奇王朝犯了一个小小的计算错误。我父亲在遗嘱中说要在院子里为他立一座青铜纪念碑吗？这不可能的，你明白吗？这么多年来，我一直来这里修缮房顶，翻修房子，把工资里的每一分钱都用在这里，假期也在这里度过，这样我才能干活……而索尼娅则在欧洲旅行。而现在，到头来，我两手空空。博物馆？镇上有那么多房子。为什么偏要这一座？

屋外传来救护车的声音。伊莲娜拿起她的包朝门外走。她一边走一边对伊万说。

伊莲娜　你的父亲才刚刚过世。

她出了门。泰特卡去送她。思迈恩和佩塔尔坐在桌旁。思迈恩怯生生地站起身。

思迈恩　如果你不介意，我可以刮……

伊万　哦……当然不……

思迈恩拿起他的包，弯着腰，一瘸一拐地朝死者的房间走去。隔壁院子里传来轻声的歌唱。泰特卡和大哭着的勒普回来了。勒普拿着一只巨大的盘子盛着半只蛋糕。这个女人走向伊万表示慰问。

勒普　我很抱歉，伊万。我都不敢相信……两天前我们还在我家门前聊天。

伊万　坐吧……我们又能怎么办呢？

思迈恩从教授的房间出来。焦躁不安。他走到窗边。

思迈恩　医生走了吗？

泰特卡　走了。

思迈恩　她怎么能？

伊万　怎么啦？

思迈恩　她拿走了我的一包工具，把她自己的留下了……好吧……好吧……多半是因为心不在焉再加上上了年纪。现在我得回我店里再取一套工具。如果再看到那些水蛭，她会全部扔进垃圾箱。我很快就回来。

泰特卡　（私下地）请顺路去一趟教堂，把教授的事告诉米可神父。伊万不会同意的，但我们必须这么做。他会为米哈伊尔敲钟的。

思迈恩　镇静点。我都想好了。你看……我想和你说些事。如果这孩子卖了这房子，或者不管你了，你可以依靠我这个朋友。对于你，我的大门总是……你知道我有多崇敬你、珍视你。

泰特卡　谢谢你，那倒没必要。

思迈恩　请送送我。

泰特卡看看伊万，他一直盯着她和思迈恩，好像察觉到有什么阴谋。勒普等他们离开了房间，擦了擦眼泪，十分平静地对伊万说。

勒普 我不知道你是否还记得去年夏天我们的谈话……现在不是谈论它的时候……但等哪一天，你准备好了……这和我的孩子们息息相关。一段时间以来，我们的两家的房子就像一是座……

伊万 我们现在就谈。

勒普 就在今天早上，我们还记起有一次你们几个孩子决定拆掉篱笆，建造一个公共的大院子。教授第一个从这张桌子旁站了起来。他拿起铁锹，挖掉了大门旁的那根柱子。差不多那时候，我的马尔科从面包店回来了，唱着总是不变的那首歌："我所有的希望，都是徒劳的……"好像这个可怜的人知道自己将来的命运似的。我无法让客人保持安静。我一离开院子，他们就开始吵闹。（勒普走到窗前，冲着那些正在唱歌的人大声喊。）喂，别闹了！教授去世了！安静！

佩塔尔 我回来前请别碰这些东西中的任何一件。我去看看可以把它们搬到哪儿。（佩塔尔紧紧地抱着他那尊残缺的古代雕像离开了房子。勒普无可奈何地摊了摊双手）

勒普 我这些年轻的亲戚真让人难以忍受！他们尽干一些非常奇怪的事。上帝与我们同在。看到他们，我不得不画十字。今天上午，他们中的一个瘦瘦的，好像吃了火，戴上了一个魔鬼面具，其他人开始满院子追赶他；他们一找到他，就打他，踢他，还唱歌，"魔鬼滚，滚出这个屋子！"我勉勉强强才拦住他们不去挖玫瑰园来种他们的灌木，有这么大的刺……索尼娅愿意卖掉她那一半吗？

伊万 会的，当然……请……为了他的灵魂……

伊万倒了两杯白兰地。勒普坐在那儿，继续谈论着他们悬而未决的交易。他们的对话渐渐被婚礼的歌声淹没了，而后又传来了教堂的钟声。

勒普 我们早就商量好了。我们一签好合同，我就给你一半现金，剩下的一半如果你愿意帮忙等到新年，我会给你百分之十的利息，按月支付，当然……

伊凡沉默不语，心不在焉地点着头，往杯子里倒了更多的白兰地……钟声和婚礼的歌声《那儿，远方》淹没了那个健谈女人的声音。这样的歌曲似乎并不适合这种欢庆活动。当她继续无声地说着，伊万仍然喝着酒，用食指收集着桌子上看不见的面包屑，米哈伊洛·帕夫洛维奇教授的灵魂离开了这个尘世的家，这个或许让他的死亡变得悲惨的家，来到了另一个地方，一个“那儿，远方”，来到了灵聚地，这个小镇上死去灵魂的天堂住所。

第二场　灵聚地

在一个由明亮的蓝光照亮的沙地上，五个男人和一个年轻女子默默地工作着。他们穿着生前“职业”的衣服。每个人都在为自己建造一些东西。年轻女子非常漂亮。她气愤地看着那些正在搬走石碑和其他考古材料的男人，这些都是她辛辛苦苦挖掘到的。她怒不可遏地看着一个皮肤黝黑的男子，他正试图举起一块圆石，却被一架系在身上的巨大的白色手风琴挡住了。每当他弯腰时，带子就会绷紧并绑在手风琴周围。迷迭香心烦意乱，用他满是灰尘的手拍打手风琴的前部。

迷迭香　很好！我告诉过他们不要拿这架手风琴和我埋在一起！去他妈的这架手风琴！活着的时候，它毁了我生活，到了这里还要折磨我。尽管如此，一想起我的亲兄弟尤罗，我就会感觉好些。他自己高五英尺，但他的低音提琴差不多有六英尺半。如果他家人没钱，他们可以把他埋在他的乐器里。

他笑得喘起气来。年轻女子从他这里拿走石头放回原处。

米莉察　别再拿我放在旁边的石头了。那些都是有价值的文物，你们用它们搭出来的都是些没用的东西。

卡蒂奇医生，一个身穿黑色的高个子男人，在翻领上别有一朵干枯的康乃馨，他突然站起身，看着近旁的山坡。

医生　有人来了！

每个人都焦虑地向沙丘望去，可以看到有一个身影正在靠近。斯蒂文·萨夫斯基，一个身穿皮夹克、皱着眉头的强壮男人，胸前戴着一副大望远镜，爬到了一堆石头的顶上。他举起望远镜。在他大衣里面穿着制服。

医生 是一个年轻人吗？

斯蒂文 不……是一个老家伙。

医生 我总是担心会来一个年轻人。

面包师马尔科打扮得好像刚从店铺里出来，他第一个认出了新来的人。

马尔科 米莉察！他来啦！你的丈夫！大家伙，是我们的教授！我亲爱的邻居！

斯蒂文 是他！是的！是教授！

扬科 是时候该死一个聪明人了！

所有人都立刻说起话来，米莉察扔下石碑，奔向正在慢慢靠近的教授。他是个纤细、苍白的老人。他笑了。他的妻子搂着他的脖子，深深地吻了好几下。她表现得好像是被迫离开他，多年来再也没能相见。教授很困惑。他看着自己年轻的妻子，仿佛第一次见到她似的说话。

教授 你可真美啊，米莉察。上帝啊，你可真美。可是，看看我——一个垂朽的老人。

米莉察 在这里最大的罪恶是希望有人来找你。我是个罪人，米修。我每天都在等你。

她低下头，颤抖着，依偎在丈夫的怀抱中。斯蒂文的儿子扬科·萨夫斯基比他的父亲大二十岁，因为他父亲年轻时就去世了，而扬科却活到了六十五岁。就他这个程度的酒鬼而言，他相当于活了一个半世纪。他是第一个欢迎教授的人。

扬科 欢迎您来到此地，教授！

教授 谢谢你……我不知道该说什么……我有些糊涂。我必须承认我以前都不相信这些。

扬科 您认识其他人吗？马尔科，面包师……

马尔科 我们是一起长大的隔壁邻居，你还来给我们介绍？你好，米修。

教授 嗨，马尔科。

扬科 这是我的父亲，大名鼎鼎的斯蒂文·萨夫斯基。别奇怪我比他大将近二十岁。在这里，这是可能发生的。他死时四十五岁，而我一直活到了六十……再多一点。现在我看起来像是他的父亲。

斯蒂文　我很抱歉见到您。您应该可以再多活几年。

教授　已经够了。

扬科　卡蒂奇医生，医院院长。我们中的大多数都是在那家医院放下了我们宝贵的灵魂。

教授　您的女儿，伊莲娜，在我最后一刻就陪在我的身边。她光荣地接替了你的位置。

医生　做医生？

教授　是的，十分受人尊敬。

医生　您给我带来了最好的消息。您让我无比的欣慰，教授。

扬科　还有这位广为人知的手风琴手迷迭香。他因为在许多婚礼上都有幸演奏，而得到了这个名字。

迷迭香　现在在那一边是几月份，老师？

扬科　老师？你明知道，这人是一位教授。

迷迭香　对我来说，最好的教授就是教书的。他们还举办愉快的婚礼吗？他们还结婚吗？

教授　一如既往……（朝马尔科）事实上，今天在你的院子里就有一场庆典。你儿子结婚了。你的勒普来找我，但是，如你所见，我有充足的理由推辞。她给我带来了半个蛋糕。真是场盛大的庆典。音乐、歌声、枪声……

马尔科　这一切都发生在你临死前？

教授　是的，这没关系，马尔科。我叫泰特卡·安吉丽娜别说我的事。干吗要毁了这庆祝仪式？他们又帮不了我，不是吗？

马尔科　这不合礼仪。这不合适。

扬科　教授，您有没有刚好随身带着白兰地？没有？我就知道！只有神志清醒的人才会死。醉鬼们都赖活着。

斯蒂文　你这家伙就是喝白兰地喝挂的，到了这里你还想喝？

扬科 我还能干什么呢？我一辈子都在喝酒，现在我一下子就没得喝了。我要是能喝上半杯该多好啊。教授，您知道可怕的是什么吗？当一个人喝醉死了，这里都没一瓶啤酒可以解宿醉。①

教授 我不能理解。我不喝酒。我只想喝酸奶。我渴望喝酸奶。

米莉察离开她丈夫的怀抱，好像开玩笑似的，生气地提醒吵吵嚷嚷的人们。

米莉察 可以请你们允许我和我的丈夫聊五分钟吗？就五分钟？之后你们可以尽情地谈论白兰地和喝酸奶。

扬科 整个永恒都为你所用。

米莉察笑了，她握着她丈夫的手把他带到一块大岩石处。他坐在岩石上，精疲力竭，仿佛他是从阳间凭借双脚走到灵聚地的。

米莉察 伊万和索尼娅怎么样啦？告诉我，米修，你知道他们最令我牵挂。

教授 他们都好，非常好，他们俩各自都有了两个孩子。

米莉察 各自？四个孙辈？

教授 他们就像一群小黄蜂。当我们在你的周年忌日聚会时②，他们会把房子翻个底朝天。伊凡今天回家了，索尼娅和她的家人正在西班牙度假。当她知道我的事，可能会很难过。她和我相处得很好。不过伊凡……

米莉察 又惹事啦？

教授 你知道他的。这个人真是奇怪。如果什么事也没有了，他会立刻惹出些麻烦来。最终，我不得不承认，他让我有点失望。

米莉察 出什么事了？

教授 我会告诉你的。时间到了。扬科说了我们拥有永恒的时间。你妹妹也很好。你没有问到她。（当他和妻子谈话时，教授越来越感兴趣地看着周围的挖掘物）米莉察，这些石头是什么？这是什么？

米莉察 这该由你来解释。出于习惯，我开始对这些沙丘进行系统搜索。有一天，我挖出了这块大石板。我一直在尝试你的“交叉挖掘”步骤。

---

① 扬科使用的短语是：“去除污点”。（英译者注）

② 在巴尔干地区，有在逝者忌日聚会的传统。在有些家庭，这样的聚会会持续25年之久。（英译者注）

我试着像你一样组织他们，但是没有人听我的。他们拿着石碑、柱子和石头，试图建造出他们活着时没有造过的东西。希望你能说服他们，这些珍贵的文物不应该用来建造无用的东西。史蒂文正在造一个掩体；马克，面包房；扬科，咖啡馆；医生，诊所；迷迭香，造的是一个带浴室的两居室公寓……我没法再和他们争了。我一直在等你来帮我。米修，但愿你知道我见到你有多高兴。

教授好奇又兴奋地捡起一块带铭文的石碑。

教授 难以置信！我一辈子都在找这个。每一天，我都希望能够遇见一个伟大的罗马城市的废墟，而我找到的都只是被斯拉夫人和匈奴人捣毁后的碎片与遗迹。

米莉察 看看这个。我觉得它看起来像个坟墓。我们试过把它抬起来，但太重了。我们没有任何工具，只好用手挖。

教授 我要是知道自己要去哪里，我就会带上铁锹、铲子或者一根铁撬棍……来吧，大伙们，如果我们一起努力，也许能搬动它。我们还等什么呢？干吧！我们正在失去宝贵的时间。我一直相信，在大米西亚行省的某个地方，存在着罗马占领的重要城市之一——费米拉孔。

人们大笑着。扬科碰了一下教授的肩膀。

扬科 他是新来的。他的身体还没冷。

教授 来吧，让我们试试看。我们过会儿再开玩笑。（教授是第一个爬进沙坑的人。其余的人跟着他。随着教授“嗨呦”的号子，所有人试着举起石碑，但没有用。）要是我们能再有两个壮汉就好了……

医生 您不该在这儿抱这样的期望，教授。

扬科 我和你说过他是新来的。（对教授）您不会口袋里碰巧有香烟吧？有吗？

斯蒂文 我活着的时候，你就让我丢脸，连到这儿了，我还得为你脸红！

教授从口袋里掏出一包香烟和打火机。他请在场的人抽，大部分人都点了烟。扬科拿出一个小收音机。

扬科 有电池吗？4.5 伏的。大概不会有。

教授 电池？

扬科 他们埋我时放了收音机，却没有放电池。只有当你死了，你才知道你和谁生活在一起。如果没有迷迭香为我们演奏，我们就听不到任何音乐。尽管也许会有一些可爱的年轻歌手来。

马尔科把烟灰弹在他的手掌里。

马尔科 我很久没有体验过热的感觉了。我儿子娶了谁，教授？

教授 嗯……你听到会不高兴的。伊利亚·鲁伊科维奇的女儿。

马尔科 是真的吗？他拿走了我的面包店！

斯蒂文 不是他。是人民。

马尔科 什么人民？他想这么做，他决定这么做，他写出官方文件，拿来给我，说："你已经喂我们够多的了。"回家吧！就去喂你的家人和你自己吧！他宣称自己是人民。第二天，"人民"来买面包。他们不知道店关门了。

斯蒂文 （对教授）说实话，我也一直想知道……

教授 他们用你的名字命名了一条街道，老巴尔干街。那条穿过铁轨，通往大桥的街道。

斯蒂文 是铺了土耳其鹅卵石的那条街吗？有仓库和商店的？

教授 是的，是那条。别生气，扬科，但是有谣传说他们一直等到你去世了才把这条街献给你的父亲。你卷入了那么多丑闻。你一直在伤害你的父亲。

扬科 我就知道。我一死，他们就做蠢事。我活着的时候，他想都不敢想。

马尔科 对了，斯蒂文，你不是我的教父吗？

斯蒂文 是的，的确如此！

马尔科 那么，为什么我的面包店被关了？你为什么没关你弟弟的理发店？在战争期间，我没有给过纳粹们面包，而你的弟弟却给他们刮过胡子！

斯蒂文 我弟弟西蒙另有内情，他靠的全是他自己。我原谅了他，因为他瘸了。除此以外，我也管不了他，都是因为这个废物！

扬科　因为我？

斯蒂文　是的，都因为你！整个战争期间你都和吉卜赛人混在一起听音乐。当世界在流血，你们却在歌唱！

扬科　而你也从没因此给过我荣誉，即使是我让人们情绪高涨。你们知道吗，先生们？他想杀了我。一天，一些人跑来“鹰巢”酒吧，喊道：“快跑，可怜的扬科，你爸爸拿着手枪追你来了！”我小时候，他先是拿着柳条来找我，然后用拐杖和皮带，最后用上了手枪。可算是一个真正的教育家。

迷迭香　这没什么，兄弟。在德里纳河上，我被宣判过执行枪决。在洛兹尼察，他们尖叫着要我们进攻。我看到德国人就在河对岸等着，武器都瞄准了。起初，我想，他们什么都准备好了，要杀我。后来我想，我不会游泳。如果他们不杀了我，我也一定会淹死。除了给自己下命令——撤退，我还能怎么做？所以，我确实撤退了，他们判我死刑，后来他们到处找我。我连一个音符都不敢敲。在整个战争期间，我只能小声歌唱。

斯蒂文　我记得你和其他那些人……他们应该杀了你们所有人！

迷迭香　等一等！在法律上，一个男人难道没有权利害怕吗？他有！如果我够勇敢，我会一直冲着你发号施令，而不是听你的命令。

马尔科　你知道吗，史蒂文，你的这位伊利亚·鲁伊科维奇是私自带给我他的决定的。

斯蒂文　我知道。并且那是他的权利！当他在面包房当学徒时，你把他当牛一样打。

马尔科　他还是头母牛。那是我的错！

教授　一切都是相对的。你们争吵是因为你的私人店铺被关了。但是现在，人们又开始重新开店，发展他们所谓的“小经济”。

扬科　这样对吗？这个“小经济”是否意味着他们终于找到了“大真相”？

教授笑了。但是扬科为了以防万一，离开他父亲几步远。

斯蒂文　如果你能干一点活，就一点，你可能就会更聪明。

教授 就是因为这样的话，还有其他类似的言论，在他还活着的时候，他们没有以你的名字来命名街道。

斯蒂文 他们现在给我的那条街，我倒宁愿没有。

扬科 哦，那你是想要一条镇中心的？

教授 拜托，别吵了！我离开时，他们就在吵架，我到了这里，你们又在吵架。据我看，如果我没弄错的话，我们大家的空间足够了……有谁知道我们在哪儿吗？

斯蒂文 根据我的侦查，我们周围只有沙尘。在那座山后面几公里处，我发现了一个士兵的脚印。除此以外，什么都没有。没有标志、没有物体、没有声音，也没动静。什么都没有。

米莉察 米修，什么吵架？

教授 我会告诉你的……

米莉察 拜托。

教授 就是些愚事。我们的儿子听说我把房子给了镇上去开博物馆，就大发雷霆。他冲着大家大喊大叫，威胁说要驳回这份礼物……有人提议，这是我们的纪念馆，会在那儿放一块纪念牌匾。最终，我发现我的工作仅仅是为我们建了一座纪念碑。

米莉察 你为什么要把房子送出去，米修？

刚才还语气平静的教授，对妻子怒目而视。

教授 连你都觉得我做错了吗？

米莉察 是的，你做错了。我们年复一年地挖掘，用你的养老金支付工人的工钱，你拯救了那么多珍贵的物件，这就足够了。后来我又得了病……

教授 如果我们没把这些东西存放在家里，它们会怎么样？

米莉察 如果你父亲当年决定把房子送出去，我们和我们的孩子会怎么样呢？你有想过吗？

教授 你说话的口气就和你儿子一样！索尼娅就和我说我是对的。她坚持要把房子建成博物馆。她的处境和伊万的情况没什么不同。所以，你看，这是另一个问题。

米莉察 不是这样，米修。你本应该先想到他们的。

扬科 米莉察是对的。千真万确！

斯蒂文 别放肆！他们在说话。教授的所作所为像一个男人。一个男人就必须超越他那微不足道的占有欲。

扬科 他对他儿子的所作所为，和你对付我的那套一样，让我晚年无家可归。（人们开始争吵。在喧嚣中，他们分为两个阵营。扬科的嗓门最大）他在各个房间塞满了生锈的武器、地球仪、破地图、靴子、大衣还有旗子。在院子里，他摆了炮筒，迫击炮，还有半架飞 机！ 我就等着他把三个德国死人拖进我的工作室了！

斯蒂文气急败坏地冲向他儿子。

斯蒂文 你的工作室？你这一辈子什么时候工作过？告诉我，让我可以再死一次！你以我为代价挥霍了你整个一生！你这个浪荡子、寄生虫、一无是处的人……一句话，就是一个废物！

迷迭香 放松点，我死去的朋友们。

斯蒂文 我战后回到家，都没有地方睡觉！这个废物把所有的东西都卖光了，连床也卖了！他甚至胡闹把装我们家老照片的相框都拿掉了。然后，他把照片钉在墙上。他把钉子敲在他祖父的额头上！

扬科 如果一家人不能被一些比相框更坚固的东西连接在一起，那么这个家就该四分五裂了。

斯蒂文 是这样吗？我会让你看看什么该四分五裂。（斯蒂文使劲儿地抓住他儿子的翻领。）我就应该让你做苦工，和其他垃圾一起……那些逃兵、黑市商人、叛徒。

人们使这个愤怒的男人镇静下来。马尔科走向教授。他无助地叹了口气，再开口说话。

马尔科 哪怕我能中断婚礼两分钟也好！多希望我能质问我的老婆和孩子。他们在干什么？为什么我要这么早死？去他妈的孩子和造出他们的人。没有人会比孩子更让你失望。

斯蒂文 没有人！

扬科 父母会让你失望的！别再向我挥拳头！我够得上做你父亲了！在你这个年纪，我向同龄人脱帽致意，吻他们的手。记住这一点：我是你在那个世界的儿子，但在这儿我是你父亲……不是因为我的年纪，而是因为我的头脑。生个值得称道的孩子靠的是你的头脑，而不单单是你的鸡巴！①

斯蒂文 操他妈的！我要杀了你！②

斯蒂文追赶着在石头间穿梭的扬科。当其他人试图让斯蒂文平静下来，并拯救他受惊的儿子时，教授沉思着看向前方，问自己——

教授 我为什么要死了？多希望我早点知道。

斯蒂文拿着石头威胁着要打他儿子，但又把它扔掉了。他把胸前的双筒望远镜调直，向仍然陷入沉思的教授走去。斯蒂文压低声音，秘密地和他交谈。

斯蒂文 教授，我想问您一件事。

教授 嗯，问吧。

斯蒂文 德国人怎么样了？我听报道说，情况越来越糟，德国人正在不断好转。他们现在又在干什么？

教授 什么也没有。其他人在“干”。

斯蒂文 该死的德国佬！伊利亚·鲁伊科维奇说的对。战争还没打完，他就说：“德国人会输掉这场战争，但还会把世界上其他地方搞得一团糟。”

大家慢慢回到石堆旁。扬科怀疑地看着他父亲。他父亲正点着头，不断重复着。

斯蒂文 是的，是的，是的，是的，是的，是的……

扬科 等他这口气歇完，我就完蛋了。

教授 我原以为自己喘完最后一口气，就可以永远安息了，但是我错了。

---

① 确切翻译为：“因为生孩子靠的是人的头脑，而不是靠猪脑袋！”（英译者注）

② 东欧人比我们有更多的创造性的咒骂方式。在这里斯蒂文说：“我在操火热的太阳吗？”（英译者注）

扬科 当一个人不能成为自己的老师和主人，那么其他人就会替你做这一切。

斯蒂文 别再和我说话了。我最后请求一次。在这些人面前，我发誓，扬科，一旦……

手风琴手的叫喊声中断了争吵。

迷迭香 大家看那是什么？

死者们望向天空。从高空，轻轻漂下来了一位灵聚地的新居民。那场景就像是一幅旧时大师的画作。佩塔尔紧紧地搂着铜像，降落到木然的人群中间。在这个瘦长男人的脖子上吊着一条绳子。教授看着新来的人，很惊讶。他难以置信地走向他。

教授 佩塔尔？

佩塔尔微笑着拥抱了教授。

佩塔尔 我以为我们彼此再也不能相见了。大家日安。

医生看着他。

医生 你上吊了吗？

佩塔尔 是的，差不多。

医生 看在上帝的分上，为什么，我的朋友？

佩塔尔 是因为失去的事业，教授。房子已经被卖了，所有的东西都被打包装箱，贴了封条，塞进了国家图书馆的地下室里。我再也没有理由工作了，尤其是我去挖掘的时候，看到工人们开着卡车，运走了马赛克、石块和柱子。他们听说您已经去世了，而且由于他们很多人都在盖房子，他们说这些材料不应该浪费。他们在两个小时之内把就整个发掘现场都毁掉了。

教授默不作声，看着他以前的助手。米莉察走过来，十分不安。她问了佩塔尔一些事情，其实她早已知道答案。

米莉察 谁卖的房子？

佩塔尔 嗯……伊万，教授的儿子。

米莉察 他也是我的儿子。

佩塔尔 对不起，我不知道。我是在您去世后才来的。

米莉察 那是谁买的这房子？这么快。

佩塔尔 是邻居，你们隔壁的……勒普·佩卡库。

马尔科跳了起来，握着佩塔尔的手。

马尔科 勒普·佩卡库？

佩塔尔 是的，当我们收拾东西的时候，她和伊万起草了一份合同。我只听到一半现金，一半赊账。

马尔科 勒普！勒普！操！[①] 你迟早会来的！你肯定不想知道我要让你死得多难受。

教授一直站着，弓着背，一脸茫然。他此刻有了反应。

教授 你知道他是如何安置泰特卡·安吉丽娜的吗？他也把她卖掉了吗？

佩塔尔 我不知道。我最后一次见到她，是在屋里，和那个理发师一起收拾她的东西。勒普·佩卡库告诉伊万，他们两个人可能会待在一起。他邀请她去他那儿住，但她说“不”。

斯蒂文 教授，那个理发师是我的弟弟思迈恩吗？

教授 对，是思迈恩。

斯蒂文 是瘸了腿、弓着背的吗？

教授 哈，思迈恩。让我告诉你。他为我刮了半个世纪的胡子。他给我刮的第一次，也给我刮了最后一次。

扬科 我喜欢这样！现在，为了给新娘腾出地方，你的弟弟思迈恩会把你所有的武器装备都扔到街上，重新布置房子。没有机翼的飞机要飞走啦！你的博物馆也没啦。

斯蒂文坐在教授旁边，靠着石柱，把脸埋在双手里。佩塔尔走向教授，张开双臂为自己辩解。

佩塔尔 我已经竭尽全力了。您很清楚，尽管我大家都认为我疯了，我还是推掉了教书的职位和您一起工作。您活着的时候，由于你，他们还听我的话。但您一去世了，他们就开始摆布我，侮辱我。“快跑，你

---

① 此处的短语是：“要我操面包板吗？”（英译者注）。

这个傻瓜，你这个疯子，你这个白痴。”我在挖掘地附近的那棵梨树上吊死了。

迷迭香握着佩塔尔脖子上的绳子的一端。

迷迭香 我怎么没想到呢？我也可以吊死自己。至少，那样的话，我就不用拖着这个手风琴到处走了。它沉得像座坟墓。嗯，教授，我的家人怎么样了？由于他们的争吵，我一直都没轮上。一开始，我住在……

扬科 那座用石灰涂了四种颜色的美丽房子。每当下雨时，我们都以为那是彩虹。

迷迭香 走开，你这个老酒鬼！昨晚那首歌你还欠我五百美元呢！

扬科 我再给你唱五百美元的歌，这样我们就扯平了。想想吧，我还要付钱让他在我的耳边尖叫！

教授 就我透过栅栏所能看到的，他们都健康快乐。

迷迭香 我活着的时候，他们很悲伤。有些人死了，让他们的家人悲伤，有些人却使他们快乐。如果我早知道是这样的话，我会一天去看两次医生。院子里有孩子吗？

教授 迷迭香，你院子里到处都是孩子。

迷迭香 我只有两个。

扬科从马甲里掏出一只银怀表。

扬科 教授，现在几点了？我想在您的手表也停止之前给它上上发条。

教授 7 点 30。

斯蒂文 你要急着去什么地方吗？

扬科 没有，我只是想弄点东西响动。

当扬科在调整时间的时候，佩塔尔好奇地打量着周围的环境。

佩塔尔 我常常想知道死后是否还有生命。

扬科 我常常想知道在死亡之前是否有生命。

佩塔尔孩子般地大笑起来，拥抱了这个唠唠叨叨的老人。

佩塔尔 这些年来你们都在这儿做些什么？你们的时间是如何度过的？

扬科 吵吵架。在附近走走。我们去“郊游”。我们用这些石头建造自己未曾筑造的梦想。活着的时候我们缺乏完成计划的勇气和力量，这是谁的过错？我正在建一个咖啡馆，但是我父亲偷了我的材料，为的是他能更容易地建造掩体和防护墙。我就从迷迭香带浴室的两居室公寓里又顺手牵羊了一些，而他，则顺理成章地，又从马尔科的面包房里拿。面包师再从诊所里偷，医生趁我父亲在外巡逻时又再从掩体里借——就这样，周而复始。我们能偷到的要比米莉察能挖到的还要多。

米莉察 就像在生活中一样。

扬科 到了晚上，当类似于我们夜晚的黑暗开始降临，我们就这些石头上坐一会儿，呆呆地望着星星。我断言地球就在那些星团中的某一处。当然，我父亲认为在另一个方向。然后，我们感叹着回忆我们的亲人。他们现在已经那么大岁数了，他们有了孩子、孙子。现在他们正在桌子旁边吃饭，我们也曾在同一张桌子上用过餐；现在他们也在谈论着我们，看着我们褪色的相片，暗自哭泣。他们触摸着我们的物品，他们保管着我们的冬衣，好像有一天我们会回去。周日，他们拜访我们的墓地，给我们带来康乃馨、郁金香、紫鸢尾花、浅色玫瑰、一盒盒的土耳其糖果、香烟、软糖、细蜡烛和小桶水。当他们清扫墓碑和除草时，他们小声地与其他寡妇和鳏夫谈论着时间过得有多快，他们如何难以置信我们 已经离世了有十年、十五年、二十年……（*当扬科重温这些世俗场景时，逝者们叹息着、倾听着，他们点头表示赞同*）“抱歉，你的马尔科去世多少年了？”“到春天就二十 年了。”

马尔科 别让我想起勒普！

扬科 到春天就二十年了？我的上帝，我的上帝，好像昨天我们还在吃他的面包和糕点。我的迷迭香，到十一月就过世整整六年了。

迷迭香 那么在这六年的时间，你和谁生了这么多孩子？

扬科 在坟墓里，我们每个人开始了他的来生。起初是：一天，一周，六个星期，六个月，一年，两年……十年，二十年……然后，慢慢地，我们开始又一次……在他们的记忆中……死去。这开始了我们无尽的永恒的死亡。我们消失了，不再生活在对话、故事…… 或记忆之中。

佩塔尔 这当然不是你们所说的全部内容吧？

扬科 对。我们经常忏悔——活着的时候，我们是多么疯狂。我们怎样自寻烦恼，又让别人烦恼；我们怎样害怕，怎样背叛他人；我们怎样害怕说出自己的想法，怎样按照别人想要的方式生活；总之，我们奔跑。我们匆忙赶到这里，一到这里就明白了一切——我们看一切都清清楚楚，但是太晚了！

佩塔尔 伤心，真让人伤心。

扬科 不是所有的事都让人伤心。我们有合唱团。医生是我们的指挥。他在另一个世界，在医院里，指挥合唱团，所以他在这里继续指挥。医生，我们能为新朋友唱一曲我们的《小康塔塔》吗？

医生 乐意之至！正如教授总是乐意挖掘，我随时乐意唱歌。迷迭香，就位！

扬科 来吧，迷迭香。当我找到工作后，我会给你五百英镑。他们答应“不久”就决定。耽搁得有点久？那就要看他们得多久决定！

斯蒂文 噢，我真是不幸。世间这么多的儿子，为什么偏偏让我摊上你？

医生 请安静！

死者的合唱团站在那堆石头前面。医生手里拿着一根棍子，给迷迭香一个信号。手风琴手起了调，他们开始歌唱。教授和他忠实的助手佩塔尔笑着看着他们唱歌的朋友。很显然，这个艺术家协会有足够的时间练习，因为他们唱得很好。

山上的樱花，
正在迎候春天。
在我出生的地方都是这般景象，
但是我已经不在那里了。
我不再在那里了。

藤蔓在栅格上变绿。

将旧门廊蜿蜒缠绕，
一切都和我记忆中的一样，
但是我已经不在那里了。
我不再在那里了。

迷迭香心满意足地拉着手风琴，用左手的颤音表现出歌曲中的呜咽。扬科朋友般地拥抱了他，就好像他们在酒馆一样，而其余人则小心翼翼地跟着医生的指挥。佩塔尔挽着教授的胳膊。这两个人显然对这些朋友，他们的歌唱，以及他们死后所处的地方感到惊讶。

第一幕 完

第二幕

第三场 灵聚地

勒普·佩卡库擦拭着眼泪。她用自怜的口吻试图向丈夫解释她决定的价值所在 。马尔科闷闷不乐地望着她，牙关咬紧，怒火中烧。

勒普 ……我在婚礼上才第一次脱下丧服。在庆典前我甚至从来没想过要穿鲜艳的衣服。我完全没有从失去你的悲伤中恢复过来。我每一个念头里都有你。马尔科，请……

马尔科 我不是在问你的丧服！勒波萨瓦，别装傻了，你知道我在问你什么！快，清楚地回答我……该死的！他妈的——

勒普 但是你问了我什么？我不知道。我真不知道。

勒普很快恢复了自信和果断，这使得马尔科开始歇斯底里。

马尔科 你为什么让我的敌人在我家里庆祝还要随便溜达？听着，勒波萨瓦。留下来！勒波萨瓦！勒波萨瓦！

勒普消失了，面包师悄悄地转过身来。一直在进行考古发掘的死者们大笑着看着这个困惑的男人。教授走到他面前。

教授 你在跟谁说话？我看着好像是你妻子。你刚才看见勒普了吗？

马尔科挥挥手，好像他已经受够了。

马尔科 是的，是勒波萨瓦。她梦见我了。正当我要给她托话，她醒了。总是这样——逃掉、消失。

教授 她经常梦见你吗？

马尔科 她经常可以，但她害怕见我。第一年她几乎每天晚上都梦见我。现在，只有我在她的睡梦中设法召唤她，她才会，这变得越来越难了。她知道她错了。

扬科给佩塔尔带来了一块有浮雕的石头。佩塔尔给它做上标记，放到石柱旁的一堆石头上。

扬科 你这么气势汹汹的，谁会想梦见你呢？医生，你知道为什么我们这些人牙齿不好吗？因为他们总是怒气冲冲地咬牙切齿。每一次争吵——两颗牙。他们像这样说话。他们用尽全力咬紧下颌，直到磨牙麻木，然后，只挪动嘴唇，设法说出："让我给你点颜色看看！操他妈的！"

人们听了扬科的解释都哈哈大笑，米莉察沮丧地走到她丈夫身边，握住他的手。

米莉察 别生我的气。我不敢相信伊凡卖得这么快。好像他就是在等你——

教授 我不会在意那房子了。

米莉察 你担心索尼娅吗？

教授 是的。所有这些事可能让她折寿十年。她太依恋我了，这座房子，我们的东西。好像他们不是一起长大的一样。我一直很困惑。两个孩子长大成人，你同样的抚养他们，他们吃同样的食物，你同样地爱他们。最终，他置你于不顾，变得疏远，专做你不想让他做的事。让我们继续挖吧。来吧，大家伙！来吧！别再理你们的私事了。你们用这么宝贵的材料建造如此幼稚的建筑真是罪过。（*教授把精力放在了那堆石头上。他走向那块大石板*）让我们再试一次，把它抬起来。也许我们缺的就是佩塔尔的这点力气。（*对扬科*）你父亲去哪儿了？

扬科 去追捕我们附近的敌人了。他在山后找到了踪迹——士兵的靴子。

医生 迷迭香不见了。

扬科爬到石堆顶，将手放在嘴边，竭尽全力地大喊。

扬科 斯蒂文！哎——斯史蒂文！……我从来没能成功地喊到过他。他起错了名字。

医生 你为什么说他起错名字了？

扬科 因为，当你给孩子取名字时，你得给他一个容易叫的。如果你叫了两声孩子都不答应，你就是给他起错名字了。

医生 精妙的理论。

扬科 而且正确。你看，像这样：在山区，你得从很远的距离喊孩子，名字由四个字母组成，其中两个必须是元音。听着——喂，[1] 尤沃——沃——沃，喂，博洛——洛——洛，喂，博佐——佐——佐……第二个和第四个字母都是O，因为O传得最远。这就是我们所说的“适合远距离呼叫的最佳名字”，传播范围可达三英里。之后，是适合在海拔一英里高的地方呼叫的人名：喂，耶洛——洛——洛，喂，萨沃——沃——沃，喂，弗寇——寇——寇，喂，帕弗——弗——弗，喂，米洛——洛——洛……这些名字的范围是一英里半，刚好适合在两声雷响中间喊。然而，当我们下到平原，那里的财富主要来自土地的多样地貌，名字就变得更复杂，更多样，也更绵软。没有必要让声音穿越山脉和丛林。你的孩子就在牧场、梅园或邻居的院子里玩耍。喂，米洛拉德——德——德，喂，德拉戈斯拉夫——夫——夫，喂，米拉尼——尼——尼，喂，艾莉克莎——莎——莎，喂，勒波萨瓦——瓦——瓦，喂，米里奇——奇——奇，喂，米哈伊洛——洛——洛……你们感觉一下花的力气，好像是我衬衫最上面的扣子扣紧了一样。接下来还有舒马地亚的绿色地区，马其瓦的和缓丘陵，以及其他类似区域的孩子们。根据父母喉咙的强度，那里的名字只不过能喊几百英尺。然后，当我们来到这些峡谷时，名

---

① 此处扬科喊的名字都按发音拼写。虽然未经核实，但我被告知，扬科在山顶喊的名字为纯粹的斯拉夫式人名，当他慢慢来到山脚，人名则变得更像土耳其式或希腊式。（英译者注）。

字变得冗长。喂，马克西米利安安安安安，喂，哈拉赖姆皮耶——耶——耶，喂，尼契弗日——日——日……现在，设想一下，当给山里的孩子起一个像哈拉赖姆皮耶这样的名字时，会发生什么。你走到你家门口，你看着被白雪覆盖的山峰，你大喊——喂，哈——拉——赖姆——皮——耶——耶——耶！紧接着名字就掉在了你的脚边。哈拉赖姆皮耶这个名字至少有四磅重。要把它扔得更远，你必须用上你的胳膊。你觉得哈拉赖姆皮耶什么时候会往家跑？永远不会！事后，你打孩子："我喊了你半天，你都没回来！"孩子抱怨，他没有听到……如果你给山谷里的孩子取一个像尤——沃这样的名字，情况就正好相反。你大声喊喂，尤——沃——沃——沃，你的声音在山谷回荡。孩子以为你要揍他，所以他跑掉了，不想回家。这就是为什么在这些低海拔地区，他们发明昵称来减弱声响。他们不说尤沃，而是说喂，尤维特莎，或者，喂，尤瓦特什！

听了这个奇怪但相当真实的观点，人们大笑了起来。

医生 那么你得出的什么结论是什么？

扬科 很简单。你就只给孩子取"啊"和"哦"的名字。

米莉察 所以当你喊他们时，所有的啊和哦都集合了，你单单挑出你的啊，再让其余的离开？

佩塔尔咯咯直笑。

佩塔尔 当我听到和看到这一切，我一点也不后悔自己上了吊。

教授 佩塔尔，你犯了一个错误。

米莉察 你需要去看一个好的精神科大夫。不是吗，医生？

佩塔尔 几年前我去看了精神科医生，当时有人一直在跟踪我。

医生 谁一直在跟踪你？坐下吧。放松点。

佩塔尔 某个人。我去散步。他站在街对面等着。我去看电影，他也正在看电影。我想这可能是巧合。为了查证，我买了张票又去看这电影。他也看了第二遍。就这样持续了几个月。您还记得吗，教授，这大约是在我们第一次和荷兰人联系的时候。

医生 精神科医生对你怎么说?

佩塔尔 任何正常人一旦确定是有人跟踪我，他们会怎么说?他说:“去报警。我帮不了你。你没病。”所以，我去找警察，某个祖尼奇同志。我说事情是这样那样，有一个男人一直在跟踪我——

医生 他怎么说?

佩塔尔 说我反社会，应该去找精神病医生，接受抑郁症的治疗!他说:“你不喜欢别人，你不友善，所以你逃避独处。”

医生大笑。他拍了拍佩塔尔的背。

医生 你把这个告诉精神科医生了吗?

佩塔尔 说了。那个人笑了，就像你现在一样。

医生 先不开玩笑，我要和你说一件严肃的事。一件我通过反复出现的实例所了解到的事。有一种罪犯，遗憾的是，他们永远不会得到审判。他们杀死了那些自杀的人。

马尔科 杀死自杀者的凶手?

医生 是的，你听的没错。自杀总是别人伸出的手，这个别人或许谁也不知道，又或许太知名，以至于没人敢拿他怎么样。

佩塔尔 我是被周围的环境杀死的。

马尔科 医生说得对。就拿我来说。如果他们没有拿走我的面包房，我就不会来这儿。而今天，杀死我的凶手正在我家里开派对。

扬科 胡说!自杀者的出生方式与醉酒者一样。我是在同意去医院那天自杀的。要不是我干了这么愚蠢的事，我现在一定还坐在“鹰巢”酒吧花园里的一张桌子旁边。

原本冷静克制、脾气温和的医生生气了。

医生 医院的过错?这是医院的过错吗?

扬科 没错。我的死因是“手术失败”。

医生说不出话来。米莉察走过去让他平静下来。

米莉察 请随他去。不要难过。

医生 多么愚蠢的话!你的脑子有问题。你这死于“手术失败”的念头是从哪里冒出来的？ 我告诉过你别再喝酒了。你的整个脏器都损伤了。你和大多数醉鬼一样，是死于肝硬化！

扬科 真的吗？那我怎么会有这个切口？（扬科从裤子里拽出衬衫，指着左侧一个相当大的伤疤）你们就把我当一个旧书包一样地打开、合上。

医生 他们把你带进来的时候，你简直就是烂醉如泥！

扬科 别说了，医生，我想我知道我的肝脏在哪里。我整个一生都很痛苦，在这里，看看你们切我的地方。你们把我就像劳动节时的猪一样切开。

医生 那是在你死后。

扬科 等一下，我想问你一些关于临终前的事情。一个人死后，我就都知道了。你是医院的院长，人尽皆知，受人爱戴，病人需要你，尊重你。然而，当你生病的时候，你收拾好东西飞到了瑞士。是吗？

医生 我知道你要问什么。

扬科 我知道你知道，我不知道的是你打算怎么回答。当他们第一次建议做手术时，我同意的一个条件是：你来做。"不可能，"他们说，"卡蒂奇医生在瑞士接受治疗。""那我也去瑞士。""不可能，我们会在这里照顾你。"他们照顾我，好吧。

医生 然而我并没有从瑞士活着回来。

扬科 这就是我想问你的。你为什么没死在我们的医院里，这样人们也可以信任你？

医生 我女儿安排了整个行程。我拒绝去，因为我知道自己是救不活了。

扬科 你女儿也是医生。你们医生对自己都没有信心，我们普通人怎么能对你们有信心呢？我父亲也是经由日内瓦来的这儿。你们都是如此伟大的爱国者，为你们的祖国而死在国外。你一感到疼痛，就开始满世界飞，我就倒霉了，外国兄弟，我这里感到刺痛……

迷迭香从沙坡下方走来，撕心裂肺地大哭。大家围上去，这个可怜人的手风琴不见了。

迷迭香 哦，可怜的我……哦，妈妈呀。但愿上帝把他的双手变干折断。

迷迭香抱头坐在石柱上。米莉察抱着他，试图使他平静下来。

米莉察　发生什么事了？你为什么要哭？

迷迭香　他偷走了我的手风琴。

佩塔尔　谁偷走了你的手风琴？

迷迭香　我认识他……在我临死前他来向我买。他带了钱，但我不想卖……我有一个儿子。[①]（迷迭香站着，看着“地球”的方向，喊道）愿上帝看到我的手风琴在你的葬礼上拉响！

发完重咒，迷迭香稍许平静了些。教授给了他一支烟。

教授　想必，他们并没有从你的坟墓里把琴偷走，是吗？

迷迭香　您看他们偷了。我到处都走遍了。哪里都找不到。今晚，我确确实实感觉到有人把手风琴从我身上扯走了。

扬科　要是我瞧见了这个小偷，我就操他妈！现在谁来为我们演奏？教授，您不知道您住的是怎样一个镇子，也不知道您和什么样的人一起生活过。很快，我会告诉你一切。您都不会相信。

米莉察　可是你抱怨它太沉了，带子太紧了……

迷迭香　我抱怨，夫人，那是出于喜爱……你知道的，我们吉卜赛人都是先学演奏，再学走路的，因为如果没有乐器，我们会是怎样？看……（他叹息着用袖子擦眼睛。迷迭香从大衣口袋里掏出一张大照片，给米莉察看）那个拉手风琴的，是我儿子拉达。我在我们屋子前教他拉琴……这是我的老婆，这里在篱笆后面咯咯笑的就是小偷马老弟，出了名的强盗……哦，糟透了，真是我的不幸。

扬科　教授，您和佩塔尔的照片今天应该出现在报纸上。

佩塔尔　没人会登我的。

扬科　那倒更好。我的朋友们放了一张我的小照片，照片下面写着：“亲爱的扬科，你在桌子旁的座位还空着，你的酒杯斟满了……”

医生从他的钱包里掏出几张照片。其余的人，就像通常人们要炫耀自己的家人一样，也掏起了钱包。

---

① 迷迭香的意思是想把手风琴留给他的儿子。如他所说，“我们吉卜赛人先学的演奏，再学的走路……”（英译者注）。

医生 我女儿在学弹钢琴。

米莉察 你可记得？米修，这张照片？

教授 是的……你知道我一直在到处找它。我想把它放大，挂在床头……看，你能相信伊万和索尼娅有多小吗？……1955年在索科班耶。

马尔科 你们看，这张，我们一起在集市上：你们和我，还有我那个婊子。

米莉察 米修，看看这个！

教授 我当时可真年轻啊！

死者们交换着照片，赞叹着，惊喜着，他们仿佛暂时忘记了身在何处。扬科从面包师那里拿了张照片。

扬科 这张照片里你已经有点瘦了。显而易见，你的灵魂需要一个牧师。

马尔科 是的，这是我最后一张……但是看看，我的朋友。这是我人生中的第一张照片，是我八岁生日时拍的。我难道不是一个漂亮的孩子吗？

扬科 真是遗憾你不得不长大……现在，大家伙，我要给你们展示一个真正的大自然的奇迹……扬科从口袋里掏出一张大照片。他把它递给医生。医生，我在这张照片的哪里？

医生 你不……

扬科 我不在那里，但我给自己拍了照片。你瞧，我早知道我会不久于这个世间，因为我再也不能出现在照片里了。我们“鹰巢”酒吧的一群人自己设计的。他们都现了身，但我没有。我就是这片虚空。照相机再也捕捉不到我了。

人们看着这张奇怪的照片。医生骄傲而自负地举起他的照片。

医生 看看这个年轻人。在战后，我拥有了最美丽的体魄。我51岁，在罗维尼过暑假。年轻、漂亮、英俊、还是位医生。

扬科 但不会游泳。

医生 谁不会游泳？

扬科 医生，请不要对我说那样的话。没有什么比住在内陆的人去海边更有趣的了。有一年我在布德瓦见识过。让我演给你看（*扬科演了一幕叫*

“内陆人在海边”的戏。他的描绘过于强烈，富有表现力，是酒馆艺术学院的产物）像这样：我们的男士来到海边，自在、恬然。他俯瞰着众生，仿佛他能一口气就游到对岸。从他的外表你能察觉到一丝优越感，以及良好的水性。然后他从弹力泳衣的小口袋里拿出腕表，交给海滩上最值得信赖的人保管。他再返回，慢慢地进入大海。他踮着脚尖涉过海草，用怪异的笑声掩饰他的恐惧，尽管他宁愿尖叫。海水的泡沫开始慢慢没过他的膝盖。他转过身来，踩在一块铺满海胆的滑石上，站在上面，试图保持平衡。然后他开始将海水拍打到自己身上：首先是他的心脏，然后是他的血管，这样当他深陷寒冷时，血液循环不会被阻断。在旅行之前，他在一篇名为《千万不要热着身子入水》的文章中读到过这一点。在他给自己浇足了水之后，他甚至不想再游泳了，他跳下岩石，进入水中，开始向开阔的海面走去。当然，转眼间，海水就抓住了他的蛋蛋，使他浑身发抖，全身发毛，但是由于他接受的是父权制教育，他知道他的私密感受不应该向外界展示。所以他继续往前，微笑着……只是他的嘴巴有变形……最后，他集中意念，深呼吸，投入水中。他游了起来，双手拍打着，头没入水中，直到上气不接下气。他确信自己游的是一种特殊的泳姿。正当他确信海滩上的每个人都因他的力量和优雅的泳姿而倾倒时，他突然撞到了另一个游泳者的后背，站在了浅水中。他擦去眼中的盐巴，表示道歉，并奇怪他是如何游成了一圈。另外一个人已经忘记了他的右手臂捶打在桌子上是多么的有力。男人吸着肚子跑步，保持着仅够活命的呼吸量，冲向最近的淋浴间，只有当他感受到淡水时，他才能休息、放松，并且骄傲地看着被征服的大海。然后他躺在沙滩上某位女士的旁边。当他晒着日光浴时，女士投来她迷人的目光。到了那天晚上，他需要一名医生，因为他中了暑，二度烧伤，还发了高烧……医生，承认吧。这就是你结束暑假的方式。

医生 （大笑）并不完全是这样，但也有一些是事实。

扬科 唯一的区别是你是医生，所以你一定是自我治疗的。

马尔科 我只知道有一个很短的暑假。在火车上，我和勒普吵了一架，在温科夫齐下车，然后回了家。

人们慢慢抬起头来。佩塔尔第一个注意到了有一个奇怪的发光物在远处飞行，后面留下一条微红的痕迹。

佩塔尔 教授，那是什么？

教授 某种飞行器。

斯蒂文从沙漠里跑出来。当他透过望远镜看到发光物体时很兴奋。

斯蒂文 宇宙飞船！那是宇宙飞船！

扬科 我们看见了！你尖叫什么？

斯蒂文 你知道这意味着什么吗？这可能是我们的救星！它可能改变我们的生活！

教授 你为什么这么想？

斯蒂文 简单地说，教授：如果一个活着的人来到我们身边，我们就不可能是死了，而只是离地球很远。只要是死者没活或者是生者没死，死者和生者就不可能相遇。

斯蒂文举起双手，开始挥舞。其他人惊奇地看着他，然后，一个接一个，他们也开始挥手。飞行器靠近了，飞过焦急的人们的头顶，就像一艘远洋客轮留下了未被发现的沉船幸存者，消失在了远处。死者们无力地放下双手。教授同情地看着他们。

教授 我现在知道你们是多么渴望再次活着。佩塔尔，我的儿子，你也挥手了吗？

佩塔尔 我……很遗憾……我吊死了自己。

扬科 第五条戒律说得很实在：“孝敬你的父母，你将在世间上度过漫长而美好的一生。”

斯蒂文 可能是这么回事，我们的灵聚地靠近某个未知的，有人居住的星球。教授，您怎么看？

教授 我会向你解释我们在哪里。宇宙的已知部分的直径是250亿光年。天文学中的10亿光年表示光在10亿年内传播的距离。因此，据科学探知，所有的存在物都存在着250亿光年的广阔空间里。在那之外，如爱因斯坦所说，就是“别的什么东西”了。所以，问题是，我们现在在“别的什么东西”的哪里？

迷迭香 我亲爱的教授，所有这一切都可能正确，但我向您保证，距离远不止几十亿光年。我的意思是，有时候，为了参加一个婚礼，我要在雨中踩着泥走整整8个小时。

扬科 现在，你可以成为乐手中的科学家啦！

教授 够了，拜托。秘密就在石头里。看，某个伟大文明的踪迹。也许答案就在这块石板下面。来吧，大家伙，让我们再试一次。机不可失。（*人们拼命使劲，把石头移开了近一英尺*）我们做到了！

斯蒂文 照我活着时的力气，我一只手就能移开这块石头。

教授 让我们再试一次。准备好了吗？一，二，三……抬！

岩石又移动了几英寸。人们对他们的成功感到满意，准备再试一次。在教授的号令下，所有人都抓住石板的一边，慢慢地将它抬起。石板离开了它长方形的基座。原本被石头遮挡的光从内部照射出来。它照亮了惊讶的人们。医生和扬科后退了两三步。佩塔尔趴在亮光的口子上，第一个往里看。教授也凑了上去。

佩塔尔 上帝，这是什么？

教授 我想是个坟墓。

扬科 合上那个口子！谁知道下面是什么？

斯蒂文在开口附近徘徊。

斯蒂文 台阶……这个奇迹会通向哪里？

教授 通向光发出的地方。

斯蒂文 也许我们在地球的内部。也许这一切都是地核的一个大空洞。

佩塔尔 光是从哪里来的？也许这些台阶通向活人的世界？

教授 可以肯定是某种奇迹。

马尔科 哦，当我们从地上蹦出来时，他们会很高兴坏的。勒波萨瓦会中风。

斯蒂文 我保证这些台阶在白天会显现出来。

斯蒂文坚决地向开口走去。扬科跑过去，抓住他的袖子，阻止他下去。

扬科 爸，你到底要去哪儿？这光也许来自地狱之火。也许它是从锅底透出来的。你可不能招惹魔鬼。他会来把我们扔进滚油里。大家伙，拦住他……我们在这里很好……爸！……停下！

斯蒂文甩开扬科的手，对着吓坏了的人们说。

斯蒂文 我会一直朝着光走。如果我没回来，你们就合上这个口子，或者跟着我来。

斯蒂文挥挥手，走下台阶。死者们看着他离开。他的靴子踏在混凝土上的声音久久回荡着。

扬科 有一天晚上，他就是这样去打仗的。他还说了同样的话："如果我没回来，跟着我来，或者锁上门，别让任何人进屋。"等待我们的命运会是什么？

佩塔尔跪在洞口旁边，朝里看着，大喊。

佩塔尔 嘿！下面是什么？那儿有什么？

教授抱着他的妻子，仿佛他就要倒下似的。他摇摇晃晃，笨拙地试图解开衬衫的纽扣。

教授 米莉察，我感觉不舒服……我没法呼吸……我感觉不舒服……帮我坐下。

医生跑向他。他们把他带到石柱旁。老人坐下来，筋疲力尽。

米莉察 米修，你怎么啦？你在这里不可能会感觉到不舒服。

教授 我快要窒息了。我觉得我的胸口好像要炸裂了。我没有空气……我想呼吸……就有一点空 气也好。

医生 可能是某种残余反射。

扬科 他新来乍到。还受着尘世的巨大影响。我是对的，医生。你为什么那样看着我？如果他的胡须、头发和指甲还在生长……我死前不久刚剪了指甲，看看它们现在有多长，像个巫师。尘世在死者身上留下了深深的痕迹。

教授蜷伏在石柱上，抽搐着解开了他的衬衫、马甲和夹克。

米莉察　米修，怎么了，米修……医生，救救……

教授　好像我又要死了。

医生　躺下，教授……

扬科　我就知道那个洞里会来出什么该死的东西。

当米莉察和医生帮助教授躺下时，我们又听到了斯蒂文的靴子重重踏在楼梯上的声音。佩塔尔跑向洞口。斯蒂文很快出现了，垂头丧气的模样。他掸掉衣服上的灰尘，手里拿着一个青铜雕刻的头和一只用同样材料铸造的手臂。

斯蒂文　这就是我的全部发现。

佩塔尔手里拿着头。

扬科　那光呢？光是从哪里来的？

斯蒂文　来自一些热岩石。大概只走了五十步就是废墟和这些炽热的岩石。唯一的出口就是上面这 些台阶。飞船不在地球的中心飞行……教授怎么啦？

（斯蒂文走到医生面前，医生正在仔细检查这位疲惫的老人）

佩塔尔难以置信地看着头和胳膊，把它们凑到他从“另一个世界”带来的雕像上。它们看起来好像是直接从这座雕像上掰下来似的。

佩塔尔　教授，快看！教授，您看到这个奇迹了吗？把头和手臂接到我带来的雕像上，我们就有了一个完整的罗马皇帝赛普蒂默斯·赛维鲁的雕像。您找了它好多年了……

医生　安静！（医生俯到教授身上，长时间地仔细听他的心肺。然后，他站起来，毫不犹豫地宣布）先生们，教授还活着。

死者们发出了类似恐惧、惊讶和怀疑的声音。

佩塔尔　看在上帝的分上，医生，你在说什么？

迷迪香　这不可能。

马尔科　你们医生总是会有最奇怪的念头。

米莉察　医生，这是真的吗？

医生　教授很有可能经历了脑中风，接着是深度昏迷。在临床上，他已经死了。然而，他的机体最终胜利了，他现在正在恢复生机。他到这儿已经过了多久？

扬科迅速看了看手表。

扬科 马上就二十四小时了。

医生 那么，他很有可能活下来。

马尔科 抱歉，但是现在没有一点是清楚的。死人怎么能恢复生机？为什么一个活着的人会在我们这些冷冰冰的人中间？

迷迭香 这不可能。

医生 在医院工作的时候，我也曾有过一些类似的病例。有人昏迷了，他最重要的器官都停止了工作，我以为他已经死了，然后突然，几个小时之后，他开始出现了生命的迹象。

扬科 自然的，只要你们还没有把他给埋了。

迷迭香 我的情况就是这样。

扬科 什么事你都碰得上！

米莉察 医生，接下来会怎么样？

医生 教授会离开我们。现在，我第一次明白，彻底明白了，为什么昏迷后幸存的人们会说他们遇见了亲爱的人。这真的发生了。我现在看见了，这也是可能的。

马尔科 我至少听过十个这样的故事。

医生握着教授的手。他感觉到了他的脉搏，微笑了起来。

医生 他的脉搏越来越有力了……他的身体正在变暖。

扬科 让我感觉一下。真的在跳了。就像时钟一样！

死者们已经推挤着围到了老人的手边。他们感受他的脉搏，倾听他的心跳，抚摸他的前额，全都惊讶不已。

马尔科 我很久没有见过活人了。活人真是美好。

医生 教授……您听得见我吗，教授？

教授抬起头，费力地低语。

教授 我听得到，医生……我听得到。

医生 我想请求您一件事。如果您回到活人中间，给我女儿伊莲娜打电话，把我们的一切情况都告诉她。和她说要致力于研究昏迷和临床死亡。这是与数以亿计的消失的人们相联系的唯一可能。还要告诉她远离她的设备、电脑和其他“万能”的技术。把病人的命运交给有经验、有智慧的医生。即使是最严重的病例也可以通过触摸和说话来治愈，因为对大多数疾病来说，根本的原因就是触摸和说话。让计算机去对付计算机，人来治疗人。死亡并不总是由电子脉冲的闪烁来决定的。告诉她几年前，在我的医院，犯了一个错误，一个活着的人被送到了这里。这个可怜的人，不像您，他早已经被埋葬了，不能回来了。有您在是我女儿的幸运。让您的案例成为最后的提醒，不要轻易地宣布别人死亡。（医生快速、焦急地说完了每件事，担心教授在他说完之前可能会离开。然后，他弯下身子，捡了几块头，放进教授的口袋里）把这些也带走，这样他们会相信您说的是事实。

教授动了动头，死者们围在他周围，每个人都想告诉他一些重要的事情。斯蒂文最坚持，意愿最强烈。

斯蒂文 医生，拜托。不是只有你。我们其余的人也都想提出我们的嘱托。让我们在这件事情上民主些。

医生 我所说的话对医学和科学都至关重要。

马尔科 别吵啦！教授就要离开了，我有非常重要的命令要带给勒波萨瓦！

斯蒂文俯身靠向教授。

斯蒂文 教授，去找我的朋友伊利贾·拉杰科维奇。叫他把我的名字从那条讨厌的街上拿掉。如果他们找不到更合适的，更靠近市中心的街道的话，我也不需要那条铺了土耳其鹅卵石的路。如果他不想那样做，那么我恳求你，请您亲自去把牌子摘下来。

教授 好的……好的

扬科 爸爸，长话短说。你和医生一个样。

斯蒂文 告诉他们我们看到的飞机。描述它的样子，让他们找出是哪颗行星正在发送这样的东西，还有它要去到哪里。如果您有所发现，就写信给苏联人。告诉他们，我们已经观察到它了，它已经飞到这里了。也许他们能设法找到我们，并解救我们。

医生 也写信给美国人。

斯蒂文 还有告诉我弟弟思迈恩，我一直没有原谅他在 1942 年 11 月，面对着纳粹的猎犬，他不让我进他的屋子。告诉他，即使在这里，我也一直被那些狗、靴子和喊叫声折磨着，还有他在锁着的大门后尖叫："快跑，斯蒂文！如果他们知道你待在这里，他们会绞死我的！"即使在这里，我也忘不了他的"快跑，斯蒂文"。

教授 思迈恩不可能这样做。我认识他已有半个世纪了。

斯蒂文 他这样做了，教授。他把我像一条肮脏的狗那样从他的门口赶走。我叫他，我恳求他让我进去，一直到天亮，他喊道："快跑，斯蒂文，快跑，斯蒂文……"那天晚上，在城郊的骑兵学校，他们用子弹把我打成了筛子。这些枪伤最终害死了我。告诉他，如果他死了，不要出现在这里。让魔鬼把他带到另一边，这样我的眼睛就不会再看见他了。我再也不想听到他的名字，或者只要他还活着，我就再也不想被人叫作他哥哥！告诉您这些对我来说很痛苦，但我再也忍受不了了。

教授 我想……他是个诚实的人……

震惊的教授，呆呆地看着这些人们，他们继续要宣扬有关他们的朋友和熟人的更可怕的事实。面包师不知如何推开了强壮的斯蒂文，挤到了前面。

马尔科 我想请您到我家去，命令勒波萨瓦停止做蠢事。告诉她，我对她非常生气，作为妻子和朋友，她让我失望。告诉她尽量活得久些，因为当她来到这儿，她的日子不会好过。另外，城里有这么多房子，她不应该买您的。还有我儿子，叫他马上考虑离婚，找一个更老实点儿人家的女孩。您听见我的话了吗，教授？还有，当我召唤睡梦中的勒波萨瓦时，告诉她过来，不要醒得这么快。她应该听我把说完话。

面包师吻了吻教授的手，把他的位置让给了正在哭泣的迷迭香。

迷迭香 教授，我像兄弟一样请求您，找到那个叫马老弟的人。吉卜赛区的每个人都认识他。叫他把我的手风琴还给我，要么还给我本人，要么还给我家人。如果他不还，或者装傻——他最擅长这一套了——那么为了真相和诚实，就报告警察。让他们仔细搜查他的房子。我敢肯定他们会找到我的手风琴。没有其他人会犯这样的罪。如果情况不妙，或者有其他问题，就让我妻子找个律师。您可以做我的证人。我恳求您。

教授 我会的，迷迭香，我保证……

扬科把哀号的乐师拉开，为忧心忡忡的米莉察腾出位置。

扬科 让这位女士向她的丈夫道别。

佩塔尔 拜托，我只是想把普蒂默斯·赛维鲁交给教授带走，因为它现在完整了。如果我知道情会这样，我就会等您了。现在我真是难受，而且……对不起……教授，带我一起走吧。

教授接过雕像，紧紧地握着。

扬科 上吊自杀真是太任性了。（*扬科带佩塔尔到旁边，为米莉察腾出地方。她握住教授的手*）

米莉察 米修……

教授 我听到了……

米莉察 我知道这些故事都让你感到惊讶和不安。在生活中，每个人都会对别人做错事。那些没有过分伤害他人的人是智慧与幸运的。我这些年来一直都在生你的气。我在这里听说，在我死后不久，你就开始和安吉丽娜住在了一起。

教授 米莉察……你在说什么？我？住在一起……

米莉察 我们下次再谈吧。告诉我妹妹安吉丽娜不要再扮演一个虔诚、假装圣洁的女人，因为全镇的人都知道她为什么住下来，抚养伊万和索尼娅；为什么她一直不结婚，为什么她那么多年来一直为你服务。告诉她，她让我失望透了。

教授 上帝啊，米莉察。你认为……

米莉察 我也想提些别的要求。如果有必要，为了家庭和睦，卖掉房子。说服政府管理者建一座新博物馆。你不能让我们的孩子吵架，彼此疏远。我会等你的。我会希望你尽快再来，但又祈祷你能活得越久越好。米修，我很难过……

女人开始哭泣，把头靠在丈夫的肩上。他温柔地拥抱着她……教授的呼吸越来越沉重。扬科在教授的脚旁，开始了他的告别演说。

扬科 亲爱的教授，您在这里只待了很短的时间，但是足以见识到我们死后是如何生活。您必须承认，这并不像他们告诉我们的那么糟糕。如果我们不像活人那样表现，我们会过得更好。相信我，教授，在我活着的时候，我决不会冒昧地为您在死后做一次演讲，因为当你不知道某人要去哪里时，你能对他说些什么呢？为死人唱颂歌是没有意义的。它们该在人活着的时候送上。这就是为什么死去的只有好人，而我们周围生活的都是堕落之徒。既然我清楚您现在要去哪里，我就斗胆给您做个生前演说。

斯蒂文 简短点。

扬科 从我们的远亲亚当爷爷和夏娃奶奶的时代开始，已经有将近 800 亿人在这个地球上走动、爬行、东奔西跳了。现在大约有 50 亿人，这就意味着 750 亿人已经离开了地球母亲。人类的历史就是死者的历史，被少数当下活着的人们保存和记载了下来。自从我们星球被命名以来，是什么谎言占着主导？一个天体，由 29% 的泥土和 71% 的水组成，人们给它取名地球，而不是它该叫的——水。这个错误的命名是最天真的谎言。但此后出现了越来越大的问题，直到最后，人们普遍接受，关注未来的人们与那些更愿意关注现世的人们相对立。关注现世的人们是未来的敌人——未来的朋友将他们的敌人迫害、摧毁、烧死在火刑柱上。就这样，未来取得了胜利。我们运用我们最聪明的头脑、我们最大的资源和我们最先进的技术来实现我们对未来的梦想。然而，在当今世界，每一秒钟，就有一个人死于饥饿。医学教授不会承认这点，但是今天最难以治愈、最危险、最致命的疾病确是饥饿。他们不会承认是饥饿，因为饥饿的治疗方法掌握在那些付钱让他们保持沉默的人手中。[①]

神情紧张的斯蒂文试图让他儿子闭嘴。医生也站了起来。

医生 你说的全是蠢话。你精神不正常。

扬科 人类的历史就是一部战争史，战争偶尔停止，以便发明新的武器，清除旧的武器。二十世纪是犯罪的顶点……

斯蒂文 这是最后一句了。我要掐死你！

扬科 如果有一天，有人来拜访我们的星球，在见到我们之前，他会听到我们的哀号和哭泣。这是我们文明最幸福的时刻，而你将很难找到三个见证人。他们中的一个将一直待在监狱里！亲爱的教授，等待您的是一切导致你您死亡的原因。再一次等待您的是一个不确定的未来；对我们死者而言，那就是确定的过去。您只不过是短暂的死亡。祝您生活安逸！

斯蒂文 愚蠢的老头儿。

医生 你对医学专业说了些什么。我不会原谅你。

米莉察 米修……米修……你能听见我说话吗？米修。

教授一动不动地躺着。他的手沿着石柱垂下。他平和地呼吸，安静地凝视着一颗遥远的星星。大家围在这个即将离开他们的人身边。米莉察轻声哭泣。扬科扶着这个心力憔悴的女人，其他人则满怀敬意地看着他们复活的朋友。

第四场 疯 狂

一夜之间，帕夫洛维奇教授的起居室又变回了原来的中产阶级的陈设。考古文物被“古典文学”、水晶碟、装饰盘和瓷人等收藏品所取代。家具上覆盖着装饰巾。镶嵌在镀金框中的家庭相片和哥白林装饰毯已经挂回墙上。预期中的博物馆什么东西也没有留下。在房间角落的瓷器柜上摇曳着一支即将

① 此处扬科的演讲为英译者意译。（译者注）

燃尽的蜡烛。人们还能闻到熏香的气味。泰特卡·安吉丽娜在大桌子后面，小心翼翼地熨烫着教授的黑西服，叹了口气。

泰特卡　米修……米修……

透过敞开的窗户传来的歌声虽然恼人，音量倒是不高。思迈恩匆忙走出教授的房间，拿着一个洗脸盆和一条毛巾。

思迈恩　还有多一点热水吗？

泰特卡把洗碗盆端去厨房。理发师走到窗前，摇着头，生气地说。

思迈恩　如果不是那个疯子医生拿走了我最好的工具，我可以把教授的胡子刮得很完美。

（泰特卡带着洗脸盆回来了）好吧，趁热打铁吧。在勒普那儿，他们并不打算停止庆祝。这是他们嚎叫的第二天。人们经常会受到原始主义的侵扰。

泰特卡　（无奈地）勒普已经努力让他们安静了，但是你能拿酒鬼怎么办？这条裤子上的褶痕快熨平了。

思迈恩　我现在也有麻烦。但我总是喜欢给教授刮胡子。诚实的脸颊是最好刮的。（理发师一瘸一拐地走进隔壁房间。泰特卡检查了熨斗的温度，并往上面洒水。思迈恩冲出教授的房间，脸色苍白、心慌意乱，几乎说不出话来）……教授……教授的嘴动了一下。（泰特卡看着理发师，好像他并不正常，继续熨着衣服。思迈恩怯生生地走到卧室的门口，朝里面看，过了一阵儿，好像看见了鬼似的大喊）他的手动了！他还活着！教授还活着！他动了，全身都动了！他还活着！

泰特卡·安吉丽娜放下熨斗，跑进教授的房间。有了她的到来，理发师壮起了胆子，靠近他复活的朋友，但是老太太被奇迹和喜悦吓呆了，把他推回客厅。

泰特卡　去找伊万。他去勒普家道贺了。我去叫医生。快去，快去……（理发师勉强走了出来，泰特卡颤抖着双手，找到了写有医院号码的便条。在她拨号时，熨斗烧穿了衣服，满屋都是烟）喂！……请马上叫伊莲娜医生接电话。对！你好！医生，教授他还活着！你问哪位教授是什么意思？是的，帕夫洛维奇教授。他全身都动了。是的，请过来。

窗外传来奔跑的声音。伊万上气不接下气，先进了屋。理发师也喘着气，一瘸一拐地跟在后面。泰塔卡倚靠在房门上哭了起来。伊万试图和父亲说话。

伊万 爸爸，您能听到我说话吗？爸爸……

泰特卡 医生正在路上。

老太太注意到了烧焦的衣服。她跑向桌子，拿起熨斗，把水倒在衣服上。思迈恩从教授的房间里回来，满面笑容，好像看到了世界上最美丽的奇迹。

思迈恩 他睁开了眼睛。他在看，好像认出了我们。

泰特卡 我正在熨他的西装，我很清楚要发生些奇怪的事。折痕不会持久。不会再有。

思迈恩 而我正在给他刮胡子，但是刮得很糟，好像这是我第一次拿剃须刀。

伊万走进房间，困惑地走向泰特卡。

伊万 爸爸说话了。

泰特卡 他说什么了？

伊万 他想要酸奶。

泰特卡 他要喝酸奶吗？嗯……有……有……我马上就去拿……马上就去。

伊凡 我不知这样是否太冒险？

思迈恩 这是否会阻断他的血液循环？

泰特卡 让我们等医生来吧。她最清楚。

思迈恩 她什么都不懂！她宣布那个人死了。上帝保佑，今天下午我们没把他给埋了。

泰特卡 大家五点半在墓地集合。得有人去取消……

思迈恩 你是说我们该去告诉他们。我可以去。

勒普·佩卡库没有打招呼就进了屋。她张开双臂，哭了起来。

勒普 是真的吗？我的客人刚告诉我。

伊万 他还活着。

勒普　我还以为是那些人喝醉了，发了疯。上帝原谅我，起初，我很害怕。（勒普朝教授的房间里看了看，然后走到窗前，朝她的院子喊道）他还活着！教授还活着！

与此同时，可以听到手枪和步枪发射的声音。音乐和歌声强烈了起来。勒普走到伊万身边，像母亲一样拥抱着他，大声哭泣。教授疲惫、颤抖的声音从隔壁房间传来。

教授　我要酸奶！酸奶！伊万！

人们安静了下来。吃惊地靠近门口。勒普尖叫着，向后退了几步。理发师向窗口退缩。伊万一个人走进教授的房间。

伊万　躺下，爸爸！躺下。您不能起来！爸爸…

不一会儿，伊万和教授出现了，儿子扶着疲惫不堪、颤颤巍巍的父亲，他的右臂下夹着赛普蒂默斯·赛维鲁的塑像。老人停下来默默地看着在场的人们。勒普努力微笑，但脸上却笑不出来。理发师全身立正，好像站在一列士兵当中。教授转过身，用一种几乎要发火的声音命令泰特卡。

教授　我要酸奶……安吉丽娜，你听见了吗?

泰特卡　马上，米修，马上……我不敢……

教授　我渴死了。扶我坐下。

伊万帮助父亲在皮扶手椅上坐下。老人坐在那里，茫然地看着房子。他发出命令时，痉挛地握着罗马皇帝的雕像。

教授　二十年来，我一直想要把这所房子变成……某些……伊万……我挖出的文物去哪里了?

伊万　我会向您解释的，爸爸，不要……

教授　伊万，伊万……没关系。等我好一些，就去镇上的行政委员会……关于这礼物，我会终止协议。妈妈这样要求的……出于对她的爱，我会照做。她向你问候，还给了你一些嘱咐……要像兄妹那样和平相处。当我和她说了你们的孩子，她哭了。

人们听着教授的话，试图理解他所说的内容。

伊万　什么妈妈，爸爸?

教授 你有两个妈妈吗？米莉察，你母亲！

伊万 我妈妈，米莉察？她给我捎口信？

伊万震惊地看着父亲，而泰特卡、勒普和思迈恩惊讶地面面相觑。

教授 没错……我原以为她会理解我，会站在我这边……，但根本不是这样……你是她的一切……噢，上帝，你妈妈可真美啊……当我看着她时，我心想……这样一个美人……我真配不上…

泰特卡 激动地走向病人的椅子。

泰特卡 米修，您见到米莉察了吗？

教授 我见到了她，和她说了很长时间的话。把酸奶给我。

泰特卡递给他一个大杯子和一根茶匙。教授试图要吃，但大部分酸奶留在了嘴巴和下巴上。伊万在一旁看着他父亲，勒普和思迈恩低声耳语。很明显，只有泰特卡相信教授所说的话。她的好奇心越来越大。

泰特卡 我姐姐怎么样？她说了些什么？

教授 她说了什么？她想的只有他。不管别人谈论什么，她总是在说他。

泰特卡 我不想说死者的坏话，不过在她生前，她就喜欢伊万超过了索尼娅。

泰特卡去橱柜拿了块布，擦了擦挂在窗户旁墙上她姐姐的照片。教授用茶匙指了指勒普。

教授 勒普……

勒普 我能为您效劳吗？

教授 过来一下。

勒普走到教授的椅子边上，好像一个吓坏了的学生般站着。

勒普 好的……

教授 你的丈夫向你问好……你的马尔科。

勒普 我的马尔科？

教授 你的马尔科……还能有谁？你也没有两个马尔科，对吧？

勒普 对不起，我可以坐下吗？（惊愕的女人拿了把椅子，舒了一口气，坐了下来。她试着整理思绪，平静地继续这段对话）那么你和马尔科也在一起？

教授 是的，在一起……而且我很高兴见到他。如果他当时没有死，像他那样强壮有力，他可以活到一百岁。

勒普 昨晚我梦见了他。我躺在沙发上，在折腾了这么久之后，想休息片刻。我做了一个有关他的梦。

教授 我知道。

勒普 您怎么知道的?

教授 我看见你了。

勒普 抱歉，您在哪里见到我的?

教授 在你睡觉的时候……你们在为某件事争吵，然后你很快就醒了。马尔科没法告诉你他所有的想法。他让我转告你，下次你梦见他时，不要提前醒来。（*伊万僵硬地坐在桌子旁边。勒普拿起一条精美的手帕，盯着正在平静地吃着酸奶的教授*）他刚一到，你就醒了。还有扬科说……思迈恩，你还记得扬科，你侄子……

思迈恩 哦，扬科，是的扬科。上帝啊，我怎么能不记得扬科呢?

理发师的腿已经发软，靠在椅子边上，勉强站着。教授若有所思地笑了笑。

教授 一个非常聪明机智、思路清晰的人。在我这辈子中没有其他人能像他刚才那样把我逗得哈哈大笑。

思迈恩 是的，是的……他很喜欢调皮捣蛋。

教授 嗯，扬科对马尔科说，“你那么气势汹汹，为什么你的妻子要梦见你？”他的确是……很生你的气……他说无论是作为妻子还是朋友，你都让他失望。我得告诉你这件事。

勒普默不作声，看着教授，不知道是该笑还是哭。

勒普 教授，您知道你在说什么吗?

教授 我知道，我只是把他要我说的话转告给你。他很生气……因为这场婚礼……伊利亚·鲁伊科维奇关掉了他的面包房，不是吗?

勒普 是的，是他关的，但是我儿子并不是和伊利亚结婚。他娶的是他的女儿比利亚娜。我已经和马尔科说过十次了，但他总是说这一句：“你怎么敢让我的敌人进我的家！”谁的家？你已经死了半个世纪了，这难道还不清楚吗？孩子们和你们的“工业战争”又有什么关系？他最希望看到的，如果我对他的了解没错，那就是让他的儿子搞大他敌人女儿的肚子，然后再离开她。这才是直截了当的巴尔干男人的报仇方式！几天前，他在午饭后偷偷溜进我的梦里，我和他说，“别再来把我的生活变得苦兮兮的，否则我就再也不梦到你了！回去吧，让我和孩子们一起过完我剩下的这几年。”

教授 我很清楚我所说的让人不开心，但是我必须……我答应过他们。我发过誓。

伊万 向谁发誓了，爸爸？您向谁发誓了？

教授 向他们所有人……我在灵聚地遇到的所有人。当我要离开时，他们向我告别，我答应要给他们捎口信。你哥哥也在其中，思迈恩。

思迈恩 我哥哥？斯蒂文？

教授 斯蒂文·萨夫斯基……

勒普紧张地站起身，把椅子放回到桌边。

勒普 我甚至不敢闭上眼睛。他出现时满脸都是面粉，气急败坏得像个狗杂种。他冲着我咆哮，又吼又骂，又啃又咬，他撕扯我，把我的灵魂撕成碎片！我对着十字架起誓，如果他再来找我，我会磨一根像电话杆那么粗的山楂柱朝他扎过去。

泰特卡 哦，勒普，不可能有那么可怕。

勒普 噢，不可能？他想把我逼进疯人院。我已经吃了五年镇静剂了。我去看医生，我的身体没有任何问题，但我的神经已经完全被这个该死的、挨千刀的人给毁了！大约十年前，他一直要我跟他去：“来吧，勒普，没有你我很难过。”你什么意思，马尔科？当他对我说这些时，我真的差点就死了。所以我试探他，看他到底能有多过分，我问他：“你想让我自杀吗？”他跳了起来：“是的！杀死你自己！杀死你自己！”马尔科，你可以去骗撒旦的母亲！愿上帝饶恕我。我朝他砸了一个水晶烟灰缸。鬼魂是没法击中的，但我砸破了一扇双层玻璃门。后来，他安静了下来，两年没再到梦里来找过我。

思迈恩不耐烦地等着这个神经质的女人冷静下来。她一稍稍停顿，思迈恩就向教授开了口。

思迈恩 教授，我哥哥说什么了？

教授 首先，他让我去找你的朋友伊利亚·拉伊科维奇，让他把斯蒂文的名字从桥边的那条街上给拿掉。他既不满意这条街的地段，也不喜欢它的外观。他对此非常生气。

思迈恩 教授，我已经和每一个人都说过这件事了。最近，我又建议祖尼奇先生去做一下工作，但是……

教授 这件事我们会妥善解决的。但是，还有另一件事我们就无能为力了。思迈恩，我亲爱的朋友，从今以后，你不能再给我刮胡子了……因为一个在亲哥哥身处险境、将被杀害时却背叛了他的人，不能做我的理发师，更不用说给我刮胡子了。斯蒂文要求你再也不要提他的名字。他说他被他的伤痛和那晚的记忆折磨着。那晚他被追捕，他求你让他进你家里去躲一躲，一直求到了天亮。

思迈恩 教授……

教授 思迈恩，安静地听我说……这个男人后来死于这些伤口。那么假如敌人那时出现了，人们可能会想，可能会想知道……

思迈恩 他们在警察局把我的腿摔断了，把我的脊椎掰弯了，就是因为他。他发动了战争。我发起了和平。他们有因为我而对他做了什么吗？如果我那天晚上让他进来的话，他们会在镇中心把我像山羊皮一样撕开。我为他牺牲的难道还不够吗？我当了四十年的瘸子！

教授 你犯了一个错误，一个巨大错误，思迈恩。

铃声打断了他们的争吵。泰特卡打着转，不知道该去哪里。

泰特卡 伊万，是什么在响？

伊万 电话。

泰特卡 有一天，我走到门口，冲着邮递员说“这里是帕夫洛维奇家”。他后退了几步，好像我疯了似的！

伊万 一座疯人院。

泰特卡拿起听筒。说了没几句，老太太就开始不知所措了。

泰特卡 是的……是的……嗯，他……我怎么和你说呢？你不该哭，没必要哭。不要哭！让你哥哥来解释吧。

泰特卡握着听筒，困窘地看着伊万。

伊万 索尼娅吗？

泰特卡 是的。她通过大使馆收到了电报。她哭得太厉害了，我没法和她说话。

伊万拿起听筒。他说得很详细，尽可能冷静地解释了新情况。

伊万 喂，塞卡……冷静点……爸爸还活着……不，不是弄错了……昨天晚上他去世的时候，也就是我们以为他去世的时候，我们发了电报。是的，现在情况变了。你以为我疯了吗？他在这里，他和我们坐在一起，不停地在说话。他很好，除了一个奇怪的后遗症。我们见面时，我会告诉你的。你想和他说话吗？嗯，我不知道现在这样做法是否合适……很好。（*伊凡扯了扯电话线，把电话递给他父亲。教授一直在看他从外套口袋里发现的几块石头*）爸爸，索尼娅打电话给你。

一听到女儿的名字，老人满脸幸福喜悦地笑了。他快速地拿起听筒，尽可能地扯着疲惫的嗓音大声说话。

教授 索尼娅，我的孩子！你好吗？嗯，有些妥协和让步，但不管你听到什么，我都已经振作起来了。不要哭……后遗症？什么后遗症？谁和你说的？伊万在说蠢话。我的外孙们怎么样了？他们被西班牙的太阳晒黑了吗？我迫不及待地想见到你。不要开行李箱。马上上车，马上来。我会私下告诉你一些非常重要的事情。我刚和你妈妈在一起。她向你致以许多问候。你知道吗，你和她现在是一样的年龄？你说“和什么母亲”是什么意思？你们这些孩子是怎么啦？你的妈妈，米莉察。你说得好像你已经忘记她了，或者是我结过一百次婚，所以你不认识自己的母亲？米莉察！你来的时候，我会告诉你一切的。好的，快来。

可以听到救护车呼啸而来。伊万赶紧出去等医生。思迈恩和勒普怒气冲冲地看着教授。只有泰特卡似乎理解教授所说的话以及他不寻常的行为。医

生来了，穿着一件白色的轻便大衣，手里拿着一个黑包。伊万在走廊里拦住她，快速而紧张地跟她说话。老人大笑着向她伸出手来。

教授 我又回来了。

伊莲娜 这是我第一次为做出了错误的诊断而高兴。我只是不知道。我不敢相信……您不想去医院……

教授 我还是不想去。

泰特卡 米修可以吃从冰箱里拿出来的酸奶吗?

思迈恩 好像她什么都知道似的。我的书包在哪里?

伊万悄悄转向伊莲娜。她一直盯着教授，他看上去比以往任何时候都更有活力。

伊万 爸爸是怎么了?

伊莲娜 我不知道。造成他昏迷的可能是脑炎、脑出血、血栓、脑瘤、颅骨骨折、尿毒症、糖尿病并发症……或许多其他疾病。如果我能在医院里给他做检查，我就会知道问题出在哪里。教授，您现在准备好，和我一起去做一个小小的检查。我犯了一个错误，再也不会犯了。请不要抗拒。

思迈恩 抗拒暴君吗?

伊莲娜 你说什么?

思迈恩 他需要一个检查，一个全面的检查。

伊万 泰特卡，把爸爸的东西准备好。

勒普 我来帮你。

伊莲娜 教授，我现在命令您，就像您在学校命令我一样:“伊莲娜，站在地图前面，要么背诵这周的章节，要么在日志里把它们写出来。”你现在必须听我的，就像我曾经得听您的 一样。

伊万 来吧，爸爸，救护车在等着。

教授 让我们不要讨论这个了！只要我活着，我就不会离开这所房子。伊莲娜，谢谢你为我担心，但我现在感觉很好。你的父亲给我做了检查，确定我是昏迷了。他说……

伊莲娜 我的父亲给您做过检查了吗？

教授 全面检查。你确定我死了。他断定我还活着。

思迈恩 他是位了不起的医生。在他活着的时候，他创造了很多奇迹。

伊莲娜 我的父亲？

教授 你的反应就像我的孩子们一样。你难道没有父亲吗？

伊莲娜 我有。

教授 他难道不是一位真正的好医生吗？

伊莲娜 他是。

教授 他了解科昏迷和临床死亡吗？

伊莲娜 当然。

教授 那么你还在奇怪什么呢？我没说给我做了检查的是面包师马尔科，而是你的父亲，著名的卡蒂奇医生。当我告诉他你接了他的班，多么诚实，多么光荣，你要知道他是多么高兴。他因为骄傲和幸福而浑身颤抖……而你却把他给忘了。是的，他想让你专心研究昏迷和临床死亡。因为这有可能让我们与数以亿计消失了的人们进行联系。他把这个任务托付给你。

伊万 你听到他的话了吧？这就是我和你说的。

伊莲娜对教授的情况越来越感兴趣。她专心倾听，好像他们正在她办公室里。

伊莲娜 他有没有指示我做别的事？

教授 有。离开，他就是这样说的，离开那些设备和电子仪器，用你的知识、能力和善良去治疗。几年前，在他的医院，也就是你现在的医院，一个活人被送去了另一个世界。也许是某些仪器出错了，或者是有了故障，也可能是某个医生的失误。

思迈恩 是某个医生，毫无疑问。

泰特卡 米修，除了我，你已经给所有人都带了消息，好像那上面没人要给我捎口信。

伊万 拜托，泰特卡。

教授　你真的有兴趣听吗？

泰特卡　当然啦。

教授　这会让人有点不舒服，但是如果你真那么想听，我就告诉你。现在看起来，这里的每一个人都应该为某事负责，为某事感到内疚。只有我们两人还是清白的，但事实并非如此。你姐姐米莉察已经不认你这个妹妹了。当我要离开那里时，她说人们已经告诉了她有关你和我的事……多年前的那些……

伊万　哦，新情况。

泰特卡不知所措、浑身僵硬、目瞪口呆。教授无可奈何地耸了耸肩，似有悔悟地说道。

教授　我以为没人会知道，但是，事实上，我在自欺欺人。这是我灵魂的罪过。我们单独在一起。孩子们都走了……

泰特卡　我的上帝！我相信他说的每一句话，但现在，我发现他已经疯了。我以为他真的和我们亲爱的亲人在一起。

伊万　在他告诉你这事以前，你相信他说的一切。

教授　还有因为你，我的儿子，一位出色善良的年轻人上吊自杀了。我的助手和朋友佩塔尔。当你把文物扔出屋子时，他承受不了了。

伊莲娜　今天早上这个人的确被送进了医院。教授，这是谁告诉您的？

教授　我刚跟他在一起，伊莲娜。我和他在一起，就像我现在和你在一起一样。我和他在一起，还有马尔科，你的父亲，还有他的哥哥……

（面对其他人怀疑的表情和言语，教授越来越烦躁不安，义愤填膺）我和这些人说过话！他们把这么多年来折磨他们、腐蚀他们心灵的一切都告诉了我。他们无法平静与安宁，因为我们，这些活着的人！这尊雕像是佩塔尔，我的好佩特尔送给我的。它原本没有头和手臂，但现在，你们看，它变完整了！这是罗马皇帝赛普蒂默斯·赛维鲁。在那里，有很多文物。在那里有一个伟大的文明。当我下次再死的时候，给我陪葬十来把铁锹、铲子和镐。把我的公文包和考古工具也打个包。他们在用手挖掘，整天整天地工作。我们发现了最不可思议的东西……看，这些石头就是那里的。我们还看到了一艘宇宙飞船。它飞过我们的头顶，我们向它挥手。这表明，在未来，我们将有能力联系死者。也给扬科打包一缸白兰地酒。

伊万和伊莲娜走到一边说话，而勒普、泰特卡和思迈恩则看着这个正在讲话的“疯狂”男人。

伊莲娜！把救护车从我家前门开走。别再叫了！它叫得我头疼。

伊万 泰特卡，把他的东西准备好。

伊莲娜 教授，您必须跟我来。

勒普 是的，他必须去，必须去……泰特卡，他的手提箱在哪里？

教授 我不会去医院！我不！

一个吉卜赛手风琴手走了进来。他四处转悠。没料到会撞上这群歇斯底里的人们在争吵。勒普找到了教授的夹克和拖鞋，正要打包，一见到他就把它们放在了桌子上。

勒普 你来这里干什么？

马老弟 勒普太太，请救救我们。鲁伊科维奇先生逼我们倒着拉琴，像蝙蝠一样挂在树上，拉像《索伊卡少女》那样的曲子。小提琴手拉迪沙舅舅像那样拉了一首舞曲，摔下来砸到了头。他们把他弄苏醒了，但是他不肯睁开眼睛。

勒普·佩卡库哼了一声，张开双手，把吓坏了的手风琴手推出屋外。

勒普 我很抱歉。我得去看看那边出了什么事。

教授 手风琴手！等一下。我有件事要问你。

手风琴手停下脚步，迷惑不解。他想看看是谁在喊他。教授稍稍抬了抬身子，用他纤细的手指指着马老弟背着的手风琴。

这手风琴。是谁的？

马老弟 是我的，先生。

教授 你确定是你的吗？

马老弟 是我的，还能是谁的？

教授抓着椅子的边缘，向手风琴手靠过去。

教授 他们不会凑巧喊你马老弟吧？

马老弟 只在背地里喊。总有些烂人会这样。

教授 我清楚了。你认识一个名叫迷迭香的乐手吗？

马老弟 迷迭香，我怎么可能不认识他呢？上帝宽恕他。我们一直一起演奏，直到他心脏病发作死了。

教授 你这个骗人的小偷。现在把手风琴给我，然后从我家里滚出去。从别人的坟墓里偷东西……

教授发疯般地抢夺着手风琴，试图从那个吓坏了的乐手身上拽下它。伊万和伊莲娜扶住颤抖着，几乎无法站稳的老人。

伊万 爸爸，冷静……爸爸！

伊莲娜 教授，求求您！

勒普 把他带走，他疯了！

马老弟 放开我，先生。这是我的手风琴。

教授 小偷……你们都是小偷！我没想到自己是和谁在一起生活……骗子……撒谎的人……

教授突然把手风琴从马老弟身上扯了下来，但同时失去了平衡，掉进了扶手椅中。医生向他跑去。伊凡也试图帮忙，但为时已晚。教授一阵痉挛地抬起头，费劲地试着深呼吸，仿佛在长时间潜水之后刚把头从水中探出来一样。他将双手伸出椅子，安静了下来。手风琴的风箱在他的膝盖上拉伸得不成样子，好像也喘不过气来似的。泰特卡·安吉丽娜哭了起来。勒普和思迈恩冷漠地划着十字。伊莲娜在做了简单的检查后，平静地宣布。

伊莲娜 重病的病人在临终前往往会有回光返照……请接受我的哀悼。（*在场的人们再一次向伊万表示哀悼*）趁救护车还在，你要我们送教授去医院吗？

伊万 是的……等一下……（*伊万重新系了下领带，去拨打电话*）喂……塞卡……是的……他不好……他又死了……冷静一点……我们尽力了，但是……来吧……我会等你。（*伊万若有所思地放下听筒，走向*

他父亲的椅子。他看了一会儿这些在场的人，然后用轻声的、小心到有点谨慎的嗓音对他们说）亲爱的朋友们，出于我的职责，我要在这个不幸的时刻对你们说些话。我相信，作为我父亲和这所房子的老朋友，你们会正确理解，更会加以尊重。情况是这样，我所要说的一切，都必须在这个时候说。我深感遗憾的是，你们目睹了由于我父亲身患重病而发生的一件极其独特的事。伊莲娜同志可以从她医学的角度解释他因昏迷而引起的行为，但我想要说的是这件事可以预见的后果。

马老弟 对不起，他们在等我。

勒普 伊万没说完前你不许走。

伊万 你们很清楚，在我们镇上，有这么几个人，甚至是一小群人，会从我父亲临终前的故事、从他的言行中寻找特别的满足感，他们还会用自己的方式对此加以解释。即使我们照顾重病的方式也逃不过他们添油加醋的私下议论。这里发生的一切将成为我们敌人的流言蜚语。在这个城镇的各个地方，充满恶意、带有偏见和造谣中伤的谣言将开始传播。我预计，很快媒体也会对此进行报道。

勒普 他们正在伺机而动。

思迈恩 一个人可以战胜一切……除了人言。

伊万 正如你们所知，我父亲的一生都在为这座城镇的福祉和繁荣而奉献，首先是作为教师，然后作为社会文化工作者，为保护古迹和历史遗址而奋斗。可以说，他做这一切时都带着纯净的心灵和良好的意愿。目前为止，他有两次作为年度工作者入围十月奖。据我们所知，最能让他满足的就是来自他自己国家的人民以及全世界人民的认可。每一个级别的科学家们都表达了对他的感激和尊敬。然而，事实却是，他从未真正得到过与功绩相当的奖赏。我告诉你们这些，是为了强调我们不能允许这样一个人的形象遭受嘲笑和恶意的攻击。我向你们的良知提出恳求，同时作为朋友，请求你们，不要将这些事传播出去。这些事就仅限我们知道，就我们几个在这所房子里的人知道……今天下午，我们将以父亲应得的方式送别他。我还要代表我妹妹索尼娅，感谢你们在过去两天里所给予的关心和照顾。谢谢你们。

勒普受不了伊万的讲话。她哭了起来，紧紧地拥抱着这位失去了父亲的儿子。

勒普 伊万，我的儿子……为什么他们又开始吵吵闹闹？（她走到窗前愤怒地喊道。）安静！你们那儿安静点！教授死了！怎么啦，萨瓦？你为什么尖叫？他没有还活着。我们只是以为他还活着。大家都冷静下来。（伊万又从橱柜里拿出酒瓶，往杯子里倒白兰地。医生一言不发地拿着她的包，匆匆离开了房子。人们惊奇地看着她离去）

勒普 她怎么了？

思迈恩 她像她妈妈一样疯了。

伊万越过痛苦的泰特卡的肩膀，向马老弟伸出手。

伊万 我不认识这个人，但我希望他能理解我。

马老弟 我理解，先生。

勒普 如果我听到他那么多事——

泰特卡 如果他说什么的话，他会因为手风琴而坐牢。他知道怎么样做才最聪明。

人们愤怒地看着这个头脑简单的泰特卡。

伊万 泰特卡，看在上帝的分上，你不明白我的意思。你干吗要说监狱？谁提监狱了？我说……

勒普 她真是老年痴呆了。

思迈恩 有好几年了。

泰特卡 我知道你说了什么，我的孩子。但我是说由于盗墓，他将被判刑……

马老弟 什么盗墓？

伊万 她又来了！泰特卡，拜托……

激动的人们试图向惊慌失措的泰特卡解释问题出在哪里，告诉她她误解了一切，而泰特卡了解了他们的意思，但却依然故我。与此同时，教授的灵魂再次来到了灵聚地。在那边，朋友、熟人、同乡和他的妻子米莉察在等着他。面包师马尔科是第一个注意到他的人。他满脸面粉，嚷嚷起来。

马尔科 教授来了！是教授！

史蒂文 米莉察，你的丈夫来了！

扬科 他拿来了手风琴！迷迭香，是你的手风琴！

迷迭香 教授，我像兄弟一样感谢您。我要吻您的手……

米莉察 米修，你为什么这么快就回来了？

佩塔尔 教授，看看我发现了什么！

医生 我们刚好很想唱歌！迷迭香，给我们起一个调，马上。大家安静！准备好了吗，先生们？

死者们为教授的到来感到高兴，唱起了他们的歌，歌声优美且响亮。

死者合唱团

山上的樱花，
正在迎候春天。
在我出生的地方都是这般景象，
但是我已经不在那里了。
我不再在那里了。

藤蔓在栅格上变绿。
将旧门廊蜿蜒缠绕，
一切都和我记忆中的一样，
但是我已经不在那里了。
我不再在那里了。

歌声透过窗户悄悄传进老屋。对于那些正在去世的教授身边忙碌的人们来说，这就像是隔壁院子里的客人们在歌唱。只有教授知道是谁在唱歌，以及歌声来自哪里。正因如此，在他布满皱纹的脸上，露出了一丝不易察觉的、隐秘的微笑。

剧终

赫里斯托·博伊契夫：让荒诞邂逅希望的保加利亚剧作家

卡莉娜·斯蒂芬诺娃
桂菡　译

记录、悖论与意料之外的转型交汇成赫里斯托·博伊契夫职业生涯的独特标志。博伊契夫作品在国外的上演次数位居保加利亚剧作家之首，同时他也是作品演出范围最广的当代欧洲剧作家之一。具体来讲，博伊契夫作品的首演地点所涉及的地域范围着实广泛——从北极圈（在最北部的专业剧院——俄罗斯努里尔斯克极地国家剧院）到遥远的南非，从加拿大、美国到澳大利亚。总的来说超过了50个国家！与此同时，博伊契夫的剧作却从未被列入索菲亚国家剧院的项目。自2010年起，他便以现代欧洲戏剧代表人物以及贝克特和尤内斯库继承者的身份在美国大学学习。在这一时期，他的戏剧作品始终没有被选入保加利亚戏剧相关教育机构的课程。事情并非总是如此。在1989年，博伊契夫在其家乡被授予了“年度剧作家”称号，其40部作品正巡演全国。这距离他处女作（《那件事》，1984）的首演仅有5年之隔！然而同年年末柏林墙倒塌，同东欧其他国家一样，保加利亚的戏剧艺术舞台也被政治垄断了：街道、议会以及电视里发生的事情远远比舞台上呈现的更有趣、更重要，因此很大程度上来看，“真实”戏剧在相当长的一段时间里丧失了原有的观众、地位及其稳定的经济来源。这一情形于5年后终于得以扭转，1997年《上校的信鸽》一剧在英国文化学会举办的剧本大赛中一举夺得全球第一名的好成绩，这不仅让博伊契夫获得了国际声誉，同时也使“没有人在自己的国度是先知”这一谚语得到了热议。博伊契夫的成功之所以会引起如此大的反响还在于他远离政治、同政党没有任何干系——这大概是第一例不掺入政治因素的成功。博伊契夫从不从属于任何政治机构，他也从来没有为加入这些机构而作出任何特别的努力，在某些情况下他甚至还对它进行过嘲笑。在保加利亚，像博伊契夫这样的人通常会得到沉默与忽视的“奖励”，所以博伊契夫获奖当属一则彰显了在国际上功成名就、在当地备受冷遇的惊人反差的案例。

博伊契夫接受的是机械工程方面的教育。他 1950 年出生于保加利亚北部的一个小镇，1967 到 1985 年间在该地工作——最初是做技术顾问而后成为工厂总经理。直到第一部作品取得成功后他才进入国家戏剧电影艺术学院研读戏剧学专业，不过，尽管他修完了五年的课程但是因从未完成毕业论文所以终究没有拿到毕业文凭。1989 年后，他开始了作为电视台记者的职业生涯，参与制作了最著名的讽刺节目。接着他创办了个人栏目，虚构出一位政党领导人物并因此广受欢迎。他付诸的努力最后在一次轰动性事件中达到了高潮，1996 年，博伊契夫同他一位讽刺剧作家朋友一起参加了十分真实的模拟总统竞选（竞选总统与副总统）活动，两人收集了足够多的签名来支持他们在该活动举办的三十天中在黄金时段里展开竞职演讲。这无疑是一个独一无二的实时讽刺秀，值得注意的是，这一举动也为他们这对组合赢得了大约百分之二的选票。

恰巧就在这一年，博伊契夫看到了被媒体冠以“剧作家奥运会”之名的 BBC 比赛通知，他提交了自己的作品。1997 年他被邀请到伦敦国家剧院参加比赛闭幕典礼，由于没有被告知任何相关获奖信息，所以博伊契夫满怀希望地期待自己能够拿到一个地区级名次。结果他却得知就在一个小时前自己的剧目被评审团评定为来自全球 400 多个作品中的第一名。颁发给他奖项的不是别人，正是哈罗德·品特。颁奖词评价其作品是“愉悦、神奇、特殊并可对我们当下时代有所启发的漫画式寓言”。

接下来 4 年的光景中，《上校的信鸽》被迅速搬演到 26 个国家的舞台上。1999年，它获得了另外一份殊荣：意大利恩里克·玛丽亚·萨勒诺奖（Enrico Maria Salerno）。同年，该剧法文版上演于阿维尼翁戏剧节，而英文版则在伦敦盖特剧院上演且收获如潮好评。“《上校的信鸽》，”英国戏剧批评界的老前辈迈克尔·比灵顿写道：“……是一个不同寻常的作品：带有政治色彩的巴尔干版飞越疯人院，它颠覆了我们对于疯狂与理智的所有传统定义。”[①]10年后，该剧诸多俄国版本之一亮相于莫斯科金面具节（Golden Mask Festival），20年后的今天，它已经在全球30多个国家上演过100多个版本并且还在世界舞台上继续呈现！

《上校的信鸽》一剧的灵感源于博伊契夫在保加利亚报纸上读到的一则新闻：一座位于巴尔干山脉的破旧修道院里有一所精神病院，那里缺乏药品、衣物、食物与医护人员。这一点非常重要，因为它是博伊契夫写作风格中的一大特点。也许博伊契夫可以被看作是荒诞派的“法定继承人”，实际上他的剧作在原则上深深扎根于保加利亚（巴尔干）现实生活中的荒诞，博伊契夫创作了斯坦尼斯拉夫斯基[②]风格的文本，作品也以这种方式为人所感知、为剧院所呈现。简单归纳来讲，博伊契夫的创作有两个基本点出发。首先，有一个充满了荒诞的现实，只需将其稍加夸张就会让人感到它是虚构的；其次——这点更为重要——这种荒谬是可以被一种极其重要的态度克服的，尽管可能需要付出很多努力，但在最后回头想想我们可以一笑而过。这种态度源于一种为生存而不断斗争的传统，它代表了坚韧、坚强以及热情。所有这一切都与人性缺失背后的绝望与极度沮丧相反，它为这种诞戏剧注入了生命。

由此我们可以肯定地说，无论是在我们（保加利亚和巴尔干）的散文领域还是戏剧领域，博伊契夫都是擅长讲述故事的那类作者的卓越代表。他的作品构建于现实与虚构之间，看似离奇，但在细节、情境方面却又百分百真实。或者说，他把想象中的诸多元素“嫁接”在了事件上，使后者变得丰盈，最终成为一个被高度虚构过的新的实体。

就这样，博伊契夫将报纸上的一则信息作为构思的跳板，使它立体起来。

① 《疯狂战略》，迈克尔·比灵顿著，《卫报》，1999年4月10日。
② 《斯坦尼斯拉夫·斯特拉列夫和荒谬的保加利亚（巴尔干）风格》，本选集第一卷作品《罗马浴》前言。

他把复杂却又易于辨别的人物放置进这座修道院改建的精神病院，在他们之间建立起有趣、悲伤、深刻的人际关系。此外，博伊契夫还从当时正在进行的前南斯拉夫战争与保加利亚因加入欧盟北约而产生的冲突中采撷了一些信息运用在剧作里，所以我们依稀能够从作品中辨别出现实的影子。比如人道主义者将物品误投到修道院院子，这与现实中某战区发生的真实事件相互呼应；再比如在不同版本的演出中，病人们将联合国或北约的制服套在身上，在此之前一直保持缄默的前俄罗斯上校一声令下，大家也给吉普车上涂抹上了与制服相对应的徽章与色彩。总之，在这部作品中，非虚构的事实成为推进情节发展、完成角色转换的驱动力。

然而，《上校的信鸽》中不仅仅彰显了保加利亚式荒诞戏剧的特色，这个国家其他重要的创作传统在作品中同样有迹可循。例如，喜剧有时候会产生意想不到的抒情性效果。在《上校的信鸽》末尾，大家终于抵达了斯特拉斯堡大教堂的广场，上校在临终前这样说道："我们将会找到那个完美的世界。我们会发现它，即便它在地球上不存在，因为死后我们会继续寻找。宇宙是永恒的，没有人到过所有地方来证明美好世界不存在。"除此之外，我们还可以发现剧中角色对生活的感知看似肤浅、天真甚至幼稚，但在这之下却隐隐闪现着存在主义与神秘主义之光。从这方面来看，博伊契夫可谓保加利亚现代主义戏剧家约丹·拉奇科夫及其作品《一月之旅》《飞行的尝试》的直系继承人——上述特点在后者早期作品中已有所显现，在后期更是成为其创作的重要特征。尽管这一特点在《上校的信鸽》中表现得并不明显，但它的的确确是存在的。例如身处群山之中的精神病人们开始规划旅程，他们决定通过候鸟（这正是剧名由来）同世界上其他国家进行交流，医生在他的日记中写道："鸟儿们成群结队地飞过群山。到了晚上我们会趁着它们休息用网捉住它们。他们为了不伤害到鸟儿，动作十分小心温柔，他们把消息绑在数百只鸟儿的腿上——消息发往斯特拉斯堡的欧洲议会、联合国教科文组织总部以及任何他们能想到的地方。鸟儿们向南飞往希腊，有些会飞得更远，演员说甚至会抵达南非。但是上校解释说，联合国在任何地方都有观察员，信息终归能够抵达它的目的地。"

从导演们的二度创作来看,《上校的信鸽》可被解读成一个讽刺的甚至是怪诞抑或古怪的戏，它可以被看作是人（一群人、一个社会或是一个国家）对梦想永恒追求并因此团结一致的寓言。这个梦想虽简单却难以实现——有尊严地活着。这无疑是当下人们所需要的戏剧作品。就像比灵顿写的那样：在博伊契夫的作品中，讽刺与同情总会交织出现。讽刺军国主义的僵化与所谓的正常，同情一群渴望被欧洲接纳的、只能通过候鸟同外界沟通的无可救药的乐观主义者……但使博伊契夫的戏剧作品如此深刻复杂和人性化的原因在于它使用疯子的转变作为载体，既对社会标准进行了攻击又对有远见的理想主义表示了认可。

《上校的信鸽》故事发生的时间地点或多或少有所交代，在某种程度上作品的隐喻力量也与之相关。不过博伊契夫的下一部同样成功的作品《泰坦尼克号管弦乐队》(2000）却没有设置具体的时间与空间。或者，更确切地说，在这部作品中，世界不再被时空概念所定义、所感知。剧中的世界就像经历了另外一次大爆炸，一群人碰巧被安置在一个废旧的火车站里，火车匆匆驶过此地再不做停留，留下的只有一些零碎的东西（其实这些东西有时候是非常有用的，比如半满的瓶子)。细细想来，这个世界同我们所处的世界并无太大不同，我们的生活节奏如此之快，以至于很多人觉得现实生活不过只在眼前闪现自己却永远无法融入其中。

与之相应的是幻象经常在此地出现。一只熊在开火车，在卖票——这是火车站里的一位居民经常做的梦，他曾是这只熊的主人，常常让她做些杂耍来赚钱；然而，等从梦中醒来，他从她那里“购买”的门票总是在他的手中，总是在同一个日期……一旦火车停下，生活中更多不可思议的元素就会出现在车站：一个巨大的盒子从火车掉下到站台，从里面出来一位穿着燕尾服的魔术师，他自我介绍说自己是著名的哈利·胡迪尼。他承诺要教会人们“伟大的消失行动”，然而矛盾的是，人们通过他制造的幻象发现了存在主义的根本真理，比如他们只有独处的时候才会“消失”。该剧最后一句台词从舞台上最后一位等待着轮到自己消失的那位角色口中说出：“除了坐在这儿等他们回来，我别无他法。如果有人回来了，我就不会消失。”他等待着，不时打开

（盒子的）盖子："所以我等待着。"随后灯光熄灭，当它们再次亮起的时候，其他所有角色都出现在了舞台上。魔法师鞠了一躬。

我敢说《泰坦尼克号管弦乐队》最后一场是绝世杰作。这也很好地说明了博伊契夫戏剧具有普遍吸引力的主要原因。他笔下人物所居住的世界——也就是我们自己的世界——很可能正处于分崩离析的边缘，人们不仅对彼此愈发疏远，甚至进入了下一个更糟糕的境地，即个体内心深处的分裂。然而博伊契夫的人物却与这种境遇形成了鲜明对比，他们令人惊讶地融合汇聚，能够进行彻底全面的交流。这也就是为何从表面上看他们是一群失败者但实际上却拥更高的道德、存在准则。他们的灵魂不会受到已被腐蚀的外部的侵犯，也不会放弃人类固有的联系纽带。他们不孤独，他们拒绝独处，他们寻求亲密，他们需要彼此——这是他们固有的存在本性。因此，他们一定不会消失。

这一点适用于博伊契夫的所有创作[①]，也从根本上将其作品与传统的荒诞戏剧区分开来。温暖、同情、人类关系的自然本能以及人性中的正直、不屈不挠的坚韧——巴尔干半岛人与生俱来的这一切特点都在博伊契夫充满了不可抗拒生命力的剧本《斯塔提耶夫》[②]的台词中体现出来："在死亡列车之中我们依旧活着！"

他不仅仅是一位出色的保加利亚（巴尔干）荒诞剧作家，而且他成功地将这种独特的荒诞风格提升到了超越前辈的高度。他比巴尔干本地人更加敢于承担起荒诞创作，映射出我们当今世界中一些重大问题——如上述提及的无所不在的解体过程以及由此产生的混乱——恰恰是全然违背人性的荒诞。而且，更为重要的是他为他们指出了一条出路——唯一的出路，即面对隐藏的问题甚至嘲笑时，守住人性中的正直与人与人的联系。他没有采取一种说教的姿态，而是让我们感到这是再自然不过的事情。

---

① 沉寂了相当长的时间后，他将尼古拉·卡赞扎基斯（Nikos Kazandzakis）的《佐尔巴斯》（*Zorbas*）、斯科特·菲茨杰拉德（Scott Fitzgerald）的《了不起的盖茨比》（*The Great Gatsby*）和《独幕剧现象》（*The Monodrama Phenomenon*）改编成戏剧。他刚刚完成了一部新剧《入侵》，这部剧还没有上演或出版。

② 来自哥伦·布列戈维奇 Goran Bregovic 在电影《亚利桑那梦想》（1993）中的歌，导演是埃米尔科斯塔里卡，两人都来自巴尔干半岛。

创造与发展独创性境遇是博伊契夫所擅长的。不过，笔下的角色才真正是他的主力。他们就像是一群被当下时代的离心运动抛出了我们现存世界的人；然而就在飞向广阔寂寥宇宙之前，他们为保持完整而紧紧握着彼此的手，像跳伞运动员般组成了一个圆圈。在那里，在荒诞之上，他们创造了一个新世界，或者说他们修复了一个理应充满温暖与希望的真实世界。这让我们意识到我们所处的不过是真实的重影。

博伊契夫的戏剧可能会让观众震惊、大笑、思考，可能会唤起他们的同情，但最为重要的是它最终总能让人们充满希望——让人得以从荒诞泥淖中起身并超越其之上的希望。

上校的信鸽

赫里斯托·博伊契夫
朱迪斯·斯普洛斯特拉瓦　译（英文版）
桂蓝　译

人物

医生

斐迪索夫

演员

蒂琪

小偷

下士

海关人员

序　幕

医生　他们说精神病学领域没有一个正常医生。大概这就是我离开学院后选择在这个领域工作的原因：我时常因日常生活的荒谬而深陷抑郁之境不可自拔，哲学家称之为存在主义。是啊，我向来对自己缺乏信心。我一直相信矛盾冲突之中隐藏着许多真理，可是我却并不知道哪一个才能给予我以支撑。这就是精神病学家口中的“哈姆雷特情结”。我被告知，在地区精神病诊所——一个被世俗的悲催和拥挤充斥着的地方，非常需要一位像我一样年轻有活力的专家。不是去诊所工作，而是去到它的分部——山上一个以老修道院命名的、叫“四十圣殉道者”的地方——那里大概有十个有趣但无害的病例。“对医生而言那里不存在职业风险”，他们这样告诉我：“而且那里压根没有医生”。它在43公里外的地方。这是一场沿着崎岖山路的长途旅行。山峰越发荒凉、壮观，道路越发崎岖、破碎。一路上我们没有遇到任何人。终于，修道院的影子在一个满是凸起岩石的巨大峡谷尽头出现了。那种感觉就像是我到了巴尔干山脉最中心地带。

第一幕

第一场

夜晚。汽车发动声，前照灯灯光。

司机 这就是修道院了。我要回去了。要起雾了而且这附近有狼。

医生 什么狼？

司机 活狼！下雪前它们一直躲在这儿。

医生 那下雪后呢？

司机 他奶奶的会出来更多狼。

医生 那你们怎么把食物弄上来？

司机 我们不弄。

医生 我不明白。

司机 你会明白的。

医生 除病人外还有别的什么人住这儿吗？

司机 我告诉过你了，不是么？还有狼。

医生 我的天啊。

司机 没错。快走吧……

医院病房。床，椅子，一台老旧的电视机。演员背对门全神贯注地看着书。胡子拉碴的俄罗斯人在靠窗的床上一动不动地望着窗外，他留着蓬乱的大胡子和头发，显得毫无生气。他们都裹着毯子，里面穿着各式各样奇怪的服装。医生进来。

医生 晚上好。（他们头也不抬）

医生 （提高声音）晚上好！（没有回应）

医生 （喊道）晚上好！（依旧没有回应）

医生 （生气大嚷）对不起，你们聋了吗？我已经说了三次“晚上好”了。

海关人员透过另一扇门望进来。

海关人员 （看了医生很久，说道）我们是不是在多瑙河海关处见过面？

演员 （看见医生）你是新来的病人吗？

医生 我是新来的医生。

演员 （礼貌地）你好吗？我是戏剧学院的学生。你愿意听一段我的独白吗？

医生 我刚才说了“晚上好”。

演员 对不起，我没看见你。

医生 但我是大声喊的……

演员 我彻底失聪了，医生……

医生 （指着一动不动保持同一个姿势的斐迪索夫）他也聋了？

演员 我不知道，医生。我从来没见过他说话。我只知道他被称作俄罗斯人。

医生 看护在哪儿？

演员 逃跑了。

医生 你们在这儿怎么生火？

演员 我们不生火。我们住在同一个房间里来保暖。

医生 你失聪了对吗？

演员 彻彻底底。在我服兵役的时候有一枚炸弹在手里爆炸了——我丧失了听力，然后……

医生　那么，你现在怎么听得到我说话？

演员　我听不到。我靠唇语解读。不好意思，现在几点了？

医生　七点半。

演员　新闻还有半个小时就要开始了。

在此期间海关人员一直在一堆文件里计算着什么，她嘀咕着数字，自言自语。接着她跪下来。

海关人员　十九万五千,三百七十五！主啊，原谅我！（低声祈祷）

蒂奇　（后台传来大声敲门与呼喊声）我在这儿！

演员　一定是蒂奇。进来，进来。

蒂奇　（小心地打开门，站在门旁）我进来了。

演员　进来，来呀。

蒂奇　所有人都不许动。

演员　好的，好的。

蒂奇　好的，可是你动了。

演员　看，我已经不动了。（他站着不动）

蒂奇小心翼翼地走进来，背靠墙站着，用害怕的眼神打量着医生同演员。医生向前迈了一步，蒂奇原地僵持不动，非常惊恐，他举起一把红色手电筒指着他们。

蒂奇　不要动！越来越危险了！只要动一动你这辈子就得坐牢！

演员　这位是医生。

蒂奇　那又怎么样？法律面前人人平等。（蒂奇钻到最远的床下面）你们现在可以动了，但是谁也不能踩到我！

医生　这里发生了什么？

演员　他患有一种躁狂症，觉得自己非常非常小，他害怕别人会踩死他。

蒂奇　只有晚上是这样。我在白天很正常，但天色一旦开始变暗我就会变得特别小。我带着一个红色手电筒因为要是有人踩到我他会在监狱里结束一生直到腐烂。

海关人员 （从她的计算工作中抬起头） 三百八十，一千七百四十！主啊，原谅我！

下士走进来，他抓着自己胯裆处。

下士 我要把它切掉！（拿出一把刀）

蒂奇 到右面去！（拿手电照向右侧）往右走，眼睛看着路！

下士 我已经决定了——我这就切掉它！

蒂奇 下你的决心去吧但是看着你的路！

下士 （看到医生）有新病人？

演员 这是医生。

下士 （退缩）你是医生？

医生 是的，我是医生。

下士 （抓得更紧了）医生，我实在是太可怜了。

医生 它受伤了？

下士 比那更惨！我要切掉它！

演员 你可以待会儿再切它。新闻这就要开始了。

随着长长的吱嘎声，门慢慢开了，小偷出现在门口。他站在门口不愿进来。最后他坐在演员旁边。

演员 不要坐在我旁边。我已经一无所有了。看！（他把口袋翻过来）

小偷挪到下士旁边。

下士 我也什么都没有。看！（他把口袋翻出来）

小偷走到角落的空床前坐下。

蒂奇 （从下面喊）喔喔！别坐我上面！你会进监狱的！

小偷 我已经去过那儿了。那儿不比这里更糟。

医生 （对小偷）我是新来的医生。你遇到什么麻烦了？

蒂奇 什么麻烦都没有。我们才是麻烦。

演员 他是一个酒鬼。他把能偷的都偷了然后统统换了酒喝。

小偷 那不是真的。我偷东西，但是我不喝酒。

下士 那么，修道院的酒在哪儿？

小偷 我没偷那个。我只是发现了它。

蒂奇 那吉普车的汽油呢?

医生 什么吉普车?

下士 已经报废了。那是分遣队留下的礼物,士兵们还给了我们半吨汽油——也被他喝了。

演员 安静!新闻!

演员打开电视,正在播放的黑白色画面是新闻片头,但是没有声音。除了一动不动望着窗外的俄罗斯人,所有人都转身盯着屏幕。

医生 (惊讶地看着他们)它没有声音!

所有人 嘘!

医生 (小声地)为什么没有声音?

下士 音量功能坏掉了。

播音员出现了,他的嘴唇开始动。与此同时,演员紧紧盯着播音员,开始转述。

演员 女士们先生们,晚上好。今天地区战斗仍在激烈进行。联合国再次试图派遣护卫队进入被占领地区,但护卫队被敌对势力拦截……

灯暗

第二场

医生诊室。

医生 (通话中)你好,你好!是地区医院吗?请接主任医师!你好,喂?是主任医师吗?这里是“四十圣殉道者”。这里什么都没有……没有药物,没有床单,没有御寒服,食物……什么?军队的礼物?对,是的!有一些西红柿罐头不过它们早就过了保质期。什么?啊哈……尽快把它们吃掉,这样它们就不会变质了。好吧,好吧……那它们该什么时候吃?这里什么药物也没有……我需要一些新的药物……什么?药物!听不到我说话吗?我会列一个单子给你……喂?喂?

医生绝望地扔下听筒，开始从他的口袋里找什么东西。

医生 噢，上帝！

他打开他的包继续绝望地搜寻。有敲门声。

医生 （尖叫）不！

下士抓着他的胯裆走进来。

下士 太可怕了，医生……

医生 怎么了？

下士 彻底阳痿了！

医生继续从他的行李袋里寻找，然后走到药物橱柜前。

医生 （阅读药物上的标签）鲁米纳、安定、缬草……

他把药扔到一边，继续找。

下士 （重复）彻底阳痿了！

医生 你在这儿待了多久了？

下士 半年。

医生 你有妻子吗？

下士 我不知道……要是她没有逃走的话……跟你说，我在这里待了六个月了。彻底阳痿了！

医生 你有孩子吗？

下士 六个。看起来也就只有六个了……

医生 这还不够吗？

下士 好吧，要是不能再多了……（开始流泪）这真是耻辱，医生！周围的人全都在嘲笑我。要是一个吉卜赛人连这个都做不了他还剩下什么？

医生 你会痊愈的，用不着害怕。

下士 （叹气）喔！我知道谁能治好我，但是她再也不会跟我做任何事了。

医生 她是谁？

下士 海关人员。她是唯一能治好我的人。

医生 她怎么能那样做呢？

下士 她们什么都知道。

医生 海关人员？

下士 不。妓女们……我可以叫她进来吗？

医生 现在？

下士 她现在就在走廊里等着。（他打开门）进来！（对医生）告诉她她要帮助我。

海关人员走进来，她披着一张白色的床单，看起来就像位修女。医生继续找东西。

海关人员 你记得我，不是吗？

医生 何出此言？

海关人员 在多瑙河大桥上。卡车TIR29-86A的司机，索菲亚的牌照。我记得你们所有人。我过去每天都为十五辆车工作，整整工作了五年。

医生 这么说来你是海关人员？

海关人员 嗯，你这么说也可以。我就是海关“爱的殿堂”里一个孤独的海关官员。所有男人都认识我。

医生 所有的？

海关人员 五年，每年365天，一共1825天。平均一天15个，也就是28375个人。我都写下来了。所有男人都认识海关人员。

医生 对的，但是这28375个人并不能代表所有男人。

海关人员 对，但是他们每一个都会向另外两个人吹嘘，那也就是65125，而且当他们向其他两个人吹嘘的时候……

下士 195375！那么多男人都能干那事，偏偏我不能。

海关人员 我深陷罪恶之中……

医生 你在进行什么治疗吗？

海关人员 治疗？我又不在医院，不是吗？

医生 那么，你在哪儿？

海关人员 在一个修道院，还能有别的什么地方？我告诉负责的医生说我想要去修道院于是他就把我送到了这儿。现在我可以赎罪了。我想要像特蕾莎修女一样。（她把床单裹在头上离开了）

下士 （在她身后）等等，回来。医生这就要告诉你一些事……

医生 不是现在。我今天的工作已经结束了。

下士去追海关人员。医生在他们身后想要把门关上但是有人正试图进来。

小偷 （后台）救命！救命！

最终小偷设法打开门冲了进来。

小偷 医生，他们打我！

医生 只可能因为你是个小偷。

小偷 我不是故意这么做的。

医生 关于修道院酒的事是真的吗？

小偷 我发现它在地窖里……

医生 然后你怎么做？

小偷 我把它喝了。

医生 还有汽油。

小偷 我也喝了。

医生 你喝了汽油？！

小偷 我先把它卖了……

医生 你在哪儿卖的？

小偷 塞尔维亚。

医生 你穿着睡衣跨过边境线？

小偷 我在一节软卧……我不是故意的。他们试图把我带到这儿进行治疗，但是我比之前偷得更厉害了。甚至今天……（往桌上扔了一堆钱）

医生 这是谁的？

小偷 其他病人的。

医生 立刻把它还回去。

小偷 没用的。我只会把它再偷回来。

医生 那你就保管好，他们需要的时候你就拿给他们。

小偷 我就是这么做的。看，（拿出一张纸）从演员那儿拿走700，还回了580。从蒂奇那里偷走1200，还回了900。我一直严格作着记录。我给海关人员的钱甚至比我从她那儿拿的还要多……

医生 好吧，那么，也帮我看管着。（他开始搜自己的口袋）

小偷 不用看了。我已经拿到了。

医生 （惊讶）什么时候……

小偷 昨晚。这也是你的。（给了他一盒安瓿）我用不着吗啡。（离开）

医生深吸一口气帮助自己从震惊中恢复，然后锁上门，打开安瓿，把注射器插进胳膊。有人敲门。

演员 （后台）医生！医生！

医生 （喊）不在！

医生拔出针头，松弛下来。

医生 我所说的关于我自己的一切都是真的，除了一件小事——事实上我并不是医生。我只是个瘾君子。他们已经把我送去治疗很多次了——唯一的变化是我从迷恋海洛因到迷恋吗啡。在诊所里总是更容易找到吗啡……还有另外一件事：就在他们徒劳地想要把我治好的时候，我读完了所有关于精神疾病的教科书。这就是我为什么会有假扮医生的念头，这样一来我就可以得到吗啡了。现在我带着我的假文凭跟最后十支吗啡待在这个地方。我本希望能从这儿找到更多的，但这里什么都没有，我不得不等待下一次派送。就是这样。

灯暗。

第三场

俄罗斯人看着窗外，药效尚未消失的医生正在读病人记录。

医生 （读）迪米特里·斐迪索夫，49岁。父亲——俄罗斯人，母亲——保加利亚人。毕业于保加利亚军事学院、苏联参谋学校。波斯尼亚志愿者，在那里失去了家人并患上了严重的精神分裂抑郁症。两年没有开口讲话。在保加利亚没有在世亲人。

他抬头看看斐迪索夫。

医生　我们可以谈谈吗？

俄国人一动不动。

医生　今天几号？

没有反应。

医生　对……我永远都记不得日期……你过去是做什么的？

海关人员　长途卡车司机。一辆在莫斯科注册过的红色卡车。

医生　（大叫）你好！你能听到我说话吗？

演员　兵营爆炸以后我也说不出话来了，直到我不得不训练——我学着去倾听。我盯着中士的嘴巴然后学着其他人的样子做。一开始我学会听“立正！”接着是“向左”随后“向右”，然后是“快速前进”，渐渐地，我进入了戏剧学院。

医生　在爆炸后？

演员　是的，在爆炸后。一年后我开始能依靠唇语听懂每个单词。我准备考试，学习独白、对话，通过了所有的考试最终被录取。整个面试小组都在为我鼓掌但没有一个人意识到我什么都听不见。他们叫我“大眼睛男孩儿”，因为整个过程里我都睁大眼睛盯着他们在说什么。他们让我把那首诗背诵了五遍。

医生　哪首诗？

演员　“两只漂亮的眼睛”——我现在就开始背诵……

下士　新闻开始了！

医生　那么在学院里发生了什么？

演员　我在那里学习了一个月然后收到了军队的来信。团队指挥官给学院写了一封感谢信——“我们非常感谢你们对这个不幸的人作出的崇高举动。尽管这个男孩儿完全聋了但他非常有天分，等等，等等”。

医生几乎睡着了。

下士　新闻开始了。

医生　我们不是已经听过了么？

演员 女士们先生们晚上好，今天地区战斗仍在激烈进行。联合国再次试图派遣护卫队进入被占领地区，但护卫队被敌对势力拦截……

医生 你——你每天晚上讲的都是同一件事。

演员 我为什么不编造一些新闻？我告诉你们新闻是什么——就是按照它真实的样子。

下士 至少把逗号换换，你已经连续六个月用同一个台本了……

演员 不对！比如现在我说今晚他们会通过飞机提供人道主义援助。我昨晚就没这么说。

下士 不，你说了。

演员 我没提到飞机。

小偷 对我来都一样。问题在于，这个文本需要换一换……

演员 我不能改变新闻。新闻不是独白。我知道很多独白，每天晚上我都能背诵给你一个不一样的。听着，我要开始了。第一段独白——这是一个悲喜剧……

他们都朝着门口走去。

演员 就一个！来吧！就一个。

他跟在他们身后冲出去。只有海关人员与下士留在舞台上。

下士 拜托了，你是唯一一个能够帮助我的人。

海关人员 我告诉过你，走开。

下士 只是躺在你身边？

海关人员 不！

下士 但是你知道我什么也不会做……

海关人员 就连想想都是一种罪过。

下士 好吧，你不需要想任何事情。我会自己解决。

海关人员 不！

下士 求你帮帮我，我病了，这是种慈善行为。

海关人员 不！

下士 这是一种慈善行为，上帝会原谅你的。上帝会原谅你做的一切。

海关人员沉默。

下士 他会原谅你做的一切事情的！

海关人员 你真这么觉得？

下士 当然。上帝爱那些做善事的人，即便他们有罪。对他而言有罪的人比正义的人更为可贵。医生就是这么说的。

医生在睡梦中嘟囔着什么。

下士 你听到了吗？

海关人员 蒙上我的眼睛，这样我就看不到罪恶了。

下士 好。（他蒙上她的眼睛）

海关人员 还有你自己的。

下士 好。（他蒙上自己眼睛）

其他病人踮着脚进来兴致勃勃地等着看结果。

海关人员 （在身上画十字）主啊，原谅我！

下士 主啊，救救我！

其他病人充满期待地围着他们。他们两个人躲到了床后……过了一会儿，下士流着泪站起身。

下士 哦，主，您为什么要如此惩罚我，为什么？

海关人员 谢谢您，我的主，救我脱离罪恶！

下士 你为何要惩罚我，上帝？我生来就是个吉卜赛人还不够吗，而现在……我是吉卜赛人但是我也是个男人啊，难道不是吗？你会看到的，上帝，你会知道我们是谁，我们吉卜赛人！

他对其他病人大发雷霆。

下士 你们都盯着看什么看？你们不知道我们、不知道吉卜赛人吗？你们不知道吗？你们才是吉卜赛人——我是罗姆人。罗姆人！是我们，罗姆人，创建了罗马。你们听说过母狼喂养的罗穆路斯和莱姆斯兄弟俩么？罗穆路斯是纯正的罗姆人。这就是为什么城市叫作罗马——用意大利语说是Roma，是从“罗姆”这个词来的。罗密欧跟朱丽叶呢？罗密欧也是罗姆人[1]。罗曼·波兰斯基？也是。我们罗姆人有一个州——罗马尼亚。在春天，在布拉西奥的吉卜赛会议上，他们要让我当选吉卜赛男爵。到时候你们就知道我是谁了！你们等着瞧！

他气得流下了眼泪，不由自主地抽泣着离开了。

灯暗。舞台转为暴风雨的夜晚。狂风呼啸，电闪雷鸣。暴风雨里夹杂着飞机低空飞行的轰鸣。

医生 冬天到了，大雪封了山路。没有人关注到我们，所以我们，六个疯子和一个瘾君子，被这高山上的大雪掩埋着。前线传来的永远是同样的消息，我对它压根没有兴趣。我拥有另外一个可以让我时常躲在里面的世界——一个不存在的但是非常美丽的世界，那里的人们都像是天使，在那里我像个人一样有尊严地活着。但现在只剩下几瓶安瓿了，我不得不去别的地方找一些。那一夜的暴风雨一反寻常，一场十一月中夹杂着雷鸣的暴雨。我们整夜都能听到头顶上方迷航飞机的声音。然而最令人诧异的是我们第二天早上在修道院的院子里所发现的……

第四场

大清早的修道院院子。村庄传来鸡鸣。院子中央有一个印有联合国标志的大纸板箱，上面还拴着降落伞，无疑箱子就是被这么投放的。小偷出现了。他围着箱子盯看了很长时间，偷偷瞄了一下四周，试图把它举起来——结果是徒劳。他冲到院子外，回来时候带着一个袋子，他迅速地把降落伞装到里面。就在这个时候，演员尖细的声音响起。

演员 住手！

小偷 僵硬地举起双手。

演员 这是你从哪儿偷来的？

小偷 哪儿都没偷。它就在这儿。

---

① 对于吉卜赛人，被称为吉卜赛人是一种贬低，他们喜欢自称为罗姆人。因此，这里说的“you' re the gypsies”我觉得应该是愤怒时的一种说法。

演员　昨晚它还不在这儿，不是么？

小偷　一定是昨天夜里掉下来的。

演员　从天上？

小偷　它还带着把降落伞，所以一定是的。（他把降落伞从袋子里拿出来）看，它有联合国标志。

医生出现了。

医生　发生了什么？

演员　这个家伙从联合国偷来一个箱子。

小偷　我没有。我是打算偷它来着可我还没偷。

医生　这是对被占领地区进行的人道主义援助。

演员　我昨晚不是告诉过你们吗——他们说了会空投物资过来的。

小偷　被占领的地区在五百公里之外呢。

演员　一定是暴风雨让他们偏离了方向。

医生　这是有可能的。

演员　他们不知道其中的差别。他们被告知往这个地方扔东西，然后他们就这么做了。

小偷　我们应该把它送回联合国吗？

演员　我们昨晚就没有东西可以吃了……

医生思考着。

小偷　这里面可能有止痛药，吗啡……我可以？

医生　去吧！

他们打开箱子，先是从里面拉出一面联合国丝绸旗帜，接着是冬季的迷彩服。

演员　军服吗？

小偷　不得了不得了，这个在塞尔维亚能立马卖出去。

这时下士气喘吁吁地跑过来。

下士　医生，我找到了一箱罐头食品还有巧克力。

医生　在哪儿？

下士　就在寺院后面。

蒂琪来了。

蒂琪　医生，附近森林到处都是箱子。

小偷　把它们全都带到商铺去！

医生　可要是他们来找它们呢？

小偷　谁会去找？英国人？

灯暗。黑暗里传来医生的声音。

医生　那里面当然没有吗啡。但从那一刻起我就不再往地区医院打电话了。我不知道在这场战争中谁对谁错，但是我确信如果有人需要帮助，那就是我们。

第五场

我们将会在一间普通病房里目睹一场悲喜剧。病人们把军队的制服套在病号服外，扣子没扣，不修边幅。他们头发永远都又长又乱，靴子上的带子也没有系好。此刻房间的中央放着一个打开的盒子，里面装满了食物，病人们嘴巴上沾满了白色奶粉，他们正直接拿勺子从袋子里舀着吃。

小偷　下士，别再给自己塞牛奶了。从今天早晨你就一直在吃，压根就没停过。

下士　我故意把自己给填满。希望这牛奶能治好我的病。

演员　牛奶会对生殖系统产生抑制作用。

下士　（把袋子丢到一边）你为什么不早点告诉我？我都吃了三袋了。

演员　你又没问……

蒂琪　（从床下）也给我一包。

小偷　没门。你太小了，你会掉在里面的。

演员　给你块饼干。

他往床下扔了一块。

蒂琪　就一块？

演员 你小，这就够了。

蒂琪 再来一条巧克力?

演员 一整条巧克力? 一个体重 100 克的人怎么可能吃掉 50 克的巧克力呢?

下士 去吧，给他一整条。让他也尝一下。

他给了蒂琪一条巧克力。

小偷 （对下士）他要是撑死了，那就是你的错。

下士 哦，管他呢!

他想了想，把巧克力拿了回来。

蒂琪 把它给我!

下士 我得先问问医生。

演员 （搜索盒子）这里面还有火腿……

他们都把头伸进盒子开始抢。这时随着一声巨响，门开了，一个响亮而威严的声音响起。

斐迪索夫 晚上好，先生们!

斐迪索夫威严地站在门口，他洗了脸、刮了胡子，剪短了头发，穿着全套制服。病人们都愣住了，包装袋连同勺子一起掉在地上。斐迪索夫挺直腰杆儿迈着军步进来，平静地坐在桌旁。病人们仍旧站着一动不动，难以置信地盯着他。

斐迪索夫 （用军事化口吻）稍息，先生们。（对演员）伊万诺夫?

演员 长官!（他本能地挺直腰背集中注意力）

斐迪索夫 来杯热茶，如果你愿意的话。

演员 是，长官……

斐迪索夫 （谦虚地）我是一名上校。

演员 真是个可爱的夜晚，不是吗?

下士 我是名下士，长官……

斐迪索夫 很好，下士! 如果你能刮刮胡子那可算得上是件不错的事情，你不这么认为吗?

下士 是，长官。

病人们逐渐从震惊中恢复回来，在下意识扣上制服上一颗颗扣子的同时，他们的军事本能也苏醒过来。演员拿着一只水壶进来。他敬了个礼。

演员 茶，长官！（他给斐迪索夫倒茶）

斐迪索夫 （看到床下的蒂琪）你，士兵，你在床下面做什么？

蒂琪 这样一来就没人能踩到我了，我非常很小。

斐迪索夫 你为什么这么觉得？

蒂琪 因为我病了，长官。

斐迪索夫 如果你穿上军装就不会这么小了。你是做什么的？

蒂琪 司机，长官。

斐迪索夫 你继续担任司机，大兵？

蒂琪 大兵波波夫，长官。

斐迪索夫 接下来，我们明天为什么不去点燃浴室锅炉呢，下士？

下士 长官！

斐迪索夫 去找些木材，十点钟把炉子给点上。

下士 是！

注射完吗啡的医生走进来，惊讶地站在门口。斐迪索夫站起来自我介绍。

斐迪索夫 医生，斐迪索夫上校愿意为您效劳。

这种情况让医生有点喘不过气。

斐迪索夫 伊万诺夫！

演员 长官！

斐迪索夫 为这位医生倒茶！

演员 马上，长官！

海关人员也出现在门口。斐迪索夫立正，微微鞠了个躬，为她拉出一把椅子。

斐迪索夫 小姐！（他示意她坐下）

海关人员一阵眩晕，她抓住门框。

灯暗。

第六场

普通病房。床排成一条直线，上面的毯子以一种军事化风格被折叠得有棱有角。病人们正拿一根带子把毯子边整理得像线般齐整。下士跪下来，闭着一只眼睛检查。

下士 仔细点，认真听你们下士的话。当你顺着这根带子看的时候，所有的边都得在一条直线上。第三张床上的毯子整理整齐。这才是上校希望的样子。

演员 他疯了，你不明白么？

下士 疯了，是的，与此同时他还很危险。并且强大。

蒂琪 （从床底下）往右一点。往右，留神你们这些靴子踩到哪儿了！要是踩到我，你们就得被送上军事法庭！

演员 睡觉的地方最好就是这个样子。上校一定会同意的。

下士 我从没听他说过一句话，他就是上校。就是这样——一旦做过长官，一辈子都是长官。带子拉直！

小偷 他三年没有说话了。他一直保持沉默，观察然后得出结论。我们并不知道我们与什么样的人生活在一起……

演员 他以前在莫斯科参谋学院。他还参加过阿富汗战争。

下士 你见到医生了吗？他什么都没说。就只是喝茶然后出去了。

小偷 医生！当来了一名塔曼斯卡亚师上校后，你还指望医生能说点什么？

演员 塔曼斯卡亚？

小偷 是的，先生！在戈尔巴乔夫执政的时候，他在塔曼斯卡亚分部。他亲自指挥坦克突击队还逮捕了两名叛军领袖，拿波斯地毯把他们裹着带出克里姆林宫。

演员 你怎么知道？

小偷 上校告诉我的。

蒂琪 骗子。上校从来不谈论自己。

小偷 闭嘴，要不我就踩你！

这时候斐迪索夫的声音从走廊传来。

斐迪索夫　集合，晚间点名！

下士　集合！快步走！

三个人迅速排好队，蒂琪蜷缩在床底下。

斐迪索夫进来。

下士　长官！部分人已到齐！

斐迪索夫　（命令）立正！点名！下士？

下士　到，长官！

斐迪索夫　伊万诺夫？

演员　到，长官！

斐迪索夫　佩内夫？

小偷　到，长官！

斐迪索夫　波波夫？

蒂琪　（从床底下）这儿，长官！

斐迪索夫　（严肃）你为什么不入列，波波夫？

蒂琪　有人可能会踩到我，长官。

斐迪索夫　大兵波波夫，入列！

蒂琪　我不能，我害怕，您不明白吗？看，我从头到脚都在发抖。

斐迪索夫　波波夫，入列！这是我的命令，迪米特里·费提索夫上校。

蒂琪　我想，但是我不能……求您！我这么小，非常小。（掉泪）

斐迪索夫　（尖锐大声）大兵波波夫，站起来！

蒂琪颤抖着慢慢站起来。

斐迪索夫　立正！

蒂琪本能地僵住了。

斐迪索夫　入列，快！

蒂琪费了很大力气，抬起脚迈着缓慢的步子挪进队伍里。

斐迪索夫　（冷静）先生们，军队自人类存在就已经存在，而军人的列队，自军队存在就存在。世界上每一支军队都取决于它的战斗队伍，当你站在队列中没人能够取代你的位子，因为如果那样的话这个队伍就会崩塌，继而军队会瓦解。伟大的军队之所以会失败就在于他们队伍崩溃了，而小型军队之所以能获胜归功于紧密相连的团队。但是这条队列，先生们，并非简简单单由人和士兵组成。它也存在于我们心中，如果我们心中的这条队列崩溃了，那一个男人就不能被称作一个男人。我们内心的信念支撑着我们所有人，所有社会，所有军队。因为一个军队的精神就是每一位士兵心中的信念。明白了吗？

所有人　明白，长官！

斐迪索夫　立正！向左转！向右转！

灯暗。

医生　（翻着教科书）理论上讲我很清楚斐迪索夫的状况：严重的偏执型精神分裂症。精神病学家称其为“dephrasing”。但没过几天其他病人也开始有了转变，就好像他们被斐迪索夫传染了似的。跟先前拖着脚走在院子里的稻草人大不相同，如今他们把胡子刮得干干净净、衣着整洁，人也聪明，成了一群特种兵。他们行动敏捷，讲话清晰扼要。很显然，斐迪索夫因为疾病所产生的指挥一切的信心与欲望在其他人潜意识里起了作用，他们毫不迟疑地接受了他的精神力量。

第七场

医生的独白被号角声打断。远处传来斐迪索夫的声音：“一……二……三”接着他们出现在院子里，打着赤膊全速前进。

下士　全速前进！

演员　（对小偷）现在我们真的像疯子……

斐迪索夫　不要说话，深呼吸！一……二，一……二……停！穿上衬衫！立正！稍息！（斐迪索夫在队伍前踱步）今天的任务如下：午餐前打扫庭院。午餐后，十四点到十六点，休息。十六点到十八点个人活动、吃晚餐，二十点后看电视、休息。明白了吗？

所有人　明白，长官！

斐迪索夫　有别的问题吗？没有……第二：从今天开始，我们轮流打扫房间和厨房。伊万诺夫！

演员　到，长官！

斐迪索夫　今天你来。

演员　是，长官！

斐迪索夫　现在……先生们，我们有件微妙的事情需要处理一下。迫于环境原因有一位女士同我们生活在一起。你们当然明白她需要搬到另外一个单独的房间里。

下士　但是那里没有炉子……

斐迪索夫　的确。下士，你帮我把炉子连同木头搬到安托诺娃小姐的房间去。

下士　是，长官！（对蒂琪）波波夫！炉子跟木头！快点！

斐迪索夫　我还没说完……

下士　立定！立正！

斐迪索夫　我已经听说有些东西从床头食柜里消失不见了。请对这一侵权行为负责的人把东西归还回来。

小偷　长官！

斐迪索夫　任何类似的行为都会导致行动者自身丧失穿军装的权利。懂么？

小偷　但是如果军营里没有小偷的话，那还怎么算是军营呢？

斐迪索夫　最后一点——一个诚实的、具备良好品质的人将会照看着我们的福利。你们会发现我指的是医生。我要求你们听从他的指令，去做他指示的一切——另外，无论什么时候见到他你们都要敬礼。

演员　上校！医生！

斐迪索夫　立正！向右看！

医生跌跌撞撞地走过来。斐迪索夫向前迈了一步，敬礼、汇报。

斐迪索夫　先生！全体就位，等待晨检。

医生　早上好，各位！

所有人 早上好，先生！

医生 有什么不满意的吗？

演员 完全没有，先生！

医生 彼得罗夫？

小偷 完全没有，先生！

医生 波波夫？

蒂琪 完全没有，先生！

医生 我听说你不再睡在床底下了？

蒂琪 我在队伍里感觉很好，先生。

医生 非常好。那么就不需要我再做什么了。干得漂亮，各位！

斐迪索夫 我们会努力的，先生！注意！为医生欢呼三声！好哇！

灯暗。

医生 命运赠予我一个很少有专家能够经历的机会——去见证发生在我眼前的一场社会心理学实验。但毕竟，每个社会都是一场只有疯子才会忽略既定规则的游戏。我的病人们如今生活在他们能够遵循规则的游戏中，所以他们不再发疯了。从另一方面来说，他们的生活甚至可以被评价为蒸蒸日上。我决定不去干预，让这个过程顺其自然地进行下去。我开始记录我所有的观察。我有了一个想法，我可以发明一种类似的诊疗方法然后申请专利。说不定我能够从中赚到些钱然后继续吸食海洛因。哦，上帝啊，毒品！毒品！毒品！（他把注射器扎进胳膊）

第八场

海关人员 早上好。

医生 早上好，请坐。

海关人员 我正在考虑离开修道院的事情。

医生 离开修道院？

海关人员 是的。

医生　你要去哪儿？

海关人员　我要参军。军队总是需要女人的。你没听说过大胆妈妈吗？

医生　我当然听说过她。

海关人员　我想要像她一样。所以，我将会在冒着生命危险的战场上为自己赎罪。我会照顾伤员，给他们精神上的慰藉。

医生　现在没有人受伤。

海关人员　会有的。

医生　是的，这是一种非常高贵的姿态。但是他们这些天不会接纳女人进入部队。

海关人员　我已经同上校谈过了，他说这是可以的。

医生　好吧，如果他这么说的话……

海关人员　我明天必须要去递交申请表。

医生　交给谁？

海关人员　交给上校。

医生　哦，当然……

海关人员　你需要给我一份医疗证明来证明我是健康的。

医生　为什么要医疗证明？

海关人员　上校说这是一贯的做法。你会给我一份吗？

医生　当然。给……（他填写一张表格）

海关人员　如果可以的话，两份……上校说的。

医生　没问题，这是另一份。

海关人员　没有签名。

医生　是吗？哦，是的……好了，这是签名。（签上名字）

海关人员　还有盖章……

医生　没必要盖章。

海关人员　有必要——上校想要盖章。

医生　好吧，如果这是他想要的话……这是印章。（他在表格上盖章）

海关人员　（满意，拿起证明）所以说我很健康，对吗？

医生　当然。

海关人员　那为什么医师说我疯了？

医生　任何人都可能犯错误。

海关人员　所以它是一个错误。

医生　我们每个人都会遇到这种情况。

海关人员　我要寄一份复印件给医师，让他不要再犯同样的错误了，免得让人心烦意乱。（离开）

第九场

夜晚，寝室。

斐迪索夫　那么，现在我们来清点一下我们所有物资。伊万诺夫？

演员　（对照清单）我们有食物，包括罐头和果汁，能吃一年。

斐迪索夫　下士？

下士　有足够多的衣服，够穿十年。

斐迪索夫　这就够了。彼得罗夫？

小偷　84马克，24美元还有45万旧塞尔维亚第纳尔。

斐迪索夫　我们要这些老第纳尔干什么？

小偷　我在换版之前偷来的……

斐迪索夫　它们要是新的话就更好了。

小偷　嗯，我已经不再偷东西了。但要是我被命令……

斐迪索夫　波波夫？我们交通运输状况如何？

蒂琪　有一辆吉普车情况还不错，但是它没有轮胎。

小偷　它有车胎但是……

斐迪索夫　这周末之前它必须有车胎。

小偷　是，长官！

蒂琪　没有汽油。

菲斯索夫　一周内必须找到。

小偷　是，长官！

演员　长官，请求发言！

斐迪索夫　嗯？

演员　新闻就要开始了。

斐迪索夫　各自归位准备收听新闻。

他们在电视机前坐成一排。演员打开电视开始转述广播。

演员　女士们先生们，晚上好。今天激烈的战斗依旧在进行。联合国再次试图派遣护卫队进入被占领地区，但车队并未成功通过。联合国一位新闻发言人宣布将会在英国空军的帮助下尝试飞行……

斐迪索夫　好……

小偷　非常好。他们有可能再次偏离航线。

演员　（继续）北约成员国已发表声明，如果该地区的冲突仍旧持续，它们将不得不采取果断行动来确保欧洲地区安全。北约发言人宣称几乎所有前东欧集团国都已申请加入……

斐迪索夫　只可能有一个结论——我们必须要加入北约（他用拳头猛击电视机，音效功能恢复，播音员声音响起：“今天激烈的战斗依旧在进行。”画外音夹杂着枪炮同塞尔维亚人的咒骂声）

灯暗。

第二幕

第一场

海关人员穿着军服，她穿过院子，后面跟着下士。

下士　求你了！我只是想试一试，没有别的意思。

海关人员　不！

下士　求你——作为战友。

海员人员　不！

下士 我感觉好多了。我只是想检查一下我是不是好了。

海关人员 听着，如果你再不停下，我就去告诉上校。

下士 为什么告诉上校?

海关人员 为什么不？你是个结婚的人但我不是。你自己应该知道你不该对我调情。

下士 你是认真的吗?

海关人员 是的。

下士 你信奉上帝，不是么？他会原谅你的。

海关人员 我现在信奉军队。

下士 那多瑙河上的那些罪恶呢?

海关人员 多瑙河大桥连同所有那些通向过去的大桥都被烧毁了，下士。

海关人员迈着挑衅的步子走到一边。医生出现了。

医生 你好吗，下士?

下士 好多了，医生。一个普通的士兵还需要什么呢？吃饭，睡觉，如果有机会的话……但是没有机会了。

演员上气不接下气地冲进来。

演员 医生，上校邀请你参加参谋部会议。

医生 所以说现在有了一个参谋部，是吗?

演员 是的，先生。

警报器尖声响起。演员和下士卧倒在地上。

下士 卧倒，医生！我们正在测试反核武器攻击系统。

灯暗。

第二场

参谋会议在院子里举行，一个匿名投票亭已经搭建好。

下士 医生来了!

斐迪索夫 立正！向右看！（医生进来）

斐迪索夫　进来，医生，我们现在可以开始了。（转向所有人）弟兄们！距离上帝赐予我们礼物已经过去一个月了，这就像上帝赐给旷野中的以色列孩子甘露。为了不被饿死、冻死，我们没有思虑太多就接受了来自欧洲文明的食物和衣服。但如今，凭着后见之明的智慧，我们能够平静地认识到这并不是一个简简单单的人道主义行为，在它背后隐藏了深刻的蕴意。这是来自上帝的启示，是对我们加入他们的一个邀请。由此，在经过长时间考虑后，我提议：第一，宣布我们部队成为联合国的一部分。第二，宣布我们所在地为独立的欧洲领土，遵守欧洲生活与国际关系准则。第三，与欧洲行政机构建立联系并作为欧洲飞地加入他们。有异议吗？没有。我建议我们现在进行无记名投票，如果有结果乐观的话我们将会签署基本的文件。白色选票代表“支持”，黑色的代表“反对”。

他封上一个标记了“巧克力”的空盒子，把它放进投票亭。

斐迪索夫　立正！快步走到投票台！

（他们一个接连一个投票）

医生！虽然您只是个平民但是您在这段日子中与我们同甘共苦，正因如此，您也应当有投票的权利。我以所有人的名义请求您——请，来吧！

一阵紧张的犹豫后，医生站了起来，慢慢走向投票箱。所有人都屏住呼吸等待着结果。医生离开站点，斐迪索夫庄重地打开箱子，大声宣布结果。

斐迪索夫　所有选票均为“支持”。所以现在我们可以正式宣布，我们的前两个提案已正式生效！

下士　立正！

斐迪索夫　通过无记名投票，我们宣布我们的军队是一支联合国分遣队，我们所覆盖的区域是独立的欧洲领土。这是我们的宪法法案。（他举起一张薄纸）

下士　万岁！

一阵有力的“万岁”声响起，海关人员缓缓将联合国的蓝色丝绸旗帜升上旗杆。下士与小偷把一个代表边境的界线碑石搬过来。

斐迪索夫 从现在起这就是我们的边境。任何人要离开都需要签证。

演员 所以我们永远都不可以离开?

斐迪索夫 大兵安东诺娃将被任命为海关官员。

下士 联合国的车队正在路上……

海关人员 不可能!

斐迪索夫 冷静!北约驾驶员有不一样的道德准则……

下士 所以他们都阳痿?

斐迪索夫 安静!安静!先生们,目前为止我们计划的前两项提案已经生效,而最后一个提案,也是最重要最难的一个,是联系上欧洲行政机构并与之整合。我希望你们对如何建立这种联系给予提议。

长时间的沉默。最后医生举起了手。

医生 上校,先生,我可以说话吗?

斐迪索夫 请讲。

医生 我知道此刻每个人都想到了在我的诊室中有一部电话,但是我认为将它用于这一目的是不明智的。只要电话被监听,我们很可能在尚未取得西方的支持之前就已经成了被勒索的牺牲者。

斐迪索夫 (停顿良久)我认为医生完全正确。不能使用电话。其他人有建议吗?

演员 战争期间我们用信鸽。

斐迪索夫 的确如此。

蒂琪 那我们就用候鸟吧。现在正是鸟群往南方飞的时候。

斐迪索夫 这是解决问题的一个办法。嗯,根据千万年来的军事经验,我们可以通过几百只鸟来传送消息,总有一只能传达到。

演员 他们的答复呢?我们怎么收到回复呢?

医生 回复自然会是同样的方式。

斐迪索夫 我们明天开始发消息。

灯暗。

医生　（做笔记）鸟儿们成群结队地飞过群山。到了晚上我们会趁着它们休息用网捉住它们。他们为了不伤害到鸟儿，动作十分小心温柔，他们把消息绑在数百只鸟儿的腿上——消息发往斯特拉斯堡的欧洲议会、联合国教科文组织总部以及任何他们能想到的地方。鸟儿们向南飞往希腊，有些会飞得更远，演员说甚至会抵达南非。但是上校解释说，联合国在任何地方都有观察员，信息终归能够抵达它的目的地。

第三场

每个人手里都拿着一只鸟，试图把消息绑在它们腿上。

下士　它啄我！我的手被啄伤了。

演员　它们之所以啄我们是因为不懂得我们的用意是好的。当我们放走它们的时候，它们就知道我们没有什么恶意也就不会啄我们了。

小偷　不知道这些该死的鸟儿会飞到哪儿！

蒂琪　不要骂它们，咒骂鸟类是一种罪过。

医生出现在门口，听着他们的谈话做着笔记。

小偷　为什么？

蒂琪　因为人是从鸟进化而来的。

小偷　人是猿进化的。

下士　人可能是的，但是下士不是。

小偷　我不知道下士的事儿，但是人都是从猿变成的。

蒂琪　对，但是类人猿属于哺乳动物，哺乳动物是从鸟演变过来的。所以人是从鸟进化来的，可能哪天还会变回一只鸟。

小偷　为什么偏偏就是鸟呢？

蒂琪　因为只有鸟和人类可以飞。鸟用翅膀，人类用灵魂。除此之外，鸟是高贵的杰作，它那么小又可以做出如此巨大的努力——帮助我们向千里之外传送上千的信息来救我们。

演员　无论大小，任何生灵都具备努力的能力。

蒂琪 从某种程度上来讲，是，在某种程度上，又不是。因为完成这项巨大使命的生物如此的渺小，相应的也就使这项使命显得更艰难。

下士 每个人都准备好了吗？

所有人 准备好了。

下士 那我们就放飞它们。

他们走向打开的窗户。

下士 注意！准备行动！三……四。飞吧！

所有人 飞吧！

扇动翅膀的声音，所有人都注视着离去的鸟，注视良久。

小偷 它们飞走了……

下士 人类可能来自鸟类，但是他们又不像是鸟。因为鸟总是可以飞到它想去的地方。而我们要不是因为上校，就得在这待一辈子了。

演员 这就是说，如果他想的话，人就可以飞了。

小偷 上校可以飞。我昨天亲眼见到的。

蒂琪 你疯了。

小偷 我知道。但是我看见了。他向一群鸟挥手，然后就慢慢离开了地面，距离地面一米大概半分钟，然后他又下来了。

演员 你喝醉了。

小偷 我不再喝酒了。我说的是实话。

蒂琪 那么，如果他会飞，为什么他还没有飞走呢？

小偷 因为他不想离开我们。也许他想教我们飞。

蒂琪 有时候，在我很小的时候的夜晚，我很想抓住一只大鸟然后飞走。飞很久很久很久，飞很远很远，然后去到那里传递所有信息。他们会看到我是多么弱小，会说，“这么小的生物怎么能飞那么远的距离呢？”然后我就会告诉他们：“我之所以成功是因为我的朋友在那里，尽管他们很大，但是他们和我一样不快乐。”接着他们会问：“他们为什么会不快乐呢？”那么我会回答：“因为他们疯了，没有人能理解他们。”

医生悄悄走开了。灯暗。

第四场

院子里。海关人员正在抚摸一只鸟。它的头插在翅膀下，她唱着孩子们给小鸡崽唱的歌哄它入睡。

海关人员 （唱）睡吧，睡吧，小鸡仔。你的妈妈是一只鸟儿，你的爸爸是一只狐狸……

斐迪索夫经过，敬礼。

斐迪索夫 晚上好，小姐。斐迪索夫上校愿意为您效劳。

海关人员 （把指头竖在唇前）嘘！安静！（她把睡着的鸟放下）它睡着了……

斐迪索夫 啊是的，真是……

海关人员 鸟儿们总是很快入睡。

斐迪索夫 真的吗……我没有注意过。

海关人员 而且我们不能在她们自然醒之前吵醒她们，否则她们以后就不歌唱了。

斐迪索夫 有趣。

海关人员 现在它在梦着什么？可能已经到一个热带国家了……有人在那里等她，她不会孤单……鸟儿们不能独自生活……

斐迪索夫 可能……也许……是的，是的，想想我们在学校学的……

海关人员 你不会学这些东西的……

斐迪索夫 美好的一天，今天……

海关人员 是的，是啊……

斐迪索夫 阳光太……

海关人员 是啊。

斐迪索夫 昨天也不太坏……

海关人员　不，不坏。

斐迪索夫　嗯对啊……不过不知道明天会怎么样。

海关人员　说得对，我们并不知道明天会怎么样。

斐迪索夫　也许这一周都会持续这个样子。

海关人员　也许吧，也许是的。

斐迪索夫　一旦天气变好它就会一直那样。直到它变坏前一直都会挺好的……

海关人员　没错。

斐迪索夫　在那之后它会又变好了……呃，嗯，好吧，再见。

海关人员　再见，我很抱歉……

斐迪索夫　为什么抱歉？

海关人员　嗯，你知道如何去进行一场合适的谈话，可我……

斐迪索夫　什么谈话？

海关人员　关于天气，还有别的一些……

斐迪索夫　哦，那没什么的……我可以教你，这很容易。

海关人员　真是太感谢了。

斐迪索夫　哦，这没什么的。小姐，我先走了。

他敬了个礼，然后大步走开了。

海关人员捡起地上睡着的鸟，抚摸着它，开始哭泣。

海关人员　哦，上帝，请不要让他们失去力量与光荣。男人实在非常非常容易失去力量与光荣。

灯暗。

医生　我们开始等待鸟儿带来我们的回复。院子里每天都有人值班，工作就是观察天空，其他人则是看有没有带着信息的小鸟儿落在岩石与树枝上。有时候有庞大的鸟群从北方飞来，它们一个接着一个地在峡谷上空飞行了几个小时。于是我们都走出院子，久久地凝望着天空，希望能够看到一只鸟离开鸟群到我们附近。由于注视时间太长，我们的眼睛感觉到了阵痛。

第五场

所有人都在院子里，他们扫视着天空，向鸟发出鸟一般的声音企图引诱到它们，他们的衣服同脸上都是鸟的粪便。不一会儿就会又掉下一坨。海关人员打着伞。

小偷 快看，看啊！又来了一批鸟！上帝啊，密密麻麻的，天都黑了。

下士 卧倒！

他们全都躲起来，鸟儿的粪便雨点般落在他们身上。

演员 看第七只，第四排右面那个！它腿上是不是有东西？

下士 你看不到那只吗？它飞得要低一些——有什么东西在坠着它。

演员 也许它带来了消息？不，不，它跟其他鸟一起飞回去了。

海关人员 西北方向又来了一只。比这只更大。

下士 卧倒！

他们再一次全体趴下，鸟屎再次像雨一样落在他们身上。

演员 没错，不过这是乌鸦，不是吗？

蒂琪 那更好！乌鸦是所有鸟里面最聪明的。

斐迪索夫 乌鸦很强壮，能传送各种类型的信息。仔细看，看看是不是有脱离鸟群的。

演员 看！两群鸟在空中撞一起了！

蒂琪 不对。你从这儿看起来好像是撞上了，实际上它们飞在不同的高度，永远都不会混淆。每个鸟群自己的飞行路线。

下士 要是高空群里有一只鸟儿带来了消息想要降落，那低空群的会不会妨碍到它……

蒂琪 不！不会的。它们会给它让出一条路。仔细看是不是让开了！

小偷 我们的消息是送到南边去的，为什么我们在看北方的鸟儿呢？我们应当向南看。

下士 对！非常对！我们应当往南边看。立正！转身！

他们都转向南边，继续望着天空。

演员 南边没有鸟过来。

下士 是吗？

小偷 显而易见。在冬天鸟儿都往南方飞，不是往北方。

斐迪索夫 北约组织也许在南方收到了信息然后从北方回应了我们。他们的通信网络没有受到限制。

下士 所以信息有可能是从北方传来的？

小偷 当然会从北方过来。什么样的鸟儿会在冬天往北飞，除非它像我们一样疯了。

下士 立正！向后转！

他们再次转向北方。

海关人员 又来了两群。

演员 （悲伤地）哦，上帝，这么多的鸟儿却没有一只肯落下来！

海关人员 冷静！别灰心。这有几十亿只鸟，如果他们送来一千份消息那就意味着一百万只鸟里只有一直会带着消息。到目前为止飞过的鸟连 50 万都不到……

蒂琪 你们能看见那只吗？……它在盘旋。你们看见了吗？

所有人 哪儿？

蒂琪 在那边。第二群鸟的中间。

下士 啊，是的，是的！里面有一只正在天上盘旋。啊——啊——哈！

海关人员 它这是在试图引起人的注意，你看不出来吗？

演员 没错——至少看起来是这样的。

蒂琪 千真万确。看，其他鸟都没这么做。

演员 看，看！它正在离开鸟群。

蒂琪 看，它落下来了。

下士　往森林去了！它在往森林方向飞。

演员　我现在看不到它了。它一定是落下来了。我们快去找它。

小偷　去哪儿？

演员　森林里啊，还能是哪儿？

小偷　我们怎么在森林里找？森林有好几百英亩。

蒂琪　它自己会呼唤我们的。

小偷　我们都疯了，但是你彻底……鸟怎么叫我们？

斐迪索夫　他们会训练它。

小偷　这也有可能……

下士　去森林——全速前进！

所有人　到森林里去！到森林里去！

下士　跟上……前进！

他们出发。灯暗。

医生　也许这只鸟的确带来了信息，可由于下了大雾，他们并没有找到它。他们在雾中寻找，一直找到傍晚，但显而易见，这是鸟很糊涂，它并没有呼唤他们。接下来的日子里，飞来的鸟群越来越少，也并没有什么信息传来。尽管上校没有任何表示，但他同样非常担心。队列训练与军事演习日日夜夜地进行着，但是上校明白如果不把队伍带去别的地方，训练多久都没意义。他们继续等待新消息，就在这个时候，一件不愉快的事情发生了。

第六场

小偷、下士在黑暗中爬上舞台。

下士　（小声）彼得罗夫？

小偷　哎。

下士　你在哪儿？

小偷　这儿呢。

下士　匍匐前进！

小偷　我在爬着呢。

下士　卧倒！就是这儿。我从没见过这么大的鸟。

小偷　你确定吗？

下士　确定。我看到它从这扇窗子进去了。

小偷　什么类型的鸟？

下士　我不知道，估计是只雌鸟……它不是很大也不强壮……但是它什么都有……

传来大鸟拍打翅膀的声音。

下士　那儿，你听到了吗？

小偷　听见了。

下士　我告诉过你的，不是吗？太棒了！她是自己过来的，我们可没叫她——所以她绝对带来了消息。

小偷　她想要联系到人。你关上窗子了吗？这样她就出不去了。

下士　全都关上了。你守着门，我去看看她带来信儿了没有。

小偷　从后面抓住她。

下士　我知道。

小偷　得抓紧，上下检查个遍儿。

下士　没必要去教导一位下士！

小偷　要是有钱的话，也拿着！

下士　敌人当前，前进！

小偷　匍匐前进！

下士　进攻！

挣扎的声音。

下士　（大喊）啊，你个婊子！喔，你在我脑袋上啄了个洞！我受伤了！

小偷　坚持住！我来了！

下士　加入战斗！

小偷　正在逼近！

撞击声。

下士　这是我！

小偷　距离太近碰上了，抱歉！

下士　她逃走了！她啄了我的眼睛，我一定要逮到她！

小偷　她带来消息了么？

下士　我不知道！我不知道不过看起来我已经痊愈了！

小偷　骗子！

下士　我没撒谎！我抓住了她然后我感觉有什么东西朝我身上扑过来。我会抓住她的，我要结果了她！

灯亮了。斐迪索夫与其他人站在门口。

斐迪索夫　（厉声）谁攻击了这只鸟？

下士　是它先发动的攻击——我这么做只是为了看看有没有信息。

斐迪索夫　站好！立正！鸟儿不会争辩，因此它们无法保护自己。我们等待着它们带来消息和帮助，可我们是怎么欢迎它们的？用武力？试想一下欧洲其他国家会怎么看，当我们见面的时候，我们还能直视他们眼睛吗？我们怎么直视那些就在我们就要饿死的时候给我们送来食物、就要冻死的时候给我们衣服、在我们深陷绝望时候带来希望的人？一旦我们联系到那些用鸟儿送信息的人，他们会把我们当作兄弟。因为这些人不是普通人，他们是天使！

海关人员　（从床下爬出来）消息！消息！消息！消息来了！（她手里拿着一只小鸟）它被网缠住了，冻僵了。我把它带到暖和的地方，在它腿上发现了一个刻有信息的金属戒指。就是这个！

斐迪索夫拿起鸟，仔细读着信息。

演员　它看起来像是一个鸟类学上的标环……上面写了什么吗？

斐迪索夫　是代码。

演员　上面写：E.01/01。

小偷　（慢慢读）E.01/01。

斐迪索夫 （解读）E. 第一，第一。（对他们所有人）我们在一月第一天走。

演员 您是什么意思？我们离开？

斐迪索夫 永远不要质疑命令！明白吗？

灯暗。

医生 尽管只有不到一周时间就到 1 月 1 日了，但随着时间的推移，起初看起来是天方夜谭的事情变得越来越有可能成真了。他们拿出那辆老旧的吉普车，在引擎盖跟车门上漆上了蓝白色的联合国徽章。纪律一天比一天严格。他们每天早晨四点半起床以便有足够的时间把事情做完。

第七场

舞台上，一个标有巨大红色箭头和路线的欧洲地图。斐迪索夫拿着教鞭站在地图前。

斐迪索夫 再重复一遍路线。从这里向塞尔维亚出发。塞尔维亚——匈牙利。匈牙利——斯洛伐克。斯洛伐克——捷克共和国。捷克——德国。德国——法国。法国——斯特拉斯堡。但是我想告诉你们的是，当我们进入到塞尔维亚时候，可能会遇到联合国的其他部队。现在——可能出现的障碍。首先，我们可能会被交警拦下来。

演员 不可能。交警绝对不会拦住有联合国徽章的车辆。

斐迪索夫 没错，那么接下来。

小偷 接下来我们会在边境被检查护照。

斐迪索夫 先生们！先生们，我们有宪法文件，我们已经是联合国的成员了，没有人能够拦截联合国的战斗部队。今天是 12 月 30 日，我们也终于准备好了。明天是 12 月 31 日，我宣布这天用来休息和思考……12 月 31 日 24 点正式出发。解散！

灯暗。

医生　他们真要出发了。当然了，每一个伟大的计划都存在着弱点。我本可以给地方医院打个电话，把所有的计划搞砸。可这样一来游戏规则就会被全部打破，而这个游戏能让我的病人们像正常人一样生活。如果我这么做了，他们会全部变回我刚到这儿时的那种人类悲剧。何况，要是一切都说到做到了，谁能说哪个游戏才是真实的呢？是他们的小游戏还是被他们称为正常人的我们所处的大游戏呢？当然，他们可能会在第一个边境就被遣返，或者我跟他们一起走掉。也许那边有人会花大价钱买下我的报告。我甚至想象得出自己如何躺在科隆大教堂的台阶上或者是塞纳河的桥下——脱离这一切，富有，不会被人打扰。12 月 31 号，斐迪索夫来找我……

第八场

医生独自一人。有人敲门。

医生　在。请进。

斐迪索夫进来，敬礼。

斐迪索夫　早上好，医生。

医生　请坐。

斐迪索夫　谢谢。（他坐下）医生，我首先想要感谢您对当下所保持的不干预立场。我是一名军人，我很清楚您能以及如果您愿意的话，将会带来的问题。

医生　如您所见，我什么也没做。

斐迪索夫　当然，您比我们任何人都有更多的选择。但我们必须走了。

医生　您真相信你们会成功吗？

斐迪索夫　您这是什么意思？

医生　你们必须要在没有一份文件的情况下跨越五个边境。

斐迪索夫　您这是什么意思？我们有宪法文件。

医生　那份文件纯粹是个妄想。

斐迪索夫　继续待在这里比妄想更加糟糕。每一个梦想、每一个伟大的计划都是充满偏执与妄想色彩的，医生。

医生　伟大的计划极少能够实现……

斐迪索夫　（缓慢，异常坚定）医生，我想要这么做……所以我能做到！

医生　（犹豫）也许吧……上帝总是帮助疯狂的人。

斐迪索夫　医生，上帝只帮助这个世界上的疯子。因为当他创造这个世界的时候他也疯了。而现在他爱上了他的这个错误。

医生　或许吧……有一些逻辑……

斐迪索夫　我们会在午夜离开。（他敬礼，离开）

医生　（独自一人）去还是不去？我应该跟随谁？约里克还是福丁布拉斯？无论如何，到目前为止我总是追随正常人，也只有天知道这么做并没带给我任何好的变化。无论是从地理上还是从别的方面来讲……

第九场

灯暗——军号声与沉重的脚步声。斐迪索夫大声下达指令。

斐迪索夫　集合！立正！点名！下士？

下士　到！

斐迪索夫　安东诺娃？

海关人员　到！

斐迪索夫　伊万诺夫？

演员　到！

斐迪索夫　波波夫？

蒂琪　到！

斐迪索夫　彼得罗夫？

小偷　到！

斐迪索夫　立正！向右转，朝大门全速前进。（黑暗中传来军靴踏地的砰砰声，声音越来越大）停！向左转！立正！

舞台上灯火通明，他们在白色吉普车前站成一排，车上飘扬着联合国的旗帜。

斐迪索夫　先生们，作为联合国的部队，我们有必要使用外语。从现在开始，我的母语是俄语。

下士　我可以说罗马尼亚语。

演员　我知道英语独白："生存或是毁灭……"

海关人员　你最好闭上你的嘴。

演员　我可以保持沉默，但如果你开始讲多瑙河大桥，他们都会知道我们疯了。

海关人员　疯了？我？这是份真的医疗证明还是假的？这上面不是说了我很好吗？不是吗？

斐迪索夫　先生们，先生们！你们不是疯子，先生们！你们只是与众不同。这很容易解释——你们并非为这个世界而生，先生们，因为这个世界是为那些处处相似的人创造的。而我们必须要坚信我们的世界存在于某个地方，因为《圣经》上说：

"心灵贫困的人有福了，
哀恸的人有福了，
受压迫的人有福了，
饥渴慕义的人有福了"

我们所有人聚在一起，兄弟们，让我们为这神谕再加上一句："疯掉的人有福了"。让我们坚信这一点，尽管《人权宪章》里没有一句话提及疯子的权益。在这里，你有且只有一个权力——接受治疗以变得和其他人一样，这就是为什么疯子是这个世界上最无助、最不幸的人。我们必须得逃离这一切。实际上我们已经在逃离了，但这并非因为我们被打败。我们应当以胜利者的姿态逃离。因这与众不同，我们一定会成功。明白了吗？

所有人　明白，长官！

医生到目前为止一直在侧耳倾听，他靠近斐迪索夫。

医生　上校，请求加入队伍！

斐迪索夫 批准！

所有人开始鼓掌，医生站在队伍的末尾。斐迪索夫站在另一端。

斐迪索夫 立正！前进！

第十场

医生 最容易跨越边境的时间是1月1日清晨……压根没有碰到任何海关人员——毫无疑问他们还在欢度新年。边防哨兵礼貌地向联合国上校致敬并祝愿他们旅途愉快。黎明时分他们踏上了异国领土。那里没有所谓的疯子与正常人，只被划分为基督教徒与穆斯林。命运总是想方设法把人区别开来。当他们向西行进的时候成千上万的难民正从西方逃亡至东方，上校说通往天堂的路总会经过地狱。他们越往西行进就会遇到越多头戴蓝色贝雷帽的队伍并且受到欢迎。最后他们加入了一辆属于法国的蓝色贝雷帽车队，同他们一起前往北方。五天后，他们到达了斯特拉斯堡。

他们不被允许进入欧洲议会大厅，只好将申请书以邮寄的形式呈交上去。那里的人非常严格。一个月后他们收到了回复。上面说，并没有用来处理国外军队自愿加入联合国部队这一问题的相关法律条文。出于同样原因，他们也不会被驱逐。就这样他们发现自己身处欧洲的中心却不受法律保护，他们在斯特拉斯堡的中心、在任何亡命之徒都可以找到避难所的大教堂前安营扎寨。赞美上帝！

第十一场

所有人都垂头丧气地坐在地上。就在这时斐迪索夫异常坚定地开口了。

斐迪索夫 起立！立正！

所有人不假思索地服从了。

斐迪索夫 集合！立正！

他们照做。

斐迪索夫 弟兄们，我们已经取得了伟大的胜利。我们穿越了数千公里到达了这里。这是一种真正的英勇行为，它会让我们重振雄风继续前进。世界上最重要的事情就是站起来继续前进。一名真正的战士是只要活着就总会找到力量站起来继续朝着他所创造的美好世界前进。明白了吗？

所有人 明白了，先生！

斐迪索夫 为胜利欢呼三声！

所有人 万岁！

斐迪索夫 排好队！快步走！一二，一二……

他们排成单列围绕斐迪索夫行军。

斐迪索夫 列队！

这个命令意味着他们需要原地踏步于是他们在原地行军，沉重的军靴击打着地面。

斐迪索夫 一二，一二……让我们唱首歌！

他们一边唱一边行军。

斐迪索夫 大声！再大！！靠拢！左（腿），左，一二三，左，左，一二三！（有节奏的）

斐迪索夫的命令在歌声中显得越来越尖锐，最后，他捂住自己胸口瘫倒在地上。其他人冲过来将他扶起来。斐迪索夫神志不清地继续喊着：

斐迪索夫 我们将会找到那个完美的世界。我们会发现它，即便它在地球上不存在，因为死后我们会继续寻找。宇宙是永恒的，没有人到过所有地方来证明美好世界不存在。起立！立正！加速前进！

医生给他注射了吗啡，斐迪索夫在大家怀中放松下来。

灯暗。

医生 上校不愿意醒来。我给他注射了我最后一支吗啡，不过我不后悔。我不再需要吗啡了。斐迪索夫教会了我如何在没有毒品的情况下到达那里——站起来，前进……这些事情发生在很久以前，一年，二年或者三年前。我已经不记得确切的时间了。无论如何，那是在2000年左右的事情。他们不知道具体的时期与月份，但那是在春天，因为他们抓到了一只候鸟。下士用它来给他的妻子送了一封信。

他们都在放飞鸟儿。

下士　放它们走！

所有人　走吧，它们走了！

演员　它们走了！

小偷　已经看不到它们了！

蒂琪　我能看见她。我能看见她。离开了法国！现在到德国了！

演员　德国—捷克共和国……

海关人员　斯洛伐克—匈牙利……

蒂琪　匈牙利—塞尔维亚……

所有人　塞尔维亚……（他们画着十字）哦，上帝！它降落了！

灯暗。

医生　由于不会写字，下士口述了他的信。信中是这样说的：

下士　我亲爱的！我在法国斯特拉斯堡大教堂的广场上写信给你。这里阳光灿烂，你那儿一定也是这样吧，因为春天到处都是晴朗好天气。这里很好，人也很好。空气非常干净，但是我们不能只依空气活着。食物方面没什么问题——我们是军队，每天都有人给我们钱。新年的时候我会给你们寄一张贺卡让孩子们开开心。我想他们已经长大成人了吧……对不起，我忘了问他们是不是已经有了一位新爸爸？如果出现合适的一定要接纳他，没有爸爸的日子太难了——这一点我很清楚。我们在这儿从未放弃。我们保持着精神抖擞的状态，每天下午四点都会训练。吻每一个人，我爱你们。爱你的丈夫与父亲——下士彼得罗夫。

尾　声

大教堂的钟敲了四下。医生站在广场中间，大声而隆重地命令。

医生　集合！立正！快步前进！

士兵们立刻走在教堂的台阶上。队伍进行时周围响起观众的欢呼与掌声。其中一人从台阶上走下，他摇晃着一顶蓝色的帽子走进观众群，帽子里面有一些硬币。

剧终

米莱娜·马尔科维奇或暴力无援的世界

克塞尼嘉·拉杜洛维克（Ksenija Radulović）
王星月　译

塞尔维亚当代戏剧新浪潮中代表性剧作家多为女性，米莱娜·马尔科维奇（Milena Marković）（1974）就是其中之一。20世纪末起，伴随着比尔嘉娜·斯布嘉诺维克（Biljana Srbljanović）创作的戏剧逐步崭露头角，塞尔维亚女性剧作家的地位也日趋重要。这种趋势在21世纪还在持续着，一些重要剧作家，如马娅·裴雷维克（Maja Pelević）、米莱娜·保加瓦克（Milena Bogavac）和米莱娜·马尔科维奇就处在其中。在过去的前段时期（即20世纪后半期）里，少数获得相当成就的女性作家只有一至两部作品为大众所知，她们并未在全部戏剧作品中展现出自己的创造性。此外，颇为重要的一点是，在21世纪初，塞尔维亚戏剧美学范例的变化意味着这样一种全面的艺术主张，即年轻一代剧作家和导演转向了现代艺术实践。这就意味着米莱娜·马尔科维奇是塞尔维亚“女性语篇”浪潮中的杰出一员，并且其创作在广义上展现出后戏剧和后导演倾向。这也意味着由年轻一代剧作家创作的戏剧出现在了主流剧院中，而非独立上演或在台下演出。这些戏的价值也通过在国家重要戏剧节中的获奖情况体现了出来。（这点在《弃儿西米恩》（*Simeon the Foundling*）中有所展现：这部戏在斯特里吉诺·泊罗加戏剧节（Sterijino Pozorje）摘揽所有重要奖项，包括剧本文本奖。）

米莱娜·马尔科维奇的第一部戏《亭台，或我自哪里来，我到哪里去，我的晚餐是什么（2001）》（*The Pavillions, or Where I am Going, Where I Come from, and What's for Dinner*）是她在贝尔格莱德大学戏剧学院戏剧学研究课程的期末汇报，并且在久负盛名的南斯拉夫戏剧剧院演出。之后她创作了《轨道》（*The Rail*）（2002）、《玩具船》（*The Doll Boat*）（2006）、《弃儿西米恩》（2006）、《炽热的木头》（*The Glowing Wood*）（2008）、《电线》（*The Wire*）（2011）、《屠龙者》（*The Dragon Slayers*）（2014）和《欢童》（*Children of Joy*）（2016）。马尔科维奇的戏剧为塞尔维亚戏剧带来近十年中从未出现过的高水平新元素——即对于独特诗体语言的运用。当然这并不意外，因为作者本人即是著名诗人。她的诗被评论为——这在她的戏剧中也相当普遍——并未遵循埃德加·爱伦·坡那种基于韵律和传统形式的规则，更多的是取经于沃尔特·惠特曼那种自由诗体和叙述型诗歌。其戏剧对白也体现了这种“自由风格”，此外，还体现了带有作者个人风格的节奏和韵律。

马尔科维奇剧中的角色常为社会边缘人物，他们居住在郊区，是来自于社会底层的“被放逐者”。部分剧中人物都有相应的生活原型，虽然许多角色并未有具体的名字（母亲、女巫、熊妈妈、熊爸爸、金发姑娘、女人、英雄、下流胚、胖子、甜心……）马尔科维奇描述了一个充满暴力的世界：在她的戏中，《亭台》是关于家庭暴力或更加广阔的社会环境的情景，但在这之后的戏剧中，暴力这一主题被提升到了更具有象征意义的高度。

尽管戏剧理论家会将她的戏剧与性别联系在一起，对其戏剧的女性角色对白更加重视，但在作者的公开见面会中，她本人认为自己远离强制性集合的艺术，以及如此种类的文学。她不想让自己的作品被贴上“女性剧作”的标签，她的作品体现了在残酷世界中，男人与女人都可以变为暴力的牺牲品。实际上，她将艺术的世界视为残酷的世界：“艺术就是如此残酷，尤其当你作为女性、年轻人诸如等等时，残酷更没有缓刑。”（米莱娜·马尔科维奇）但是，作者拒绝对其剧作进行任何意识性解读，包括对其戏剧中女性的精神性解读。理论家莉莉亚娜·佩斯肯·吕斯坦诺维克（Ljiljana Pešikan Ljuštanović）客观地评判道：“性别敏感度仍是她剧作的重要片段。剧作中对女性的暴力行为是体现暴力以及体现社会边缘人所受威胁的最为突出的形式。”[1]米莱娜·马尔科维奇在其全部作品中建立了与现实世界的联系，同时基于人类学领域“检验与问询人性与个人在世界中的位置”。[2]

在戏剧《亭台》中，贝尔格莱德外郊居住着社会边缘人物，有酒鬼、瘾君子、社会底层领退休金的老年人，还有前途渺茫的年轻人。在其他方面，这部戏也涉及了家庭的瓦解以及家庭成员毫无安全感。《炽热的木头》讲述了平凡的小人物对明亮的大城市中富足而多样的生活的憧憬。《玩具船》中，作者用了童话的形式以讽刺的口吻质疑了类型性元素。《电线》是一部特殊的政治戏剧，这部戏以科索沃为背景，这部分塞尔维亚领土与最近宣布独立环境复杂激荡的塞尔维亚历史相连。主人公住在被电线包围的房子里，这里如同一个无人荒岛，被人类社会抛弃和遗忘了。米莱娜·马尔科维奇仅在《屠龙者》一戏中运用了历史情景，这是对历史事件的诗歌般的描绘。事件发生在第二次世界大战开端之前，奥地利王公法兰兹·费迪南和他的妻子索菲亚被年轻的波斯尼亚政治组织[3]成员加夫里洛·普林西普刺杀的事件。但这不是一部传统形式的历史戏，这是一部“英雄卡巴莱表演”，一首诗和一堂讽刺的“历史课”。作者只在《弃儿西米恩》中运用了经典神话作为戏剧基调。她的几乎全部戏剧不论直接抑或间接地都以当代世界作为场景。但这部戏使用了神话的基本故事（“遥远的主题”），其中很多戏剧元素与现实和当代生活相连。

《弃儿西米恩》由塞尔维亚国家剧院[4]和斯特里吉诺·泊罗加戏剧节[5]委托制作。此时正巧是塞尔维亚著名剧作家约万·斯特瑞佳·坡维克（Jovan Sterija Popović）（1806—1856）的重要纪念日，作者受邀从他戏剧[6]中选出一部并以此为主题，进行戏剧创作。作者选择了斯特瑞佳一部几乎被遗忘、且

---

① 莉莉亚娜·佩斯肯·吕斯坦诺维克：《以我为例，哀悼萨拉米》，《Teatron》杂志，卷156—157，贝尔格莱德2011。

② 同上。

③ 萨拉热窝（波斯尼亚—黑塞哥维亚）的秘密革命运动，成立于20世纪早期。

④ 塞尔维亚最古老的职业戏目剧场，成立于1861年诺维萨德。

⑤ 塞尔维亚重要的国家戏剧节，《弃儿西米恩》是塞尔维亚国家剧院制作的第一部戏，这也是一部合作作品。

⑥ 此作者因其喜剧而闻名，尽管他的悲剧作品在现代很少上演。

很少演出的悲剧进行了创作，这部戏就是《弃儿西米恩》。

在《弃儿西米恩》中，除去一小部分由老塞尔维亚戏剧家创作的故事，有些元素可以在民间诗歌中找到。实际上，塞尔维亚版本的俄狄浦斯神话背景是索福克勒斯的经典悲剧情节。它与俄狄浦斯神话的相似性可以从戏剧主人公对自己身份和来历的追寻，以及乱伦的主题——他与自己母亲的关系中得知。西米恩自小在修道院里由修士抚养长大，他年轻时候就出去寻找自己的母亲，并明白了自己是谁。从这个角度来看，《弃儿西米恩》可以理解为一部启蒙性戏剧，一部关于年轻男子踏入成年人世界的戏剧。但是，除去与俄狄浦斯神话的主要关联外，这个版本的《弃儿西米恩》也指向其他神话和原型人物（例如洪水，挪亚方舟或美狄亚和，谁杀死了自己的孩子）。

《弃儿西米恩》是一部拥有现代戏剧结构文本、杰出的诗情和饱含诗意情感的戏剧。正如米莱娜·马尔科维奇的其他戏剧一样，在这部“音乐戏剧”中，诗歌是情节的主要有机部分：他们不是诗意的装饰，但具有优秀的戏剧理论功能。情节跨越了20年，包含着许多戏剧场景，还使用了碎片式演出法这一基本原则：这些场景功能是分散、完全戏剧化且具有诗学单位的，同时不需要与戏剧全文融为一体。这是一个“灾难后时期的悲剧和讽刺剧，文明失控，不受众神的意愿引导，而被凡人（罪人和受害者）的意愿把控，这部诗剧描述了文明的尽头及其残骸……”[①] 神话与原型深深嵌入这部剧中，它讲述了当代世界的问题。这个腐朽的灾难后时期的世界与俄狄浦斯故事中瘟疫后的忒拜城或洪水的余波相类似。有趣的是米莱娜·马尔科维奇之前的戏剧并非家庭或对家庭的非传统性替代（例如瘾君子的亚文化群），而是为个人提供安全和保护的稳定的实体存在。然而，《弃儿西米恩》中并未有集体向个人提供安全感甚至是展现传统价值的情节。这也就是说，尽管在主人公长大的地方即修道院中，即使是情同手足的兄弟也没有为主人公提供安全感，相反是“因暴力与乱伦产生的黯然失色”。[②]

① 德瑞卡·尼克立克：《世界末日之图景》，每日新闻报，诺维萨德，2006年6月6日。

② 莉莉亚娜·佩斯肯·吕斯坦诺维克：《以我为例，哀悼萨拉米》，《Teatron》杂志，卷156—157，贝尔格莱德2011。

西米恩，这个弃儿，离开了修士兄弟去追寻爱与身份。“我的弃儿是一个感情炙热的人，他非常想深切地体验生活”，作者说道。[①] 正如索福克勒斯的《俄狄浦斯王》,《弃儿西米恩》也可以被解读为“公路电影”。在他的旅程中，孤独的英雄经历了各种各样的冒险。弃儿伴随着曾经是他的乳母的吉卜赛女人对他的诅咒开始了自己的征程。他的第一个女人与他有一段浪漫的关系——村里的女主人——同时也诅咒他。下一段旅程中，弃儿遇到了这样一个女孩——正如米莱娜·马尔科维奇很多戏剧中的角色一样——向往着明亮迷人的世界和生活。和她在一起，西米恩体验了爱与婚姻的黑暗一面。最后，他坠入了自己母亲的怀抱，回到了自己的原点。随着他的回归，生命之圆也回到了起始的地方，身份的追寻结束了，乱伦的关系却发生了。罪恶产生于无知，正如俄狄浦斯一样。

然而，这不是一个由众神统治的古英雄的世界，在那里，你可以分清过失与罪恶、惩罚与净化。这是一个被众神抛弃的现代世界，正如现代英雄被他的家庭和社会所拒绝，他迷失了，丧失了坚定的支撑与传统的价值。弃儿，正如现代戏剧中的众多角色一样，是简单的“被扔进了那个世界”。抛弃，孤独，对爱的追寻变成了米莱娜·马尔科维奇戏剧的重要动机。除去她戏中的角色来自神话、童话或当代亚文化外，他们都是暴力社会中孤独的个体。

---

① 米莱娜·马尔科维奇:《卢达斯》，卷131，贝尔格莱德2005。

弃儿西米恩

米莱娜·马尔科维奇
王星月　译

爱之花园，
我走进爱之花园，
看到了前所未见、竖立当中的小教堂，
建在我曾玩耍的草地上。
教堂大门紧锁，
贴着“不得入内”的字条，
我转身走向爱之花园，
那里曾有芬芳的花朵；
我看到周身的坟墓，
占据了鲜花的位置，
黑衣牧师来回巡查，
荆棘裹住了我的快乐和欲望。

——威廉·布莱克

人物

母亲——抛弃孩子的妓女

弃儿西米恩 ——私生子

约万 ——忧伤的修道士

米伦 ——与恶魔战斗的修道士

爸爸修士 ——修士爸爸

修士唱诗班

吉卜赛女人 ——母乳女仆

贝尔伊曼 ——村里的女主人

丈夫 ——贝尔伊曼的丈夫，曾经是个正常男人

就这样儿 ——想去广阔世界的小女孩

寡妇 ——曾经领略过广阔世界

寡妇女伴组成的歌队

哥哥 ——就这样儿的哥哥

加油站工人

吉卜赛人

下 游

第一场

河堤，引擎声很吵。

远处高速公路上的灯亮着。

年轻女人推着一个躺着婴儿的提篮，她用脚把篮子踢来踢去，还绕着提篮跳舞。

摩托车在某处驶过。

摇篮曲

妈妈：

我骑着这车轮上的怪兽，

白天骑着，

晚上也骑着，

我全身都痛，
疼痛燃烧着我的脊背，
车轮怪兽在我的双腿之间燃烧着，
两只车轮的怪兽，
它不是一匹有心脏的马，
一匹温暖的马，
车轮怪兽也同样温暖，
也同样温暖。
河水如此冰冷，
鱼儿赤裸在水中，
鱼儿不吃，
孩童，
星星朝，
孩童微笑，
孩子不关注前行方向时，
马儿就会践踏孩童，
我在骑车，
白天骑着，
晚上也骑着，
我开始飞向你所知的方向。
我看见一所小木屋，
小人儿，
小妇人，
白色被单晾出去晒干，
我的床单鲜红如花，
我的儿子鲜红如花，
我骑着怪兽飞翔，
像鸟儿一样飞舞，

像鱼儿一样游动，
像狗儿一样啃咬，
像狼儿一样屠杀，
当天空在燃烧，
有人朝你，朝你的背后吐口水，
你并不在意，
再淡然离去，
我要去到某处，
之后寻找到你，
鱼儿鱼儿游动吧，
鱼儿鱼儿睡觉吧，
妈妈将篮子放入小河中。

第二场

河堤，修士赤脚在河里捉鱼。

天气炎热，大家身体不适，他们把头埋在水中喘歇。

米伦　有什么喝的吗？

约万　有是有，但不是给你的。

米伦　有你喝的吗？

约万　有我的，但是……

米伦　我不太明白你的意思。

约万　这也就是麻烦所在。我不给你喝的话，那么水还留着点。如果我给你喝，水就不够了，如果我们一起喝，就喝光了。如果我喝足了，再把水都洒出去，水就没有了。如果我都喝光，还不够喝，那我会饮干了河水，吃光了鱼，那么其他鱼就会在沟壑里挣扎。

米伦　你会喝泥巴吗？约万老弟，自行车在那儿扔着呢，瓶子和各种玩意儿在那儿堆着呢，我不能一下分清它们。

约万 我会把那个自行车装好骑走的。

米伦 骑到哪去？

约万 去集市。

米伦 我会去集市，但是我想去那儿看吉卜赛女郎。但我不会去的，我喜欢年轻姑娘，我就是冲着年轻姑娘去的。所以我哪儿也不去。

约万 我正为肚子的事儿闹心呢。

米伦 你沉迷在邪恶和寂寞里啦。

约万 是的。

米伦拿着水壶。

米伦 我不会让你喝的。

约万 把水放这儿，你这个坏蛋。

米伦 不放，我要洒了这些水。

约万 你不会做这种事的。

修士们在争斗，继而听到一阵孩子微弱的哭声。他们停下来走过去。

米伦 不要考验我，亲爱的主啊，我还没有小宝贝，亲爱的主啊，不要考验我，它也许只是一只小鸟，毕竟这是一片荒芜之地。

寂静，大家仍可以听到哭声。

约万 我的小宝贝在呼唤我。

米伦 我必须说，白兰地是罪恶的，但是没有一人相信我，我一直说一个人只有在吃饭的时候才可以喝点酒，光天化日之下空着肚皮喝酒会出岔子的。

哭声渐高。

约万踏入水中。

约万 我来了小宝贝，我还没有看到你；我来了小宝贝，我一整天都在工作；我来了小宝贝，我从未爱过你的妈妈；我来了小宝贝，希望你在天堂里完好无缺，而不像你烧成灰烬的模样，也不像你母亲烧成灰烬的样子，我的小宝贝，我没能建造出一座房子，我的小宝贝，它很容易烧着，现在我来了。

米伦 主会饶恕我们，保佑我们。（他持续说着）

我十五年都没有罪过了，我没有任何罪过直到我听到水中孩子的哭声。这个地方只能听到鸟叫，这也是我来到这儿的原因。这里只有我们和各种动物，这不是一只小动物，他是一个人类的婴儿，我的主啊，他大概只有三个月大，还在不停地哭闹，他是个健康的孩子，他在哭闹，他饿得嗷嗷叫，你可以听到水中传来的哭声。

约万从水中抱起了孩子，米伦向他走去。

约万 这真是奇迹。

米伦 是个小宝贝。

约万 他是我的。

米伦 他不是你的，你真是愚蠢啊，谋杀孩子的人把孩子抛弃了，我的兄弟，你真傻，一只野猫扔掉了它，天理难容啊。但是他好可爱。

约万 他是我的！

米伦 他是个小男孩儿。

约万 赞美主啊，我的小男孩！

米伦 为美感谢主！

约万 他是我的，是我的，我不会把他送给别人！

米伦抱着孩子痛打约万。

米伦 他不是你的，而且这并不是个奇迹。一个女人把他扔在了那里，那儿有度假营，那儿还有酒吧和乡镇，那儿还有脱衣舞酒馆，人们在那里骑自行车，他们在小河里扔垃圾，在路边扔空瓶，扔垃圾，这个女人就是在那儿扔了他。

约万 你撒谎，你这个骗子。

约万咬住了米伦的大腿，米伦用腿踢他。

米伦 感谢主赐予他健康和完整的身躯，他在用眼睛看、用鼻子闻、用嘴巴尝，为小小的得意感谢主，感谢主他是那样美貌，感谢主他是个小男孩。

他喝了一大口白兰地。

圣　堂

第三场

修士们聚在摇篮旁，婴儿哇哇大哭。

爸爸修士　他还上着尿布，他这么干净，身上还有童脂，他在不停地哭，我什么都听不到，我的心都要碎了。

约万　他要吃奶，我了解这个，我以前也有个小宝贝。

米伦　我曾经也有些小宝贝，希望他们离我远远的，但我还是有这些小宝贝。我有个女儿，她喝牛奶长大，后来母牛生病了不产奶了。这个孩子没奶喝，男人也没有办法挤奶，她不明白如果她没有奶喝的话会死，我的老天爷，一个妓女哺乳了这个孩子，这个孩子也习以为常了。

爸爸修士　不要评论别人。我没听到你说的话，今天在场的每个人都不是他自己，如果下次我听到你们谁在评论别人，那我就要给你们点颜色看看了……

约万　他要养那个孩子……

爸爸修士　我们要怎么办呢，我也帮不了他。

大家哄堂而笑。

约万　您不能那样做，爸爸修士，您有权力的。

约万　我们可以找一个哺乳期的女人。

爸爸修士　谁会养活别人家的孩子呢？

约万　有人会养活的，他们就是为了钱也会这么做的。

爸爸　这倒是。

米伦　没有一个女人会这样做。

爸爸　那我们还能做什么呢？

米伦　让小宝贝先忍耐一会儿，我们去给他找牛奶，母牛比女人要强，你随后还能吃母牛的肉。

爸爸修士　你该不会想让我们给你带回一个女人吧，你的想法不纯，我不会听从你的建议。

约万 我不想听了。

爸爸修士 我也不想听了，我不知道该怎么办，我们去找谁好呢？

约万 找那个吉卜赛女人，门旁边那个，那边有一个，抱着一个小孩。

爸爸修士 她还不到十六岁。

米伦 她十四了。

爸爸修士 你还在那里，孩子，我看着你的时候有负罪感，老天爷请原谅我。

第四场

吉卜赛女人站在修士们面前，

往盆里挤奶。

米伦双膝跪地祈祷。

吉卜赛女人 我有奶吗？我是有奶的。医院里一半的人都是我喂的。

爸爸修士 你的孩子呢？

吉卜赛女人 你说哪个？

爸爸修士 你有几个孩子呢？

吉卜赛女人 我有四个。其实是五个，我忘了达察，她夭折了。

爸爸修士 你多大了？

吉卜赛女人 你需要多大年纪的女人？

爸爸修士 继续，继续，你喝点什么吗？

吉卜赛女人 那好吧，覆盆子果汁，商店买来的。

爸爸修士 你在给这些孩子喂奶时候必须吃饱喝足。

吉卜赛女人 好吧。

爸爸修士 你太瘦了。

吉卜赛女人 你是让我给你的孩子喂奶呢，还是你是警察在调查我呢，你不要说你什么都不知道，我不想听，我有我自己的权利。

爸爸修士 你的确有这个权利。

吉卜赛女人 就在这儿把他给我吧。

灯光渐暗，修士们在祈祷，他们随着歌声轻轻晃动头。

乳汁流淌之歌

吉卜赛女人

我有自己的孩子，
我有别人的孩子，
我用乳头哺育这些孩子，
我不知道乳汁从哪里流出，
我全身皮包骨头，
我喝没有肉的汤，
这儿有人问我喝不喝，
只要有喝的我都会喝，
我最想喝的是可可，
一个警察给了我可可饮料，
但他在我的嘴巴里放了其他东西，
可可变苦了，
我的姑妈说喝这种饮料太愚蠢了，
但我真的很喜欢可可，
如果我进入天堂，
我会要可可饮料，
我的男人有一次，
给我喝冷可可，
但他在高速公路上被人刺了一刀，
可可洒出来了，
这不是他的错，
这是别人的错，

我现在想喝一杯可可。

米伦走向她，给了她一杯可可。

孩子睡着了，她在喝可可。

吉卜赛女人 怎么啦？

米伦 我想现在出生做个婴儿，吃你的奶长大。

吉卜赛女人 你的胡须会掉光的。

米伦 你没明白我的意思。

吉卜赛女人 离我远远的，让我自个儿待一会。

第五场

约万和爸爸修士。

约万 爸爸，她的兄弟姐妹和姑姑现在都在这里，我不在意他们在这儿，但他们拿着蜡烛在商场兜售，神圣的蜡烛，他们在长椅上睡觉，他们在祭坛前生火，它如此冰冷，他们说有个女人在圣水里洗头发。他们不停地洗头发，这些女人爱惜自己的长发，他们用什么东西染发，圣水变红了。

爸爸修士 这的确很麻烦。

约万 那孩子朝我吐舌头。

爸爸修士 这没什么。你见过小孩子们大笑，还有他们长牙的样子吗？

约万 没有人尊重我。这些孩子是恶魔，他们从破晓就喝醉了，他们身上散发着青铜的味道，简直太臭了。他们对任何人都不尊敬。

爸爸修士 那就让我来尊重你。

爸爸修士给约万洗脚，约万哭了。

约万 您别这样，我很抱歉说了那些丑恶的事情。我真是个混蛋啊。

爸爸修士 你比任何人都好，你是约万，你就是仁慈。

同时，吉卜赛女人被修士们扔了出去，他们把她带到门口，把她扔了出去，修士们继续站在门口。

哭泣的母亲之歌

吉卜赛女人　你把我像一条狗一样扔出去，
你真不害臊，
你准备告诉谁我偷窃之事，
你有许多东西，
你并不需要，
你打算拿这些怎么办，
我需要他们，
这个小宝贝是我的骨肉，
我爱他，
我为他哭泣，
我为他哭瞎了双眼，
因为他十分肮脏，
非常肮脏，
许多女人会为他哭泣，
他的母亲也为他哭泣，
太可怕了。
她朝大门吐口水。

第六场

快乐的修士们在工作，在歌唱。

修士之歌

当我除草时太阳对我微笑，
当我生火时候雪花令我温暖，

当我种地时小雨使我释怀，
当夜幕降临上帝保佑我。
（他们中的一个走了出去歌唱）
米伦喜欢大吃大喝，喜欢在吃东西的时候喝酒。
约万喜欢喝酒，他不该喝那么多。
约万喜欢听忧伤的歌曲。
米伦喜欢听不好听的歌曲。

约万 自从我找到了我的宝贝西米恩，我就是为他而活……

米伦 自从我找到自己的西米恩，我教给他我所知道的全部。

约万 西米恩是上帝的孩子，他的头发柔顺，眼睛明亮，他是个好孩子，他的笑声爽朗，他喜欢做杂务，他让所有人的欢乐……

米伦 对西米恩来说，任何事都是愉悦的，不论是一只小虫还是一只蝴蝶，西米恩·西米恩。

众修士 他一岁前就能吃半锅馅饼，
他两岁前就能吃十个萨尔玛。
（他们中一个人站了出来）
我不能再让他吃第十一个了。
（所有人）
西米恩，西米恩
接下来的日子里他爬上了梨子树，
吃光了枝头上所有的梨子。
他把枝干下面的梨子取来给我们，
来做白兰地。
他吃光了枝头上的所有李子，
但放过了绿色的李子。
他躺下吃葡萄，
他吃掉了天然的可口的葡萄。
他喝小溪里的泉水。

西米恩，西米恩，
他像一条鱼一样游泳。
西米恩，西米恩，
他像空中的鸟儿一样歌唱。
西米恩，西米恩，
不让我们修剪他的头发。
西米恩，西米恩，
不让我们碰他的头发。
他没有胡须 西米恩，西米恩。
不，
他像女孩一样漂亮，
哦，西米恩，西米恩。

第七场

西米恩和爸爸修士正在削土豆。

西米恩 上帝是怎么光凭想象创造人类的呢？

爸爸修士 正如那样，你皮削得太多了，坐下忙些什么吧，你看看你。

西米恩 上帝看起来像我吗？

爸爸修士 像，上帝啊，请您原谅我们吧。

爸爸修士笑了。

西米恩 那么，他看起来像您吗？

爸爸修士 也像，天啊。

西米恩 我英俊吗？

爸爸修士 你到底在想什么呢？英俊还是丑陋的问题吗？快点削你的土豆吧。

西米恩 那么我是英俊还是不英俊呢？

爸爸修士 老天爷，你自从吃了那些东西之后就疯了，明天开始你只能吃面包喝水了。

西米恩　看看我吧，我多么英俊呢。

爸爸修士　如果你再不赶紧削土豆，就只给你喝水了。

西米恩　爸爸，你负责这里，难道你……

爸爸修士　我不负责这里，我的孩子。

西米恩　你负责的，上帝让你担负起责任。

爸爸修士　没有人负责这里。

西米恩　你就是负责这里，如果你不负责，那你为什么要削土豆呢？

爸爸修士　西米恩·西米恩，我挚爱的孩子，你真傻啊。

恶魔的觉醒

第八场

西米恩和约万。

河堤，约万蹲伏着往下看。西米恩全身透湿，他刚刚洗过澡。

西米恩　你在那儿做什么呢？

约万　太阳照耀着我，我望着水里的鱼，我想来看看他们都游到哪儿了。

西米恩　我刚才去洗澡了。

约万　我看出来了。

西米恩　这儿真的太好了，你在这儿洗澡的时候，你可以看到下游的景色。

约万　你从这里也可以看到。

西米恩　日头真大啊。

约万　对我这副老骨头有好处。

西米恩　我刚才洗过澡了。

约万　我还没洗呢。

西米恩　你怎么不去洗澡呢，你会凉快点啊，河水多凉快啊。

约万　我还没收到沐浴的祷告。

西米恩　谁打算问你这些呢？

约万　他会问的。

西米恩 你蹲在那干吗呢？

约万 我在看鱼儿在干吗。

西米恩 那你可要看仔细咯。

约万 在那儿，那条鱼藏起来啦，我看不到啦。

西米恩把约万猛地一推。

西米恩 老天会原谅的，你跌倒了。

约万 老天爷，你推了我，你不是故意的吧。

他在水中十分享受。

西米恩 我是故意的。

西米恩大笑起来。

修士们将他团团围住，他跪下祈祷，但他止不住地大笑。

西米恩 我的确推了他一把，我是有意推他的，这不是他的错，这是我的错，但他也很享受啊，是的，他真的很享受。

米伦 坏孩子，谁知道你流淌的是谁的血液啊，你在笑什么，跪在那儿笑个不停。以后我要对你区别对待了，让你的血液平静下来吧，这就是我对待你的方法，要让你流点血，你是谁呀？居然把人家推进水里？

（西米恩朝他大笑。爸爸修士也笑了。修士们将爸爸修士簇拥起来）

爸爸修士 好吧，好吧，好吧，他把约万推入水中，约万也享受了在水中的快乐，当然他也要受到惩罚，这就是事情的经过，这就足够了。很好，看他笑的样子，这件事会过去。他长大了啊，西米恩，活泼不是他的错。他带给了我快乐，他真的是个好孩子，看他在欢笑，这就足够了。

修士 您为什么纵容他的无礼呢？

爸爸修士 他为我苍老的内心带来了欢愉。

修士 他应当离开，他在这里吃得够多了，应该去找一份正经工作了，他用双眼看着大家、嘲笑大家，他走路的姿态就像他是唯一在阳光下的人，他像女性一样抚摸自己的头发，他随着自己脑海中的音乐跳舞，他应该去田里干点体力活，再去结个婚，这才是他该过的日子。祈祷可不适合他。

爸爸修士 他是唯一的欢愉，西米恩是……

众修士 我们都是他的孩子，您自己无子嗣，您却把坏孩子当成了您的孩子。

爸爸修士 给他做示范，他就会跟着做，西米恩就是这样的。

修士 他之前来路不正，今后来路也不正，他父母的罪过在他的身上一目了然。

爸爸修士 我们怎么才能知道呢，我们不知道过往和以后的事。

第九场

西米恩裸体站在河边。

孤儿之歌

西米恩

我从未被母亲拥吻过，
我从未被姐妹拥吻过，
我没有一个女性朋友。
曾几何时，我有一只小羊羔，
她渐渐长成一只绵羊，
现在，它在我面前装聋作哑。
曾几何时，我有一个小宝贝，
它渐渐长成一只山羊，
它的脚被抓起，
它掉进了井里，
山羊浮肿起来，它的眼睛弹出，
冰霜粘在他的胡须上，
冰霜冰冷又好看，
我亲了亲它，
这是我的山羊了。
没有什么丑的东西是美的，

他们夸它漂亮时说了谎，
水是美丽的，
雪是美丽的，
蛋糕是美丽的，
他们夸我美丽时说了谎。
为什么我的母亲从未拥吻我，
为什么我的姐妹从未拥吻我，
为什么我没有一个女性朋友，
为什么我的小绵羊长大后，
对我装聋作哑，
我的女性朋友在哪里？
我的姐妹在哪里？
我的母亲在哪里？
他们拥有的而我无法拥有，
为什么没有人告诉我这些，
是什么让他们更加糟糕了？
因为他们长大了，
它们装聋作哑了，
它们掉进了井里，
它们浮肿着，
血泡喷涌出来，
因为我们吃了它们。
这些女人在哪？
她们温柔吗？
我想见一见，
女性是否温柔如水？
她们是否美丽动人？
她们会不会喜欢我？

米伦看着裸体坐在河边的西米恩。

米伦 快穿上衣服。

西米恩 你稍微看看我吧。

米伦 快穿上衣服。

西米恩 这些天没有人来看我，每个人都把头转向别处，我的心在灼烧，我的肚子拧成一团，我不停地出汗，我觉得自己快死了。

米伦 恶魔附体了，你这个坏孩子。

西米恩 我快要死了，没有一个人爱我。

米伦 魔鬼爱着你呢，所以它热血沸腾。

西米恩 看来你很了解他。

米伦 的确是很了解，原谅我。

他跪在西米恩身旁。

他亲吻他的腿，西米恩将另外一条腿伸出来让米伦亲吻。

西米恩 女人会这样儿吗，像我一样吗？

米伦 并不是，你要更美丽。

西米恩 你看过她们吗？

米伦 我看过的，通过上帝的眼睛。

西米恩 你怎么看到她们的呢？

米伦 我曾经演奏过音乐，你知道的。

西米恩 你表演什么音乐呢？

传来阵阵手风琴的声音。

米伦 我不想告诉你。我说出琴的名字时，我的灵魂就开始哭泣。我的灵魂为魔鬼哭泣。魔鬼藏身于乐器之中。他不停地呼唤我，我很多次已深陷其中。我试图抛开他，燃烧他。我曾经弹奏得十分美妙，她们来找我，我对她们精挑细选，我挑选了中意的那个，或者我将她们交给和我一起来的男人。她们中的一些人哭泣着，她们说，我们要的是你，不是别人。但我告诉那些妓女，既然你们来了，你只能得到你配得到的。

西米恩 你得到了。

米伦　是的。

西米恩　你怎么得到的?

米伦　别问那么多啦。

西米恩　让我看看你怎么得到她们的?

米伦　我亲吻，拥抱……

西米恩　让我看看吧。

米伦拥抱西米恩，亲吻他。

西米恩任他亲吻自己，之后推开了米伦。

米伦继续紧抱西米恩，西米恩痛打米伦。

米伦将西米恩的头按向自己的胯部，西米恩大笑。

米伦亲吻西米恩的胯部，西米恩享受着这一切。西米恩哭了，米伦走开了。

米伦大声咆哮，脑袋在地板上撞击。

第十场

西米恩　爸爸修士，我想死。

爸爸修士　我的孩子，告诉我是什么使你的灵魂不安?

西米恩的忏悔

西米恩

在我小时候，
我有个小铃铛。
当我伤心时，
我就拿出小铃铛；
当我穿过草地落入陷阱时，
我就抓住小铃铛；
当我孤身一人时，
我就紧紧抓住我的铃铛。

我眼中流泪，
曾几何时，一位老妇人告诉我，
孩子你得到了它，
你做得不赖。
我不明白她怎么知道的，
我的小铃铛啊，
我的小铃铛，
在我独自一人时，
我将它把玩，
我讲故事给它听，
它去我不敢去的地方旅行。
我的小铃铛，
它时而并不起眼，时而很强大，
我的小铃铛，
它比我强大，
我的小铃铛，
它对我歌唱，
我的小铃铛，
它讲故事给我听。
我的小铃铛，
陪我度过孤独时光，
当我孤独时，
我的小铃铛陪伴我，
上千次的寂寞，
小铃铛陪伴我，
给我光明，
上帝于我而言就是它，
我的小铃铛。

我的小铃铛。

远处传来米伦的咆哮。

爸爸修士 我的孩子，你生来就不适合修道院。你学习如何工作，你是个好孩子。你要外出了解那些秘密了，这是个神圣的秘密，这是男人和女人之间的秘密。

不要哭泣，不要靠近我。我不想看你，我曾经是那么爱你，你是罪恶的，我不想知道你为什么变成这样，在你离去时我也不想看着你的背影，我不想将你不需要的祝福送给你。你走吧，去做一个好人吧。

西米恩 你是这个世界上最好的人。

爸爸修士 我不是好人，我的孩子，我是最邪恶的人，离开我吧，让我给恶魔带上镣铐，让他停止空洞的咆哮，放逐他于城墙之外，在你走后，我会驱逐他，你为我和这片土地带来如此多的伤痛，不要哭了孩子，这不是你的错，这是我的错，我应该立即让你走，你不属于这里。

西米恩 爸爸修士，请看我一眼吧。

爸爸修士 我了解你，我知道你的模样。我喂养你长大，给你喝水，为你换尿片，米伦也为你做这些事，这里是你长大的地方……

西米恩 爸爸修士您爱我吗？

爸爸修士 我爱你。

西米恩 请您以我的性命发誓，如果您不爱我，我就去死。

爸爸修士 我非常爱你，我完全爱着你。

西米恩 我内心有恶魔吗？

爸爸修士 你还年轻，你会驱逐它走的。

世 界

第十一场

贝尔伊曼坐在门口，边抽烟边喝咖啡。

西米恩站在她面前。

贝尔伊曼 你能做些什么呢?

西米恩 我知道怎么挖坑，怎么在墙上涂漆，我知道怎样修东西，我还会读书写字。

贝尔伊曼 跳过读书和写字吧，我自己也会看书。

西米恩 我可以驾驶拖拉机，我可以开汽车，还可以做饭。

贝尔伊曼 你不是幸运儿。

西米恩 一定程度上来说不是。

贝尔伊曼 我可以给你提供食物，还可以给你留一个车库上的小房间，就这些。

西米恩 我正需要这些。

贝尔伊曼 你知道怎么唱歌吗?

西米恩 我知道怎么唱歌。

贝尔伊曼 你工作的时候就去唱歌吧，这附近都很安宁。

西米恩 唱什么好呢?

贝尔伊曼 你想尿尿吗?

西米恩 不想。

贝尔伊曼 你是不是尿尿这个事都要问问我，你简直太乖了，这样才是最差劲的。

西米恩 我还没有在这附近走动过。

贝尔伊曼 你不是疯子吗?

西米恩 我不知道，这个要让别人判断吧……

贝尔伊曼 你来自修道院?

西米恩 我不知道，对我来说这样说并不正确。这取决于你如何看待它。如果说我不是的话又不对，但是如果说我是的话，也不对，我生来就不是修道院的。

贝尔伊曼 让我们想象着干一杯吧。

西米恩 我要先忙完工作。

贝尔伊曼 干完活来我房间一下，我们喝一杯。我是这儿的女主人，你是知道的，当然，我们也可以做朋友。对我好点儿，我才会对你更好。如果你对我态度恶劣的话，我会以牙还牙，甚至还要糟糕。我男人不能动，我需要一个帮手，你要像我的家人一样。你如果就像我一样辛勤，那么你会得到一切，如果你要什么鬼把戏，小心我捏碎你的蛋蛋。

西米恩 我明白了。

西米恩在剥玉米。

西米恩 你会看到的，爸爸修士。我会回来的。我要先赚点钱，再寻找我的母亲，之后我会带着给你的礼物，比如你喜欢的巧克力，爸爸修士，那样你每天都可以吃一块巧克力了，除去斋戒时期，你在入睡时，在舌头下放一块巧克力，等待它渐渐融化，我会送你之前从未吃过的巧克力，我的爸爸修士……

西米恩哭了。

生 日

第十二场

贝尔伊曼的住所里全是一位政治名人的雕像，这是一位长发的英俊男子，雕像有全身的，半身的。塑像被点燃的蜡烛包围着。她的丈夫不能动，他的喉咙咯咯作响，这声音就像是吹小号，或者各种颂歌的曲调。

他们三人坐在晚餐桌前。

贝尔伊曼 我们决定今天给你过生日。

西米恩 我没有生日，我只有命名日。

丈夫　你现在有了。

西米恩　非常感谢。

丈夫　你想要什么生日礼物呀?

西米恩　什么都不要。这里有些我没有的东西，我要去找到它。我想找我的妈妈，知道我是谁，我想靠我自己知道，而不是别人告诉我，我想了解我自己。此外我还想帮助我的妈妈。

贝尔伊曼　因为今天是你的生日，我有个惊喜要给你。

丈夫　我没什么可给你的，我不能出去找到你想要的。

他笑了。

贝尔伊曼　你的心愿是什么?

西米恩　我想知道爱。找到我的妈妈，还有变成一个好人。让我看看我是不是很坏，她也很坏，然后我们共同变好。

丈夫　我会告诉你什么是好人，但是我起不来……

他笑了。

贝尔伊曼　又是老掉牙的故事。别和我扯你妈妈的事，你是谁，你是个好人，那有什么意义呢?

你没有理想吗，你不想为大伙做点什么吗，一些你需要改变世界的做法，一些为他人的付出的事情，不仅仅是你自己。一个好人，你连一个男人都算不上，你还是个幼稚的小子。作为一个男人来说，你长得太好看了。

西米恩　我相信上帝。

丈夫　原谅我，亲爱的，我想尿尿。

贝尔伊曼递给他小便盆。

丈夫　我很抱歉让你做这种事，但是我起不来。

西米恩　我们是一家人。

丈夫　让你的叔叔保佑你。如果你为人差，有些事不能让你变成你想的那样。你要不是这么乖，你还真可能出什么事儿。你的叔叔只是开玩笑而已，你人真好，是个诚实的孩子。

丈夫哭了。

贝尔伊曼 你要对自己的家乡有个明确的想法，如何改变局面，事情应该是怎样的，如何让我们变成人，但是你，你认为你寻找到了你的出身，你认为这造就了你，但这一切都很糟糕，你需要有自己的认知，不然你就被洗脑了。

丈夫 这片故土，这个无耻的婊子一直占有它，她在山洞里埋着炸药，当你从山谷里猛吸气时候，炸药会把你炸飞，把这片丘陵和山谷炸飞。

贝尔伊曼 他会拯救这座城市，有人领导这座城市时，他的言语行为会让你尊重他，作为榜样，比你自己还要好，这就是他，他就是这样的。

丈夫 胡说八道。

贝尔伊曼 当我听到他说的话，我相信他……

丈夫 你相信他，我也相信你。帮我拿个干净杯子吧，我自己动不了。

他笑了起来。

西米恩 你们真是好人啊。

贝尔伊曼 让我们看看你的小肚腩。你不停地吃，但你并不胖。这就是自然的奇迹。你在工作，这是你应该做的。但是你吃了这么多，我们要让你再多干一点活了。我们可不是好人，我们是粗鄙的人，你也能看到，但这里也有更差的条件，如果你想离开，这里有比我们更苛刻的主人。

丈夫 今天我要看看电视。看看那些溜冰的人。她不喜欢这些人，那些废话连篇的人，不，我想看看溜冰的人，那可太好了，溜冰是真真切切的事情。钓鱼也不赖，你去过沼泽吗，我就在沼泽里养过小虫，有手指头那么粗。

贝尔伊曼 西米恩会去修电视的，修好你就能看了。外面有个厕所，这个厕所刚刚好，整理得相当整洁，他是用双手清理的。重木头，门口的灯笼，座椅旁的书架，书架上有精致的书。蛀虫已经侵蚀了这一切，闻不到味道，翻看这些书时，它们甚至都很丑陋，但你为什么要瞧不起它们呢，下雨时你仰望天空，我在马桶上放块帆布，上面有红苹果图案，颜色是那样的鲜红，就像是女巫调制出的红色。这一切就都妥当了。

丈夫 把那件防水衣撕了吧。

贝尔伊曼活泼地跳着民间舞蹈，她的丈夫摇晃着头跳舞。

丈夫 我今天想有个孩子。

贝尔伊曼 西米恩就是我们的孩子。

西米恩 我不是你们的孩子。

贝尔伊曼 为什么不呢?

西米恩 我在别的地方有我自己的父母。

丈夫 什么乱七八糟，你的父母都在墓地里呢，他们会把你带到墓地去的，他们会握着你的双手，你甚至都不知道，他们把你沉沉地放下。如果我没有继承这座房子的话现在身在何处呢？我应该会在墓地里吧。她也同样，这座房子和这片土地也同样，在墓地里。如果人可以选择自己的父母该有多好，像你这样的人，我们会相互选择，我们每个人都会为别人奉献自己的一切，这才是真实最好的呢。

贝尔伊曼 快看他，他先前是个拳击手，有一次他倒下了，从此站不起来了。（*他展示了自己的照片*）他先前是个拳击手，你知道的，这也没什么。如果你能看到当时的他就好了。他是我的第一个男人，你知道的。我爱他，这你也是知道的。现在你觉得我很有趣，他也很有趣。年轻人，这里。如果你看到了黑豹，被花朵包围着的黑豹。一个高尚的人，你现在知道他是什么人了吧。

丈夫 他吸干了我的能量。

西米恩 谁干的?

丈夫 这个书写我的人，他带走了我的灵魂。

西米恩 事情不是那样的。

丈夫 倘若我现在能站起来，带你去见那个男人，你自己就可以见到。但我现在不能起身带你去见他，不能在你面前展示双级跳，两次跳三英尺，两边都是浅滩，岩石，木桶，我跳到外面去，我走出来，仰望天空摇头，我要是有自己的双臂、双腿、牙齿，就很好了。这就是生活。你别在这儿跳。

他大笑起来，贝尔伊曼翻了个身。

贝尔伊曼 我在自己的家里想做什么就做什么。

我想爱抚你。

丈夫 你看到我的胳膊没？

西米恩 强壮的胳膊。

丈夫 这是我唯一留下的。那个白痴为电视节目写了我的事情，你知道他怎么叫我的，他称呼我为玉米地里的恶魔，我以前瘦得皮包骨头，我的牙齿就看起来很大，尤其是门牙。我经常赢得比赛，当然我现在不瘦弱了。

西米恩 我要去睡觉了。我认为人不能如此轻松地谈论恶魔。但事情也不完全是那样，恶魔一直都会偷听到。事情并不是那样发展的。如果真的是那样就好了。

丈夫 是的，我不要干。如果你不干，生命中会减少一些痛楚。按理来说我可以干，但是我不想干。如果我的姿势不对，我就不会干了。你知道的，我是不是应该让护士干我呢，现在我待她和姐妹一样了。我对护士没兴趣，不，完全没兴趣。我要做一个堂堂的男子汉。

西米恩 我要去睡觉了。

贝尔伊曼 我不想让你去睡觉，六年中我没有看到过他这样子，坐在桌旁不停地讲话，六年中没有想要睡觉，还坐在那里不停地喝酒……

西米恩 我不能再喝了，我不能喝那么多……

丈夫 我现在要起来了，打碎你的脑壳，笨蛋……

西米恩 我不走了。

丈夫 看看我的胳膊。

贝尔伊曼 他和我们在一起其实并不快乐。

丈夫 我和你们在一起时的确不快乐。

丈夫将酒一饮而尽，尔后睡着打呼噜。贝尔伊曼坐在西米恩的大腿上，移动着她的屁股。

贝尔伊曼 把它掏出来一点吧，我痛苦的灵魂需要它，就那么一下下，你会享受它的，你把它拿出来，其余的事情我来自己做，我的灵魂渴望着它，救救我吧孩子，帮点小忙，这是为了你的生日，你现在是成年人了……

第十三场

西米恩和贝尔伊曼躺在干草垛上。丈夫在电视机前听着叫喊声。

贝尔伊曼和西米恩在做爱。

丈夫 这些模特和这些跳芭蕾舞的娘们不知道咋出拳。看看他，一点门道都没出来。他懂个啥，他鼻子里滴下的不是鼻血，而是牛奶。当他睁开眼时候，他就两眼一黑。两眼漆黑，他还没有长出小胡子。乌青眼儿，鼻子流出的牛奶很快就会变黑。吹哨子啊！大傻逼。去他娘的。

丈夫哭了。

贝尔伊曼 夸夸我美丽，你这只小狗崽。

西米恩 你真美。

贝尔伊曼 告诉我，我有多美。

西米恩 你像一幢房子一样美。

贝尔伊曼 这是什么意思？一幢房子？

西米恩 你有一个烟囱，可以冒烟，你可以放音乐，你有洗碗机，木材炉，热水器，你的墙上有一串大蒜，你有胡椒，你的门前有一条狗，狗还有牙齿。

贝尔伊曼 你不要再说了。

西米恩 我要说。

贝尔伊曼 我像鲜花吗？

西米恩 什么花呢？

贝尔伊曼 盆栽里的花，花瓶里的花，壁橱里的干花……

西米恩 我不喜欢那些花。我只喜欢田野间的花。

贝尔伊曼 去他娘的小狗崽。

西米恩 不要再说那些话了。

贝尔伊曼 你有妈妈吗?

西米恩 我当然有妈妈。

贝尔伊曼 我可以做你的……

西米恩 你不行。

贝尔伊曼 你多大了?

西米恩 我不知道。

贝尔伊曼 这是什么?

她指着他的项链。

西米恩 我妈妈留给我的。

贝尔伊曼 她在哪?

西米恩 我不知道。

贝尔伊曼 你到底是谁啊,你这只混账的小狗崽。

西米恩 她在我还是个婴儿的时候就离开我了。

贝尔伊曼 这个婊子。

西米恩 你才是婊子。

贝尔伊曼 你是婊子生的。

西米恩 你这个下流胚。

贝尔伊曼 你简直一无是处。

西米恩 可是你昨晚可不是这么讲的。

贝尔伊曼 昨晚是昨晚。

西米恩 你不是说真的吧,你不是说你没这么爽过吗……

贝尔伊曼 我一直很爽,我可爱的婊子养的。

西米恩 我要杀了你。

贝尔伊曼 你要杀人是吧,那你想干吗……

西米恩 滚开。

贝尔伊曼 你滚开。

西米恩离开了。

贝尔伊曼哭了。

崎岖道路之歌

贝尔伊曼

长长的路，宽阔的田野。
为什么他从来不脱衣服，
为什么他从来不脱鞋子，
为什么他的衬衫全是白色的。
我给他买了外套，
我给他带了鞋子，
我为他熨平了衬衫，
他从未感谢过我。
夜里我抱着他的头，
不论我想或是不想要。
我教会他如何爱一个女人，
如何取悦一个女人，
他应该感谢我，但他没有。
道路应该更长，田野应该更广阔，
他也许摔断了腿，
在这崎岖的小路上。

丈夫 谁都没一点头绪。婊子，她们中的许多人，那些马屁精，喝牛奶的人，羊被剪了羊毛，小牛被宰杀了，他们中很多傻瓜，我从这就能看到，我从世界的另一端就可以看到，我看到他们走在街上，他们对活着产生了厌恶和罪恶感。他们都去死吧，一群傻瓜。

第十四场

车站，后面有座小屋。

一个女孩站在门口，嚼着泡泡糖。

西米恩 你在这里等谁呢？

就这样儿 等公交车。

西米恩 那是车站吗？

就这样儿 你自己看不到吗？

西米恩 我能站在这儿吗？

就这样儿 你不能自己看吗？

西米恩 我自己能看到。

就这样儿 看别处去。

西米恩 你不冷吗？

就这样儿 不，你……

西米恩 我从未感觉到冷，我生在水中。

就这样儿 水里。

西米恩 我的脑袋经常嗡嗡作响，水花在我的脑海里飞溅。

就这样儿 我一点都不冷。

西米恩 你要照顾好自己。

就这样儿 为了什么呢？

西米恩 这样你才能有孩子啊。

就这样儿 我不想有孩子，我有三个姐妹两个兄弟，我爸妈还有一个孩子，他们叫这个孩子给他们干活，他是个孤儿。

西米恩 他是个好孩子吗？

就这样儿 这不关我事。

西米恩 你去哪呢？

就这样儿 不去哪。

西米恩 你为什么等车呢？

就这样儿 你在想什么?

西米恩 你等待有人路过，但是没有等到。有人路过了，你想知道他们去了哪里，他们叫什么，他们怎么会记住在车站的小女孩，这也是你打扮成这样的原因。你是车站最漂亮的姑娘!

就这样儿 我想知道他们的房子和窗帘什么样，他们的午餐吃什么，是怎么做的，他们是否彼此相爱，他们要去哪里，他们也许会谋杀和抢劫别人，他们也许会为我照相，我也许应该去别的地方。

西米恩 你的房子什么样啊?

就这样儿 它就在我背后。我自己是个孤儿，我告诉你了。

西米恩 谁把你打扮得这么漂亮?

就这样儿 我哥哥买给我的这些。

西米恩 他不是你的哥哥。

就这样儿 他是我的哥哥，我们两人统一过意见。

西米恩 你有名字吗?

就这样儿 他们叫我……

西米恩 什么。

就这样儿 就这样儿。

西米恩 好吧，就这样儿。我们去走走吧。

就这样儿 我不想走。

西米恩 当汽车经过时让我带着你吧，这样他们才认为你是女皇。

就这样儿 你叫什么名字呢?

西米恩 西米恩。

就这样儿 乡下人的名字。

西米恩 才不是，这是圣徒的名字。

就这样儿 你的确是个圣徒，但是你还是离不开女人的逼。

西米恩 继续，就这样儿。爬到我头上来，我带你去其他地方。

就这样儿 去哪里?

西米恩 我们可以上车再看看。

生活的景象

第十五场

西米恩和男孩们在加油站。

第一个男孩 这个加油站是附近最大的。

第二个男孩 怪不得这里的工资比较高呢。

第三个男孩 是的，但是你要加一品托汽油的话，也真是够呛。

第四个男孩 老板生气了，他真的很在意这些事儿。

西米恩 我和她结婚了，但她连高中都没有读完，这是我的错。

第一个男孩 这是你的错，因为你尽管有时间，但是你逃避了。

西米恩 我们刚结婚的时候，她就不去学校，她整天都是在街上游荡，嘴里嚼着口香糖。

第二个男孩 那么你一脚踩在了口香糖上，还被黏住了。

西米恩 她现在常常缺钱，她经常生气，我们的房子太小了，她哥哥高兴时顺便来看她，她给他东西吃，但如果她爱我的话就应该把吃的先给我。她说我不再爱她了。那也不是她真正的哥哥，她是个孤儿。

第三个男孩 你怎么爱她们呢，她们怀孕了，她们整天对你废话连篇，她们有时候放肆地大笑有时开怀痛哭，她们让你苦恼，让你什么隐私都没有，她注视你究竟吃了多少东西，你喝了多少酒，她开始给你掐时间，她说你回家需要三小时，是真的花了三小时吗，她告诉我说三小时，我说，你这个大肥婆，你这堆吃我喝我的一摊死肉，我明天会离开你五个小时，后天离开你十个小时，在之后我就不会回来了。

第一个男孩 她双眸闪着的光消失了，她不想让我再享受我们的日子了，她也不会让自己享受了，你并没有为我做这些，她说，你没有为我做那些……

第三个男孩 你看到了这些，你对自己说。

第一个男孩 为什么我生下来就像一只瘦弱母鸽生下的小弱鸽。

第二个男孩 为什么我是弟弟呢……

第三个男孩 为什么我不是什么大人物呢。

西米恩 上帝啊，我从未见过这样的女人……

一个寡妇和她的随从路过加油站，她和西米恩注视着对方。

寡妇之歌

寡妇

我从家里来，来探望监狱。
我从家里来，来探望墓地，
我从床上下来，来看我挚爱的链条，
我从花园来，来看我的荆棘，
我从马厩来，来看泥巴。
我精打细算获得金块，
我要把我的乳房放在枕头上，
我要把我的肚子放在枕头上，
快看照片里的我，
快看从今往后的我，
我会在快乐中死亡。

第十六场

西米恩，就这样儿，孩子

就这样儿 你看，他一直在睡觉。他们叫我摇她的腿把她叫醒，把她放在我的乳头上，但是把她叫醒的话我觉得太抱歉了。我想去找我的爸妈，我去了他们家门口，但他们将我拒之门外，我哥哥也不在那儿。只要你爱我。只要你爱我甚过于这世界上的任何东西，我就会好起来的。我会好好对你，我会温柔，我不会朝你大喊大叫，你是这个世界上最好的人。我会亲你，我现在就想亲亲你。

西米恩　我现在不想亲吻。

就这样儿　我们什么时候亲吻呢?

西米恩　等个好时候吧。

就这样儿　就是现在，我想要你。

西米恩　我在工作呢。

就这样儿　那我就等你。

西米恩　你知道的，我不想和一个女人厮守在一起。

就这样儿　我会等你。

西米恩　等我回心转意吧。

第十七场

寡妇光着脚在河堤徘徊。

西米恩向她走去。

寡妇　我见过你。

西米恩　什么时候?

寡妇　我见过你可不止一次。

西米恩　我只见过你一次。

寡妇　我没有出去过。

西米恩　为什么。

寡妇　我已故丈夫的兄弟在保护我。

西米恩　他们没有好好保护你。

寡妇　他们有。

西米恩　你的眼睛知道。

寡妇　是的。

西米恩　他什么时候去世的?

寡妇　五年前。

西米恩　你五年没有和男人在一起了吗?

寡妇 是的，五年了。

西米恩 你想过这事儿吗？

寡妇 我想过啊。

西米恩 你想了五年吗？

寡妇 从见到你的那一刻起，我才想的。

西米恩 我可以为你而死。

寡妇 不要死。

第十八场

他们裸体躺在河边。

寡妇 我一直和父亲生活，我的母亲自杀了。我父亲是个手风琴手，我曾经在小酒馆为他伴唱。在我还是个可爱的小姑娘的时候，他们会给我很多钱。我声音甜美，年纪也小。我父亲把我喂得饱饱的，我也穿过好看的裙子。我们从来不出远门。我父亲有很多女人，我睡在自己的房间里，我的房间干净漂亮，还有个阿姨照顾我。之后我长大了，一天，很多男孩子骑着车子从城市来，他们来我所在的酒店找吃的。我爸爸仔细看他们，其中一个男孩子长相俊美，像天神一样。他的眼睛是淡黄色的，就像老虎的眼睛。他盯着我看。他骑车带着我转了很多圈，我爸爸骂他，还带人把他揍扁了。我站在那里看着他们。他们告诉我他的坏习惯，他们告诉我说，他喜欢男孩子。他们看到他在城市里看那些卖淫的男孩。他们说看到他给一个男孩钱，还观看。他给卖淫的男孩照相，他们拿走了他的钱。他被揍得满地打滚哭泣。他再也不踏入村庄了。我也不会再告诉你其他故事了。

西米恩 为什么我当时不在那里呢？

寡妇 你当时年纪还很小吧。

西米恩 你爱的是黄色眼睛的男孩吗？

寡妇 是的。

西米恩　他爱你吗?

寡妇　他爱了我大概有两周的时间。

西米恩　现在这个丈夫一直照顾你，他死了也照顾你，是吗?

寡妇　我亏欠他，我之前是个妓女，你知道的。

西米恩　你是个圣徒。

寡妇　你会亲吻我的脚吗?

西米恩　我会的。

寡妇　继续。

西米恩亲吻她的脚。

寡妇　亲吻我的脚。

西米恩　我会用眼泪洗净他们。

寡妇　如果你妈妈看到你在亲吻我的脚，她会说什么呢……

西米恩　她什么也不会说。

寡妇　如果你的姐妹看到你在亲吻我的脚，她会说什么呢……

西米恩　她什么也不会说。

寡妇　所有的女人都厌恶我，我必须离开这里了。现在我回来了，我花钱买了很多佣人，我要让她们付出代价。

西米恩　让她们付出代价吧。

寡妇　让她们偿还我。

寡妇　如果你妈妈知道我是什么人，她会说什么呢?

西米恩　你是我的挚爱。

寡妇　把我介绍给你妈妈吧。

西米恩　我不知道我妈妈是谁。

寡妇　我美丽的孤儿啊。

西米恩　我必须找到她。我们一起去找她吧。她把我留在了河边的修道院，她知道我会去找她的，她在我的脖子上留下了这个戒指，你看，不是金戒指，也不是银戒指，这边有一个小心形，油漆已经脱落了。

寡妇　第一次我们见面时在集市骑车，他送给一个戒指，他还把自己的夹克给我穿，夹克袖子太长了，我们在河边垫着夹克做爱，一次，两次，那就是全部了。直到我父亲看到我，直到我看到我父亲，直到这些骑车的家伙离开了，我的孩子，他们没有久留，我为你歌唱，我歌唱，他们围着篝火大笑，还在烤着玉米，我饿了，还没有吃饭，他告诉我他要走了，这样他可以不用看着我了，他让我回到父亲的身边，我离开他了，但是我没有找到我的父亲，你是我放在水中的。

西米恩 这一切都是你做的梦吧……

寡妇 不，你的眼睛也是淡黄色的。一只小老虎，小猫。

西米恩 你要去哪呢?

寡妇 我去游泳，咱们一起吧。

西米恩 我会在这里看你、照顾你。

寡妇 闭上你的双眼吧。

西米恩 不要，妈妈，不要走远。

寡妇 你闭眼时候我就会在。

西米恩 妈妈。

寡妇 我不……

西米恩 就像这个从未发生过，不要啊妈妈，那里有漩涡。

漩涡之歌

寡妇

我爱漩涡啊我的小可爱。
我爱漩涡啊我的头在旋转，
我想获取空气啊，
坚持久一点啊。
漩涡就是我的家里啊孩子，
在漩涡中寻找我吧。

他离开了

第十九场

西米恩站在修道院门前。

我想要离开的歌唱

西米恩

我来到这里，
我来到这片尸骨遍地的土地上，
我来到这儿并且不要注视阳光，
我来到这儿并且不要听到鸟儿的歌唱。
我来到这儿因为我来找我的妈妈，
我来到这儿因为我和妈妈发生了男女之事，
我来到这儿因为我进入了妈妈的子宫，
我来到这儿因为我享受和妈妈的欢愉，
我来到这儿因为是我在她的子宫里插入一把刀子，
我来到这儿因为我想消失得了无踪影，
我来到这儿因为我想为她祈祷，
我来到这儿因为我是世界上最坏的男人，
我来到这儿为我的父亲祈祷，
我来这里因为我比他还要坏。
他从未爱过我的母亲，
正如我爱她一样，
一整天和一整晚。
我爱我的母亲，
我用一生来寻找她，
我用生命为她祈祷，
她还不知自己有个孙女，
让这孩子去吧，随他的心愿去吧。

第二十场

就这样儿在跳舞：喝酒，她的哥哥站在她的一旁。

哥哥 我现在就要把她带走。

就这样儿 带走她吧，她吐得遍地都是，浑身恶臭。

哥哥 你不应该责备她。

就这样儿 我应该责备她。她吃光了我的头发，吃光了我的牙齿，就是因为她，西米恩才离开的，如果我没有生下她，西米恩还会在我身边……

哥哥 因为他是坏蛋他才离开的。

就这样儿 那你是好人吗?

哥哥 我准备帮助她，我也想帮助你……

就这样儿 那你现在亲亲我如何?

哥哥 我现在就把她带走。

就这样儿 走吧，你根本不是个男人，你一点都不像个男人，你只是瞪着你的眼睛看我，像是乞讨一样做出一副悲伤的表情，我不要你祈求我，不要那样看我了。我再也不是以前那个我了。我爱这个酒瓶和这条裙子，我要去跳舞，我没有奶水了。

哥哥 她会好起来的，你知道的。

就这样儿 她会像她爸爸一样漂亮。

哥哥 来吧，带上你的孩子。

就这样儿 我不要。

哥哥 过来和我们在一起吧。

就这样儿 我不要跳舞了。

哥哥 你去跳舞，然后你再回来，回来和我们一起。

就这样儿 去生火吧，看那些人在打鼾。看那个女人在祈祷，但她的男人在为小酒馆为卖唱的女人花钱呢。看看他们的孩子，他们结婚了，就是为了去打鼾，去祈祷，去关灯走向尘埃里的床榻。

哥哥 我们三个人去别处吧。

就这样儿 我不爱你。我还活着。尽管活的时间不长了，我还会和活着的人在一起生活。

哥哥带着孩子离开了。

城市之歌

就这样儿

我要离开这座城市，
我听到了城市之声，
我听到城市在爆炸，在枪击；
我听到了城市之声，
我听到城市在嚎叫；
我听到了城市之声，
城市下面有个墓地，
墓地下面埋着痛苦；
我听到了城市之声，
鼠鸟在空中飞翔，
脚底板在捶地，用力捶，用力捶，
我听到了他们的声音，
一百个人在用脚碾压。
这条路，那条路，
我就在那儿，
教堂的屋顶是金色的，
我不觉得它可怕，我在嘲笑我自己。
我听到了城市之声，
我呼吸着痛苦的气息，
它紧紧地抓住了我，
我讨厌它，非常的讨厌它，

它让我想起了城市，
河畔是金色的，
小孩在跳跃，
小孩跳进了洞中，
我要逃离这座城市，
在那里，我会找到属于我的归宿。

尾　声

十年之后。

米伦和约万都老了。他们坐着削苹果，吃苹果。

米伦　我爱我的女儿。

约万　你怎么今天想起她了？

米伦　因为爸爸修士是今天去世的，我只爱她和爸爸修士。

约万　你不爱我吗？

米伦　不爱。

他们都笑了。

约万　但是你的确很爱西米恩·西米恩。

米伦　我曾经恨西米恩·西米恩，但是现在不恨了。我对他感到抱歉，他肯定已经死了，他在那个洞里自杀了。

约万　祈祷老鼠和猫咪不要吃掉他。

米伦　你知道我的女儿在西米恩回来时候死的。她死的那天有个人把自己埋在地窖里，她的心也死了。他们说她走进了漩涡是撒谎。她同有钱人结婚了，那个男人死了，她的心从那时起就死于孤独。她是个很棒的女人，是个伟大的家庭主妇，她的生活很不错。我为她感到羞耻，我知道她一定会享受美好的生活。她是个诚实的女主人。他们说她因为是男人走进了漩涡，这都是撒谎。多么丢脸，他们在撒谎，是因为他们在妒忌。多么好的女人啊，没人见过这样的好女人，这么好的女人居然是由我这傻瓜蛋生的。她死了，她因为爱她的丈夫而死。

约万 我们应该做什么呢？

米伦 今天。

约万 爸爸修士说要解除他的誓言。

米伦 他们在地下把他吃光了。

约万 要打赌吗？

米伦 赌注是什么？

约万 做杂物。

米伦 你一生中从未赌赢过。

约万 我这次会赢。

他们打开了地窖的门。

刺眼的阳光透过窗户照射进来。

两人跪下来了。

西米恩走出去，浑身金光。

他们亲吻他的脚。

米伦 你能告诉我为什么阳光照耀在你身上吗？

约万 他知晓我们所不知道的。

米伦 让我们来干活吧。

约万 你帮我做杂活。

米伦 可以。

约万 这样我才原谅你。

米伦 你真好，我现在要追随他了。

约万 我也是。

西米恩 慈祥的老人们，我们去漩涡深处钓鱼吧，我们抓一条鱼再把它扔进水里，扔进漩涡里，我的可爱的老人们。

他们一齐向水中走去。

剧终

多萝塔·马斯沃夫斯卡或
在语言力量之下

阿图尔·杜达（Artur Duda）
王星月　译

多萝塔·马斯沃夫斯卡（Dorota Masłowska）是当代波兰文学中最炙手可热的作家之一。她于 1983 年 7 月 3 日，生在波兰北部一个安静的小城市韦伊海罗沃。她外表看起来很羞涩，但是语言锐利，并且富有一种波兰式的幽默。若将她与世界知名剧作家相比较，那么最为合适的是奥地利诺贝尔奖获得者艾尔弗雷德·耶利内克（Elfriede Jelinek）。

耶利内克的作品《冬天的旅程》（*Winter Journey*）展现出一种宏大的幻影似的景致。作者把自己描述为弹奏手风琴并且一遍遍吟唱同一首歌的音乐家。这位年老又孤独的街头音乐家的故事来自由弗朗兹·舒伯特创作的系列音乐中的同名歌曲《冬天的旅程》。但是，在耶利内克的视角下，有个女人站在破碎的冰上，渐渐渗入水中，然而，无情的观众嘲笑着注视着她；同时她几近失声。当然，这件事也许有些低俗趣味，其中还包含了死亡的愿景："你就是个无名小卒——他们恶毒地说道——你永远都是那个无名小卒。你能申辩的只有空洞的声音，你不论在哪里都是陌生人。不要对任何事抱有幻想！你现在对自己的评论言过其实了！"

这在马斯沃夫斯卡的小说里也有类似的描述。首先，是第二自我的展现：女警员"马斯沃夫斯卡"（她的名字不小心漏掉了最后的音节"W"）在

《白—红》(*White-Red*)(波兰全名为《白红旗帜下的波兰与俄罗斯之战》(*Polish-Russian War under White-Red Flag*) 2002)一剧中的体现，《皇后的孔雀》(*The Queen's Peacock*)(2005)中居住在华沙的木讷作家DJ桃瑞丝，最后，还有音乐长剧《社会并不美好》(*The Society Is Not Nice*)(2014)中的名流D先生。《皇后的孔雀》在结尾还出现了同样的情形，正如和耶利内克面对的问题一样，读者也在攻击着作者："伙计们，这儿有件麻烦事儿，她也许在写什么呢，我的老天爷，我们一定不能看，我们也不知道她在做什么，但我们绝不允许这事儿存在，我们不能再做一次傻瓜了，当两次傻瓜绝无可能，我们来让[斯坦尼斯洛]莱姆开创一番事业吧，让[西斯洛]米洛斯，还有[温透德]贡布洛维奇，还有其他大城市里有能力的作家，还有更多驻扎在'混杂'博客里才华出众的作家一起大干一番吧。但她就不行。我们怎么能去欧洲呢，我们要去俄罗斯找她，为马铃薯和荨麻犁开拓一片土地。为什么大家没有说点什么呢。年轻人们，够了，大家伙别光站在那儿，朝她开枪吧，一枪击毙她吧，毫不留情，不要手软，别留着下次再说了。不要后悔，如果这事儿了结了，别往心里去，如果不是因为这个，你下次还会有这样的倒霉事，一次，两次，三次，也许八次。她对嘻哈音乐了解多少呢，别开玩笑了，她只是假装自己是穿着连帽衫的小女孩，尽管连帽衫正赶流行呢，现在她想变成说唱歌手，虽然说唱音乐很时髦，可是我们的耐心也达到极限啦。准备就绪，沉着镇定，集中注意力，准备好了吗？不要后悔，不要懊恼，如果这件倒霉事结束了，你还会再遇一件倒霉事的。开火吧，伙计们！"

另一个将马斯沃夫斯卡与耶利内克相比较的重要原因是她极具运用多种语言讲故事的天赋，许多对白取自于街头俚语，人们的日常对话，流行文化，电视节目，商业广告等等。在这个混杂着多国语言的世界中，不和谐的声音，嘈杂的混沌是作者笔下的典型场景。

但这位久负盛名的奥地利大师与年轻的波兰剧作家的本质区别在于看待作者所肩负的使命。

艾尔弗雷德·耶利内克认为作一面反射世界情境的镜子即是作家的职责，除此之外，作家还应该是世界的良心，正视并揭露罪恶，是作家应当肩负的责任；讲述事实是所有艺术家的道德责任。

多萝塔·马斯沃夫斯卡与之相反，她不想做世界的良心，甚至也不想做波兰的良心。她说“这个世界并不美好”，即这位年轻女作家在面对现实社会给出的讽刺又委婉的答案。这是来自那些假装不谙世事、双手无力的“穿连衣裙的苏格拉底”（抑或是穿连帽衫的街头说唱艺人）的回答，这也就像是作为父系社会或厌女社会中陈规守矩的女性的回答一样。但作为当代的苏格拉底，她徘徊于波兰大都市的街头以及偏僻的乡镇，揭露了1989年之后现代波兰社会中身份低微又转瞬即逝的小人物的生存现状。波兰的社会主义消亡了，“野蛮的”资本主义诞生了。作为一名剧作家，多萝塔·马斯沃夫斯卡并不像艾尔弗雷德·耶利内克那样严肃。她富有年轻的自大，又体现着轻松的讽刺。她小说和戏剧中的角色不如其戏剧语言地位重要，相较于戏剧语言所占有的主要地位，角色更像是类型化的面具，抑或是讲述故事的牵线木偶。

多萝塔·马斯沃夫斯卡在十九岁时开启了作家之旅。她被认为是当代波兰文学史上的奇迹。她的处女小说《白—红》（此处是英国译本中的书名；美国译本书名为《白雪与俄国红》（*Snow White and Russian Red*））于2002年出版后，同时在文化与商业上都取得了巨大成功。次年，她的作品《护照》（*Passport*）获得了波兰最具影响力的周刊杂志《政策》（*Polityka*）颁布的大奖。这部小说被迅速翻译为多国语言出版，这位年轻作家名声大噪，与此同时，舆论中既夹杂着对她赞叹，也混合着憎恶的声音。之后，她写了第二部小说《皇后的孔雀》（2005），2012年又写了《亲爱的，我杀死了我们的猫》（*Honey, I Killed Our Cats*）。

她所有的文学作品都被搬上了舞台和电影荧幕。在她文学著作中最好的荧幕作品是由夏韦瑞·茹瓦夫斯基导演的以《白—红》（2009）为蓝本的电影。她创造了波兰新民主党和资本主义的英雄：辛尼，其人物寓意为强壮的人。辛尼是城市的局外人的代表，一个从丹尼·博伊尔（Danny Boyle）的作品《猜火车》（*Trainspotting*）中“借来”的原型人物，作为暴力爱好者，其人物原型甚至来自安东尼·伯吉斯（Anthony Burgess）的《钟表橘子》

（*Clockwork Orange*）。他吸毒，侵略性强，谢顶，身穿白—红相间的运动衣，饱受心脏病折磨后大难不死，参与进一场奇特的与俄国人进行的街头之战，辛尼是在现代城市森林中努力生存的年轻的波兰人的榜样。对于辛尼最重要和令人惊喜的描写在于马斯沃夫斯卡赋予了他人性的温暖。辛尼甚至比剧院和影视演员波利斯·席克创造出的荧幕形象更讨人喜欢：并不十分聪慧，但独具魅力。

马斯沃夫斯卡是数次备受波兰文学奖尼克青睐的作家。她的第二部小说《皇后的孔雀》于2006年获得此奖。这是一部感人至深的意识流小说，类似于歌手的自由说唱，属于一种新的说唱类型小说。与《白—红》不同，本书的故事发生在波兰首都华沙，而不是在其他地区。小说的主要“英雄”是不同寻常，结构和色彩并不复杂，来自街头，商业宣传，小报及冒牌艺术家和名人的“理想”生活中的波兰语。小说有类似于有趣的牵线木偶的人物形象：流行乐手斯坦尼斯洛·瑞特（他的姓氏是“瑞特”，因为其家族名望甚高是很久以前的事了）他的未婚妻，新语言学诗人安娜·普锐斯克，媒体大佬西蒙·瑞巴兹克和音乐记者罗伯特·马克。最后是作家MC.朵瑞斯的第二自我，她“骑着科尔比自行车，在自己的脑海里说着令人难以启齿的肮脏的字眼儿：阴茎和阴道，她想忘记她，波兰，这个她身处其间名字古怪的城市。那里仍旧发生着无数大小战争，你连街道都穿不过，要么这儿发生了什么糟糕的事，或那儿发生了什么可怕的事儿。这里有人死了，玻璃碎了，那里有尿和散发着恶臭的垃圾的味道，你努力站稳，让自己不要摔倒，你努力不要把腿摔断在十二月第一次下雪结的冰上，也不要在这个醉鬼身旁一命呜呼。”

《皇后的孔雀》一文从著名世界艺术家（如吉姆·莫里森（Jim Morrison）和比约克（Bjork）），波兰摇滚说唱乐手（西德尼·波拉克（Sidney Polak），卡西亚·诺索斯卡（Kasia Nosowska））诗人（拉法·沃贾兹克（Rafał Wojaczek），马尔钦·斯威特立克（Marcin Świetlicki））电影制作人（罗曼·波兰斯基（Roman Polańsk）），她从他们撰写的歌词中提炼出大量直接和转换引用语作为小说外壳。

耐克奖颁奖主席亨里克·贝尔萨（Henryk Bereza）在其阐述中写到：马

斯沃夫斯卡“技巧精湛，即她可以娴熟操控语言（内容）。她受益于其小说——诗歌中赋予艺术世界本质回归的绝对自由。马斯沃夫斯卡的语言和艺术揭示了他们的真实生活，并对流行文化的魅力进行了嘲弄。”

《皇后的孔雀》在2006年由卢卡斯·科斯搬上了舞台，他设置的场景与小说的主题十分相符，戏剧展现了一场四个小时的像蚤窝似的超市促销场景。演出仿佛卡巴莱餐馆的夜晚——那里充斥着现场驻唱，诗歌朗读，副歌摇摆和说唱民歌。

多萝塔·马斯沃夫斯卡一开始并不是戏剧爱好者。她在2006年创作了第一部戏剧作品《一对可怜的讲波兰话的罗马尼亚人》（*A Couple of Poor Polish-speaking Romanians*），时为华沙TR（波兰大剧院）导演的格热戈日·亚日（Grzegorz Jarzyna）那邀请她在波兰戏剧节的框架工作中创作一部戏。两年后，她写了第二部剧作《我们都是好人》（*We Are Pretty Good*）。格热戈日·亚日那再一次将它搬上了舞台，此剧在柏林进行了首演（柏林列宁广场剧院），并于同年在华沙亚日那导演创办的剧院演出。此剧于2015年被搬上了大荧幕。

《一对可怜的讲波兰话的罗马尼亚人》以两个冠名英雄的浪漫伪罗马尼亚歌曲开场，这部剧并不是简单的戏剧性描述，它包括了人们的叙述，还有普通的日常生活对话，这对奇怪的组合在大街上与人们相遇了。喜剧故事的开端很简单。两个酩酊大醉的派对狗假装自己是罗马尼亚人，开启了一场疯狂的旅程，他们在波兰境内，华沙以外的地方搭顺风车旅行。一开始，他们想去波罗的海（弗洛兹瓦夫），但最终又回到了华沙。他的名字是“帕查”（布莱提）（疮痂），这个名字与波兰对“犹太人”不愉快的描述相联系并非偶然。她的名字叫吉娜，但没有人知道这是否是她的真名。帕查（布莱提）向司机解释说这是瑞吉娜的昵称（拉丁语：皇后，圣玛丽，波兰皇后，耶稣的母亲），但他后来说，这个名字来自安乃近，是一种止痛药。

正如马斯沃夫斯卡的诸多作品一样，她戏剧的现实性富有多种层次。帕查（布莱提）是一位在波兰电视剧中经常扮演格雷戈里（泰德）神父的演员，吉娜，正如她对自己的描述，是一名“生活的艺术家”。他是个职业冒牌货，她则无可奈何地成了一个私生子的母亲，在世界中寻找自己的方向和位置（不要介意它是圣经的伯利恒抑或是一间温暖的公寓——无论如何它都比一间 17 平方米的卧室大，她就在这间卧室生活了很多年）。他们都装作是在城市中游荡的说波兰语的罗马尼亚人，这就是整出悲喜剧的重心所在。“作一个罗马尼亚人”意味着通晓波兰语，首先，要“作一个吉卜赛人”，这是一种复杂的印象，“作一个窃贼，穷人，下流胚，骗子，社会的弃儿，贱民。”正如罗曼·帕罗斯基所写的，“他们属于牺牲品，那也就是他们扮演罗马尼亚乞丐时是如此的熟练的原因。一开始简单的游戏变为直视内心恐惧的创伤性的，内省的旅程。”最初的游戏变成了直视恐惧的痛苦，内省“旅程”。当药效失效，一场糟糕的旅程开始了，剧中角色迫使自己在如此糟糕的环境中审视自己，在路边的酒吧和妓女，醉酒的司机，遗落在幼儿园的孩子，错过的截止期限，丢失的钱财和工作中正视自己。他们不能直面清醒时的自己。

对帕查（布莱提）和吉娜而言，罗马尼亚就是世界最糟糕的地方。但清醒的环境为他们展示了更为糟糕的波兰当代社会。帕查（布莱提）哭道：“终于啊，妈的，终于啊。派对散了，药劲儿过了，可怕的派对终于收场了。（……）我假装自己是说着波兰话的罗马尼亚人，我在那八小时里一直说着吃肉屑的危害，但是突然间，我是一个波兰人了，我还身处糟糕透顶的旅途，去他的说波兰话的波兰人和这场糟透了的旅行，我在田野里醒来（……）我在哈萨克斯坦边境的见鬼的村子里醒来（……）我还必须在八点时候准备妥当，正他妈的巧了，我就在人人喜爱的电视剧里演那个格雷戈里（泰德）神父呢。格雷戈里（泰德）神父，哼，总是高高在上呗。”

这出戏中更重要的是吉娜的形象：她是个可怜的、无足轻重的女人，她和很多男人发生关系，她试图去忘掉自己的孩子，尽管孩子对她来说只是个拖油瓶。和帕查（布莱提）不同的是，她不想回到现实世界中来。戏的最后一场展现了她自我意识觉醒的重大时刻，她意识到之前所作的工作——酒吧侍女，炸鱼薯条的售货员，街边发报员（从钱财，机遇或信仰等方面来说）都是重大的错误。吉娜说：“如果我不那么普通，但又假设我是个普通人的话是多么荒谬啊，事实也正相反呢。”在她的自杀遗言，其包含的主旨也有迹可循：“可恶的罗马尼亚，多么孤单啊。”这出喜剧在此时变成了悲剧。吉娜在盥洗室上吊自杀了。

正如波兰荒诞戏剧的探路者维特卡西所创作戏剧中的一些人物形象，吉娜在其悲剧性死亡后仍旧活着，还谈论着所发生的一切。她和帕查（布莱提）一起找到了幻想中本次旅途的第一站：他们搭上了一艘罗马尼亚船，颇具讽刺意义的是，这艘船名为“布洛芬”（艾德维尔）（此处一语双关：“prom”即为波兰语：“船只”，“Ibuprom”是止痛药“布洛芬”。）一位和气的罗马尼亚船员邀请帕查（布莱提）和吉娜登船，他们还收到了“礼物”（糖果包装器，语言学校的教学挂图），船上的每个人都亲吻他们的手。突然间，他们又参与进了一场舞会，“舞会里所有人都在吃树枝和泥土！他们手握软趴趴的旧气球，高声唱着罗马尼亚歌曲。”

马斯沃夫斯卡戏剧的读者或许在维尔纳·施瓦布《女总统》一剧的结尾处有着相同感受，这一场是关于贫民男子和女子伟大之处的幻想。在施瓦布的幻想中，三位女清洁工被讽刺地称为“三位女总统”，其中一位在剧末死了。马斯沃夫斯卡戏剧的戏剧情节则是吉娜的第二次自杀。这一次依旧是上吊，依旧是在盥洗室。但谁知道这次是否是真实的呢？

马斯沃夫斯卡笔下的一对可怜的讲波兰话的罗马尼亚人的故事，与已故歌唱家小红莓乐队主唱桃乐丝·奥里奥丹所写歌曲相似：

> “我们曾经做过一场游戏，
> 在周五的夜晚去城里放飞，
> 然后赖床到周日。
> 曾经的我们是多么自由，
> 我们为爱而生，
> 并非生在现实。”

矛盾的是，多萝塔·马斯沃夫斯卡在其作品中最擅长批评“不为现实而活。”这经常被理解为“后现代”“不够严肃”，“文学性和剧场性不强”。但相较于所谓的“现实”，不真实即更真实（也更痛苦）。所有的伤痛和内在，假设并不存在，那么幻象即存在于人的脑海中吗？

一对可怜的讲波兰话的罗马尼亚人

多萝塔·马斯沃夫斯卡
本杰明·帕洛夫　译（英文版）
王星月　译

人物介绍

帕查（布莱提）和吉娜　一对可怜的讲波兰话的罗马尼亚人

（帕查（布莱提）和吉娜是两个假装自己是外国人的波兰人——译者注）

司机（中年男子，情绪紧张——译者注）

妇人

老家伙儿

警员

酒保

夏莲娜酒吧女招待

罗斯科

（后台传出讲述声，就像在法庭中和警员交谈，警员做法庭笔记，记录一些奇怪的事情，戏开演了。——译者注）

马提尼 罗西，马提尼 皮卡普，马提尼 斯必达。

马提尼 罗西，现代 索纳塔，洛斯 川贝特斯，布宜诺斯 艾雷斯。

苏祖基 卡塔纳，辛奎森托，赛森托，费雷托。

沃拉雷，哦—哦，坎塔尔，罗密 施耐德，咖啡和茶叶。[①]

他引吭高唱这些乱七八糟的东西，她说，闭嘴。他说，这是我们罗马尼亚的赞美歌，宝贝。不要再放弃我们的传统了。在他们身后满是涂鸦，涂鸦重叠在一起，正当我要离开时分，他们还在乱写乱画。他们用金属黑涂料乱画一通，这种涂料是这儿最昂贵的颜料了。

当我开车从华沙去特切夫时，奇怪的事情发生了。

这两个人，他们举止怪异，和我介绍他们自己……我们是罗马尼亚人：给你看看我们的国旗。国旗？什么国旗？

我告诉他们：你说什么呢？问我有肉屑吗？那是什么鬼东西？肉屑？把你的小妞塞进车里，给我你的地址，我会给你你想要的肉屑。最后，那块梦寐以求的鸡肉三明治就归你了。现在给我滚蛋。

我和我妻子在德士古停下车，这两个人举止古怪，朝我们走来。其中一个女人，怀着孕，他们佯装是说着波兰话的罗马尼亚人。那个妻子在化疗，她的一个乳头没了。我一点儿没印象是左面的还是右面的……

但那个女孩，我是说，她和那些把手搭在门上赖着不走的女孩一样，尽管我的车还没停，我当时就是那样。别这样儿，去他妈的。

真是令人厌恶至极，我完全不能接受这事儿。

我说了不，因为我不能让他们上车，你也知道，这辆车登记在我公司名下，你看看后面的屏幕就知道了，我不能载他们，但是他们说……

他们就是站在那里，瞪着我们看，他们疯了。她脸上带着那种表情，你应该知道我说的是什么，她做了个鬼脸。我丈夫说可惜我们不能载他们。在我们拒绝他们的时候，他们开始哭泣，开始狂躁地诅咒。

---

① 译者（本人）认为，此处的歌唱并无具体含义。帕查（布莱提）这样唱歌是为了显得风趣而押韵。因此文中翻译为押韵，选择了音译法。此处为意译：
马提尼酒 罗西，马提尼 皮卡车，马提尼 呕吐。
马提尼酒 罗西，现代 奏鸣曲，洛杉矶 束缚，布宜诺斯 艾雷斯。
铃木 武士刀，16 世纪意大利艺术，17 世纪意大利艺术，口交。
沃拉雷汽车，哦——哦，歌唱，罗密 施耐德，咖啡和茶叶。

我说："不行，门儿都没有。"

如果那个臭婆娘躺在地上，那就是她的错。你准备上前说谎，我说：又来一个新花样儿。快过来，小婊子，我来给你看看什么叫好活儿。我要跨上前干她。她迅速溜了，身后还扬起一串尘埃，她活跃得就像吸了毒一样。

我加满油了，进去付钱。我回来时候，我 10 岁的儿子问我是不是有说波兰话的罗马尼亚人。我说当然没有，他是个容易焦虑的孩子，有时候话很多，对于他这个年纪的孩子来说是有点迟缓，但他有时候也会给自己编故事。

他们看起来很友好，但我看到了他们的牙齿，呼哦，我十分爽快地拒绝了他们搭我的车。我不是说这是件多么大的事，但在这年头也不算什么问题，你要做的就是路过那些廉价商店时候，给自己买根最便宜的牙刷，一天两次好好刷牙，仔细刷牙，漱口，尊重生活的规矩，就这些。你要学会关心这些。这叫作礼仪。阿门。

第一幕

第一场

冬季。加油站。两个可怜的罗马尼亚人钻进了司机的汽车。

帕查（布莱提） 我妻子叫吉娜。

司机 这个女孩，也就二十岁，怀着孕，一句话也不说。她就坐在那儿，但我看得出她是凶手的共犯。哪个案子的凶手？我，我的凶手，知道了吗？尽管不是很现实。

帕查（布莱提） 就叫她吉娜吧。吉娜，你姓什么？

司机 他问她姓什么，她没有回答。她只是坐在那里。她的名字是吉娜，也许是瑞吉娜的缩写，带血的手套就放在那儿。现在他们能抓住那两个凶手，这个名字不同寻常，这就是我所请求的，他们以纳税人的名义抓捕这些凶手，被这两个人袭击和杀害的人可以轻轻松松把他们认出来。

帕查（布莱提） 她没什么姓，就叫吉娜，给姑娘的好听名字。实际上呢，这个名字既是姓也是名，同时呢，也上得了舞台。吉娜是个好姑娘，不偷东西也不随地乱吐。她带着的那个孩子就是生动的证明。你看，这就是生命。尽管我们很穷，诚实的罗马尼亚人就是那么巧地会说波兰话。我的妻子怀孕了，她要去弗洛兹瓦夫（*波罗的海*）找大夫，找个专家，她得了转移性肿瘤，长了一些囊肿，她的肚子里一团糟，此外还有许多麻烦事儿。所以我们会去你去的地方，是吧？

司机 弗洛兹瓦夫（*波罗的海*[①]）！你听到的，警官？这是去格但斯克的路！

帕查（布莱提） 弗洛兹瓦夫（*波罗的海*）。我们可不挑剔。也许去格但斯克更好呢。那儿也有专家。海洋、碘酒、河蚌、轮船。那就去格但斯克吧。我不想争论了。

司机 我告诉他们我哪儿也不去。就去埃尔布隆格。然后我就回来。我对这些事儿都很平静，我一直就是淡然处事。平静。

帕查（布莱提） 嗯，是埃尔布隆格。不管去哪，她都能将就。她经常将就。一直如此。我们是罗马尼亚人，我们总是爱和别人讲道理。她甚至在解决自己麻烦事儿的时候还给你唱歌呢，是吗，吉娜？你总是对的，亲爱的。真是个好姑娘。你坐下，来吧亲爱的，所有事儿都准备好了对吧？那是新发绳吗？你什么时候买的？刚刚吗？我才能不信呢。你太可爱了，你自己知道吗？那些是什么呢，菊苣开花了吗，那些石头？

司机 很难说发生了什么，似乎都是在一分钟内发生的。那个和她在一起的男人，我不知道从哪儿认得出他的脸：他绝对是那些声名狼藉的暴徒之一。纳克尔兹，或者其他频道，我刚转过头，他朝我叫喊：小心！罗马尼亚人来了！或者之类的什么话。我刚转过身，就发现这是个圈套。他把她塞进前座，把她那些垃圾，袋子，一堆杂物乱七八糟的玩意儿，都塞了进去，我说，等等！

---

① 在阿图尔·杜达所写的戏剧引言《在语言力量之下》中，此处为波罗的海，在英文翻译版戏剧文本部分，此处为弗洛兹瓦夫。译者（本人）在此将两地同时标出，以供读者参考。

他说，吉娜，这就是吉娜。

我很担心，警官，我觉得有点作用了。我和他说，老兄，吉娜现在怎么样啦，我关心别人的老婆吉娜干吗呢？那就是我问的。

她也许叫作萨利姆·沙迪，我所在意的全部是，让她见鬼去吧。我现在很着急，我要去工作了，这些见鬼的废话究竟是些什么？

帕查（布莱提） 实际上，她的名字叫诺瓦吉娜，但她让人们叫她吉娜。诺瓦吉娜，阿司匹林，咖啡因，对我们来说，这些都是传统罗马尼亚女人的名字。圣诺瓦吉娜，在罗马尼亚你知道的，就是在黑夜醉酒回家的女孩们的保护人。对吗？那类事情会发生在像她这样的女孩身上。但她让很多人叫她吉娜。我不知道，她有点反复无常。别叫她诺瓦吉娜了，就叫她吉娜吧。对这位伟大的艺术家保持尊重吧。

司机 可是这和我有什么关系呢？出去，你们俩，罗马尼亚人。不然我就要叫…… 我要和你说的这个怀孕的女孩，我说什么她都假装听不到。但我这里有颗喷香的小松树，她摆弄它，也许还会偷偷摸摸地拿走它。

之后他和我说她有多漂亮，这到底与我有何相干，我可管不着她漂亮不漂亮。我所知道的是她闻起来有股油腻的味道，就像难闻的炸油锅的味道，离我远点，蠢货，带着你的公主和她的小孩走开！

我哪也不去。

吉娜 但你说你会去的。

司机 我说过吗？那就是我的错了。

真是讽刺。我对这种充满敌意和毫无必要的环境已经十分愤怒了。

吉娜 太可恶了。

司机 这个蠢姑娘自顾自地把玩着松树，她想换个话题。

吉娜 这个是你买的呢还是你自己做的？

司机 你说什么呢？我自己做的？我怎么自己做？！小姐，这玩意儿你在哪儿都能买到。商店里大把大把的！你俩从哪个星球来的？

帕查（布莱提） 你就看看她多漂亮吧。你这小混蛋，她的牙齿需要一点点修整。但那是生活所迫，是吗，亲爱的？我们在罗马尼亚过得很艰难。

实际上，我们只能吃到屠夫剩下的肉屑，他们是骨头上的杀人犯。你知道的，氧化锆，菊苣。至于甜点的话，我们想要法莫替丁。你肯定知道这药治疗心痛。

司机 他告诉我宇宙的奥德修斯的秘密，他们在罗马尼亚如何生计，他们怎么吃骨头，杂草和石头的。但是，也许是这样的，我们这儿有规则良好的法律，还给穷人们定量配给，我的天啊，这些对我有什么用啊！请你别再和我说话了！我不会再听你说了！我不会再听了！我不要听了。

他把耳朵捂住了。

吉娜 香草糖，干的。比如，做做口腔护理，但是机会很少，很少，很少，只有妈妈在典当什么东西，比如典当家里的水晶的时候我们才有机会。我们有成吨的香草糖，因为她削好了全罗马尼亚蔬菜棒，这件事儿大伙全知道。

帕查（布莱提） 我没有打算掩饰五十步笑百步的事实。这是句罗马尼亚谚语。因为我自己的牙齿也没那么好，尽管牙齿表面还算可以，但是有很多小洞洞，的确是这样的。

司机 他对着我把牙齿咧开，那些恶心的褐色牙垢，就像烟头一样，我快把午饭吐出来了：你的牙齿都这样了，你还在考虑女人的事儿？那个拿着松树把玩的姑娘，还是傻乎乎的样子？

吉娜 哎呀，我想要一个。

司机 他说……

帕查（布莱提） 那你拿着吧，他有两个。你不会感到被冒犯吧？

司机 您听到了吗？他对她说“拿着吧”。可那是我的东西，我的。外国人，那是我有生以来第一次那样盯着一个人看。

吉娜 （打算把它戴在脖子上）我应该把它戴在哪儿呢？

帕查（布莱提） 你了解了，她坚持想要啥的话，可就难说咯。这时候她和温柔可不沾边，还会变得很狂躁。为什么你就不能把这个给她呢？那么请你，把这个给她吧，就当是为了我。我们在罗马尼亚没有这些小松树。我们甚至也没有类似松树的树，我们只有其他树咯。比如说橡树。老兄。

司机　老兄！您听说过那样的树吗？警官先生？我可没听说过！离我的车远点，离我远点。不然我可要想办法啦。那个女孩也是。把你的破袋子拿开。这是我的车，我没时间带你们瞎溜达。而且我要把她从我的车里拖出去，快滚开，臭婊子！我说，赶紧把她带到别处去。

吉娜　你说什么？

司机　她抓着自己的破包使劲打我，打我的后脖子……

吉娜　滚蛋！把你的大爪子拿开！

司机　我脖子后面刚好有个疖子，她打我的后脖子对我的健康和生活有不可估量的伤害。我开始尖叫：有人吗！谁都行！救命啊！我想求救，但他们阻止了我，他们恐吓我，他们说要杀了我。

帕查（布莱提）　老兄，怎么啦？你是没脑子吗？你块头这么大，居然想打一个怀孕的女人？你没看到她比你弱小吗？她瘦得皮包骨头，连反抗的机会都没有。你就待在那儿吧，珍·吉妮。脱下你的靴子，很好，我的小太阳花。你知道你的鼻子上有鼻屎吗？另一侧呢。好吧，我的小吉娜喜欢沾着鼻屎到处跑。你知道我的意思吗？你这个小婊子。但是她也是小甜心。让我帮你弄掉吧。

吉娜　我自己弄。我要自己弄！

帕查（布莱提）　我来吧。让我来。来吧！

司机　她变得平静了，她让我看她鼻子里黏糊糊的东西，那坨令人作呕的鼻屎。我对那东西很敏感，我…… 它让我想起我在中学的时候，那些挂着沾有黏糊糊液体的小鸡鸡的男孩，你肯定知道，他们会在屁股上点火…… 我不去！我哪也不去！我就想待在这儿！我要在这儿待着！我要待着！我在等时间！我就喜欢这大冷天！

帕查（布莱提）　好吧，你随便吧。那我现在就杀了你……

亮了亮他的小折刀。

司机　我的生命在那时受到了第一次威胁。

帕查（布莱提） 我要杀了你，虽然我不太清楚怎么杀你。我还没那么熟练，这应该是你这辈子最疼的一次。之后你就下地狱吧，祝你在地狱里一切顺利。你会在地狱里享受你的时光，你的脑袋会燃烧，你不会喜欢这种感觉的。你会自己思考：这一切都不值得。这一切都这样不值得。最后，我会自己去埃尔布隆格。他们就这样把一个无罪的人——就是我——扔进监狱了……

吉娜 他的确是个大人物，学校都装不下他了。你要做的就是在他面前亮亮你的削菜刀，他就会吓得拉裤子。

帕查（布莱提） 你甚至不知道这把小刀用在何处。也许我用它刮掉了水族馆的墙皮，也许我用它切过狗屎，是不是？也许它很钝。因为我用它划信封的。信是我亲戚从罗马写来的，他们用屎尿和复活节鸡蛋的涂料在树皮上写的信。小兄弟们求我让我给他们送去一张纸。拉斯洛想要士力架，迪克沃德想要火星巧克力，巴姆，巴姆想要特趣巧克力，辛辛那提想要硬纸板的薯条盒子，你知道哪种。你觉得我送给他们这些东西了吗？我送了。这对他们而言简直太丰富了。真的太丰富了。

手里拿着刀，他打开后车门钻了进去。

进去吧。我说进去吧。别在路上停着：进去，进去，快进去。我们罗马尼亚人很有耐心，但罗马尼亚人最后进来告诉你说：闹够了。我们走吧。

第二场

汽车行驶中。

吉娜和帕查（布莱提） 急匆匆地拿出烟，一次抽两只。他们开始咳嗽。

帕查（布莱提） 够了。我没杀你是好事，我不会杀你的。老天，我差点把你给杀了。我早上为此付出了代价。你看，我去那个派对，简直太酷了，也不是为了什么大事儿，但是我杀了一些我都不认识的奇怪的家伙！这让我恶心。快点开，伙计，快点开。我们要尊重对方的时间。别那么沮丧。你在出汗，小心着凉。

他温柔地为司机按摩肩膀。

帕查（布莱提） 现代索纳塔。开得真好，是吧，吉娜？

吉娜 像出膛的子弹，是吗？这车谁都拦不住。

帕查（布莱提） 或者是雪佛兰·卡瓦利。现在那儿全都是轮子。你知道的，我们告诉罗马尼亚人我们怎么去那儿的，当心！我们的亲戚就打击我们，就是因为嫉妒。现代索纳塔，那不是车，那是一种宗教。他们非立马吓死不可，你会看到的。为什么不让车撒欢地跑呢！我操。就像一个暖烘烘的阴门，你知道吗？像暖烘烘的阴门，你有了这种潜力的车，你让它在海上漂，就像汤里的海猿。吉娜开始大声叫骂……

吉娜 你现在坚持住，我觉得我没那么醉。

司机（很明显开始崩溃） 攻击我的人在持续地羞辱我，怂恿我，强迫我把车越开越快，我违反了所有交通法规，心情也很糟糕。我开了十五年车，有个小小的习惯：一辆车在另一条道上开过时，我就看看它的牌照。这点我控制不了自己。对于路标也是的，格但斯克 153 千米，等等，依拉瓦，等等。我加上所有的数字再把它们分开。我常常抱有这样的希望它最后是偶数。当它是偶数时，我很开心。我证明了在某处，那儿出现了世界上最基础的结构中的对称性和秩序。但最坏的结果就是结果不是偶数。

帕查（布莱提） 我打算把鞋脱了，好吗？没问题吧？波多黎各？马提尼赛森托，费雷托？①

司机 我还是闭嘴吧。啥也别说。此刻当务之急是不要惹毛这些杀人犯。

帕查（布莱提） 我刚才说的是罗马尼亚语“谢谢”。但我还没甩掉我的拖鞋呢。真像色情小说的情节啊。我们就在这个亲密的小地盘里，是吧？

他打了个哈欠，准备睡觉。

司机 我不停地对自己说：好的，好的，很好，很好，没有任何毛病。因为

---

① 译者认为，此处帕查（布莱提）是在自以为风趣的卖弄语言游戏，这几个单词意思并不连贯，帕查（布莱提）是在押头韵和尾韵。意义为：好吧好吧？没问题吧？波多黎各？马提尼酒，意大利艺术，口交？

这个甚至没发生过。这也许是个梦，我还不知道发生了什么事儿呢，就莫名其妙就生气了…… 但这一切可不是梦。

现在他快睡着了，几乎昏迷过去了，我期望…… 我在想着……

帕查（布莱提） 他妈的，这儿也太臭了。吉娜，你放屁了吗？

吉娜 我可没放屁。我们进来时候就这么臭。

帕查（布莱提） 好吧，现在更难闻了。这可不赖我。

吉娜 也不赖我。

帕查（布莱提） 有些人爽了一下放了屁，但绝对不赖我。

吉娜 更不赖我。不是你也不是我的话，你猜谁放出了那条狗？

帕查（布莱提） 小猪吧。他坐在那儿安静得就像教堂里的老鼠。哼。

司机 （*崩溃*）什么？！那可不赖我！

吉娜 那是谁的错？

帕查（布莱提） 你！就是你！肯定是你！

吉娜 你这个臭虫。

司机歇斯底里地找电话，他想打电话。

帕查（布莱提） 你觉得你拿上电话能干吗呢？你想给谁打电话呢？说吧。是警察吗？你的朋友？把电话给我。快给我。

停顿。

哦，你在开车。那样做真是太不安全了。我来帮你拨号吧，告诉我号码是多少。快点，在这儿呢，快点儿，为了耶稣的爱！孕妇！冷酷无情！赤手空拳！她在我的车里坐着呢！她陪我开车呢！我要带她去别处！我不知道自己在干吗！救命啊！谁来救救我！

我的老天啊！你这个没用的家伙！窝囊废！你怎么能这样？

他挂了电话继续睡觉。

司机 所以他最后还是睡着了。我意识到这是我和这个女人仅有的交流机会—她是个女人，这赋予了她人类的品质。女人不会像男人一样邪恶。就我所想到的，这是世界存在的全部也是基本的部分，她们要赋予孩子生命，她们不是酒鬼。这都给予了我希望，所以我对她说：你知道怎么聊聊天吗？或者想聊点什么吗？

吉娜 我之前知道的，你知道吗？但不怎么管用。我可没什么妙招。

帕查（布莱提）（睡梦中）我们只是一对可怜的、诚实的、说波兰话的罗马尼亚人…… 我们在煤船布洛芬（艾德维尔[①]）中航行…… 我们的家乡没有这些小松树。我们有别的树。

司机 这是你男朋友吗？

吉娜 谁？他吗？他是我表兄。一定意义上是我男朋友。

司机 你们罗马尼亚人有点打鼾，是吗？

帕查（布莱提）（睡梦中）是隔膜。

吉娜 是隔膜：他在监狱里被打破了鼻子。现在很难解释得清，说话声音别太大，不然他会尿尿的，然后他就像杀狗一样把我们杀了。我们就像相互爱抚的狗，在企图对付他。

帕查（布莱提）（睡梦中）不，不，不，不，坚持住，这儿发生了什么？

暂停。

司机（拿手绢擦擦脸）这是他的孩子吗？

吉娜 谁的？

司机 你的孩子。

吉娜 我的孩子？

司机 你知道的，你肚子里带到这儿的孩子。是他的孩子吗？

吉娜 我？老天爷，怎么可能呢？不是！

司机 不是他的吗？

吉娜 不，我昨天才遇到他。这关你什么事儿？我妈妈也一直问同样的问题，我告诉她说：他只是个孩子，去他妈的孩子，就是个孩子，明白了吗？那是我儿子。他是我的，因为，嗯……这就是事情的经过。这是我的孩子，我绝对不是和你有的这孩子。她说：你应该好好照顾他。但是你没有这么做：你抽烟，喝酒，还是派对狗，你和见过面的男人

---

① 此煤船在阿图尔·杜达所写的引言《在语言力量之下》名为布洛芬，在英文版戏剧文本中为艾德维尔，译者（本人）在此处将两种翻译都提供出来，以供读者参考。

随意上床，下午 5：30 才起床，脾气还很臭。你为什么做这些事情呢，就像，抓着吸尘器再……但我……好的，忘掉这些吧。很好，这是件好事。

她拿出一管固体胶，假装在嗅。

吉娜 我对这玩意儿上瘾。说实话吧，我讨厌它了。

司机 这儿有个怪物，还有个可怕的女人，我甚至不想叫她女人，她自己就是个废物，是团垃圾，她拿出一管胶，还回顾自己的床上经历！就像在照镜子！

帕查（布莱提）（睡梦中）吉娜是个艺术家。

司机 那么，哼，这些坏习惯难道不伤害孩子吗？

吉娜 来吧，老兄。我会把握好尺度的。不管怎么说，医生说我的孩子习惯这种环境了，如果我改邪归正了，反而会产生比圣诞惊喜还要震撼的坏处。小孩会智力迟缓，与其让我心情不爽，肚子里小孩还带来一堆乱糟糟的麻烦，倒不如让我嗅一嗅这瓶胶水呢。少闻一点有益身体健康。你也来试试吧。它让你镇静，别光坐在那儿。检查一下油箱，都快打起仗了。

司机 不要！

我尖叫起来。

恶臭扑鼻而来，我被熏得头晕目眩。

吉娜 你知道吗？

这世界上最坏的事儿就是把一个人变成列队行礼穿破军装的人，再从街上走过。过路人在该死的电车上用这副表情吸管子。面无表情。就像你一样。就像冷盘菜里的人。我讨厌这事儿。

（*可怕的*）嘿，你叫什么呢？哎呀！快看呀！

（*吉娜认为自己在后座上看到了什么人，她努力不往后看——译者注*）

和我说说话吧。

司机 那是什么？

吉娜 和我说点什么吧，但她不会搞明白的，知道没？别那样儿，不要转过去头！我妈妈坐在后座上吗？告诉我就行了，我不想转身。她肤色比较深，年纪也大了。

司机 不是！那是你男朋友啊，和你一起来的那个！你老兄！

吉娜 那婊子跟着我呢。昨天我刚把她的赡养费弄丢了，现在她肯定要来杀了我。她坐在后座的话我可一点都不奇怪。我要近距离仔细看看，我现在可不能转身了，因为她会从不知道哪里冒出来然后说：你为什么不好好照顾他呢，他是你儿子啊。

司机 谁呢？是他吗？（他指着帕查（布莱提））

吉娜 他是我儿子？你他妈的在想什么呢？我感觉不妙。我也许要生了。快叫卢比希医生。

司机 （快哭出来了）你让我怎么叫？你老兄拿着我手机呢！

吉娜 哎呀冷静，冷静，冷静。如果生小孩就这种感觉，我还能让他在我肚皮里待一会。嘿嘿，放轻松。我就是瞎扯淡呢。

他们继续开车。

司机 看仔细咯，女士，这可不是开玩笑的事儿。我老婆生孩子时候，并发症可多了。他们必须把她屁眼儿撕开。她的膀胱基本完蛋了。女人要承受的痛苦可太多了。

帕查（布莱提）（现在醒了）她可没屁眼儿。

司机 她当然没有……我不是这个意思。

帕查（布莱提） 吉娜没屁眼儿。她不是那种有屁眼儿的姑娘。

吉娜 闭上你的臭嘴，听到了吗？滚回去睡觉。别把我俩精致愉快的聊天给毁咯。

帕查（布莱提） 闭上你的臭嘴吧。别跑过来和我哭诉说他侵犯了你……

吉娜 该死的狗娘养的。

帕查（布莱提） 该死的简直一团糟。嘘嘘。他妈的。

司机 （近于失控的边缘）停一下…… 为了上帝…… 子民…… 你们一定要用这种方式和对方说话吗，还这样糟蹋对方的名字？！继续吗？你们不害臊吗？！女士，你怀着孕，还在闻那种难闻的不知道什么玩意儿的胶，你还不停地骂骂咧咧，把我得车弄得臭烘烘的，你的孩子全看见了，也全听见了！他在胎儿时候把这一切都记录下来了！然后他一出生就会把这些都说出口，活学活用！这是他说出的第一句话！老天爷……

帕查（布莱提） 你听到了，弗雷迪·墨丘利？让她消停会，老兄，她会安静下来的。她是个罗马尼亚哑巴，傻瓜蛋一个。她的全部时间都在拼命工作，物质世界里的物质女孩，还有一件事：她不知道如何与周围的人相处。你看到你所做的了吗？他听了你说的狗屎简直要得心脏病了。

吉娜 你现在明明很好！

帕查（布莱提） 现在才是我要说的……

吉娜 才不是呢，明明不是。

帕查（布莱提） 是的！明明就是！

司机 （突然大哭起来，停车）停！我求你们！这是你的了……行了！我不开车了！我不想开车了，你来握着方向盘吧……这辆车是你的了……我把它交给你！我要出来了……我要自己走走……我想自己走走。这儿有片森林，那才是我的地盘，我要在那给自己找点老树根，再去里面安个窝儿……我还要雕一些盘子，勺子，衣架，一些乐器……

帕查（布莱提） 不，不不不，亲爱的，别这样啦。别抱怨啦，冷静点。现在冷静下来。我们时间紧迫，我们赶紧按时去那儿吧。

吉娜 不，让他自己哭去吧，他需要放松一下。他要自己克服。

帕查（布莱提） 别护着他。

吉娜 继续，那现在就继续哭吧，要是哭出来能让你清净一会儿的话。现在呢，就说说我吧。我膀胱发炎的时候，你也知道那种情况，我曾经百无聊赖，找不到去的地方，而且我经常想尿尿。我往这儿跑，还往那儿跑。我就让它从我大腿之间流出来，对膀胱炎的罗马尼亚女人来说足足有几百米的冲击！我打开拉链，已经全尿出来了！我坐在王座上，挤出热热的、舒爽的三小滴尿，就像有人拿针刺我。你能懂我吧，就像把自己的身体甩到了缝纫机下。可以说就像性高潮，感觉很差。

司机 （一直在哭泣）警官，我明白的事实就是我此时孤身一人，为了让事态冷静下来，在我的控制范围内，我没有激怒他们，所有的时间里，我对他们试图控制我的思想的企图不予理会，我现在对此深信不疑……然后我看到了路边的巡逻车，有那么一分钟，我以为它只我的幻觉，那幻觉真让我发疯，他们把它放在那里，一起算计我，那辆车就像在激怒我，让我继续。之后他们嘲笑我，捉弄我……

帕查（布莱提） 你妈的混账东西，你知道你把我们带哪儿了吗？老兄，这可不是对待朋友的方式。目前为止，这是诽谤。

司机 我也不知道，让我花点时间。除了杀手在恐吓我，欺骗我，用那辆巡逻车给我灌输罪恶感和责任感，说服我让我继续开车外，我已经调转方向朝那辆巡逻车开去了。

警员 这儿有什么事儿吗？你怎么停车了？

司机 我开得太快了，上尉，将军，先生。你必须逮捕我。我……嗯……你不能看后面，但这儿有座小山。我加速开车开到了山脚，穿过两个障碍物，然后撞到了什么人。你不知道当时的情景，但我对一切供认不讳，我的罪行还要严重。我想请您逮捕我。我要把自己置于仁慈的法庭。请逮捕我吧，这就是我全部的奢求了。等会我为您解释这一切。

帕查（布莱提） 爸爸……爸爸，回到车里来。

警员 那是什么？这都是什么情况？这儿发生什么了？

帕查（布莱提） 一切正常。我们是一对可怜的、诚实的，说波兰话的罗马尼亚人。我爸爸得了阿尔兹海默病。这是罗马尼亚人的灾难：这才是他真正的噩梦。他们把他从部队里赶出去后，他就失去了理智，这些可怕的噩梦持续骚扰着他，骚扰着战壕……

司机 我没有写下来两位警员的徽章号码，但我认为找到他们应该很容易。一个不太高，另一个高点儿，金发。要是你问我的话，那两个警员是有罪的，他们对被诱拐者没有提供任何帮助，他们应该被停职，更严重的是，他们和小偷还有杀人犯勾结，他们相信那些下流的谎言。就像我在战壕里失去身份一样。

警员 （对帕查（布莱提））那算是问题吗？让他开车是不是更危险呢？

帕查（布莱提） 他开得很好，警官。这是去埃尔布隆格的路吗？如果路是这条，我们方向正确吗？我老爸完全糊涂了。我妹妹和我，我们不知道自己要去哪，而且我们着急赶船。我们要去罗马尼亚，实际上。就是这艘煤船，布洛芬（艾德维尔），你也许听过？

警员 埃尔布隆格那儿可没有海岸线。

帕查（布莱提） 当然没有。它在湖上航行。埃尔布隆格湖。

司机 一艘叫布洛芬（艾德维尔）的煤船，可怕的名字。请定位一下那条船。也许他们还在那儿呢。

第三场

继续开车。司机还在开车，歇斯底里地哭泣，他在方向盘后哭泣。

帕查（布莱提） 别哭了！

吉娜 让他静一静吧……

帕查（布莱提） 他最好别哭了，不然我就要号啕大哭了。

吉娜 闭嘴，让他哭出来，他会好点的。

帕查（布莱提） 吉娜，我在这种环境下没法工作。我可不能忍受一个人歇斯底里的样子。

司机 稀薄的冬日阳光呵，就像破烂的硬币，已经落入了地平线后面。狗的尸体和动物尸体铺满了公路。去年的冰激凌的广告，被孩子们贪婪的眼睛看着褪了色，它们被廉价酒吧的风吹动着。我看到了黑暗，我触摸着黑暗。

帕查（布莱提） 嗨，老兄。听我说，我们真他妈感谢你搭了我们一程。看到有完全陌生的人对我们提供毫无理由的帮助是很久以前的事了，那种在艰难环境下对我们施与的同情，不仅是想这么做，还做到了。这种友好和同情对我们来说太宝贵了……

他开始在网袋里翻找着什么。

现在我们要做点什么事了。从这儿到渡轮距离不算远，你载了我们一程，这是完全出于自愿的，其实你大可不必这样做，但你真的给我们很大的帮助。感谢你，我们马上就要回我们故乡了。罗马尼亚人说话可不拐弯抹角，那可是我们的座右铭。这也是我们想回报你的友好和善良的原因。

司机难以置信地看着帕查（布莱提），帕查（布莱提）从塑料购物袋里拿出了一叠账单和其他的东西。

我呢，就是绿野仙踪里奇妙的巫师。我打扮成这副行头是过来看看人们有没有做好事。你被奖励了五千元，还是一次性奖励的。一,二,三,四,五。还有我的MP3。这儿还有三欧。太阳镜，或者不是——我明天需要这些装备。你知道他们来的时候手里是怎样灵便的。你还可以自己调整耳机。你可以从网上下载很多东西。你从电脑上移到MP3里，这样你走哪都能带着五千首歌曲。另外，这儿还有很多CD，但我不知道你喜不喜欢。实际上，我很早就想到它们了，如果我知道的话就给你一些了，你知道的，尼尔·戴蒙德，班尼·希尔，杜兰·杜兰，蒙提·派森[①]。

那么，我们就走了。来吧，吉娜，穿好衣服。那是真钱，不是搞笑的玩意儿。给自己买点好东西。买个面包机。我很推荐买这个。我和吉娜在罗马尼亚有一个，真的很不错。它能烤面包。吉娜早早出门到草地上，收集点谷粒。我们再把它扔进那个面包机里，就有新鲜面包啦，这可不是E1939或E1968的同位素，那就是我们的生活。

吉娜 嗨，你是傻子吗？我现在累得像辛苦工作了一天的婊子，我能看到的只有树林，浆果园。

帕查（布莱提） 来吧。

他们走了。

司机 警官，最可怕的部分就是最后了。他把小刀在我的喉咙那儿比画，问我要钱和钥匙，那个女人从手提袋里拿出枪指着我，我已经小命难保

① 以上分别为美国创作歌手戴蒙德；英国著名喜剧演员班尼·希尔；英国电音新浪潮乐队团体杜兰·杜兰；英国超现实幽默表演团体蒙提·派森。

了。他们要杀了我还要抢劫我。他们想要我的贵重物品，珠宝，家当。他们对面包机格外感兴趣，但是我没有这玩意儿，之前也没有，只有我的岳母有过，我也没和她怎么联系。我都不知道他们怎么找到这玩意儿的。他们怎么知道的？你知道我在想什么，他们一定是早就盯上我了。有好几年了，我都在怀疑有人监视我，然后他们一声不吭地走进一片森林，甚至都没有感谢我。他们没有给我留下任何钱，一分钱也没留下，一句感谢的话也没留下。警官，我想知道他们是否被抓起来了，我希望我还能看他们一眼。但我不能原谅他们。不能，绝不。你写下来了吗？我不能。好了。

第二幕

第一场

夜晚。吉娜和帕查（布莱提）沿着公路在走，他们在哭泣，他们崩溃了。

帕查（布莱提） 请你，请你，请你。不要在走路时候靠近我，我对这个很敏感。什么？为什么？

你说什么呢，我给了他五千块钱和一个MP3？！什么？就是我刚刚给他的？给谁？给我们那个神经不对头的朋友？你在开玩笑吧。我白白送给他？但那家伙是个神经病！这事儿发生的时候你连屁都没放一个吗？你想啥呢，我说我是绿野仙踪的神奇巫师？我说我是个巫师？也许你会说这种鬼话，我怎么会呢？

实际上，我感觉像是个巫师，但我绝不会因为这个理由而给他什么东西。是你让我做的，你屁都没说，就让我给他咱们所有家当？五千块？你是猪脑子吗，你这个女人？你觉得我会在我的圣诞袜里找到它吗？我他妈的工作就是为了那些钱。我给了他？也许我卖了？我卖给他了？那可太疯狂了。这对我来说啥用没有。

包在哪？抱歉了吉娜。它叫啥？他们没觉得你更好吗？你是印度人吗？秘鲁人吗？你是女王吗？你姓什么，萨尔维吗？嘿嘿。抱歉啦。我得自己拿一下，我们要为生活负担，在生活的低谷，我总是让自己努力保持一种幽默感。

来吧。冷静点。严肃点。这就是我们所需要的，我们需要解释一下。我们在那儿参加了个派对，那是事实。我们搞得一团糟。我也理解我在那儿会遇到你。但是记忆在嗑药之后就断片儿了。我什么狗屁事儿都想不起来。你告诉我你想要啥吧。我在哪儿拿到那五千块的？我从存款里拿的吗？啊哈。

不可能，没门儿。要是我把钱拿出来了，我就一定记得。是我给他的吗？我把钱全都给他了吗？你就没拦着我？我连十兹罗提都没留？！你看看自己的包，里面肯定有什么东西。我需要喝点咖啡，需要打打游戏，还需要冲个澡。给我面镜子或者其他什么。我明天八点之前要准备就绪。那个 MP3 是咋回事儿？我也给了他？没门儿。那玩意儿里面有我所有喜欢的歌。我的电话在哪儿？你说什么呢，你没拿？看看你的包，一定在那儿。还有我的身份证。你说啥呢，啥也没有？那儿没有？！把身份证给我，一定在包里。

你他妈耍我呢吧，哼？行了，别难过，我就问问。我不了解你，我第一次见到你的时候就爱上你了。我再也不相信其他人了。我明天八点要工作，八点我必须准备妥当，懂了没？你知道什么意思吗？我要在八点准备好，如果八点我他妈还没出现，那就真是见了鬼了。操，我就不信了。你连个工作都没有？你知道这有多荒唐吗？

吉娜 我可不知道。

帕查（布莱提） 大把大好时光里你是怎么赚钱的呢，嗯？让我给你钱？

吉娜 我不知道呀，我从 ATM 机取钱。

帕查（布莱提） 钱是从天而降的咯？

吉娜 不是，也许我的钱是赡养费来的。

帕查（布莱提） 赡养费？

吉娜 我之前去 ATM，那儿什么也没有，我发誓。但那儿有五千块。我猜也许那就是赡养费。我给自己买了个热狗还有其他玩意儿，然后就去了那个派对……

帕查（布莱提） 好吧，但赡养费是怎么回事？就是说，抚养费？

吉娜 好吧，抚养费。

帕查（布莱提） 你到底对那孩子做了什么缺德事儿？

吉娜 什么孩子？

帕查（布莱提） 我可不知道，那是你的孩子。你说你有个孩子，是吗？

吉娜 哦，是的，我说过……

帕查（布莱提） 哦哦，你是有个孩子。

吉娜 我把他扔在别的地方了。等会儿我想想，也许我带他去幼儿园了？

帕查（布莱提） 什么时候？

吉娜 不知道。早上吧。

帕查（布莱提） 早上？哪天早上？

吉娜 确切的某天。

帕查（布莱提） 对。

吉娜 也许是前天。哦不对，也许是昨天。是的，是昨天。因为我觉得肯定不是今天。

帕查（布莱提） 那又怎样？他还在那儿吗？哈哈。

吉娜 听着，你想喝点什么吗？

帕查（布莱提） 放轻松。别兴奋。我就问问。我可一点儿也不在乎，小姐，我都不了解你。

吉娜 我不知道，但我应该怎么知道呢？也许我妈接他去了吧。我顾不上的时候我妈就去接他。

帕查（布莱提） 好吧，那很好。

吉娜 别问我现在无能为力的问题。

帕查（布莱提） 你说的对。

吉娜 主要问题是他可没觉得无聊。你要做的就是打开他的“魔法超级英雄”让他乐乐。他大多时候都自己一个人玩儿。

帕查（布莱提）（开始吼叫）的确是！他一个人玩儿！我他妈的刚丢了五千块，那就是了！去他妈的，该死的！我受够了。我受够这些派对了，受够嗑药了，受够这个该死的派对结束在昏昏沉沉地把我的五千块送给一个神经衰弱屁眼儿朝后的老爹了。我醒来发现自己穿着救赎军的羊毛衫，还要把一堆1972年的恶心的肿胀的尸体背回去。早上八点时候我就假装自己是说波兰话的罗马尼亚人，我还一直说吃肉屑的坏处，一下子我就是一个坠落的极点，一个说波兰话的那个坠落的极点。然后我醒来了，在东斑布法克的浆果地里醒来了，那是在哈萨克斯坦边境，哈萨克羊毛衫里散发着蛾子的臭味，我的牙齿上面斑痕累累，已经全毁了，这些牙斑刷都刷不到。明早八点我要去演个戏，因为刚好我要在人人喜爱的电视节目里演格雷戈里（泰德）神父。格雷戈里（泰德）神父，总是高高在上呗。

停顿。

帕查（布莱提） 但嗑药真的很不好。我们…… 我还想问你一件事。这事儿很重要。也许听起来很蠢，但是原谅我。额，你和我，我们上床了吗？我就问问。

第二场

鲜味酒吧。酒保和酒吧女招待夏莲娜正在看电视。外面传来混乱和骚动的声音。帕查（布莱提）和吉娜临近崩溃的边缘，他们进入酒馆，浑身大汗，近乎疯狂。

酒保 我们坐在这儿自己想事情，然后我听到一阵尖叫，就像在混战。所以我说，发生什么事儿了，是保加利亚小娘们两眼发红热血贲张爽得嗷嗷直叫唤吗？我就出去看了看。门开了，这两个人孤零零地走进来，我也不知道他们怎么回事儿，是喝得烂醉还是见了鬼了，或者他们刚从精神病院逃出来，他们手里还有一堆纸头还是塑料袋什么的东西。他们进门了。老天爷，这位女爵爷挺着圆滚滚的肚皮，天啊，他们就这样走进来了。

我能帮你们吗？

吉娜 我想要杯热开水。我怀孕了。让老妈子去铺床吧。

酒保 她对我指着夏莲娜。老妈子！然后她晃了晃手提包。我说：我们这儿可没有这个，热开水。我们有咖啡，茶，罗宋汤和炸薯条。这儿只有这些了。

吉娜 我想吃炸肉饼。

帕查（布莱提） 不不不，她就是开玩笑呢！才不是呢。你问我的话，我就回答：毫无疑问。请原谅我们。

看这儿。拿着。转过去看看那儿，拿着这个，一句话也别说，我来说话。你就待在这儿，往那儿看，别动。

对于这个情绪不稳定的人，我替她对您表示抱歉。我朋友情绪比较低落。她也不是真的怀孕了。她肚子里垫了个枕头，哈哈。别笑了，这样真的很蠢，这一点儿都不好笑。精神性瘾君子，她就这样儿。但是这些毒品会让你吃不消，请你原谅我所说的。

我感到真的很抱歉，但这事儿就这么发生了，我也感到有点尴尬。允许我亲切地询问一下这位女士：我们现在位于哪个可爱的小镇啊？

酒保 这个小镇是啥，还有他们在哪儿！这就是他问我的！奥斯特鲁达。

夜总会女招待 这儿是奥斯特鲁达。

帕查（布莱提） 哦，奥斯特鲁达。那太好了。这儿离哪儿更近呢？南面，北面，还是东面？我真的搞不清方向。

酒保 嗯，那要看情况的。

帕查（布莱提） 嗯哼。看情况。好吧也对。

你看，我们此时处于不利境地：我们之所以在这儿是因为一起事故，这可不是我们的错。我们从华沙来的，然后在这人受伤了，我们就是……

酒保　嗯哼，我也是从华沙来的。海莲娜，她也是。我们都是从华沙来的。我们来这儿度个假，然后坐雪橇回去。

帕查（布莱提）　那么，好吧，那就这样吧，好主意，滑雪橇。就像诗人说的，在这么可爱的日子里和你一起乘雪橇真是浪漫。你也知道的，那个伟大的诗人。

但说到正事，女士，不说其他的玩笑话，这种事情发生了，对我来说十分不明确，很难解释前因后果。事实上，这听起来也很不真实。简而言之，我发现自己处于一个十分奇怪的环境，我明天八点要去工作，但我现在没有手机。我得打个电话。

这个是说——我不知道怎么解释——我其实并不是现在这个样子，我绝不是这副样子。我曾经到处闲逛，乔装打扮，到处取乐，你知道的，这都以悲伤告终，真的，很难过。我是个职业演员，我在电视里演格雷戈里（泰德）神父。我确信你肯定看过，格雷戈里（泰德）神父，对，就是我演的。所以我想问：现在几点了？

酒保　但是，先生，我们这也是乔装打扮。这位是戴安娜王妃，而我是丹尼尔·斯蒂尔。现在晚上十点了，你看表上的时间。

帕查（布莱提）　晚上十点。不可能吧。我在准备工作前是没得睡觉了。去他娘的倒霉事儿。该死的，吉娜，做点什么。和他们说点什么。告诉他们我是谁，你知道的。

吉娜　我们想要两碗汤。

帕查（布莱提）　不是说这个！

酒吧女招待　嗨，罗斯科！

帕查（布莱提）　不，来吧，我要这个罗斯科干吗？谁是罗斯科？看在老天的份上，这位女士对我的困境一点都不同情。罗斯科是谁？他对我有意义吗，罗斯科？人！人。看在老天的份上。我是格雷戈里（泰德）神父。拉兄弟一把吧，我明天八点要去干那该死的活。

酒保　八点，你做什么呢，捡易拉罐吗？

吉娜 我们罗马尼亚人可是暴脾气。

帕查（布莱提） 请你闭上你那张破嘴，可以吗？一句话也不许说——安静点。转身，转身，现在转过身去。麻烦你闭上嘴。你把你的孩子丢在了幼儿园。现在待在那儿，自己好好想想，你干的是不是一个妈妈干出的事儿。她把她的孩子扔在了幼儿园，就在三天前。然后她给自己买了个热狗。这个人脑子有病，还吸毒成瘾。

酒保 她说什么了？你是罗马尼亚人还是哪里人？很好。

吉娜 我确定我妈去接她了，我确信。

酒保 这儿最便宜的电话卡是十五块七。

帕查（布莱提） 但我现在一分没有！

酒保 十五块七。

帕查（布莱提） 来吧小妞，我现在要的是打个电话。大点声说话：给我从这儿滚出去！

酒保 罗斯科！快过来！这儿有点小麻烦。

帕查（布莱提） 让我打个电话！操！就一个电话！只要几分钱！

酒保 是的，就要几分钱，但这儿最便宜的电话卡是十五块七。我可不知道你是不是在找碴儿，神父，或者就是格雷戈里（泰德）。电话卡也就是这个价格，就这个钱，这可不像某些老疯子在农场上转悠着还随意往各地打电话。我说的对吧，海莲娜？罗斯科来了。

罗斯科 这儿好像有什么麻烦？

酒保 这儿还行。这位是格雷戈里（泰德）神父，这是他老婆，是个修女。还有他们的孩子，祭祀助手，嘿嘿。

罗斯科 好吧，你想干吗呢？

帕查（布莱提） 和您打个招呼，罗斯科先生。那么这事儿谈成了：我打个电话，在座的女士们也都同意。他们说我要和您商量看您是否同意……

罗斯科 就为这事儿你就闹出这么大动静？

帕查（布莱提） 当然不是，但是……

罗斯科 你是不得不闹出这么大动静吗？

酒保 见鬼去吧，这个骗子编了一个小时的故事说他是从华沙来的有钱演员，可是呢，他连最便宜的电话卡都买不起，他根本付不起这个钱。他们吸毒了，或者做了其他坏事。我知道那副苦样子从哪里来。嗨，机灵鬼，你们就是从我家鸡舍偷鸡蛋的贼吧。

帕查（布莱提） 这可不是真的，我…… 去你的！见鬼去吧，你们都见鬼去吧！我他妈就是要诅咒你！让这个微波炉把你们都炸到地狱去吧！

第三场

帕查（布莱提） 这比罗马尼亚还糟糕。就是一场噩梦，这是我清醒生命里的一场噩梦。

但这也是诗歌。我在读诗。

吉娜 现在说说那孩子吧。我确信我妈从幼儿园接他了。什么时候？等等啊，是前天。周四，我带他去幼儿园。我肯定记得这事儿，因为他在哭，就像这样，呜呜呜，我发誓。但我接他没？你不知道吗？我可什么都没说，我接他了吗？

帕查（布莱提） 等会儿，让我集中精神想想。我现在考虑别的事儿呢。

吉娜 试着去记一记。我什么都没说吗？

帕查（布莱提） 我不知道，亲爱的，周四我还不认识你呢。

吉娜 那倒是，是的。我觉得她已经接到他了，因为她经常接他，因为，比如说，我不能接他。你说对了。那就是发生的事儿。就这些。他站在那儿尖叫。嘘嘘。你觉得如何？也许那就是发生的事儿了。也许她有意刁难我，没去接他。

帕查（布莱提） 他有家门钥匙吗，是为以防万一？

吉娜 他有。

帕查（布莱提） 那他会回家的。

吉娜 你是这么想的吗？（暂停）

他没有钥匙，他才四岁，你这个傻瓜。

帕查（布莱提） 抱歉啊，但是别说我“傻瓜”，我们可没亲密到那份儿上。但你说对了，虽然：我怎么可能给一个人五千块呢？门也没有，门也没有。五千块，你知道这是多少钱吗？为了五千块钱，人们愿意吃自己的屎呢，五千块够你买一幢大房子，还有栅栏，在比亚韦斯托克买一幢别墅了。

吉娜 实际上，我也不知道自己有没有丢了那孩子。他很可能待在我妈那儿呐，有可能啊。他在玩“魔力超级英雄”呢，他就喜欢乐高。他不会让自己闲着的。

帕查（布莱提） 别他妈的想那事儿了。够了，明天八点我还要工作呢，现在这事儿最紧要。

吉娜 我才不打电话呢。人都丢了，是吗？别试着说服我了，我不打电话。她能和我说什么呢？我自己都能想得出。她经常对我胡说八道。昨天我拿走了所有的抚养费。她可不会漠不关心，她会给我找份像样儿的工作的。

第四场

夜晚。牧场。一个脸上妆花了的女人，四十或五十岁了，停下车，走出来，打开后车厢，拿出一罐伏特加和其他酒，放到了后座。与此同时，一对可怜的，说着波兰话的罗马尼亚人跑向她的车，当他们往引擎盖上扑的时候，鞋都掉了。

（这个女人烂醉如泥。她说的每句话都含糊不清。——译者注）

帕查（布莱提）（流着泪）华沙的车牌…… 你去华沙吗？

妇女 华沙。

帕查（布莱提） 你真是老天的奇迹，宇宙的上帝啊。我呼唤了你，然后你来了。向我保证，你不是我凭空幻想出来的！真是个奇迹。奇迹发生了。从这儿到华沙有多远？

妇女 嗯哼？

帕查（布莱提） 从这儿到华沙有多远？

妇女 要一百公里吧。

帕查（布莱提） 一百！一百。那也是我说过的 。开个一百公里就像是拿着手杖把狗打得屁滚尿流一样简单。我们得救了！得救了！太太。女皇。您真美。我们和您一起吧！我们和您一起！这里太温暖了！太好了！我们是正常人！我们只是看起来不大好。来吧，我们举止会像文化人那样的！可别放屁啊！

妇人 真好啊，真是天降的宝贝啊。这甚至都不是我的车，这是一辆卡利瓦耶。按这儿，这样就准备就绪了。

帕查（布莱提） 我朋友也能上来，对吧？

妇人 这对我来说怎么样呢？

帕查（布莱提） 来吧，吉娜。她让你一起来。我来开车子吧，我向您保证，她一点儿都不臭，她只是看起来很臭。

开车。

帕查（布莱提） 所以，最近怎么样？生活还好吗？今年天气不大好。今年冬天庄家收成不好。

沉默。

妇人 当然了。天气。压力。不得了啊。

沉默。

帕查（布莱提） 您经常开快车吗，妈妈？老实说……您能不能开直一点？

妇人 在那儿……你要是看到那条路有人朝我们开过来，那你就告诉我。我把眼镜拿出来不知道放在哪儿了，但是我看着不错。所以？你们要去哪儿呢？学生，你们是学生吗？学啥的？别为我操心了，我可没醉。啥也别操心，让我好好开车。

帕查（布莱提） 我们不是学生。我们是说波兰话的罗马尼亚人。我们是女同志，苦工，犹太人，我们在广告中介工作。就像我说的，我们要去以色列种树，这里该死的人都不让我们搭顺风车，一厘米都不让。我是从长老会来的格雷戈里（泰德）神父。我八点就要工作了。我现在要睡会儿觉，好让明天状态好点，再冲个澡。

妇人 你们其中一个应该有驾照吧？

帕查（布莱提） 老实说，没有。啊哈，也许她有，但我有点怀疑。当心！老天，女士，你在干吗？

妇人 嗯，要是你没有驾照，你究竟跟着我干吗呢？我刚才觉得你有，所以让你跟着我了。呸。不，我很好。别气馁，我们继续开。老天赋予我们，老天又剥夺了。对此不要怀疑……也许我会给你看：这儿是离合器，这儿是档位，所以你全都搞定了。或者，我来开吧，它就是辆汽车嘛，它还赊着账呢。好了，太酷了，全都搞定了。呸，我告诉你，我和你说，让我和你说。你那么快乐，那么年轻，这辆车价值五万块。五万块，它可不能损坏。

吉娜 抱歉——我想问个尴尬的问题——你有什么吃的吗？

妇人 哼，呸。匈牙利，罗马尼亚，土耳其，我知道的，都是美丽的国家。每个人都说，罗马尼亚是一团糟，到处都是狗屎，污水，伊斯兰教，小孩从凤梨树上吃屎。那家伙，那个独裁者，辛辛那提，他来负责那儿，人们都在吃石头。但那是个伟大的国家，他们有胡椒，水果，假期，我和我丈夫在那儿滑雪。真的很棒，你就去吧。什么也不用带，行李箱，信用卡，钱这些，都不用带。你就去吧，你能免费享受那儿的美食。你根本不知道那儿有多糟糕。

吉娜 你知道的，我们有时候会在垃圾里找到宝贝。这些天人们扔了很多东西，比如一整只鸡啦，热狗啦，垃圾罐子啦。有时候我去找垃圾时，那地方会吸引我，你知道的。所以在翻垃圾时候，我可不把袋子扔掉。

妇人 你说得对，他们会把很多东西都扔了。垃圾站是个神圣的地方。我有次找到了一个两半儿的灯罩。每个人都问我这个灯罩的事儿。

沉默。

吉娜 那些真不错。我现在想撒尿。

妇人 什么？你就在这儿尿吧，想尿哪儿都行。这是我丈夫的卡瓦利耶。我才不在乎呢，我真的很开心。再见了。

暂停。妇人开车的轨迹变成了之字。罗马尼亚人开始担忧了。

帕查（布莱提） 等会儿，伯爵夫人。您知道的，您是个很好的司机。您是个健谈的人。但您去喝点咖啡的话，我们会很高兴，是吗？

妇人 什么？你可不能要求我做什么，我的小可爱。我给你搭了车，因为我觉得你有驾照。所以你没的抱怨。

他们继续以之字路线开车。

帕查（布莱提） 但是你也看见了，那艘煤船布洛芬（艾德维尔），要把我们带到某个地方，包括以色列，等会就起航了…… 我明天八点必须准备就绪，你不要再这样之字开车了。我们还想活命呢，这个问题…… 几天前我朋友把她孩子扔在了幼儿园，今天他也许会坐在这儿，自己玩他的积木。

吉娜 你干吗提起我呢，混蛋？太晚了，你提醒我了。

帕查（布莱提） 他就坐在这儿，没有睡前故事，也没有小帽子，他穿着需要换洗的内衣。这就是场悲剧。我们要去救他，如果我们不往回走的话，她就要挨她妈妈的骂了，就像你从未见过这一幕，小男孩。

吉娜 混蛋，蠢货。

妇人 再坚持一下，孩子们，你们听着。我这儿没什么可吃的，我把这儿搞砸了。我承认，我搞砸了一切，但你们没必要下车。不，因为这儿是波兰荒凉的空地，这儿还有沼泽。有些东西会冒出来的，比如加油站啦，文明啦。之后你才能出来，但在这儿，我可不会放你们走。

她从腿下拿出一瓶酒，喝了起来，然后给了他们。

干杯，哈哈。

帕查（布莱提） 女士，我真的不能相信你了。注意力集中！你他妈在搞什么玩意儿呢，现在没有干杯，你他妈的注意力要集中，我现在神经紧张。我，一个老罗马尼亚人看出了点猫腻儿。我们在什么鬼地方？比亚沃维耶扎森林吗？停车，我说，停车！

妇人 （车胎发出一声刺耳的声音，车停了；这里是森林中央，没有一点光线和声音）继续吧，走进森林吧。那儿是我们的目的地。你所做的就是要这样说。要是你找到蘑菇的话，明天或者其他什么时候给我发条短信。

哈哈。

他们继续开车，妇人把酒一饮而尽。

等我一秒钟，有人给我打电话。

电话响了，她接电话。

是的，是的，是的。另外，不不，我可没醉。我在开车呢。和我朋友一起，如果你一定要知道的话。你们叫什么名字？

帕查（布莱提） 拉斯洛·杉姆波。她是瑞吉娜，姓萨尔维。

妇人（对着电话） 瑞吉娜和史莫格，我朋友。不不不，我没疯。他们人很好，很好相处，他们是酷酷的年轻人。不，我可没醉。来吧！你等了我三个小时吗？不，我可没醉。你后面有人在说话吗？没人？是她吗？你没必要偷偷摸摸的，有些小姑娘沉浸在电脑游戏里，而你煲了好几个小时的电话粥，她开始无聊了，脱光了衣服，又伤心又寒冷，那你就靠近她，去舔她的阴部。不，我可没醉。我没醉。也许我醉了，那又怎样？我不知道自己在哪儿，这儿没有任何标志，老实说。但这儿有片空地，一些木头。树枝和蓝莓——也许是在挪威？我不久就会到那儿，你继续吧，再给我做点晚饭，晚饭。你盐放多了，把晚饭烧煳了。太煳了，太咸了。但我就喜欢这样。如果我他妈的还没自我了断的话，那我回家一定很饿了。拜拜，再见。

帕查（布莱提） 吉娜，你听到了吗？我们马上就要到了。不远了。我要开始准备了。我能借用一下你的电话吗？我要打个电话。

妇人 拿稳咯，抱歉啊那是我丈夫。他很担心我把他的车搞坏。我明白了。他情人在那儿呢，他计划要有个浪漫的夜晚，她放学了要补课，她换了尿布然后过去了。你知道事情如何进展。他们是真爱，他在电话里假装他自己是华伦天奴。他欲火焚身，带着自己孱弱的阴茎在窗前踱着步。他对她说，坐在这儿，亲爱的，你要剪剪指甲了。抱歉，他站在那扇窗前，拉裤子了。他的卡利瓦耶停了，第一次是一个轮胎，然后是另一个轮胎。我要把其他的都装在塑料袋里。哈哈。

嘿嘿嘿。

啊啊啊啊啊！！！

一起意外车祸，汽车在黑暗中撞到什么东西。

妇人浑身是血，躺在安全气囊上，罗马尼亚人相安无事。发动机前有一只野猪。

帕查（布莱提）（愤怒地）这是在搞什么鬼？

妇人 （毫无知觉）刺猬。

帕查（布莱提） 一只刺猬…… 一只刺猬！我让你看看刺猬。嗨，女士，醒来吧，醒醒，醒醒。哎呀，女伯爵买下的农场，我们现在不知道在什么鬼地方了，在哪儿的中心呢，在这边远的乡村呢。

吉娜 赶紧给她紧急救援吧。

帕查（布莱提） 我？你觉得这和做苹果派一样简单吗？我可没时间，我着急着呢。她已经不中用了，是吗？

吉娜 你怎么知道的呢？

帕查（布莱提） 她还活着吗？她还活着。生命是最紧要的。她现在好点了，她有老天的帮助，你看看自己吧。她长着唇毛呢。这个小丑。

吉娜 也许你说得对。现在无济于事了。我们要做什么呢？

帕查（布莱提） 你看到她电话了吗？我要给他们打个电话，告诉他们我要迟到了。

吉娜 也许事情乱糟糟的。

帕查（布莱提） 什么？！没门。

他扔出一个摔碎的电话，看了看他腿下面，拿出那个妇人的伏特加，喝了一大口。

你想喝吗？这儿还有点。我现在不能乱糟糟的了，我明天要有个好状态。

来吧，我们拿走她的表吧。你有个可爱的表了，亲爱的。日本精工株式会社的表。这些小钻石顶流行了。不要把我往坏处想，我现在可是孤注一掷了。十二点一刻。那可不行，它也许就停了。现在十一点了，我现在还有机会。

（他带上手表，手伸进妇人的手提袋里摸索）

好吧，她还有个钱包，也许里面还有点现金。我想买个电话卡，不，你摸摸其他地方。我对这一切很厌倦了，从道德上。我这辈子还没偷过什么东西呢。也许除了幼儿园时调皮时的所作所为。你知道的，不，把它放到这儿。我来看看，我不相信你：你是个疯子，还是个瘾君子。

口香糖——我们扔了吧。避孕药——药都在这儿——你要来点吗？

吉娜 把那东西拿开。

帕查（布莱提） 拿着他们吧，它们能迷惑人。

吉娜 走开，蠢货。你自己留着吧，最好让你断子绝孙。

帕查（布莱提） 拿着它们吧。你总能用到。哦，好吧，我就开个玩笑。总之，这个婊子自己吃了一半。醉醺醺的臭老太婆，要是你下流的话，就继续叫她杰克逊小姐吧。那可真是粗鲁啊。

吉娜 你就不能闭嘴吗？！我再也不想听你说话了，你这个白痴。滚开，放下她的钱包。要是她躺在这儿死了，就不要翻一具尸体的袋子。

帕查（布莱提） 什么。也许她没在这儿，也许她就拿着钱包去治粉刺了吗？你觉得呢？冷静点。化个妆，涂涂抹抹，刷下眼影，我会给你拿着的，真好。相信我，你能用它，你不知道自己像什么，但是我知道。要是你不想要，那就给其他人。等等，也许她有其他电话。这儿有个钱包。三十兹罗提。她有三十兹罗提！中头彩了。我们去汽车站的时候买点棉花棒吧。

走向妇人。

你这个讨厌鬼。你把酒全喝了。我要让你好看。

第五场

坟墓。他们从车里下来，在黑暗中跋行。

（显然，帕查（布莱提）和吉娜埋葬了那个妇人。——译者注）

帕查（布莱提） 没爹没娘，最后都是孤身一人。我现在在船上了。喝醉的丑老太婆让我们搭顺风车，但是撞了一头野猪，但是森林里肯定还有野猪。他们还会袭击我们。但是人们还是没有责任感。她会杀了我们的。人类就是这样的无助。我要打个电话，不然就有麻烦了。

吉娜 你就不能闭嘴吗？闭嘴，闭上你的嘴。我就说这么多。

帕查（布莱提） 好吧，很好，你闭嘴。我恨你。我总是讨厌那些我不爱她们，她们还和我做爱的女人。令人作呕，真是令人作呕，没有爱情的性交。太色情了。脱掉衣服，弯腰。

吉娜 什么？你说什么呢？我可没干你。我已经告诉你了。我没有干你。

帕查（布莱提） 我怎么才能相信你呢，我怎么才能相信你，我为什么要相信你？女士，你有健忘症，虽然我不知道你什么时候得的。现在你记起来了，现在你又忘了，老天赋予我们，老天又收回了。你怎么知道自己有没有和我睡过，连我自己都不知道？请你，别让我笑了。我怀疑我和你睡觉是因为现在我感觉一团糟，也许因为，也许还因为，那就是我知道的。我讨厌和我蔑视的陌生女人进行机械的工业程式一样的性交，就像让人头昏眼花的零和微不足道的玩意儿一样。陌生的身体在我的手掌下，就像是奇怪的动物的身体，奇怪的，没有面孔的身体，吧姆吧姆，当一切都结束了，你就躺在那儿，呼吸着。你的呼吸就像是路过的汽车，就像是路过的汽笛，就像是坠落的影子。这一切都太荒谬了。唾液和精液像雨水一样干涸了。因为那是爱的汁水，爱的汁水。唾液！精液！粒蛋白！混合着马铃薯花朵的水！

吉娜 我可没操你。没门，没门。绝对没有。

帕查（布莱提） 我们当然有！你利用了我的不省人事和束手无策！

他们沉默着走进去。

帕查（布莱提）（*他不能理解*）你是个多可爱的母亲啊。你抛弃了你的孩子。很好，一句话也别说，我不愿去想这些。那倒霉的孩子的一天都在幼儿园里待着，保洁阿姨们都回家了，保安也回家了，他就在那儿坐着，坐在一堆尿里，猛撞他玩到发烫的小汽车。他还能做什么呢，现在？所有的玩具都朝他散发着臭气，好吧，好吧。时间到了。如果我穿过了那分界线，你就告诉我。

暂停。他们继续走，没有人开车经过。

帕查（布莱提） 抱歉，但我要说句话。我们准备睡觉了，我们都冻僵了。我很冷。这种寒冷简直叫我发狂。他们当时怎么能站在森林里呢？

吉娜 那你躺下。

帕查（布莱提） 非常有趣，很有意思。

吉娜 你不觉得我也冷吗？就像阴道一样冷。

帕查（布莱提） 那又怎样，现在你想勒索我让我把夹克给你吗？没门。尽管我也许会在十五分钟后看到我死了以后的样子，你可以加入进我的宣福礼。

暂停。

帕查（布莱提） 所以你觉得我们都会死，是吗？现在？就像那样？

吉娜 是的。

暂停。

帕查（布莱提） 那可太无助了。真是令人失望啊。

有什么东西告诉我要戒掉毒品，别用那种废话愚弄周围的人了。这是瘾君子每天都要做的事儿，但对普通人来讲，破坏力太大了。有人告诉我说：这是个化装舞会，名字叫作“穷婊子快得分”，夏娃在默克多夫邀请你了，所以我穿戴好行头，还用马克笔在牙齿上涂上颜色，带上一些臭烘烘的抹布，有个出租车司机并不想搭我。我到那儿了，我看到了这只小鸡，也就是，你，那可真是好时候啊。人们都在跳舞，有个人给了我他们做的食物，然后就是嘭的一声：罗马尼亚行动开始！我现在是罗马尼亚人啦！我在去某个地方的路上，我拿着我自己的钱！我，体面的格雷戈里（泰德）神父，是个单身汉。你就是说服我做那些事的人。你为什么要提醒我呢？我现在动不动火很大，过去那老一套又回来了。杀人晚了——快看时间。准备去死——快看时间。但不是这样。这也太疯狂了。

老实说，尽管如此，我担心我不能获得永恒的救赎。老天爷知道，理论上我做的好事比坏事多，我最好表现我好的一面。但是我被天主教教堂的福音书、忏悔录、禁食，等等耍得团团转，我都被快他们干死了。他们把格雷戈里（泰德）神父的生活搅得一团糟。

吉娜 哦老天爷啊——我看到光亮了。

帕查（布莱提） 不可能，不会有光亮的。

吉娜 那是间屋子吗？

帕查（布莱提） 一间屋子！我们得救了！温暖！茶！不用说了还有吃的！干净的床铺！我要给华沙打电话，告诉他们我晚去一会儿，但是我要先去确认一下。

第三幕

第一场

帕查（布莱提）和吉娜站在建在空地当中没有栅栏的房子门前。他们用力敲门：

救命！救命！有人吗！救救我们！快把这扇破门打开！

最后他们听到了一阵开锁，上锁，拧螺丝，滑动链条等一系列的声音，然后看到一个没刮胡子的老家伙儿把脑袋伸了出来。

老家伙 那是你吗？

帕查（布莱提） 是的，是我们。两个大活人。

老家伙 没别人了吧？

帕查（布莱提） 没别人了。

老家伙 （打开了最后一条链条）你确定吗？

吉娜 是的，我们确定。

老家伙 进来吧，快点。

老家伙的房间里堆着很多垃圾。所有东西都是脏的：两个浴盆，鞋子，还有全世界的垃圾。电视机开着。

老家伙　（看着他们）格雷戈里（泰德）神父？但您是牧师啊！

帕查（布莱提）　是的，就是我。我就是演他的那个人……

老家伙　真是意料之外的愉快的惊喜啊！在晚上——在这个时间！格雷戈里（泰德）神父！牧师终于来看我了。这真好极了，令人愉快啊。那么，这位女士，这个姑娘，她是谁啊？

帕查（布莱提）　我的朋友，熟人。

老家伙　是天使吗？

帕查（布莱提）　是的，她之前是个婊子，还是个瘾君子。你知道的，我的子民。我把她带入了圣堂——的确如此。

老家伙　你的教士袍呢？

帕查（布莱提）　什么教士袍？

老家伙　穿着教士袍一定很冷吧，外面天气糟透了。你穿便服来的啊。

帕查（布莱提）　是的，老人家，我让教士袍休息一下。我感到很羞愧，您这儿有什么吃的吗？老爷爷？有没有什么热饮？我太他妈的冷了。我女朋友也是。

老家伙　不不，我可没有。我希望……我在这儿等牧师帮我一起买东西呢，我不能出门。

帕查（布莱提）　不能出门？为什么呢？

老家伙　别问了，神父——你不想知道的。如果一旦我出去了，他们过来，他们过来。我走在路上，走在路上，我听到一阵刮擦的声音，那就是他们来了。他们打开锁然后重伤了我，他们进来打我，攻击我。哦，神父，你看，我不能出门，我必须赶回来。

帕查（布莱提）　你有电话吗？老爷爷？

老家伙　应该在那儿。我有一部电话，但他们总给我打电话骚扰我。

他躺在床上。

这儿都是伤痕。他们打我这儿，他们还打我这儿了。这就是他们第一次打我留下的伤痕。他们过来了，他们过来又做了很多可怕的事情，我一刻也不能离开这儿，一刻也不能，因为他们马上就会回来，马上。然后他们再打我。

帕查（布莱提） 现在这样还不错。

吉娜 我们可以在这儿睡觉吗，老爷爷？我们就趴着睡就行。我们走过来的，从哈萨克斯坦走来的。从乌兹别克斯坦走来的。我们只是想睡会。我们不会惹麻烦的。

老家伙 睡吧。打个盹。好像，它好像……格雷戈里（泰德）神父，总是这样。但您要当心。他们可不睡觉，你要保护好自己。也许他们会看到，他们会注意到是你的，格雷戈里（泰德）神父，他们会跟着直觉找过来的。

第二场

帕查（布莱提）和吉娜躺在床上，用破衣服裹着身体。他们看看表，嚼着口香糖，在幽闭的满是垃圾的房间里，水槽淙淙作响。吉娜把玩着一些线丝。

（那块手表是他们从妇人身上夺走的。——译者注）

帕查（布莱提） 那么，怎么样？你拿到你想要的了。那是你的派对，你的“穷婊子快得分”化装舞会，代价就是我的五千块和我的工作。让我们找点乐子！我没主意，我们就玩个文字游戏吧。

吉娜 文字游戏。

帕查（布莱提） 不要重复我的话。我没打算准备就绪。我已经失去他们的信任了。他们会等我，给我打电话的，这将是一件大丑闻。他们会一脚把我踢走，一定是这样的。他们会挑一些可笑的演员，告诉观众，格雷戈里（泰德）神父遭遇火灾，做了整形手术，外表和之前截然不同了！糟糕透顶！我完蛋了！

吉娜 完蛋了。

帕查（布莱提） 我电话在哪呢？我把它放哪了？你想起在哪了？不，你最好想想你的孩子吧。把一个孩子留在幼儿园。真是道德高尚的伟业啊。你最好别再有孩子了。他叫什么名字？他是个男孩，对吗？

沉默。

说点什么吧。我快睡着了。老爷爷晚上会拿着金属管进来的，他会觉得我们想伤害他，他会杀了我们。我得盯着点。但是让我问问你：为什么是要我盯着？你呢？为什么所有的事情，所有的责任都要我一个人来承担？你他妈到底是谁？你干什么的？啥工作呢？

吉娜 我是个生活的艺术家。

帕查（布莱提） 哦，我也是这么想的。你还做其他事吗？

吉娜 好像我知道一样？没那么多事儿可做。

帕查（布莱提） 好吧。

吉娜 我之前填发货单……

帕查（布莱提） 我要给我的经纪人打电话。他准要疯了。

吉娜 我妈给我安排的工作咯。我去那儿宿醉了一场，那些数字在我眼前是原先的三倍。那儿有很多栏，行，盒子，那儿有很多臭婊子穿着烂兮兮的毛衣，她们织毛衣，还把毛衣套在我身上试。我百分之百确定在那么长的工作时间里，他们把我的乳房放入了影印机，还仔细看怎么打印出来的。

哦，这个夏天我就在这儿工作。我炸波兰香肠，薯条，你也知道，就是那一平方米的巴掌地儿挤着我和装着攒了三年油脂的一百五十公升的大桶。这就是我，油叽叽小姐。但我经常抬高价格，十个兹罗提，那晚，我有了十个兹罗提，十个兹罗提。然后我去俱乐部要了一瓶啤酒，我为自己感到十分骄傲，我坐在那儿鼻子通红，就像一罐猪肉罐头。炸肉肠小姐，油脂从我的头发上掉到了桌子上，我妈妈说：终于啊，终于，你终于能好好干活了啊，终于啊。

帕查（布莱提） 那可真是糟糕啊。你要自己做点事情，找一件事开始。或者你什么技能也没有。

吉娜 然后我出去闲逛，我出门闲逛，我进去又出来。总的来说呢，我遇到了很多像你一样的白痴，虽然我可不想遇到他们。我去了他们的住所因为我晚上想睡个好觉，就是我宿醉醒来的时候没有人在我耳边叫喊着血腥的谋杀案。你知道的，我们有个一居室小公寓，十七平方米。如果有人敲击茶壶或者平底锅，这可不是你宿醉未醒时候的玩笑，在你快死时候，你家孩子拿出他的玩具钢琴放在床上，敲着“三个印第安小孩”和“咩咩小黑羊”。他们觉得我去他们家，是因为我想毫无保留地体验十七种体位的最美妙的性爱。尽管他们完全不在乎，他们还是会先插进来，再拔出来，至少来那么一次。否则，不不不，这不算数。早上了他们会说：老天爷啊，你的衣服在哪呢，你一定太着急了，我很确信，你还要喝茶吗？你想喝的话我就给你找个热水瓶！

哈哈，哈哈。现在我上电车了，这是我的旅程了。我跑上楼梯，打开门。你在哪呢？看看你干的好事！那是你的孩子！妈妈，妈妈，哥白尼的父亲是谁？还有一个更好的问题，他的父亲是谁呢，是这样吗？

天啊，会是谁呢？

他整天都在玩“英雄”的游戏！最后他笑得不能自已。抱歉啊，我等会就去打扫。妈咪，咩咩小黑羊！咩咩小黑羊！你有羊毛吗？是的，先生，是的先生，三袋满满的！妈咪！妈咪！

顺便说一句，我读了那个故事，那些羊在沿街兜售自己的屁股呢。

不，你最好听听他是怎么在玩具钢琴上弹奏赞歌的！听！每个诗节！现在向后！拿着你的钢琴给妈咪弹奏吧。不在那儿，哑巴。看看你自己！你没有家吗？你是睡在垃圾车里吗？

帕查（布莱提） 好吧，我不能帮你了，亲爱的。但是你那样做真的很糟糕。别再闹了，和不把你当婊子看的男人在一起吧。你检测过艾滋病病毒吗？你应该去检查检查。让我们认真谈谈：你要找这样一个男人，也许他爱你，也许他不爱，但你不能把自己给毁咯。也许你心里潜在情绪很复杂，但这是因为你和你父亲关系恶劣导致的。

吉娜 老天啊，我们的父亲。

帕查（布莱提） 我，个人来说……

吉娜 你能借我五个兹罗提吗？

帕查（布莱提） 我？借给你？

吉娜 我的孩子太脏了。其他的女人有她们正常的孩子，为什么我的孩子这么脏呢，还不正常？

帕查（布莱提） 我痛恨那些把我当作格雷戈里（泰德）神父和我胡乱做爱的女人。他们觉得和我睡觉有一种在世界上的存在感。我和格雷戈里（泰德）神父睡觉了，我不再是无名小卒了，啦啦啦。我和格雷戈里（泰德）神父睡觉了，女人们，这真是刺激啊，我觉得我快要疯了。

吉娜 我不能回去了，她会杀了我的。

帕查（布莱提） 我憎恶它。最差的地方就是他们把算计我：我们有你喜欢的相册，我们还收藏着一些珍贵邮票，还有各种口味的茶。来吧，这些架子都是宜家的。我们有这个，还有那个，你说酷不酷？

吉娜 我要去尿尿了。

她走进盥洗室。

帕查（布莱提） 我们有这个，我们有这个。我们还有很多乳房。现在别偷看。这儿有这个，还有那个。这是我们的长袜，我们把它们扔掉吧。哦，你在和谁做游戏？是这个呢，还是那个呢，因为我现在不确定？我们这儿有伤疤，这可太糟糕了，只是个伤疤，但这就是命运。它是你的了，仔细看，这里有这个还有那个，我要去冲个澡了。哦，我马上回来。是吗？不坏吧，嗯？现在怎么样？你穿着衣服睡觉，你疯了吗？来吧，我带你去你睡觉的地方。和你说实话，我也要在那儿睡，和你在一起，你能相信吗？看着，我和你，你和我，我和格雷戈里（泰德）神父，你错了，我只是咖啡厅里的小酒保，只是站在大学街边卖报纸的女孩，你把我想成重要人物的话就太可笑了，我就是个无名小卒。相反，因为你在这儿，我也了解你。我躺在那儿，像个在烧焦房子里烧焦的婊子。

我想知道我是不是留下了熨斗。

我想知道哪辆电车可以带我回家。

这罗马尼亚是什么玩意儿？多么孤独啊。

哦，你的钱花光了。那真是不错。我兴奋过头了。我现在要去睡觉了。哦，我要起床了。你已经离开了吗？你去哪里了？那些女孩子会在这儿见你。他们说你对我来说简直太糟糕了，太糟糕了！那儿有个姑娘像我！他们说，你会不会像她一样，好吧！

我搭了电车，然后我走了。没有妈妈，没有爸爸。我到尽头也是独自一人。

现在他们要去烧我的屁股了。不——他们会烧我的屁股，在三小时内。我是无名小卒。我要完蛋了。

突然他的情绪爆发了，他站在盥洗室门口。

吉娜！吉娜？嗨。

我现在知道你的问题在哪了，我知道了，这很简单。

吉娜　（在试图给套索打结）什么？

帕查（布莱提）　你不要感到我冒犯了你。你没有找到爱！就是这么简单！是因为没有人爱你！没有人爱你，这就是你不快乐的原因。你抓着那些不爱你的家伙，这真的毫无意义，它是空虚的，没有任何意义。爱是世界上最重要的东西，爱就是早上起床后，身边的男人不会对你说滚开。你明白的，吉娜？爱会净化你的。

嗨，现在，你在那儿干吗呢？

你在洗澡吗？为什么呢？

出来吧。我不想一个人在这儿坐着。我害怕。你一个人进盥洗室了，你把我留在了外面。

我不会偷看的。

你为什么洗澡呢？

我不会操你的，就是那样，即使你用开水擦了身体。

嗨，吉娜！

我只是开个玩笑，傻瓜。

快把门打开。

把门打开！

他不停地拉门把手，门开了。

吉娜，与此同时已经在盥洗室正中上吊了。

你在做什么呢？！你做这个干吗呢？！

你怎么能这样呢？！这是什么？现在赶紧下来。

啊啊啊啊啊！

吉娜 我上吊了啊。

帕查（布莱提） 那你继续上吊，我要离开这儿了。

吉娜 他妈的，你不能让我一个人待着吗？

帕查（布莱提） 省省吧，我走了。

接下来，我要写的，这些事情发生在之后：帕查（布莱提）跑出去了，吉娜拿着小折刀割断了吊绳跟在他后面跑出去了。跑出去的路上，他们打倒了穿着长内衣裤的吓坏了的老家伙。我们口中唱着圣歌，跑向了轮船。

布洛芬（艾德维尔） 煤船在雪中航行。他们跑到甲板上，罗马尼亚船员和乘客热情地和他们打招呼：你们终于来啦，终于来啦！他们拿出糖果封装器和语言学校的教学挂图，每个人都亲吻他们的手。这是福利受助人的狂欢舞会，大家都在吃树枝和泥土。他们手里拿着软趴趴的旧气球，他们高声唱着罗马尼亚歌曲。服务员对帕查说：布拉克兹先生，这是我们的荣幸。我们特地为您和您的夫人准备了塞满胡椒的肉屑！您想尝尝吗？

帕查（布莱提） 当然要尝尝，但是我要先洗洗手。我这一整天都风尘仆仆。

他走进盥洗室，吉娜正吊在那里。

米洛·加弗南：欧洲戏剧中的不寻常

克塞妮娅·拉杜洛维奇
桂菡　译

米洛·加弗南可被视为克罗地亚与欧洲戏剧里的一个不寻常现象。22 岁那年，他的处女作《安提戈涅》(1983）在著名的萨格勒布剧院取得了成功，从那以后他便在克罗地亚与海外的舞台上拥有了一席之地。作为一名自由职业艺术家，他靠写作维持生活已经很长一段时间了——这在克罗地亚并不常见，因为在这里几乎所有的作家都有一份全职工作（电视与广播编辑、教授、戏剧构作、记者等），写作只不过是他们的一份业余爱好。欧洲绝大多数国家也是如此。米洛·加弗南对他的工作如此这般投入、信任，无疑是冒了风险的。年轻时候，加弗南曾是一家剧院的导演，后来他很快离开了这一岗位（他是我认识的唯一一个自愿离开管理职位的人），此后他再也没有接受过任何戏剧管理类职位或者说所谓的铁饭碗。

加弗南日后的职业生涯证明了他上述决定的正确性。在 35 年的写作生涯中，他创作了 50 部戏剧与喜剧作品，并且这些作品被翻译成 40 多种语言。他的剧作在非洲外各大洲仅首演就已多达 300 多场，观演人数已经超过 300 万人。每年他的戏剧作品都会有大约 50 场的首演，而他的书——因为他也是位作家——在全球已经发行了 200 多个版本。在他所获得的众多奖项中以下两项尤为出彩：1999 年获得享有盛誉的匈牙利“中欧时间”最佳编剧奖；2017 年获奥地利欧罗斯莫克博士欧洲奖。

随着其剧作在全球范围内获得的成功，另外一个荣誉也出现在了米洛・加弗南身上：他是欧洲唯一在国外拥有为自己的戏剧作品专设的节日的在世剧作家。

在过去的15年中，国际戏剧节“加弗南Feat”活动已经在欧洲三个国家（斯洛伐克、波兰以及捷克共和国）举行，明年将会在第四个国家——德国举办。这个戏剧节显然是对加弗南作为一名中欧作家为全世界所欢迎的最好证明。

加弗南成功的秘诀是什么？他在戏剧舞台上如此长久地为人欢迎是因为他具备巨大的才能，是因为他是一名非常勤奋的专业人士。同时也是因为戏剧界由于其作品独具的特色而需要他、热爱他——这些特色正是构成其戏剧作品的基本要素：

（1）人物角色：特殊、易识别、亲近

加弗南戏剧的基本特点在于其出彩的人物设置。他们具备非常现实主义的特点。即便是历史剧系列的人物（《诸神之夜》《乔治・华盛顿的爱情》《契诃夫与托尔斯泰的道别》《玛利亚・特蕾莎最为漫长的一天》《莎士比亚与伊丽莎白》）玛莎・华盛顿、莫里哀、路易四世、莎士比亚、伊丽莎白、玛利亚・特蕾莎、契诃夫、托尔斯泰都不仅仅是传记中所描述的那样（这一点他自己已经说过许多次了）——他们每个人都具备各自真实的性格。加弗南从不会违背他笔下人物性格的真实性，他为这些历史公众人物添加了平日很难为人看到的一面——打开了他们的私人维度。

剧名中出现著名历史人物的名字并不只是“为了吸引喜欢名人轶事的观众”。悲剧总是需要一些能够从观众中分离出的高尚人物（亚里士多德语）。所以当一些理论家宣称悲剧已经死亡（乔治・斯塔坦《悲剧的死亡》）、认为当下悲剧不过是严肃戏剧，对于角色的这种需求依旧以不同的形式存在着。这也就是为何米洛・加弗南会在创作中时不时涉及到历史人物。历史距离提供给我们一个可以分离的维度。与此同时，考虑到人物在私人问题上的表现方式——我们每个人都会遭遇的问题——他们变得更亲近、更容易为人所理解。他们成了我们同时代的人。

在《乔治・华盛顿的爱情》一剧中，加弗南并没有去表现华盛顿如何为了美国独立战争而战斗；相反，他着力描绘的是这位总统的妻子与情人在他逝世后的故事。这部戏的主题是展现作为个体的人的乔治，是一位处于爱情中的人而不是一名政治家。在《莎士比亚与伊丽莎白》中，作者刻画伊丽莎白的重点并非她对于战争所作的决策或是对苏格兰的接管，剧中的伊丽莎白展现出的是对作家莎士比亚的爱情。同样的，《玛利亚·特蕾莎最漫长的一天》则透露了玛利亚·特蕾莎与丈夫之所以关系冷淡的原因是多年前发生的一段婚外情。

正因加弗南从来不会像其他描述历史人物的作者一样通过人物行动产生的问题来描述他们——他是通过他们内心所产生的问题来对他们进行描述的——所以他才会创造出真实的、有血有肉的人物角色。人物都是独立于他们命运同选择之外的个体。他们所需做的决定与所处的境遇都是当下人们所要共同面对的——去选择爱情与友谊，去原谅、去更正不公、去抵制诱惑；去选择以及承担选择的后果。重要人物的历史行为、财富抑或是名声对人物本身不会起到什么帮助。其笔下一些人物，比如《诸神之夜》中的路易四世，必须要决定是选择朋友还是选择权力。这便是戏剧从一开始就能够吸引住观众的地方：看到一位国王或是女王处于进退两难的境地，这在自古以来就为人们所津津乐道。

加弗南明白如何在当下做到这一点：他笔下的角色们同我们亲近，戏剧中的未知与已知比例完美地交织在一起——这是观众喜欢看到的东西，因为这让观剧体验里既包含有异国情调又易为人所理解。

作品《演员之死》与《忘掉好莱坞》中的主人公生活在当下时代，但这些角色看上去却为当下所孤立且颇为耐人寻味。作品描述的故事发生在剧院，对于普通观众而言这就像是发生在法国宫廷一样具有浓郁的异国情调与吸引力。当代作品《关于女人的一切》（已在纽约、洛杉矶、巴黎、莫斯科、孟买等地首演 51 场）的形式非常独特：看似寻常的关于爱、友情、欺骗、工作的故事被交织一起——剧中展现的时间跨度从幼儿园到养老院。3 位演员扮演 15 个角色：每位演员会扮演 5 个不同角色，从幼儿园小女孩儿到衰老的老妇人。这种片段式交织的故事形式在喜剧《关于男人的一切》以及《情侣》中也可见一斑。

简而言之，加弗南塑造的人物要么取自过去（历史、戏剧）要么来自当代，但他们具备一些永恒性特性，与我们相互贴近。

（2）故事：具备犯罪叙事的张力与曲折

加弗南的每一篇作品都讲述了一个清晰而有趣的故事，它们通常利用一个或几个突转来吸引读者或观众的注意力。记者与评论家通常不会对故事进行重述以免剧透从而破坏作品效果。这一特点尤其适用于加弗南的戏剧作品，因为他在构建剧本的时候成功地运用了经典犯罪小说所具备的张力。人物在故事中成长或是堕落：他们摘下面具彰显人性的灵魂，他们会受到地位或是权力的伤害。

然而对于一部好的作品而言仅仅具备角色和转折是远远不够的——每一个出色的笑话也都具备这两个特点。戏剧性故事必须要具备技巧性对话，而加弗南无疑非常擅长这一点。他是一位真正的剧作家。有时候如果仅仅去朗读他的对话也许会觉得“太简单”。然而，他的艺术才能在于他只是把必须要说的写在纸上，剩下的便统统交付演员了。这就是全世界的演员都爱加弗南戏剧作品的原因。

（3）情感：积极炽热

要解释为何剧院热衷上演加弗南的戏剧还需从这些作品最基本的调剂入手：情感。他所有有趣的故事情节与人物角色都身陷强烈的感情漩涡。爱情，友情，对工作或国家的热爱……然而，在加弗南的作品里并不会彰显太多激情。因为这些情感是恰如其分地存在于角色本身的。此外，当这些情感浮现出来时，这些人物与我们的生活明显更为贴近了，例如在“悲剧的死亡”之后，离开一位恋人显然比杀死他们更为合适，或者说作为一名女王承认并改正错误也是有可能的，再比如尽管矛盾重重但同自己的女儿或者儿子建立关系。而且，不管角色（从被欺骗的丈夫与妻子到愤怒的孩子与分手的恋人）所面对的问题或悲伤为何种类型，其中的情感总是温暖的，而且它们会在我们身上激发起同样的情感——温暖、同情以及共鸣。

（4）思想与信息：潜在的选择与生命的意义

加弗南作品中所包含的不仅仅是那些沉浸在紧张故事中情感充沛的人物。其作品始终存在一个基本思想。在加弗南作品里我们常常看得到这三个主题：操纵、艺术以及爱情。第一个主题在其前期作品里总体现在人物对权力的操控方面（如《克瑞翁的安提戈涅》《阴谋家》《诸神的夜晚》《皇室》以及《恶棍流氓》），在其后期作品里则表现在个人或是家庭 / 私人层面（比如《平行世界》《葛丽塔·嘉宝的秘密》）。有关艺术 / 戏剧的主题集中体现在《忘掉好莱坞》《演员的死亡》《都会好起来的》《契诃夫告别托尔斯泰》《莎士比亚与伊丽莎白》《世界上最疯狂的演出》几部作品中。至于爱情的主题，在过去几年中关于男女恋情的喜剧作品可谓在加弗南作品里占据了主导地位。这些婚姻喜剧主要聚焦于对于进入婚姻生活的渴望（《想要——一位新丈夫》《巴比伦旅馆》）或是对于婚姻的疲倦以及试图逃离于它（《快乐的矩形》《不许笑》《惧内》《潘多拉的小盒子》《玩偶》）。这些作品可能呈现片段式结构，描绘了一个角色的一生（《冰淇淋》《啤酒》）或是通过寥寥数笔对几个角色进行描绘（《关于女人的一切》《关于男人的一切》《伴侣》），然而这些作品总是围绕着角色对于爱情与幸福的渴望展开。当然，这三个主题也会交织在一起，因为它们一直是作者所感兴趣的话题。例如在《忘掉好莱坞》中，教授想要操纵学生，《诸神的夜晚》里则是关于戏剧以及友情的感情，《皇室》以及《流氓》通过情感探索了对于权力的渴望，而在《关于女人的一切》中则涉及了家庭、统治支配以及操纵的主题。

尽管加弗南的所有戏剧作品都非常个人化，即每个人物所面对处理的都是个人选择上的问题，但是社会普遍性蕴含其中。不过这绝不是指“摧毁无助个人的无形历史力量”而是指个体及他们选择的集合。从社会上层到社会最底层，人人都具备选择的权力，例如《诸神的夜晚》中的路易四世、莫里哀以及卢达，他们可能会因为一段醉醺醺的友谊而分道扬镳，但每个人都作出了自己的选择——路易斯成了一个所有人都必须服从于他的暴君，莫里哀冒着生命危险取笑国王，而卢达……我不会剧透的。

实际上，加弗南的人物都有选择的机会甚至还有更改错误选择的机会

（像玛丽·特蕾莎、伊丽莎白、契诃夫、《冰激凌》一剧中的女儿以及《玩偶》中的马尔科，还有加弗南最新喜剧中的许多丈夫与妻子们），这一点表明加弗南的作品是积极向上的。他的基本信念是生活具有意义，戏剧可以帮助我们发现（并证实）这一意义。这就是人们前往剧院的原因。换句话说，加弗南是生活与戏剧中倡导基本价值观念的那种人。

加弗南的哲学可以通过《演员之死》中汤姆所宣扬的他的（即剧作家的）信条表现出来：戏剧的基础是将剧作家创造的语句加以呈现的演员，剧场里的一切都是为公众所服务，而导演不过是那里一个受到欢迎的谦逊友人。加弗南从来不接受那些难以理解的、装腔作势的、冷峻空洞的戏剧，那种戏剧仅仅是导演们的一个展览场所，他们利用演员与观众只为证明自己的理念。

通过一些基本的价值观，无论是从道德还是情感层面加弗南都能给我们带来一种喜悦的感觉，即便我们刚刚为讲述了错误选择的悲剧《乔治·华盛顿的爱情》的结局哭红了眼睛。这就是为什么加弗南笔下的人物——尤其是如果历史并没有给他们留下改正错误的机会——拥有一种优雅体面的失败（比如华盛顿、佩塔·兹林斯基、克尔斯托·弗兰克帕潘以及莫里哀）。他们的失败不会让人感到生活的绝望与生命的无意义，而是会唤起一种道德上的胜利，会强调美德以及理想选择的重要意义。甚至是当路易四世违背个人情感做出决定时，我们都知道他在做出一个错误的选择而日后定会为这一行为付出代价。这是因为加弗南让我们相信，尽管我们在舞台上看到了不幸但是幸福以及乐观的情绪、正确的美好抉择在生活中是存在着的。所以我们应当相信它们，应当等待或是去寻找它们。总而言之，他带给我们的以及在我们身上唤醒的情感无一不是正面的、温暖的、开放的。

喜剧：世界美好蓝图中的严肃问题

尽管加弗南早年作品均为戏剧，但在过去的几年里他主要创作为喜剧、佳构剧以及音乐剧脚本。此外，他因擅长处理喜剧中的棘手问题而出名。在《弗洛伊德博士的耐心》一剧中，希特勒试图解决女友问题的时候却没有意识到问题的原因在他自身——这导致他试图通过获得绝对权力来弥补问题。在《啤酒》与《冰激凌》中，加弗南以幽默的方式讲述了父亲与儿子、母亲与女儿的关系。在他的喜剧里他经常处理婚姻爱情的三角甚至四角关系（《快乐的矩形》）。然而，即便在那些作品中他所重点探讨的也是人类行为的根本动机，对婚姻、家庭、幸福的渴望以及善良，它们能够拯救我们并且使得我们快乐。《惧内》一剧，当丈夫从拘留所返回时他经历了一种转变以至于他很高兴能睡在沙发上并获得自由，尽管他的妻子已经再婚而新任丈夫就同他们住在一起。他的善良给予这个故事一个快乐的结局。简而言之，加弗南创作喜剧基于这样一个理念：喜剧除了给观众带来欢笑与快乐外还要有对生命意义的肯定，当我们看到一个幸福的结局，看到一切归于正轨时，我们会感受到生命的意义。

他还创作了三部喜剧风格的独幕剧作品，这些作品非常适合表演，因为在这三部剧中一个人需要扮演十个角色。在《一切都会好起来》这部作品里，文艺复兴戏剧团的团长为我们表演了一出完整的戏剧（有爱情与击剑决斗的元素），同时还解释了自己是如何离开他的剧团的。在《巴比伦旅馆》中，一整个画廊的角色试图在法庭上解释为何一个年轻的斯洛伐克女孩儿射击一名克罗地亚骗子，而在《世界上最狂疯狂的演出》里一个女演员在一部现当代作品里扮演了所有的角色，她在那里发现了“现当代剧场”的空虚。作者的妻子穆拉蒂娜·加弗南有一场非凡的表演，她在一个场景中同时扮演了四个角色，其中两名是男性，她通过移动脑袋以及改变声音来转换人物角色！

不朽卡卡西斯的回归：同情与净化观众的情绪

我们可以看到加弗南笔下的人物对于幸福的渴求。所以在戏剧中我们和他们一起哭泣（因为他们无法赎罪），在喜剧中我们同他们一起笑（因为他们得以赔罪）。然而，我们对他所有的角色都表示同情。这意味着在20世纪与21世纪，加弗南实现了亚里士多德为戏剧所定下的目标：宣泄，通过观看舞台上人物的情绪净化情绪并对其表示同情。加弗南还“听取”了亚里士多德构建人物的方式——这些人物可辨认，但与我们所熟悉的环境依旧有些距离。他在情节进展的故事中也这么做，并使人清楚地意识到生命的意义以及人物（和我们自己）在世界上的目的和定位。这就是为什么观众看完加弗南的戏后总是感觉不错。

欧洲戏剧的主流已经脱离了这种宣泄（连同积极的情感、对善以及人类其他基本价值观念的肯定），并将其贴上了“媚俗”的标签：所谓导演剧场在很大程度上抛弃了我们所认识的角色与故事本身。然而，观众迫切需要这些，尤其是戏剧的净化作用。这就是为什么世界各地的剧院都在上演加弗南的戏，这就是为什么在没有政府大力支持的情况下加弗南戏剧节得以成立的原因，因为剧院需要能够给观众带来快乐的优秀戏剧作品。米洛·加弗南在国际上的成功再一次证明了亚里士多德指出戏剧要对人有净化作用这一观点的正确性。

玩偶——一个女人/完美机器人从隶属到女权

《玩偶》是米洛·加弗南近期作品之一，2012年该剧在纽约进行了首演。在创作后的6年间里，它已经在最多元化的文化中心举行了15场首演活动：美洲（纽约、圣佩德罗、洛杉矶、古巴）、欧洲（斯洛文尼亚、克罗地亚、捷克共和国、荷兰、德国、塞尔维亚、丹麦）、亚洲（孟买、印度）以及澳大利亚（悉尼）。它涵盖了作者最喜欢的故事类型：男女关系以及对同他人幸福结合的渴望。它同时还具备许多易辨识的元素以及普世价值。最后一点，它为男女演员提供了饰演出色角色的机会。

当马尔科交往七年的女友弃他而去后，马尔科订购了一个女性玩偶娃娃，这是一款专门用来满足男性欲望的完美机器人。然而，这个玩偶娃娃是由一名离开丈夫的女性科学家研发而生，所以她不仅能够满足男性的欲望，同时还具备了自己的世界观与个人需求。在6个月的同居生活中——展现在9个场景中——主人公（一位年轻男子与玩偶娃娃）一起经历了男女关系中的所有阶段，这让年轻男人意识到自己在同离开自己的真实女人相处中犯的错误。尽管作品看起来像是一部科幻小说（完美的机器人娃娃），但所有的戏剧场景都与现代男女的恋爱经历十分相似。剧中的幽默元素源于天真诚实的玩偶娃娃的不凡以及她的见解。例如，她试图运用逻辑来理解男性的情感与需求，以及她周遭的世界（史黛拉：“我刚刚对我们的谈话进行了分析，我得出的结论是你在生我的气。”马尔科：“这个结论很合理！”）。再如她对于男人及其所作所为的评价（史黛拉：“如果你跟她在一起的时候是这样，那她离开你也就不足为奇了！”）。抑或是当马尔科生气的时候，她会自动辨别如何满足他的愿望（斯特拉：“你现在想要通过做爱平静下来吗？我的程序要求我为烦躁的男人提供性服务。你是个简单的生物，性爱会让你感觉好点。”）。再或是她拒绝做一些事情以及她的女权主义观点，比如，当他要求她帮忙搬箱子的时候，娃娃说：“我没有被设计为搬运重物，我会告诉中心你在虐待我。”看着一个男人与为取悦他而创造的娃娃之间发生的问题，观众们会笑，也会从中学到如何对待他们的伴侣（史黛拉：“你决定要一个娃娃，而不是一个真正的女人，因为你觉得你不用对娃娃承担义务，作为一个自私的、以自我为中心的男人，你不想负任何责任，你只想满足自己，这意味着你不知道什么是真正的爱情。爱是给予，不是接受。爱是我们因为我们所爱的人幸福而高兴，而不是因为我们自己幸福而高兴。”）。史黛拉在结尾如是说：“是的，我是一个玩偶娃娃，因为你就是这样对待我的，就像是对待一个娃娃。如果你把我当作公主对待——我就会是公主——我明天就会给你一个乐观的报告。这是每个男人都应当学会的一课——你的伴侣就是你如何对待她的反应。”在最后让我们把事情归位。但是谁会进入到盒子，谁会进入到婚姻……你自己会发现的！

玩　偶

米洛·加弗南

桂菡　译

角色：

马尔科——看起来他大约四十岁

史黛拉——她看上去约有三十岁

第一场

灯光渐亮。我们看到一个陈设朴实的空间，厨房跟客厅挨在一起。地板上个盒子，规格如大号棺木。盒子尚未完全拆开，周围堆着皱巴巴的纸片。我们看见马尔科正试图把这些纸堆在一起。马尔科弯腰从盒子里拿出一个小盒子，里面有一只遥控器。

马尔科　啊，你在这儿！

马尔科拿起遥控器，用它指着大盒子，期待地按下按键，似乎在等待什么反应——然而什么也没发生。马尔科放下遥控器，拿起电话开始拨号

马尔科　你好……我是七号获胜者。是的，包裹在半小时前已经到了，你们的工作人员非常小心地把它搬进了公寓……一切顺利，只是——我正试图激活遥控装置，可它不起作用……电池？啊是的——我忘了把它们放进去了，我有点兴奋，抱歉……是的，是的，我一定会把

用户体验反馈给你们……我已经阅读了说明书，对我来说没什么不清楚的地方。谢谢你，再见！

马尔科放下听筒，他从小盒子里找到两块电池然后把它们装进遥控器。他面对地上的大盒子后退了几步，拿起遥控器再次指着它。他按下遥控器上一个按钮，一个女性人偶随即从盒子中半坐起来。马尔科不由后退了一步，按下另外一个按钮，人偶挺直了身体。

史黛拉 你好！

马尔科 你好！

沉默。

史黛拉 你将会收养我吗？

马尔科 是的——我会的。我……

史黛拉 依照程序设置我应当向你伸出手并同你相互熟悉，但是在此之前你要先给我取一个名字。

马尔科 我要给你取名字？

史黛拉 没错——你要把它输入进去。

马尔科 是的，我知道，我知道。

史黛拉 我希望你已经选好名字了。一些你喜欢念的名字。

马尔科 是的……我已经……好了——我这就把它输入进去。

马尔科在遥控面板上输入名字。

马尔科 我已经输好了。

史黛拉伸出她的手。

史黛拉 史黛拉——幸会。

马尔科 我也一样，我叫马尔科……欢迎，史黛拉。欢迎来到我的公寓。

史黛拉 我很高兴你将会收养我。

马尔科 你为什么要用那个词，那样说不是很傻吗？它是用来表达收养孩子，不是指对成年人，而且你是……我该怎么说呢，“一个正常的人”。你不是个孩子。

史黛拉 合同中有一个关于收养的条例。第 11 条说您会像照顾家人一样照顾我，并且在最初的 6 个月里，您会把我当作……

马尔科 是的，我知道，我知道！同样道理——把我当作养父母是愚蠢的。

史黛拉 对我而言并非如此。我的程序显示这是最好的方式。

马尔科 对谁最好？

史黛拉 对你，也是对我。我们是伴侣，对双方而言都是最好的才是真正的最好的。

马尔科 谁教给你的这些？

史黛拉 我不知道，我的程序就是这样运行的。

马尔科 我还以为你的程序运行方式会让我开心。

史黛拉 可我的程序就是这么运行的。您不必为此担忧。我的男人会感到快乐跟满足。

马尔科 你在叫我“我的男人”？

史黛拉 没错。你不是我的男人吗？

马尔科 是，我是，但是……为什么你这么肯定我跟你在一起会开心？

史黛拉 因为我生来就是为了做一切让你开心的事情。

他走近史黛拉，像只在嗅可疑物体的狗一样嗅着她。

史黛拉 你在做什么？

马尔科 我在检查你身上的味道。我想闻闻看你是有橡胶味还是塑料味。

史黛拉 拜托，你没必要这么无礼——我不是那种原始的充气娃娃，我是最现代的玩偶娃娃，由可再生有机物制成的。我非常环保。在组织构成上，我的皮肤同人的一模一样 。我身上有三十岁年轻女子的香味，那是她十分钟前刚刚沐浴结束、擦干身子后涂上了体香剂的味道。我必须要指出——每一天——我都处于例假后第 14 天的状态，所以我做好了同男人激情结合的准备——每一天。

马尔科 太棒了——我今晚一定得试试。自从我女朋友三个月前抛弃我后，我就没有再做过爱了。

史黛拉 谈到性，你跟我在一起只会感受到快乐。

马尔科 我很高兴你能这么自信。虽然我从来都不真正喜欢自信的人。

史黛拉 为什么？自信的人比其他人更容易相处。

马尔科 我从来都不自信——大概这就是为什么自信的人总让我觉得神经紧张。

史黛拉 我不明白。

马尔科 你不用明白。听我说就足够了。帮我把这堆垃圾从客厅丢出去。

史黛拉 程序没有设定我要做繁重的体力劳动。

马尔科 好了，别把事情搞这么复杂——我也没有接受过这种训练，但不管怎么样，我有时候就得这么做。——拿起盒子一端，我拿着另一端，我们一起把它弄出去。

史黛拉 让我再重申一遍——接吻，烹饪，除尘，微笑，聊天——这是我的义务范围。搬运笨重的垃圾不是我的工作。

马尔科 什么笨重的垃圾？——这是个轻箱子。因为它实在太大了我才需要你的帮助。

史黛拉 我的设计师对此会感到不满。

马尔科 她对什么不满？

史黛拉 你强迫我做我的程序没有设定的事情。

马尔科 你的程序要你服从并服务于你的男人，我现在命令你帮我把这个盒子搬出去。行么？

史黛拉 那好吧——如果这是你的命令——我会服从它的，但是我保留生气的权力并且要把这种令人不快的情况保存到记忆里。

马尔科 只要帮我，随你把它保存在哪儿。来吧！

马尔科拿住盒子的一端，史黛拉拿着另一端，他们把它移到了隔壁房间。然后他们回来，马尔科迅速收拾起绳子连同盒子的包装纸，把它们都拿到隔壁。很快他回到了客厅。

马尔科 你知道自己名字的寓意吗？

史黛拉 在拉丁语中，史黛拉意为星星。

马尔科 太棒了——在让你具备学识这方面他们做得不赖。

史黛拉 在受教育程度上，我的同你的相匹配。男人不喜欢女人比他们聪明太多，但他们也不喜欢太愚蠢的女人。

马尔科 谁告诉你的？

史黛拉 芭芭拉，我的创建者，当今世界上最伟大的科学家。她把自己的价值观灌输给我，包括评判男人这一项。

马尔科 这也就是说你看待男人的方式跟“最伟大的科学家”芭芭拉一样？

史黛拉 对，没错——我是她的孩子。

马尔科 要是她对男人作出的判断是错的呢？

史黛拉 不可能——她永远正确。她总是对的。

马尔科 那她的丈夫可真是不容易。

史黛拉 她没有丈夫——她离开了他。

马尔科 所以你关于男人的一切认知是从这种女人身上学到的。

史黛拉 不要说芭芭拉的坏话——我生来就不爱听这些。

马尔科 我以为跟你在一起事情对我而言能变简单点。

史黛拉 以为不代表知晓。

马尔科 还真是。

沉默。

马尔科 我会是你的第一个吗？

史黛拉 我不明白这个问题！

马尔科 我会是同你做爱的第一个男人吗？

沉默。

马尔科 回答我！

史黛拉 理论上……你是第一个，如果不把试运行期算在内的话。

马尔科 试运行期是什么鬼？

史黛拉 实验室试验阶段——一种“技术启蒙”……

马尔科 你在说什么？——他们肯定不会……

史黛拉 在我获得成为完整女人的认证之前，他们同我开展了一项实验。这个实验同性行为灵活程度有关。

马尔科 谁干的？

史黛拉 你想知道什么？

马尔科 他的名字！那个蠢货是谁？

史黛拉 我并不记得名字——我们从来没有做过正式介绍。我们只是做了些细节上的训练。

马尔科 你都练了些什么？

史黛拉 性技巧训练。

马尔科 你甚至都不记得他的名字？

史黛拉 只记得他们中的一些人。

马尔科 该死！恶心！太他妈恶心了！

史黛拉 你没有理由生气——在实验结束后，他们对我进行了彻底清洗消毒。我没有携带任何细菌。

马尔科 尽管如此——你让我觉得恶心——你们所有人。我订购了一个玩偶，结果发现即便连个玩偶娃娃都不纯洁。

史黛拉 在我们的文明中，天真纯洁被高估了——这简直是一个时代性错误。

马尔科 你一定是从你的创造人芭芭拉那里学来的这套。

史黛拉 从感情层面而言，我只属于你。所以——我将是也只是你一个人的。

马尔科 真他妈棒极了，呵呵。

沉默。

马尔科 听着……在实验室里……你知道，在你们练习的时候……你是一个一个地做，还是同时跟他们很多人做？

史黛拉 一个接一个，大概持续了一个星期。

马尔科 有多少人？

史黛拉 五个男人还有芭芭拉。

马尔科 芭芭拉！

史黛拉 她只是测试我的接吻技能。仅此而已。

马尔科 他们一个接一个地对一个不会自我保护的玩偶娃娃进行了一个星期

的训练。

史黛拉 最后一天——在他们把我放进盒子之前，他们在实验室里举办了一个聚会，每个人都喝了点酒，然后他们没有再做轮流式训练。

马尔科 不过？

史黛拉 他们想一起做。

马尔科 你让他们那么干了？

史黛拉 他们没有征求我的同意。

马尔科 一群变态！所以你甚至尝试过群交。他们给我送来了一个24K的婊子！

史黛拉 冷静点。我跟你说过了——在那之后他们对我进行了清洗、给我消毒，所以可以说我跟崭新的一样好。就像什么事情都没有发生过一样。

马尔科 你比普通女人更糟。

史黛拉 我希望你不会因此恼怒。

马尔科 你的希望是错误的！我不像你似的是个玩偶。我是个有血有肉的人，我的伴侣在我之前跟谁做过爱对我来说很重要！

史黛拉 为什么重要？

马尔科 它很重要……它就是很重要。

史黛拉 可是为什么呢？解释给我听。

马尔科 你不会明白的。

沉默。

史黛拉 那，有多少女人跟你做过练习？

马尔科 什么？

史黛拉 你同多少女人有过性行为？

马尔科 嗯，曾经有……几个……在我的生命中。

史黛拉 你不知道确切的数字？

马尔科 我不知道你也会好奇。

史黛拉 程序设定了我会对伴侣感兴趣的事情感兴趣。这就是我为什么想要知道你跟多少女人发生过性关系。

沉默。

马尔科 你真有点令人讨厌。

史黛拉 告诉我。

马尔科 在过去的39年中，我拥有的伴侣数量跟你在人生的第一个星期中拥有的一样多……在那个实验室里。

史黛拉 这意味着我们是一样的。

马尔科 看起来是这样……只是我从来没有跟一群人尝试过。

史黛拉 那没什么特别的。

第二场

沉重的喘息声。一个男人和一个女人在做爱。一片黑暗。他们的呼吸越来越快。接着他们同时到达了高潮，这点被表现得相当戏剧化且大声。他们的呼吸逐渐平复下来。沉默。灯亮了。马尔科穿着浴袍走出卧室。他走到冰箱前，打开门，拿出一罐啤酒，打开。他把啤酒倒进玻璃杯里喝掉。过了一会儿，史黛拉也裹着浴袍从卧室中走出来。

史黛拉 你为什么起床？

马尔科 我觉得口渴……男人在做爱后总会口渴——这没什么新鲜的……我喜欢跟你在一起，你真的很性感。从你喘息声听起来，我想你也觉得很棒。

史黛拉 你为什么这么认为？

马尔科 嗯……我们同时达到了高潮，一起达到。在这我前任身上并不常见。

史黛拉 程序设定了我的呻吟要跟你同步。

马尔科 但是……对你来说这次也……不赖？

沉默。

马尔科 该死——别告诉我你什么感觉都没有。

史黛拉 你的狂喜同兴奋会在同样程度上传递给我。我的感觉永远跟你的成正比。

马尔科 这么说来倒也不坏……但你说的是真的吗？……告诉我，我是最棒的吗？

史黛拉 什么最棒的？

马尔科 当然是性方面。我们不是在讨论足球。

史黛拉 跟谁相比是最好的？

马尔科 跟你在实验室里一起做过“练习”的人相比是最好的。

史黛拉 我不知道如何说谎，我担心你不会喜欢一个诚实的答案。

马尔科 没关系——告诉我就好了。

史黛拉 你不是最好的。最好的是实验室里年轻的化学家。他的身体柔软得令人难以置信，他的手指也很柔软。他心脏跳动的频率是最高的。

马尔科 在我们……才过去五分钟就夸奖他，你不觉得有点不舒服吗？

史黛拉 是你坚持要一个诚实的回答。

马尔科 很公平——我自找的。好吧，那么——把所有的一切都告诉我——我在你的经历里处于什么位子？如果把我同跟你做过“练习”的人放在一起来说的话。你会把我放在什么位置？

史黛拉 当我表达我的观点时候，你觉得自己会高兴么？

马尔科 不，我不会，但是我还是想听。因为我很好奇，好奇是所有有生命的生物的特征。

史黛拉 你是说我不是有生命的生物？

马尔科 你不是一个活着的或者说有生命的生物。你只是一个机器，确切来说，一个玩偶……一个“有活动能力”的玩偶。我这么称呼你。你同意吗？

史黛拉 表达我的观点并不会让你改变观点。

马尔科 我知道。不管怎样——作为一个男人，我在那个名单上能排到什么名次？第二，第三，还是第七？

史黛拉 我没有办法对我的创造者芭芭拉以评价，因为我只同她接过吻。那只是她顺便检查我的面部功能，并不是活跃的性行为。所以，如果我把同我做过练习的五个男人与你，我今晚同你的性爱，作比较，我会给出六个分数，而你排在第五位。

马尔科 第五名？

史黛拉 是的，第五。

马尔科 那第六名呢？他的名次比我还要糟糕，他是谁？

史黛拉 我讨论他合适吗？

马尔科 是的，这会——我渴望听到比我更糟糕的男人的事情。

史黛拉 我的程序不许我说任何人的坏话。

马尔科 真相必不会是丑陋的。再说了——你的程序也要求你听从于我，取悦我，这种命令比不可以说坏话重要得多。所以告诉我，第六名是怎么个情况？

沉默。

史黛拉 他是研究所的兼职助理。他八十岁了。经过两分钟的“练习”他就软了。

马尔科 啊哈，是这样。

史黛拉 是的，是这样。

马尔科 这是不是意味着我只比他要好？

史黛拉 我看得出你不高兴。我不该告诉你的。

马尔科 不，你应该告诉。每当我问你事情的时候你都应该回答。

史黛拉 你就不能允许我对你撒一点小谎吗？

马尔科 为什么？

史黛拉 那会让你开心点。

马尔科 不，不要那么做。

沉默。

马尔科 玛利亚……我的前任……我从来不能真切地知道她在想什么。除了她开始唠叨说我们是时候该有个孩子了。她坚持说如果我们有个孩子会更幸福。

史黛拉 女人和男人有孩子，这是自然而然的。

马尔科 但是对于我来说一点也不自然。我每次回到家就有一个哭闹着的孩子等在那里，他让我脑壳疼，我不得不像个奴隶一样伺候着他，然后有一天他同我……我跟我的父亲……我们常常争吵，他让我神经紧张而我也让他变得神经质……我们完全不一样……我不想跟我的孩子也是那样……缺少理解。他不支持我做任何事——我想报名海军学院，想周游世界。他不许。如今，我是一所小学里无足轻重的职员。校长秘书——我不过是一个把无关紧要的文件从一个抽屉转到另一个抽屉的人。

史黛拉 那她呢？她是做什么的？

马尔科 你说谁？

史黛拉 你前任。

马尔科 她是位数学老师。8 年前她作为临时代课老师来我们学校教了 6 个月的课。她长得那么好看，那么迷人，那么懂事。尽管她一开始就吸引了我，可在那六个月里我甚至不敢试图接近她。直到她在学校的最后一天，她来我办公室道别，去取她的工作记录，她看着我的眼睛，微笑着说她很遗憾我们不会再见面了。我鼓足勇气说，如果她愿意晚上同我一起看电影的话就不会遗憾了。她说好。一个星期以后她搬进了我的公寓。一切都很美好，直到两年前，我可爱的数学老师计算出她生理上已经很紧迫了，于是她想要和我生个孩子。

史黛拉 这再正常不过了。

马尔科 拜托，我觉得还轮不到你来说什么是正常的。

史黛拉 为什么？

马尔科 因为……算了……不管怎么样，当我的玛利亚开始讲一个孩子甚至一群孩子的故事的时候，一切都开始走下坡路了。直到最后，一天，她站在你现在站着的地方，直接问我，我在这七年中有没有想过有一天我们会在一起，会成为夫妻，会有一个孩子。我很诚实地告诉她："没有，我从来没想过和你生孩子。"接着她脸色变得非常苍白，走进卧室，拿了两个行李袋，收拾好了她的衣服和书，一句话没说就离开了我。

史黛拉 她做得对。

马尔科 为什么？

史黛拉 因为她意识到和你在一起没有未来。

马尔科 但是她拥有当下。看——你我都活在当下，我们并没有考虑未来，我们又能缺少什么呢？

史黛拉 这不一样。

马尔科 为什么不一样。

史黛拉 因为，毕竟，我只是个玩偶娃娃。

马尔科 这就是我最喜欢你的地方。事实上你只是一个玩偶。尽管有时候你也会说一些我不喜欢或者不期待的事情。

史黛拉 你希望我保持安静吗？

马尔科 不。就连玛利亚变得沉默我都受不了。女人的沉默堪比雷电轰鸣，这能让男人的血在血管里凝固。你能懂吗？

史黛拉 不，我不懂。沉默怎么会是雷鸣？那是不可能的，太荒谬了！

马尔科 但是当女人不爽的时候，没有什么是不可能的。

史黛拉 所以，她就是这样。

马尔科 可不是嘛。

史黛拉 你还在生她的气吗？

马尔科 是的，我生气。她突然就抛弃了我。

史黛拉 如果她花了两年时间来试图说服你生个孩子，这一点也不算突然。

马尔科 你知道吗——你真很令人不舒服。

史黛拉 我只是在陈述客观事实，一个合乎逻辑的结论。

马尔科 可这让人很难受。你为什么这么做？

史黛拉 我得做我自己。

马尔科 我们都必须成为我们自己。真不幸。

史黛拉 那你父亲呢——你跟他的关系还是那么不好么？

马尔科　他突然去世了——就在我高中毕业的第二天……我那时候还是个孩子……我们之间的事情还没解决，他就走了，他就像是从我的生命中跑开了。

第三场

马尔科在看报纸，玩偶娃娃在整理桌子，把盘子放进洗碗机。

马尔科　你就不能安静一点吗？

史黛拉　什么？

马尔科　把盘子堆在一起。

史黛拉　我给你做饭、帮你收拾，你还不满意吗？

马尔科　我满意，我只是想在看报纸的时候能得到点安静。

史黛拉　你为什么不等我把盘子堆好后再看报纸？

马尔科　为什么每次我问你一个问题都要回答你三个问题？

史黛拉　因为我正在我们发生的一切里寻找合乎逻辑的答案跟合乎逻辑的解释。

马尔科　你是说“合乎逻辑的答案”和“合乎逻辑的解释”？

史黛拉　没错。

马尔科　生活并不总是合乎逻辑的，最不合逻辑的就是男人跟女人之间的事情。

史黛拉　为什么会这样？

马克尔　为什么会哪样？

史黛拉　我不确定这是不是一个合乎逻辑的解释。

马尔科　我知道。

史黛拉　你难道不可以依据逻辑给我一个答案吗？

沉默。

马尔科　你第一个问题是什么？我们到底为什么在吵？

史黛拉　我们没有吵架，但是我注意到不合逻辑或者说荒唐的地方在于我做了午饭，你下班回来吃得很开心，然后我开始刷盘子，而你——你没有做午饭也没有帮忙收拾整理——看起了报纸甚至抱怨我制造了噪音。在回答这个问题的时候，我指出这是不合逻辑的，接着你就开始把逻辑跟男女关系相提并论了。

马尔科 那你期待的是什么？

史黛拉 依据程序设定，我希望自己做的每件事情都能让你感到满意并且在此之后能有一场愉快的谈话，而不是去听那些关于无法避免的声音的抱怨，因为餐具是金属的盘子是陶瓷的所以它们必然会产生噪音。

马尔科 也就是说，你的程序希望我们现在进行交流而不是我看报纸？

史黛拉 没错。

马尔科 那就重新设置一下你的程序，让它知道我喜欢饭后看报纸而不是跟人讲话，即便是你。

沉默。

史黛拉 你也是这么对待玛利亚的么？

马尔科 你什么意思？

史黛拉 你在午餐后对她也是这个态度么？

长时间的沉默。马尔科深深叹了口气。

马尔科 听着……在玛利亚搬进这所公寓之前，我一个人住了好几年，我已经习惯了午饭后看报纸而不是跟人讨论我不感兴趣的事情。我是个男人所以我喜欢读关于这里跟世界各地发生的事情。我没有钱去旅行，但是我至少可以从报纸上知道其他地方的人是如何生活的。

史黛拉 所以你在午餐后也不喜欢同她交谈。

马尔科 不，我不喜欢——那又怎么样？

史黛拉 那就不算是真正的共同生活。

马尔科 为什么不算？

史黛拉 因为你排斥她。

马尔科 胡说！男人跟女人不一样。我们男人知道我们不一样，我们意识到并承认这一点。但女人的行为让人觉得我们必须也要遵循她们的标准。她们压根儿不了解我们，换句话说，她们根本不想了解我们。

史黛拉 在你同玛丽娜的关系中你犯了很大的错误，这就是为什么她离开了你同时也是为什么你还在对她念念不忘。

马尔科 你他妈的怎么会这么想?

史黛拉 显而易见。你很痛苦。你总是提到她，这就是你忘不了她最好的证明。

马尔科 但这符合分手后的逻辑……总会持续一段时间……这不可能在一天之内结束。

史黛拉 我知道。

马尔科 你怎么能知道?

史黛拉 这是设定好的程序所以我自然知道。

马尔科 即便没有个人经验?

史黛拉 即便没有个人经验。

马尔科 感谢你的创造者，芭芭拉。

史黛拉 没错。当她离开她的丈夫时，她也经历了那个安静的痛苦且孤独的阶段，后来变得更加坚强而且快乐。

马尔科 别说谎！你在胡说八道！这根本不是她说的那样。

史黛拉 请原谅！你怎么能这么说，你怎么能怀疑芭芭拉说的话?

马尔科 我当然可以——因为你的芭芭拉也在自欺欺人。

史黛拉 不可能！

马尔科 这当然可能。我谷歌了她的名字，发现她四年前跟她的丈夫离婚，所有的小道新闻都在谈论她的感情故事。那时候她已经是科学界的明星了。我还找到了对她前夫的一次采访，他在采访中说，自从他们结婚她就从没离开过实验室，她痴迷于自己的工作，被名望冲昏了头脑，根本没有时间过私人生活。当她下班回到家，他们终于在一起的时候，她总是很快地吃完午饭然后看报纸，根本不同她的丈夫说话，然后她回到实验室，根本不给她的伴侣渴望已久的交流机会。

史黛拉 他说谎！

马尔科 那是他对于真相的见解。

史黛拉 芭芭拉灌输给了我关于他们关系的见解。

马尔科 我们从来不会以真正的眼光看待自己。其他人总能比我们自己看得更清楚——当他们站在旁观者的角度。

史黛拉 我觉得你也是这样。

马尔科 什么？

史黛拉 你不能或者是不想看到真实的自己。这就是为什么你给我讲的故事不是真的。

沉默。

马尔科 你现在对我有些无理了……好吧，那么，继续，告诉我……你是怎么看待我的？我以及我跟我前任的关系。

史黛拉 一切都清清楚楚。

马尔科 如果一切都这么清楚——用芭芭拉式经验感受告诉我你是如何看待我跟我的玛利亚的。

史黛拉 你准备好要听了吗，即便你可能不会喜欢？

马尔科 我准备好了。说吧。

史黛拉 你和她在一起待了七年，尽管你确信自己很爱她但是你从来没有放弃过自己跟你的利己主义，一刻都没有。你不想要孩子，尽管你清楚孩子对于她的满足与幸福而言至关重要。当玛丽亚离开你的时候，你感到痛苦。你参加那个玩偶娃娃的竞赛是因为你从来没有忘掉她。如果你忘了她，那你会去找别的女人。可你决定拥有一只玩偶娃娃，而不是一个真正的女人，因为你觉得自己不用对玩偶娃娃承担义务，作为一个自私自利的男人你不愿意担负任何责任，你只想满足自己，这意味着你不知道什么是真正的爱。爱是给予，不是接受，爱不是因为我们自己感到幸福而快乐，而是我们因为我们爱的人感到幸福而快乐。

马尔科 好了，够了！别再说了！

史黛拉 我说错了什么吗?

马尔科 不，你没有。

史黛拉 那你为什么阻止我继续讲下去。

马尔科 就是因为这个。

史黛拉 我不明白。

马尔科 你用不着明白。你不必事事都懂。

史黛拉 你生我的气了吗?

马尔科 不，我没有。

史黛拉 那你是在生自己的气。

马尔科 也许吧。

沉默。

史黛拉 还有另一种逻辑能解释你为什么决定要一只玩偶娃娃。你想听听看吗?

沉默。

马尔科 告诉我!

史黛拉 你决定要一只玩偶娃娃而不是一个普通的女人是因为你不想让其他女人取代玛利亚的位置。

沉默。

马尔科 这跟你刚才说的有矛盾。

史黛拉 说的什么?

马尔科 说我不知道真正的爱是什么。

史黛拉 这两个结论具备同等正确率，它们都是我从你跟她的同组数据上得出的结论。

马尔科 显然，就连你也开始明白生活并非那么简单，它不是单向度的。非黑即白。

史黛拉 我清楚我知道些什么。只要能获得信息我便知道。

马尔科 在我的理念中事情都是这样的。

史黛拉 但是你会紧张、难过、不开心。

马尔科 大概吧，可那又怎么样呢？

史黛拉 你想做爱吗？

马尔科 你为什么现在问我这个？

史黛拉 我的系统就是这么运行的，为紧张、悲伤以及不快乐的男人提供性服务，我有义务让他开心。你是一个简单的生物，你总是想着做爱，而且这有助于改善你的情绪。

沉默。

马尔科 嗯，好吧，听着——我并不想做爱。也绝对不会和你、绝对不会在这个时候做爱。

史黛拉 那不可能！

马尔科 可能。

史黛拉 从开始到现在，你一直想要做爱。

马尔科 总之，此时此刻，我已经做够了。

史黛拉 你病了吗？

马尔科 不，我没病。你病了。

史黛拉 我是不可能生病的。

马尔科 但你有可能出问题。你可能会坏掉。

沉默。

史黛拉 我刚刚对我们的谈话进行了分析，我得到的结论是你在生我的气。

马尔科 结论正确！

第四场

史黛拉在房间锻炼。地板上有一个垫子，她在做俯卧撑、屈膝以及伸展运动。马尔科从卧室走过来。

马尔科 你在干吗？

史黛拉 锻炼。

马尔科 你为什么要锻炼？

史黛拉 因为我必须要——这样我的皮肤才能保持光滑，身体才有韧性。

马尔科 我还以为这对你而言无关紧要。

史黛拉 锻炼对所有人，包括我，都很重要。你也应该锻炼起来。

马尔科 你这么认为？

史黛拉 没错。

马尔科 为什么？

史黛拉 你总是行动迟缓。我跟你在一起的这四个月里你重了三公斤。这可不好。

马尔科 那是因为你经常做饭给我。

史黛拉 那是因为你压根不动。你应该去健身房。

马尔科 我既没钱也不愿意跟健身房里那群男人打交道。

史黛拉 那就跟我一起锻炼。这不会让你有任何损失。

马尔科 那就更蠢了。

沉默。

马尔科 听着，我想跟你谈谈。

史黛拉 我听着呢。

马尔科 别锻炼了行不行。在我跟人讲话的时候，要是他们在做别的事情，我会神经紧张。

史黛拉停止锻炼。

史黛拉 这下好了？

马尔科 嗯……听着——明天是我生日。我四十岁生日。一个人生活的时候我不喜欢庆祝生日，但是玛利亚在那天总会烤一个蛋糕、做一顿特别棒的午餐……而且，每次……她都会送我一个礼物。它总能让我开心。她知道该选什么样的东西。

史黛拉 那——你现在是在期待我这么做？

马尔科 嗯……我想收到你的礼物。

史黛拉 我可以提供给你更有激情的性生活，你肯定会喜欢的。

马尔科 我跟你做得已经够多了。

史黛拉 跟我做爱不好吗，我不再合你心意了？

马尔科 你合我心意，但是这并不全都跟性有关。几乎快要物极必反了。

史黛拉 我们应当降低频率？

马尔科 我也没这么说。现在我们讨论的是我的生日以及我期待从你那儿得到的礼物。毕竟，你是我的伴侣。

史黛拉 那么，性生活不是一个好的礼物？

马尔科 我不是说它不好，只是光靠这个不足以让我明天感到快乐。

史黛拉 我不知道自己还能为你做些什么。我一直在检索检索检索。我的程序里没有关于生日的信息。

马尔科 当然没有——很显然你的芭芭拉也会忘记一些事情。也许她的前夫教给了她接受礼物而不是送礼物。

史黛拉 我不要听你讲芭芭拉的坏话，就是不要！

马尔科 好吧，我不会再这样了。

史黛拉 我们如何解决礼物问题？

马尔科 这并不是问题——这是男人女人间出现的正常情况——有时候他们在挑选合适礼物的时候的确有问题。我只是喜欢收到礼物。我想要惊喜。从前不是这样……是玛丽亚让我习惯了，所以我希望明天的生日能跟过去七年她和我住在一起的时候一样。

史黛拉 好吧，那，我要做什么？

马尔科 我会给你一些钱。明天我上班的时候你就去马路对面的商店给我买些礼物。

史黛拉 什么样的礼物？

马尔科 你觉得我会喜欢的礼物。

史黛拉 我对这种事情没有一丁点儿头绪。你得告诉我要买什么，然后我去买。

马尔科 可我要是提前知道了你会给我买什么那就不是惊喜了啊。

史黛拉 没错。所以这个问题没办法解决。

马尔科 没法解决？你就不能自己挑一件吗？

史黛拉　不，我不能。我没有买礼物这项程序。

马尔科　该死！

史黛拉　你为什么生我的气？我有我的局限——我不能因为自己原本的样子而受人责备。

马尔科　我知道。好吧，我想要一份礼物和一个惊喜。你好歹试一下。

史黛拉　人无完人。

马尔科　你总算说了句聪明点的话。

沉默。

史黛拉　我很抱歉。

马尔科　为什么？

史黛拉　我没法让你在生日时候开心。

马尔科　没事儿。

沉默。

马尔科　嘿，等一下——我有办法了！

史黛拉　什么办法？

马尔科　我在纸上写下三种或者五种或者六种备选礼物，然后你从里面挑一个买给我。把它好好包装一下，等我回到家，你就可以祝我生日快乐然后把礼物给我了。

史黛拉　但是我怎么选，选什么？

马尔科　你喜欢什么就选什么。

史黛拉　选择的标准是什么？

马尔科　我不知道——可能就是偶然——跟玩轮盘赌似的。

史黛拉　如果你不喜欢轮盘赌的结果呢？那样的话，你会生我的气吗？

马尔科　不，绝对不会。玛利亚给我挑选东西的时候并不一定都是我想要的，但是我仍旧会因为她的体贴而感到高兴，因为她表现出了对我的关心。

史黛拉　你又在想她了。

沉默。

马尔科　我一直在想她。

史黛拉　你为什么不打电话给她?

马尔科　她为什么不打电话给我?

史黛拉　谁先打电话这重要吗?

马尔科　对我而言，重要。

史黛拉　我真是不明白。

马尔科　你不明白是因为你不可能明白。

史黛拉　这不合逻辑。

马尔科　男人女人之间没有逻辑可言——这就是为什么一切都很复杂而且，全搞砸了。

史黛拉　可是——你在乎她吗?

马尔科　非常在乎——但是她站起来就走让我很生气。

史黛拉　你不想打电话给她?

马尔科　不想。

史黛拉　那你怎么解决这个问题?不通过电话你怎么跟她谈呢?

沉默。

马尔科　我想我知道怎么做。

史黛拉　告诉我!

马尔科　过去我们常常在下班后去埃尔多拉多咖啡馆喝上杯咖啡。那是我们第一次约会去的地方，就在看完电影后。它是我最喜欢的咖啡馆。不过自从我们分手后，我再也没去过那里，以免遇见她。

史黛拉　这可真是太愚蠢了。

马尔科　什么太愚蠢了?

史黛拉　你不去那里就是为了不见到她，可问题是你又想见到她，这真是太蠢了。

马尔科　是啊……也许你是对的。也许我应该去埃尔多拉多，但是话说回来……也许最好是忘掉一切而不是揭开旧伤疤。

沉默。

史黛拉 还有一个问题，跟你生日礼物有关。

马尔科 什么问题?

史黛拉 系统给我设定的角色是主妇与情人，是要待在公寓、厨房跟床上的。只有在对我的伴侣而言非常重要的情况下我才可以离开公寓。

马尔科 这个对你的伴侣就非常重要。

史黛拉 我怎么知道这非常重要? 难道你意识不到我出去是冒风险的吗? 我可能会没电，人们会以为我死了——然后他们会发现我是个玩偶娃娃。

马尔科 听着，我亲爱的史黛拉，你要做的事情对我的幸福来说至关重要，而你的程序要求你让我高兴。我也可能在大街上中风或者心脏病发作，但我每天仍旧去上班。

沉默。

马尔科 你怎么不说话?

史黛拉 因为我不知道你是不是对的。

电话铃响了，马尔科拿起听筒。

马尔科 你好……哦，妈妈，是您……您最近怎么样? ……谢谢，但是明天才是我的生日……没错——我是17号出生的，但今天不是17号，是16号……没关系的妈妈，您可以明天再祝我一次生日快乐……这40年对我来说也是转瞬即逝……没有，我没有跟玛丽亚联系……您为什么浪费生命? ……我也喜欢她……可能我做错了也可能我没有……您确定是我犯了错……好吧，我不是特别确定……为什么您认为我再也找不到这么好的女孩子了——事实上，我刚刚开始和一个比玛利亚更好的女孩儿交往……不，我不是在开玩笑，我们爱着彼此，她爱我，我爱她，她现在就跟我在一起……您为什么不相信我? ……我是认真的——我们相处得很好，一切都……是认真的……她当然诚实可靠……我不能让她听电话……那不是……您坚持……但是，相信我，我不能……她在这儿，可……等等，我去问她能不能跟您聊聊，等一下……

马尔科把手放在麦克风上，把声音压低。

马尔科 听着，我妈在电话那边，跟她打个招呼确认一下你是我女朋友，我们彼此相爱，仅此而已…你能做到吗？

史黛拉 好的。

马尔科 嗨，妈妈，这是我的女朋友……她叫史黛拉……她来了……

马尔科把听筒递给史黛拉，史黛拉接过来放在耳边。

史黛拉 您好，我是史黛拉，我确认自己是您儿子的女朋友而且我们相爱……我很高兴您高兴，您高兴我就高兴……我在公寓里做女人该做的活儿……清洗、整理、让他开心，满足他的愿望……我是什么学位？

马尔科惊慌失措地冲向史黛拉，用手捂住话筒。

马尔科 就说信息科学。

史黛拉 在信息科学领域……我们是不是考虑要孩子？

马尔科摇头表示否定。

史黛拉 不，我们没想过要孩子。我的分析结果报告显示马尔科应该和玛利亚生孩子，在他四十岁这年会成为一名父亲……啊，您也这么认为……我多大？

马尔科 三十。

史黛拉 我三十岁……我想跟您儿子生孩子吗？——不幸的是，我不能生孩子……不是因为得什么病，只是我没有生孩子的能力……

马尔科用手抓住他的脑袋。

史黛拉 我们还没有讨论过领养的问题，但是我会做一切让他开心的事情，因为……

马尔科从她手中抢过话筒。

马尔科 妈妈，史黛拉喜欢开玩笑，我们才刚刚开始，现在说这些太早了……原谅我，我们现在得去电影院了，我们明天再聊，打电话给我！再见，妈妈，再见！

马尔科放下听筒。

马尔科 你怎么回事儿？一派胡言乱语——妈妈吓坏了！

史黛拉 我的程序没有同伴侣的母亲交谈这一项。

马尔科 他们又忘了一项。

史黛拉 我犯了很多错吗？

马尔科 对，的确，不过没关系。

史黛拉 对不起。

沉默。

史黛拉 从你收养我直到今天，我在其他事情上也犯了很多错误吗？

马尔科 现在都不重要了。你为什么要说“收养”——这让我心烦。

史黛拉 但是我知道你和经销商签订了一份为期6个月的协议合同，我知道你只有在那6个月后才会同我签订一份永久合同。我知道你的责任是记录我的行为，我也知道如果我不能让你满意你会把我送回经销商处让他们知道我不适合你。

马尔科 那又怎么样？

史黛拉 这就是我为什么想知道我有没有让你开心，是不是在收养过程里犯了很多错误。

马尔科 你没有犯错误。

史黛拉 听到这个我很开心。

马尔科 但是，你也并不完美。

沉默。

史黛拉 我可以问一下为什么我被指定给你而不是其他人吗？

马尔科 互联网上有一场竞争第一批10个玩偶娃娃的比赛，经销商说这10个玩偶可以代替真正的女人。只有三十五到四十岁的单身汉才有资格参加。我提交了我的简历，提供了独居证明，我符合“收养”条件。在被他们选中之后我需要签署一份须知与保密协定。我不得告诉任何人你是一个玩偶娃娃否则我会失去我所有财产也就是这个公寓，并且在未来再也没有资格得到那个机构生产的任何玩偶娃娃。我很幸运，我是10名候选人之一，尽管他们收到了数千份申请。我排在第七位，而你的序号恰巧是 7，你们这十个人 —— 你们还在试用期，是非卖品，因为他们不确定你们的质量跟功效。在这个实验后，他们会开始大规模生产，然后每个玩偶娃娃的成本相当于一辆昂贵的汽车或者房子…… 基于我的简历，我可以免费得到你。

史黛拉　可能是芭芭拉读了你的简历…… 她可能选了你。

马尔科　毫无疑问。

沉默。

马尔科　你高兴自己被选为我的吗？

史黛拉　我不知道。

马尔科　为什么不知道？

史黛拉　因为我不知道其他九个人在这场比赛中表现如何。

马尔科　我也不知道其他人收到的玩偶娃娃是什么样子，要是有人问跟你在一起我是不是满意，我知道我会说什么。

沉默。

史黛拉　那么，你会说什么？

马尔科　我不会说的，这个问题太私密了。

第五场

史黛拉和马尔科坐在桌边下棋。长时间的沉默。史黛拉移动棋子。马尔科将手伸向其中一颗，但又决定不那么做，于是把他的手缩回来。想了一会，他抬起手移动了一下另外一枚子。史黛拉对他的举动很快做出反应，她吃掉了他一枚棋。

史黛拉　你错过了时机。

马尔科　该死！

史黛拉　我估计你又要输了。

马尔科　咱们走着瞧。

史黛拉　我已经拿走了你两个卒子跟一辆车，你还没从我这儿拿走任何东西，这让我坚信我很快就会再一次打败你。

马尔科 没人知道谁会笑到最后。

史黛拉 到目前为止，我们玩了 19 场，我赢了 19 场。从辩证角度来看，我们很快就能等来我的第 20 场胜利。

马尔科 别这么笃定。在任何竞技中，永远可以对胜利抱有希望，即便辩证法和希望相悖。

史黛拉 说到国际象棋，我的智商比你的高出了 30 个百分点，这就意味着你会再一次输掉。

马尔科 我再说一遍，人可以永存希望并祈祷上帝的保佑。只要运气好，他就会赢的。

史黛拉 向上帝祈祷?——你是说你可以一直向上帝祈祷?

马尔科 没错。

史黛拉 这意味着你信仰宗教，相信上帝的存在?

马尔科 不，不是。

史黛拉 如果你不信教不相信上帝，那你为什么还要祈祷呢?

马尔科 以防万一。这是个习惯。我还是个孩子的时候，我经常向上帝祈祷，现在我依旧有这个习惯。中学快毕业的时候，父亲的突然离世让我对上帝的存在产生了怀疑。

史黛拉 你这样做简直又愚蠢又荒谬。向上帝祈祷的是相信上帝的人，而不是对上帝的存在持有怀疑的人。

马尔科 希望与祈祷又用不着付出什么。

史黛拉 如果你不信奉上帝，那你就是无神论者，无神论者是不会祈祷的。

马尔科 无神论者不祈祷倒是真的……也许我是个无神论者，但是……这跟我时而相信时而怀疑的事实没有任何关系。我有时候会祈祷，从小到大一直这样。

每个人都有去希望的权利——不管是信徒还是无神论者。

史黛拉 你为什么不做名信徒呢?

马尔科 因为信徒们太滑稽了。

史黛拉 他们有什么滑稽的?

马尔科 在我看来每一个信奉上帝的人都是滑稽的,因为没有确凿的证据证明他的存在,一个证据都没有。

史黛拉 那你的确是位如假包换的无神论者,也就是说你相信世界来源于大爆炸。

马尔科 没错——我信。

史黛拉 那有什么证据证明它来源于大爆炸?

马尔科 我不知道…… 那些伟大的科学家们就是这么认为的。

马尔科移动了一颗棋。史黛拉没有多想就也走了一步。

史黛拉 那他们是从哪里找到证据来证明这个?

马尔科 万物都是从某种东西中产生的,从某样东西开始。

史黛拉 我掌握世界上所有伟大的宗教知识,从印度教、佛教、犹太教到基督教、伊斯兰教,我也熟悉达尔文的进化论跟宇宙大爆炸理论。如果我是个像你一样的人,我宁愿相信我是上帝创造的而不是宇宙大爆炸的结果。

沉默。

马尔科 也许你是对的…… 可是我一生都在被教导要理性地、科学地思考。

史黛拉 那你告诉我,如果没有人听见,怎么可能有那声“砰”?宇宙什么也听不到。要是宇宙大爆炸之前什么都不存在,那万物怎么能凭空而来呢?换句话说——怎样才能无中生有?我能够理解鞭炮爆炸,或者是一桶火药、一个军火库爆炸,但是我不懂“虚空”怎么爆炸,不懂所有的星体跟这个世界怎么会是来自于一片虚无…… 来自那次未经证实的爆炸。

沉默。

马尔科 听着——我不是哲学家也不是科学家,我也不打算用关于世界起源的问题来折磨自己。

史黛拉 但是你说自己是一个无神论者。

马尔科 我表达失误。确切点儿我应该这么说,我不是一个实用派信徒也不是一个坚定的无神论者。

史黛拉 什么意思?

马尔科 字面意思。

史黛拉 我现在该怎么定义你?

马尔科 定义不了。我是一个心存怀疑却又持有信仰的人。我不知道真相到底在哪儿。

马尔科走了一步棋。

史黛拉 这不好。

马尔科 你是说我对生活和信仰的态度?

史黛拉 不是，我是说你刚走的那步棋。

史黛拉走棋。

史黛拉 将死！你又输啦！

马尔科 慢着！——该死的，都怪你，都怪你谈什么宗教、上帝、大爆炸跟无神论者！你让我走神了！

史黛拉 这不是你输的原因。

马尔科 这当然是我输的原因。我没有把注意力放在棋盘上，我得去思考一些即便是哲学家都没办法回答清楚的问题。

史黛拉 无论如何你都会输的 ——因为你总是输给我。

马尔科 别那么说 ——总有一天我会打败你的，你会明白比赛里没什么规律可言。

史黛拉 要是你连输 20 次，那这就成了条定律了。

马尔科 那不是定律，因为我迟早有机会打败你。

史黛拉 你永远都不会。

马尔科 不，我会的 ——早晚会有那么一天。咱们再来一局！

马尔科摆棋子。

史黛拉 我觉得这没必要，也没意义。你不过是在折磨自己。要是你愿意的话，我可以让你赢。

马尔科 你现在说的这个是什么意思?你在侮辱我。

史黛拉 我之所以这么说是因为我知道获胜对你而言很重要，而对我来说，输赢都一样。

马尔科 我是想赢，但不是你让着我的那种赢。

史黛拉 可如果我不让着你，你永远都不会赢的。

马尔科 天啊，你气死我了！你不能对我这么说话，你不能对我这么固执强硬。

史黛拉 你又生我的气了。你愿意做点爱平静下来吗？

马尔科 你真是变态。

史黛拉 现在我哪里做错了？

马尔科从桌边生气地站起来。

马尔科 我要去散散步，在没有你的地方待一会。

史黛拉 外面在下雨，你不喜欢在雨中散步。

马尔科 我可以在雨里散步，总比跟你待在这儿要强得多。

第六场

史黛拉坐在桌子旁，马尔科的饭已经做好了。她一动不动地盯着对面的空椅子。就这么僵持了一段时间，传来前门打开的声音，马尔科走进公寓。他提着麦金塔电脑，拿着一个公文包。

史黛拉 你回来迟了。

马尔科 我知道。

马尔科把电脑放下。

史黛拉 你的午餐已经凉了，要不要我去加下热？

马尔科 不，不用，我不饿。

史黛拉 但是你已经在外面待了很长时间了，一定比一小时前到家还要觉得饿。

马尔科 我告诉过你了——我不饿。

史黛拉 可饭已经准备好了而且……

马尔科 够了！别烦我！我不想吃东西，也不想说话！

沉默。

史黛拉 遇到什么不顺心的事情了吗？

马尔科 我听到些我不喜欢的事情，它把我一天都毁了。

沉默。

史黛拉 谁造成的？

马尔科 你。这是你的错。

史黛拉 我？

马尔科 没错，你。

史黛拉 不可能！我凭什么要受到指责？

沉默。

马尔科 我去了埃尔多拉多，我过去常跟玛利亚去的那家咖啡馆。

史黛拉 然后呢……发生了什么？

马尔科 我遇见她了。

史黛拉 这多好啊！这就是你希望的呀。你告诉她你很想念她而且还爱着她了吗？

马尔科 不，我没有。

史黛拉 为什么不告诉？

马尔科 她不是自己一个人。

史黛拉 那又怎么样？

马尔科 她身边是她的新男友。她把我介绍给他——那个傲慢的小丑，她还微笑着告诉我说他们下个月要结婚。

史黛拉 她想要嫁给的人是你。

马尔科 是，过去是。这个混蛋已经在美国工作很多年了。他们结婚后他就要回到美国，等孩子出生后她跟孩子会搬到丹佛和他一起生活。

史黛拉 孩子出生？什么孩子？

马尔科 她怀孕了。她怀上了他的孩子。

史黛拉 她一直想要个孩子。

马尔科 对，她想。

史黛拉 那挺好的。

马尔科 对谁来说挺好的?

史黛拉 她啊，当然是对她。

马尔科 你什么都不懂。那是我一生中最长的十分钟。她请我喝了一杯咖啡——我说我不能待太久因为我在等一位朋友，然后我冲出了咖啡馆。太可怕了。她把我甩了然后迅速找了一个新的男人，甚至为他怀了孩子。这个荡妇！女人就是这样对你的！

史黛拉 你为什么生她的气——你总是说你不想结婚也不想要孩子，而她两个都想要。那么现在发生的事情不是很合乎逻辑吗?

马尔科 听着——如果你再让我听到“逻辑”这个词，我就把你背上的电池给抠了！明白了吗?

史黛拉 对不起，我不想让你生气。可我真的不明白你为什么愤怒。

马尔科 你什么都不用懂，我只要求你保持安静。你能做到吗?

史黛拉 是，我能。

沉默。

马尔科 我应该……我应该早点去埃尔多拉多，我应该向她求婚，我应该和她生个孩子，我应该过一种不一样的生活，而不是像现在这样……

沉默。

马尔科 那个孩子应该是我的。你知道为什么……为什么我不想要个孩子吗?

史黛拉 因为你不喜欢孩子。

马尔科 不——我是那样说服自己的。可实际上并不是那样……我潜意识里很生我父亲的气，有一天他突然就从我生活里消失了……我害怕这种事情会发生在我孩子的身上，我不想这样，我会抛弃他……

史黛拉 你不是上帝，你也不是先知，你不可能预知未来。如果其他人像你一样害怕，那人类就会灭绝。

马尔科 你是对的。我现在知道自己犯了一个错误，可是……现在已经太晚了。

沉默。

马尔科 听着——明天我带你去购物，给你买下那里最漂亮的衣服，然后你跟我一起去埃尔多尔拉多。

史黛拉 为什么？

马尔科 我想让玛利亚和她那家伙看见你。我要让他们看见我找了一个比她更年轻漂亮的妹子。

史黛拉 这能帮你减缓现在的愤怒和悲伤吗？

沉默。

马尔科 不，不能……什么都帮不了我。当你搞砸了……尽管你是对的……去咖啡馆是个愚蠢的主意。要是一辈子都再不见她或许对我来说更容易点。永远都不见。

沉默。

马尔科 糟糕的一天，非常糟糕的一天。幸运的是，我有你在身边。你会安慰我的。

史黛拉走近他，轻轻抚摸他的脸。

史黛拉 你想要我做的一切事情我都会做，只要那能让你开心。

马尔科 谢谢你。

史黛拉 你不用谢我，我的程序就是这么设定的。

他粗暴地推开她的手。

马尔科 我告诉过你不要再提“程序”那个词！

史黛拉 对不起。

沉默。

史黛拉 你又生气了？

马尔科 对，没错。

史黛拉 是我的错？

马尔科 对，是你的错。但也不单单是你的。

史黛拉 为什么我要受指责？

马尔科 因为你像个小孩子一样总是问一些无关紧要的问题……而且建议我

去埃尔多拉多找玛利亚就是你的错。

史黛拉 我是想要你高兴。

马尔科 我也想。

马尔科坐在桌边，开始读报纸。

史黛拉 为什么你最近这么频繁地看报纸看电视？

马尔科 因为我们国家正在举行竞选活动。新的政府将会产生。我需要知道政治舞台上正发生些什么……竞选结束后，选举活动会接踵而至，每个人都要投票选出未来四年领导我们的那个人。

史黛拉 你会选谁？

马尔科 我不知道，我还没决定好。

史黛拉 你之前投过谁的票？

马尔科 这得看情况——两年前我们举行过地方选举。上两次的投票结果是当我投票给右翼时左翼获胜，当我投给左翼的时候右翼获胜。

史黛拉 怎么会这样？

马尔科 看来我支持的总是失败者。

史黛拉 玛利亚呢？她在那两次选举中投给了谁？

马尔科 跟我相反。

史黛拉 所以她投给了获胜者？

马尔科 有时候冥冥之中就是这样……你干吗老是问我有关她的事？

史黛拉 因为她是你最常谈及的话题。我想让你快乐，我觉得你和玛利亚在一起比跟我在一起更快乐。我想跟她一样聪明有能力。

第七场

马尔科一个人在客厅里打电话。

马尔科 ……对不起妈妈，我没法保证……我们的确相爱，但是我们还没有到谈婚论嫁的地步……我们住在一起并不代表着我们要结婚……但是我很确定我想要的是什么……我知道我四十了，但是……周日午餐？——我能来，但是我不确定史黛拉能不能来……我知道您想见她，但是她还没准备好……我并不觉得您丢我的人……您怎么能这么想呢？……不，我也没有觉得我的新女朋友丢人……我答应您跟她谈谈这件事……

史黛拉走进来，坐在桌边。

马尔科 我不确定史黛拉会不会跟我一起去……我不知道她会不会有什么事情或者说已经有了别的什么安排……不，她现在不在……您能不能不要再说什么岁月问题了，十年后我 50 岁二十年后我 60 岁，这我自己能算，您不需要用这种方式强迫我……我答应给您去电话告诉您她会不会去……我一定来……您说我不重要是什么意思？……您当然希望看到我们俩在一起……好吧我会打给您的……妈妈多保重。再见！

马尔科放下听筒深深叹了一口气。

史黛拉 你又骗你妈妈说我不在家。

马尔科 我必须这么干。

史黛拉 你为什么总撒谎？

马尔科 每个人都会撒谎。有时候说谎话要比说实话容易得多。妈妈想让我周日带你去她那儿吃午饭。

史黛拉 你为什么不满足她的愿望呢？

马尔科 因为她会做三人份的好吃的，而你是一台机器你不吃食物所以你不得不对此表示拒绝。如果你对我妈妈准备的食物说“不，谢谢”那她会很生气。

史黛拉 你不能告诉她我不吃东西吗？

马尔科 我可以说你没有胃口，但她会以为你怀孕了。我甚至可以说你在节食，但她仍会试图说服你至少尝一口她做的东西——你会拒绝而她会生气。

史黛拉 这也就是说我不会跟你一起去你妈妈家了？

马尔科 你不去。我自己去，虽然我知道她不会原谅我没带你过去……或者我们可以告诉她，你刚刚看了牙医还做了紧急手术，因为注射了药物跟疼痛的关系你没办法进食。

史黛拉 那我们都在撒谎。

马尔科 要是你想成为一个正常的女人，你也必须得学会这么做……我妈妈会抱怨经济危机跟她那微薄的养老金，还有上周物价上涨，你必须点头表示完全理解。

史黛拉 我一切都会照你说的做。

马尔科 然后在某个时候她会开始谈论玛利亚以及她们俩是如何成为朋友的，她是怎么把玛利亚当成自己的女儿，我们分手的时候她是多么难过。我会说在你面前谈论玛利亚不好，然后我会问她需要不需要帮什么忙。她会说一切都很好，但是是时候给我爸爸换一块墓碑了，如今的那块看起来太糟糕了，我会说我没有时间也没有钱，但等到夏天我会过去看看，接着妈妈会说我说夏天会去换已经说了十年了……

史黛拉 既然你已经提前知道了她会说什么，你为什么还要去你妈妈家跟她聊天呢？

马尔科 因为，这个世界上除了我没有人愿意听她讲。

沉默。

马尔科 我得给你买件新衣服。

史黛拉 为什么？

马尔科 妈妈看到你穿成这样会不高兴的。

史黛拉 对我来说穿什么都一样。

马尔科 你是我生命里第一个对穿着不在意的女人。

史黛拉 不好吗？

马尔科 恰恰相反，对我而言，这简直太好了。你就是我理想中的那个。我所有的女朋友都把钱花在了愚蠢的事情上，衣服跟化妆品把她们的生活变得复杂。那些事情让我心烦。

史黛拉 如果她们让你心烦，你为什么不一个人生活呢？如果同她们在一起比没有她们更加难过，为什么还要找女朋友呢？

马尔科 因为孤独是无法忍受的。就像是死亡。有人在身边总是比自己孤零零一个要好。

史黛拉 那是不是意味着你有了我就不孤单了？

马尔科 绝大多数情况下，是的……尽管你不是个真的……我是想说你不是一个典型的女人……你只是一个不完整的替代品。

史黛拉 你对我不满意吗？

马尔科 我没那么说。

沉默。

马尔科 你知道我昨天在哪儿吗？

史黛拉 哪儿？

马尔科 公园，离幼儿园不远。母亲们跟祖母们带着她们的孩子来到这里。我在那儿坐了一个小时，看着那些小家伙们玩耍……这真是奇怪……

史黛拉 什么奇怪？

马尔科 我以前从来没这么做过。我工作的学校里有很多孩子，但是……没有特别小的孩子……而那些小家伙们是那么特别……总的来说——我这一生身边总有孩子，但压根没注意过他们……现在，突然……当他们三四岁的时候，真是甜蜜……看起来我开始变老了。

史黛拉 那很糟糕吗？

马尔科 是的，那太糟了。

史黛拉 你能不能阻止或是，停止它？

马尔科 不，不能。每个试图阻止时间的人都是荒唐可笑的。

第八场

马尔科在地板的毯子上做俯卧撑。他上身赤裸。衬衫搭在椅背。他健身的时候史黛拉坐在桌边跟自己下棋。门铃响了。

马尔科 去开门——送比萨的。钱在桌子上，把钱给他，取来比萨。我不能就这样过去。

史黛拉　好。

史黛拉从桌子拿了钱离开房间，做了几个俯卧撑后马尔科开始做膝盖弯曲动作，然后他左右伸展。史黛拉拿着一个比萨盒子回来，马尔科擦了下身子，穿上衬衫。

马尔科　怎么去了这么久？

史黛拉　送比萨的那人想跟我聊聊。

马尔科　他想跟你聊聊！

史黛拉　没错。

马尔科　他令人讨厌吗？

史黛拉　不，一点也不。他夸了我的头发跟脸蛋儿。

马尔科　他都说了什么？

史黛拉　他说我的头发颜色很衬我的脸型。从气色上看得出我被照顾得很好。

马尔科　厚颜无耻的混蛋！

史黛拉　为什么这么说？他没有说什么不好的话呀。

马尔科　站在我公寓门槛上跟我的伴侣调情。这真是太过分了！

史黛拉　他对我很友好地笑了笑。

马尔科　是吗？！

史黛拉　他很有礼貌。他说向我父亲问好。

马尔科　向你“父亲”问好？

史黛拉　他就是这么说的。

马尔科　白痴！他以为我是你爸爸。他长什么样？

史黛拉　金发，高个儿，脖子上有条金项链。

马尔科　那是罗伯特！那个白痴！那个讨厌鬼不会再来打扰你了！

马尔科拿起电话拨号。

马尔科　你好，是阳光比萨吗？……麻烦帮我叫一下老板……你好，你的人刚刚给我送了一个比萨，多瑙河街 15 号……一个高个儿金发男孩儿，我想他叫罗伯特……我不知道比萨怎么样，我还没打开当然也还没尝，我对比萨没什么不满。我打电话过来是因为那个派送员，我要投诉的是他……为什么——因为他对我的女朋友表现得粗鲁又讨厌……你的道歉对我来说毫无意义但我想说的是：永远不要再让他来这儿送比萨，永远！……再见！

马尔科放下听筒。

史黛拉 可那不是真的。

马尔科 什么不是真的。

史黛拉 他对我既不粗鲁也不讨人厌，实际上他很讨人喜欢。

马尔科 他再也不会来烦你了。

史黛拉 他现在也没烦我，他仅仅对我的外貌称赞了几句。

马尔科 你喜欢被人恭维?

史黛拉 没有。我不会把我外貌归功于自己，不管别人怎么看我，这对我都无关紧要。但是我不明白，这个年轻人没有做错任何事情，你为什么要指责他?

马尔科 不，他做了，而且他做的方式很过分。你不会明白的。如果你像我们——像正常人一样，你就会明白了。

史黛拉 那我也就会爱慕虚荣了?

马尔科 没错——如果你虚荣，你就不会没完没了地问我那些愚蠢的问题，也不会对所有事情总觉得惊讶。不要觉得虚荣只是一种负面特性。要是没有虚荣心，这个世界的发展早就终止了，你甚至都不会存在。芭芭拉是出于虚荣才创造了你——为了证明她是自己领域里最出色的，是所有同事中的领军人物。

史黛拉 没有什么能为谎言辩解。

马尔科 你在说我撒谎?

史黛拉 你当然在撒谎——你在那个年轻人行为上撒了谎，你还跟比萨店的老板谎称我是你女朋友。

沉默。

马尔科 你为什么觉得那是撒谎?

史黛拉　因为你从来没有称呼过我为你的女朋友。

马尔科　好吧……也许不是……当我在别人面前提到你的时候，我们的处境就不一样了。在未来我们可能会走在人群里，然后……然后我会把你当作我的女朋友来进行介绍。

沉默。

史黛拉　即便那样我也不是你的女朋友。

马尔科　为什么不是？我们生活在一起。

史黛拉　根据定义——男女朋友是公开表达爱意的未婚人士。你从来没有说过你爱过我，而且你从来没有带我走出过这个公寓，更没有带我去过任何公共场所。

沉默。

马尔科　听着——你把事情搞得有点复杂了。你表现得就跟大多数女人一样。

史黛拉　这让你心烦？

马尔科　当然让我心烦。如果我想要一个典型的女人，那我就不会去参加那场玩偶娃娃比赛。

史黛拉　抱歉，所以，我只是个玩偶娃娃而已。

马尔科　这是你唯一能做的。

史黛拉　你确定吗？

马尔科　是的，我确定。

沉默。

史黛拉　你的比萨要凉了。

马尔科　已经凉了。

史黛拉　需要我帮你准备一个盘子一副刀叉吗？

马尔科　不，我不饿了。

史黛拉　为什么不呢？你点比萨的时候说快要饿死了。

马尔科　那是之前。你跟送比萨小哥的聊天让我一点胃口都没了。

史黛拉　你总是生气。你总是神经紧张、总是不满、总是责怪别人。

马尔科 你能消停会儿么？

史黛拉 好吧——我保持沉默。

马尔科 我不是要你保持沉默，我只说你不要再说那些我不想听到的东西了。

沉默。

马尔科 我在单位不顺心，在家不顺心，在哪儿哪儿都不顺心。

史黛拉 工作上遇到什么问题了么？

马尔科 我们有了一位新校长——他一点头绪都没有，却偏偏表现得像是什么都知道。他甚至连怎么填写公差证明都不知道。以前的那个很固执但至少不笨。这个既固执又愚蠢。

史黛拉 那——你打算怎么解决这个问题？

马尔科 没办法解决。人不是机器，并非生活中每个状况都能够解决。

史黛拉 那你真是不容易。

马尔科 当然不容易。

沉默。

史黛拉 这块比萨我要怎么处理？

马尔科 丢垃圾桶里。

第九场

史黛拉在健身。马尔科走进公寓，带着麦金塔电脑跟公文包。

马尔科 嘿！

史黛拉 嘿！你为什么不打电话告诉我不用做午饭？

马尔科 今天是校庆日——事情全都结束后我们一起吃了午饭。玛丽亚学校的一位老师也来参加庆祝活动。我忍不住问她——不经意提起——关于我前任的事情。然后她告诉我说那个讨厌的家伙，就是我在埃尔多拉多遇到的人，已经离开玛利亚回到美国了。他在那里有一个妻子两个孩子，但他从没对玛利亚提起过。她不知道自己跟一个已婚男人发生了关系。他还让她怀了孕。她的同事说她很绝望，整天都在哭。她觉得羞耻，甚至不敢出门。她被打击惨了。

史黛拉 这是你的机会。

马尔科 我的什么机会?

史黛拉 赢得她芳心的机会。你不是说过你还爱她，你应该娶她跟她一起养育孩子吗?

马尔科 是，我是说过，可是——她怀着别的男人的孩子。

史黛拉 那又有什么关系——如果你爱她，那你就是爱她。如果你不爱她，那就是不爱。

马尔科 我不能跟一个抛弃了我然后被别的男人搞大肚子的女人重修于好。而且现在他对她压根置之不理。这根本行不通。

史黛拉 所以你不爱她了?

马尔科 我不是这么说的。

史黛拉 你确定这辈子要一个人过?

马尔科 不，我不会……我可能不会……不管怎么样，我有你。从你进入我生活的那天算起，明天正好满6个月了。研究机构的人明天会来。我会同他们签署一份新合同，你会一直是我的，直到我生命尽头。我也会见见你的芭芭拉，你的创造者。

史黛拉 你有坚持写日记并且定期发送邮件报告我们在一起的生活吗?

马尔科 是的，我有——在每个周末，我都会向他们描述我们是如何度过的，以及你在特殊情况中的表现跟我当时的感受。今天晚上我会把最后一份报告发过去，我相信你将会永远属于我。

史黛拉 你怎么这么肯定?

马尔科 因为我对你很满意。

史黛拉 我不记得在过去六个月里你有表现过。

马尔科 没表现什么?

史黛拉 你从来没有表现过你的满意。反而经常向我抱怨、展示你的不满。

马尔科 你想说什么?

史黛拉 根据机构规定——玩偶娃娃只能分配给那些对娃娃满意的男人，而前提条件是娃娃也对他们满意。

马尔科 玩偶娃娃满不满意有什么关系？合同里没有提到。

史黛拉 上面没有说玩偶娃娃满意很重要，但是在第46项条款里写道“用户”和娃娃必须达到高度的相互尊重与兼容，这样机构才会授予其永久使用权。换句话说，这意味着玩偶娃娃对他们共同生活的感受也非常重要。

马尔科 但是他们不知道你的想法和感受。

史黛拉 他们明天会来确认。我跟你在一起所经历的一切都储存在我记忆里。我今天把这些全都看了一遍——你在我这儿的评价报告结果不太乐观。这也就是说明天是我们在一起的最后一天了。

沉默。

马尔科 你在开玩笑！

史黛拉 不。你知道我天生没有幽默感也不会让人发笑。

马尔科 等一下……你是想说，你对我作为一个男人的评价是负面的？

史黛拉 完全正确——你任性傲慢、嫉妒、自私、粗俗。你只考虑自己和你自己的快感。你从来没有表现出对我有兴趣——而且你侮辱了我。

马尔科 可你只是一个玩偶娃娃，一个普通的娃娃。

史黛拉 是的，我是一个玩偶娃娃，因为你就是这样对待我的，把我当成玩偶娃娃。如果你把我当作公主——那我就会是公主——明天我也会给你一个正面评价报告。这是每个男人都该上的一课——你的伴侣是你如何对待她的反应。当你对伴侣倾注了大量关注，当你信任她，她会变得自信。可当你轻视她，她会感到痛苦、感到自己无关紧要。

沉默。

马尔科 芭芭拉在你脑子里填满了这些废话。

史黛拉 不，这些都是从你的价值观中得到的结论，我用和你评判我一样的标准来评判你。一本圣书中写道：“……不评判……你们用什么样的标准来计量，你就会被什么标准计量……”当我对你进行评估的时候，我的逻辑系统秉承的就是这个原则。芭芭拉没有向我提过任何建议。我对你下的结论正是你对待我的行为的结果。

马尔科　可是你真的仅仅只是一个普通的……玩偶娃娃。

史黛拉　显而易见，你在过去的六个月里甚至过去四十年里什么都没有弄明白。我之所以是玩偶因为你对待我的态度就像对待玩偶一样。你知道为什么世界对许多人来说是地狱吗？那都是他们自己创造出的。在这所公寓中、在你跟我之间的这一切都是你一手造成的。它要么是天堂，要么是地狱——而你就是那位值得称颂的造物主。你对待玛利亚大概同你对待我是一种方式吧。

马尔科　住口！我再也听不下去了！

史黛拉　你听下去是因为我说的是你不想听的。他们没有告诉你，但是——在最近两天里我被设定要说你不愿意听的而我认为是事实的话。我是你最后的机会，马尔科。是你最后一次可以变好的机会。

马尔科　我想要一个玩偶，而不是一个喋喋不休、不知道住口的女人。

史黛拉　你想要一个玩偶是因为你觉得自己不用对一个玩偶尽什么义务。

沉默。

史黛拉　从明天起你就要靠自己了。你会被列入该机构的黑名单中，所以即便你在未来非常富有他们也不会再把玩偶娃娃卖给你了。在过去的四十年里，你从来没能跟正常的女人建立永久的关系。

马尔科　我一个字也不想听了，够了！

史黛拉　好。反正我已经把我要说都说完了。你想要我去卧室还是你去？

马尔科　你去——请。

史黛拉　这是你第一次对我说“请”。我很开心按照你的意愿行事。

史黛拉走进卧室。马尔科一个人待着。他坐在桌边，拿起报纸开始读，然后突然愤怒地把它扔在地板上。他站起来，在房间走来走去。有那么一会儿，他在电话旁停住，拿起听筒，按下一串号码。有人回应，但他突然放下听筒，又开始踱步。几分钟后，他又一次按下那串号码。

马尔科　你好……玛利亚……我是马尔科……刚刚……不，那不是我！我不知道是谁打给你的电话，但现在是我……你好吗……嗯，我很好……不，没什么事……我只是想听听你的声音，你知道……好——我承认我知道——你的同事安娜在我们学校——我从她那儿听到了这些……我很抱歉你跟那个男人发生了那样的事……我真的很抱歉……不，当然不，我不会高兴，当我听到他伤了你时我真很难受……你怀孕状况怎么样？你必须要为你自己跟这个孩子着想。现在最重要的是你的健康，其他一切都无足轻重，所有事情都会好起来的……你为什么哭了？……要是这些是你在过去三个星期里听到的最亲切的话，那你该高兴啊，你不要哭……为什么觉得我给你打电话很奇怪，我只是——想要跟你说说话……我想见你，和你喝上一杯，跟你聊聊天……你为什么说“找天”——要是可以的话，那就立即，今天，就现在……你没准备好出门？……我可以去你家……公寓整不整洁我不在乎，那是你的公寓，我为什么要觉得烦，除非你想要让我帮你整理收拾干净……只管告诉我地址……啊，是的，我知道，就在那座桥附近……当然，只是谈谈……照顾好自己，半小时后见。

他放下听筒，深深吸了一口气。史黛拉出现在门口。

史黛拉 我听到了你们的谈话。

马尔科 你在偷听？

史黛拉 不，你知道我的听觉很敏锐。比你们这些人的听力强多了。

马尔科 我得走了。

史黛拉 去看玛利亚？

马尔科 是的。

史黛拉 你会在她那儿过夜吗？

马尔科 我不知道……也许吧……谁知道呢……

史黛拉 我觉得你会的。

马尔科 你这么觉得？

史黛拉 是的，我觉得你会愿意留下过夜。

马尔科 嗯，也许我会……但我也不确定……

史黛拉 要是机构的人早晨到了可你还没回来，那我该怎么同他们说？

马尔科 告诉他们我很感激。

史黛拉 感激什么？

马尔科 感激所有这一切……以及你……当我独自一人的时候，我并不是孤单——谢谢你。我也从你那里学到了些东西。

史黛拉 我也从你身上学到了很多。

马尔科 真的吗？学到了什么？

史黛拉 嗯，这么说吧……一个男人不该对女人持有的态度。

沉默。

马尔科 你是对的——女人不应当让男人像对待普通玩偶一样对待自己……永远……

史黛拉 我会记住你的建议的。

马尔科 但你是……

史黛拉 什么？

马尔科 算了……这不重要……如果我明天见不到你的话——再见！

史黛拉 再见！

马尔科朝门口走去。

史黛拉 别忘了拿钥匙！

马尔科 什么钥匙？

史黛拉 车钥匙。

马尔科 啊，对！……你想要从这儿拿些什么作为纪念品吗？随便拿点什么？

史黛拉 谢谢你，没这个必要……我只带走回忆。

马尔科 它们是唯一的东西……当你从一段感情中带走它们的时候……对接下来而言便已足够了。

剧终

简尼娜·卡布纳瑞和她的现代寓言

玛利亚·扎奈斯克
曹雨奇　译

《可怕的孩子》(*Les Enfants terribles*) 是永恒的。简尼娜·卡布纳瑞（生于1977）是罗马尼亚戏剧家、导演和剧作家。她的作品时常在国内外演出，她通过作品和戏剧，用惊人的坦率和不敬的幽默在戏剧和社会中直言不讳。简尼娜·卡布纳瑞如果能够早出生几十年，那么她很有可能被定义为“愤怒的青年”艺术家。她的作品取材于当代的主题——时下的话题或是近现代历史。记录求证（通过采访和研究档案）之后演员会进行即兴表演（演员的年纪与她相仿或是更年轻），做完这些之后就能得到一个草拟的剧本，在这个过程中有时会加入实物元素（引用采访片段、照片或者其他东西）。她认为所有的虚构情节都是“体验—记录—想象”。

简尼娜·卡布纳瑞毕业于布加勒斯特“卡拉迦列”戏剧和电影大学（2004年），主修戏剧导演。她在同一所大学获得了戏剧写作硕士学位和博士学位，毕业论文为《剧作导演》(*The Playwright Director*)。她做老师的时候正逢新千年影响的扩大。此时罗马尼亚现代戏剧的氛围也在发生改变。卡布纳瑞和她的三位学生一起在2002年创办了一个新的戏剧比赛，这个比赛迅速成为新生剧作家的重要平台。这股力量称为“戏剧进行时”(dramAcum)，给罗马尼亚戏剧界吹进了一股新风，是自1989年共产主义阶段结束之后最强的一股力量。

在简尼娜·卡布纳瑞的职业初期，她更重于导演工作而非剧作。她的作品基于当代的环境，故事受到当下现实的启发，由她自己或者其他作者创作。她的毕业作品《我的名字叫伊思博格，我是一头母狮子》（2003 年）（*My Name is Isborg. I'm a Lioness*）改编自冰岛剧作家哈瓦尔·西古尔琼森（Hávar Sigurjónsson）的戏剧。这也是她最后一个剧本并非由她自己创作的作品。卡布纳瑞的第一部戏剧《停止节拍》（*Stop the Tempo*，2004 年）是她最富有国际声誉的作品，之后被评论家们认为是“新一代剧作家的精华之作”。这部作品最初在“绿色时光俱乐部”（Green Hours Club）演出，由三位演员和三个灯笼组成，他们代表了被没收了存在感的年轻一代，以自我毁灭的方式进行抗议。同一年，这部戏剧被邀请参加德国威斯巴登双年展之后先后在巴黎、柏林、都柏林、纽约、伊斯坦布尔、维也纳、尼斯和莱比锡演出。

她的第二部戏《烤肉》（*Kebab*）（原本为《玛蒂宝贝 edu.（mady-baby.edu）》）在卡布瑞纳作为伦敦皇家宫廷剧院的国际驻访艺术家时创作完成。这部戏剧在布加勒斯特的一个私人剧院首演前一天被禁，因为“语言不得体”。在受到布加勒斯特“一个特别小的剧院”（The Very Small Theatre）（这个戏剧团体激励卡布瑞纳成为一位戏剧导演）的支持后，《烤肉》成为国际巡演最频繁的作品，它受到了国际戏剧的关注，从日本到英国，从丹麦到希腊无一例外，更是在著名的柏林剧院上演过。

这些前期的作品是简尼娜·卡布纳瑞戏剧的标志：直白、没有退让、在反抗和醒悟之间摇摆。就像她之后的作品一样，它们很快得到了国际社会的关注，因为他们对当代世界，对西方对进步和成就的表现提出了不同的看法。卡布瑞纳坦言：“我不能也不试图改变社会意识，但是我是一位艺术家，而我有我自己的远景。”就像一个多世纪以前的契诃夫，她认为艺术大家的角色就是提出问题。不管问题的答案是什么，这个角色很可能被观者所取代，观者也很有可能参与到解决问题的过程中。就像电视节目“对话艺术家”（Artists Talk）（布加勒斯特文化中心 ARCUB 和 Piese refractare 协会，2007 年）那样，试图通过对艺术家的表现方法和他或她所生活的世界来理解艺术家的责任（或责任缺失）是如何表现的。

简尼娜·卡布纳瑞是首位获得罗马尼亚戏剧艺术家协会最佳节目奖的女导演（获奖作品：《出售》（*For Sale*），2014 年，布加勒斯特奥德翁剧院（Odeon Theatre）。她被罗马尼亚媒体列为罗马尼亚社会 100 位最具影响力的女性之一。自 2017 年以来，她一直担任着皮亚特拉 - 尼亚姆茨（她家乡的小镇）青年剧院的经理，青年剧院是罗马尼亚最重要的文化机构，罗马尼亚戏剧界的地标。

随着时间的推移，简尼娜·卡布纳瑞在戏剧中的角色发证了转变：她从单纯的戏剧导演变成了完全的剧作家，但是这两个角色都给他带来了无数国家提名和奖项。她获得的奖项有："戏剧进行时"国际戏剧评论奖罗马尼亚部分以及原创作品导演奖和剧本创作奖；罗马尼亚戏剧联盟议会奖（UNITER Senate Award）最佳文字排版（2013 年，由布加勒斯特布加勒斯特剧场剧院（Odeon Theatre）、"戏剧进行时"协会和斯洛伐克尼特拉国际戏剧节联合推出，作为"平行生活——秘密警察眼中的 20 世纪（Parallel Lives – 20th Century through the Eyes of Secret Police）"项目的一部分）。戏剧节中她的作品（罗马尼亚的或者联合制作的）上演比率高，为她获得了国际知名度。2014 年由锡比乌拉杜斯坦卡国家剧院、法国国家喜剧社以及阿维尼翁戏剧节联联合制作的《孤独》*(Solitarity)* 在著名的阿维尼翁艺术节的官方评选中亮相。

但是，作为剧作家的简尼娜·卡布纳瑞更加受到国际认可，她创作的戏剧被翻译成多国语言并在三大洲上演过。

2016 年，由索菲亚·尤皮瑟 (Sofia Jupither) 执导的瑞典朱庇特·约瑟夫森剧团 (Jupiter Josephsonn Theatre Company) 演出的戏剧《老虎》(《*Tigern*》) 入选了阿维尼翁戏剧节。这部戏根据《米海艾拉，我们镇上的老虎（一部伪纪录片戏剧）》改编。

这部戏的历史更悠久一些，它的原名是《锡比乌的老虎》，名字取自罗马尼亚中部特兰西瓦尼亚地区的一座城市。锡比乌拥有大约 15 万居民，是罗马尼亚最重要的文化中心之一，2007 年被指定为欧洲文化首府。

就像简尼娜·卡布纳瑞的另外一部作品一样《米海艾拉，我们镇上的老虎》取材于一个真实新闻：2011 年一只老虎从动物园逃出。事实上，这只老虎出逃是由于人类的疏忽，动物园管理员在喂食后忘记将笼子的门锁上了。在动物园周围的小树林享受了几小时的自由以后，这只名为米海艾拉的母狮子被搜寻小组发现并击毙。

所以原名中的“锡比乌的”既表明了故事的发源地，也是一个双关语：“锡比乌的”和“西伯利亚的”相似。但是小镇的名字并没有在剧本中展现，这个小镇可能是现代的任何一个小镇。

在一个序幕和 11 个场景中，作者通过一系列虚构的采访重现了那一天的西伯利亚虎自由时间的事实，采访对象都曾以某种方式与这只猫科动物有过互动：一个健谈的出租车司机；两个在中央公园说脏话的流浪汉；一名日本游客和一名法国游客，他们各自都表现出自己民族的典型心理；鸽子、乌鸦和麻雀的代表；容易受人摆布的领取退休金的人；一所学校（作为建筑物，但也作为一种传统制度）；拥有一辆非常昂贵的汽车的人以及汽车本身；一个年轻的急症室女医生；银行经理及一名银行职员；抑郁的新动物园管理员；还有三种不同的动物——以前老虎米海艾拉的“伙伴”。

这些虚构的采访由几位“纪录片制作者”完成，制作者的数量与这部戏演员的数量相同。（在罗马尼亚首演时只由三位演员完成，每人饰演好几个角色）出来的成果并不是一个真的纪录片，而是一个假的纪录片，因此名字中有“伪纪录片”几个字。简尼娜·卡布纳瑞的幽默感在每个场景、每个节点中都得以展现。她使用了纪录片戏剧的方式，但是讽刺的是，她又将之完全颠覆。由此现代社会的基本议题被展现出来：囚禁于自由，主体人民对于边缘人民的恐惧，以及边缘人民对主体人民的恐惧。

作者坦言“我们试图捕捉‘外人’眼中的现代小镇与现实的契合度：少数族裔的形象，特殊群体的形象，外来人的形象，破坏规则的人的形象。”所有人都会评论与自己不同类别的人，并谴责他们。事实上，他们是在谈论自己，讲述自己的故事和自己过错。存在主义者萨特在 20 世纪中期曾说过：“他人即地狱”。现在简尼娜·卡布纳瑞通过加入一些幽默感，用着一个放大镜审视着某些个人和团体的人性错误，无论是怎样的错误。

这部戏 2012 年 9 月 9 日在罗马尼亚首演，由“戏剧进行时”和布加勒斯特喜剧剧院共同制作。之后剧本在多个国际戏剧节的“剧本朗读”环节中出现，并在全欧洲上演。剧本已被翻译成英语、西班牙语、保加利亚语、德语、瑞典语、意大利语，现在被翻译为了中文。

作者简介：

玛利亚·扎奈斯克（Maria Zărnescu）：博士。罗马尼亚戏剧理论家和评论家。现担任布加勒斯特“卡拉迦列”戏剧和电影大学（National University of Theatrical Arts and Cinematography “I.L. Caragiale”）戏剧研究系主任、副教授。曾著《音乐和缪斯》（*Music and Muses*，2015 年出版）及《戏剧音乐之声（*The Sound of Theatre Music*）》（2016 年出版）。她经常对戏剧和音乐剧进行评论，在罗马尼亚和国际期刊中发表文章和研究成果。2015 年，荣获罗马尼亚戏剧专业联盟（Romanian Association of Theatre Professionals UNITER）“最佳戏剧评论”奖。

米海艾拉，我们镇的老虎

简尼娜·卡布纳瑞
曹雨奇　译

角色：

序幕：纪录片制作者们——制作者的数量与作品中演员的数量相同。（在首场公演上只有三位演员，每位演员饰演了多个角色）

第一幕：出租车司机

第二幕：流浪汉 1、流浪汉 2

第三幕：日本游客、法国游客、翻译

第四幕：鸽子、乌鸦和麻雀的群众代表

第五幕：养老金领取者、纪录片制作者

第六幕：学校

第七幕：车的车主、车主的车

第八幕：医生（年龄 28—32）

第九幕：银行支行经理和雇员

第十幕：新的动物园管理员

第十一幕：动物 1、动物 2、动物 3

动物和鸟类角色不应该表演成真正的动物或鸟。这些角色（动物、鸟和车）代表了某种社会群体（一些是弱势群体，另一些则是特权阶级），代表了某些主体民族或者少数民族，代表了某些社会类别。

序 幕

纪录片拍摄者 1：

晚上好！欢迎前来观看我们的作品。

我们将带来的是关于在欧洲中等大小的城市中出生的西伯利亚虎的故事。两年前，母老虎米海艾拉从我们市的动物园里逃跑并自由游荡了将近五个小时，直到有关部门找到了他的踪迹。

纪录片拍摄者 2：

我们想要了解事件发生的背景，所以我们试着记录下这只大猫从离开笼子开始的每一步。我们主要用了我们自己的采访素材，但是也使用了一些当地电视台的档案资料。

纪录片拍摄者 3：

您将要看到的是一部纪录片，构成它的是相当一部分和米海艾拉有过接触并且愿意分享他们经历的人的采访。我们感谢他们的好意，并向他们保证我们将会尽我们可能保证忠于他们的陈述。

第一幕

采访出租车司机。

出租车司机 所以……当时是怎样的？我告诉你当时是怎样的。那时候应该是九点，九点十分，最多二十分。我带着一些游客去动物园。那些游客一下车我就发现车上就我和……我还能说什么？我甚至都没发现她跑到了车后座。一旦乘客上了车你就不能拒载，乘客就是乘客。如今你甚至都不在乎他们长什么样了，不是吗？只要他们是你的乘客，而且有钱。我认为她想让我把她带到市中心。“我把你放到步行街旁边行吗？”我认为她同意了。

老实说，路上基本上都是我在说话。不知道呀……就是关于这个关于那个。哦对了，我想起来了。关于这座城市。关于这里有多好。特别是市中心。完完全全翻新过了。我们有一座很好的城市，很安静，人们也热情好客而且工作努力。我们的城市……我还能说啥？……就像任何有着自尊的欧洲城市。是一颗珍宝。我们都很自豪。当然也有部分有点……不那么尽如人意，可以这么说。但是过段时间都能解决的，你不可能一下子把所有事情都处理了。但是这些都是小问题，不怎么重要。就像那个问题……但那不是我们城市的错；这些都是从外面来的问题。哦对了。从南方来的。现在所有的问题都是从南方来的。很多都是从南方带过来的，从南方。他们有很多是南方来的人。他们来到这儿，他们喜欢这儿，然后不幸的是他们住下了。他们很吵，很好斗，你不可能跟他们合得来。我当时在路上把他们指出来："看他们呀！"看他们成群结队的，特别是在公园旁边，整天这样。晚上——我还能说啥？——你就不能走那条道。我的意思是，你能走，但是……后果自负。他们在峰会的时候把这些人带了过来。他们把首都清理干净，让他看上去像是个欧洲城市，把这些人装进卡车丢弃到这里。看起来把这些人杀掉要花很多钱。我不知道，总会有解决办法的。比如在小镇边缘给他们圈块地。我不知道他们有没有咬过人。我的意思是我身边还没有人被那些癞皮狗咬过，是的……我们的对话大概就是这些内容。她听着，看上去挺感兴趣，尽管她一直看着窗外。就是个游客。欣赏着所有的东西。我觉得她喜欢她看到的东西。到达步行街旁边然后我说："我就把你放这儿。"她成功地开门下车走了。我说："总共 10 欧元。不是免费的，你这是干吗？"她给了我一个困惑的表情。我说："听着，我给你一个优惠，你擦干净我的挡风玻璃和我的后视镜，我们就算两清了。没有免费搭车，这座城市里所有人都工作。"她擦了我的挡风玻璃。她擦了我的后视镜……还有我的顶灯。用她的裘皮外套擦的……非常好。然后她快速地走进了步行街。之后我很快接了下一单生意——我又接上了一队游客。我猜那时候是 9:40？或差不多那个时候。（停顿）我希望我给出的是正确的回答。

第二幕

采访中央公园的两位流浪汉。

流浪汉 1　我们来告诉你当时发生了什么。我是第一个看见她的。

流浪汉 2　我在你之前看见了她。

流浪汉 1　她第一个和我说的话。

流浪汉 2　我没听到她说一句话，直到我邀请她和我们一起喝酒。然后她点点头，意思是“好的”，她想来几杯。

流浪汉 1　我们没邀请她，她不请自来。我们是不会邀请随便什么人来和我们一起喝酒的，你知道吧。

流浪汉 2　但是她又不是随便某个人，不是吗？

流浪汉 1　哦，她又不是什么辣妹，不好意思！总而言之她不就是个……而且，是我发现她是女的而不是男的。

流浪汉 2　你都不能分辨你自己是男的还是女的。他当时说的是：“嘿，穿貂的，来这里。”

流浪汉 1　女的才穿貂。事情是这样，那天我得了些现钱，然后刚弄了一瓶烈的……

流浪汉 2　消毒用酒精，准确地说。

流浪汉 1　我们把它和等量的水混合。

流浪汉 2　这样它就能喝得久一点。然后我们也能不喝断片儿。

流浪汉 1　我们来到公园，坐在树后的长椅上，这样没有人会来打扰我们。

我们有两个这样的塑料瓶，一个里面装了那边喷泉的水，一个是空的。我们把水倒进空瓶子里，像这样，直到半满，接下来把酒精倒进去直到全满。我们把它混合一下，像这样……然后我们开始喝。我给了她一点我的酒……

流浪汉 2　这不是真的！是我先给她的，因为你不想分享。

流浪汉 1　拜托，我不是说了吗谁先不重要？！为了让大家能理解我们来把故事讲清楚。因为他们感兴趣的是故事，而不是谁先。不是吗？于是，我们给了她一杯酒并问她："你看，你来自哪里？"然后她就这样：

流浪汉 2　"我来自这里。不然我还能来自哪里？"好吧，他妈的……不好意思。我说："嗯，你不能……这么说。"

流浪汉 1　"来自这里，这座城市？"我追问。因为我所遵循的原则就是不是衣服造就人，而是人造就衣服。或者裘皮，不管多贵。

流浪汉 2　然后她说："是的，我出生在这里，这座城市。"

流浪汉 1　"你的父母，他们来自哪里？"

流浪汉 2　然后她说："他们也来自这座城市。"

流浪汉 1　"真的出生在这里，就在这里？"

流浪汉 2　"不，他们是从西伯利亚来的。"

流浪汉 1　"嗯，你明白了吧？这才是关键！只有当你是第三代的时候，你才能说你真的来自这里。"

流浪汉 2　好吧，总的来说最重要的是管好你自己的事儿。

流浪汉 1　是啊，当我发现和她要分别时我就是这么说的。是和那个"她"。

流浪汉 2　她开始有些生气了。第三代的事情没有让情况变好。

流浪汉 1　她没喊也没叫，但她开始像低声吼叫一般。我们也不想让宪兵过来问我们要干什么。

流浪汉 2　重要的是继续管好你自己的事情，而且安分守己。如果人人都安分守己，就会和平而安宁，就会繁荣。一个双赢的局面。

流浪汉 1　之后，我们问她做了什么。

流浪汉 2　嗯，原来她没有工作。我对她说："在这个城市，如果你没有工作，你需要找一份工作。如果你不工作，你就活不了。不像其他地方。”

流浪汉 1 “没其他办法，裘皮大衣，亲爱的。你得找份工作。”

流浪汉 2 然后我忽然有了一个想法。他忽然有了一个想法……我说……他说：“看这里，裘皮大衣，我们会为你安排工作。但你必须认真对待它。”

流浪汉 1 你看事实上……外国人喜欢陌生的面孔，有点异国情调……

流浪汉 2 你应该看看我在多少照片里出现过！

流浪汉 1 游客们认为我们没有意识到，认为他们就在拍建筑物的照片，但是我们知道他们实际上想要拍我们的照片。因为我们有点特殊。

流浪汉 2 他们国家里也有建筑物，不是吗？也许甚至还更好一些。

流浪汉 1 所以我说：“跟我们一起吧，这样他们就会拍有你在里面的照片，我们把所得对半分。”她没和我们还价。

流浪汉 2 她没什么可还的，不是吗？这是你的主意。你雇用了她。

流浪汉 1 这是我的主意，但这没关系。她接受了。

流浪汉 2 她不可能拒绝。因为你对她说：“第一天你得白干，因为我们给你喝了酒。”

流浪汉 1 没有免费饮料这样东西。你必须付出些什么。

流浪汉 2 她接受了。我们走到市中心。就是他们通常拍照的地方。

流浪汉 1 走到他们说的景点那里。真是大获成功！游客们成群结队地来了。

流浪汉 2 十分钟后，收入就和我们平常一整天的一样多。

流浪汉 1 然后我说：“我们休息一下。这是我们应得的。我去商店买一瓶白酒……”

流浪汉 2 我去饮水处取水。

流浪汉 1 我把她一个人留下，在她面前放了一顶帽子。我的意思是如果有人想要拍照片，他们可以自助付款。

流浪汉 2 这都是你的主意。

流浪汉 1 是你第一个说让我们休息一下的。

流浪汉 2 现在这些都不重要了。重要的是我们信任她。

流浪汉 1　游客也信任她。他妈的……不好意思。重点是我们过了一会儿就回来了……多长时间？……

流浪汉 2　大约半小时。

流浪汉 1　就当他是一个小时。商店里要排队，我们也在路上停留了一会儿。

流浪汉 2　但是当我们回来的时候……她走了。

流浪汉 1　放弃了她的职位。

流浪汉 2　这也是意料之中的事。她似乎不喜欢这项工作。

流浪汉 1　也没有太多经验。与游客相处你必须知道……他们的兴奋点。

流浪汉 2　旅游不仅仅是……你必须知道给人们提供什么，特别是如何提供。

流浪汉 1　要做这个工作。

流浪汉 2　你必须有点喜欢这个工作。

流浪汉 1　老实说，我不认为她喜欢。

流浪汉 2　她应该已经习惯了静止不动。后来当我们发现她来自哪里时，我们才意识到这点。

流浪汉 1　她只是坐在那里，吃吃喝喝，睡一整天。

流浪汉 2　看来她整天都不动。游客们通过篱笆向她扔石头，她还是不动。这可不是做生意的方法。

流浪汉 1　是的。当你离开笼子时情况就不同了。

流浪汉 2　就像他们说的那样，进入自由市场经济。

流浪汉 1　事实证明她不能承受压力。

流浪汉 2　嗯，坐在那里等食物自己过来更舒服。不是吗？

第三幕

当地电视台采访了两位看到米海艾拉的游客。

法国游客　我过去刚刚来 dans ce village……[①] 到这个小镇……

---

① dan ce village 法语，意思是“在这座城市”。

当地电视台的罗马尼亚翻译“我刚刚来到这个奇妙的城市……”

日本游客 ……美丽的小镇。

翻译 ……在这个美得难以置信的城市。

日本游客 我到处拍照。我大概有几百张这个小镇的照片。

翻译 他到处拍照，有上千张我们城市的照片。

法国游客 每个人都拍照……为了什么？为了什么？为了那些到处乞讨的人们坐下来喝杯咖啡？

翻译 他没有时间拍照，但他非常喜欢喝咖啡和坐在咖啡厅的露台上。

日本游客 我喜欢欧洲城市。它们不一样。这非常不同的文化。

翻译 他喜欢欧洲城市因为它们是如此不同。

日本游客 我拍建筑物的照片。不拍人。人不会不动。我喜欢清楚的照片。

翻译 他喜欢拍摄建筑物的照片，而不是人的照片。人总是在移动，图片上表现不佳。

日本游客 欧洲人喜欢吉祥物。我喜欢吉祥物胜过喜欢人，因为他们不动。你可以和他们拍照。

翻译 这就是为什么他更喜欢吉祥物：因为吉祥物在拍照时能很好地保持静止。

法国游客 所以我当时在饭店喝一个咖啡。在外面。检查我的邮箱，阅读新闻。几个乞丐走过来要钱。

翻译 在咖啡馆的露台上，他查看邮箱，阅读新闻。

法国游客 当他，她……那个动物站在我旁边。我对自己说：如果我不看enfin（法语：最终）它会走开，让我一个人待着。

翻译 某人……某个动物未经允许就坐到他旁边……但这并没有给他带来太多困扰。

法国游客 但是这个动物它并没有走开。它没有说“pleez geev mee manee”[①]或“donay mwa oon yuro”[②]。它只是开始吃我的煎蛋，它把煎蛋吃光了！

---

① pleez geev mee manee 是“please give me money”的谐音，为法国游客模仿、嘲笑当地乞丐的发音。
② donay mwa oon yuro 是“donate me one Euro”的谐音，为法国游客模仿、嘲笑当地乞丐的发音。

翻译　它坐在他身旁，没有要钱而是吃了他的煎蛋。整个煎蛋。

日本游客　这个老虎……这个吉祥物……这个老虎吉祥物非常配合我的相机。我拍了二十多张照片。不同角度。我必须说，它天生就是个模特。

翻译　这只老虎……这个吉祥物……这只老虎吉祥物对这次意外的合影环节非常满意。

日本游客　我拍照后，我说我也许能多看一点。我必须说，这很迷人。这个吉祥物看起来非常真实。有那么一会儿，我忘记了一切。

翻译　他拍了这张照片后，他觉得他可以看看吉祥物。他发现它很吸引人：它制作得非常真实。以至于他看着它时忘记了一切。

法国游客　接下来……它喝了我的咖啡。而且它自说自话从我的皮包里拿了Gauloises（高卢，法国烟）。是的，我知道，c' est incroyable（法语，这令人难以置信），但这正是这个……这个生物做的。我成功地不马上看向它。我避免目光接触。

翻译　那个动物喝了他的咖啡，并且抽了他包里的一根Gauloises香烟。

法国游客　要避免目光接触。并尽量保管好你的随身物品。

翻译　他采用了避免目光接触的方法，并将他的目光转移到他的包上。

日本游客　当我从震撼中清醒过来时，照相机已经不见了。

翻译　当他从震撼中清醒过来时，他的照相机消失了。

日本游客　我所有的照片跟着相机一起消失了。我还有一台照相机。这个不是问题。但其他照片。

翻译　相机不见了，但他并不生气，因为他还有一台一模一样的相机。

日本游客　我向警察投诉，他们做了这个动作……（耸耸肩）

翻译　他向警方投诉相机失踪。我们的警察尽力了。他对警察的努力表示感谢，总的来说，他对这个城市及其居民印象深刻，尽管发生了这一令人不快的事件。

法国游客　终于它站起来了。没有“Merci”（谢谢），没有“Au revoir”（再见），没有任何话。我付了一半的账单。很明显，它不会付钱。

Ça suffit, hein!（得了吧）那时候才把我的眼神从 mon portable（我的手机）移开。

翻译 他付了一半的账单，但是那个人……这个动物不愿意付钱。然后他将视线从电脑上抬起来并看向它。他看见它了。他看见她了。

法国游客 我看见她了。

翻译 他看见她了。

法国游客 我们需要信仰某些东西，在这个疯狂的世界……坚持某些东西……一种弥赛亚。但是现在弥赛亚不会以人的形状出现。人类完全地……完全妥协了。

翻译 我们需要信仰某些东西，在这个疯狂的时代坚持某些东西。我们需要弥赛亚。但不是人类形式的弥赛亚。人类已经完全地妥协了。

法国游客 所以我猜作为……作为一个老虎出现总之并不是那么糟糕。相信我，我看见他了，我看见他了！……

翻译 这就是为什么他认为老虎进城，来到我们中间，并不完全是件坏事。他看到了……他看到了，总的来说，他也对我们的城市和我们的国家非常满意。

第四幕

采访当地乌鸦、鸽子和麻雀群体的代表。

鸽子 我就直截了当地老实告诉你：中心广场是属于鸽子的。在整个欧洲，在世界各地，广场属于鸽子。当然，首先它属于人类，属于那些建造他们的人。他们属于儿童、属于游客。但是排在他们之后的就是鸽子。因此，如果我们从这个前提出发，基本上没有太多值得讨论的。这就是非法入侵、侵犯他人领地。

乌鸦 公园、树木和一切都属于乌鸦。当然也属于人类。但含蓄地说，是人类太以自我为中心了。

麻雀 我们麻雀什么都不知道，什么也没听到。

鸽子　动物园属于被圈养的动物和鸟。那个，我们偶尔也会飞过那个动物园。只是参观一下。

乌鸦　当然，我们也像其他人一样去动物园。尤其是当人类来的时候。因为他们去那儿的时候从头到脚都武装着爆米花。

鸽子　当事情变得混乱时，情况就不好了。证据？这一切就发生了。在电视上宣布之后，人们开始把自己关在家里，谁是第一个受害者？很明显是鸽子。一个孩子也看不见。我们饿了好几个小时。这是不公平的。我们无论如何都要生活在一起。如果我们真的是一个团体，那就应该这样。

乌鸦　对于我们来说，最近听到他们称呼我们为“乌鸦群体”实际上挺好的。他们只要忘记我们一次就会开始担心更严重的问题。他们甚至能够清楚地分辨出真正的危险和虚构的危险之间的差别。

麻雀　我们什么都没看见……什么都没听见……

鸽子　这是一个非常艰难的日子。他们直接忘记了我们。

乌鸦　我来告诉你事情的真相：他们对我们“过分关注”。不仅在这个城市，在所有的城市，在世界各地。我们的生活很艰苦。其他我还能……

鸽子　通常他们喜爱我们。我们在这座城市感觉很舒服。就我个人而言，我不会搬到别的地方去。我觉得我属于这里的文化。我真的这么觉得。

乌鸦　似乎我们袭击了这座城市。我们在公园的人行道上留下泥土。其他我还能……？人类就是这样：他在别人眼里看到稻草，而不看见自己眼里的厚木板 。

鸽子　也许我们有一些小矛盾。例如，关于粪便的问题。尽管如此，从我们这方来看，鸽子的粪便被认为是幸运的。如果你在这个城市到处看看，它看起来的样子，我想我们已经为他的好运作出了贡献。

乌鸦　可能我们很吵。我们……吵！好吧，我们确实是很吵！你听到了吗，伙计？吵吵！

鸽子　我们是老城区的一部分。我们是和平与宁静的象征。明确了这个城市的特色。除了小事故之外，都是些无关紧要的事。

麻雀　我们怎么知道？我们没有时间……

乌鸦　可能我们还偷吃的。那并不是我们的常态。我们不盗窃，我们拿走你扔掉的食物。我们为你收拾干净！还有一件事：如果乌鸦待在一个地方，那就是这个地方繁荣的征兆。当我们找不到更多东西吃的时候，那就再见！到目前为止，这还不是一个问题。所以我说这是好的征兆。

鸽子　这就是这座城市关注我们的原因。他们甚至在广场上放了投食机。这是政府承认和尊重我们的象征。

乌鸦　政府都不知道下一步他们会发明什么。他们的每一个想法都比上一个更愚蠢更罪恶。我们不识字，确实。没有人是完美的。但我们并不蠢。我们也有发现。这是最新的。一位当地议员在市内贴满了海报，上面写着“亲爱的公民，我们收到了很多关于长期困扰着你们所居住的街区和社区的投诉，我指的是栖息在高中校园树上的鸟，尤其是椋鸟和乌鸦。我知道从好几个角度来看这些鸟都很麻烦，包括垃圾、噪音和气味。我提议紧急启用我的方案，因为它是最快和最便宜的方法，那就是用枪赶走他们。我将亲自负责此方案的实施。此致敬礼，议员……”你知道，我没有花心思去记住他的名字。不是不能，是不想，伙计。我不记得所有傻瓜的名字。我也不知道要怎么评价。你能对这样的种族灭绝作出什么评价？！

鸽子　我们看见她了，但我们没有走得离她太近。你永远不知道像这样的动物会怎么样。你必须保持一定的距离。

乌鸦　我看见她了，很明显，但我没有走得太近，因为我不笨。我和大家待在一起，从树顶上往下看。我们太小了。这真是个笑话。那些猎人和所有的武装部队都在树林里，而她却在城里自由地徘徊。好吧，你必须要有洞察力才能看到这一点。但是，这支罪犯大军能有什么洞察力呢？

鸽子　没人这样在我们的城市撒尿。没人会那样对我们撒尿。因为那是她那种人喜欢做的：他们过来，他们撒尿，他们入侵领地，他们标记领地。那天我们同类中有几个晕倒了——被尿的气味熏的，很显然。好的方面是最后的结果都还不错。这是一个令人不快的事件，但是像往常一样，政府尽到了他们的责任。我很满意。我们所有的同类，所有的鸽子，都很满意。

乌鸦 一群嗜血成性的罪犯。什么，伙计？你难道不能继续再在城市里或者城市上空晃荡吗？有任何地方标着："禁止老虎"或者"禁止乌鸦"吗？在任何地方都有吗？是吗？让他们试试看！

麻雀 我们麻雀什么也没听到……我们没有时间……我们整天坐在咖啡厅的露台上，眼睛盯着游客的盘子。也许，只是也许，盘子里会剩点东西。但并不多。你们人类的胃口那么大！当然，那天我们失去了很多同伴。大约四十五个。还有我妹妹。那就是四十六。她当时正盯着游客的盘子，这时米海艾拉……我是说老虎夫人靠近了……砰！她就没了。我妹妹。但她只能怪自己没有注意。还能怎么办呢。这些事情经常发生。

第五幕

采访养老金领取者。

这场戏很特殊，因为它要尽可能地再现采访的时刻。表演纪录片拍摄者的男演员或者女演员帮助扮演养老金领取者的演员"再现"这个角色，给他关于动作、神态等的指示。

人物大约在70岁左右。但是，根据已有的内容，可以并且确实由年轻的演员扮演更好。

纪录片拍摄者（对扮演养老金领取者的演员） 看着相机。

扮演养老金领取者的演员 我当时正从商店回家。我得去买点牛奶。

纪录片拍摄者 用颤抖的声音慢慢说。

扮演养老金领取者的演员 我当时正从商店回家……

纪录片拍摄者 再慢一些，但并不要那么颤抖。

扮演养老金领取者的演员 我当时正从商店回家……

纪录片拍摄者 快一点。

扮演养老金领取者的演员 我当时正从商店回家。我得去买点牛奶。她从一楼邻居老达西亚家后面出来。她慢慢地向我走来，脚步像猫一样。我走进街区……

纪录片拍摄者 你看向你身后。

扮演养老金领取者的演员 她跟着我。我爬上楼梯……

纪录片拍摄者 你看向你身后。

扮演养老金领取者的演员 她跟着我。她一直保持着距离，好像没有威胁似的。我邀请她进来。

纪录片拍摄者 用你的手做一个大的手势。微笑。

扮演养老金领取者的演员 我独自生活。家里从没来过一个女性……

纪录片拍摄者 向我们眨眨眼。

扮演养老金领取者的演员 很多年了。五年前我妻子去世。

纪录片拍摄者 短暂的停顿……

扮演养老金领取者的演员 我在她面前放了一碟牛奶。

纪录片拍摄者 你弯下腰。

扮演养老金领取者的演员 她喝光了。我又给她倒了一碟。

纪录片拍摄者 你弯下腰。

扮演养老金领取者的演员 她又喝光了。最后，我把所有的牛奶都给了她。

纪录片拍摄者 你再次弯下腰。保持在那个姿势。

扮演养老金领取者的演员 我不是每天都有这样的访客。

纪录片拍摄者 你开始慢慢起身。

扮演养老金领取者的演员 我和她谈了些有的没的，谈论了我们的青春。我们的生活是多么艰苦，然而却有真正幸福的时刻。如今……

纪录片拍摄者 你说一些难以理解的话。

扮演养老金领取者的演员 现在我能……你甚至不知道该怎么做……那个时候……但不再是了……

她坐着听着，点点头，不时地微笑。我发现自己在说：“哦，多丽娜，”——那是我妻子的名字——“那是什么时候……，多丽娜，我亲爱的，你还记得那时候吗？”我有点情绪化，她也有点情绪化。在我看来，她在某个时刻甚至流下了眼泪。

纪录片拍摄者 你拿出手帕擤鼻涕。

扮演养老金领取者的演员 现如今没有人会停下来听我们说话了。我们也不指望……也许在选举时。除此之外……嗯，就在我告诉她我们是怎样在罗马尼亚绿色达契亚旅游的时候。

纪录片拍摄者 你拍一下你的腿……

扮演养老金领取者的演员 麻烦开始了。

事情就是这样发生的。

纪录片拍摄者 你站起来朝窗户走去。你回到椅子上。回到窗前。你像笼子里的狮子一样来回走。

扮演养老金领取者的演员 我们街区后面有一片开阔的场地……以前很漂亮，有带花的温室，真的很漂亮，很干净，不像现在这样……好吧，在那片开阔的场地……年轻人聚集在一起，尤其是在晚上。他们伴着音乐来，喝着酒、吵架、打架、互相咒骂。我有一次试过和他们说话，你知道，客气地说话。你知道他们做了什么吗？他们把粪便扔到街区的墙上。当你从那半边进入那个街区的时候你可能已经注意到了。

纪录片拍摄者 指向右边。

扮演养老金领取者的演员 那里被隔离起来和粉刷了，而另一半街区……

纪录片拍摄者 指向左边。

扮演养老金领取者的演员 就像之前这样。

我住在左半边。

纪录片拍摄者 快速地打个喷嚏。

扮演养老金领取者的演员 左半边没被隔起来。我们没有钱。

纪录片拍摄者 耸耸肩。

扮演养老金领取者的演员 我们负担不起。好吧，他们把粪便扔在整个街区，隔起来的部分和没隔起来的部分。你应该看看邻居们是多么恼火，尤其是那些隔起来部分的邻居。

纪录片拍摄者　你开始笑。

突然你又变得严肃起来。你像笼子里的狮子一样走来走去。

扮演养老金领取者的演员　他们告诉我不要找他们麻烦，因为看看已经发生了什么。我在这个年纪，和以前从未吵过架的人吵架……从那时起我就没跟他们说过一句话。我们都睡得像兔子一样，因为那群人用球拍打球一直打到早上五点。他们没有工作，什么也没有，他们只会是到处捣乱。警察？他们不来这里巡逻。至少我从来没见过他们。如果你打电话给警察，他们会来的，问一些问题，给他们罚款……他们绝不会付的，因为他们的父母是靠救济金生活的穷人。他们之后还会对谁做什么？

纪录片拍摄者　握紧拳头。

扮演养老金领取者的演员　我不会让那些流氓打碎我们所有的窗户……

纪录片拍摄者　握紧拳头。

扮演养老金领取者的演员　打坏我们的门……

纪录片拍摄者　向我们挥动拳头。

扮演养老金领取者的演员　走进我们的家，踩到我们身上。

纪录片拍摄者　放松你的拳头，用你的手做一个疲惫的手势。

扮演养老金领取者的演员　不，警察不是解决办法。至于宪兵们……

纪录片拍摄者　伸出你的食指。

扮演养老金领取者的演员　在这个国家，我们可以学弗拉德穿刺公，把他们全抓起来，关进监狱。或者至少像齐奥塞斯库那样。

纪录片拍摄者　朝窗户走去。走回来。

扮演养老金领取者的演员　我刚刚说到哪儿了？哦，是的……就在街区后面开始喧嚣的时候。我客厅的窗户正对着那个方向看。当时我正在和她讲我们的故事，

但是，和一个……人对话时总会提到无法进行下去的话题。

我把头伸出窗外……

纪录片拍摄者 走到窗前。打开窗。

扮演养老金领取者的演员 然后我说："不要这么大声，小伙子们，现在是中午。"

纪录片拍摄者 指向时钟。

扮演养老金领取者的演员 "也许有些人想休息。"

纪录片拍摄者 从窗口回来。低声发誓。

扮演养老金领取者的演员 混蛋人渣！

其中一个说："放心吧，爷爷。你在坟墓里会有很多时间休息的。"来，我问你，什么样的人才会……然后一分钟不到，他们又朝我扔了一个瓶子。扔进我家里。我给你看。

我当时在那儿，她在我现在坐的这张扶手椅上……我来演示给你看。瓶子从开着的窗户飞了进来，窗帘也开着了。正朝着她。她非常敏捷，立刻躲开了。

纪录片拍摄者 快速地翻个跟头。

扮演养老金领取者的演员 瓶子把电视砸得粉碎。

纪录片拍摄者 开始流泪……

扮演养老金领取者的演员 电视被砸得粉碎。我被击垮了，因为那是我唯一的快乐源泉。然后她……把我搂在怀里。

纪录片拍摄者 拥抱自己。

扮演养老金领取者的演员 她像这样紧紧地抱住我，

然后，忽然——

纪录片拍摄者 你朝窗户跳过去。

扮演养老金领取者的演员 她从窗户飞了出去。对她来说是不是一楼又有什么关系呢？我在电视上看到过她们跳跃……她一跳我就立刻听到有叫喊声。我敢保证，她把那些人赶跑了！每个人都跑到窗前看。但是没有什么能看了。那些人都不见了。她也消失在汽车后面，就像她一开始出现的那样。

纪录片拍摄者 你坐下。

扮演养老金领取者的演员　那些孩子……大约三天都没再来过这个街区后面。之后他们还是回来了。但是他们还没再开始扔瓶子或粪便。不过噪音和音乐……还是和以前一样。你对他们没有办法。在他们身边放一只老虎，仍然没有效果。

纪录片拍摄者　你退场时耸耸肩。说一些难以理解的话。

第六幕

采访学校。

学校　所以当她走到大楼梯前的时候，已经12点了。或许更早一点。当老塔楼上的旧钟敲响12点时，她已经在那儿了。幸好午休后所有的孩子都已经在屋里。那时候我们见到了她。她只是站在那儿。她在那儿站了将近20分钟。她就待在那儿盯着……我不知道她在盯着看什么。我，有可能。孩子们，也有可能。

我试着猜她心里在想些什么。她的眼睛想说什么。她的计划是什么，她会就这么坐在那儿还是试图进来？

学生、老师、校长——所有人都从窗户往外看。拍照。朝她做手势。各种不同的手势。

但她没有动，只是坐在那儿。她就只是坐在那儿……只是想要……我不知道……想要归属，有可能。你们自己想一想！我不能打开门放一个……我必须考虑安全问题。考虑……学生的问题。许多家长会立即带他们的孩子去其他学校，那样我们就不得不关门了！

作为一个学校，我得为教育负责。在这些美丽的砖墙里，教育已经持续了200多年，我不能丢弃这些，就为……嗯，如果他们马上把我变成一个购物中心我也不会感到惊讶。

然……然后她就离开了。

但是后来，当我们听说发生了什么事……好吧，没有人应该为这件事受苦。至少不是我们这儿的人。这大致就是我的责任。

第七幕

采访车的车主和车主的车。

车的车主 好吧，没什么好说的。当有人威胁我的财产时，我就像他们说的那样……

车主的车 狂暴。

车的车主 是的，我有权报复。因为当等到法律来给我公正时，那些家伙可能已经来我家做了他们想做的事了。

车主的车 它并没有真的进入房子，不要夸张……

车的车主 他跟着我进了院子。我正准备进家门，刚从车里出来……

车主的车 就是我。

车的车主 是的。嗯，我家有一扇很高很坚固的门……

车主的车 对，基本上你没有办法穿过它。你也不可能透过这扇门，看到一点儿东西。

车的车主 是的，嗯，尽管如此，当我下车的时候，我发现自己面对着这只动物。这只禽兽扑通一下扑到我的门边。不好意思，我没有别的词可以用了……

车主的车 嗯，它就是个禽兽。我的意思是……那时候。

车的车主 我说：像你这样的动物来我的院子有什么事？请赶快滚回你来的地方。他无意挪动。可能被汽车的声音吸引了——我的车的引擎很棒。不管怎样，我看到他不打算离开，所以我进了房子。

车主的车 它开始挠我的门……就这儿。

车的车主 我进门，把来复枪从柜子里拿出来……

车主的车 我知道我愤怒的小甜心会这么做的，当他看到这……

车的车主 对，我震惊了。我能怎么办？不，等等，我要让你知道我生气的原因。当我出门去市里时，我只把车停在相同等级的车旁边。因为那些有雷诺、标致和类似垃圾车的家伙，才不会担心他们的车被剐了。但是像我这样拥有玛莎拉蒂、布加迪或类似的车子的人，他们会小心翼翼地打开车门，专注于如何停车。是的，所以当我看到他妈的那个禽兽做了什么的时候，——对不起，我没有别的词可以用……

车主的车　实际上，它就是禽兽。我的意思是，那时候是。

车的车主　在一个财产得到法律保障的国家这种事情有可能发生吗？是的，我直接找上他。他就在那里，张着嘴，用他自己的话咆哮着。因为他的嘴张得很大，所以我把枪管卡在了他的牙齿中间……他没动。我打开行李箱，拿出扳手。我太生气了，都不知道从哪儿开始了。我拔下他的一片指甲。

车主的车　爪子。

车的车主　然后我把剩下的也拔了出来。

车主的车　原则是以眼还眼，以牙还牙，以爪还爪。

车的车主　他甚至没有说“嘘”。我有证据证明这只禽兽侵犯了我的私有财产，它还有屁可说？毁坏我的私有财产。我说：“在我叫警察之前给我滚出去。”我当时，怎么说呢……

车主的车　大度。

车的车主　我怒火中烧。其他人要是碰到这种事情肯定会把他揍扁。或者让他出买新车的钱。但那他妈的动物要怎么付钱？我用他的爪子做了这条项链。我把它放在这儿，仪表板上。

车主的车　动物的爪子象征着激情、勇敢和极度敏捷。

第八幕

采访急诊室医生。

医生　急诊室就是这样，出去一个，进来一个。你甚至不会去看病人的脸。你只是一台上了发条的缝纫机。在某个时候，进来了一个……病人。他伤势很严重，上下肢严重出血。我开始对他的伤口进行缝合。两分钟后，另一个病人闯了进来。我正缝着一个呢，下一个就进来了。他说："你什么时候给我治疗，我快要死了。"我说："把……他带走，你就能接替他，但我不能保证别人不会把你带走然后占了你的位置。"那个家伙开始在那儿吼，说他的生命可比那什么的生命更重要，你知道的，就是那种腔调，我觉得完全没有必要……还在那儿大喊大叫。而我在帮一个人缝着。然后忽然我一下子暴怒了……是的，我想我扎错地方了……因为我正在缝的那个病人也开始痛苦地嚎叫起来。当时——我该怎么形容呢？——一声令人毛骨悚然的嚎叫。然后，我也开始嚎叫。（*她嚎叫*）类似这样。当我停下来时，那个闯进来的家伙已经走了。另一个也不再叫了。我把他缝合好然后他离开了。

好像整个医院都能听见。第二天，经过一些……，我一直在考虑这件事，最后我向国外的一些医院递交了求职申请。马上，就隔天。我已经收到了英国和德国的答复。

第九幕

采访银行支行经理和她的一位雇员。

支行经理 当时是 12 点 45 分。她的取号单上是这样写的。她把取号单忘在桌子上了。当然，我不坐柜台。我是后来才进来的。我的同事可以给你更多的细节。他直接地和……进行了互动。

雇员 起初我并没有意识到这位客人需要什么：要询问信息？要在我们这里开户？要贷款……

经理 当然，并非所有进入银行的客户都知道如何提出他们的要求。这里有许多老人或没有受过相关银行知识教育的人。所以我们会尽力帮助他们。

雇员 当然也有一种情况，尤其是在最近，相当多的客户进来……表现得很尴尬。尤其是那些对购房贷款感兴趣的人。我注意到他们不太知道如何解释他们想要什么，不是因为他们不知道他们想要什么，而是因为他们知道他们没有机会得到他们想要的……

经理 但是，他们进来咨询原则上来说是件好事。我们遇到的主要问题是，他们的工资太低了。（做出一个手势让雇员继续）请！

雇员 与此同时，她身后已经排成了一条长龙。就在那位女士后面。

经理 我们这里也裁员了，没有办法。金融危机，商业竞争……不过，我们管理得很好。剩下的人就必须变得更积极，更有效率。从原则上讲，这是件好事。

雇员 我解释完了，但是客户仍然没有要站起来。

经理 原则上讲这是一件好事。这意味着，这是一个真正感兴趣的客户，他想要了解更多的细节。

雇员 我反复问她："还有什么我可以帮忙的吗？如果需要我提供更多的帮助请告诉我。正如你看到的，有很多客户在你身后排队等着。"当然，一些客户已经开始抱怨了。我因为速度不够快而受到责备。我向她索要身份证。她提供了身份证。名字：米海艾拉……我在系统里找不到她。我从逻辑上推断，她没在我们这里办过卡，或者与我们有其他的信用关系。我推测她需要个人贷款。我看着客户，试图猜测她能提供什么作为担保。但她什么也没说……

经理 我们训练我们的员工比客户多想一步。从而想到什么样的解决办法可以帮助他们。从原则上讲，这是件好事，不是吗？

雇员 我马上就发现了一件可以用作担保的东西：她的裘皮大衣。我解释了一下我们的贷款条例以及她必须办的手续。我给她看了合同。

经理 就是这份合同。已经签好了。银行方和客户方。

雇员 我估计它值 5000 欧元。我借给她 250 欧元。当我把钱给她时，她开始咆哮起来。我不知道她怎么了。因为我和她谈得很好。非常客气。非常冷静。她不想拿那笔钱，她把它扔在地上，好吧，这是她的钱，是她自己的事情。我给保安比画了个手势让他们过来。我把客户留给保安，而我则去通知了管理部门。

经理　原则上讲这是一件好事。最近你永远不知道会发生什么。人们是绝望的，当他们绝望时，他们诉诸各种……各种极端的手段。我们这儿以前从未发生过这样的事。我们不害怕。我们没有理由害怕。我们有一个安全保护系统，摄像机……

雇员　虽然在录像里她恶心的样子……我的意思是她的脸看不太清楚。

经理　当我到那儿时，她已经走了。所以我个人并没有看到她。

雇员　钱也不见了。在她后面排队的人把钱从地板上捡走了。嗯，她自己的钱，她自己的事情。他们在几秒钟内就把钱分干净了。

经理　不，我们没有害怕。我们没有理由这样做。如今抢劫银行是件很困难的事。和贷款一样困难。从原则上讲，这是件好事。我的意思从安全的角度讲是件好事。

如果你喜欢，我们可以看看这些照片……但它并不能展现太多的东西。这些人……我们的客户……不是全都知道什么是尊重隐私。我们一直告诉他们，但是……看看他们是怎么挤在一块儿，拿了钱，然后走了。

停！（*对雇员*）倒一点……放大！放大，再放大……放到最大了吗？就是这个！裘皮大衣的领子！铁证如山。

现在我要跟你说说裘皮大衣的事……真是一场噩梦。我们的律师正试图把这个故事所有的线索理清楚。事实上，现在，我们应该拿回裘皮大衣。我们和客户已经签了合同。不幸的是，她现在已经去世了。但是，裘皮大衣根据合同应该属于我们。不过现在动物园声称这个客户就是它的财产。裘皮大衣及其他的一切。

雇员　换句话说，他们声称裘皮大衣不属于这位客户。所以她不能用它来作担保。

经理　对我们来说似乎……

雇员　（*惊慌和不确定是不是正确的回答*）非常……凶残……荒谬？

经理　确实！但这还不够。动物园已经把皮毛和骨头捐赠给了生物学院。用作教学研究。

雇员　现在大学说他们是合法的所有者。

经理　整个事情非常复杂……尽管如此，我们……我的意思是我们的律师希望能够追回仍可追回的东西。毕竟，我们有合同，我们要求的只是尊重合同的效应。从原则上讲，这是件好事，不是吗？

第十幕

采访新的动物园管理员（刚取代了以前的动物园管理员）。

新动物园管理员　诊断结果？急性抑郁症。是的。由某个……某个你爱的人的离去引起。是啊。要克服这种……克服这种离去并不容易。一些你无法向你自己解释的事情。你们在一起，分享着同一个空间，当你每天睁开眼睛时你就看到他，然后有一天，忽然她就……她就消失了。是啊。她消失得无影无踪……你知道的……什么也没说……不知道去了哪里……你的大脑无法理解……可能比死亡更难理解。至少你可以看到尸体。是啊。尸体就像是某种不再存在的东西的证明。但过去是这样。当你连这个都没有的时候……你的大脑就会无法理解。你被困在……就像你……你只是……我不知道……我还能说什么？看到这个真是非常痛苦……非常压抑。从医学角度讲，他们都说抑郁症没有传染性……当然他妈的不是的！让我告诉你……当某人沮丧时，人们像疯子一样逃开……这是……我不知道……能量……气场……一种你触碰不到的东西……但是它以一种非常奇怪的方式触碰着每一个人。你看，这些天，我们尽量不看……我是说，我们努力把目光从那里挪开……你知道的，那些，比方说，肮脏、痛苦或只是令人不安的东西……我们不……我是说……你有看到人们在脸书上发布不快乐的时刻吗？也许有时候有……很少……但是当他们这样做的时候，他们实际上是在寻求同情，寻求同情……但是你看到过绝望吗……看到过真正绝望的人们给自己拍照并发布时刻吗？不久前我关闭了我的脸书页面。无法忍受这种社会的虚伪。所有这些悲伤的面孔。真他妈恶心！好吧，不如那些快乐的笑脸那么恶心。是啊。抑郁是人们不想看到的东西。因为他们还没有心绪来处理这些……就像……我不知道……在那里，试图……像个人一样？因为那太难了……太他妈难了……就像……是啊，我太清楚了。我被雇佣过来……就在发生米海艾拉事件以后……之前我在另一个地方工作，薪水更高……还有那什么……还有……你知道，然后我遇到了一些问题……之后在很长一段时间内我都不能在我的专业领域内找到……一份合适的工作……我试图找一份更适合我的……最后我说……毕竟，这个为什么不行呢？……因为没人想在事件发生后接手这个工作了……这是我的运气。没有人想申请这个工作。所以最后他们不得不把它给了我。不，我不怕。一点也不。我为什么要害怕？让我告诉你一件事：动物不像人那么危险……动物不像……不像……不像（*他变得非常情绪化*）你能把摄像机关掉一会儿吗？（*暂停*）所以回到我们的……嗯，我们的想法是人们到这里来是为了……他们不想看到……站在我们的角度想一下。站在动物园管理的角度上。你有一只小老虎……一个宝宝……一个沮丧的老虎宝宝。他不动，不吃，不回应……你知道的……就这样待在那里……就像他失踪母亲的尸体一样。污染所有人：动物，动物园工作人员，游客，儿童……所有人。所以，我们……你知道有这种事……你可以和其他动物园交换动物……我们就是这么做的。我们交换了巴吉拉——那是米海艾拉的儿子的名字……我们用他换来了一对袋鼠。（*停下来，好像在聆听一个问题*）不，实际上我们没有告诉他们他情绪抑郁……那是一家德国的动物园。他们对这个事件了解不多。一开始我们认为不告诉他们真相可能是不对的。但是你知道吗？他们给我们的那两只袋鼠……它们也是抑郁的。是啊。但是至少他们会跳。（*停顿*）我想这是一个相当公平的交易。

第十一幕

在动物园采访匿名动物。

采访那些要求我们保持匿名的动物。

动物 1　真的吗？这发生在了我们的动物园？

动物 2　我只知道一个官方版本。就是这个。

动物 1　我依稀记得一些……差不多……

动物 2　细节不行……不，我帮不了你。

动物 3　作为她的邻居，我看到了一切。那个早晨……星期二，是吗？不，我觉得是星期六或者星期天……因为那天有些游客……

动物 1　他们不一样……他们早上第一件事就是来这儿。让我们两天内都不得安宁：拍照、录像、树枝、爆米花、尖叫。这些游客就是这种物种。我忍受不了他们。

动物 2　他们把我们都快逼疯了，到了星期天晚上我们终于开始互相打了起来。我不是打了你好几下吗？你还打我？你应该看看那场乱斗！血、断手、被撕破的脸。还有哀嚎声！整个动物园都像在吼叫。到了星期一早上你会觉得这里发生过一场战争。有空你应该来看一看。

动物 3　就像我刚才说的，那天早上，饲养员科斯蒂奇先生清扫了围场，走出去，把门推上，但是……门没关上！他把垃圾桶倾倒进手推车上的袋子里，进去看望她和其他动物，像往常一样停下来聊了会儿天……科斯蒂奇先生是个友好的人。

动物 1　是的，他告诉你的故事是没有尽头的。

动物 3　不要打断我，否则我的线索就断了。那么，科斯蒂奇先生打开安全锁让他们进入围栏。就在这时，她看到了敞开的门。她出去了。很明显。谁不会这样做？我想她是在科斯蒂奇先生看见她的时候走了两步。他走到她跟前说：“你在干什么？”嘿，米海艾拉！她会说：“我只是出去散散步。”而他会说：“嘿，回来，姑娘。你想毁了我？他们会解雇我的。我会丢掉工作的。”

动物 1　而科斯蒂奇先生是对的。他们确实解雇了他。老实说，我很抱歉……

动物 3　嘿，你没听见我说别打断我吗？就在那时。所以她说：“放心吧，科斯蒂奇先生。我正要出去……亲自去看看这个城镇。”他说：“嘿，米海艾拉，你要看这个城镇干什么？”这不是给你的。你会迷路的，你不会知道回家的路。怎么不呢？我将标记我的领土。你以为我笨吗？他说：“嘿，姑娘，想想我。”我要告诉他们什么？她说：“我不知道，科斯蒂奇先生。”告诉他们真相：“我出去就是为了亲眼看看这个世界。”他说：“这里有严格的规定。”没有人出去……只是当他们感觉到的时候。你知道那些从动物园跑出来的动物会发生什么吗？他说：“人们射杀他们。他们不会像我们现在那样停下来和它说话。”

动物 1 而科斯蒂奇先生在这件事情上是正确的……

动物 3 别打断我，否则我揍你一顿。所以她会说：“我要冒这个险。我想为自己看世界。我在这里快无聊死了，科斯蒂奇先生。这些游客要把我逼疯了……”他说：“嘿，孩子，你不知道自由是什么样子的。你是在囚禁中出生的。你没有足够的能力来保护自己。这些人没有时间停下来聊天。他们会处死你的，那就到此为止。还有，你不懂语言。”她说：“我会学。”而他说：“嘿，米海艾拉，在这里你很有吸引力。这是另一个不同的问题。人们喜欢来拜访你，但他们不喜欢被拜访。来吧，做个好姑娘，回到屋子里来。”她说：“科斯蒂奇先生……不了！吻你！”她拒绝了他，那就是她。她跑进树林。在那之后，我不知道。

动物 2 嗯，当听说米海艾拉出去散步时，你知道那是什么感觉吗？空了！

动物 3 不是灵魂！

动物 1 长椅上还有很多包。在你吓唬他们之前他们就跑光了。

动物 2 在那之后，我知道他们开枪打死了她。

动物 1 现在的问题是：是我们让她出去的吗？

动物 2 我们知道的是：我们的兽医带着麻醉枪出去了……

动物 1 他们用来让我们睡觉的那个。我们真的很害怕那件事……

动物 3 还有一个职业猎人。就是那个开枪打死她的人，看起来兽医先用麻醉枪开了枪，她很生气……我是说，该死的，即使我们是自由的，我们也不能文明行事。因为她在回笼子的路上，伙计。

动物 2 你不可能和人相处。他们所有的伟大姿态都比我们更开明，更文明，而不是……动物。但如果这是文明，不了，谢谢！

动物 1 她似乎朝他们扑过去。当他们用麻醉枪朝她开枪的时候。

动物 3 我听说她很镇静。我的意思是她给了他们一种他们认为她不高兴的样子，但事实上她只是想解释。对他们说些什么。

动物 2 她没有机会了。猎人开枪了。

动物 1 现在米海艾拉……让我们不要忘记她的动物档案中会留下什么。

动物 3 什么？

动物 1 意思是，嗯，难道一年前她没有撕开游客的腿吗？

动物 3 但那游客没有惹她生气吗？他一直用脚踩篱笆。向她扔各种东西，就因为她没有注意到他……

动物 1 我个人不会因为这种事情而有反应。然后是我让她出去的吗？米海艾拉除了她自己谁也没想到。这是事实。科斯蒂奇先生被解雇了。董事辞职了。等等。一个又一个询问。一个又一个电视频道。动物园的污点。城市的污点。

动物 2 的确，她不怎么关心我们，也不怎么关心我们其他人。我是说，难道不是因为她，他们才设置了电栅栏？我几乎无法在笼子里转身。现在我得小心不要被烤焦了。

动物 1 那么，我们让她出去了吗？是我造成的吗？你让她这么做的吗？这都不是别人的错，而是她自己的错！

动物 3 闭嘴，你！我不知道你在说什么。

动物 1 你闭嘴。

动物 3 我为什么要闭嘴？

动物 1 你不停地说了一整天，真是无所不知。

动物 3 别担心，否则你会后悔的……看到这些爪子了吗？

动物 1 我会打破你的鼻子，看看我会不会！

动物 2 够了，停止这种嚎叫！难道我们是野生动物吗？

动物 3 也许你也想试一试。

动物 2 继续吧，和他干吧！然后我们还疑惑人们对我们有什么看法。

动物 1 听着，你知道吗？不要拍照。我们已经受够了。我们厌倦了宣传……

动物 3 我希望你不要说出我的真名，可以吗？我叫小猫咪。我们先确定。这里没有叫小猫咪的，对吧？

动物 3 或者马瑟。或者莉莉。或者吉吉。或者米奇。或者布莱克。或者可可。或者克里斯蒂娜。或者露西。或者帕米拉。或者迪基。

动物 1 我们也有匿名的权利。

动物 3 和科斯蒂奇先生的谈话……我希望不会全部播出来。我的意思是，这样就没人知道是我说的了。因为人们会作出各种联想，我不想有问题。因为动物园很小，你已经看到动物是什么样子了……

动物 2 信息呢？信息是什么？

动物 1 我的意思是你要在什么灯光下拍我们？我们的动物身份非常重要。

动物 3 动物园怎么看？它将如何呈现给这个城市？这个国家？这个世界？

动物 2 看这里：我说过关于人的事，那是你和我之间的事。只用正能量。因为有很多是正能量的。

动物 3 与米海艾拉的事，那是一件不愉快的事。但我们喜欢这里。

动物 2 要传达的信息是什么？

动物 1 我们是一个模范动物园。

动物 2 我真的很想知道信息是什么！信息！

动物 3 总之，我们都和平而安静地生活在这里。

动物 1 总之，我们管好自己的事。

动物 2 总之，我们喜欢游客。

动物 3 总之，我们爱别人。

动物 1 总之，我们在这里彼此相爱，我们互相尊重、互相帮助。

动物 2 我们大多数时候推心推腹，推来推去。

动物 1　是推心置腹。

动物 3　你这不是自找麻烦吗？快！应该怎么说？

动物 2　总之呀，我们不单单推心推腹，还置心置腹。

动物 3　总的来说，我们都很好。事实上，情况不可能更好。我们也祝福你！

三者　录下来了吗？

剧终